本书获上海文化发展基金会2021年重大文艺创作项目资助

支希钧◎著

朱溪凡人

第一部

三部曲

学林出版社

目　录

序

不凡的《朱溪凡人》

陆寿钧

我是 2020 年 9 月在家乡青浦的文学沙龙上认识支希钧的，那年他刚从青浦报社退休。据介绍我们认识的钱昌萍大姐说，支希钧原在青浦区文化馆任创作员，后调到青浦报社任记者，退休后准备把精力集中到长篇小说创作上，以他的家乡朱家角为背景写"三部曲"，反映这座"中国历史文化名镇"在全民族抗战前后、新中国成立后的三十年、改革开放后至新时代的近百年历史，希望能得到我这个老朱家角人的帮助。

小支（比我小十七岁，但看起来要比我年轻一辈）瘦长个子，文质彬彬，谦逊有礼，应该是个好相处的人。但我在青浦写作群里从未听说过此人，也从未见过他的作品，一听说他要写三部长篇小说，不免心中存疑，只得客气地表示，待他写出后一定认真拜读。

我写作了一辈子，同时以编辑为业，既清楚写作的艰难，也知道世上志大才疏、口出狂言的"写者"大有人在。况且，要写出朱家角的百年历史，难上加难！据我所知，曾有两位名家应我家乡所邀，陆续写出过两部长篇电视连续剧，最终不了了之。所以当初我听小支要写"三部曲"，并未把此事当回事，听过而已。想不到三个月后，小支突然给我来电，告诉我第一部长篇小说《金麻子》（现名《朱溪凡人三部曲（第一部）》）的初稿已写成，希望能上门求教。求教不敢当，我承诺的话当然也应算数，于是就在我家中有了第一次与他的深谈。

小支从小爱听外婆讲家世、讲镇上那些店铺的前世今生、镇上各类人物的遭遇、朱家角人特有的精明大气……加上他生于此长于此，对家乡有着深切感受。他从小喜欢看书，小学五年级就看长篇小说《红岩》《火种》《林海雪原》等。十七岁读完中学，按照政策分配到县城工作，开始独立谋生。他没有受过文学的正规训练，但在西方文学大量涌入的年代，他看了西方文艺复兴时期的大量作品，就在那个时候，他立志要为魂牵梦萦的家乡写部小说。当他有幸在区文化馆和报社工作后，开始为写作此书收集各种素材，直至退休才开始集中精力动笔开写。我接过他递上的一厚叠近三十万字的书稿，不禁被他极其认真的创作态度所感动。我承诺：一定认真拜读后再一起交流。

他们离去后，我立即带着"任务"开卷阅读《金麻子》。小支以朱家角为背景所写下的一群在生活中挣扎、在沦陷后奋起的凡人的故事，顷刻间让我重新回到家乡的怀抱，引我入胜、动我心弦，我一口气看完了书稿。

《金麻子》写的是 20 世纪三四十年代发生在江南小镇上的那些人、那些事。历史上，朱家角是上海西郊著名的商业重镇、名镇，米市、柴市、布市、药房、钱庄、菜馆、点心店、豆腐店、酱园、百货店等，应有尽有，热闹非凡。由于它水陆交通四通八达，周边四乡常以此为中心，进行各种商贸往来，满足生活的各种需求。小支能抓住这个长三角名镇历史上的特色来写，从米市、柴市、布市、药房、钱庄、菜馆、点心店、豆腐店、酱园、百货业等几个行业商界之间的恩恩怨怨来展开情节，非常讨巧地展现了特定时期江南这座商业重镇的风貌。他又以一个外号"金麻子"（小支外婆所崇拜的长辈）的十五岁少年金鲲独特的成长经历贯穿全书，带出各种矛盾，展开各种冲突，使小说的情节既丰富多彩，又不离不散。金鲲从小就跟着父亲替镇民乡邻的婚丧寿事吹乐，见多识广，并在夏家两代人的影响下敢于见义勇为，吃苦耐劳、勤奋上进，逐渐成为小镇上崭露头角的人物，在与各类人物的竞争和较量中，常让对手觉得难缠。全民族抗战爆发，小镇沦陷，金麻子被大家推选为商会会长，其实这是他的商业对手给他挖的"坑"，让他陷入"汉奸"的泥潭，永世不得翻身，如不就范，则会立即招来杀身之祸。他征求了中共党员夏家兄妹的意见，不仅"白皮红心"为小镇居民做了不少好事，而且为抗日救亡做了不少工作。

这部小说的一大亮点是展现了这座江南小镇独特的全民族抗战，是围绕着商界、经济来展开的：日本驻军头目妄图通过金融手段把这座江南商业重镇变成侵华战争的物资供应基地，而金麻子以商人特有的敏锐，"帮倒忙"，同时为抗日游击队提供了不少物资和情报。斗争惊心动魄，较量丝丝入扣，危险如影随形。全民族抗战胜利后，金麻子因开展秘密斗争的背景，受到国民党政府的诬陷和敲诈。金鲲这个人物的塑造，以及各类人物纷纷登场的表演，乃至一个又一个精彩情节的展现，都让我感到非常真实可信，甚至比我家乡的文友们所写出的有关镇上的文史资料更容易让我认同。我明白，这是一部好小说该有的魅力。

当然，就我看到的这部小说的初稿，还有不少有待改进和完善之处，根据我这个老编辑的经验和教训，一部好作品一上来就写得四平八稳，反而难有发展前途。只要作品有亮点、作者有潜力，经过反复修改，一部作品一定会成为好作品。我把我的想法告诉了钱大姐，钱大姐的意见与我的意见完全相同。于是我们与小支做了交流并一起讨论了修改方向，在这个过程中，小支不仅听得进意见，还举一反三对作品反复雕琢。有时我一天会打给他好几个电话，向他提出我想到的修改意见，我怕他烦我，他却从不厌烦，他的虚心刻苦和好学睿智给我留下了深刻的影响。2021 年 3 月 23 日，他又特地来我家，我们谈了一个上午，他详细地向我讲述了第三稿的修改方案，并谈了后面两部小说的构思。我明白了他仍将以金鲲这个人物贯穿他的三部曲，而在第二、第三部中将把重点逐渐转移到金鲲这代人的第二、第三代上来。为此，我们一起商定把书名改为《朱溪凡人》。我鼓励他去争取上海文化发展基金会的出版资助，想不到很快就获得 2021 年第一期重大文艺创作项目资助，并于同年 6 月由上海文艺出版社出版。

小支花了毕生的准备成功地为家乡写出了《朱溪凡人》第一部，此书出版后，还得到了青浦有关方面的奖励，不少单位和个人都购买了此书，朱家角游客中心还专门设立专柜向游客销售此书。作为回报，小支把余下的书赠送给了家乡人。与物质相比，小支更看重精神。凡是看过这部作品的读者都用自己的方式向小支表示由衷的赞赏和热情的支持，尽管当时受新冠疫情影响，小支仍毫不动摇潜心创作，又用了整整一年时间，于 2022 年 5 月底写出了第二部初稿，并于两个月后改出了第二稿。

第二部的时代背景是新中国成立至"文化大革命"结束这段历史。众所周知，在这段时间内，我国在中国共产党领导下，在进入社会主义现代化建设的同时，为了国家的安全也进行过多次"政治运动"。要反映朱溪镇，以及以金鲲为代表的这一代与逐渐成长起来的下一代的工作和生活状态，并在这些状态中去塑造好这些人物，是很难避开这些"政治运动"的。这对于任何一位有经验的作家来说，都是一个难题，何况对于小支这样的"无名小卒"，其难度可想而知。而出人意料、令我惊奇的是，小支却能用历史唯物主义的认知和地处长三角文明程度高、掌握政策较好的"朱溪镇"的真实现实出发，较有分寸地反映好这段历史，并又把精力着重花在体现以金鲲为代表的这一代朱溪凡人从善良的人性出发，用特殊的智慧去应对一切的精明大气上，他们的下一代也从中得到了锻炼，哪怕贡献出自己的生命也在所不惜。当然，在这段非常复杂的历史中，朱溪镇上所有的人都被卷入并接受考验，人性的方方面面或多或少都有所呈现。对此，小支把握得较有分寸，写得入木三分，并为下一部小说留下了伏笔。"朱溪镇"上最难反映的这一段历史，经小支如此写来，对于像我这样见证过这段历史的老朱家角人来说，感到特别真实可信，并为家乡人的精明大气而骄傲。这样的反映，也为我们提供了一个新的视角，看过此书稿的人大多能认同。

在我接读《朱溪凡人》第二部的一、二稿时，老婆不幸查出了癌症，并属于中晚期，我们全家都扑在她的抢救和治疗上。接着，全家三代人乃至照料病人的家政员又全都感染上了新冠病毒，我最严重，所以除了对小支的稿件做出肯定并在大处上提了一些建议外，没再有什么帮助，只是鼓励他一鼓作气创作第三部，到那时估计我家可渡过难关，我可有体力和精力再为他多做些事。在这个过程中，小支不但于 2023 年 3 月写出了第三部初稿，还回过头来重新修改了第二部的三、四稿，并于同年 7 月修改完第三部的第二稿，而且还热情真诚地多次鼓励、帮助我渡过难关，让我和全家感动至今。有幸的是我家也终于走出了病、疫的阴影，在此期间，我为了转移老婆的注意力，推荐她去读小支的三部曲，想不到她一上读就成"瘾"，在病床上一本本读完后，还问我有没有第四部。如今，她已创造了奇迹，初步战胜了病魔，我得感谢小支送来的精神"进补"。

当时，对小支第三部的创作，我比较放心。他是金鲲这代人的"第三代"，是"朱溪镇"改革开放新时期的经历、见证和得益者，写起来会更有底气和感情。看过他改出的第二稿，让我高兴的是，比我想象的写得更好。他既能不脱离"朱溪镇"的特定小环境来写，又联系上了镇外的大环境，使小镇上的改革开放既有其自身的特色，又能以小见大。他既写出了改革开放中所出现的从未有过的新气象新面貌，又敢于有分寸地如实地去揭示出市场经济中所难免出现的一些新问题，乃至一些腐败的现象。至此，"朱溪镇"上金鲲他们的第三代都已成长起来，人物越来越多。小支仍把笔墨着重在塑造人物上，掌握好新的主次，不但把第一、第二代人物，尤其是贯穿三部曲始终的金鲲等几位主要人物塑造得有始有终，而且在第三代人物的身上，让我们看到了时代的希望，鼓舞人心。最后大胆的开放式的结尾又提醒人们，矛盾和斗争仍将继续。小支在塑造人物上，尽量接地气，从真实的生活出发，不红即黑，非黑即红，小镇上各行各业的凡人随着时代的推进，都有着各自的变化，走向自己的归宿，常让读者有出人意料之感，却又觉得合情合理。就是对革命者和反革命者，以及灰色人物的刻画，也尽量克服脸谱化，是在写人，而不是造"神"弄"鬼"。

小支在几十年的积累和准备的基础上，在退休后又用了整整四年的时间，总共写了十二个稿次所完成的三部曲，在我看来早已达到了出版的水准。小支也曾多次向我表明，他没有过多的想法，只想把家乡的这段历史用他的视角、认知和所有的能力反映出来，不辜负他外婆和乡亲们的期望就可以了。

我总认为就这样去出版有点可惜。

青浦地区解放七十多年来，虽在文化建设方面的故事创作、田山歌挖掘、美术和摄影、文史资料整理等上取得过骄人的成绩，但在长篇小说和影视剧的创作上，至今还是弱项。如今，能不能把小支的"三部曲"作为一个突破口呢？他的三部长篇小说，除了我上面所提及的不少突出之处外，还有机地、丰富多彩地反映了青浦地区的田山歌、摇快船、地方戏曲等民间文艺和习俗，如能主攻出这个突破口，还能带动和活跃青浦地区的多种文艺创作，活跃群众的文化生活。如要有这个突破，单靠小支的努力和钱大姐等少数几个人的支持很难，只有将其纳入家乡党政领导的视野，在他们的关注和领导下，才能做好这项工作。打好更坚实的基础后，争取再到更高的阶层中去锤炼成精品，乃至再向评弹、影视剧等方面去外溢。

感谢家乡对我的厚爱，在 2023 年 6 月青浦区文联召开的第三届文代会上，我和张自中教授被聘为名誉主席，这让我有机会向新一届的区文联领导汇报了以上情况和我的建议。胡海明主席真诚、热情地予以支持，并立即付诸行动，在向区有关领导做了汇报并得到支持后，与区文旅局、朱家角党政领导，以及区作家协会一起协商决定先召开一个作品座谈会，依靠本区的力量，帮助小支把"三部曲"改好改定。小支也立即配合，把后两部印成书样，连同出版了的第一部一起，按照各方商定好的名单逐位送达，恭请指教。他也决定继续定下心来，在认真听取大家的意见后，更加努力地把作品改好，把他的"三部曲"再提高一个层次。我则期待着众擎易举的局面。

而接到邀请参加座谈会的与我熟悉的一些朋友，在接读"三部曲"后与我的交流中，所持的态度让我甚为感动：原区分管文教的政协副主席翁志勋老校长，虽已年至八十高龄，且正在癌症康复期中，但他不仅很快读完了八十万字的"三部曲"，还连看了两遍，他在肯定此书的基础上想尽力多提些修改意见；青浦籍的著名评弹艺术家、青浦文联副主席范林元如今还奋斗在创作、演出第一线，他在百忙中始终不忘要为家乡出力，他接读此书后，一直在琢磨如何把此书改编成评弹；八十多岁高龄的钱大姐为了扶助此书的创作，把自己和家人的生活经历作为素材提供给小支，在重读"三部曲"后，写出了三千多字的发言稿；青浦女诗人、上海市作家协会理事钟慧娟在认真阅读小说后，真诚地向我说了四个字"真不容易"，并表示愿意为此书的宣传推广出力……

我期待着小支能以加倍的努力更上一层楼。

但我更清醒地明白，真要冲出这个突破口，让我家乡的文化建设亮丽出一道新的耀目的"风景线"，还有一段艰难的路要走。我还是那句老话："只有去做了才有希望，只说不做，原地踏步！"

　　而在这个"做"的过程中，我从这部小说的内外深深体会到了"普通人最伟大"这句名言。让我们一起去生动地加深呈现这个"主题"！

2023 年 10 月 17 日于上海

引　子

朱溪镇横亘着一条漕港河，东接黄浦江，西连太湖，是古代运粮进京的漕河，河水从太湖来，流经九曲十八弯，一直流入东海。漕江河上横卧着一座历经五百年风霜雪雨的五孔石拱桥，桥边驳岸皆为停船码头，春夏秋冬无论哪个季节都停着载着南方杂货、北方药材、西域皮货的商船，来自黄河长江水道的粮船、煤船，或者绍兴的乌篷船……这些船在这五孔石拱桥边一字排开，船家在此歇脚，商家来镇上趸货卖货。商船、商人和商品成就了黄金水道边上的这座千年古镇，使之成为江南一带地域最大、生意最火、人口最多的商业巨镇。到了一九三〇年，朱溪古镇已发展成有着三万人口的江南名镇。古镇的祖先们把沿河而建、因河而隔的各条街道建桥相连，全镇九条街道三十六座石桥，形成了四通八达的水陆交通，于是八方游客、商家巨贾纷至沓来，朱溪日日繁荣、年年昌盛……

镇上钱记钱庄的钱老板当年就是坐船从太湖顺流而下来到朱溪镇，并开了一家"执全镇金融之牛耳"的钱庄的。而钱老板在第一任老婆病亡后娶的第二任妻子（镇上人叫"填房"），一个曾在上海百乐门舞厅做过舞女的漂亮女人，便是从上海的苏州河坐船沿着漕港河向西一路顺风嫁到古镇来的。舞女来到镇上做的第一件事，就是在镇上最有名的桥梓湾生煎店吃了一客生煎。她咬开生煎包，顿时一股鲜汤流入口中，咬皮，皮香甜；吃馅，馅肥鲜。生煎包最大的特色是其包底，入口就觉脆、酥、香。舞女吃完生煎让新郎再买一客带回家，据说到家后舞女吃完一客生煎才和钱老板圆的房。其实绝大多数商家来到镇上，都会踏进坐落在镇中心北大街（镇上最热闹的商业街）桥梓湾湾角上的点心店吃上一客生煎，然后该做生意的做生意，该买东西的买东西。一年三百六十五天，北大街上天天人流如潮，生意不断。每日过了晌午，商人巨贾游人阔少都会找一家适合自己的客栈住下。街上客栈到处都是，抬头一看就能找到一家落脚的店。这些个商人游客住下后，在夜幕降临前便会向客栈伙计打听镇上都有哪些好玩的"景致"，店小二肚子里早就知道住店人的心思。到晚上，客人们都能找到自己想玩的乐子。夜幕下的古镇市河里更是别有一番韵味……一艘艘挂着灯笼的木船在市河里悠然摇动，船上有喝酒的、弹琴的、唱戏的、说书的、吟诗的、卖笑的、聊天的、看景的……整条河上热闹非凡，真可谓夜夜笙歌、人人忘醉。第二天，能起早的绝不贪睡，因为镇上的"天下第一茶楼"在早上是商人一定要去的地方。那里不仅是天南地北谈"山海经"的地方，还是商品信息的集散地，不少生意就在茶楼边喝茶边聊天的不经意间谈成了。无论是谈成买卖的商家，还是赏不够美景的游客，临了都不忘到镇上的朱溪酱园买上古镇特制的酱菜带回家。

朱溪镇是一块黛色的翡翠，中间蜿蜒着一条晶莹剔透的翡翠蓝，那是一条穿镇而过的支流，支流由东向西在镇中心分叉，一条流向镇南，一条继续往西。街道沿河铺展，民居顺街而筑，居民枕河而眠。清晨，青砖黛瓦倒映水中，静得像一幅水墨画；俄顷，一叶小舟咿呀摇过，拨开平静水面，阵阵涟漪揉皱了河面，揉碎了水中的青砖黛瓦，站在后水港（临河后门）看风景的柔情似水的古镇女人的身影顷刻在碧水中舞动起来……摇船的艄公看到亭亭玉立的女人，立马扯开嗓子唱起江南小调："河水美哎，美不过姑娘的脸；河水柔啊，柔不过姑娘婀娜的身哎；河水流呀，流不断我对姑娘的思念……"看水景的大姑娘听到船家的歌声，脸上立马堆起红晕，转身关上临河后门，从门缝里往外窥望，等船摇远了再开门看河……倘若艄公再次看见后水港的大姑娘探出头来，立马会唱起一首民谣："我爱你呀我爱你，请个画师画上你，把你画在眼珠上，看到哪里都是你……"

第 一 章

一

金鲲，绰号"金麻子"，出生在江浙沪三省交界的朱溪镇上。金鲲在三岁那年患了天花，脸上落下了麻子，虽不多，但一辈子被镇上人叫金麻子。叫他金麻子，他满不在乎，立马应声，叫久了，真名反而没人叫了。

其实金麻子不是不在乎别人叫绰号，而是在乎也没有用，他一个孤儿，会计较一个绰号而让自己受饥挨饿吃不上饭吗？

有一天，东家的女儿夏雪问他："镇上人叫你金麻子你不生气吗？"

金麻子不介意地笑笑："一个称呼而已，将来等我当上掌柜，看谁还敢当面叫我金麻子！"

说这句话的时候，夏雪发现金麻子仰望蓝天，眼睛里闪烁着亮晶晶的泪光。当时，少女夏雪心里不相信金麻子长大后能咸鱼翻身当上掌柜，更不理解金麻子眼睛里为啥会有晶莹莹的泪光！可是七年后，金麻子打的赌竟兑现了，他不仅当上了朱溪镇最有名气的豆腐店掌柜，还成了古镇女人眼中的一等男人。

十五岁那年，金麻子成了孤儿。

那天出门没有一丁点大难临头的预兆。

早晨，金麻子跟父亲出门去渔村"吹喜"。这是金麻子自母亲去世后最愿意做的一件事，因为跟父亲"出活"有肉饭吃，而吃肉饭是少年金麻子认为的最奢侈的享受。出镇往西，走乡间小路到渔村有九里路，一路上大片大片的油菜花在微风中摇曳，嫩黄的世界里蝴蝶款款而飞，野蜜蜂盯着花蕊一个劲儿振动翅膀，让映入眼帘的油菜花更加生动。金麻子感到奇怪，以前看到油菜花没有一点感觉，可那天感觉油菜花特别亮丽，是啥原因他不知道。

成为孤儿以后，他问夏雪的哥哥夏雨："这是不是大难临头的预兆？"

夏雨想了想说："不是，是你心中期待的肉饭让你有了欣赏油菜花的心情，油菜花才变得格外美丽。"

金麻子觉得夏雨哥比自己聪明，啥事都能说出个道道来。

金麻子父亲是远近闻名的吹鼓手，四邻八乡婚丧嫁娶都会叫金喇叭"出活"。去婚事人家"出活"叫"吹喜"，给丧事人家吹喇叭叫"吹丧"。金喇叭"吹喜"常吹《百鸟朝凤》一曲，吹得那叫一个精彩，客人在听到喜鹊叫、云雀鸣、莺莺唱、杜鹃啼的时候都会拍手叫好。听到叫好声，金喇叭吹得更加起劲，口中的喇叭在手指、嘴唇、舌尖的快速配合下，奏出了百鸟齐鸣、凤凰归巢的乐曲高潮。乐停，东家门口的鞭炮点燃，接亲队簇拥着新娘进门，金喇叭再次吹响《抬花轿》曲调，把婚礼气氛烘托得喜气洋洋、热闹非凡。金喇叭"吹丧"也别具一格。东家出丧，没出大门，金喇叭吹响丧号"咪里嘛——啦，咪里嘛——啦"，吹两节丧号，金喇叭就让儿子金麻子敲一下锣，发出"喤——"一声悠扬的锣声。东家女眷立马号啕大哭，边哭边念叨着死者生前的好，哭丧的呜咽声、抽泣声和着喇叭声传向四面八方，全镇人都知道某人家出丧，排场蛮大，不失面子。

说来奇怪，平时出门金喇叭很少言语。这天走在乡间小路上，金喇叭闲话特别多，好像一辈子的话语都要讲完似的。他说金麻子的娘走得早，让金麻子上了三年学就辍了学，弄了个半吊子学问；又说金麻子长大要学会做人，做人就是做生意，既要"识相"又要"知趣"；还说做人不能锋芒毕露，枪打出头鸟，戳出的椽子先烂，再能干也要藏起一点，俗话说鳊鲅鱼留三寸肚肠……这几句话金麻子记得特别牢，却常常知道做不到。

渔村村口有一条河，叫急水港，是烟波浩渺的淀山湖流向渔村的一条支流，湖水涌入支流变成急流，急流伴着一个个漩涡流向村庄。一座独木桥孤零零地横在急水港上，连接着渔村通向外界的道路。从独木桥上看一眼脚下的急水港腿会发软，倘若掉进"无潮水流三丈远"的急水港，懂水性的也常常被淹死。金麻子第一次走独木桥，不见桥上有护手，双脚不停发抖。金喇叭回头见儿子脚抖，就拿出铜喇叭让儿子抓住喇叭口过桥。

金麻子问："独木桥为啥不装护手？"

金喇叭说："方便挑担人过桥。"

金麻子又问："挑担人过桥为啥不要护手？"

金喇叭说："护手会挡住渔民挑的鱼筐、农民挑的稻谷，碍事。"

金麻子抓住喇叭口，不再说话，心想：渔民农民厉害，挑着担子也能过独木桥。桥下河水清澈，水草葳蕤，无数条鱼儿甩着尾巴逆水而上，却在水中没有向前游动一寸。河岸边的田野里长满了嫩黄的油菜花，空气里散发着泥土与青草的气息。过了桥，沿河堤走，过关帝庙进了渔村。渔村的空气中弥散着鱼腥味，同时洋溢着喜庆的气氛。一群男孩在村中空场上追逐，女孩排着队跳绳，滚铁环的小男孩奔跑着，大人们簇拥在河滩边等候着送亲船的到来，都想一睹新娘子芳容。村里人知道新郎患了一种怪病：走路跌跤。郎中说，此病叫肌无力，无药可治。

村里老人给新郎父亲——村里做豆腐的王老板出主意："吃药不灵，或许冲喜能把病冲走。"

王老板便托媒婆花了二百五十块大洋做彩礼，才娶来十八里外周庄村芳龄十五的宋氏姑娘。

远远地，送亲船从淀山湖驶来，当送亲船从淀山湖使劲拐进急水港的时候，人群中有人喊了一声："送亲船来啦！"

金喇叭就在这时吹响了《抬花轿》的曲子。

人群在喜庆喇叭的鼓动下，开始喊叫："新娘子，新娘子，新娘子！"

送亲船听到喊声，敲起大鼓，一时间喇叭声、敲鼓声、喊叫声，热热闹闹地在急水港和渔村之间回荡。

忽然，村里的老渔公朝着送亲船大喊："扳梢、扳梢，快扳梢……"

来不及了，只听"砰"的一声巨响，送亲船撞上独木桥桥桩……船上的筒鼓、嫁妆，连同敲鼓的、摇船的，以及坐在船舱里刚站起身的新娘子，在重力撞击下，纷纷掉进打着漩涡的急水港里。敲鼓的拼命向岸边扑腾，摇船的被水流冲出数丈，新娘子在漩涡里挣扎着，红色的嫁衣漂在水面，像一朵盛开的红荷……

渔村有个传了几百年的"规矩"：不救落水人。渔民一旦看到有人掉进水里，摇船的摇过，走路的走过，听到救命声只当耳旁风吹过。渔民不救落水人，是常年在水上生活的渔民忌讳落水鬼投胎找替死鬼的传说。于是，金麻子看到簇拥在河滩上的渔民个个像根木头。新郎呢？新郎也见死不救吗？金麻子看到身穿大红锦缎长袍马褂的新郎官，无精打采地坐在一张靠椅上，脑袋垂到胸口，身边的伴郎时不时将新郎官耷拉的脑袋扶正。新娘的公公婆婆站在岸边干着急，想着送给女方家二百五十块大洋的彩礼要打水漂了。

"救人呀！救人呀！快救人呀！"金麻子不由得大声叫了起来。

不一会儿，"红荷"被水淹没，露出一只手臂在河面摇动……此刻，金麻子发现父亲在人群里也和渔民一样麻木不仁，父亲这是不当出头鸟、不做出头椽子？还是怕救了新娘，自己会成为替死鬼？水面上胳膊不见了，露出一只手掌……当水面上只有一根手指头在动的时候，十五岁的金麻子不顾一切冲向河面，一个鲤鱼打挺跃入水中……

一

金喇叭说过，救落水人千万不能面对面，要从背后或者侧面施救。金麻子就是将手臂从新娘子后背的胳肢窝里插到胸前，侧抱新娘游上岸的。在河里，他的手碰到了新娘子胸前软软的东西，金麻子猜想这一定是新娘子最值钱的嫁妆，所以贴胸放着……

金麻子用力划水，避漩涡、顺激流、借浮力，拼尽全力把新娘子救上滩涂，自己无力地躺在河边，心里对渔民"不救落水人"的规矩恨得咬牙切齿："什么破规矩，分明是怕死！"

新娘的婆婆看到儿媳获救，嘴里念了一声："阿弥陀佛，二百五十块大洋保住了。"

不知是心疼新娘，还是在乎二百五十块大洋的彩礼，婆婆亲手给新娘喝了姜汤，换了干衣，还把新娘的嫁衣烘干熨挺。新娘看着婆婆做这一切，自始至终面无表情，呆坐着任人摆布。新娘叫宋惠明，嫁到渔村后改叫王宋氏。王宋氏出嫁渔村本就勉强，没想到落水盼救，渔村人竟无动于衷，连公公、丈夫都见死不救，当灭顶之灾降临之时，新娘才真正相信，这就是命！而救她命的，竟然是一个毫不相干的少年，这也是命！新娘想再见一面救她命的少年。

金麻子救起新娘后，来到东家灶间烘烤湿衣衫，心里却在想：新娘子快要淹死了，还把"嫁妆"放在胸口，真不值！奇怪的是一想到这包"嫁妆"，金麻子的心就会"通通通"跳个不停。若干年后，当他懂得女人胸前都有这包"嫁妆"的秘密后，再见到新娘子宋惠明时，立马脸红心跳，不敢直视宋惠明的眼睛。

婚礼是在太阳偏西的时候举行的。

新娘子想看一眼救她命的少年，可惜脸被红头巾盖住，看不到少年的模样。新娘心想，救她的少年一定长得英俊、挺拔。金麻子也想看一眼新娘子的长相，救人时光顾救人没记住新娘子的长相，婚礼上的新娘子脸上遮着红头巾，只能看到窈窕身材。金麻子也在想，新娘子一定很漂亮，他的目光一直盯着新郎新娘。他慢慢发现新郎官始终被那个叫长生的伴郎搀扶着，连拜天地也不放手，后来金麻子又发现新郎软弱无力，竟然是个瘫子。金麻子想不通，美丽的新娘怎么会嫁给一个瘫子呢？

在新人入洞房时，金喇叭嘹亮地吹响了喜曲《百鸟朝凤》，当乐曲进入高潮时，大门口鞭炮齐鸣、锣鼓喧天，渔村人相互招呼着，纷纷举杯……乐曲声停，婚宴开吃，敬酒声、猜拳声、请吃声，此起彼伏，大家仿佛忘记了新娘子差一点溺水身亡的插曲。

金麻子闻到了肉香，感到了饥饿，暂时忘记了新娘子的遭遇。看到别人吃肉时嚼在嘴里的那一份享受，他咽了几口吐沫，问父亲："啥时轮到吃饭？"

金喇叭说："那得等东家招呼。"

金麻子发现东家忙着招呼村里人，把他们父子忘了……金麻子吃上肉饭，天已黑尽，院子里亮起汽灯。东家走来，给了金喇叭六块大洋。

金喇叭说："东家，说好是三块大洋，你给多了。"

东家说："你儿子救了新娘子，算是谢礼。"

金喇叭这才收下东家给的大洋，并跟着东家走进客堂后面的披屋吃饭。

油嘟嘟的红烧肉放在金麻子面前，金麻子咽着口水不动筷子，他等着大人先吃，这是"吃百家饭"的规矩。等到大人吃过红烧肉，他才动起筷子，连吃三块大肉，然后环顾四周，看清吃饭的地方是东家做豆腐的工场间。一只黑乎乎的磨架搁在两只脏兮兮的磨凳上，磨架上搁两块豆腐板，红烧肉就放在豆腐板上的八只菜中间。墙上一盏马灯，照出昏黄的灯光。一起吃饭的帮工借着酒兴说起东家"冲喜"的事来。

吃过饭，天已漆黑，东家说："金师傅，你吃了酒，走夜路行吗？"

金喇叭说："这点路，我闭着眼睛也能摸到西栅桥（朱溪镇镇西一座古石桥）。"

金喇叭带着几分醉意，告辞出村。金麻子看到铜喇叭插在父亲身后的腰带上，六块大洋放在父亲贴身的衣袋里，跟着父亲摸黑走出渔村。走到新娘子落水的地方，金麻子朝河里看了一眼，粼粼波光有几分神秘，神秘的波光又让他想起关于落水鬼、替死鬼的传说，后背感觉凉飕飕的。金麻子加快脚步跟着父亲走上独木桥。到桥中，金麻子觉得桥板在抖动。

金喇叭在前面说："儿子，脚不要、不要抖，来，抓住、抓住喇叭口……"

金喇叭慢慢从腰后抽出喇叭，朝后递来。

金麻子说："爹爹，我脚不抖，是你的脚在抖。"

金喇叭说："我抖、抖吗？"

金麻子伸手接喇叭，没接住，喇叭朝急水港里掉，金喇叭转身扑向喇叭……"扑通"一声，金喇叭掉进急水港，河面溅起很大的浪花，浪花落下涌起一个个漩涡，漩涡推着波浪向岸边滚去，河面很快恢复了平静，只有湍急的水流发出"哗哗"声。金麻子静静地在河边等着父亲钻出水面，他知道父亲水性好，很快就能从河里冒出来。等了很久，水面黑乎乎一片，不见父亲冒头；又等了很久……

一种不祥的预感从金麻子心里冒出，金麻子开始慌乱，对着河面喊叫："爹爹、爹爹，你在哪里，你在哪里呀！"

回答他的是哗哗的流水声和呼呼的风声，仿佛在替渔村村民告诉他："你爹已成为替死鬼了！"

少年金麻子毫不畏惧，对着河水喊："落水鬼，你们听着，救新娘子的是我金鲲，不是我爹；你要找的替死鬼是我，不是我爹，你放了我爹，我来了！"

说完，金麻子纵身跃进河里，钻到水底寻找失踪的父亲。水底只有黑幽幽的水草，它们如鬼魂一样在飘动，根本不见父亲的影子……金麻子浮出水面透了口气，再次钻入河底……

水面飘起薄雾，雾从淀山湖飘来，越聚越浓，田野、村庄、独木桥在雾中若隐若现，宛如仙境。金麻子瘫坐在岸边，焦急、恐惧、寒冷让他浑身打战。河面上飘动的白雾，像幽灵一样无声无息，像鬼怪一样神神秘秘，更像丧事人家"板门"前悬挂的白布，让金麻子感到父亲一定被落水鬼抓去当替死鬼了，不然父亲怎么会跳进水里钻不出来呢？金麻子知道自己无力救父亲，他一口气跑回家，敲开了夏家米行夏老板的家门。夏老板听完金麻子描述，知道金喇叭已凶多吉少。

金喇叭的尸体是用滚吊（当地农村打捞溺水者尸体的专用工具）滚起的。看热闹的渔村人都说金喇叭被落水鬼拖去当了替死鬼。

夏老板将金麻子住的小屋布置成灵堂，让米行伙计给金麻子父亲擦身，奇怪的是金喇叭的手紧紧抓着喇叭，任人怎么扳手指，就是扳不开。

金麻子见状，不由大叫一声："爹爹，你傻呀，为了一只喇叭，搭上一条性命，不值呀！爹爹，你走了，撇下我一个人，让我怎么过呀！爹爹，你放心，我会学吹喇叭，和你一样给人'吹喜''吹丧'养活自己……"

就在这时，金喇叭手中的喇叭掉了下来，在场所有人都觉得十分怪异。

金麻子接住喇叭，又在父亲上衣口袋里找到了"吹喜"的六块大洋，他把喇叭插在背后，双手捧着六块大洋，来到夏老板面前说："夏伯伯，你料理我爹的后事花了很多钱，这点钱先给你，余下的等我……"

软心肠的夏太太一把抱住金麻子："孩子，钱你收好，以后你就到米行吃饭。"

夏老板的一双儿女夏雨和夏雪一起安慰金麻子："我们一起吃饭，一起玩。"

金麻子想说句感激的话，却找不到一句合适的，便跪倒在地，磕了三个头。

夏老板扶起金麻子："孩子，不用这样，不用这样，你爹妈在米行做了一辈子，我为你父亲做这些都是应该的。以后你要像你父亲一样成为第二个金喇叭，如果学不成，就到米行来学生意……"

父亲"断七"，金麻子开始学吹喇叭。金麻子整整吹了一年，学会了《哭五更》《哭别曲》等丧调，吹出了"吹喜"的《百鸟朝凤》整首曲子，可惜无人请他"出活"。

三

夏老板的女儿夏雪在去上海读书前，到家住镇南的一位先生家里补课，途中需要走魂荡浜（朱溪镇最大的墓地）边上一条蜿蜒的小路。

最近，这条小路上游荡着一个地痞无赖。那天无赖见到夏雪一个人蹦蹦跳跳在路上走着，就伸手拦住了夏雪，说："给我亲一下嘴就放你走。"

无赖的举动吓得夏雪大喊救命。魂荡浜位置偏僻，墓地里阴气沉沉，很少有人经过，夏雪的喊声就显得十分苍白。无赖一步步逼近夏雪……

金麻子练习吹喇叭，怕喇叭声打扰邻居，就到魂荡浜墓地吹，反正死人听不见。这天他正起劲地练着，换气的时候，隐约听见墓地外喊救命声，他拔腿就往墓地外跑，当见到无赖揪着夏雪手臂要亲她嘴的时候，不由得大喝一声："你敢欺负夏小姐，先把我打死。"

金麻子一个箭步冲上去，把喇叭砸向无赖的后背。无赖忍着背上的疼痛，放开夏雪转身朝金麻子脸上挥起一拳，金麻子举起手中的铜喇叭抵挡无赖的拳头，嘴里喊着："夏小姐快跑！"

夏雪一口气跑回家，让父亲赶快派人去救金麻子。夏老板叫上米行的伙计，抄起一根扁担赶去魂荡浜。

金麻子从小到大没打过架，如今十五岁的少年面对十八岁的无赖，几个回合金麻子就被摁在地上，无赖抓过金麻子手中的喇叭，把金麻子打得头破血流、头晕眼花。

无赖爬起身，整整衣服，说："再敢坏我好事，要你命!"说罢将喇叭摔在地上，转身离开。

金麻子爬起身用头撞向无赖的后背，无赖猝不及防跌了个嘴啃泥。这一幕正好被赶来的夏老板和米行伙计看到，伙计们佩服金麻子小小年纪不畏歹徒、挺身而出，把金麻子看成少年英雄。无赖见来了一大帮人，拔腿就逃。金麻子见到夏伯伯，眼前一黑，倒在了地上。夏老板不知金麻子伤得如何，亲自送金麻子去童天春药房就诊。

坐堂郎中陆先生经过一番诊断，说金麻子是脑震荡，然后给金麻子扎了针，开了四帖中药。金麻子头上缠着纱布，头脑晕晕的，伤口隐隐作痛，心里却美滋滋的。他没有因打不过无赖而沮丧，他觉得保护夏小姐是自己应尽之责，即便头破血流，在所不惜!而且流血比不流血更加生动。金麻子躺了一夜，第二天起床脑袋不晕了，他认为夏雨哥已去上海读书，护送夏雪补课这件事自己应该做到底，就拿着卷了口的喇叭来到米行，向夏老板提出送夏雪去补课的想法。

夏老板说："你打不过无赖，我让别人送吧。"

金麻子说："夏伯伯，无赖敢来，我和他拼命!"

夏老板问："你真不怕?"

金麻子斩钉截铁地说："不怕!"

米行伙计认为金麻子勇气可嘉，但不自量力，明知打不过，还要充好汉，好在夏老板肯定不会让金麻子送女儿去补课的。

但伙计听到夏老板说："那好，你去送吧。"

伙计心里想，夏老板糊涂啊，这个决定会害了你女儿的，但既然老板决定了，没人再多嘴。

金麻子自知打不过无赖，但想到无赖不会一直在这条路上寻衅滋事，说不定走过路过就不来了。最重要的是，夏老板给金麻子一家帮了太多的忙，他要报恩!金麻子年少气盛，他让夏雪走在身后，自己手拿喇叭，雄赳赳气昂昂朝魂荡浜那条蜿蜒小路走去。刚到路口，发现那无赖在老地方等着，这是金麻子万万没有想到的。无赖印堂中间长着一颗黑痣，金麻子认出无赖是读不出书的"小辫子"，此刻正凶狠地注视着他。

金麻子开始心慌，怕夏雪受到伤害："夏小姐，你回去，我挡着他。"

说完，金麻子朝无赖慢慢走去，走着走着就胆怯起来。打不过无赖就会被无赖一顿暴打，乖人不吃眼前亏，逃吧？但夏雪还没有走远。于是金麻子停下脚步，想拖延时间。无赖见金麻子站在原地不动，就伸出食指朝他勾了两下，见金麻子还是不动，便从袖管里抽出一把铁尺，一边挥着，一边慢慢逼近金麻子。金麻子有点恐惧，右手紧握喇叭，左手握起拳头，他想最多小命撂在这里……

夏雪又像上次那样跑回家让父亲带人去救金麻子。可这次夏老板不但不去救，还笃定泰山地说："金鲲没事，马上就回来了。"

米行伙计都见过金麻子被无赖打得头破血流的狼狈样，今天头上还缠着纱布，怎么可能得胜而归?! 就在众人疑惑之际，金麻子真的毫发无损回来了。

这一次，米行伙计真正把金麻子看成英雄，当面对他说："金老弟，了不起!"

金麻子一个劲摇手："承蒙夸奖，承蒙夸奖，金鲲不敢当。"

金麻子能安然无恙回来的原因，只有夏老板和金麻子两个人知道。说简单点，就是夏老板为了女儿的安全，昨天到五里路开外的武术之乡淀山庄请小红拳掌门沙老大暗中保护，倘若无赖再次出手，即将其擒获送交水警队处理。所以当无赖正欲向金麻子下狠手时，沙老大手中的枣木棍挡开了无赖的铁尺，一把将其擒获。

临别，沙老大向金麻子双手抱拳，说："以后你明里送夏小姐，我暗里保护，这叫双保险。"

金麻子也学着沙老大双手抱拳的样子，说："是您一保二呀!"

从此，那无赖不敢造次，直到夏雪补完功课去上海读书，再没有出现。

事后，夏老板问金麻子："想不想去拜师，学武功?"

金麻子学沙老大双拳一抱："想!"

夏老板说："一个孤儿，日后闯荡社会，不学点功夫，遇事吃亏。"

从此，金麻子拜沙老大为师。刚到淀山庄，沙老大让金麻子给各家各户挑猪粪肥田。金麻子想不通，他是来学武功的，怎么让他挑猪粪？猪粪装满两畚箕，扁担上肩，人却站不起来；装半畚箕，人站起来了，两脚无力，走路像

"画花"。挑完一座猪圈，金麻子已累得直喘气，肩上还磨出了水泡，但他咬着牙，坚持到天黑。夜饭吃的是肉饭，肉每人两块，饭可以敞开吃。金麻子吃了六碗饭，最后三碗饭没有肉，是加了肉汤吃完的。

一个月后，金麻子能把满满两畚箕猪粪挑在肩上健步如飞，沙老大这才问他："师父让你挑猪粪，你是否有想法？"

金麻子挠着头皮说："开始有想法，现在没有了。"

沙老大又问："为啥现在没有了？"

金麻子说："师父在练我的脚劲。"

听到金麻子说出这句话，沙老大脸上露出了笑容。从第二个月开始，沙老大教金麻子蹲马步，一蹲半天；让金麻子双手举石担，单手举石锁，金麻子从开始的五下，练到一口气能举一百下；还教金麻子练鹞子翻身、空身翻、旱地拔葱……

练到第三个月，金麻子问沙海："师父，啥时能学拳脚、棍棒功夫？"

沙老大说："练武之人，脚无定力、手无动力、身无活力，光练拳脚那是花拳绣腿，扎实的功夫是时间堆出来的。"

一席话让金麻子开始领悟练武的深意。第四个月，沙海才让金麻子练梅花桩。所谓梅花桩，其实是沙老大家门口场地上竖着的一根根一人高的木桩子。金麻子认为经过四个月的锻炼，已有脚劲，登上梅花桩，才发现双脚发软……原先说好跟沙老大练武半年，结果练了整整一年才回家。回到家，金麻子得知夏雨在学校被人打了，正在家里养伤。

金麻子来到夏雨房里，握着拳头问："夏雨哥，谁把你打伤的，我去帮你出气！"

夏雨看着练了一身武功回来的小兄弟，摇着头说："我参加学生运动，上街游行，结果让警察给打了。"

金麻子不懂，学生为啥不读书要搞游行运动，便问："学生不念书，上街游行为啥呀？"

夏雨从床上坐起身告诉金麻子："倭寇侵占东三省，大片国土沦丧，面对国难，莘莘学子上街游行，以唤醒政府，义不容辞啊！"

金麻子第一次听到这些新名词，似懂非懂，但他认为夏雨哥做的事一定是对的……

有人说金麻子命不好，学会了吹喇叭，接不到吹喇叭的生意；学会了武功，夏雪去了上海读书，无人可护；夏雨遭警察打，他也插不上手。金麻子赚不到钱，不想一辈子吃住在夏伯伯家，便每日上街找活干。一日，金麻子在城隍庙看到毛家豆腐店张贴的招聘启事，便按照启事上的地址进店应聘。

接待他的是刚接替父亲当上老板的毛一尘，年纪三十不到，穿一件长衫，瘦脸，眯细眼，带着一种皮笑肉不笑的表情问金麻子："做豆腐半夜上工干活，会不会睡过头？"

金麻子说："不会。"

毛老板又问："会不会推磨？"

金麻子说："没推过，但一定能学会。"

毛老板眯细眼一眨，说："一日三餐，包吃不包住，月供六块大洋，做满一年结账。"

金麻子一口应允。

第 二 章

一

毛家豆腐店有着百年历史，四代传承，在四邻八乡不仅名气响，连镇上豆腐菜价也由毛家说了算，用时髦话说就是毛家握着豆腐行当的"定价权"。毛家定啥价，其他摊、坊、店都跟着卖啥价。曾有人定过高价，顾客会说："比毛家豆腐还贵，当肉卖不成？不买！"也有人标过低价，顾客就说："啥货啥价钿，低价豆腐肯定质量差，不买！"因此到镇上做豆腐生意，只能跟着毛家卖一样的价。

毛家生意红火，人丁却不兴旺。

向金麻子问话的是毛家的独子毛一尘。毛家三代单传，对毛一尘寄予厚望。毛老板给儿子取名一尘，是希望儿子像尘土一样永恒。

毛一尘六岁上私塾，上学第一天回家，毛老板问儿子："学到点啥？"

毛一尘张口就说："人之初，露屁股；肚皮饿，吃豆腐……"

毛老板不等儿子往下扯，"啪、啪"给了儿子两个耳光。

毛一尘伸出小手捂着脸大哭。

母亲赶忙护儿子："他才六岁，第一天上学，能把学到的用嘴说出来不容易了！"

毛老板说："我打他是因为他对圣贤书大不敬，读书必须一本正经，切不可油腔滑调。"

毛一尘从此再不敢把同学开的玩笑话拿到家里来说。礼拜天，毛一尘去豆腐店玩，走进店堂就遭父亲训斥："回家念书，这里不是你白相（玩）的地方。"

三百六十行，最苦最累的便是撑船、打铁、做豆腐。毛老板不希望儿子一辈子与豆腐打交道，儿子还在妻子腹中时，他就希望儿子出生后步步高中，光宗耀祖。也是人算不如天算，毛少爷刚出生，光绪皇帝下了"停科举，办学堂"的诏书，彻底断了毛老板望子成龙、进士及第的奢望。也许毛一尘注定是个做豆腐的老板，他在县学堂没有学到吟诗作文的本领，却在学堂边上的一家豆腐作坊里学会了制作素鸡的手艺。回家后，毛一尘告诉父亲卖剩的豆腐菜只要不是油里汆过的都可以当作素鸡原料。毛一尘当着父亲的面，把店里卖剩的豆腐干、老豆腐、干丝捣碎，用豆腐布包成圆柱状，两头扎牢，中间扎紧，再到榨床榨出泔水……第二天拆开豆腐布，一卷素鸡呈现在父亲眼前。

毛老板看着儿子做素鸡的热情，一脸无奈，摇着头说："龙生龙，凤生凤，我的儿子做豆腐！我怎么就没有想到开发素鸡这道豆腐菜呢？"

毛家素鸡在毛一尘回家后的第七天正式上市。顾客不知素鸡为何物，第一天上市只卖出三成。第二天，毛一尘把剩下的素鸡全部烹饪成美味的红烧素鸡，摆在店门口让顾客免费品尝，再把当天的新鲜素鸡切成片，散装销售。顾客尝过素鸡的味道后说："像红烧肉。"后来镇上居民给素鸡起了个好听的名字——素肉。素鸡的销路一天比一天好，后来经过茂林馆饭店大厨的加工，烹调出好几种吃法，一时间毛家素鸡风靡全镇。

光宗耀祖成了泡影，毛老爷希望儿子娶妻生子，延续毛家香火。让毛老爷深感意外的是，儿子竟然娶妻不生子，先后讨了四房老婆，花尽家中积蓄，竟连毛家香火的火星都没有看见……

大太太梅花，嫁入婆家就把毛家豆腐店当作自己一生的归宿，跟着婆婆学做豆腐。不到三个月，她推磨磨豆浆、点浆做豆腐、扯浆千层张、洒水滚油泡、榨床榨豆干等一应手艺样样拿得起：扯浆，比婆婆出手快；汆油泡，水洒得比婆婆匀……婆婆看着勤快的儿媳打心里高兴。然而梅花嫁入毛家三年，没能生下一男半女。这可急坏了上过私塾、读过"四书五经"的毛老板：不孝有三，无后为大！公公婆婆经过商量，决定让儿子娶二房，以续香火。婆婆认为大媳妇三年不育，一定是半夜起床，烧、磨、扯、汆、榨，一刻不停，做豆腐累的。为了延续香火，婆婆决定二房进门"只管养小囡，不用做事体"。

二太太菊花嫁到毛家，饭来张口衣来伸手，两年后，菊花的肚子不见动静，公婆认定二房与大房一样也是只"不下蛋"的母鸡。菊花被婆婆赶出西楼房，住到底楼厢房，每天还得半夜起床到豆腐工场干活。菊花搬豆浆晕倒在地，滚烫的豆浆浇在身上，手臂、肩膀、胸脯多处起泡，浑身火辣辣的，除了大太太关心她，没人在乎她的死活。毛一尘知道后没有一句安慰话，还说："做生活不用心，活该！"在三太太进门的那天晚上，菊花拿出一把剪刀插进了肚子。

三太太荷花长得娇小玲珑、文静得体，在进门第二天目睹了菊花血肉模糊的肚子上插着一把剪刀的血腥画面，从此只要闭上眼睛，眼前就会出现二太太肚子上那把滴血的剪刀。她在嫁入毛家不久后便削发为尼……

三房太太，个个漂亮，却没有一个为毛家生出一男半女。毛老爷对三个儿媳进行了研究后发现：三房太太人虽漂亮、身也苗条，但乳不丰臀不肥，都不是养小囡的身段。毛老爷告诫儿子："讨老婆不是只看脸漂不漂亮，要看臀大不大，下蛋母鸡屁股都大。"毛老爷决定第四个儿媳必须娶一个丰乳肥臀的女人。媒婆为了寻找丰乳肥臀的姑娘，跑遍全镇待字闺中的人家，结果不要说屁股大的，就是屁股小的都不愿意嫁进毛家做偏房。也是功夫不负有心人，一艘北方运煤船船老大的女儿，厌倦运输船居无定数的漂泊，想嫁到镇上过安定的生活。媒婆闻讯立马来到停靠驳船的放生桥岸边，这里停靠着来自全国各地的各种驳船，有贩米的米船、贩油的油驳子、运煤的煤船，还有装满笋尖、木耳、香菇、茶叶等杂货的货船……

媒婆一艘船一艘船找，上到第八艘船，才遇到这位想嫁到镇上的北方姑娘，姑娘姓桂，单名一个花字。但见桂花姑娘身材粗壮，胸突臀翘，活脱一只"生蛋母鸡"。媒婆立马脸上堆笑，送上一串好话："船老大，你家'千金'额宽脸圆，富贵；眼大耳大，福齐；胸丰臀凸，多子……好福气呀！"在媒婆巧舌如簧的撮合下，船老大夫妇答应了这门亲事。于是，四太太桂花在一个黄道吉日，坐着八抬大轿风风光光嫁进了毛家。两年来，桂花吃过陆先生开的中药，拜过送子观音，结果照样"不下蛋"。四太太在得知毛老爷打算给儿子毛一尘娶五太太的那天，留下一封自休书，不辞而别。

半年后，重新嫁人的四太太怀孕了，还挺着大肚子到镇上兜了一圈，仿佛用无声的语言告诉全镇人："本太太'土地肥沃'，是'种子'不发芽！"

镇上人开始在暗地里说："毛少爷卵里无虫，是个'无用人'！"

……

每天在街上找活干的金麻子对毛家为续香火而发生的这些"风流韵事"虽有耳闻，却并不关心，他关心的是自己能否找到活干，能否养活自己。直到他进入毛家豆腐店当伙计，听店里人说五太太嫁入毛家并怀上毛家香火是一个阴谋，还说他金麻子是五太太的人，金麻子这才对毛家的"风流家事"产生一点兴趣。

五太太的这个阴谋还得从毛老爷说起。

毛老爷绝不会坐视毛家香火传到独生子毛一尘这里就断子绝孙，他要为儿子娶第五个太太。决心下了，可是本镇人都知道毛家宅凶，除了大太太，一个自杀，一个出家，一个逃走，不要说续香火，人都留不住，再加上毛少爷是个"无用人"，镇上姑娘再无人愿意嫁进毛家。

嫁进毛家的五太太不是本镇人，据说五太太是死了丈夫的年轻寡妇，为人处世不露声色。媒婆上门保媒，五太太没有当场答应。凭女人的直觉，四个太太都怀不上孩子，那肯定是男人的问题，所以五太太专门从老家嘉善一个叫姚庄的小镇坐船到朱溪镇了解毛家，目睹了毛家豆腐店的门面，察看了毛家坐落在东井亭街上的石库门房子，还拜访了给四太太开方子的童天春坐堂郎中陆先生。陆先生说，四太太无不孕症，给她开的不是促孕药，而是调理药。陆先生的话印证了镇上的传言：毛一尘是个"无用人"。

五太太告诉镇上媒婆："毛家还算殷实，我愿嫁，可丈夫是个'无用人'，我如何能续上毛家香火？我可不想步四位太太后尘，被打入冷宫做豆腐。"

数天后，媒婆再次坐船来到嘉善五太太家中，咬着五太太耳朵说了一番话，说得五太太脸红心跳，一个劲儿说："不行、不行、不行……"

媒婆说："我看这是让毛家续上香火的最佳办法，也是你时来运转的最好机会。"

五太太环顾家徒四壁的穷家，凝视着刚学会走路的儿子，一个"发家"的计策慢慢在心中形成，于是她抬起头，答应了媒婆。

嫁入毛家，五太太与前四位太太不一样，大太太去豆腐工场是为了做豆腐，二太太去豆腐工场是为了显摆"公主"身份，三太太去豆腐工场是报丧，四太太去只是出于好奇，五太太来到豆腐工场见到伙计就主动打招呼，伙计们就报以微笑。来到梅花身边，五太太会羡慕地说："梅花姐，你手脚真麻利，做出来的千层张如宣纸，滚出来的油泡像元宝，真是无可挑剔。"或者说："那些伙计都是你挑来的吧，个个像你，是一等一的好手……"不到一个月，五太太就把这些人的来龙去脉了解得八九不离十了，知道一个年纪大的是公公父亲手里留下的老伙计，两个年纪轻的伙计是大太太梅花的表哥和表外甥。

半年后，当五太太宣布自己怀上"小囡"的喜讯时，毛府上下一片欢腾，连大太太梅花也为五太太高兴。

毛老爷一高兴，就对全家人说："五太太毛兰氏兰心惠泽，怀上了毛家的后代，五太太的小名就叫'兰花'吧。从今天起，少爷毛一尘正式接管毛家豆腐店生意，成为当家老板。"

毛家沉浸在添丁续脉的喜悦中，却无人注意到毛家独子、新任老板毛一尘郁郁寡欢的反常表情。毛一尘不喜欢读圣贤书，不等于他不精明，他是一个特别能算计的商人。他曾偷偷吃过童天春药房陆先生的"肾阳煎"等专治男性不育的汤药，汤药灌进肚子却毫无作用，陆先生说他是先天"水精"；他也算过命、拜过佛，算命的说他"命中无后"。当四太太重新嫁人挺着个大肚子再回到镇上的时候，毛一尘断定：毛家香火将在自己身上断绝！

所以毛一尘对父亲让他再娶一房太太心灰意冷，他告诉父亲："五太太进门，一样不会怀上毛家的后代，不要再花冤枉钱了。"

但毛老爷牢记着"不孝有三，无后为大"的祖训，告诫儿子："五太太必须娶，娶来后必须怀上毛家的种，否则毛家将断子绝孙！"

五太太进门前，毛一尘瞒着家人到五太太的出生地去了一次。

新婚当夜，毛一尘面对皮肤白皙、身材丰腴的五太太，竟然没有一丝一毫的冲动，是新娘五太太主动给他宽衣解带的……面对五太太雪白的身子，他仍是银样镴枪头一个。五太太不再主动求欢，而是躺在被窝里，软声细语地告诉毛一尘自己的不幸。她说自己嫁过男人，男人不仅是个酒鬼，还是个"戳药水"

（吸毒）的烟鬼，男人败光家财，最后"戳药水"过量见了阎王，留下一个三岁的儿子……

毛一尘毫无表情地说："为啥把你的秘密告诉我？不怕我不要你？"

五太太把自己温暖的身子紧紧贴在毛一尘后背，继续轻声慢语："你去过我老家，我要消除你的心病，我们方能做成夫妻。你也不会不要我，因为我是唯一能为毛家续香火的太太，你放心，我生过儿子，也一定能为毛家生出后代来。"

毛一尘冷冷地说："没有女人能为毛家续上香火，你没听镇上人背后说我是'无用人'吗！"

这个新婚之夜，五太太终生难忘，因为在这个新婚之夜，毛一尘"见花不举"。尽管五太太使出了浑身解数，连一位老中医说的办法都试了，但也没能让毛一尘雄健起来，最后只能草草收场。

五太太伤感地说："四位太太伤了你的精气神！"

五太太有"喜"的消息在朱溪镇不胫而走，毛一尘是个"无用人"的传言也戛然而止。做公公的毛老爷喜形于色，不再担心毛家绝后；婆婆每天记挂着给儿媳买好吃的，怕饿着肚子里的毛家后代；大太太梅花表面上跟着高兴，实际上心里非常自卑，总觉得愧对毛家，内心还出现一丝不祥的预感。毛一尘在新婚之夜"见花不举"后，出现了一个奇怪的现象：与梅花同房，正常如初；与五太太同衾却"见花不举"，偶尔"举而不坚"，怎么可能让女人怀上？毛一尘在得知五太太有"喜"的喜讯后，脸上没有喜悦，五太太"喜"从何来？他认为有"喜"便是"祸"！他排除了所有五太太怀孕的可能性，最后得出一个结论：五太太怀孕是一个阴谋，是一个进门之前就盘算好的阴谋。毛一尘开始猜想、推算，他认为谁是同谋，谁就是让五太太怀上的"罪魁祸首"！可是，当他真算出五太太同谋的时候，他傻了，他不能揭穿这个阴谋，也不愿接受这个阴谋带来的现实，但又极其理智地认同：这是传承毛家香火的唯一办法。从这一刻开始，毛一尘在所有人面前才真正装出要当爹的"喜悦"来，无人看出这"喜悦"里包含着巨大的苦恼、无奈和委屈。这就是毛一尘的精明，也是毛家最大的隐私。

二

金麻子找到了能养活自己的活计，兴奋了三天。他怕半夜一点上工迟到，特地向夏伯伯借了一只闹钟。半夜一点，街道笼罩在黑暗里，整个镇子都在沉睡。抬头望天，星星在左右屋檐夹出的"一线天"上呈带状闪烁，仿佛是仙女用金线绣在屋檐上的金星；河面寂静，橹声、水声、艄公俏皮的歌谣声，都让给了枕河而眠的鼾声……金麻子望着星星，内心充满希望，觉得新的人生开始了。他循着星光，在漆黑的街道上向毛家豆腐店快步走去。

毛家豆腐店坐落在城隍庙东侧的漕河街街面上，四开间门面，前店后工场。金麻子走进毛家豆腐工场，看到了在渔村"吹喜"时看到过的场景：磨凳、磨盘、磨架子，压石、榨床、豆腐板……大太太梅花给金麻子端来一碗热豆浆和一只大饼。金麻子吃着喝着，心想：到底有活干好，半夜还能喝豆浆、吃大饼。金麻子第一次推磨，力气用得蛮大，却不得要领，磨盘怎么推都推不圆。

毛一尘骂道："你是驴呀，蒙上眼睛才能走圆圈？"

一句话提醒外行人，金麻子搭在磨架上的双手前后左右朝圆里推拉，让掌磨的毛一尘感到金麻子脑筋好使。金麻子磨完豆浆，毛一尘又吩咐他去灶间将热腾腾的豆浆搬到里屋给毛老爷点浆。天明时分，毛一尘和伙计们将一板板豆腐、一筐筐豆腐菜搬到门店，等着开门迎客。休息的时候，金麻子听到了伙计的议论，说金麻子能进毛家豆腐店，是五太太"设计"赶走大太太表哥阿伙后垫的空缺。所谓"设计"，就是五太太让大太太表哥阿伙去家里干活，阿伙偷看五太太洗澡，毛老爷一怒之下，辞退了大太太的表哥阿伙。

阿伙回到豆腐工场，对表姐说："这个女人歹毒。"

梅花问："你没偷看，是她诬陷你？"

阿伙说："是她叫我拿毛巾到房间去，推开门刚好看到她在洗澡，是她设的局——谁要看她！"

阿伙走了，金麻子垫了缺。到了第四天，严重缺少睡眠的金麻子扛不住了，他一边推磨一边打起了瞌盹（瞌睡）。把磨的毛一尘见磨盘不转，舀起一勺冰冷的豆浆朝金麻子头脸上泼去，大声吼道："叫你来是干活的，想睡觉回家去！"

金麻子一个激灵醒来，看见毛一尘又舀了一勺豆浆准备泼来，赶紧用力推磨。金麻子困乏至极，上眼皮沉得抬不起来，但现实告诉他，再困再乏也不能停止推磨，这是他养活自己的饭碗。在毛一尘将一桶豆浆端去灶间的空隙，金麻子从洗刷磨盘的"洗帚"（竹制洗刷用具，半个世纪后出现钢丝球，洗帚逐渐被淘汰）上扳下一根竹丝，撑在上下眼皮间，不让上眼皮耷落。大太太梅花看到丈夫用冷豆浆泼金麻子，在第一锅豆浆出锅后，给金麻子端来一碗热腾腾的豆浆。浑身发烫乏力的金麻子感激地朝大太太连说了三声"谢谢"。

烧火工白弟见表姨关心金麻子，嘀咕了一句："他一定是五太太弄来的，帮他干吗！"梅花让白弟好好干活，在工场间不要乱说话。

"新箍马桶三日香"，兴奋、劳累、少睡，加上冷豆浆浇身，金麻子在上工第五天发起了高烧。半夜闹钟铃响，金麻子硬撑着起床，来到豆腐工场感到磨盘特别沉，推着推着两眼一闭，睡着了。把磨的毛一尘照例舀起一勺冰冷的豆浆泼向金麻子，他最恨伙计干活偷懒，认为伙计偷懒等于偷东家的钱财。冰冷的豆浆顺着金麻子的领子朝滚烫的前胸后背慢慢流淌，趴在磨柄上的金麻子"哧溜"一下，蜷缩在地上瑟瑟发抖。

毛一尘以为金麻子耍赖，又舀了一勺豆浆泼在金麻子身上，猛喝一声："想干，爬起来；不想干，滚回去！"

金麻子蜷缩在地上一动不动。

大太太梅花听到丈夫吼叫，赶紧走来，俯下身摸了一下金麻子滚烫的额头，赶紧叫白弟去泡一碗姜汤来。

"你管他干吗，让白弟来推磨，泡什么姜汤，到点开不出店门怎么办！"老板毛一尘的吼声在工场间回荡着。

自五太太怀孕起，毛一尘变得乖戾、暴躁，一不称心，开口就骂。连续两天不问青红皂白用冰冷的豆浆泼金麻子，太不近人情。梅花不敢当面指责丈夫，只是婉转地说："这么对待金喇叭的儿子，传出去不好听的，他是个孤儿。"

毛一尘扔掉手中勺子，毫不留情地说："孤儿怎么了，毛家开的是豆腐店，不是孤儿院。五太太一旦临产，妈就会待在家里伺候产妇，这里人手会更少，这小子干活打瞌睡，谁来推磨，豆腐店生意怎么做？"

毛一尘的担心不是没有道理，但母性让梅花不能不管发着高烧蜷缩在地上的金麻子。

就在这时，金麻子醒了，他努力从大太太梅花的手腕中仰起身，说："老板，人手紧，我这就起来推磨。"金麻子浑身颤抖着撑起身，扑到磨杆上，却怎么也推不动磨盘。

毛一尘眯起小眼睛，挥手说："滚蛋，干不了活，滚回家去！"

金麻子听到毛老板让自己滚蛋，一阵晕眩，闭上了眼睛……金麻子觉得自己是踉踉跄跄走出毛家豆腐工场的，他想回到夏家米行夏伯伯身边去，转念一想不行，自己不能一辈子靠别人施舍。

金麻子不知不觉走到了魂荡浜父亲的坟墓前，又饿又冷又困又乏的他扑倒在坟墓上，对着坟墓喃喃地说："爹爹，我干不动活了，我不想干了。受人欺，遭人骂，活在世上要口饭吃真难啊！爹爹，你告诉我，怎么做才能有活路啊？"

墓地里一片空寂，唯有风吹着树叶发出"沙沙"的声音。

忽然，坟墓中传来金喇叭的声音："鲲儿，世道艰难，你刚迈出人生第一步，苦难才刚刚开始，人生的路长着哪！鲲儿，朱溪多商人，商人重利轻情谊，做人不仅要'知趣''识相'，干活做事还要'鲳鲅鱼留三寸肚肠'，靠力气吃饭，不能用完力气；靠手艺吃饭，不能把手艺露底；靠嘴巴吃饭，不能把话说绝。鲲儿，男人只有吃得别人吃不得之苦、受得别人受不得之罪、干得别人干不得之活，才能成为真正的男人……"

金麻子趴在坟上，哭喊着："爹爹，你出来呀，这些话为啥今天才说……"

坟墓里再没有父亲的声音传出，金麻子就趴到母亲坟上，哭着说："姆妈，我困我冷我饿，抱抱我，抱抱我好吗？"

坟墓里没有传来母亲的声音，突然，灿烂的阳光洒满墓地，金麻子仰面朝天，让阳光照到脸上、身上，他想把被毛一尘用冰冷豆浆浇湿的衣服晒干，可是坟墓上的杂草扎在背上，痒痒的、刺刺的……不知过了多久，金麻子睁开眼睛，发现自己光着身子躺在一个灶仓口，身下垫着一堆稻柴，刺在身上痒痒的、刺刺的，身上盖着一件夹袄，灶膛里蹿着火苗，暖暖的。伙计白弟在灶膛口烘着已经洗净的金麻子的衣裤，金麻子这才知道在墓地与父母对话原来是一个梦。

金麻子问："白弟，这是哪里？我怎么会在这里？"

白弟说："这是豆腐工场的灶膛间，你已经在这里躺了一整天了。"

金麻子抬头朝屋顶天窗望了一眼，望见了天上的星星。他想起凌晨自己打瞌睡被毛一尘浇了两勺冰冷的豆浆，毛老板还辞退了他。金麻子心想既然被辞退，就不该赖在毛家豆腐店，回家吧，等日后身体好了再找活干。

金麻子掀开夹袄想起身，看到自己光着身子，赶紧将夹袄遮住下身，说："白兄弟，把衣服给我，老板辞了我，我不能赖在这里。"

白弟照旧烘着衣服，不紧不慢地说："大太太帮你说情了，让你留下。她怕你病重，要我照顾你，给你喂姜汤、擦热水身。你真脏，身上的污垢边擦边掉，脱下的衣裤发臭，大太太收工后给你洗了，你闻闻，一股太阳香。大太太还说，你以后不要睡在家里，和我一起睡在豆腐工场，睡饱了就不会打瞌睡了。"

金麻子觉得大太太像菩萨，又好又善，不像毛一尘，眯细眼转不出好事来。睡了一整天的金麻子恢复了体力，穿上洗净烘暖的衣裤，精神为之一振。

三

五太太怀孕不仅大大巩固了她在毛家的地位，还使她收获了毛家上上下下的呵护。但五太太还有一块心病没有解决，那就是丈夫毛一尘至今与她形同陌路，连夫妻间最起码的沟通、亲昵都做不到。如果得不到毛一尘的心，那么嫁进毛家前设的"计策"定会落空，这是五太太最不愿看到的。一天晚饭后，毛一尘发现五太太对着他美目流盼，那目光分明是在向丈夫示爱。

毛一尘装作没看见，拿起一根牙签一边剔牙，一边起身想离开客堂，却被五太太伸手拉住："一尘，到我房里来一下。"

毛一尘再也假装不了，只得跟着五太太来到西楼房。他进房就问："有啥事？"

五太太一把抱住丈夫："我想要……"

"你怀着孕，不能行房事。"毛一尘试图推开五太太。

"现在可以的，等肚子大了才不能行房事。"五太太抱得更紧，仰起头，闭上眼，等待着毛一尘的回应。

毛一尘闻到了五太太身上的体香，下意识地低下头去亲吻娇妻，刚碰到五太太的嘴唇，就想起五太太怀孕可能存在的阴谋，一股怒火顿时从心底蹿起，他猛然推开五太太，转身出门。毛一尘突然的举动让五太太猝不及防，望着毛一尘走向大太太梅花房间的背影，五太太的眼泪忍不住喷涌而出。委屈、心酸、无助，五太太浑身颤抖，她握紧拳头，在心底狠狠地说："我一定会把你系在我的裤腰带上！"

五太太很快恢复了平静，擦掉眼泪，坐到梳妆台前重新补妆。她看到镜中的女人皮肤白嫩，柳眉下的凤眼含情脉脉，浅浅一笑百媚生，这样一张脸蛋还怕征服不了眯细眼？

她振作起精神，再次绽开灿烂的笑容，拿起床上的一个包袱，迈着轻盈的脚步走进大太太梅花的房间，装作一副惊讶的样子说："哎哟喂，两口子进房怎么连个房门也不关呢？姐姐，我进来啦。"

大太太梅花正在房里纳鞋底，见五太太不请自来，睃了她一眼："老夫老妻，关啥房门。不像你，一进房门就和男人亲热，就想做那事。"

五太太小嘴一噘："哎，我就喜欢和一尘做那事，你管得着吗！"

五太太说着就把手中的包袱放在大太太梅花床上，不管床主人同不同意，动手解开包袱，拿出一双婴儿穿的大红虎头鞋、一件对襟小棉袄、一顶绒线帽，对着毛一尘亲昵地说："你看我给你儿子做的，好不好看？"

五太太把"你儿子"三个字加重了语气。毛一尘当然听出了五太太加重语气的用意，这三个字如果是真的，那五太太一定是他的宠妃；如果不是，她将被永远打入冷宫！

但他无法断定，前四个太太不孕的事实使他无法相信五太太的话，他朝床上瞄了一眼，冷冷地说："小囡衣裳有啥好看不好看的。"

五太太伸手拿起大红虎头鞋，对着毛一尘故作娇嗔："人家一针一线做出来，你就不能表扬一句，让我开心开心吗？我毕竟是唯一怀上你儿子的太太。"

毛一尘怔怔地望着五太太，再次听到"你儿子"三个字，小眼睛眯细在眼眶里，茫然一片。

大太太梅花做起了好人："表扬，该表扬，五妹续上了毛家的香火，必须表扬。一尘不表扬，毛老爷子也会表扬的。五妹，啥时预产期呀？"

五太太心里真想咬大太太一口，关键时刻提什么老爷子，但脸上早已堆起了笑："才三个月，早着呢。梅花姐，今天到你房里来，一来让一尘看看我做的女红，二来想让一尘给肚子里的小囡取个名字。毛家是镇上响当当的人家，就得给儿子取个响当当的名字，这事必须得一尘来做，是吧？"

说到儿子，毛一尘就觉得别扭，没好气地说："老爷子那么在乎子孙，你让老爷子去取名字吧。"

五太太心想，好你个毛一尘，居然当面含沙射影，看来冷落我不是因为大太太梅花，也不是因为娶的是寡妇，是怀疑肚子里小囡的来历，那今天就让你吃颗定心丸："一尘，你说什么话呢，肚皮里的小囡是你的，又不是老爷子的，这名字当然得你取。我告诉你，当了爹爹，就要负起父亲的责任。"

说完，五太太卷起包袱，噘起嘴，翘着丰满的屁股，怒气冲冲离开了大太太梅花的房间。此后，五太太即便单独和毛一尘在一起也不再示爱，而是用一只手托住日渐挺起的肚子，朝着毛一尘嫣然一笑，只说一句话："你儿子在踢我。"

五太太的肚子越挺越大，在预产期前一个月，她挺着大肚子到豆腐工场看望大家。金麻子手里拎着一桶豆浆去点浆间，看见五太太进门，装作没看见，径直进了点浆间。

五太太先问候公公婆婆，接着来到毛一尘身边，附在他耳旁说："再过一个月，你就要当爹了，你得给儿子取个名字。"

说完，五太太走到正在扯浆的大太太梅花身边，称赞起来："梅花姐手脚麻利，羡煞我了，等生了小囡，我拜梅花姐为师。"

梅花朝五太太微微一笑，不说话。五太太扭了一下身子，似乎在向大太太示威：我设计赶走你表哥，你能怎样！最后，五太太向大家拱拱手，说了一声："大家辛苦，等生完小囡再见。"

伙计们都感到五太太要比二太太、三太太、四太太和蔼可亲。临出门，五太太让金麻子跟她去毛家石库门房子搬点东西。金麻子跟在五太太身后，心里忐忑不安，五太太会不会借口搬东西，其实想让他看洗澡，然后说他耍流氓辞退他？来到毛家客堂，金麻子赶紧问："五太太，要搬的东西呢？"

五太太莞尔一笑："让你来不是搬东西，而是要你'搬话'。"

金麻子看到五太太笑的时候有一种妖媚，让人喜欢，但不懂"搬话"是啥意思，就问："五太太，要搬啥话？"

五太太说："搬大太太在豆腐工场说的话、做的事。"

金麻子明白了，五太太要他成为在豆腐工场里的眼线，而且是监视对他有恩的大太太梅花的眼线。金麻子不愿意，但他心里清楚不能当面拒绝，想了想说："五太太，大太太在店里很勤快，只管做事，很少说话。"

五太太脸一沉："你说谎。"

金麻子毕恭毕敬："金鲲不敢说谎。"

五太太提高了嗓门："我问你，大太太表哥阿伙耍流氓看我洗澡被辞退，说是我设的局，你告诉我是不是大太太梅花说的？"

金麻子看到五太太沉下脸的时候，眼梢跟着耷下，成了三角眼，加上高高的颧骨，脸变得阴阴的。他觉得五太太有两张面孔，一张妖媚，一张阴险，这种女人一定心眼多，在这种女人面前最好实话实说："我听到过这个话，可真不知道是谁说的。"

五太太不再问话，扫了一眼金麻子脸上不多的几颗麻子，从口袋里拿出一块大洋递给金麻子："这是给你的赏钱。"

金麻子看着大洋却不敢伸手接，他不是怕拿人手短，而是怕五太太给钱是设的局，事后说他偷了一块大洋，到时有嘴难辨。金麻子不接大洋，站直身子毕恭毕敬地说："五太太，话我搬了，大洋不能拿，我回豆腐工场了。"说完，向五太太鞠了一躬，转身出门。

五太太看着他的背影，说了一句："不识抬举的东西。"

金麻子回到豆腐工场，白弟问五太太叫他去搬啥东西。金麻子不敢说出五太太让他"搬话"的实情，编了个谎，说："五太太的金戒指不小心掉到阴沟里了，让我帮她搬开盖在阴沟上面的石头。"

白弟又问："没别的事了？"

金麻子说："没别的事了，金戒指就在石头下面，我帮她捡起来，就回来了。"

金麻子认为大太太梅花是好人，不能出卖大太太；五太太兰花为毛家延续香火，是毛家的功臣，不能得罪五太太。两位太太表面笑嘻嘻，背后使绊子，让人难做人，好在五太太就要临产坐月子，眼下斗不起来，想到这里他心里宽慰了不少。这天收工，金麻子在暖烘烘的灶仓里美美睡了一觉，醒来再也睡不着了。白弟跟着睡，也跟着醒。月亮爬进天窗，夜已二更，两个小伙计吃了店里留下的晚饭，便无事可做。

吃饱困醒，白弟有点脚"痒"，想出门溜达，便对金麻子说："金哥，你晓得夜里镇上人在做啥？"白弟比金麻子小半岁，客气地叫金麻子一声"哥"。

金麻子伸着懒腰说："夜里睡觉，还能做啥？"

白弟告诉金麻子："以前一个人睡在豆腐工场，夜里睡不着就上街溜达，看到的世界与白天不一样。"

金麻子说："白天亮，夜里黑，还有啥不一样？"

白弟站起身说："走，先去看夜里的女人。"

白弟拉起金麻子出了豆腐工场。金麻子不知道女人有啥好看的，但"女人"两字包含的神秘，让正值青春年少的金麻子充满好奇。夜幕下的河面上，一艘艘挂着灯笼的木船在市河里悠然摇动，船上喝酒的、弹琴的、唱戏的、说书的、吟诗的、卖笑的、聊天的、看景的，人人悠闲，个个潇洒。木船从市河延伸到放生桥漕港河，水乡古镇的夜景别有风韵，真是：桨声灯影琵琶语，吴语软侬评弹书；美女弄姿歌一曲，先生忘醉夜色中。夜幕下的大街上却少有行人，只有弄堂口常会出现妖里妖气的女人身影。白弟像夜猫子一样领着金麻子走过三条街，钻进一条黑咕隆咚的弄堂，拐了个弯，在一座幽深的庭院前站住了脚。

白弟轻声告诉金麻子："院里有一个女人夜夜勾引男人到家里喝'花酒'。"

白弟熟门熟路走到一户透着光的蛎壳窗前，拔掉一片蛎壳，朝窗内望了望，回头对金麻子轻声说："看了包你'撑伞'。"

金麻子不晓得看了为啥要"撑伞"，就眯起一只眼睛，朝堂屋里张望。屋中央放着一张八仙桌，桌旁一位涂脂抹粉的女人，一只手搭在男人肩上，嗲哩哩说："烧几只菜，烫一壶酒，陪侬咪老酒，算侬一块大洋。"

座椅上的男人拿出一块大洋放在桌上："拿去。"

女人不瞄大洋，端起酒杯陪着男人连干三杯，然后说："侬还想吃点啥，可以点菜，我陪侬白相（玩）。"

男人一口山东口音："给俺看菜单。"

女人说:"菜单在我嘴里,我告诉你,下一道菜叫×××,大洋两块。"

山东男人说:"俺要。"说着从口袋里拿出一把大洋扔在桌上。

金麻子想这个山东人真大方,一下子给女人这么多钱,只为了吃顿夜宵?正想着,山东男人已把哆哩哩女人抱在怀里,一只手摸在女人胸脯上。

女人咯咯咯笑着,一个劲儿说:"还有菜呢,还有菜呢。"

金麻子突然想起在渔村救落水新娘时,从后侧伸手抓住新娘子藏在胸前的"嫁妆"的情景,现在他明白"嫁妆"就是新娘子的胸脯,开始气急心跳、手心冒汗,体内出现了某种异动。堂屋里女人一边笑着一边说出下一道菜的菜名,金麻子不想听了,没等堂屋熄灯,人已跑出院落,走进了黑咕隆咚的弄堂里。

白弟跟着跑出来,说:"金哥,你怎么走了,好戏正要开场呢。"

金麻子:"老话讲这种事不能看,谁看谁倒霉。"

白弟说:"倒什么霉,我看过乡下的、瞄过镇上的,都没倒霉。金哥,再去看看?"

金麻子说:"你小子下流!"

白弟说:"你不下流?不下流为啥下面'撑伞'?"

金麻子不解:"不下雨,撑啥伞?"

白弟朝金麻子裤裆里捏了一把:"卵子顶起裤子,像不像撑开的伞?还假正经。"

金麻子面孔发烫,他知道脸一定红了,幸亏黑咕隆咚看不见。

走出弄堂,白弟说:"不看女人,那就看男人去。"

神秘的黑夜驱使着金麻子的好奇心,他跟着白弟朝放生桥方向走去。一路上,有喝醉酒躺在路边的醉汉,有抱在一起朝暗地里走的男女,有一路哭着在路上徘徊的女人……

放生桥北桥堍朝东走百余步,有一条杀牛弄,据说从前弄堂后面住着一位以杀牛杀猪为生的屠夫,镇上乡下杀牛杀猪的都会牵着待宰的水牛或扛着"咕歪歪"乱叫的活猪走过这条弄堂,弄堂由此得名。外来生意人问:"这里杀猪比杀牛多,为啥不叫杀猪弄,而称杀牛弄?"镇上有名的儒医陆先生说:"牛,金贵。"只三个字,外来生意人连连点头称是。

白弟带着金麻子走过寒风瑟瑟的放生桥,穿过杀牛弄,便听到弄堂后面一

▲ 杀牛弄

间大房子里传来嘈杂的人声。捅破窗纸，金麻子看到大房子里的人分成三堆：一堆人打沙哈；一堆人推牌九；第三堆人最热闹，围着一张桌子掷骰子，嘴里喊着"大大大""小小小"，一个输钱人想借钱再赌。

赌场老板长得像"白面书生"，身边跟着一个五大三粗的彪形大汉，"白面书生"对那人说："还清上次的赌债才能借。"

那人说："我家里还有一头耕牛，拿来抵债如何？"

"白面书生"说："牛牵来再说。"

那人赌瘾未消，还赖在那里求"白面书生"借钱，彪形大汉带着手下把那人扔出门外。彪形大汉发现了躲在窗外窥视赌场的白弟，大喝一声："干什么？小偷，别跑！"

白弟见状拉着金麻子撒腿就跑，金麻子气喘吁吁地问："为啥跑？"

白弟说："他们把我们当成小偷，不跑等着挨打吗？"

　　两人一路小跑，不知不觉来到一偏僻处，一间孤零零的小屋，窗门关得严严实实，屋内有咳嗽声传出。金麻子和白弟走近小屋，闻到一股特殊的味道，不一会儿有人出门，金麻子朝屋里望去，看到里面的人在吸烟（后来才知道小屋是吸食鸦片的地下烟馆）……

四

　　五太太临产，婆婆回家伺候媳妇不再上工，豆腐工场调整人手，金麻子接替毛老太太氽油泡，烧火工白弟变成推磨工。

　　金麻子胸戴饭单、臂套袖套，学着毛老太太氽油泡的样子，等油泡从油锅里冒出，即刻用"洗帚"蘸水洒向氽起的油泡。不料水入油锅炸开了，溅起的热油烫在手背上，火辣辣的疼，金麻子忍着疼痛对毛老太太说："大老板娘，行吗？"

　　毛老太太说："洒水要集中，就不会爆油。"说完就回家去了。

　　俗话说"看人挑担不吃力，自上肩胛嘴要歪"，毛老太太洒水功夫深，从不爆油，油泡遇水慢慢泡起，黄澄澄、胖鼓鼓，令人喜爱。金麻子洒水如天女散花，满锅爆油，油花溅起，手背上先是无数个红点，后变成无数个水泡，晚上睡觉阵阵疼痛。到了第三天，水泡出水，金麻子手背皮肉出现溃烂。

　　白弟让金麻子去看郎中，金麻子说："没事，自己会好的。"

　　又过了几天，金麻子的手背完全烂了，白弟坚持让金麻子去看郎中，金麻子翻出所有口袋，两手一摊："口袋比面孔还干净，拿什么去看郎中？"

　　白弟说："我去告诉大太太梅姨，让毛家出钱给你治。"

　　金麻子一个劲儿摇头："毛老板一钿如命，不仅不会给治，还会辞退我，到时我连饭都吃不上。千万不能说，我注意点，就会好的。"

　　这天收工后，金麻子偷偷跑回家找了块布把手包了起来。布包住了溃烂的手背，也包住了一个要命的危险。

　　五太太生产，毛家添丁，毛老爷请伙计们到毛家石库门客堂吃大荤。这一天，金麻子出事了。东家请吃大荤和当年金麻子跟父亲"出活"吃肉饭一样，伙计们都很兴奋。收工后，大太太带着大家去毛家。出了门，金麻子感到天上的太阳特别耀眼，地上的石皮街在晃动，走到半路，金麻子突然心慌胸闷、眼冒金星，两眼一黑晕倒在了街上。

白弟见金麻子重重地倒在路中央，大喊："不好了，金哥晕倒了！"

大太太梅花觉得金麻子刚才还好好的，不会有什么大碍，毛家添丁宴请伙计，作为大太太不可怠慢，便吩咐白弟扶金麻子到街边一家小诊所去就诊，自己则带着老伙计先回毛家。诊所郎中摸了金麻子额头，滚烫；看了金麻子手背，已烂到了骨头……

郎中说："此手难治，此病危险，本人医术浅薄，不敢耽误病情，你们另请高明吧。"

白弟不信"白化郎中"的话，刚才还好端端的金哥，怎么手难治、病危险？正在这时，金麻子浑身抽搐，口说胡话："爹，拿喇叭丢掉，'吹丧'还是'吹喜'，毛老爷子娶新娘，吃肉饭……"

说完胡话，金麻子整个身子蜷曲成虾状，不一会儿，身子挺直，又说胡话："新娘嫁妆，胸脯，新娘子的胸脯就是、就是最、最……"

白弟这才相信郎中的话有点道理。白弟不敢耽搁，又无计可施，突然想起金麻子说过夏家米行的夏老板是他恩人。对！找夏老板想办法。于是白弟扶着金麻子来到夏家米行。不巧，夏老板外出，白弟就给夏伯母看了金麻子烂糟糟的手背，夏伯母不由分说让米行的"斛脚"背上金麻子，直奔童天春药房。

童天春药房的坐堂郎中陆先生是位奇人，说他是郎中，他在写小说；说他是文人，他却以行医为生。他每写成一部小说，就去上海一边行医，一边找报刊发表，拿了稿酬就回朱溪镇童天春药房坐堂，白天行医，晚上写小说。在上海听到西洋国家先进的工业文明，看到洋人欺负中国人，他就写了部梦幻小说《绘图新申城》，说是一日去申城逛马路，目睹洋货被国货淘汰，洋人必须守中国法律，国文成世界通用语言，嫖赌毒被禁绝，乡人骑一辆水上脚踏车就能穿越淀山湖，从申城回朱溪镇可乘天上跑的汽车，也可坐地下行的火车……小说一经发表，世人都说陆先生痴人说梦话，汽车和火车哪能上天入地。陆先生喜欢武术，把自己练就的一招一式都写进武打小说里去惩恶扬善。有一时期，温病肆虐、伤寒频发，不少庸医把温病误诊为伤寒，把伤寒当作温病治，耽误了不少乡人的性命。陆先生挥笔写就《陆氏医话》，悉诸温病，赞赏《伤寒论》，阐述温病与伤寒的区别，以及辨证施治的不同方略。《陆氏医话》笔调隽永、论述明快，郎中们看了深受启迪。于是世人评说自古儒医相通，陆先生负文名、精医道，最是其中通达者。

走进童天春药房坐堂郎中陆先生的诊台，夏太太正要说明来意，金麻子突然抬头睁眼，在陆先生瘦削且棱角分明的脸上谛视，最后说了一句："我见过你……"接着头一歪，又闭上了眼睛。

陆先生一边听白弟讲述金麻子手烫伤、手背溃烂、用破布包扎、发高烧、路边诊所郎中没法治的经过，一边拿出一包银针，在金麻子头、颈、手、足等醒脑开窍的穴位上下针。然后陆先生揭去金麻子手背上与烂肉黏在一起的血布，拿一把刮刀在火炉上烧，在刀刃燃起蓝色火苗的时候，拿起刮刀在金麻子血肉模糊的手背上来回刮动，金麻子的手背冒起一缕缕蓝烟，同时发出皮肉烧焦的"吱吱"声……

夏伯母不由得感叹："真是刮骨疗伤啊！"

陆先生将一包白色粉末撒在金麻子手背上，再涂上一层药膏，最后用消毒纱布一层层将整只手严严实实包住，回头见金麻子还没醒来，就将银针往穴位深处推进。

夏太太拿出一沓钱放在桌上，说："陆先生，费心了。"

陆先生摆手："这小子上次被人打破头，夏老板亲自陪来；这次病重，夏太太亲自送来，金喇叭的儿子前世修了福，今世遇着你们菩萨夫妇，算是孤儿不孤了。夏太太，今日不收诊疗费，让我也行行善、积点德。三天来换一次药，不能碰水，不然此手难保。"

陆先生话音刚落，金麻子醒了，睁开眼问："我在哪里？"

……

五太太生的是儿子，为毛家续了后。为此，毛家大宴宾客、大送红蛋，一连三日在镇上名气最响的茂林馆饭店摆酒席，向店、宅所在街道的每家每户居民派发红蛋，一时间毛家有后的消息传得家喻户晓。镇上人再不说毛一尘"卵里无虫"，而说他大器晚成、厚积薄发。这本该是一件让毛一尘高兴的大事，但毛一尘整日眉头紧锁、心事满腹，每日回家不陪五太太，不看儿子，常在大太太梅花房里想心思。

五太太让丈夫给儿子取名，毛一尘说："你让老爷取吧。"

五太太认为毛一尘冷落她一定是大太太从中挑拨造成的。一天，毛一尘回家看到五太太兰花一手抱着儿子，一手撩起衣襟在客堂里奶孩子这让他心中一瞬间涌起一阵冲动。但看到五太太怀里的儿子，瞬间的冲动立刻被男人的自尊所代替，他咬着牙问五太太："这小囡是谁的种？"

五太太抬起头，脸一红，遮了遮胸脯，坚定地说："你的种！"

五太太的坚定在一定程度上满足了毛一尘的自尊心和他对女人的独占欲，但无法消除毛一尘内心深处的自卑和怀疑。毛一尘知道世上没有一个女人会向丈夫承认肚子里的孩子是别人的，除非这个女人想离开丈夫，而五太太绝对不想离开！

毛老太太看到儿子疏远五太太和刚出生的小囡，就问毛一尘："为啥冷落为你生了儿子的太太？"

毛一尘说："妈，有些事情不弄明白反而更好。"

毛老太太不懂儿子说的"不弄明白"是啥意思，就去问丈夫毛老爷。毛老爷含含糊糊说："我估计儿子喜欢梅花，不喜欢兰花。"

毛老太太问丈夫、问儿子，问不出个子丑寅卯，就闭口不言，可儿子说的"不弄明白反而更好"这句话成了毛老太太的一块心病。为啥"反而更好"，好在哪里？

毛家续了香火，毛老爷给取名毛云鹏，意为长大后定会像大鹏一样在云端展翅飞翔。

大太太梅花凭着女人敏感细腻的心思，早已看出毛一尘情感上的失落，还隐约发现公公毛老爷生活上的异常。以前毛老爷亲自用盐卤、石膏点出老嫩豆腐，亲自脱行闩、开店门，等待新老顾客上门，人在店里，心也在店里。孙子满月后，老嫩豆腐叫老伙计点，行闩由毛一尘脱，新老顾客让毛老太太在店里等，毛老爷干啥去了？大太太梅花就想找个机会弄明白心中的疑虑。

毛家豆腐店每月的伙食有句顺口溜："小荤日日有，大荤三六九；十朝一生煎，逢节吃老酒。"其中十朝一生煎，指的是每十天早餐吃一次桥梓湾生煎。毛老爷吃生煎喜欢先喝汤，再吃馅，最后啃底坨。梅花知道公公的这个习惯源自对桥梓湾生煎的喜爱。这天，桥梓湾生煎店送来生煎，大太太梅花专门包了一客冒着热气的生煎让金麻子送到"天下第一茶楼"去，这个时辰毛老爷应该在茶楼喝茶。

很快金麻子回来说："大太太，毛老爷不在茶楼，老茶客都说毛老爷有了孙子忘了茶客。"

大太太梅花就让金麻子送去家里，还把大门钥匙给了金麻子，说："不要敲门，万一老爷不在，五太太就要从房里跑下楼，不方便的。你直接开门进去，手脚要轻，不要吵醒孩子。"

金麻子觉得大太太梅花想得真周到。金麻子按照大太太的吩咐，打开毛家石库门，轻手轻脚在底楼客堂、厢房、灶间找了一遍，不见毛老爷；就蹑手蹑脚上楼，刚到楼上，就听见西楼房传出毛老爷和五太太的喘息声。

这声音不就是每天夜里男人吃女人花酒时的声音吗！混沌初开的金麻子想："为啥夜里做的事，毛老爷要在白天做呢？"

这时，五太太对毛老爷说："你儿子前几天来过了，问孩子是谁的种？"

毛老爷问："你怎么说的？"

五太太说："我当然说是他的种啦，你以为我傻呀。"

毛老爷说："这就好，一定要打消一尘的怀疑。"

五太太说："你怎么奖赏我呀？"

毛老爷说："你要啥我给啥。"

五太太说："我要掌管钱柜的钥匙。"

毛老爷说："钱柜里只有一天的'流水'，收工就解钱庄，要钱柜钥匙何用？"

五太太撒娇："老爷，这是一种身份，有用着哪。"

毛老爷搪塞："你有五太太的身份，还不够？"

五太太娇嗔道："我是五太太吗？你儿子天天睡在大太太房里，五太太有名无实；老爷却天天在我房里，二夫人有实无名，生个儿子叫孙子，这个家里哪有我的名分！"

金麻子听着毛老爷和五太太的对话，似懂非懂，他也不想弄懂，就在门外叫了一声："毛老爷，我给你送生煎来了。"

房里突然寂静无声，片刻后，才听得毛老爷说话："放在客堂，回去吧。"

金麻子下楼，将生煎放在客堂八仙桌上，返回豆腐工场。下午收工，大太太梅花照例要洗豆腐布，她特意叫金麻子帮她把豆腐布拿到石滩涂去。

来到河边石滩涂，大太太问金麻子："你早上送生煎到家里，老爷在做啥？"

金麻子手里捧着待洗的豆腐布，站在滩涂石级上，把毛老爷在五太太房里关着房门说的话，鹦鹉学舌一样说了一遍。

大太太梅花一边搓着豆腐布，一边听金麻子叙述。

金麻子说："五太太说话像绕口令，什么五太太有名无实，二夫人有实无名，生个儿子叫孙子。这些话大太太懂吗？"

其实，金麻子从小跟父亲闯码头，见多识广，他不是听不懂，而是装聋，不敢听懂这天大的秘密。大太太梅花当然听得明白，但无凭无据，谁敢乱说！她认为精明的丈夫毛一尘一定猜到了此事，只是碍于面子，"家丑不可外扬"，只好忍气吞声罢了。重要的是毛家有了孙子，续了香火。大太太梅花后悔让金麻子去送生煎探听老爷子和五太太的隐私，如果让对方知道是自己所为，就等于让自己成为毛家所有人的眼中钉、肉中刺，今后如何在毛家安生！

想到这里，她从水中一把撩起刚搓干净的豆腐布，一边绞水，一边对金麻子说："金鲲，此事不能对别人讲，不能告诉任何人我给了你毛家大门的钥匙，知道吗？"

金麻子赶紧说："知道了，大太太，我一定不说。"

一个月后，店里来了两名新伙计，据说是五太太从家乡聘来的亲戚。毛老爷亲自出面让老伙计和金麻子一人带一个徒弟。毛一尘碍于父亲毛老爷的决定，不敢违抗。金麻子不知道这是针对大太太梅花的阴谋，真像师父教徒弟那样手把手地教。又过了一个多月，毛家为"孙子"举办"百日"庆生宴，五太太在宴席上，举着酒杯笑盈盈地向婆婆提出想掌管钱柜钥匙的要求。

毛老太太说："兰花是个好媳妇，为毛家传了宗、接了代，如果就你一个媳妇，等我不管事了，自然由你掌管钱柜钥匙，可你上面还有大太太不是？你想接手，还得大太太梅花放手不是？眼下你的心思要放在抚养小囡身上！"婆婆语调不高，却明显拒绝了五太太的要求。

五太太不死心，拐了个弯说："妈，你理解错了，我是说闲着没事，到店里来跟您学点管理钱柜的本事。"

婆婆说："那行啊，有空只管来。"

五太太又聘伙计又要掌管钱柜钥匙，引起了毛家母子的警惕。毛老太太在儿子耳边说："这个女人有野心。"毛一尘点点头，没说话。

百日宴结束回家，毛一尘走进五太太房里，凶巴巴地对她说："不要以为有老爷子撑腰，就有恃无恐，想在毛家一手遮天。不要忘了你是我的五太太，我要你圆搓搓，要你扁捏捏，懂吗？"

五太太第一次看到银样镴枪头的毛一尘露出男人的阳刚来，毛一尘眯细眼瞪得很凶。五太太也不示弱，带着委屈说："你把我当太太了吗？我想给你再生一双儿女，你得睡我房里才行呀！我为你毛家生了儿子，却被你打入冷宫。你宠着梅花，不为我想，我得为自己想呀。我要像婆婆一样将来成为这里的女主人，为你、为公婆、为儿子操持好这个家，我有错吗？我恨梅花，她再这样占着你，我会想尽办法报复她。今晚你别走，睡我房里，就像新婚那晚一样，让我伺候你。"说完，五太太走到房门口，将房门插上门闩。

五太太一席话里包含着女人的委屈和妒忌，也包含着妻子的愿望和要求，让毛一尘隐隐觉得自己冷落了五太太，还可能错怪了她。这一刻，毛一尘有点相信五太太生的孩子真是自己的种了，望着朝自己走来的五太太，毛一尘第一次欣赏起五太太曼妙的身姿。五太太走到毛一尘面前，一把将丈夫按倒在床上，扒去他的上衣，解开他的腰带……

这一晚，毛一尘睡在五太太房里，没有出现"见花不举"的尴尬。

……

金麻子的徒弟叫林三，个子不高，为人乖巧，总对金麻子说："师父看着，我哪里做错了给指点一下，不用你动手。"

金麻子摆出一副为人师的模样，教林三余油泡如何洒水不爆油、如何扯浆才能让豆腐皮又薄又均匀等手艺。师父尽力教，徒弟认真学，不出三个月，林三和同来的哥哥林二都学会了各自的手艺。

一天，毛老爷突然来到店里宣布："由于本店伙计太多，金鲲、白弟收工后到账房结账，明天起不用来上工了。"

白弟听到被解雇的消息，说了一句："此处不留爷，自有留爷处。"说完转身就去了账房结账。

金麻子感到太突然了，真是教会徒弟饿煞师父。最让他气愤的是，到账台结账，毛一尘说："你每日吃四顿饭，说好管三顿，多吃一顿；说好包吃不包住，你睡在工场；每月汰浴、剃头；还有手烫伤后受照顾……一年该得七十二块大洋，扣除上述费用，剩三十块。店里资金不足，决定现付十块大洋，余款拿豆腐菜抵。"毛一尘说完，从账台抽屉里拿出十块大洋放到金麻子面前。

金麻子感到自己像案板上的豆腐，毛老板想怎么划就怎么划。初涉人世的金麻子不知如何应对，更不知如何维护自己的利益。小时候听母亲说，吃亏是福，吃亏人好过。但金麻子感到这种吃亏让人难受，人家扣你钱，用豆腐菜抵你工钱，还找了理由，你明着吃哑巴亏，却无处说。

金麻子望着推到眼前的十块大洋，拿也不是，不拿也不是。就在这时，他想到一个主意，右手握成拳头对毛老板说："你用豆腐菜成本价抵我的工钱，我就同意。"

毛一尘的眯细眼立马瞪大："你小子门槛算得精，你知道豆腐菜的成本吗？"

金麻子说："豆腐一比六，豆干一比四，做豆腐的谁不知道？"

毛一尘的眯细眼转了一圈，说："镇上豆腐菜价都由我说了算，豆腐抵工钱还能说了不算？二十块大洋，到店里拿二百斤豆腐菜，可以分批拿，要就要，不要拉倒。"毛一尘说完拿起桌上的茶杯，呼呼喝茶，不再理睬金麻子。

金麻子见毛一尘要横，气得说不出话来，转身就走，走到店门口，又想这样走了不是便宜眯细眼吗？看到街上熙熙攘攘的行人，金麻子气不打一处来，对着大街大喊："大家来评评理，我在毛家豆腐店打工一年，毛老板克扣工钱不说，还要用豆腐抵工钱……"

不等金麻子喊下去，毛一尘早已放下茶杯，一把将金麻子拉了回来："坐下坐下，喊什么喊，有话好商量。"

此刻，过路人不知店里发生了啥事，停下脚步在店门口驻足观望。毛一尘原想克扣初出茅庐的金麻子几十块大洋是"三个指头捏田螺"稳拿的，想不到金麻子不是省油的灯，来这一手，闹出去毛家肯定丢面子。于是两人在店堂里讨价还价，毛一尘答应让两成。

金麻子说："不行，起码六成，让两成不如我做豆腐菜给你。"

金麻子的反问让毛一尘心里很不舒服，毛一尘心想他一个孤儿，拿什么做豆腐？便说："行啊，按你的折扣，你让六成，你拿来多少，我就买进多少。"

金麻子右手的拳头握得更紧，心一横："说话算不算数？"

毛一尘被金麻子反将一军，哪里服气，站起身，一拍桌子说："男人的话是拨在算盘上的珠，有一颗算一颗。"

金麻子说："好，明天早上七点钟，我给你送一百斤豆腐菜，你按市价四成收进。"说完，拿起账台上的十块大洋转身就走。

金麻子心里清楚，豆腐菜一毛钱一斤，一次购买一百斤肯定还可以便宜，十块大洋工钱买一百斤豆腐菜绰绰有余，如果赢了毛老板，就能有六成利抵挡。金麻子正得意地在心里盘算着，猛听得身后传来"慢！"的一声，回头发现毛一尘在叫自己。

当金麻子拿起账台上十块大洋的时候，毛一尘就猜到了金麻子打的算盘。他对回过身来的金麻子说："一百斤豆腐菜必须自己做，不准到市场上买，不准到别的豆腐店批发收购，品种要和毛家豆腐店一样多，连做十天，我不仅全部吃进，还按照这个折扣抵挡你的工钱。如果十天内缺一天，少一斤，少一个品种，就算你输，余下的工钱分文不给，你小子行吗？"

初生牛犊不怕虎，金麻子咬着牙脱口而出："一言为定！"

望着金麻子的背影，毛一尘笑得十分奸诈："跟我斗，输在哪里都不知道！"

走出毛家豆腐店，一阵乍暖还寒的春风吹来，让只想着争口气的金麻子清醒了。他想起手中只有十块大洋，只够买一百斤豆腐菜，第一天送了，余下九天怎么办？金麻子的如意算盘被精于算计的毛一尘一眼看破，这让初出茅庐、一无所有的金麻子再次感到自己是豆腐板上的豆腐，任人划任人切，自己却无能为力、无计可施。金麻子很清楚，两人的赌已经不单是钱的问题，而是两个男人之间智慧和尊严的决斗！写小说的郎中陆先生在知道这件事后认为：这场打赌游戏是在用最原始的办法解决最棘手的劳资纠纷。

大太太梅花对白弟和金麻子被解雇已经感到十分愧疚；得知毛一尘扣去金麻子一半多工钱不说，还要用豆腐菜抵挡大部分工钱，觉得丈夫做得过分了；最后得知两人打赌的事后，心里反感丈夫的做法，更为金麻子捏一把汗。她知道一无工场设备、二无黄豆石膏、三无伙计人手的金麻子输定了。如果可以，她真想助金麻子一臂之力。

金麻子细细回顾毛一尘定的每一个细节——数量、时间、品种，不要说一无所有的他，就是一般的豆腐作坊要做出毛家豆腐店的全部品种都有难度，还不能到市场上买，不能到豆腐店去批发……金麻子想：毛老板已经把自己算计得无路可走、必输无疑了！

不，天无绝人之路，金麻子哪肯认输，他想素鸡是毛一尘从县城学来的，到县城一定能买到品种齐全的豆腐菜，还能避开毛一尘的眼线。对，到县城去买！办法有了，但钱不够，口袋里十块大洋，只够买一百斤豆腐菜，只能维持一天，余下九天，还需九十块大洋，怎么办？谁愿意借他这么多钱呢？金麻子想到了夏老板，能帮他、借他钱的只有夏家米行的夏老板……

第 三 章

一

夏老板，名伯生，是夏家米行第四代老板，朱溪镇上有口皆碑的儒商。

自宋明以来，朱溪镇米市兴盛，带动百业兴旺；至清朝中叶，镇上有米厂三家、米行八户、米店十八爿。朱溪电灯厂的由来，竟然是一家米厂添置了附有发电设备的轧米机器，因发出的电自己用不完，将电输出后才发现卖电的生意更赚钱，这才有了专门的电灯厂。古老的水乡小镇无意间显现出一丝工业文明的亮色。

夏伯生曾祖母在嫁入夏家后发现夫家并不富裕，于是拿出积攒多年的"私房钿"在镇西市梢头西栅桥边租下四开间门面房，将临河的后门改建成粜米的码头，俗称"后水港"，做起米行生意。到夏伯生祖父手上，祖父看准西栅桥既是镇西的河栅（清军在桥洞中设卡盘查过往船只，民国后废除），又是镇西农民摇船进镇的必经之路，于是每到秋收季节，就在西栅桥上悬挂两条巨幅对联：上联"一粒米七担水种田辛苦"，下联"一船谷万斤汗粜粮纳福"，横批"夏家恭候"！来自西边农村的粜米船、粜谷船一茬接一茬进镇，识字的种田人看到条幅，知道遇见惜粮的老板，就把船撑到夏家米行后水港，询价、看白（验看质量）、粜粮，无论是"燥潮"（米市缺米）还是"瘟潮"（米市多米），夏家米行都

▲ 西栅桥

应收尽收、按质论价、公平交易；不识字的种田人得知夏家米行有信誉，也把
粜米船、粜谷船停在夏家米行后水港，祖父来者不拒，大量收购，粮仓放不下，
就派"看白先生"（验收大米的师傅）到上海福州路青莲阁做粮食经纪人，把朱
溪镇的青角薄稻大米介绍到上海。一时间规模最小的夏家米行做成了大生意，
挤入朱溪镇大米行之列。不久，夏伯生祖父盘下租赁的门面，又在上滩买下一
亩九分地造房，一半居住，一半做粮仓。夏伯生祖父膝下三个儿子长大成家，
后因妯娌不和，闹着分家，夏家米行由此一分为三，各自经营。米市竞争本来
就激烈，分家后兄弟阋墙、互拆棚脚，为争一船米，妯娌间可以吵得全镇人都
知道。几家人把"和气生财、家和兴业"的古训抛在脑后，米行生意越做越小，
连在上海做经纪人的"看白先生"也改换门庭。

真是富不过三代！

却说长房长孙夏伯生出生时正值家道兴旺，伯生天资聪颖，十三岁为童生，十六岁考取廪生，科举废除后，前清秀才夏伯生让祖父在夏家上滩祖宅办了一所私塾，自己当起了私塾先生。夏伯生站上讲台不负众望，教出的学生个个出息，学生章元之后来当上朱溪镇镇长，沙海成了淀山庄小红拳掌门……私塾开办的第五年，朱溪镇规模最大的新式小学朱溪学堂开办；也是在这一年，米行传到夏伯生手上，此时两位叔叔已改行，米行只剩下两开间门面在惨淡经营。夏伯生只得关掉私塾，接管米行。夏先生变成了夏老板，尽管生意清淡，但夏老板苦心经营，亲自到乡下看稻田长势，来判断来年米市行情；月底无人上门籴米，他走访食铺、饭馆和周边居民，了解米市冷清的原因，当了解到无论商铺还是百姓，一到月底都会出现手头拮据无钱购粮的实情后，他大胆推出"赊售各半法"。该法规定：凡到夏家米行籴米的顾客，只需付一半米钱，另一半可赊欠，年终一次结清。叔叔婶婶知道后，说侄子脑子有毛病，不怕人家赖账。夏伯生对叔叔婶婶说，"民以食为天，镇上米市几百年，有多少人赖过账？若真的赖账，那一定是穷得揭不开锅了，赖一次等于救人一命，值了！"此法一出，镇上新老顾客纷至沓来，有说夏伯生会做生意的，有说夏伯生是大善人的，可谁都不知道，夏伯生手头无钱垫进这么多本钿，他是冒着倾家荡产的危险，押上全部家产从钱庄借贷，这才推出了"赊售各半法"。多年后，夏家米行又现昔日辉煌，夏伯生出双倍价钱从叔叔婶婶手中买下祖父分给他们的另外两间门面房。一位和尚来到夏家米行化缘时说，"善缘必有善果！"

金麻子母亲出嫁前就在夏家米行当"斛脚"（收米时张麻袋装米的小工），金麻子父亲不"出活"时，常到夏家米行扛米包挣脚钱。夏老板见两个年轻人吃苦耐劳、为人厚道，就撮合了他们的姻缘，还把自家小屋借给他们当新房，金家一住就是十几年。儿子夏雨上学读书，夏老板说服金喇叭让金鲲也上学读书。夏老板说，"世事洞明皆学问，人情练达即文章。孩子不读书，干不了大事业。"金麻子上了三年学，可惜母亲生病去世，家中少了一份收入，金麻子只得退学，跟父亲"出活"。父亲去世后，金麻子每当遇到自己不能解决的大事，第一时间想到的就是夏老板。

夏老板听完金麻子借钱的前因后果，沉默片刻，给金麻子算了一笔账："十天花一百块大洋买一千斤豆腐菜，四折卖给毛家豆腐店，亏六十块大洋；毛老板按这个折扣给你五百斤豆腐菜，抵你二十块大洋工钱，你再卖掉这五百斤豆腐菜，得五十块大洋，盈利三十块大洋。一进一出，净亏三十块大洋，表面上你赢了，实际你输了。"

金麻子只想着赢，没想到要算账，更不知道如何算这笔账。夏老板以商人特有的敏锐，一眼看清毛一尘的如意算盘，给金麻子简单扼要地算清了这笔账。金麻子领教了毛一尘豆腐里算出骨头来的精明，看到了自己年轻无知、缺乏经验的莽撞。姜还是老的辣！

但他不服输，年轻人的憨劲使他咬着牙说："即便赔光，也要争一口气。"

夏老板摇头："做人争气，做生意挣钱，可你争了气却赔了钱，虽赢尤输，与其赔上一年的薪酬，不如不争这口气。你若能做到既争气又挣钱，我这里要钱给钱，要人给人。你想赢吗？想赢就去想办法，想到了再来；想不到就放弃，吃一堑长一智。"

夏老板不愧是久经商场的商人，一眼看出这场赌局不管金麻子从哪里买豆腐菜，都是输家。金麻子望着夏老板的眼睛，点点头，决定去找白弟商量。白弟没事做喜欢在城隍庙廊桥脚下用饭粒子钓虾，白弟说河虾鲜、虾肉嫩，他妈妈最喜欢吃河虾。金麻子找到白弟的时候，水面上的浮标正在下沉，只见白弟一甩钓竿，"嗖"的一声，一只河虾被甩上岸，在地上不停地蹦跶。

金麻子指着蹦跶的虾说："我现在就是被毛老板钓上钩的虾，想不到既挣钱又争气的办法，我输定了。你帮我想想办法。"

白弟在听完金麻子目前的困境后，不紧不慢地说："办法有是有，就是做不到。"说着，在钓钩上钩上饭粒子，把钓钩顺着桥桩放进水面。

金麻子以为白弟真有办法，赶紧问："啥办法，说出来听听。"

白弟盯着水面上的浮标说："你得有豆腐工场，你得有钞票，你得有……"

金麻子打断白弟："这不废话吗，我有豆腐工场就能自己做出豆腐来，毛老板还敢跟我打这个赌？"

白弟说："对呀，毛老板多么阴险狡猾，欺负你是个啥也没有的穷光蛋，才和你打赌。要我说认输算了，拿到多少是多少。金哥，不是我扫你的兴，你斗不过毛老板。"

金麻子昂了昂头："让我认输，除非太阳从西边出来，我宁愿拿不到工钿，也不会认输。"

▲ 朱溪廊桥

白弟的眼睛盯着水面，说了一句很实在的话："犟，没用，得有好办法才行。"

金麻子没有想到好办法，但想到一个能借到钱的地方——钱庄。

金麻子离开廊桥踏着石皮街一路小跑，来到庙前街永丰桥脚下的钱记钱庄，他站在乌黑锃亮的钱庄高柜台前说明来意，听得柜台上传来严肃的声音："打赌也到钱庄借钱，输了拿啥还？去去去，到别处借去。"

金麻子想想也对，人家凭啥相信你一定会赢？金麻子不知道怎么办，又来到廊桥下看白弟钓河虾，一个下午脑子里空空荡荡。他在想为啥夏老板做人做生意都会想着别人，毛老板只会想着自己？自己遇到了镇上最好的老板和最坏的老板，这是自己命中注定要遇见好人和坏人吗？

远处摇来一艘小船，船头劈开平静的河面，舷边微波呈人字形向岸边荡漾。小船缓缓从廊桥下摇过，金麻子看到摇船的艄公和船舱里坐着的一男一女那么眼熟，他突然眼睛一亮，兴奋地说："白弟，不要钓虾了，既争气又挣钱的办法有了，不过你得帮我……"

水面上浮标一动，白弟"嗖"的一下举起钓竿，钓钩在钓线的牵引下划出一道弧圈，几滴水顺着钓竿淌下，这回没有河虾上钩……

二

嫁到渔村的新娘宋惠明改名王宋氏，她看着躺在身边不能干活、无力行房、连走路都会跌跟头的男人，真想一死了之，但死很容易，跳进急水港，不会再有人来救你。但这对不起救自己命的金喇叭的儿子，人家救了你，父亲做了替死鬼，你再去寻死，人家父亲就白死了！可是活着，一辈子陪着个活死人，有意义吗？

身旁的男人不仅没用，还刻薄地说了一句刺人的话："何苦为了银子卖身，一辈子守着一个将死的废人！"

王宋氏真想骂这个活死人几句，转念一想他也是个苦命人，年纪轻轻的患这种怪病，怪可怜的，同为苦命人何必你骂我咒相互伤害呢？

她对男人说："我还小，不想嫁，是爹妈作主，我没办法。这是命！"

宋惠明从父母将她"卖"给渔村人家冲喜，改名王宋氏这天起，就认命了。她想问身旁的男人，"人的青春是银子换得来的吗？就像你身上的肌肉用银子能换得来吗？"

她听到男人发出一声长叹后，就把话咽了回去，问男人："你有病为啥不治？"

男人告诉她："我哥哥十八岁发病，治了两年，死了，郎中说这种怪病无药可治；现在我十八岁，也开始发病，爹妈说既然无药可治，就不用药治，用'喜事'来'冲'。为了冲喜，彩礼、婚宴花光家里的积蓄还欠了债，再无钱治病了。唉——是我的病害了爹妈，也害了你，到头来人财两空。这是命，命中注定的苦命！"

洞房花烛夜，新郎新娘有缘同床，却无缘欢爱，和衣躺着聊了一夜，越聊越同情彼此。孤寂的心灵相互抚慰，无望的人生相互怜惜，情感上得到抚慰的新娘王宋氏，在天亮前做出一个决定：赚钱，给丈夫治病！

婆婆让新娘新婚三天后到豆腐作坊干活，新婚第二天，王宋氏就走进豆腐作坊跟着公公婆婆学做豆腐。她看到公公婆婆只会做豆腐、豆腐干和油豆腐，做出的豆腐只卖给村里人，一天生意赚不了几个钱，心想二百五十块大洋彩礼该省吃俭用多少日子啊！王宋氏反倒觉得自己是新郎无钱治病的罪魁祸首了。这样想着，王宋氏干活就很卖力。公婆看到儿媳不言不语手勤脚快，心里很是喜欢。说来奇怪，新娘嫁来后，王家儿子王水根的病好像停止了发展，走路虽然还会莫明其妙跌跤，但身上肌肉不再像哥哥那样快速萎缩下去。渔村人就说"冲喜"显灵了。

新娘王宋氏长着一张瓜子脸，身材苗条，渔村人说她是美人，有救苦救难的菩萨相，可惜花骨朵插在沙漠里，有地无土难开花。渔村人见着她，心存新娘落水见死不救的歉意，歉意藏在心里，见到王宋氏卖豆腐，会多买一些，把歉意变成实际的照顾。渔村人的照顾，让新娘王宋氏很感动。婆婆看出其中的奥秘，就天天叫她到村里卖豆腐。与新郎年龄相仿的堂房兄长王长生，每次打鱼回村总会送几条活鱼来，说是让弟妹尝鲜，其实是想多看一眼王宋氏的美貌。村里有个叫阿妹的姑娘，经常上门买豆腐，后来成了王宋氏的闺蜜。

一次阿妹轻声告诉王宋氏："长生心里有你。"

王宋氏捂着阿妹的嘴说："我有婆家，不可乱说。"

阿妹就咯咯咯笑着讲："长生说将来娶媳妇一定要娶像你这样又漂亮又贤惠的媳妇。"

王宋氏瞄了阿妹一眼说："是你看上长生了吧，我把你介绍给长生，他有了媳妇就不会瞎想了。"

阿妹摸着颧骨上一大块显眼的青色胎记，摇起了头："我长得丑，长生看不上的……"

王宋氏开始留意渔村人的日子：村里渔民日复一日在河里讨生活，平日把捕来的鱼拿到镇上卖，卖不掉就带回家晒鱼干、腌制咸鱼，唯有到了冬天，河水结冰，才收网停船，渔村的生活也才生动起来。有人凿冰钓鱼，有人在太阳底下修补渔网，姑娘们相约上镇赶脚（赶集），小伙子们心甘情愿替姑娘们摇船，大婶大娘串门聊天，当家男人喝茶打牌……整个村子变得热闹、安逸、祥和。王宋氏每年都盼着冬天早日到来，她完全融入了渔村的生活。嫁入渔村的第二个冬天，她发现丈夫王水根的肌肉又出现萎缩症状。于是，她跟着村里姑娘去了一次朱溪镇。到了镇上，姑娘们遛街逛店，她专门打听镇上的诊所和郎中。听得童天春药房的陆先生医术高明，能妙手回春，心中便有了憧憬。回到家，王宋氏直接来到豆腐作坊，她知道这个时候公婆一定在这里拣黄豆浸黄豆，为明天磨豆浆做准备。进了门，她坐到竹箩的另一头，一边伸手挑拣发黑发芽的变质黄豆，一边向公婆提出陪丈夫到镇上看病的想法。

公公长叹一口气说："几年前，他哥发病，请陆郎中治过，没用。"

王宋氏指着手中挑拣出来的坏豆说："治这怪病和挑拣坏豆一样，要有耐心的，治一两次肯定不管用，得长治。"

婆婆听了儿媳的话，拉长了脸说："你是说我们治儿子的病没耐心？难道你心疼丈夫，我不心疼儿子吗？借的债刚还清，没钱治呀。"

王宋氏见婆婆误会，赶紧解释："妈，水根是慢病，慢病就得长治。我是想等还了债，有了钱就去镇上治，这样行吗？"

看着儿媳一心想治愈丈夫的病，公婆哪有阻止的道理。公公端起大竹箩，将黄豆倒入放满水的木桶里，看着一颗颗黄豆滚入水中，王老板仿佛看到了白花花的大洋和儿子活蹦乱跳的希望，点着头说："治，一定治，没钱再赚，不够再借。"

一天，婆婆把十块大洋交到儿媳王宋氏手上，说："给水根看病去。"

王宋氏谢过婆婆，连夜去长生家，让长生明日帮忙摇船去镇上给水根治病。长生和水根是从小玩到大的兄弟，感情一直很好，新娘落水，当伴郎的他很想帮堂弟去救新娘，但限于渔民的规矩，让金麻子给救了，长生心里总觉得亏欠着堂弟媳王宋氏。每次碰见漂亮、勤快的堂弟媳，他心里就很愧疚，所以每次打鱼回家，总会给堂弟家送去几条新鲜的活鱼，还帮着堂弟挑水、劈柴。新娘王宋氏感激长生的照顾，每次都会给长生煮两个水潽蛋吃，时间一长，长生内心深处就对堂弟媳产生了好感。

长生对前来求助的王宋氏说："弟妹，以后到镇上看病，摇船的事我包了。"

王宋氏第一次来到童天春药房，走进大门就闻到一股浓浓的中药味，曲尺柜台后看不到墙面，只能看见排列整齐的无数只抽屉，一屉一味药材，药工正在拉开的抽屉里抓药。当王宋氏见到传说中亦文亦医、大名鼎鼎的陆先生时，心里忐忑起来，担心郎中本事大、收费贵，所带银钱不够；害怕陆先生说此病无药可治，那就什么希望都没有了。陆先生穿一件灰布长衫，瘦削的脸上戴一副金丝边眼镜，一边给水根搭脉，一边询问病情。

王宋氏在回答了陆先生的询问后，局促地问："陆先生，我丈夫的病能治吗？"

陆先生说："治能延长生命，但要治愈，除非出现奇迹。"

陆先生说话含蓄，但王宋氏把含蓄理解成希望。人活着不就是冲着希望才有奔头，才会追求，才活得精彩吗？虽然这个希望需要奇迹，非常渺茫，但总比失望、绝望强吧。

王宋氏从身上拿出十块大洋放在桌上，又问："先生，这些钱治我丈夫的病，能治几次？"

陆先生看着王宋氏拘束、局促的样子，看出病家不是富裕人家，就说："到我这里看几次都行，这钱你就用来抓药吧，但药房不是我开的，能抓几次我就没法说了。"

陆先生的话很明确：免费治，药得自己抓。

王宋氏从小喜欢听舅舅说书，陆先生就是书里讲的"悬壶济世的大善人"，她把一半钱推到陆先生面前，说："一半钱诊疗，一半钱抓药。先生，以后我一个礼拜来治一次，没钱欠着，等有钱了再付。"

陆先生没有推辞，点点头收下五块银元，让水根到里屋脱光衣服面朝下趴在木榻上。里屋很暖和，陆先生把一条长毛巾从水根的肩胛盖到小腿，再用酒精洒在毛巾上，然后划燃火柴，点燃毛巾。顷刻，水根背上的毛巾燃起蓝莹莹的火苗，火苗迅速蔓延，整条毛巾都燃烧起来。王宋氏害怕极了，会不会把水根烧死呀？

长生在一旁安慰堂弟媳："怪病用怪招，陆郎中与别的郎中不一样，下手狠。"

王宋氏听到"下手狠"三个字，不但得不到安慰，心里反而更加害怕。燃烧大约一袋烟工夫，陆先生将毛巾的一端合到另一端上，火就灭了，水根背上的皮肤被火温闷得通红通红。奇怪，病人的皮肉还有毛巾就像没烧过一样。王宋氏又想起舅舅说书称赞某郎中医术高明的一句话，"黄帝托生，华佗再世，扁鹊转灵"。陆先生拿出针灸包，趁背上冒着热气，在沿脊椎两侧一直到脚心的穴位里扎上一根根银针，针柄上捏上艾绒点上火，艾绒冒烟，火星点点，随即一股焦煳的中药味飘出。

长生自作聪明，轻声告诉王宋氏："这套疗法应该叫'火攻'。"

过了半个多时辰，陆先生拔掉银针，按摩脊椎边的穴位，足足按摩了一个时辰。水根趴在诊疗台上，嘴里不时发出"嗯嗯"声。

陆先生擦了一把额头上的汗，说："好了，起来吧。"

水根竟然像个健康人一样翻身起床，问了一句："先生，我能行房吗？"

陆先生坐到书桌旁，一边开药方，一边告诉王宋氏和水根："治疗只能治表，病根在神经，我无能根治，希望汤药能对神经上的病根起点作用。记住同床不同衾，切不可行房事。"

这年秋天，金黄的田野飘来稻谷芳香的时候，王宋氏发现丈夫的病出现了转机，他的肌肉不仅停止萎缩，连走路跌跤的现象也明显好转。特别让王宋氏意外的是，水根在一天早晨醒来的时候，兴奋地说："我的'东西'硬了。"

王宋氏不解，问："啥东西硬了？"

水根隔着被子一把抱住王宋氏，将妻子的手挪到自己被窝里，当王宋氏的手碰到丈夫的硬"东西"时，一下子脸红心跳，明白了"硬了"的全部内涵，她羞羞地说："我以为要守活寡一辈子，这下好了……"

这对能同床不能欢爱的夫妻，终于要成为真正意义上的夫妻了。一时间青春涌动，两人把郎中的叮嘱忘得一干二净。你情我浓，喷涌而出的激情在爱抚下迅速燃烧……害怕、紧张、期待、盼望的王宋氏，闭起双眼，等待着这一刻的到来……突然，水根双手一屈，趴在妻子身上，浑身大汗淋漓。

正待生命开花的王宋氏等来的却是丈夫的轰然倒塌……她抱住压在身上的丈夫，喃喃地说："不灰心，不灰心，再治，再治……"

为给水根治病，家里已经变卖了所有值钱的金银首饰，还向长生借了十块大洋，小姐妹阿妹将自己积攒的五块大洋零花钱也送到王宋氏手上。为了第二个疗程，公公王老板出面向同村的亲友借了三十块大洋。王宋氏带着借来的钱，陪着萎靡不振的丈夫，坐着长生家的船再次来到镇上，走进童天春药房陆先生的诊所。

陆先生望着水根的脸，表情凝重起来，轻声问了一句："你们行房事了？"

王宋氏见问，满脸通红，心想陆先生的眼睛真毒，看一眼病人的脸色就能知道一切。王宋氏嗫嚅着将那天早晨发生的事简要说了一遍。水根始终耷拉着头，一脸绝望。

陆先生表情严肃，口气却很和蔼："夫妻恩爱人之常情，若事成了就值了。没关系，多给病人吃牛羊肉，帮他长肌肉，药治食补双管齐下！"

又是一番长生说的"火攻"疗法，然后赎药，按照陆先生的吩咐，摇船到城隍庙肉庄，买了牛肉、羊肉，顺带着在杂货店买了盐卤、石膏等做豆腐的原料，坐船回家。船停在家门前的河滩上，水根经过治疗，腿脚利索不少，他不让王宋氏搀扶，一步跨上岸，却从船上重重地摔倒在河滩上。村道上走来两个陌生人，见状立刻跑上前热情地扶起水根。王宋氏上岸，赶紧谢过帮忙的陌生人，却发现高个子陌生人的眼睛一直盯在自己脸上，盯得她心里发毛，怀疑对方企图不良，说了声"谢谢"，赶紧扶起水根回家。没想到两位陌生人跟着来到家门口。

这时，长生停好船走到门前，问来人："你们找谁？"

高个子陌生人说："你是长生吧？"

又指着水根对王宋氏说："他是你丈夫吧？"

王宋氏觉得奇怪，我不认识你，你倒全认识，便问："你是谁？到我家有啥事？"

高个子陌生人说："你是两年前嫁来渔村的新娘子，那天送亲船撞上独木桥，船翻新娘子落水，是我救你上岸的，你不认识我啦？"

王宋氏大吃一惊，眼前的陌生人竟然是自己一直想见的救命少年，如今站在她面前的已是英姿挺拔、身板结实的青年，浓眉下的眼睛大而有神，鼻梁旁有几颗浅浅的麻子，让人过目不忘。少年已长成英俊青年，意外、激动、不知所措的王宋氏，迎着金麻子的眼睛说："你真是救我的金鲲，金麻子？"

金麻子双拳一抱，说："如假包换！"

王宋氏赶紧让金麻子进屋。长生打量着金麻子，心里猜想着金麻子的来意。

水根无精打采地坐在椅子上，就像当年做新郎时一样，耷拉着脑袋。

金麻子看着王宋氏忙碌的样子，赶紧问："有啥事需要我们帮忙？"

长生在一旁说："回家就没事了。你们来渔村，有事吗？"

金麻子说："我有事求王老板帮忙，他在吗？"

听到救命恩人有事相求，王宋氏赶紧跑去披屋叫公公。

金麻子向长生打听了水根的病情和王老板家的情况，等王老板来到客堂，寒暄过后，金麻子简单说了自己两年来的经历，最后双拳一抱："王老板，这次我和白弟来府上就是想借你家豆腐作坊一用。"

说着，金麻子拿出十块大洋放在桌上："还得先借用你家做豆腐的家伙什和原料，这些钱您先拿着，等十天后结了账，我再把钱送来。"

王老板把钱推了回去，指着正在端茶的王宋氏说："两年前你救了我儿媳，这恩情我记着，今日你有困难，我们理应帮忙，绝不让毛家欺负你。钱不够没关系，先把水根看病的钱垫上，只是我们只会做豆腐、油泡，其他品种就靠你们自己做了。"

这天半夜，渔村王老板家的豆腐作坊亮起了灯火，牵磨声、扯浆声、压榨声响彻渔村，忙活大半夜，做出一百三十多斤各色豆腐菜。第二天清晨，不少渔村人来到王家豆腐作坊想看个究竟，结果看到了品种齐全的各色豆腐菜，于是家家户户都来买，太阳还没升起，三十多斤各色豆腐菜销售一空。

当长生将船停靠在毛家豆腐店门前的石滩涂时，太阳已从屋顶升起，太阳的光辉从屋顶洒下，洒在河里河面发光，洒在街道街面发亮。金麻子从船上搬下两大筐豆腐菜，用一根枣木棍一前一后挑起，快步向毛家豆腐店走去。

三

毛一尘并不是故意要欺负金麻子，而舍不得白花花的大洋。用豆腐菜抵工钱，等于让金麻子义务帮他销售二百斤豆腐菜，想不到金麻子会提出拿成本价抵的要求，也就是说，原本二百斤豆腐菜抵的工钱，现在要五百斤豆腐菜才能抵。于是，毛一尘就快速转动他的眯细眼，算计出了让金麻子必输无疑的赌招。为了防止金麻子到市场上购买豆腐菜，他派林三兄弟去守市场，一旦看见金麻子买豆腐菜，立马宣布金麻子赌输，二十块大洋工钱就此没收。

大太太梅花在店堂里时不时朝门前的河浜里看一眼，她知道金麻子一定会准时送来一百斤豆腐菜，因为昨天白弟从她这里借了扯浆木框。她不想告诉毛一尘金麻子已经找到了对付他的办法，她觉得丈夫毛一尘对一个孤儿做得太过分了，所以昨天表外甥来向她借扯浆框时，她毫不犹豫答应了，她希望金麻子赢，拿到本该属于他的工钿。

早上七点不到，林三和林二分别来报，市场上和各家豆腐店都没见金麻子人影。毛一尘吩咐林三兄弟继续去盯着，他坐在店堂的账台后，捧着一只紫砂壶慢悠悠喝着茶，一副稳操胜券的样子。

店门前的市河里，一条小船徐徐靠岸，金麻子挑着两大筐豆腐菜来到毛家豆腐店门口，对着目瞪口呆的毛一尘说："毛老板，一百斤各色豆腐菜，你过过秤。"

毛一尘很吃惊，凭金麻子的能耐是不可能弄来品种齐全的豆腐菜的，但金麻子按照约定做到了。毛一尘细细看过豆腐菜，与毛家豆腐菜的品种一模一样，过完秤，他对金麻子说："等十天的货收齐一并结算，中间缺一天都算白送。"

金麻子料到毛一尘会来这一手，用手中的枣木棍指了一下账台上的纸和笔，说："给我写张收条。"

金麻子无意中流露出来的霸气，让毛一尘重新审视眼前这个曾经的毛头小伙子：金麻子长高了，身体结实了，挑豆腐菜不用扁担，而是用练武用的枣木棍，说话的口气仿佛在警告毛一尘不要要赖。毛一尘不说话，他不能流露出内心的一丝胆怯，写完收条，仍然以居高临下的口气说："现在认输，我还可以给你一半的工钱。"

金麻子拿过收条，一言不发，头也不回地走出店堂。

第二天，金麻子再次按时将豆腐菜送到，毛一尘照例写了收条，但不再说话。等金麻子一走，毛一尘赶紧让林三跟着金麻子，看金麻子的豆腐菜是从哪里弄来的。

一个时辰后，林三回来说："金麻子去店里买了石膏、盐卤，还到桥梓湾生煎店买了一大包生煎就回家了。"

毛一尘让林三赶快去金麻子家，说："你要盯住金麻子，看他去哪里弄的豆腐菜？"

林三领命而去，却发现金麻子不在家里。

五太太得知金麻子已经连续五天准时将一百斤各色豆腐菜送到毛家豆腐店的情况后，亲临门店，她要看看一个孤儿到底有多大能耐。她看到一条小船载着金麻子和一百斤豆腐菜靠岸，金麻子将两筐豆腐菜搬上岸，等小船摇走，才挑着豆腐菜送到店里。五太太明白，金麻子不跟小船一起走，一定是障眼法，只要跟定小船，就一定能查到金麻子豆腐菜的来历。她把自己的分析告诉了毛一尘，毛一尘觉得有道理，决定亲自出马，跟踪小船。

第六天，毛一尘让五太太给金麻子过秤写收条，自己在廊桥下跟着小船出西栅桥，一路往西，绕过山湾村，转向淀山，过淀山庄，小船驶进浩瀚宽广的淀山湖……陆路已到尽头，毛一尘站在岸边望着渐渐消失在淀山湖里的小船，他知道有人在帮金麻子，自己将输给初出茅庐的无名之辈，一种莫名的失落袭上心头，心有不甘，却又无计可施。这天回家，毛一尘身心疲累，独自在客堂沽酒独饮。

大太太梅花见状，说："不要跟孩子一般见识，输就输了，这钱也是该金麻子得的，难为别人还要难为自己，不划算。"

毛一尘瞥了大太太梅花一眼，端起酒杯"咕嘟"一声，喝下一大口酒。大太太梅花见劝不了丈夫，回房去了。

五太太兰花拿着一只酒杯走来，端起酒壶给毛一尘斟了一杯，笑眯眯地说："这场赌局你横竖都是赢，干吗喝闷酒？"

毛一尘睁开小眼睛说："怎么讲？"

五太太兰花说："你算呀，都按四折，十天金麻子先给你一千斤，然后你给他五百斤，谁赢谁输呀？"

五太太兰花的话让毛一尘茅塞顿开，原来他一开始就赢了，自己怎么没有想到这一层呢。五太太在自己的酒杯里斟上酒："来，喝一杯，今晚睡我房……"

同样是劝解，大太太梅花话里话外都向着金麻子，五太太兰花说话中听，尽管五太太说的赢不是毛一尘想要的赢，但五太太时时处处为毛一尘着想，让醉眼蒙眬的毛一尘再次感到五太太对自己的好。他伸手搂住五太太的腰，说："好，睡你房，小嘴体贴还撩拨人，我喜欢！"

站在里间留意着客堂的毛老爷，听到儿子开始喜欢五太太兰花，脸上露出了不易察觉的苦笑。

金麻子把最后一担豆腐菜挑进毛家豆腐店的时候，他希望看到毛老板颓丧的表情，可他看到的是毛老板充满敌意的眼神。他把两筐豆腐菜放在地上，抽出枣木棍，从口袋里拿出九张收条放到账台上，说了两个字："结账！"

毛一尘指着早已放在桌上的四十块大洋，说："金麻子，你赢了，很得意吧？"

金麻子将枣木棍放在大洋边上，一边收拾桌上的大洋，一边说："是你要用豆腐菜抵我的工钿，是你逼我和你打赌，我不想赢你，只想拿回我的工钿。你也没输，我给你一千斤，你再给我五百斤，只不过你想通过打赌让我分文拿不到的计谋落空了。"

毛一尘眼一眯："别得意，在这镇上，低头不见抬头见，日子长着哪！"

金麻子将手中的枣木棍朝地上一杵："毛老板想和我打架？还是想找机会难为我？我一个孤儿，一人吃饱全家不饿，谁怕谁呀！"

金麻子用枣木棍挑上两只柳条筐，以胜利者的姿态走出毛家店门。四十块大洋放满衣袋和裤袋，每走一步都叮当作响。金麻子用双手护住上衣口袋，裤袋里又叮叮当当，护不住，索性让叮当声一路随行，不管行人向他投来的异样眼光。他感到这声音像音乐一样美妙，像那年跟父亲"出活"吃肉饭看到油菜花感觉特别美一样，夏雨哥说这是心情好的缘故。回到渔村，走进王家客堂，客堂的八仙桌上放着一桌子菜，桌旁坐着王老板一家四人，还有长生、白弟和王宋氏的要好姐妹青面孔阿妹。

金麻子站在白弟旁的空位上，从口袋里拿出四十块大洋，码成四叠放在桌上，双拳一抱，说："我们赢了，豆腐里算出骨头来的毛老板输了！"

说着，金麻子作揖答谢："这四十块大洋一半是做豆腐菜的成本，一半是大家辛苦赚的，今天我作主把大家辛苦赚的钱给水根治病，大家说好不好？"

长生第一个说："好！"

白弟嘴上附和着说好，心里想：口袋空空做啥好人、充啥好汉，到头来没钱吃饭，饿的是你自己。

朴实憨厚的王老板，哪里肯接受金麻子递上来的大洋："金鲲兄弟，帮你，是报答当年的救命之恩，哪里还能要你的钱？不能收，万万不能收。"王老板那张苍老黝黑的脸显得非常坚决。

金麻子把钱放到王宋氏手中，打开桌上的绍兴老酒酒瓶，给大家一一斟酒，然后端起酒杯说："大家知道吗，两年前我跟父亲来渔村'吹喜'，父亲告诉我王老板为给儿子冲喜，花完了家中所有积蓄。今天王老板借债给水根治病，但为了帮我，将水根治病的钱拿出来到附近村里去买黄豆，王老板花的不是钱，是对我金麻子的恩情。今天我们收回了本钿，还赚了一点，水根治病需要钱，我们该不该把这钱给水根治病？如果大家认为该的话，就把杯中酒干了！"

金麻子一口将酒喝了。长生、白弟、阿妹也跟着喝了。金麻子的话让王老板夫妇想到儿子的不幸，想到金麻子的情谊，老两口眼中含泪干了杯中酒。王宋氏的眼睛一直盯在金麻子的脸上，两年前不顾自身安危救她，今天不留分文帮她，是金麻子前世欠她的，还是命中注定要帮她？她发现金麻子轮廓分明的脸庞上那几颗麻子特别醒目，醒目的麻子并没有让英俊的脸庞逊色，反而更凸显男人的气概。她决定收下这笔钱，当年她是被动被救，今天她是主动接受，也许一切都是命中注定。

王宋氏举起酒杯代表丈夫、代表公婆向金麻子敬酒："鲲哥，大恩不言谢，惠明先干！"

宋惠明平生第一次喝下满满一杯酒，热辣辣的感觉从喉咙燃烧到心田。十天来，金麻子教她扯浆，教她洒水氽油泡、做素鸡……一幕幕场景像闪电一样在脑海中不断闪回，酒烧红了她的脸，也烧热了她的心。这一刻，宋惠明感到特别温暖，举杯的手迟迟没有放下。阿妹见状，以为王宋氏喝醉了，赶紧站起身，扶她坐下……

金麻子到毛家豆腐店拿抵工钱的豆腐菜，竟然没有想到拿只竹筐，幸亏毛一尘不想见他，让大太太梅花一手操办，才没有节外生枝。大太太梅花将素鸡、油豆腐、干丝、豆腐皮、油泡、豆腐干等，每种豆腐菜都拿一点用油纸包好，装进一只大提篮，还用一根麻绳托底系在篮子拎档上，说："每次拿二十五斤，多了卖不掉，浪费可惜。"

金麻子感激地向大太太梅花鞠了一躬，出门来到城隍庙菜市场，找了个地方，揭开盖在大提篮上的油纸，对着买菜的顾客吆喝起来："卖豆腐菜唻，豆腐菜要买唻……"

吆喝一早上，那些支起门板、摊开竹筶的正规豆腐摊，一家家都把豆腐菜卖光收摊了，金麻子的豆腐篮还没开张。也有顾客到他的摊上来过，朝大提篮里瞧了瞧，连价格都不问就拐向别的豆腐摊。金麻子看到白弟在廊桥下钓虾，拎起大篮子来到白弟身边，问他篮里的豆腐菜为啥没人要？

白弟说："我没买过豆腐菜，不知道。"

金麻子自言自语："卖不掉就送，送不掉就当饭吃！"

白弟指着大提篮的豆腐菜说："这么多，送给谁？当饭吃，一天能吃掉多少？"

金麻子说："你不要钓虾了，帮我拎回家。"

金麻子和白弟一人一边拎起大提篮朝镇西走去。回到家，金麻子拿一只洗脸盆，各种豆腐菜装满一盆，送到夏家米行。刚进门，就听到夏雨和夏雪兄妹在讨论日本人会不会在上海开战的问题。

夏雨说："日本人吞并东三省，对大上海一定虎视眈眈。"

夏雪说："如果日本人不归还我东三省，我就放弃去日本留学……"

金麻子进门激动地叫了一声："夏雨哥，夏小姐……"

夏雨和夏雪见到金麻子，立即停止讨论。夏雨站起身，看着身材高大挺拔的金麻子，惊喜地说："金鲲兄弟，你再不回来，我就要到毛家豆腐店去看你了。"

金麻子双手捧着一脸盆豆腐菜，送到夏雨面前："这些豆腐菜给你们吃。"

夏雪看着一脸盆豆腐菜甚感意外："哪来这么多豆腐菜？"

不等金麻子开口，身后的白弟帮着回答："这是毛家抵金哥工钿的豆腐菜，上街卖不掉。"

夏雨和夏雪都听不懂白弟的话。金麻子就把毛一尘克扣工钿，用豆腐菜抵工钿等前后经过简单说了一遍。

夏雨兄妹听后十分气愤，夏雨愤愤地说："这就是资本家不择手段对工人的剥削！"

金麻子并不理解啥叫剥削，但他看着夏雨哥为他抱不平，心里还是暖融融的。夏伯母帮金麻子分析卖不掉豆腐菜的原因："镇上豆腐摊都从地上支起一个搁板，把豆腐菜放在垫纱布的笾里，一笾一品放在搁板上。镇上人爱干净，讲卫生，看你一个大提篮，顾客以为是办丧事吃剩的，谁会买你的豆腐菜？镇上人不像乡下人随便，只要便宜一点，就要。"

夏伯母的话让金麻子恍然大悟，他自言自语说："对，去乡下卖。"

白弟摇头："镇上都卖不掉，乡下能卖掉吗？"

金麻子说："不试试怎么知道。"

夏雨看着一个孤儿为生计奔波，还到处被人欺负，心中十分同情，接过金麻子手中放豆腐菜的脸盆，说："金鲲兄弟，明天我和你们一起去乡下卖豆腐菜。"

夏老板从账房出来，他同情金麻子的遭遇，再次问他愿不愿意到米行来学生意。金麻子想到自己带出徒弟而被辞退的遭遇，心想自己进米行必有伙计会被辞退，自己已经长大，不能让夏伯伯照顾一辈子，于是摇着头说："夏伯伯，如果米行缺人手，我该进；现在不缺人手，我若进了，米行必有一人离去。若我离去，今日何必进来；若'看白先生'离去，将是米行大损失，师傅观一米能见一茬成色、水分、粳糯，而我却没有'观一斑见全豹'的能耐；若辞去'斜脚'伙计，'斜脚'伙计靠这碗饭养家糊口，我一人吃饱全家不饿，他就要饿全家……"

金麻子的话让夏老板全家人对他刮目相看，夏老板心想：小小年纪义字当先，想得周全，日后必成大器。他让金麻子在没有找到工作之前，一日三餐到米行来吃。

夏老板说："米行别的没有，饭管够。"

金麻子和夏雨约定：明天下乡卖豆腐菜。

四

金麻子的枣木棍是淀山庄沙老大送给他练武用的，现在他把枣木棍穿在大提篮中间，与夏雨一前一后扛上肩，白弟跟在两人身后，三人朝淀山庄走去。一路上，哥俩有说不完的话。金麻子向夏雨讲述了两年来练武功、当伙计的事，当然，他把白弟拉他去看喝花酒这类事给省略了。金麻子从夏雨口中听到了东三省沦陷、抵制日货、学生运动、集会游行、抗日救亡等新名词，这些新名词让金麻子感受到夏雨心中蕴藏着一种家国情怀，这让金麻子对夏雨肃然起敬……

出镇西三里，来到山湾村，该村不大，有百十来户人家。金麻子、夏雨、白弟三人拐进村口，在村中央一块空地上放下大提篮。金麻子手里拿着一杆圆盘秤，开始吆喝："卖豆腐菜唻，豆腐菜送货上门唻，走过路过不要错过唻……"突然，一村民家中蹿出一条狼狗，直奔豆腐摊而来。过去，白弟见狗就逃，现在见金哥站在身边纹丝不动，夏雨见狗也不慌张，白弟便壮着胆从路边捡起一块砖头，准备与狼狗决一雌雄。金麻子放下圆盘秤，拿起枣木棍，防备狼狗的袭击。狼狗冲到离豆腐摊丈余距离，停下，朝着金麻子、夏雨和白弟狂吠。

狼狗后面走来一人，此人走到狼狗边上喊了一声："上！"

狼狗得到主人指令，凶狠地朝金麻子扑来。说时迟那时快，金麻子挥起枣木棍，"呼"一声正中狼狗脑门，狼狗"呜"的一声，倒在豆腐摊上。狼狗主人恼羞成怒，冲到豆腐摊前，正欲挥拳，看见金麻子手中的枣木棍在空中划了一个弧圈，看架势定是练武之人，将挥在半空中的拳头放了下来，说："你打死我的狼狗，得赔我一条狼狗。"

村民听到动静，纷纷走来看热闹。

金麻子认出狗主人印堂中间的胎记，原来狗主人就是两年前调戏夏雪，把他打得头破血流的无赖小辫子。两年不见，金麻子干重活、练武功，早已肩宽膀圆、四肢健壮、身材高挺，无赖小辫子一时没认出来。

金麻子将枣木棍朝地上一杵，说："两年前，你把我打得头破血流，今天你放出恶狗伤人，还要我赔你狗？今天当着乡亲们的面，新账老账一起算。"

夏雨望着小时候的同窗史永昌（小辫子的大名）已经完全变成一个无赖，摇着头说："史永昌呀，你为啥不学好呢？"

围观的村民没有一个站出来说句公道话。

人群中不知谁说了一句："小辫子没了狼狗，软蛋了！"

无赖小辫子听到有人说他软蛋，挥着拳头，冲到那人面前说："刚才的话是你说的？站出来，再说一遍。"

无赖小辫子从袖管里拿出铁尺，朝说话人身上劈去。金麻子赶紧用枣木棍挡住铁尺，无赖小辫子挥舞铁尺朝金麻子头上劈来。金麻子头一仰让过铁尺，撩起一脚踢中小辫子手腕，铁尺飞出老远，紧接着一个扫堂腿将小辫子扫倒在地。白弟第一次见到金麻子有这等功夫，激动得拍手叫好。

金麻子走到躺在地上的小辫子跟前，说："你就是个欺软怕硬的无赖，两年前就是这样，见到沙老大拔脚就逃！"

此刻，无赖小辫子的父母来到人群中，看到儿子倒在地上，狼狗被打死，知道儿子吃了大亏，母亲哭着问儿子伤在哪儿，父亲见儿子没伤着，走到金麻子跟前要他赔一条狼狗。

金麻子说："大伯，是你儿子放狗咬我，你还要我赔狗，讲不讲道理？"

小辫子父亲说："你说狗咬你了，有证据吗？有人看见吗？都没有吧，是你无辜把狗打死了，你必须赔！"

夏雨站到小辫子父亲跟前说："我证明是你儿子史永昌先放狼狗咬人，金鲲兄弟出于防卫，才打死狼狗的。"

小辫子父亲瞪着眼，一味帮儿子："你们是一伙的，你的证明不算。"

金麻子确实没有证据，而狗是他打死的，人人可以证明，他发现小辫子父母和无赖儿子一样混蛋！他无奈地说："赔可以，身上没钱，只有豆腐菜。你想要多少，自己拿。"

小辫子母亲说："那好，你就把豆腐菜留下，你们走吧。"

人群中有人看不过去，说了一句："一条草狗，顶多一块大洋，老史家的，太宠孩子会害了他的。"

无赖小辫子是家中独子，仗着家中有钱、父母宠爱，加上远房表哥是镇上开赌场的地头蛇，在镇上胡作非为，回村里称王称霸，外乡货郎进村，他就放出狼狗咬人，等货郎扔下货郎担逃命，他叫停狼狗，将货物据为已有。多少年来再也没有货郎担敢进村，村里人想买个针头线脑都要到镇上去。金麻子打死恶狗算是替村民出了一口气。

小辫子父亲见有人打抱不平，就让金麻子拿出两块大洋了事。村里人见金麻子没钱，就问他豆腐菜卖多少钱一斤。金麻子说："镇上卖一毛钱一斤，既然上门送货，就少赚点，八分钱一斤。"

一位大婶拿起豆腐皮在手中掂了掂，再拿起油泡看了看，说："这个豆腐菜跟镇上的毛家豆腐菜一模一样，还这么便宜，我每样都买半斤。"

大婶的话比金麻子的叫卖声还管用，围观村民你一斤我一斤，一下子买去了一半。不一会儿又有一拨村民闻讯跑来，豆腐菜卖完，所得大洋正好赔无赖家的狗钱。

临别，村里人说："日后，再来村里卖豆腐菜，也是今天这个价。"

金麻子双手抱拳："一定，一定。"

金麻子原来打算卖剩一半豆腐菜拿到淀山庄去孝敬沙老大，没想到出门不利，赔光了一天的买卖。兄弟三人饿着肚皮回家。路上，夏雨拿出两块大洋，塞在金麻子口袋里。金麻子不要，说自己有钱。

夏雨捏着金麻子的手说："是兄弟就收下。"

淀山庄坐落在淀山脚下，庄边一条小河一头通向朱溪镇，一头通向淀山湖，淀山山脉延伸到淀山湖心。淀山与淀山湖，谁也说不清是淀山因湖得名，还是淀山湖因山取号。淀山庄离镇六里，距湖三里，民风淳朴，村民尚武，是方圆百里有名的武术之乡。每年，朱溪镇闹元宵的行街、端午的摇快船、中秋的舞龙，缺了淀山庄的团龙、彩狮、莲湘、蚌舞、快船，就像缺了主角一样。金麻子的师父沙海一身武功，阅历丰富却从不显山露水。多年前，在朱溪镇朝南五十余里地发生的小蒸农民暴动，沙海便是其中的一员猛将。说起来，沙海参加这次农民暴动也是一个巧合，用沙海徒弟的话来说是命运的安排。那天小蒸农民暴动的年轻总指挥从上海坐小火轮在朱溪镇下船，准备连夜赶去暴动所在地，不料刚下轮船就被镇水警队疤队长发现，并一路跟踪。

这天，沙海带着两位徒弟摇船到镇上买了一船肥田大粪，正停船在放生桥脚下准备上岸买些日用品回家，忽见一位年轻人，解开缆绳，跳上粪船，对沙海说："船老大，帮个忙，开船！"

年轻人身后五十来米远的地方，疤队长手拿盒子炮正东张西望追寻着年轻人。沙海知道水警队疤队长横行霸道，不是啥好人，那么不是好人的疤队长追的人一定不是坏人，于是，拿起一件蓑衣扔给年轻人，一篙子把船撑开，朝着淀山湖方向摇去。等疤队长追到河边，粪船已融入漕江河船流。疤队长看着粪船上头戴草帽、身披蓑衣的人，不相信被盯梢的人会这么快变成掏粪人，望着眼前驶过的船流，无计可施，只得手一挥收兵。年轻人向沙海拱手道谢。

沙海问："水警队为啥追你？"

年轻人说："水警队以为我是共产党。"

沙海又问："先生尊姓大名？要去哪里？"

年轻人环顾四周，指向南方："我叫陈霄，去小蒸。"

沙海打量起眼前这位二十多岁的年轻人："四方脸，双目如炬，气定神闲。"

沙海试探着说："听说那里在闹农会，抗租抗捐，财主恨死，穷人开心，我想去那里看看。先生，我们送你去小蒸吧……"

年轻的陈霄受上级党组织委派去家乡领导农民暴动。陈霄看出沙海心中有一股向往革命的豪情壮志，便说起了关于农会、阶级、政权、剥削的事情，沙海听得入神，两人聊了一路。到了小蒸，沙海才知道年轻人竟然是这次农民暴动的总指挥，怪不得他能讲出这深奥的道理。沙海决定留在小蒸参加暴动。一九二八年元旦刚过，小蒸农民武装暴动的枪声打响，不到一周时间，缴了周边六个团防局的长短枪六十六支，镇压了周边民愤最大的三名恶霸地主，马桥大地主吓得主动把家里的九支长枪、三支短枪交了出来……沙海凭着练就的一身武功常常使团防局的团丁还没有反应过来，已被缴了械。暴动坚持了半个多月，最后在地主武装和国民党一个加强营的镇压下失败了。这位目光如炬的总指挥要求大家化整为零，并说："你们每个人都是一颗革命的火种，只要时机成熟，你们定会燃起熊熊烈火，去烧毁旧世界！"当时沙海和所有参加暴动的队员一样，成为埋在泥土中的一颗革命火种。沙海回到淀山庄，收本庄弟子为徒，传授武功，启蒙解惑，为自己练就的一套拳路取名"小红拳"。

有武术爱好者慕名前来拜师，沙老大不愿太过招摇、引人注目，便说："本庄自创小红拳，只传本庄弟子，庄外人士一概不传。"

有一位商人不信，向人夸下海口："我一定能让沙海收我儿子为徒。"

有人就和商人打赌一千大洋。这位商人让儿子拿着一张千元银票拜师，求沙老大收下银票。

沙老大问商人儿子为何习武，商人儿子说："因常年身带万银跑生意，一旦遇到歹徒可自保。"

沙海说："一拳难敌两手，即便你学到拳脚功夫，遇到两个和你一样的拳手，你也无法自保，还不如在身带千金万银的时候请专业保镖保护更安全。这银票与其给我，还不如去请几个贴身保镖，少爷请回吧。"

商人儿子自知父亲输定了。沙海也曾收过两个庄外徒弟，一个是镇上童天春药房的坐堂郎中陆先生。陆先生写武打小说需要懂点拳路，沙老大徒弟练功受伤需要治伤，陆先生和沙老大说定，双方互通有无，不取分文。另一个就是与沙海有患难之交的恩师夏老板介绍来的金麻子。有一年米市"瘟潮"时间长，米价狂跌，庄民不愿把辛苦种出的粮食贱卖，沙海跑到夏家米行求曾经当过他三年私塾先生的夏老板想想办法。

夏老板看了沙海拿来的米样，问："乡亲们还能不能坚持一个月，一个月后米价一定回升。"

沙海说："一半庄民坚持不了。"

夏老板从钱庄贷款一千大洋，让沙海将钱分借给坚持不了的庄民，等粮价回升后再还钱。夏老板的义举让淀山庄农民度过了丰收成灾后最难熬的一个月。一个月后，米价果然回升。沙海曾对徒弟们说过，在朱溪镇上，大家不要忘记两个人，一个是陆先生，一个是夏老板。也只有这两个人知道沙海曾经参加过小蒸农民暴动。所以，保护夏雪、收金麻子为徒，沙老大没半句推辞。

夏雨兄妹已回上海读书。金麻子在打完一套小红拳后，再次和白弟出门卖豆腐菜，卖剩一半来到淀山庄，见过沙老大，递上半篮子豆腐菜，说："师父，徒弟做了一年豆腐，没啥孝敬，只有豆腐菜请师父尝尝。"

沙老大问："一年里，练过拳脚吗?"

金麻子说："回师父，每天起早贪黑干活，练的时间不多，近日才天天练，请师父责罚。"

沙老大说："俗话说，曲不离口，拳不离手。只要天天练，就成。"又面对白弟问："请这位小兄弟告诉我，这么多豆腐菜是哪里来的？"

白弟望了一眼金麻子，不敢撒谎，把毛一尘用豆腐菜抵工钱、金麻子不从、与毛一尘打赌的事一五一十说了。

沙老大听完，向金麻子竖起大拇指："好样的，从今天起，每次下乡卖豆腐菜，给我送十五斤来，省得我派人到镇上去买。"说完从衣袋里拿出一块半大洋给金麻子。

金麻子哪里肯收："师父，这是孝敬您的，不要钱。"

沙海扶住金麻子的双肩，动情地说："等你将来赚大钱了，再来孝敬师父。"

在后来的两个月里，金麻子拉着白弟跑遍东西南北十八个村庄，五百斤抵工钿的豆腐菜，分十七次下乡卖，碰到过山湾村的恶狗，遇到过拿了豆腐菜不给钱的……有一次去镇南乡下，一路跑了六个村庄，只卖掉一半豆腐菜，尽管肚子饿得"咕咕"叫，金麻子仍不死心，沿着一条田边泥路继续向南走。田野里一片绿油油的小麦，微风吹过，麦浪滚滚，金麻子深吸一口带着麦穗清香的空气，说："白弟，今天辛苦，赚的钱我俩平分。"

扛在前面的白弟说："梅姨说过，这是你的血汗钱，我不能拿一个铜板，但可以吃你买的东西。我想吃生煎，回去我们到桥梓湾，你请我吃生煎……"

金麻子心里很感激大太太梅花的照顾，也感激白弟的帮忙："好，回镇上直接去桥梓湾，你想吃多少生煎，就吃多少，管饱。"

讲起吃生煎，早已肚中空空的白弟，立马口水直流、肚子咕咕叫，说："金哥，不能说生煎，千万不要再说，越说越饿，肚子受不了。"

饿着肚子还在奔波的这对难兄难弟，不再说话，努力不去想生煎鲜美的汤汁和那股诱人的葱油香。前面，一个村庄出现在视线里，走了好长时间，仍然在视线里，等到走近村子，已是夕阳西下。

这是一个大村子，村口有个门楼，门楼中间两个大字：安庄。进了安庄村，金麻子在一块空地上放下大提篮，将枣木棍扛在肩上，开始吆喝："卖豆腐菜唻，豆腐菜送货上门唻，走过路过不要错过唻……"

吆喝了一袋烟工夫，村中走来一位额头、脸颊有着深深皱纹的老农民，那皱纹如刀刻的一样。老农民走到跟前，弯下身揭开遮在大提篮上的荷包，对着篮中的豆腐菜细细打量了一番，然后对金麻子说："我全要了，跟我走。"

　　一旁的白弟，见有人全要，心中燃起快要熬到头的希望。金麻子感到奇怪：村民买豆腐菜总是一边挑，一边问价格，然后讨价还价，最后成交；眼前这位老农民不问价格，照单全收，有点反常。

　　金麻子握紧肩上的枣木棍，跟着老农民走过一片空场，再走过两间平房，拐个弯，走进堂屋边的披屋，披屋里放着磨凳、磨盘、磨架……熟悉的摆设让金麻子暗暗吃惊：老农民也是做豆腐的，为啥还要买这么多豆腐菜呢？

　　正想着，老农民开口了："两位小兄弟，我把两位的豆腐菜买下，希望两位从今往后不要再到安庄来卖豆腐菜了。我是本村专做豆腐的，做得不如你们好，你们来安庄卖豆腐，等于抢我生意、夺我饭碗……"

　　白弟不等老农民说完，在一旁抢白："买卖自由，你能卖，为啥不让我们卖?"

　　老农民苦笑着，两手一摊："你们硬要抢我饭碗，我一家老小就没饭吃了，我求你们行行好。安庄地处偏僻，从来没人到村里来抢生意，你们是第一个……"

　　白弟还想说什么，被金麻子制止。金麻子双手抱拳，向老农民行了个礼："抱歉，我们打扰了。"

　　说完，金麻子拿起大提篮就要离开，却被老农民一把拉住："小兄弟留步。"

　　老农民从口袋里拿出几张法币递给金麻子："钱不多，是我心意。"

　　金麻子把钱推回，老农民很固执，硬把钱塞到金麻子手中："你要不拿，我心里过不去。"

　　金麻子捏着老农民用力塞到手中的法币，看着老农民脸上刀刻一样的皱纹，感到每条皱纹里都是岁月沧桑。他向老农民点点头，把纸币放进口袋，把大提篮里的豆腐菜全部倒在披屋的竹笸里："老伯，我收下你的钱，你收下我们的豆腐菜，买卖公平。我们不会再来了。"

　　说罢，金麻子洒脱地一挥枣木棍，大提篮"呲溜"随着枣木棍滑到肩上，身后留下老农民感激的眼神和一句话："这点钱买不来这么多……"

　　夜幕降临的时候，金麻子和白弟已坐在桥梓湾生煎店，叫了十五客生煎，每人三十只。一开始，两人狼吞虎咽，吃到一半才开始品味，金麻子学着毛老爷先喝汤、再吃馅、最后啃底坨的吃法，品出了鲜、香、肥、脆的美味口感，不由自言自语起来："怪不得毛老爷子这样吃，这种吃法才能真正品出桥梓湾生煎的味道。"

白弟吃到一半，眼睛开始瞄操作间里漂亮女徒的脸，他对金麻子说："这位长得漂亮的女学徒叫阿萍，店老板从来不收徒，唯独收阿萍，你知道为啥？"

金麻子嚼着生煎说："不知道，说来听听。"

白弟得意地介绍起来："你知道吗，不是店老板对女徒弟阿萍有意思，是店老板的儿子看上了阿萍，让父亲收阿萍为徒的。"

金麻子说："阿萍不会嫁给店老板儿子的。"

白弟嚼着生煎底坨问："为啥不会？"

金麻子神秘地告诉白弟："阿萍心中有人。"

白弟不信："你怎么知道？"

金麻子非常自信地说："待会儿阿萍有空了，一定会来招呼我，还会问我关于她心上人的情况。你信不信？"

白弟将信将疑，心里在想金麻子会不会在放噱头，假装什么都知道，充大哥。待金麻子和白弟桌上的生煎快要吃完的时候，阿萍果然端着两碗蛋皮汤走来，一人一碗放在两人面前。金麻子招呼一声："阿萍姐，谢谢！"

白弟开始有点看不懂金麻子：大太太梅姨关心他，夏老板照顾他，渔村人帮他，淀山庄沙老大喜欢他，连生煎店的漂亮女徒弟也招呼他……

白弟在胡思乱想的时候，听到阿萍问："夏雨回家吗？"

金麻子告诉阿萍，夏雨在上海读书，一年难得回来一次。阿萍叹了一口气，不再说啥。

五百斤豆腐菜卖完，金麻子和白弟再次"失业"。白弟照常到廊桥下钓河虾。金麻子每日上街找活，找不到活，就去廊桥下看白弟钓河虾打发时间。

一天，白弟告诉金麻子："桥梓湾生煎店的女学徒阿萍要嫁人了，嫁的不是夏雨，是生煎店的小开'瞎眃'。"金麻子不信。

白弟说："信不信由你……"

河虾上钩，白弟迅速提竿，一只河虾像一块木炭从水中被甩到岸上。白弟举着河虾喜笑颜开："金哥，钓到一只大河虾。"转眼一看，金麻子已不知去向。

金麻子来到桥梓湾生煎店，看到生煎店门楣上拉出一条横幅，上书："庆三喜临门，贺老店新开。"金麻子在店里没见着阿萍，见店小二走来，指着横幅问："哪三喜?"

店小二解释："女徒弟出师、少东家大婚、儿媳当掌柜，此为三喜。"

金麻子又问："儿媳是谁?"

店小二说："女徒弟呀!"

说完，店小二提高嗓门对着门外喊："新掌柜说了，小店与顾客同喜，新婚头三天，凡来小店用餐者一律买一份吃双份。"

金麻子听到买一份吃双份，就在一个不起眼的店旮旯里坐了下来，他要等阿萍来问个明白：夏雨是阿萍心中的白马王子，阿萍为啥半途而废、中途变卦?

金麻子是阿萍和夏雨爱情的见证人!

第 四 章

一

从高处俯瞰朱溪镇，一片黛瓦如鱼鳞层层覆盖在古镇之上，如波浪连绵起伏凝固在九条街中，全镇九街三十六桥八十八弄组成古镇特有的形态：长街沿河走，弄中曲径幽；抬头一线天，开轩可握手；石桥连两岸，船停河滩头；朱溪美景多，日日画中游。镇东一座五孔石拱桥横跨漕港河上，桥身雕有盘龙八条，明珠环绕，桥长如带、桥形如虹，故有"井带长虹"之称。据说五百多年前，三个和尚为了方便漕港河两岸百姓往来，化缘数载建造此桥。桥身不知哪年哪月长出两棵石榴树，树干遒劲，树冠葱茏，让看似无生命的大石桥有了灵性。

镇上老人说："石榴树留石。"可石榴树为何能留石却无人知晓。

小孩过桥总会问大人："桥上的树是啥人种的呀？"

大人不知，就说："是仙人种的。"

小孩又问："仙人长啥样子呀？"

大人又不知，就说："仙人长生不老，仙女个个漂亮。"

阿萍小时候听到父亲这样告诉她，回家会对着镜子看老半天，想自己像不像仙女。阿萍家贫，到了上学年纪无钱上学，只能溜进学校，在教室窗户下偷听老师讲课。老师用粉笔在黑板上写，她摘一根树枝在地上写。老师讲《三字经》，她竟然记住了《三字经》。老师讲每当春暖花开，方圆数十里的善男信女都会来放生桥放生，以求无量功德、荫福子孙，久而久之放生桥由此得名，阿萍就记住了放生桥桥名的来历……终于有一天，阿萍的偷听行为被坐在教室窗口的夏雨发现。

夏雨问阿萍："为啥不进课堂？"

阿萍说："家穷，无钱上学。"

一日，天气突变，大雨瓢泼，夏雨望着雨中还在地上写字的阿萍，忘了在上课，把自己带的雨伞递给阿萍。

"夏雨，干啥？"身后传来班主任严厉的喊声。

夏雨指着窗外说："老师，她无钱上学，在雨中写你刚才教的生字……"

老师把浑身湿透的阿萍请到教室，给阿萍擦去脸上的雨水。

阿萍哭着说："老师，不要赶我走，我想读书……"

老师感动地说："老师不赶你，从现在起你就在教室里听课，我会跟学校商量，免除你的学费。"

阿萍惊喜，向老师深鞠一躬。老师安排阿萍和夏雨同桌。

金麻子比夏雨小三岁，父母在夏家米行干活，住的是夏家的披屋，两人从小一起玩。金麻子游泳溺水，夏雨把他从水里救起。金麻子到了上学年龄也想上学，夏老板说服金麻子父母，让他和夏雨一同上下学。金麻子就在大雨瓢泼的那天认识了阿萍，从此三人一起在教室里做功课。

夏雨让阿萍回家自学落下的课程，阿萍回家没完成。夏雨问她："为啥不学？"

阿萍说："家里不点灯，省油。"

夏雨不再说话，却仍然布置比昨天还多的补习课程。阿萍心里想，明知家中不许点灯，还布置这么多功课。她心里想着，却不敢说出口。夏雨布置完作业，走出了教室。阿萍怀疑夏雨到老师那里"告状"去了。阿萍不怕"告状"，家里穷，省油，没有错。阿萍着急的是如何把落下的功课补上去。当阿萍做完作业的时候，夏雨回来了。阿萍看到他手里拿了一只矮胖的玻璃瓶，当玻璃瓶被递到阿萍面前时，她闻到了一股煤油的气味。

夏雨说："用完了把空瓶拿来，我再给你添煤油。"

阿萍内心一阵感动，一只手捏住了衣角……

一天放学，金麻子看到一个头上扎着小辫子、印堂上有颗圆形胎记的男生在教室里欺负阿萍："没钱上啥学，叫我一声爹，给你一毛钱。"

阿萍忍着眼泪，一言不发。

夏雨站起身说："小辫子，你欺负人。"

小辫子得意地说："她没钱，凭啥上学？"

夏雨警告小辫子："你走开！"

小辫子骄横地说："让她叫我一声爹，我就走开。"

金麻子见状，拔腿朝教师办公室跑。

夏雨大声骂小辫子："欺负女同学，你要不要脸！"

小辫子说："那我就欺负你这个男同学。"说着，举起拳头朝夏雨胸口打来。

夏雨没有退缩，用身体保护着阿萍，等待着小辫子的再次攻击。这时，金麻子叫来了老师，老师将小辫子狠狠训了一顿，并让他当面向阿萍和夏雨道歉。小辫子仗着有钱欺负阿萍的事，烙在了夏雨心底，他决心帮助阿萍读好书，将来不再受穷。

礼拜天，阿萍来到夏雨家，夏雨叫上金麻子，三人结伴到野外玩耍。金麻子拿渔叉到河边叉鱼，阿萍拿着篮子在野地里挑马兰头、野菜，夏雨惬意地躺在草地上，看着阿萍挑马兰头、野菜的样子，便想起一首古诗来："采采芣苢，薄言采之。采采芣苢，薄言有之。……"

正念着，忽有痒痒的东西从小腿向大腿移动，夏雨赶紧脱下长裤，看见一条咖啡色毛毛虫快速蠕动着朝他的内裤爬去。夏雨大叫一声："妈呀！快来救我……"

阿萍听到惊呼声，手一抖，刀片划在手指上。阿萍顾不上流血，回头去"救"夏雨。

躺在地上的夏雨露出白皙的大腿，手指着裤裆大叫："毛毛虫进去了，毛毛虫进去了……"

阿萍见夏雨这么胆小，就用手去抓毛毛虫，手到短裤边，想起"男女有别"，就大声喊："金麻子，快来呀！"喊了几声，不见回音，只好小心地隔着裤子捏住毛毛虫，再用右手伸进裤子把毛毛虫捉出来，虽然手背碰到了夏雨的屁股，但夏雨紧张得不知害羞了。

缓过神，夏雨看到阿萍把手指放在口中，吃惊地说："你在吃毛毛虫？"

阿萍苦笑一下，拿出手指，手指上立刻出现一条血印子，不一会儿血印子就变成一条"红蚯蚓"从手指上掉下来。夏雨这才知道阿萍为救自己把手指头割破了……这天阿萍父母留夏雨、金麻子在家吃晚饭，说是吃饭，其实是喝粥，用阿萍和夏雨挑的野菜煮的粥。

阿萍说："野菜煮粥很鲜很好吃，这个粥里有你夏雨的一份功劳。"

开饭时，夏雨看到桌上唯一一个菜是麻酱油拌马兰头，灶台上煮了一大锅菜粥，灶台旁放着一叠大碗，阿萍母亲用舀水的勺子舀菜粥，一勺一大碗，每人一碗。大人孩子端起一碗粥几乎不用筷子，嘴巴贴上碗边，"呼噜噜"一声，半碗粥就下肚了。这是夏雨第一次看到阿萍家吃晚饭喝菜粥的情景。在夏雨看来，阿萍家的晚饭太简单了，可他不知道阿萍家在平时只有白粥和酱菜，今天的晚餐已经算好的了，不然也不会留他和金麻子吃晚饭。

金麻子上学三年，初懂文墨，却因母亲病故辍学。夏雨小学毕业，在去县城上中学前，把学过的书本、毛笔、砚台、算盘都留给金麻子，告诫他："不要放弃读书，要有阿萍姐'树枝当笔，雨中不歇'的毅力。把这些书学完，不懂的去问阿萍。"

从此，小学毕业的阿萍当上了金麻子的"私塾先生"。有时阿萍会说："这个问题有点难，不如我们跑去县城请教夏雨。"

到县城十二里路，在路上阿萍会把书本上的知识讲得头头是道。金麻子长大了才知道，阿萍是想去县城看望夏雨，她把夏雨哥装进了心里。暑假，阿萍照例到夏雨家后水港游泳，这时夏雨看到阿萍微微凸起的胸脯，脸颊一下子绯红……

十八岁那年，阿萍长成标致的大姑娘：脸上的酒窝和凹陷在眉骨下的大眼睛，让人过目不忘；胸大臀肥腿长更是镇上男人喜欢阿萍的主要理由。小学里的男同学给阿萍写情书；家境殷实的生煎店少东家想娶阿萍为妻；钱庄钱老板想娶阿萍做二房；正在寻觅大屁股的毛家豆腐店少爷毛一尘，看到阿萍的长相也送来了"八字"名帖……

一时间，镇上媒婆踏破门槛，阿萍母亲捧着一沓"八字"让女儿挑，阿萍捂住双眼连声说："女儿还小，不挑、不挑、不挑……"

阿萍父亲在镇上当"柴主人"（从事柴草买卖的职业），每天一早手里拿一把算盘，腋下夹一本账簿，耳上插一支铅笔，与合伙人摇船出门。稻麦收割季节，柴主人能收回满满一船的稻柴、麦柴，回到镇上，给饭店、茶庄、豆腐店、点心店、浑堂等客户送去。这个季节柴主人的收入相对稳定，而平时只能收些树枝、木柴、豆其柴之类的柴火，收入就少，碰着刮风下雨出不了门，一天分文不入……阿萍在一篇作文中照着《卖炭翁》的课文这样写父亲的职业："卖柴翁，摇船收柴下乡中。满面柴灰烟火色，满头乱发指甲黑。卖柴得钱何所营？吃饱穿暖无所求。可怜女儿想读书，树枝当笔地当书……"阿萍下有两弟一妹，柴主人的收入不够一家六口人的开销，阿萍母亲常去朱溪酱园做临时切菜工，以补贴家用。父母微薄的薪酬维持着一家人安稳而贫困的生活。

阿萍母亲常常在日子艰难的时候埋怨丈夫："看看人家摆个馄饨摊都摆出个桥梓湾生煎店来，你只会做柴主人，永远没有出息！"

这个时候阿萍父亲一言不发，等妻子心平气和了，从一个隐秘的地方拿出半块大洋递给妻子："上月省下的零花钱给你。"

每当这时，阿萍母亲不再埋怨，睨着眼说："就会这一招，让你骗煞！"

家境贫寒，让阿萍早点出嫁就成了藏在父母心中的想法。母亲担心女儿挑肥拣瘦耽误青春，就问："你想嫁什么样的人家？莫不是心中有人了？"

阿萍低头，腮有桃红。

母亲忙问："看中谁家小伙子啦？"

见问，阿萍脸更红。女儿脸红，母亲反倒不急了："不说也罢，那你自己找媒婆说去。"

阿萍抬起头，眯着眼睛，正要说话，却看见金麻子从门外进来，便调皮地对母亲眨了一下眼睛："不用媒婆，将来让金麻子当媒人。"

母亲从话里猜出，女儿肯定是看上了夏家米行的少爷夏雨。

阿萍父亲知道女儿看上了夏家米行的少爷，摇着头说："躺着做梦，此事不会成！"

阿萍母亲知道男人说的是实话，但在商人云集、人人有梦的朱溪镇上，什么样的奇迹不会发生？

她对男人说："有梦才有奔头，不试试怎么知道结果？"

阿萍父亲胆小，知道自己一无本钿二无本事，心中有梦不敢做，"不敢"两个字让他穷了一辈子。其实，朱溪人的梦很现实，这是朱溪人在商海沉浮的结果。朱溪镇地处长江三角洲中央，扼江浙沪三省要道，水陆交通便捷，三国时期孙吴丞相陆逊派兵在此驻军建军港；八百年前，朱溪镇已成为江南商业重镇。远方客商途经此地必停船歇脚，小镇不仅是商人歇脚的地方，也是南来北往各色货物趸批趸卖的集散地，繁荣的商品贸易让朱溪镇在明朝中叶就有资本主义萌芽。南来北往的客商在带来各色杂货、皮货、稻米、药材的同时，也带来了南方人精致的讲究、北方人粗犷的豪迈、内地人憨厚的实在……小镇对各地文化兼收并蓄、融会贯通，在开放的商业和现实的商人影响下变得开放和现实。朱溪商人常因一笔生意的成功一夜暴富，也常因一笔生意的失败而倾家荡产。大起大落的人生际遇让朱溪人把现实看成是梦，把梦看成是希望。清朝中叶，镇上出现了裹小脚女人放脚的现象；到了清朝末年，青年男女自由恋爱已成风气。有人说这就是朱溪人在现实和梦想之间最有魄力的表现。阿萍母亲知道如果"八字"名帖中有一张是夏雨的，阿萍会毫不犹豫地嫁出去！母亲连看三遍名帖，没有一张是夏雨的，无奈坐在门口的长凳上长长地叹气。

金麻子是来告诉阿萍，夏雨读完中学，已考入上海最有名的复旦大学，明天上午乘八点的小火轮去上海。

阿萍抿着嘴，微微一笑，附在金麻子耳边轻声说："我在轮船码头等他。"

第二天上午，阿萍看到夏雨头戴礼帽，身着长衫，脚穿擦得锃亮的黑色皮鞋，一副书生模样，身后跟着拿行李的金麻子。

阿萍拉着夏雨走到轮船码头栅栏边上，从腰带上拿出一把剪刀，当着金麻子的面剪下一绺头发，用一条新手帕包起交给夏雨："学成归来，我等你！"

读了大学的夏雨只有寒暑假才能回来，阿萍就翘首盼着寒暑假的到来。有一年寒假，阿萍上门不见夏雨，问夏伯伯："夏雨为啥不回家？"

夏老板说："上海在打仗，夏雨参加抗敌后援会，在前线背伤员。"

此后阿萍天天担心着夏雨的安危，她拜托金麻子："只要夏雨回家，马上到我家里报平安。”

元宵节那天，夏雨突然回到镇上，家也不回，登上城隍庙戏台，对着熙熙攘攘的人群大声喊道："各位家乡父老，倭寇入侵，国土沦丧，举国愤怒！一月二十八日，东洋鬼子公然挑起事端，第十九路军奋起反抗，浴血奋战！天下兴亡，匹夫有责，各位家乡父老，有钱出钱有力出力，支援第十九路军抗击倭寇！"

慷慨激昂的演讲吸引了无数百姓，镇上的《朱溪报》只用了一个上午就出了特刊，第一时间报道了夏雨的演讲，介绍了上海"抗战"形势。一时间，民众激愤，工商业者慷慨解囊，不到半天时间就募得捐款五百大洋。阿萍听说夏雨在城隍庙戏台上演讲，一路跑去，赶到城隍庙，演讲早已结束。后又听说夏雨在镇公所接受各界募捐，又赶到镇公所，而夏雨已拿着捐款回上海去了。

镇公所的人说："夏雨在台上演讲的样子真像当年的革命党。"

连毛毛虫都怕的夏雨能上前线背伤员？会是革命党人？此后一年，夏雨杳无音信。

阿萍每次碰到金麻子就问："夏雨回来过吗？"金麻子摇头。

阿萍让金麻子问夏老板"夏雨为啥不回家"，夏老板说，"雨儿忙，顾不得回家"。

金麻子认为阿萍与夏雨的爱情宛若宝黛、梁祝，想不通这样的爱情怎么说变就变呢？

二

"婚姻是赌博！"这是朱溪人对婚姻的认识。赌钱的，嫁有钱人家，一旦家道中落，赌输后半世；赌貌的，讲究潘安貌西施容，郎才女貌是千年绝配，可谁又在乎花开能有几时红呢；赌权的，谁能了解官场险恶、笑里藏刀、尔虞我诈，那官位权力更是桩头上的乌龟，一不小心就掉了……少女阿萍情窦初开，不懂啥叫"婚姻是赌博"，只知道心中装着夏雨，就如书上说的"哪个少女不怀春，哪个少年不钟情"。一个情字了得，古往今来、天上人间，多少男女在情网中不能自拔，爱情对阿萍来说比天大！

……

新娘阿萍走出饭馆，看了一眼比自己矮一个额头的新郎瞌睡，心里感到不自在，一种连她自己也说不清楚的别扭！她不爱瞌睡，就因为不爱才会不自在，才觉得别扭，才知道自己仍深爱着夏雨。在亲友簇拥下，新郎新娘踩着脚下的石皮街，迎着两旁商铺里店员们好奇的目光，向桥梓湾生煎店走去。从茂林馆到桥梓湾，这段路不足五百步，阿萍却感觉很长。婚宴结束后，出席婚宴的亲朋好友、老板耆宿被请到桥梓湾生煎店里喝下午茶、吃生煎。老板们带着夫人汇聚桥梓湾，女人见面闲话连篇，一时间店堂像茶馆一般热闹非凡。

朱记布庄老板娘看见钱庄钱老板带着一位摩登女郎进店，就凑近朱溪酱园老板娘的耳朵说："钱老板想娶二房，曾经请过新娘阿萍的'八字'，结果退了，如今不知从哪里弄来洋气十足的女人。"

朱溪酱园老板娘嗑着瓜子回说："一定是舞女！"

朱记布庄老板娘掩着嘴说："谁知道是什么货色，说不定是上海的妓女，被钱老板赎身后弄来的。"

毛家豆腐店老板毛一尘带着五太太进店，有人就在私底下议论："四个太太不生小囡，这个女人本事大，上来就给毛家传了香火。"

有人答话："谁知道在哪里怀上的，说不定在娘家就有了。"

店堂里人多言杂，说什么的都有。不一会儿，新娘阿萍笑盈盈地给每张桌子端上刚出锅的生煎。老板们的目光都被风姿绰约的新娘吸引，新娘身上的大红旗袍犹如火苗在老板们的眼睛里飘着撩着燃烧着。

不知谁摸了新娘阿萍的屁股，阿萍骤然收起笑脸，反手一记耳光，大声怒骂："流氓，滚出去！"

谁色胆包天，光天化日之下摸新娘的屁股？来宾的眼神不约而同射向脸上留着五根手指印的镇水警队队长——柏永富。

柏家在镇上开着一家米厂，柏永富是家中"末拖"（最小的儿子），从小不爱读书，喜欢舞枪弄棒，曾因打架，脸上留下一道疤。长大后两个哥哥打理家产，柏永富跑到县城报名当了警察，后经家人打点当上了朱溪镇水警队队长，因他脸上有一道刀疤，镇上人都叫他疤队长。阿萍的耳光把疤队长刚吃进嘴里的生煎刮了出来。疤队长顿时性起，抓起一只长条凳，高高举起欲砸向阿萍，说时迟那时快，店旮旯里冲出一人，一把抓住疤队长的手，疤队长举着的长条凳停在了空中……来宾被这突如其来的一幕惊呆了，都想看看这位路见不平、拔刀相助，敢与水警队队长交手的是哪路英雄好汉。

疤队长放下长条凳，对着来人怒睁双目："你是什么人，敢跟我交手？"

来人见疤队长放下了长条凳，立马脸上带笑，用平和的语气说："我叫金麻子，镇上居民。你是队长，我怕你失手，砸伤新娘后果严重。"

疤队长已经领教了金麻子的手劲，知道这小子是个练家子。但是面对这么多商界老板、名流耆宿，疤队长怎肯在初出茅庐的小年轻面前落下风，他把手放到腰间的佩枪上，瞪着金麻子说："我怕后果吗？我怕过谁！"

金麻子担心疤队长真的掏枪，一边拉着疤队长朝门外走，一边在他耳边轻声说："你看啊，你摸了新娘的屁股，侵犯了她；新娘打你耳光，侵犯了你，正好扯平了。你要是用凳子砸死新娘，或者掏枪打死新娘，你就得偿命不是？你是来吃喜茶捧场的，又不是来捣乱的，大家一个镇上住着，低头不见抬头见，今后还要来这里吃生煎不是？消消气，好汉不跟女斗，回家，回家吧……"

金麻子一席话劝走了疤队长，让来宾刮目相看。阿萍见拔刀相助的年轻人送走疤队长回到店里，惊喜地叫了起来："金麻子，你啥时来的呀？"

金麻子双拳一抱："恭喜阿萍姐，我是来蹭吃的。"

来宾听到"蹭吃"一词，甚觉幽默，都鼓起了掌。只有毛一尘和五太太知道金麻子说的是实话。

金麻子算是第一次在朱溪镇"上流社会"露了脸。

阿萍的新房在生煎店楼上，等到客人散尽，新郎新娘回房，伙计们开始收拾桌子。阿萍换好衣服来到店堂，见金麻子仍坐在店旮旯里嗑瓜子，便在桌子对面坐下，说："谢谢你，帮我维持了场面……"

金麻子摇了一下头，说："不谢！阿萍姐，我想问你，你心里还有夏雨哥吗？"

阿萍知道金麻子是来为夏雨讨说法的，她扔下手中的抹布，长叹一声："夏雨在上海有相好了。"

金麻子吃惊："你怎么知道？"

阿萍的眼眶瞬间红了一圈："我亲眼所见，亲耳所闻。"

阿萍告诉金麻子，半年前，她亲手给夏雨做了一件长衫、一条长裤和一双布鞋，去夏家米行向夏老板要了夏雨念书的学校地址，一个人坐小火轮直奔上海。她要把亲手做的衣裤送给夏雨，她要问夏雨这些年在干啥？为啥不回家？

阿萍照着夏伯伯给的地址找到夏雨就读的学校，学校同学说："夏雨已经离开了学校，在一家书店当掌柜。"

闻听此言，阿萍心中打起了一个大大的问号：为何学业未成，而辍学当书店掌柜？阿萍循着学生指点的路径找到了书店。

书店开在一个闹中取静、不容易找到，却又四通八达的地方。一个打扮文静的上海姑娘告诉她："夏掌柜有事出门，等一歇回来。"

阿萍觉得夏雨对家里说谎了，夏伯伯只知道儿子在念书，夏雨却和一个女人在上海开书店。

阿萍就想见着夏雨，当面问他情况，便又问："夏雨啥辰光（时候）回来？"

文静姑娘警惕地打量着阿萍，阿萍身着小碎花对襟罩衫、青布裤子，脚穿黑面方口搭攀鞋，一身打扮土得掉渣。文静姑娘稍微放松了一点警惕，一边请阿萍到店里坐，一边问："侬（你）从哪里来？侬是夏雨啥人？"

阿萍说："我从朱溪镇来，是夏雨老家的。夏雨一年多没回家，就想问问他啥事这么要紧，连家都不要了。"

文静姑娘忽然又警惕起来，问："是啥人告诉侬书店地址的？"

阿萍接过文静姑娘端来的凳子，一边坐一边说："我先去了学校，是学校同学说的地址。"

文静姑娘讲一口上海话，软糯发嗲很好听，她告诉阿萍夏雨在一·二八抗战中，冒着枪林弹雨勇敢地上前线救护伤员，给前线送给养，成了同学们心中的英雄。

阿萍听着，心里激动不已，为夏雨胸怀大志感到骄傲！

她问文静姑娘："夏雨为啥不读书，要当书店掌柜？"

文静姑娘说："夏雨因参加学生运动，被学堂开除，此事千万勿告诉夏雨的爷娘。"

阿萍猜想夏雨正在做一件大事，她决定回家不告诉夏老板有关夏雨的实情。她问文静姑娘："夏雨在上海有女朋友吗？"阿萍问出这句话，心怦怦直跳，她怀疑文静姑娘可能就是夏雨的相好，但内心又希望不是。

文静姑娘说："我是伊（他）太太。"

轻轻一句话，犹如晴天霹雳，让阿萍眼冒金星，她不敢相信这是事实。阿萍站起身告辞，心中五味杂陈，走出店门木木地踽踽独行，不知不觉走进一条僻静的马路，路旁满地的梧桐落叶，让人觉得孤寂落寞……阿萍等着夏雨学成归来，如今夏雨学业未成，却已有了太太，你阿萍自作多情，你单相思，你"剃头挑子一头热"，你算什么东西？上海那么多才貌双全、相貌出众的姑娘，夏雨凭啥回来娶你，文静姑娘一定是其中最优秀的，不然夏雨哥怎会看得上眼！你就是一个小镇上的傻姑娘，夏雨是英雄，你哪里配得上！回家吧，该干啥就去干啥，一切从头再来……阿萍想着走着，走着想着，回家的小火轮要等到第二天才有，就在附近的小旅馆里将就了一宿。阿萍躺在床上辗转反侧怎么也睡不着，脑子里全是文静姑娘说的最后一句话："我是伊太太。"会不会文静姑娘仅仅是他的女朋友，她一定看出来自己是夏雨老家的相好，所以说她是夏雨的太太，好让自己死心。想到这里，阿萍心安了不少，思路也不乱了，慢慢进入了梦乡。第二天，阿萍决定再去书店找夏雨，即便文静姑娘真是夏雨太太，也要让夏雨亲口告诉自己，讨还当年送给夏雨的那一绺头发。阿萍梳妆打扮后，拿起装着亲手缝制的衣裤的包袱，在路旁摊档吃过早点，快步赶到昨日去过的书店。她走到书店门口，却大吃一惊：书店已贴上封条，不要说夏雨，连文静姑娘也不见踪影了。

阿萍四处打听书店怎么回事，有路人告诉她："昨天夜里，书店被军警抄了。"

阿萍焦急地问："书店里的人呢，也被军警抓走了吗？"

路人摇摇头："据说店里没人。"

阿萍再也打听不到关于文静姑娘和夏雨的任何消息。她估计夏雨和文静姑娘一定像传说中的革命党人一样双双离开上海，去了一个谁也不知道的地方，隐姓埋名，重新生活……阿萍坐上小火轮，轮船劈波斩浪，船边水浪飞溅，她的心也像水浪一样翻腾着久久不息。在小火轮驶过县城的时候，她下了决心：

忘掉夏雨，开始新的人生。

听完关于文静姑娘是夏雨太太的故事，金麻子认为有点不真实，他分析道："夏雨哥在上海不读书，参加抗敌后援会、投身学生运动，被学校开除，和文静姑娘开书店，同学告诉你书店地址，当晚就有军警上门抄书店，但没抓到夏雨哥和文静姑娘，说明夏雨哥和文静姑娘非常警惕，他们得知学校同学都知道书店的情况后，立马离开书店。侧面可看出夏雨哥做的事和当年革命党人做的事很像，为了掩人耳目，当年革命党人经常会假扮夫妻开展秘密工作。此外，告诉你文静姑娘是夏雨太太的，是文静姑娘本人而不是夏雨哥，夏雨哥是君子也是孝子，婚姻大事绝对不会瞒着父母，夏伯伯不知道这事，那肯定不是真的！"

金麻子的分析合情合理，让人不得不信。阿萍怪自己太笨，怎么就没有想到这一层呢？要是错怪了夏雨，夏雨与文静姑娘真是假夫妻，自己这辈子都不会原谅自己。她抽了自己一个耳光："金鲲兄弟，还是你了解夏雨，如果夏雨真是假结婚，我一定给他一个交代！"

金麻子说："阿萍姐，不要自责，我只是推测。"

阿萍性格泼辣，敢说敢做，今日走出婚宴饭馆已经后悔嫁给瞎睆，现在经过金麻子的分析更加坚定了她内心的决定。她对金麻子说："到店里来帮我，包三顿，每月八块大洋，等你学会做生煎的全部手艺，你帮我看店，我再去找夏雨。"

金麻子诧异地问："这店你能作主？"

阿萍抿了一下嘴："这店我说了算。"

失业多时的金麻子正在找活干，阿萍的邀请他求之不得，但他不知道阿萍姐为啥要嫁给桥梓湾生煎店的少爷瞎睆？桥梓湾生煎店的老板为啥会把整个店都交给阿萍，而不交给儿子？

自从父亲去世成了孤儿，金麻子为了生计，很久没和阿萍来往，若要进店干活，他想知道个中原因，便直言相问："阿萍姐，婚姻不是儿戏，你既然不喜欢瞎睆，为啥要嫁给他呢？"

士别三日当刮目相看，阿萍觉得金麻子长大了、成熟了，她毫无保留地向金麻子讲起了到桥梓湾生煎店当学徒、嫁瞎睆的全部经过。

三

　　瞌睒父亲余成山三十年做成一件事：卖生煎。每天重复着剁馅、和面、控火候……从一个生煎摊做到一家生煎店，从一家小店做到名扬一方的名店——生煎是余老板一生的事业！朱溪镇上无论男女老少、贫富贵贱，都吃过桥梓湾生煎，吃过后都说是最好吃的生煎。曾有一位扛米包的装卸工在拿了工钿后来到桥梓湾生煎店，一口气吃了十客生煎，吃完后说还能再吃五客。后来，逢年过节，余成山还会推出皮薄馅多更加鲜美的冬笋肉馅烧卖。每到此时，店门口就会排起长队，特别是春节，吃客们宁愿在店门外排队先吃"西北风"，然后再吃冬笋肉馅烧卖，桥梓湾生煎店的名气由此更加响亮。

　　把店铺经营成名店名铺是朱溪商人追求的境界，为了达到这个境界，有的

▲ 桥梓湾生煎店

商人付出一生的代价，甚至由几代人传承。桥梓湾生煎店能出名，余成山做梦也没有想到。有人说桥梓湾是古代给轿夫歇脚的地方，连转两个弯，街面宽敞，风水好，人流集中，店面都是旺铺，所以生煎生意好。也有人说桥梓湾有好几家商铺，为啥只有生煎店出名，那一定是生煎做得好。不管是风水好，还是生煎好，余成山用一生的追求获得了顾客的口碑。

余成山有两个儿子，大儿子余克孝比二儿子瞌睏长得帅气，文章也做得好，小学毕业后被父亲送到县公学堂读书。原指望大儿子完成学业后子承父业接管生煎店，没料想大儿子写来一封信，信上说："儿一介书生，和面剁馅包生煎一概不会，早上恋床开不了店门，晚上贪睡守不住店堂，与其让父亲大人失望，不如让弟弟克忠接班，人尽其才。弟弟定不会辜负父亲厚望……"

余成山看罢来信，从喉咙里蹦出一句："孽种，克孝不孝！"抓起桌上茶壶朝地上摔去。

店里伙计见老板火气这么大，不敢吱声，悄悄拿起扫帚扫去地上的茶壶碎片。

老板娘端上一杯茶给丈夫，说："那就让老二接班。"

余成山摇头："老二不争气，学了一年半，连个生煎包都包不像，烂泥扶不上墙。"

老板娘凑近丈夫耳朵说："有一个人能把老二这摊烂泥扶上墙。"

余成山不解，问："谁有这等能耐？"

老板娘神秘地说："你儿子看上了柴主人的女儿阿萍，整天单相思，所以没心思干活、学手艺。"

余成山说："那还不简单，托媒人去提亲呀。"

老板娘摇头："阿萍长得漂亮，心气高。提亲的人不少，阿萍没有一个看得上的。"

余成山说："你儿子个矮人胖眼睛小，要人家看上，怎么可能？"

老板娘说："我想了一个办法，让阿萍做你的徒弟，即使不嫁给克忠，也能让老二把心思放在店里。"

余成山咧了咧嘴："你对儿子用美人计？"

老板娘抿嘴一笑，算是回答。余老板开店三十年，从没收过一个徒弟，他怕收了徒弟饿煞师父，教的徒弟越多，将来抢生意的人也越多。桥梓湾生煎店出名后，镇上不知道有多少年轻人想做余成山的徒弟，都被余成山一口回绝。为了儿子的前途，为了生煎店后继有人，余成山决定破例。余克忠与阿萍、夏雨都是同学，因眼睛小得眯着也像在打瞌睡，被同学取绰号"瞌睡"。瞌睡貌不惊人，读书一般，是个没人注意的学生。到了谈婚论嫁的年纪，瞌睡听说不少男同学向阿萍提亲、给阿萍写信求爱，结果都收到阿萍写的一首客气的回绝诗："郎君一片情，错给我阿萍。今生无缘分，来生再续情。"

从此再无人上门提亲。瞌睡知道后，不敢写信，不敢让父母请媒婆提亲，他怕收到阿萍这首回绝诗。余成山按照阿萍的条件在店门口贴出收徒招贴："本店欲招收女徒弟一名，身高一米六，年龄十八，家贫，勤劳……"

余成山告诉瞌睡："儿子，这次收徒你来选，看上谁，就留下做我的徒弟。"

瞌睡红着脸一个劲儿点头。

母亲告诫儿子："追女孩就像捉鱼，你伸手去捉，鱼一定逃掉。要学渔民撒网捕鱼，学钓鱼郎用鱼饵诱鱼，懂吗？"

瞌睡苦着脸说："我也想'捕'到阿萍、'钓'到阿萍，可人家阿萍是天鹅，我是癞蛤蟆，织再大的网、放再多的鱼饵，天鹅在天上，不会上钩，更不会自投罗网。"

母亲一把抓住瞌睡的衣领，把儿子从凳子上拎起来："她是天鹅，你就要成为飞上天的大鹏！"

瞌睡努力把小眼睛睁大："妈，我变成大鹏，也是一只丑陋的大鸟。"

母亲一瞪眼说："即便丑陋，也要给天鹅保驾护航！天鹅饿了你要送上吃的，天鹅冷了你要送上穿的，天鹅遇到危险了你要挺身而出！你爹就是这样一个男人，所以你妈当年嫁给了他……"

瞌睡知道父母用心良苦。招贴上墙的第二天，就有符合条件的年轻女孩前来报名。那些日子瞌睡每天坐在店堂里接待应聘的女孩。其实他不是接待，是在等待，接待的女孩一个都看不上，等待的姑娘却不出现。

阿萍为了打消父母让自己早点出嫁的念头，每天到街上转一圈，想找一份活干，赚点钞票补贴家用，减轻父母负担。

那天走过桥梓湾生煎店，阿萍看到店门口招收女徒弟的招贴，还看到老同学瞌睏坐在店堂里等女孩上门，便跨进店堂问："老同学，我能报名吗？"

瞌睏忙站起身："等的就是你！"

阿萍不知道这是桥梓湾生煎店专为她撒的"网"，稀里糊涂就钻进了"网"里，成为桥梓湾生煎店历史上第一个女徒弟。拜师这天，瞌睏母亲仔细打量起阿萍来：阿萍上身穿一件窄腰斜襟罩衫，罩衫洗得灰白，衣袖破损处缝上了树叶状绿色补丁，裤子膝盖处也缝着对称的树叶状绿色补丁，一身旧衣裳，补丁成了巧妙的点缀，合身合体，勾勒出了阿萍曼妙的身姿。

瞌睏母亲问："这补丁是你专门买布缝的？"

阿萍低着头回答："布是旧布，染坊开染日，求染坊师傅把旧布到染缸里浸一浸，旧布就像新布了，再照着树叶剪，贴上破洞缝。师娘，不难看吧？"

瞌睏母亲称赞一句："姑娘手真巧。"再看姑娘长相：柳眉下眼如深潭，小嘴边酒靥含蕊，嫣笑间百媚生辉——姑娘漂亮！怪不得儿子说看上的是"仙女"。人贵有自知之明呀，儿子的长相，除了"癞痢头儿子自己的好"，要让漂亮姑娘喜欢确实有点难。

自从阿萍来到店里，瞌睏变勤快了，天不亮就跟父母一起上工。阿萍生炉子，他在一旁添柴；阿萍扫地，他拿畚箕；阿萍包生煎，他为阿萍放馅料；阿萍当跑堂，瞌睏插不上手，用眼睛跟着阿萍。

阿萍给顾客送上生煎，不忘说一声："来碗蛋皮汤，不用花钱。"

顾客看着阿萍笑盈盈送来飘着几丝蛋皮的清汤，就有宾至如归的感觉。尽管阿萍是素颜旧服白饭单，却掩盖不住丰乳细腰翘臀的身材，顾客吃着生煎、喝着清汤，眼睛跟着阿萍的身影移动。南来北往的客商说："真是饱了口福还饱眼福。"

每当这时，阿萍就装着没听到，一如既往给顾客端来刚出锅的生煎，顺手把桌上的碗筷残羹收走，手中抹布随即擦去桌上的汤汁面屑，然后继续穿梭于店堂。顾客一天比一天多，乐得余老板和老板娘整天夸阿萍能干。

瞌睏终于发现顾客的眼神都聚焦在阿萍身上，他忍不住对阿萍说："你不要去跑堂了，我去送生煎。"

阿萍不解瞌睏不让自己跑堂的原因，还以为瞌睏真的变勤快了。瞌睏送生煎很简单，把生煎端上桌，转身就走。顾客让他擦一下桌子，瞄晓爱理不理，顾客就喊："阿萍姑娘，来擦一下桌子。"

后来，瞄晓前面送生煎，阿萍跟在后面擦桌子，老板、老板娘看了觉得有一种夫唱妇随的感觉。

曾经托媒人给阿萍家送过"八字"名帖的钱庄钱老板，得知阿萍到桥梓湾生煎店当学徒，特意来吃生煎，见到阿萍就说："做生煎太辛苦，到我钱庄做账房吧，上班不早，下班不晚，记记账，拨拨算盘，轻松、体面。"

阿萍微笑着说："做生煎当然没有做账房体面，不过学会做生煎，我可以开一家生煎店，学会做账我却开不了钱庄。"

毛家豆腐店毛老爷正在给儿子物色屁股大的四太太，毛一尘看上了阿萍，却被媒婆退回了"八字"。看到阿萍在生煎店干活，毛一尘也来吃生煎，趁机邀请阿萍到豆腐店当学徒。

毛一尘说："到我店里来学手艺，包你轻松学会，轻松摆个豆腐摊，轻松赚钞票，本钿都不用你出……"

阿萍笑笑，摇摇头："我已拜师，谢谢好意。"

一天，一位不速之客闯进店里，大声嚷嚷着说："阿萍，若你嫁给瞄晓就是打我耳光，我会报复的！"

来人就是曾经欺负过阿萍的小辫子，小辫子后因打架被学校开除，离校后游手好闲，常到镇上胡作非为，调戏夏雪，还把金麻子打得头破血流。小辫子得知阿萍在瞄晓店里当学徒，认为阿萍想嫁给瞄晓，不给自己面子，一气之下找上门来。

众目睽睽之下，阿萍早已面孔通红、怒火中烧，她扔掉捏在手里的抹布，说："小辫子，你发什么神经！吃生煎，请坐下；若捣乱，请出去！"

美女发怒，镇不住人。小辫子意识到在这么多人面前不能变孙子，必须要出点威风来，竟一脚踩在凳子上，一手拿起桌上的醋瓶子恶狠狠地朝地上砸去。瓶子在地上碎裂，碎裂声撞击着店堂里的每一位顾客。

小辫子在听到碎裂声后，才慢慢开口："发神经？我还要发疯！"

小辫子正在店里发飙，一个矮矮的身影从作坊间里快速冲出，撞向小辫子，小辫子被撞出门外。顾客看到瞄晓站在店门口，手里拿着一把切面刀，等待着小辫子爬起来和自己决斗。阿萍傻眼了，想不到一向窝囊的瞌睡会有如此举动。被撞出门外的小辫子从地上爬起，看到从小被自己欺负的瞌睡像一座"铁塔"站在门口，守护着自己的尊严！小辫子胆怯了，他不敢再造次，爬起身灰溜溜走了。

母亲看到儿子为保护阿萍挺身而出的壮举，心想该抓住时机向阿萍摊牌。等到店里落市，师娘问阿萍："喜不喜欢克忠？"

阿萍说："师娘，我心里有人了。"

阿萍知道就算心里没有夏雨，也不会看上貌不惊人、学而无术的瞌睡。她看见师娘失望地垂下了眼睛，知道自己继续待在生煎店已经不合适了，就写了一封辞呈递给师父，说自己去县城找工作了。阿萍离开后，瞌睡又开始浑浑噩噩过日子，到生煎店干活也是"三天打鱼，两天晒网"，气得父亲余成山的咳嗽病一天比一天厉害。直到有一天早上，余成山没从生煎店楼上下来点火生炉子，大家才意识到，余老板病重了。

瞌睡到童天春药房请来了陆先生，陆先生一看余成山的脸色就说："余老板的肺被几十年的烟熏坏了，必须卧床，不能再经历烟熏火烤了。"

余成山摇着头说："我不下去哪成啊！"

陆先生正言相告："要命，听我的。吃药卧床，别管店里的事。"

余成山连咳几声，只好点头。

老板娘代行老板权。桥梓湾生煎少了余老板的手艺，好像少了灵魂一样，吃客嘴刁，感觉少了原来的味，就不再上门。生煎店生意一日不如一日，到后来，吃客只要不见余老板的面，连店门槛也不跨。

余成山吃了陆先生一个月的药不见好转，问陆先生："此病何时能好？"

陆先生说："慢病慢治，急不得。先调正气，去肺虚，方见成效。就是好了，你也不能天天在炉子边上掌锅，除非你不要命。"

余成山日日担心生煎店生意，得知吃客过门不进的消息，就将瞌睡叫到床前，对儿子说："你去把阿萍叫来。"

瞌睡不知用意，说："阿萍在县城做工，我去找过，没找着。"

余成山撑起身子，从床头柜里拿出一封信给儿子："这是阿萍寄给我的信，上面有她在县城的地址。快去找她，带上这封信，就说我有急事求她帮忙。"

瞌晥按照地址在县城聚星楼饭馆找到阿萍，将父亲生病且有事求她的话说了一遍。

阿萍不信："你到县城来找过我三次，我都知道，这次是怎么找到我的？说吧。"

瞌晥知道阿萍不信自己，就把父亲给他的信拿了出来："父亲怕你不信，让我带给你看的。"

阿萍见信，知道师父病重一定有要事相托，赶紧脱去饭单、袖套，向店老板请假，跟着瞌晥坐轮船回朱溪镇。见到卧床不起的师父，阿萍流泪了："师父，徒弟没有照顾你……"

余成山见到阿萍，连着咳嗽了好几声才缓过劲儿来："生煎店要垮了，你师娘管不了全面，克忠没手艺，让别人管我不放心，你是我唯一的徒弟，只有你能帮我。你来做掌柜，帮帮师父，不能让桥梓湾生煎店的牌子垮了……"

阿萍立马摇头："师父，我……"

余成山见徒弟推辞，翻身下床，要给阿萍磕头。阿萍见状，哪里受得起，赶紧扶起上气不接下气的师父，一口答应："师父不要说太多话，徒弟答应你，明天我就来上工……"

余成山点了下头："你掌锅，面、馅料亲自检查，不达标绝对不能用……"

阿萍含着泪说："师父，放心，我一定把店当作自家的店来做！"

阿萍做了店里的掌柜，生意有所恢复，嘴刁的吃客试着买一客生煎，品了品才说："是原来的味道。"

瞌晥在父亲病倒后，变得懂事了，他知道再这样混下去总有一天连饭都吃不上了。他每天在店里老老实实干活，对阿萍再也不敢有非分之想。

放生桥脚下有位算命瞎子，瞎子算的命镇上人都信。半年后，老板娘来到放生桥脚下，请瞎子算了一命。

瞎子问："算啥？"

老板娘说："算桥梓湾生煎店的命。"

瞎子掐指一算，说："此店晒不到太阳，阴盛阳衰，女人当家比男人当家好。"

老板娘报上阿萍和瞌睨的“八字”，问瞎子这两人的“八字”合不合？

瞎子晃了晃脑袋，说了一句让人琢磨不透的话：“不合是合，合时不合。”

老板娘听不懂，又问了一句：“到底是合还是不合？”

瞎子照旧说了一遍。

老板娘回家问丈夫“不合是合，合时不合”是啥意思，余成山按照自己的理解说：“不合是合，说的是看上去不般配，其实很般配。”

老板娘立马说：“对对对，克忠看上去和阿萍不般配，其实很般配的。那后面一句是啥意思？”

余成山又解释：“看上去合得很好，其实不一定好。”

老板娘觉着后一句听着别扭。

余成山对老婆说：“婚姻靠姻缘，千万不要勉强。”

晚上关了店门，老板娘让儿子先去睡觉，让阿萍留下。当老板娘把手里的钱柜钥匙递给阿萍时，阿萍心里“咯噔”一下，担心的事终于发生了。

老板娘说：“孩子，我想让你做我儿媳。你师父知道你不喜欢克忠，让我不要勉强，可克忠喜欢你，非你不娶，桥梓湾生煎店也离不开你，我把钱柜钥匙交给你。答应师娘，好吗？”

面对师娘恳切的期望，阿萍左右为难。她想忘掉夏雨，开始新的生活，可是越想忘掉越是忘不掉。她喜欢夏雨的书生气，喜欢夏雨的家国情怀，可是心中的恋人、两小无猜的初恋，已经不属于她，夏雨你为啥连个招呼都不打就娶了文静姑娘当太太？阿萍痛苦，内心深藏着对夏雨的真爱，真爱面前哪怕是悬崖，阿萍也会义无反顾，舍身而跃。但她明白爱情不能硬来，人有选择爱的自由，就像瞌睨深爱自己，自己却不接受一样。镇上女人有句话：不能嫁给自己所爱的人，那就嫁给爱自己的人。师父和师娘对自己寄予厚望，把全家的一切都交到自己手上，她能拒绝师娘的请求吗？夏雨在上海已娶太太的事实，彻底改变了阿萍对爱情的理解，既然爱可以这么轻易地放弃，世上哪里还有真情可言！既然瞌睨全家这么喜欢自己，为啥还要拒绝？婚姻不是赌博吗？那就赌一回，做了余家的媳妇，就有能力让弟弟妹妹去上学，就能改变全家贫穷的命运……

阿萍对夏雨的那份爱，开始在内心慢慢隐退、渐渐深埋，她接过师娘递给她的钱柜钥匙，问：“师娘，我能用店里的钱接济弟弟妹妹上学吗？”

老板娘一把抓住阿萍的手，说：“当然，当然，都是一家人了，店里的钱由你支配！”

阿萍再也无法抗拒师娘给她的诱惑，为了钱，为了照顾弟弟妹妹，也为了摆脱失恋的痛苦，阿萍接受了一场没有爱情的婚姻。她要办一场热热闹闹、别开生面的婚礼，她要让夏雨知道她阿萍拿得起放得下！但让她万万没有想到的是，金麻子竟然能够分析出夏雨和文静姑娘是革命党，是假结婚，而且分析得头头是道。女人心细，女人敏感，女人最大的缺点是感情用事！阿萍在听到文静姑娘说是夏雨太太的时候，在面对师娘请求的时候，都因感情用事而做出了错误的抉择。新婚之日，阿萍听了金麻子的分析再次感情用事，再次做出了一个错误的决定……

四

忙碌了一天的新郎官瞌睆急吼吼上床要和阿萍亲热，阿萍用双手挡住瞌睆张开的双手，让他在床沿边坐下。瞌睆不从，扑到阿萍身上要亲嘴。阿萍扭过头，用力推瞌睆，瞌睆人矮力大，像铁塔一样重重压在她身上，怎么也推不开。

瞌睆亲不到嘴就亲脸，一边亲一边喃喃地说：“我终于娶到你了，我终于娶到你了……”

亲了一会儿，瞌睆发现不对头，亲吻的脸上全是涩涩的泪水。他撑起身，看到阿萍紧闭双眼，泪流不止，双手交叉护胸，双腿交叉护身……这哪是夫妻生活，分明是弱女子遭人强暴无力反抗在自保！

充满激情的瞌睆一下子呆若木鸡，他从阿萍身上爬起，轻声问：“你嫁给我，为啥不让碰，不让圆房？”

阿萍下床，跪在楼板上，泪流满面地说：“克忠，我们离婚吧，我没法做你的妻子。我爱着夏雨，我能做的就是帮你把生煎店管好，把生意做好，让师父放心……”

瞌脘看着新婚妻子当面说出爱别人的话，怒从心起，一个耳光将阿萍打倒在地板上。

阿萍撑起身，擦了一把从嘴角流出的血：“打吧，能让你心里好受点，就用力打吧，这是我应得的惩罚！”

看着阿萍甘愿挨打，瞌脘心软了，他能为阿萍去死，怎能打她呢？瞌脘痛心地说：“既然你爱着夏雨，为啥答应嫁给我？为啥呀……”

阿萍跪在地板上，无言以对。瞌脘转身下楼，来到店堂后面的天井里，从井里吊起一桶冷水从头淋到脚……

母亲曾对瞌脘说过一句话，“婚姻不能勉强，不然人嫁给你了，心在别人身上，这样的女人你要吗？”瞌脘想人都嫁给你了，心怎么会不嫁给你呢！新婚之夜的那一幕竟然让母亲的话一语中的。新郎瞌脘身上滴着水珠，他完全清醒了。他喜欢阿萍，阿萍不喜欢他，他曾无数次在脑海里想象着娶到阿萍时的情景，却怎么也想不到新婚之夜会出现这一幕：心爱的人在眼前，爱人的心在天涯！他苦闷，但他不愿意离婚，他知道一旦离婚就再也得不到阿萍了，他等着阿萍有一天回心转意。

……

金麻子知道了阿萍当学徒嫁瞌脘的全过程，但他不知道阿萍的选择是对还是错，他能做的就是答应到生煎店当伙计。其实有活干是金麻子求之不得的事，只不过他想知道该不该接受阿萍姐的帮助，就像他不接受夏伯伯让他到夏家米行学生意一样。重新找到活干的金麻子天不亮就到店里帮阿萍生“柏油桶”做的大炉子，引火、加煤，扇子催火，煤炭结块，炉钩一通，炭灰一身；再加煤，冒青烟，不慎吸进肺里，呛咳不止；炉子出了火苗，金麻子去看阿萍和面，看瞌脘母亲剁馅。等到馅、面上桌，大家围在桌边，阿萍拧下面团扔到馅料周围，瞌脘母亲第一个拿过面团，用手掌压扁，擀面杖滚边，放上馅料，卷起面边，均匀的皱褶围着拇指盘起，拇指抽出，一个浑圆可爱的生煎包一气呵成。金麻子觉得瞌脘母亲的手真巧。所有人都照着瞌脘母亲的样子拿过面团，压扁、滚边、放馅料、卷面边……炉子烧旺，阿萍双手抓生煎包，一次八个，放入煎锅；锅满，撒上芝麻，浇上菜油，倒入半碗清水，盖锅盖，旺火煎……

阿萍告诉金麻子：“听到滋滋声，开锅泼油撒葱花。”

　　不一会儿又听到滋滋声，阿萍左右手各拿一块抹布捏住锅沿来回旋煎。片刻，阿萍把煎锅朝桌上一拖，一半搁在炉沿上，一半搁在桌子边，揭开锅盖，蒸汽腾空而起，一股特有的葱油香味扑鼻而来，让人馋涎欲滴……金麻子在阿萍左右手旋煎的时候专门数了旋转的次数，第一锅转八个来回，第二锅后七个来回。

　　金麻子问阿萍："为啥第一锅多转一个来回？"

　　阿萍说："第一锅是冷锅。"

　　第一锅出炉，阿萍铲了八只生煎给金麻子当早餐。金麻子已经很久没吃生煎了，一口咬下去，鲜美的汤汁从嘴角挤出来，挤在了阿萍脸上，阿萍用手抹了一把脸说："不急，慢点吃。"

　　吃过早点，金麻子照着瞎眈母亲的手法学包生煎，阿萍告诉金麻子皮的厚薄要均匀，馅料不能多，多了增加成本；更不能少，少了怠慢顾客，顾客是衣食父母，绝对不能怠慢。这是余成山要求每一个伙计必须做到的。金麻子没想到包生煎有这么多讲究。

　　阿萍说："生煎靠早市，早市讲人气，人气是平日里做人做出来的。"

　　最后，阿萍充满深情地说："这些生意经都是师父余成山几十年心血的结晶，师父毫无保留都传授给了我。"

　　金麻子笑着对阿萍说："余老板是把你当儿媳在教，你嫁给瞎眈一半就是想报答师恩吧。"

　　阿萍点点头："应该说，我接受当生煎店掌柜是为了师父，嫁给瞎眈我多半是为了弟弟妹妹，师娘答应我可以用店里的钞票接济娘家人。现在想想，我又错了，感情勉强不得，金钱换不来爱情，人生一步错，步步错……"

　　金麻子在桥梓湾生煎店干了半个多月，从凌晨做到黄昏，连练拳的工夫都没有，但他发现一个现象：来店里吃早点的老顾客少，慕名而来的生意人多。

　　他问阿萍："余老板生病，生煎味道差了，顾客少可以理解；现在的生煎恢复了原来的味道，生意还是没有从前好，说明啥？"

　　阿萍想了想，说："老顾客怀旧，只要师父不在，他们就吃不出原来的味道。"

金麻子说："对！让你师父每天上客时间到店里坐镇，不用干活，就做个样子，生意一定会好起来。"

阿萍把金麻子的想法告诉师父，余成山听了，不相信自己的面子有这么大，第二天早上来到店堂问金麻子："我不动手，坐着也能让店里生意好起来？"

金麻子点头："生煎的味道是你余老板做出来的，桥梓湾生煎店的名气是你余老板几十年的心血和汗水堆起来的，老顾客看见你，才会觉得生煎还是原来的味道！"

果然，在余成山坐镇的第一天，老顾客见到余成山，都跨进门问候，不少人当场坐下吃生煎。到了第三天，买生煎的排起了队。店堂里渐渐坐满了吃生煎的顾客。

那些老顾客看到余成山就打招呼："余老板，你在店里，生煎的味道就是不一样。"

金麻子的一个点子让生煎店重现昔日辉煌，但所有人都认为生意好起来是因余成山的名气，而不是金麻子敏锐的商业嗅觉，连金麻子自己也这么认为。金麻子手勤脚快，洗碗扫地一刻不停。店堂的角落放着一只垃圾桶，桶身上写着四个字"精打细算"。

金麻子想垃圾桶有什么精打细算的，桶里的垃圾大部分是客人擦过手的油乎乎的纸屑，端起垃圾桶就去倒垃圾，却被阿萍叫住："桶里的纸不要倒掉。"

金麻子问："为啥？"

阿萍说："我刚来的时候也倒过这个垃圾，师父说早上生炉子，用油纸引火最旺。"

金麻子记住了桥梓湾生煎店的"生意经"：馅料不能多更不能少，顾客不能怠慢；人气是做人做出来的；擦过手的油纸引火最旺……金麻子还发现，余老板嘴甜，只要他坐在店里，对上门的顾客、熟人，甚至过路人，都主动打招呼："您早！饭吃了吗？""老板生意好，有空店里坐！"……金麻子觉得在朱溪镇上，每一个老板都有一本属于他们自己的生意经，每一家百年老店都有一套充满智慧和生活哲理的经营之道。

拌馅料可以说是余成山几十年摸索出来的独家秘诀。阿萍说："拌馅料要记住'一、二、三'的口诀——一斤腿肉、二两清水、三两酱油，酱油提鲜，还能中和肉夹气；清水出汤，生煎蒸熟，肉馅收紧，逼出汤水，这个汤水要比肉皮冻更鲜美。这是桥梓湾生煎的秘诀，切不可外传。"

金麻子知道阿萍把他当作亲兄弟了，他很快学会了生煎馅料的拌法。从此，金麻子每天生完炉子就帮阿萍拌馅料。金麻子学会发面是在进店一个月后。

阿萍说："发面有讲究：切开面团，闻到香甜味，面发得好；味酸，发过头，面黏牙不能用；碱气味，面发不到位，皮硬重发。"

一天，金麻子发好面，阿萍切了一块面团扔进水里，说："面浮水面，发过头了；沉在水下，没发够；半浮半沉，正好。"

发面竟然也有这么多学问，金麻子发面半个月，才掌握要领。两个月后，阿萍让金麻子掌锅。金麻子学着阿萍的样子，双手拿生煎，浇菜油撒芝麻，倒入一碗清水，然后盖锅盖；听到"滋滋"声，揭锅盖，泼油撒葱花，接着左右手用抹布捏住锅沿来回旋煎，头锅八个来回，二锅开始七个来回。

开锅，一股葱油香味随着腾空而起的白色蒸汽飘来，金麻子深深吸了一口，高兴地说："阿萍姐，我煎成了。"

阿萍说："以后，每天掌几锅，火候掌熟了，你就能独当一面了。"

阿萍像师父一样传授金麻子手艺的过程，被老板娘看在眼里。老板娘回家担心地问丈夫余成山："你儿媳把你教她的手艺全教给了金麻子，将来这个金麻子翅膀硬了，开一家店就会与我们抢生意。"

第二天，余成山把阿萍叫到跟前说："你把他教会了，就不怕将来他抢我们家生意？"

阿萍笑了："他不会！我要吸取师父生病的教训，万一我哪天有事不能上工，就能让金麻子来帮忙。店里只有有人接替，生意才不会受到影响。"

余成山叹了一口气："只怪克忠没用。"

阿萍像师父一样传授金麻子手艺的过程，圆不成房的瞌睡也看在眼里。瞌睡记得小时候金麻子一直和夏雨、阿萍在一起，有人开玩笑说金麻子是夏雨和阿萍之间的"电灯泡""传声筒"。新婚当天金麻子不请自来，一定与阿萍不肯圆房有关！两个多月来，瞌睡的心思不在店里，一直想着阿萍不肯圆房的原因。早上出工晚，出工不出力，大家以为新郎官是新婚累的。其实瞌睡每时每刻都在想新婚之夜和阿萍圆房的一幕，想着阿萍何时能回心转意。阿萍心中装着夏雨，但瞎晥认为夏雨去上海读书很久没回家了，阿萍不可能永远把心放在一个见不到的人身上，阿萍答应母亲嫁给他，说明自己的猜测是对的。可是结婚当天阿萍为啥突然变卦呢？瞎晥百思不得其解。两个多月来，瞎晥天天睡地铺，他向阿萍保证绝不做她不愿意做的事。自从发现阿萍对金麻子特别关心，把父亲传授给她的手艺毫无保留地教给了金麻子，瞎晥认为结婚当天金麻子一定向阿萍说了啥话，阿萍才会突然变心。

一天，阿萍回娘家，瞎晥把金麻子拉到店堂的角落，问："结婚那天你和阿萍说过啥话？"

金麻子回忆了一下，说："阿萍姐爱着夏雨，突然嫁给你，我问她为啥。阿萍说，她去上海找过夏雨，见到一个文静姑娘说自己是夏雨的太太，我说不可能……"

瞎晥恼怒地打断金麻子："你凭啥说不可能？"

金麻子说："婚姻大事，夏雨哥绝对不会瞒着父母在外偷偷娶亲。"

瞎晥勃然大怒："都是你多嘴，害得我新婚之夜不能圆房，你想拆散我和阿萍的姻缘是吗？金麻子，你滚，不要来干活了，我再也不想看到你！"

说罢，瞎晥用双手把金麻子推出店门。

金麻子刚学会做生煎，却被赶出店堂，再次失业。他回到家，想到阿萍为了夏雨还没有和瞎晥圆房的事，就来到米行告诉夏老板："夏伯伯，夏雨哥喜欢的阿萍嫁人了。"

夏老板说："我知道。"

金麻子又说："阿萍表面上嫁人了，心里仍想着夏雨哥，实际还没有圆房，这事想着有点麻烦。"

夏老板让金麻子转告阿萍："夏雨已离开上海，回家之日遥遥无期，不要因为夏雨耽误自己的青春，千万不要'身在曹营心在汉'。"

阿萍知道金麻子被瞎晥辞退后，亲自送来十块大洋工钱，邀请金麻子重新回去上工。阿萍说："瞎晥要是再敢辞退你，我和你一起走人，看他生煎店怎么开下去！"

金麻子听了一个劲儿摇头，他把夏老板的话转告阿萍。看着阿萍低头不语，金麻子说："阿萍姐，你要听夏伯伯的话。我就不回生煎店了，省得给瞌睡新郎官添堵。"

金麻子失业后，到城隍庙米业公会打听哪家米店、米行需要"出户"（直接到乡下收米）；也去过油车、电灯厂询问要不要学徒工。回答他的不是摇头就是摆手。后来听说镇上的朱溪酱园正在翻酱缸，需要临时力工，金麻子才找到一份临时工。朱溪酱园是百年老店，黑漆大门气派，店堂敞亮，店堂后面制作酱菜的工棚足有篮球场那么大，地上整齐地排放着上百只大小不一的缸和甏。韩老板要求力工们每天对酱缸里的酱菜上下置换，把上层酱菜翻至缸底，这样腌制出来的一缸酱菜不会上淡下咸。翻酱缸是个力气活，金麻子每天一身臭汗，满身酱卤味，但他心里踏实。有人对韩老板说，这种酱菜最便宜，一个铜板一小碟，犯不着出那么多钞票翻酱缸。韩老板说，再便宜的酱菜，也是朱溪酱园的酱菜，必须让顾客吃出朱溪酱园酱菜的味道来。韩老板的话让金麻子在翻酱缸时不敢有半点马虎。一个礼拜，酱缸翻完，金麻子再次失业。他又开始上街寻活干，布店、绸缎庄、杂货铺、糖果店、漆器店、烟纸店等镇上的商铺跑了个遍，活没有寻到，却听到了关于阿萍的传言。有人说阿萍嫁了人还不忘旧情人，"嘴里吃着生煎，心里想着米囤"；还说阿萍上学时就和夏家米行少爷天天黏在一起，不是什么好东西；说阿萍眼界高，请八字的名帖一个不要，暗地里与名帖上的男人来往……传言总是在交头接耳中不停地被添油加醋，在街谈巷议中有声有色地流淌……

第 五 章

一

镇南东市街上新开了一家"曹家菽乳店",店名很怪,不知该店经营何物;招牌上墙后,店门紧闭,不见老板伙计出入,让人猜疑。买菜人不知"菽乳",开始打听、询问,一传十、十传百。

一对姐妹路过此店,看了店招上"菽乳"两字,妹妹笑着说:"此店经营爷叔的乳房?不能够呀!"

姐姐立即纠正:"怎么可能,我估计是男人在经营女人的乳罩,你信不信?"

妹妹觉得姐姐说的可能性更大。一位还在喂奶的母亲看了店名,心想:莫不是淑女两字写错了?

等到第四天"曹家菽乳店"正式开张,镇上顾客心怀好奇,都想一睹"曹家菽乳店"真容。店门打开,顾客走进店堂才恍然大悟:"菽乳店"就是"豆腐店"!

有人当场说道:"为啥不叫'曹家豆腐店',让人一听就明白。"

上街寻活的金麻子觉得这店老板精明,三天不开门,只为让大家去传一个店名,等到新店开张,已家喻户晓。

金麻子问夏老板:"菽乳是啥?"

夏老板说："'菽乳'就是豆腐。"

知道了"菽乳"就是豆腐的金麻子，经过对曹家菽乳店的观察，发现店内没有伙计，牵磨、烧浆、压榨、扯浆、汆油泡所有活计都由曹老板夫妇亲自操劳。这天，金麻子走进店门对老板说："老板，生意这么好，店里要不要请个伙计帮忙？"

老板长一张圆脸，满脸和蔼，笑容可掬："不瞒你说，新店刚开张，开店本钱还没赚出来，哪敢请伙计。"店老板婉拒。金麻子有点尴尬，听说曹家豆腐干味道好，就买了五块豆腐干当堂吃了起来。他感觉曹家豆腐干味鲜、质坚、肉细，想拜曹老板为师，便对老板说："我做过豆腐店伙计，等老板的开店本钱赚回来，我想做你徒弟，当你伙计，行吗？"

曹老板正眼看着金麻子，记住了这个脸上有几颗麻子的小伙子："行！"

朱溪镇内有条市河，似一个"人"字，穿镇而过，一撇一捺过城隍庙分叉：一条向西过西栅桥，通向淀山湖；一条朝南，流经东市街，流向镇南外江。一河两街，靠河一侧叫下滩，另一侧谓上滩。"曹家菽乳店"坐落在向南流去的市河上滩，两开间门面，门前一片空场，下滩有一座石级滩涂，取水、洗刷十分方便。老板叫曹来喜，穿一件和尚领白色罩衫，待人客气，常挂笑脸。

开张后生意蒸蒸日上，曹来喜圆圆的脸笑成弥陀样，他对婆娘说："我们来对地方了。"

毛家豆腐店老板毛一尘根本不把曹家菽乳店当一回事，他手捧茶壶，望着柜台前方的街道，自信地对五太太说："多几家竞争，方显毛家豆腐本色。"

五太太附和着说："那是当然，能和毛家过招的人还没有生出来呢。"

五太太了解毛家豆腐店的历史，多少年来，只要镇上出现一家能与毛家竞争的豆腐店，毛家一定会降价销售，直至对方血本无归，退出市场。引起毛一尘警觉的是毛家豆腐店每日卖剩的豆腐菜一天比一天多，先是一成，后是两成，而镇上人说曹家豆腐干好吃的却一天比一天多。这曹家菽乳店分明是到毛家碗里挖肉，到老虎嘴里抢食！在卖剩豆腐菜达到三成的时候，毛一尘决定给曹家菽乳店以"颜色"。一日，毛家豆腐店在全镇最热闹的放生桥、廊桥、城隍庙等地贴出告示："今日起，本店半价销售，以酬乡梓。"居民看到告示，奔走相告，连平时不太喜欢吃豆腐菜的人家都到毛家豆腐店门前排队，六百斤豆腐菜一个早上卖光，一连七天，天天如此。

有的顾客买了半价豆腐菜不忘说一句恭维话："毛老板善心可嘉！"

毛一尘就朝顾客拱拱手，以示谦逊，心里在想：等到赶走曹家菽乳店，涨上一个铜板，你们还会说好话吗？

毛老爷在第七天算了一下账，发现价低了、量大了，豆腐店赚头不大，但不会亏本。毛老爷觉得儿子野心比老子大，降价比老子狠，多少年来毛家在镇上用这一招屡试不爽，没人能扛过半个月。

毛家降价，降得镇上小本经营的豆腐摊贩无利可图，纷纷挪摊到别处去谋生，唯有曹家菽乳店照常开门营业。毛一尘派伙计林三到曹家菽乳店探个究竟，林三回来说："曹家菽乳店也降半价，不过豆腐干只降三成。"

毛一尘不信，曹家豆腐干能扛住如此低价的冲击？他亲自到曹家菽乳店了解实情：曹家菽乳店的摆设与毛家大致相同，店门口放作台，作台中间是堆放齐整的一板板豆腐，豆腐板两边各放两只竹笾，干丝、油泡、豆腐干、油豆腐一笾一品。老板娘是个乡下女人，矮小结实，卖豆腐干不用手抓，拿一只铅皮勺子从笾里抄起豆腐干放进圆盘秤称重，秤底垫一张牛皮纸，干净卫生，过程像卖熟食。

顾客都是冲着曹家豆腐干来的，见毛老板也来排队，就问："毛老板，你家有的是豆腐菜，还来这里买？"

毛一尘向顾客点头，算是回答。

顾客又问："半价豆腐菜能卖多少日子？"

毛一尘故意提高嗓音说："不长，也不会很短。"

镇上百姓都知道这位艳福不浅的毛少爷会做生意，却不知道半价销售葫芦里卖的啥药。

曹家菽乳店老板曹来喜清楚毛老板的来意，他对着顾客说："毛少爷哪里会买曹家豆腐菜，是来看曹家店还能撑几日才会滚回老家。毛老板，我说得对吗？"

毛一尘小眼睛一眯："何以见得？"

曹老板嘴一咧："我匀了你的生意，你要我关门。"

毛一尘眼一睁："曹老板，我小看你了。"

曹老板也不示弱："是毛老板高看我了。我来镇上不过是讨碗饭吃，看来毛老板是不想让我吃上饭呀！"

　　排队顾客听着两位老板对话的火药味，已猜到关于半价销售的些许端倪。毛一尘不在乎顾客的反应，他在乎曹家豆腐干对顾客的吸引力，他要弄清曹家豆腐干好在哪里。

　　毛一尘指着笸里的豆腐干说："曹老板此言差矣，我就是来尝尝曹家豆腐干是啥滋味的。"

　　曹老板抄了一勺豆腐干，递到毛一尘面前："承蒙抬举。"

　　毛一尘拿出一块大洋，抛到圆盘秤里。

　　曹老板用手指拿出大洋，称了一块大洋的豆腐干，放进一只牛皮纸口袋，封口，递到毛一尘手上，圆脸露着笑容，充满着自豪："曹家豆腐干坚而不硬、鲜而不腥，咸淡得当、口舌留香，可过粥、可配菜、可做零食随时食用……就是不可与脏物同放，吃了不干净。"

　　毛一尘龇牙一笑："癞蛤蟆跳在圆盘秤上，自卖自夸。你说大洋是脏物？可这脏物人见人爱呀！"

　　说完话，毛一尘一副得意的样子，转身离去。有人猜测毛老板会将一包豆腐干扔进河里来羞辱曹老板，结果毛一尘不但没扔，还连吃了五块曹家豆腐干。毛一尘可以不择手段与同行竞争，但他对豆腐菜有着天生的敬重，那是他祖祖辈辈赖以生存发家的"宝物"。他尝出了曹家豆腐干美妙的味道，也感受到了曹家菽乳店能和他一决高下的能耐，他决心做出和曹家豆腐干一模一样的豆腐干来！毛一尘是有眼光的，六十多年后朱溪古镇旅游开发，唯有曹家豆腐干成为最受游客欢迎的旅游产品之一，年销售量超过十万斤，这是后话。当年，毛一尘发誓要开发出和曹家豆腐干一模一样的豆腐干，他已经算计到如果做不出能与曹家豆腐干一较高下的毛家豆腐干，要想逼走曹家是不可能的。毛一尘回到店里，发动全店伙计动脑筋，结果是瞎子看戏——瞎起劲。

二

　　白弟知道全镇河道中，放生桥驳岸和廊桥桥柱这两处河虾最多，多得钓不完。

有人说放生桥是朱溪镇的名片，大气、坚毅、历史悠久，白弟觉得放生桥太大太硬太冷，自己在放生桥下钓河虾显得特别渺小。廊桥就不一样，一色木结构，小巧玲珑、精致温馨，在廊桥下钓河虾让人感觉特别生动：滩涂上小媳妇来淘米汰菜，吸引着白弟的双眼；碧青的河水，餐鲦鱼成群结队甩着尾巴游过，廊桥上有人丢下瓜皮饼屑，鱼儿顿时奋勇抢食；几只鸭子浮在水面，悠闲地东张西望；两岸白墙黛瓦倒映水中，船儿摇过，顷刻揉散了水中倒影……这一幕是白弟穷困生活里最美丽的记忆。

白弟在襁褓中就死了父亲，从懂事那天起，就知道妈妈不认字、没力气，却要养活儿子，还要养活躺在床上的外婆。妈妈白天找不到工作只能半夜干"活"，干什么活白弟不知道，只知道妈妈早上要睡觉。白弟起床会吃掉妈妈放在桌上的一碗饭和一碟酱菜，等到妈妈睡醒，已是午后。午饭和晚饭是合并在一起吃的，躺在床上的外婆吃的药比吃的饭多。每次和邻里小伙伴吵架，伙伴们会骂他是"野鸡"生的野种。白弟不知道"野鸡"是啥意思，只知道是骂人的话，就和小伙伴打架，可白弟一天吃两顿，没力气，打不过人家，就哭着回家。

妈妈抱着儿子说："儿子，乖人不吃眼前亏，不要跟人家打架。"

白弟说："人家骂我是'野鸡'生的野种，我不许人家骂，人家就打我……"

妈妈紧紧搂住儿子："孩子，妈妈对不起你，妈妈让你受委屈了……"

说完这句话，妈妈不再言语，眼眶里的眼泪不停地往下掉。白弟上学，无钱一次付清学费，学校答应分期付。一次老师催讨学费，白弟回家忘了问母亲要，半夜醒来，跑到母亲房里要学费，却发现母亲赤身裸体躺在一个陌生男人的怀里。

白弟睡眼惺忪地问："妈，你在干啥？"

母亲起身，拉了一件睡袍套在身上，赶白弟回房睡觉。

白弟说："学费。"

母亲说："妈妈正在上夜班，下了班就有学费了。"

第二天，白弟起床，妈妈将钱放在白弟枕边。

水乡多雨，上学去还是晴空万里，放学时就下起大雨。白弟家中只有一把伞，母亲撑伞到学校接白弟放学。走进学校，不知白弟在哪个教室，问邻家孩子，邻家孩子就领着白弟母亲像游街一样在学校里乱走，就是不去白弟的教室，一边走，一边叫："白弟，你家'野母鸡'来了，'野母鸡'给你送伞来了……"

白弟远远看见母亲被曾经欺负他的邻里孩子像"憨大"一样在学校里"游街"，捏紧拳头，正想冲出去与邻家孩子打一架，但母亲赤身裸体躺在陌生男人怀里的情景不停地出现在眼前，他握紧的拳头渐渐松了。白弟躲在一个角落里，看蚂蚁搬家，他发现蚂蚁不打架，没有贫富之分，有饭大家吃，有活一起干，谁也不欺负谁，此时他很想做一只蚂蚁。母亲终于没有找到白弟，撑着伞在校门口等，等到学生走光，才看见白弟把书包顶在头顶冒雨走出校门。

母亲把雨伞撑在白弟头上，白弟说："今后，天上下刀子，你也不要到学校来给我送伞。"

后来，每次下雨，母亲都把伞放在老师办公室，然后自己冒着大雨回家。

再后来，外婆去世，妈妈病了。生了病的妈妈晚上"活"少了，白弟无钱交学费，从此辍学。妈妈托表妹梅花给白弟找份工作，白弟就跟着表姨梅花到毛家豆腐店当了伙计。因为怕上工打瞌睡，表姨梅花让白弟睡在豆腐工场。夜来无事，白弟常溜出豆腐工场窥探夜里的世界，他看到了喝花酒、抽大烟、赌钱的勾当。懵懂少年渐渐长大，白弟知道了"野鸡生野种"的真正含义。母亲和嗲哩哩女人干的是一样的"活"，赚的就是山东人那样摔在桌上的大洋。白弟不再用正眼看母亲，不再叫妈妈，每月把工钱放在桌上，说声"给你"便转身离家。

梅花知道后对白弟说："你妈爱你，你不该对她这样。"

白弟说："她不配做我妈，她是'野鸡'！"

梅花听了，大骂一声："你混账！"

接着一个耳光扇在白弟脸上："你给我记着，天下人都可以骂你妈，你不可以！你妈为了抚养你才忍辱负重做这不堪的营生，你妈只为你活着，你哪有资格骂她！"

白弟听不进梅姨的训斥，一气之下离开毛家豆腐店，他要靠自己的力量赚钱养活自己。从此，白弟每天上街找活干，店家见是一个乳臭未干的毛孩子，都摇头。一天，朱溪酱园临时招聘翻酱缸力工，白弟报名去了。

韩老板问他："力气活，干得动吗？"

白弟点头。

韩老板告诉白弟："翻酱缸的活很简单，就是把缸底的酱菜翻到上面，把上面的酱菜翻到缸底。"

白弟翻了三缸酱菜就坐在一边喘粗气。他咬着牙干了一天，回到家躺在床上浑身酸痛，动弹不得，第二天发起了高烧。昏睡中他感觉自己走在沙漠里，嘴巴干得快裂开了，四顾无人，终于看见远处出现一汪清水，朝着清水潭跑去，跑着跑着怎么也跑不到清水潭边，嘴里拼命喊着："水、水……"

母亲听到白弟的喊声，挣扎着从床上爬起来，摸了摸白弟滚烫的额头，赶紧给白弟喂水。白弟从来没有喝过这么清冽甘甜的水，他闭着眼睛贪婪地喝着，渐渐地，睁开眼睛，看着母亲一匙一匙喂他喝水……白弟的心猛地被扎了一下，梅姨的话又在耳旁响起："天下人都可以骂你妈，你不可以！你妈为了抚养你才忍辱负重做这不堪的营生，你妈只为你活着，你哪有资格骂她！"白弟喝着水，嘤嘤地哭了。

母亲听到哭声，着急地问："怎么啦，儿子，哪里不舒服？"

白弟听到母亲的问候，哭得更加伤心："妈妈，妈妈……"一头扑进妈妈怀里……

白弟病好后，又回到毛家豆腐店当伙计，拿了工钿，把钱交给母亲时说："有病一定要治。"

这句话让白弟母亲欣慰不已，喜极而泣。她不想治病，想把钱给儿子留着，想着早点离开人世，不再因不光彩的营生带给儿子羞辱。

白弟和金麻子一起失业了。白弟每天到廊桥下钓河虾，他希望钓到更多的河虾给母亲补充营养。金麻子知道了白弟的遭遇，来到廊桥下递给白弟两块大洋。

白弟问："给我大洋做啥？"

金麻子得意地说："我在桥梓湾生煎店干了两个多月，还在朱溪酱园做了七天力工，我有钱，你拿着。"

白弟把钱还给金麻子："翻酱缸的活太苦了，这钱我不能要。"

金麻子硬把钱塞到白弟手中："我力气大，不苦。"

白弟坚持不要："金哥，你也没活干了，自己留着。"

金麻子拉住白弟的手说："你妈看病用得着，拿着！"

白弟拿着大洋，心里暖暖的。

河面上，摇来一艘渔船，船上渔民踏着船板，发出"嘭嘭"响声，船帮上的鱼鹰"扑通扑通"钻进水里；少顷，鱼鹰出水，顺着渔夫的竹篙回到船上，渔夫轻轻一捏鱼鹰头颈，"扑哧"，鱼鹰嘴里的鱼吐进船舱……

金麻子和白弟正看得出神，身后传来大太太梅花焦急的声音："白弟、白弟，快回家，你妈不行了……"

白弟赶回家，母亲睁大眼睛，看了白弟最后一眼，慢慢闭拢，一颗浊泪从眼眶中滚落，离开了人世。

看着母亲永远地离去，白弟握住母亲的手，连声叫着："姆妈、姆妈……"

梅花对白弟说："你妈舍不得花钱治病，才走得这么匆忙。"

面对母亲遗体，被人欺负后母亲的呵护、雨中送伞的身影、病中喂水的母爱……母亲含辛茹苦的画面不断在白弟眼前闪现，梅姨的话再次响起："你妈只为你活着……"

白弟深深自责，泣不成声；压抑的哭声让金麻子想起了父亲金喇叭去世时紧抱喇叭的一幕；大太太梅花想着表姐的不幸遭遇，一时间哭声一片。出丧这天，金麻子第一次正式给死者"吹丧"，一路上"咪里嘛啦……咪里嘛啦……"的节奏在朱溪镇上响起，镇上人听到久违的丧调，猜想一定是金喇叭的儿子出道了。豆腐饭是大太太梅花叫来毛家豆腐店的老伙计做的，豆腐菜也是大太太带来的。席间，梅花代表白家向大家敬酒致谢。

敬到金麻子，梅花说："白弟和你一样，也成了孤儿，从今往后你们要像兄弟一样，有难帮着，有生意拉着，有磕碰让着，要活得坚强、活出人样。哪天过不去了，就来找我，梅姨帮你！来，干了！"

望着大太太梅花长长的脸颊，金麻子一口喝干了杯中酒："大太太，我记着你的话，白弟是我最好的兄弟。"

大太太梅花一边给金麻子斟酒，一边说："不要叫我大太太，和白弟一样，叫我梅姨。"

金麻子轻轻叫了一声："梅姨！"心想自己又多了一个亲人。

席间，金麻子想起毛曹两家半价销售豆腐菜的事，问梅姨："毛曹两家为啥半价卖豆腐菜？"

梅姨说："新开的曹家菽乳店，抢了毛家生意，毛家半价销售想让曹家菽乳店血本无归，关店走人。"

金麻子心想完了，曹家菽乳店关门，伙计、徒弟都当不成了，脱口说道："毛家霸道，只想自己发财，不给他人活路。"

话出口，自知失言，赶紧闭嘴。

曹家菽乳店老板曹来喜望着卖剩的豆腐菜，长叹一声："这样下去，不如回老家卖豆腐！"

矮胖结实的老板娘性子烈，一拍作台说："如若有钱，定与毛家拼个你死我活！"

曹老板见老婆遇事急躁，摇起了头："做生意千万不可意气用事，与铜钿过不去。此处不留爷，自有留爷处……"

说话间，金麻子带着白弟上门，曹老板苦笑一声："你还想来当伙计呀，店都要关了。"

金麻子说："知道你斗不过毛家，我来帮你！"

曹老板扫了金麻子一眼，圆脸毫无表情："年轻人，生意场上拗手劲（较量）靠的是实力，毛家财大气粗，曹家斗不过，你回吧。"

金麻子拿起一块曹家豆腐干，扔进嘴里，一边嚼一边说："就凭曹家豆腐干，就能打败毛家豆腐店！"

只要有人赞扬曹家豆腐干，曹老板就来劲："此话怎讲？"

金麻子又拿起一块豆腐干扔进嘴里："毛家降半价，你降六成！"

坐在一旁的老板娘闻言，开口便骂："你小子捏人家卵子不喊疼，降半价都硬撑，再降价你要曹家倾家荡产呀！"

金麻子看了老板娘一眼，继续说："明天多浸二十斤黄豆，多做一百斤豆腐菜，四折出售，我保证全镇顾客都会来曹家菽乳店买豆腐菜。"

曹老板听完这个计策，心里"咯噔"一惊，这是个大胆的、冒险的对策，心中快速算了一笔账：如能把豆腐菜卖完，成本不升反降，利不多，却不会亏本，还能反击毛家。但曹老板还是纠结，怕卖不掉，怕毛家也降一成，甚至再降两成……

金麻子见曹老板犹豫，感觉火候已到，便说："多做的一百斤，我帮你卖。"

曹老板摇手："亏本不用你掏钱，卖不掉我能拿你怎样？捏别人卵子我也不喊疼！"

金麻子从裤袋里拿出四块大洋扔给曹老板："这是一百斤豆腐菜的定洋，卖不掉，损失算我的。"

曹老板拿起大洋用嘴一吹，放到耳边，听见了"音叉"的声音，笑问："你为啥帮我？"

金麻子说："我们兄弟俩想到你店里当伙计！"

曹老板圆脸上的愁眉有了一点舒展："若能斗败毛家，别说当伙计，我高薪请你当大师傅。"

金麻子让曹老板拿来纸笔，当场写下："斗败毛家，高薪请金鲲、白弟当豆腐师傅。"写毕，让曹老板签字。

曹老板一愣："你小子还当真？"

金麻子说："做生意怎可开玩笑！"

曹老板想反正要关门歇业，签字就签字，于是在金麻子写的字据上签了字。

……

金麻子原以为毛家降价真是为了回报乡梓，心中还曾赞扬过几句，没想到是要逼曹家关店。这让初出茅庐的金麻子很吃惊，做生意可以如此不择手段？于是他想利用毛、曹"鹬蚌相争"的机会，低价吃进，去别处高价卖出，当一回豆腐贩子，就像当初拿毛家抵工钱的豆腐菜去乡下卖一样。为此，他去了一次乡下，发现豆腐小贩都跑去乡下做买卖，乡下生意不好做；又去了一次县城，县城豆腐菜原价交易，买卖正常。

他对白弟说："我们有钱赚了。"

白弟问："拿啥赚呀？"

金麻子没回答，他又产生了一个大胆的想法：要是能帮曹老板打败毛一尘就更好了。于是，金麻子想了一夜，终于想到一个大胆的计策：让曹老板再降一成，就能吸引顾客，打败毛家！

金麻子算了一笔账："一斤黄豆平均能做五斤豆腐菜，黄豆成本占两成，人工、房租、柴火、石膏等占一成多，再降一成完全可行。"对付毛家的计策就这样形成了。

白弟听了金麻子的计策，暗自好笑。以前按四折价忽悠毛老板抵工钱，现在用四折价忽悠曹老板，曹老板居然还答应了，白弟心里感叹金哥真有本事！

第二天子夜刚过，曹家豆腐作坊就传出磨豆浆的声音。多做一百斤豆腐菜，人手不够，金麻子和白弟就到曹家菽乳店"有饭吃工铷"帮忙。做完豆腐菜，金麻子写了四张内容一样的惠民告示："本店初来乍到，承蒙市民惠顾。为酬乡梓，今日起，所有豆腐菜在半价的基础上再降一成，欢迎惠顾。"金麻子让白弟将告示贴到放生桥、廊桥、城隍庙毛家豆腐店告示的旁边，自己将一张告示贴在曹家菽乳店门口。曹老板夫妇见金麻子想得这么周到，很是感激。

贴完告示，天没放亮，金麻子和白弟每人挑五十斤豆腐菜出朱溪镇，往东沿一条长达十二里的煤渣路直达县城。俗话说"百步无轻担"，走进县城，两人快迈不动步了。县城菜市场在东门，金麻子和白弟从西门进入，穿过整个县城，走进菜市场，选了一个显眼的地方摆下豆腐摊，结果买菜人走过豆腐摊看也不看。白弟不明白，难道县城人不吃豆腐菜？金麻子想起夏伯母说过的话，"镇上人讲卫生"。县城人一定更讲究，金麻子心里想着，拿了一斤豆腐菜来到菜场边一户居民家门口，送上一斤豆腐菜，向居民借了两条长凳。

回到菜场，金麻子把豆腐菜箩筐放在长凳上，把一沓牛皮纸放在箩筐边上，这才开始吆喝："免费品尝曹家豆腐干，喜欢吃再买回家……"

金麻子一边吆喝，一边吃起了豆腐干，步行十二里路，肚子早饿坏了。县城买菜人闻到曹家豆腐干的香味，见可免费品尝，随手拿一块吃着玩，想不到吃了第一块，就想吃第二块，又不好意思再拿，只能掏钱买。一个人买了，就有第二个人买，尝过的人都来买，买的人一多，金麻子的摊前竟排起了队。人有从众心理，没有尝过豆腐干的也来排队买豆腐菜，一百斤豆腐菜不到一个时辰全部卖光。

县城的顾客第一次尝到曹家豆腐干的味道，见金麻子和白弟要走了，问：

"明天还来吗？"

这一趟跑县城，虽然肩膀磨出血泡，但净赚原价的六成，金麻子不想再步行回去，就带着白弟来到县城轮船码头，坐轮船回镇。回到曹家菽乳店已中午时分，店里正在打扫，所有豆腐菜卖光，仍不时有顾客上门问："还有没有豆腐菜？"

曹老板见金麻子和白弟挑着空担子回来，圆脸笑成了弥勒佛。

三

毛家豆腐店是朱溪镇名气最响、历史最长、规模最大的豆腐店，四开间门面，八只狮子笾一溜排开：豆腐有老嫩之分，千层张有皮衣之别，豆腐干有黑白两种，还有油豆腐、大小油泡、素鸡、干丝……一张加长的作台中央码放整齐的老嫩豆腐各两叠，那规模、气势，曹家菽乳店无法比。大太太梅花学着婆婆毛老太太的样子，手拿豆腐刀麻利地将一板豆腐前后左右各划两刀，划出大小均匀的九块豆腐，顾客上前不用说话，给一毛钱，大太太梅花唰唰两铲刀，四块豆腐稳笃笃移到顾客的菜篮里。老板、伙计一人管两只狮子笾，各自招呼着生意。

半个月来，毛一尘每天看到店门口排起长队，眯细眼眯成一条线，仿佛看到了曹家菽乳店关门打烊的结局。五太太一有空就到豆腐作坊转一圈，给毛一尘擦擦汗，沏上一壶茶，看到门口排起长队，还竖起大拇指称赞一句："你是生意场上的奇才！"

收摊前，五太太到账台帮婆婆点钞票。婆婆看着儿子和五太太关系和好，也宽心，但对五太太插手钱柜心里不满，有时故意锁上钱柜。

直到有一天，五太太从衣袋里拿出一把钥匙，打开钱柜的锁，数完钞票朝婆婆粲然一笑，说："婆婆，掌管钱柜很简单的，今后您老多休息，就让我来管吧。"说完，将大洋摞成一卷，用红纸卷起；把纸币一张张摊平叠齐，用细麻绳扎紧，然后交给公公。

公公接过大洋和纸币，夸一声："兰花真能干。"

被撇在一边的婆婆知道，五太太兰花已经取代了她在家中的地位。从这天起，毛老太太不再起早去豆腐工场干活，也不再管钱柜。

毛老爷问夫人："为啥撂挑子？"

毛老太太说："你们爷俩不好明说，用一把钥匙暗示我，我懂，给你们大老爷们面子。我就在家里带孙子，享享清福。"

这天五太太像往日一样，给儿子喂好奶，兴冲冲来到豆腐店，发现店门口空无一人，难道一早把豆腐菜卖光啦？结果走进店堂大吃一惊，柜台上一溜长竹笾里，各种豆腐菜堆得冒尖，毛一尘坐在账台边眉头紧锁。

五太太忙问："今天怎么啦？没顾客上门？"

毛一尘从账台上拿起一张粉红纸递给五太太："这是曹家菽乳店贴的告示。"

五太太看罢告示，肯定地说："曹老板定有高人指点，下一步怎么办？"

毛一尘看一眼堆积如山的豆腐菜，狠狠地说了一句："打烊！"

毛一尘吩咐伙计把豆腐、豆腐干回炉做成素鸡，油豆腐、油泡、豆腐皮全部吊入井里，防止变质。吩咐定当，他带着五太太来到东市街曹家菽乳店。毛一尘看到曹家店门外无顾客，店内无豆腐，金麻子和白弟在帮曹老板夫妇打扫店堂，一股无名火从脚底蹿上脑门，心中愤愤地说："好你个金麻子，又是你与我作对！必须反击，必须赢得这场较量，不然对不起毛家这块招牌，更对不起祖宗！"

五太太嫁进毛家，就酝酿着一个主宰毛家的计划，她用女人特有的本领让毛家父子乖乖听话；又略施小计，拿到钱柜钥匙，掌管毛家钱箱；最后只剩下大太太梅花了。她一直找不到离间梅花和毛一尘的机会，这回找着了，岂肯放弃。

回家路上，五太太趁机挑拨："白弟、金麻子两个小屁孩，没做过生意，没见过世面，怎么可能有这等能耐？我看是毛家辞退了白弟，大太太怀恨在心，在背后出的点子。"

毛一尘看了五太太一眼，没有说话。

回到店里，大太太梅花问毛一尘："明天的豆腐菜，浸多少黄豆？"

毛一尘正没地方出气，说："眼睛瞎啦，剩这么多，浸什么浸！"

大太太梅花见毛一尘像吃了枪药，转身回了工场间。

五太太在身后不阴不阳地开口："梅花姐，不忙走呀，你表外甥白弟正帮着曹家菽乳店与毛家打豆腐战呢，难道你不知道吗？"

大太太立住脚步，转过身说："不可能，白弟哪有这个能耐。"

五太太的手指在梅花胸前划过："别装啦！白弟没本事，有人有呀，你拉着老伙计和林三去白弟家料理丧事，才几天工夫，你会不知道？骗谁呢！"

性子耿直的大太太不愿被五太太冤枉，再次辩解："我表姐去世那天，白弟还没有工作，料理完丧事，再没碰见他过，你空口白牙为啥一定要赖我知情？"

五太太扭动身子，逼近大太太："是我赖你吗？为啥白弟去曹家菽乳店当了伙计，曹家就以我们毛家的路数出招，害得我们七成豆腐菜卖不掉？分明是你不满毛家辞退你表哥、表外甥而成心报复！"

大太太越辩解越被五太太往深里说，多说无益，这个女人不好惹。梅花看了一眼站在旁边一言不发的毛一尘，说了一句："我是什么人，你最清楚。"说完扭过脸就走。

毛一尘心里正烦着，看着两个女人吵个没完，就对五太太说："不要窝里斗，梅花的精力要放在豆腐上，你的精力就是再给我怀一个。"

"听话听声，锣鼓听音"，五太太从毛一尘的话语里听出了丈夫内心深处对她的怀疑，不然丈夫不会把"再怀一个"挂在嘴上。自从婆婆甩手不管店里事务后，整天足不出户，在家烧香念佛，弄得五太太根本没有和毛老爷子上床的机会，哪里怀得上毛家的种。

豆腐菜滞销，店里不做豆腐菜，毛老太太让梅花陪她去陆先生诊所看病。五太太见婆婆在梅花陪同下去了陆先生诊所，就将儿子安顿在婴儿床上睡觉，喊了一声："老爷子，来一下。"接着便在梳妆台前往脸上搽香粉，还凝视着镜子里的脸，自言自语："麭面孔，等老爷子来，再怀上一个？不是我麭面孔，是丈夫'没用'，是老爷子门槛精，一计两开，又'扒灰'，又续了香火……"

过道上传来脚步声，五太太从镜子里看到房门被推开，毛老爷子走进房来，随手把房门闩上。

老爷子见"孙子"已躺在婴儿床上，微微一笑，说："睡着了？"

五太太"嗯"了一声，慢慢转过身，胸部牢牢吸引住了毛老爷子的眼球。

毛老爷子一把抱住五太太："你想死我了……"

两人不约而同朝床上倒去……五太太忸怩着身子，娇嗔地说："一尘让我再怀一个，婆婆天天在家，叫我怎么怀上？老爷子快点来，最好一枪命中……"

两人正难分难解之时，楼梯上传来"蹬蹬蹬"的脚步声，紧跟着大太太梅花的叫声一起传来："爹爹，姆妈让我来问你要五块大洋。"

毛老爷子像弹簧一样从五太太身上弹起来，拉上裤子，披上衣服，看见床边的马桶，急中生智坐到马桶上，"哎哟、哎哟"叫了两声，隔着门说："梅花等等，我来看孙子，肚子痛，兰花快去开门。"

五太太兰花并不把大太太放在眼里，她拉了一块护胸遮在胸前，披散着头发，趿拉着绣花鞋，打开房门，无事人一样，问："出门看病，婆婆不带钱，你也不带？"

梅花吃惊地打量着五太太浪荡的样子，说："婆婆拿着钱的，但她一定要让我回来问爹爹拿五块大洋，许是看完病婆婆还想买点啥。"

五太太脸一扭，屁股一撅，裸露着后背，回到梳妆台前，从镜子里观察大太太梅花的表情。梅花只当啥也没看见，也不进房门，在门外等着。马桶上的毛老爷子看着五太太半露的上身，一副房事刚完的慵懒样子，老脸有点发烧，他猜想五太太是故意让梅花知道"与老爷子有一腿"的事实！还有老夫人这个时候让梅花回家拿钱，一定是醉翁之意不在"钱"，看来在家里再也不能随心所欲了……

毛一尘不知家中发生了"密探捉奸"的故事，正专心于实施反击曹家的计划。这天，毛一尘将隔夜的豆腐菜全部降价至两折出售，而且九条街道都张贴了降价消息，他要让金麻子、曹来喜看看他毛一尘的厉害！顾客最实际，看到告示，都晓得毛、曹两家豆腐战打得越闹猛，顾客越实惠。

曹来喜做人做事和他的长相一样，憨厚里带着圆滑，圆滑中夹着一点狡猾，风险不敢冒，算盘打得精。赢了毛家，曹老板估计第二天生意会更好，就多浸了十斤黄豆。

金麻子提醒曹老板："与毛一尘较量，必须万分谨慎，万一毛家豆腐店出新花招，就被动了。"

老板娘觉得金麻子的话有道理，让曹老板小心为妙。

曹老板说："今天豆腐菜卖完，还有顾客上门，只要毛家不降价，明早生意肯定好。"

第二天一早，金麻子上工前先上街兜了一圈，看到毛家豆腐店张贴的大红告示，上书："曹家菽乳店四折销售，毛家豆腐店两折供应。"告示挑明了要与曹家死磕到底！

曹来喜正喝着豆浆，听到毛家两折销售的消息，豆浆碗掉在地上，急得团团转，嘴里一个劲儿说："穷祸一场（闯祸了），穷祸一场……"

金麻子见事已至此，就让曹老板多做豆腐干，少做豆腐。

老板娘见状，一边把磨一边叹苦经："半夜牵磨，凌晨点浆，睏煞倦煞（特别想睡觉），也要硬撑，碰着促狭鬼，降价抢生意，老本蚀煞，苦头吃煞，做豆腐苦啊……"

磨盘转动，黄豆入口，乳白色的豆浆从磨盘石槽流出，顺着槽嘴流进木桶；桶满，曹老板倒入灶头大铁锅，左手拿勺子搅动豆浆，右手指着灶边的水桶，吩咐灶膛烧火的白弟将一桶水全部倒进铁锅。

平日里，曹来喜见清水也能变成白花花的银子，就会心花怒放。今日曹老板却愁眉不展，只在嘴里念了一句："豆腐水做，阎王爷鬼做。"

豆浆烧开，舀入木桶，降温、点浆，凝结成白嫩嫩、软嘟嘟的豆腐。金麻子扯浆做豆腐皮，曹老板做曹家豆腐干……豆腐菜做毕，脱行门，开店门，店门口空无一人，远望不见人影。曹老板感到从未有过的压力，他认为毛老板疯了，两折销售无疑是"自杀"。

望着眼前一大堆豆腐菜，曹来喜闭上眼睛说："这下真的要血本无归了！"

老板娘见丈夫六神无主，问金麻子："金兄弟，怎么办？天热，卖不掉会馊掉……"

金麻子想除非和毛家一样两折出售，还能挽回一点损失，但是这样较量下去不是个办法。他想不出好主意，就对白弟说："今天你去县城，我留下来帮曹老板想办法。天热，趁早出发。"

说完，金麻子从衣袋里拿出两块大洋给曹老板："五十斤豆腐菜，老规矩，按四折算。"

老板娘忙说："你这么帮忙，还要你垫钞票，回来再算，万一卖不掉不能让你们贴钞票呀。"

金麻子笑笑："老板娘，亏是我的，赚也是我的，没事。"

白弟走后，门口陆续有顾客上门，一位顾客问："今天毛家豆腐菜两折卖，你们曹家豆腐菜卖啥价？"

曹老板已经六神无主，卖低了，心疼；卖高了，怕顾客走掉。

金麻子见老板不开口，就提高嗓门说："今天，毛家卖的是隔夜豆腐，俗话说'豆腐一隔夜，吃了肚子坏'，奉劝买了毛家隔夜豆腐的顾客，一定要把豆腐菜煮透烧熟，一旦拉肚子，小吃大会钞（得不偿失）。我们曹家店当天做当天卖，卖不掉当饲料，四折出售保个本。大家想一想，千做万做蚀本生意不做，豆腐店亏本，结局是关门。毛家降价，先赶走的是菜市场里的豆腐摊，最后赶走曹家，独霸市场。大家再想一想，毛家一家独大，还会降价吗？再说各家有各家的拿手菜，曹家豆腐干，毛家就做不出来，所以一家独大有害无益，大家说对不对？"

顾客觉得金麻子讲得有道理，但光有道理没用，顾客讲实惠，不在乎道理的对与错。有人就说："少讲没用的，说说今天什么价吧？"

金麻子说："成！今天除了豆腐干，其他豆腐菜再降一成。"

顾客说："豆腐干也要降，不然我们不买。"

金麻子说："好，豆腐干半价，不过明天就不是这个价了。"

一时间，毛家豆腐菜是隔夜的，曹家拼血本三折甩卖的消息不胫而走。等到店门口顾客排起长队，金麻子开始向顾客吹起了牛皮："大家知道吗？豆腐最早的名字不叫豆腐，叫菽乳，曹家为纪念祖上发明豆腐的功德所以取店名'曹家菽乳店'。"

顾客不信："吹牛吧！谁信？"

曹老板不知金麻子为啥要吹这个牛。

金麻子一边做生意，一边继续吹牛："信不信无所谓，权当说着玩。传说两千年前，淮南王刘安追求长生不老，在淮南封地八公山上请人炼丹。当地人喜欢磨豆浆当茶喝。一日，刘安想象自己手拿拂尘，已成不老之身，一时间手舞足蹈起来，手中端着的一碗豆浆全泼在炼丹炉旁的木桶里。桶内放着一块石膏，不多时，石膏不见了，豆浆变成了白嫩嫩软嘟嘟的东西，有人大胆尝了一口，口感绵软滑爽，觉得是好东西。刘安便与方士们又做了几次试验，掌握了做豆腐的诀窍，他们给这种白嫩绵滑的东西取名菽乳，后来才叫豆腐。本店老板娘曹刘氏，祖籍安徽，是刘氏之后，所以说豆腐是曹家菽乳店祖先发明的。"

在场所有人都觉得金麻子的牛皮吹得像真的一样。有人信，有人不信，有人不计较真假，听听而已。关于刘安是不是曹家菽乳店老板娘的祖先，无人追究，因为这与顾客毫无关系。许多时候，事物的真假不在于它的本质，而在于人们对它的认识，以及它对人们的作用。

曹老板不知道一夜不见的金麻子从哪里听来的故事，连老板娘姓刘都知道，他附在金麻子耳边说："不吹牛了，让人戳穿，会坏了信誉。"

金麻子也咬着曹老板的耳朵说："放心，头顶一姓，五百年前是一家，何况两千多年，更是一家了。"话音落下，两人会心地笑了。

老板娘听完故事，好像自己真成了刘安后代，她开始对金麻子刮目相看。

有位中年顾客说："吹牛不打草稿。我说豆腐是我祖先发明的，你信吗？"

金麻子不与顾客计较："信与不信全在你心，不用当真，昨天我去童天春药房问了陆先生，才知道了这个故事。不过，你可以不信，当我吹牛就行了。"

顾客们听说陆先生知道这事，再不怀疑金麻子讲的故事了，开始购买豆腐菜。到中午，曹家豆腐菜所剩无几。

收摊的时候，曹老板说："你吹牛比我厉害，说得像说书先生一样好听。"

金麻子包了一包豆腐干，说："我真去请教陆先生了。刘安发明豆腐的故事是陆先生亲口告诉我的，陆先生还告诉了我一个关于乾隆皇帝吃豆腐的事，我还没有吹呢，过一天《朱溪报》还会把这个故事登出去。嗨，倘若曹家豆腐干也有个故事让报纸登一下，曹家菽乳店在镇上的名气就更响了。"

曹老板想不到素昧平生的小伙子如此出心出力帮自己，内心感动，听到需要曹家豆腐干的故事，脱口而出："有故事、有故事，曹家豆腐干的发明其实就像刘安发明豆腐一样，也是阴差阳错的巧合弄成的。"

曹来喜说："祖母年轻时爱吃杨梅，祖父买来一篮子杨梅，发现杨梅里有好多小虫子在蠕动，用热水泡了一桶盐水，等水凉了准备浸泡杨梅。祖母不知桶里是盐水，把磨豆浆的黄豆倒入桶里浸泡，等祖父发现时已经晚了。第二天把盐水浸泡的黄豆磨成豆浆、点成豆腐、压出豆腐干，尝一口是咸的。祖父就像当年刘安一样，一不做二不休，把盐水调成鲜美的汤水重新浸泡黄豆，于是鲜美可口的曹家豆腐干就诞生了。"

金麻子听了曹家豆腐干的故事，说："曹老板，这是曹家豆腐干的秘密，不能公之于众，还是用陆先生讲的乾隆爱吃豆腐的故事吧。"

曹老板后悔一激动说出曹家豆腐干的秘密，他觉得眼前的金麻子年纪轻轻，思维缜密，确实是个好帮手。他让金麻子说说乾隆吃豆腐的故事。

金麻子说："话说乾隆皇帝喜欢吃晋商曹家做的豆腐，御厨用海参、鱿鱼、鸡丝、火腿、香菇等数十种原料烹饪，皇帝吃得高兴，赐曹家'万担风高'黄绫一幅。你们曹家头顶一姓，曹老板只需让人做一幅'万担风高'的黄绫即可。"金麻子说罢又包了一包豆腐干，他告诉曹老板，他要用曹家豆腐干去犒劳陆先生和办报人。

老板娘听到金麻子吹的牛皮要登到报上去，焦急万分："使不得、使不得，被官府知道假传圣旨，是要杀头的。"

金麻子哈哈大笑："什么年代啦，现在是民国，又不是大清朝。"

四

金麻子连续两个回合战胜毛家，令曹老板钦佩不已。

夕阳西下，一艘渔船停在岸边，船上渔民高声叫喊着："河虾、鲫鱼、鳑鲏鱼，只只跳、条条活……"

刚从街上买了一鬈绍兴花雕回来的曹老板听到吆喝声，拎了一只篮子来到岸边，跳上渔船将手伸进船舱捉了两条鲫鱼，称了一斤河虾。回到家中，烧了一桌菜，犒劳金麻子、白弟两兄弟。

酒过三巡，菜过五味，曹老板端着酒杯说："我，说话算、算数，等战胜毛、毛家、豆腐菜，恢、恢复原价，我就请金兄弟、白兄弟当我曹、曹家菽乳店豆、豆腐师傅，来，干，干……"

从小跟父亲"出活"吃肉饭，父亲不许金麻子喝酒，父亲说喝酒误事，结果父亲因为喝酒，掉在急水港被淹死，从此金麻子对酒没有好感。

如今，曹老板让喝酒，喝的是得胜酒，金麻子开戒，几杯酒下肚，已醉意蒙眬，但他思路清晰："曹老板，喝酒归喝酒，从明天起曹家菽乳店关门三天，不与毛家拼血本，让毛一尘误以为曹家已关门走人。三天没人竞争，毛一尘定会恢复半价，甚至原价，你们觉得这主意怎样？"

曹老板觉得有道理，当场决定关门三天。这顿酒从中午喝到傍晚，三人喝得酩酊大醉，老板娘一个人收拾碗筷。

《朱溪报》记者上门采访，看到这一情景，写了一首打油诗："金麻子吹牛皮，巧舌如簧编故事；曹老板设酒宴，醉了帮手苦婆姨。"

第二天金麻子醒来，看到打油诗，高兴得在家门口的空场上接连翻了十几个跟头。夏老板看到后，说了一句："年轻真好！"

第四天，曹家重新开店，金麻子信心满满地估计毛一尘即使不恢复原价，也绝不会两折销售。曹老板兴冲冲地挂出半价销售的牌子，金麻子觉得一点问题都没有。为防意外，金麻子让白弟到毛家豆腐店去探听一下毛家的售价。

白弟很快回到店里，惊慌失措地告诉金麻子："毛家还在两折出售！"

曹老板大感意外："失算了、失算了，这回再无故事可编，也无妙计可施……"

金麻子赶紧将曹老板挂出的价格牌子拿回店里，让曹老板也与毛家一样两折销售，自己与白弟每人挑了六十斤豆腐菜去县城卖。更让金麻子意外的是，从县城回来，曹老板面对一大堆豆腐菜在发呆——曹家两折销售的豆腐菜竟然无人问津！都是两折销售，为啥无人问津呢？

金麻子把去县城赚的钞票全部给了曹老板："今天亏了，等日后赚了再赔你，坏了的豆腐菜我送去乡下喂猪。"

曹老板颤抖着手接过大洋、纸币："金兄弟，我是老板，卖不掉怎能让你赔呀！豆腐菜坏了，卖不了这些钱呀……曹老板嘴上这么说着，手里却把大洋、纸币捏得紧紧的。"

金麻子和白弟将没有酸味的豆腐菜分门别类，用荷叶一层层垫着放进两只笤筐；将发酸的放在另外两个筐里。豆腐担很重，兄弟两人挑上肩，一路朝淀山庄走去。路上，金麻子反复想着豆腐菜无人问津的原因：曹老板为开张让一个店名在镇上传了三天，等到第四天开门，曹家菽乳店门庭若市。而自己呢，让曹家菽乳店关门三天，等于把曹家的老顾客赶到毛家豆腐店去……做生意就是做人，你如何待人，人家就会如何回报你。金麻子输了，输得毫无怨言，他承认毛一尘是做生意好手，与这样的好手过招，不可有半点疏忽。骄阳似火，炙烤大地，兄弟俩跑了三个村庄，已是汗流浃背、口干舌燥，喝了几口河水，靠在一棵大树下休息。柳条筐里的豆腐菜甩本卖只卖掉不到三成，金麻子闻到了豆腐菜越来越浓的酸味，不敢耽搁，饿着肚子挑着变质的豆腐菜来到了淀山庄。

朱溪镇上的市河宽不过两丈有余，隔河相望一目了然。金麻子的一举一动被躲在曹家菽乳店河对岸厕所里的林三看得一清二楚。

林三回到毛家豆腐店汇报："曹家菽乳店人走了，设备都在。"

毛一尘断定，曹家店是虚晃一枪，所以毛一尘决定拼血本到让曹家滚蛋为止！等到曹家第四天开张，林三又来汇报："曹家每个竹笾堆满豆腐菜，少有顾客上门。午饭前，金麻子和白弟挑着发酸的豆腐菜去了乡下。"

毛一尘听了，小眼睛顷刻迷成一条弯弯的弧线，从"老刀牌"香烟盒里抽出一支烟，衔在嘴里，不点燃，吸着卷烟里的香味。

五太太看到丈夫得意，赶紧说："只要大太太不走漏你的计策，曹家一定输得很惨。"

经不住五太太的挑拨，毛一尘对大太太梅花产生了戒心。但他没有把大太太梅花当作家贼来防，只是每晚不再到大太太房里过夜，喜欢在五太太精心营造的温柔乡里缠绵。

大太太梅花感觉到了毛一尘感情上的变化，每晚独守空房，看着窗外满天繁星，听着对面五太太房里故意传来的浪笑，内心虽然没有二太太菊花那种"肉体和心灵的折磨"，却感受到了菊花的那种孤独。以前，每次新太太嫁入毛家，她都守过空房，也有过孤独感，但很快被大太太的身份冲淡，总是用大姐的包容与先后进门的各房姨太太友好相处。眼下没有包容感，唯有孤立和无助。她看到婆婆的权力在无声无息中被五太太夺走，看到丈夫和公公在不知不觉中拜倒在五太太的石榴裙下，自知阻止不了这一切。这是毛家的家丑，不能为外人道，有天大的委屈，也要烂在肚子里。她想不到五太太有那么大的魅力和能耐，在两年多的时间里，几乎控制了毛家的一切。五太太想掏空毛家，想掌控毛家，还是想搞垮毛家？搞垮？不会，这对五太太没有好处。掏空？很难，毛家父子不是省油的灯。那只能是掌控，然后得到五太太想要得到的一切。五太太说大太太吃里爬外，把毛家对付曹家的信息透露给白弟，这是明摆着诬陷，想进一步挑拨大太太与毛一尘的关系。梅花为此专门去找过白弟，得知白弟和金麻子真的在帮曹家对付毛家，她劝白弟不要参与。

白弟说："梅姨，不是我要对付毛家，是金哥要帮曹家。"

大太太梅花又找到金麻子，问他为啥要对付毛家。

金麻子说："毛家不能一手遮天，不能独占豆腐市场，陆先生说这是垄断，是不给做豆腐生意的人留口饭吃。大太太，你回去劝劝毛老板，不要赶尽杀绝！"

大太太梅花知道，现在的毛一尘对五太太言听计从，再也听不进自己的话了，她隐隐感到毛一尘得罪天下，一家独大的日子快到头了。她能做的就是把每一样豆腐菜做好，保住毛家豆腐菜的名声。

毛一尘陶醉在胜利的喜悦中，半夜醒来，他一把搂住五太太说："谁笑到最后，谁才是赢家。"

五太太说了声"讨厌"，乘势扑进毛一尘的怀里。月亮害羞地躲到云层后面，毛一尘看着天上梦幻般的云遮月景色，想着曹家店不得不关门打烊的狼狈样，一时兴起，翻身骑在五太太身上，他要让五太太赶快怀上一个，彻底解开他心中的疑虑……

两折销售的第五天，毛一尘天不亮就让伙计打开店门，他探头向门外看，看到一长溜顾客排队等开门，眯细眼又弯成了一条弧线，得意地看着大太太梅花把一格格豆腐码齐、一刀刀豆腐皮叠齐、一笾笾各色豆腐菜一字排齐……大太太做豆腐的功夫深，是生意上的好帮手；五太太床上功夫深，是生活上的贤内助。他望着天上的星星自言自语：无论你是曹老板还是金麻子，敢跟我斗，我一定让你死得很难看！大太太梅花乜了丈夫一眼，她发觉毛一尘的野心越来越大，夫妻间的隔阂也越来越大。

开店迎客，毛一尘觉得今天的顾客与平时不一样，一买就是十斤廿斤，而且各色豆腐菜都要，内心掠过一丝不舍：这么便宜卖出去，毛家亏大了呀，工钱、房租、税收、石膏等一应开销，都得倒贴！

大太太梅花问一位顾客为啥买这么多豆腐菜，顾客说："这么便宜的豆腐菜，邻居怕晚了买不到，就让我多买点，回去给各家各户分。"

大太太梅花又问一个农民模样的人："为啥一次买这么多？"

农民说："帮村里乡亲带的。便宜货，人人喜欢。"

毛一尘听到顾客的回答十分高兴，对梅花说："看到了吧，这就是我们毛家的魄力。亏本卖，扩大毛家影响，让曹家血本无归，早点滚蛋！"说最后一句时，毛一尘的手在空中得意地甩了一下。

当朝霞从云层里羞答答露脸的时候，毛家豆腐店已经卖光了一天的豆腐菜。在太阳升起后，毛一尘照例派林三去曹家豆腐店侦察情况。

大太太梅花说："一尘，打人一千，自伤八百，见好就收吧。"

毛一尘没好气地说："妇人之见，不打胜仗绝不收兵！"

金麻子和白弟挑着发酸的豆腐菜下乡后，曹来喜就在家中等着他们回来。回想这些天与毛家的较量，多亏金麻子帮忙，这次失算不能全怪金麻子，自己也觉得是好主意，没想到毛家厉害，下血本要赶他走。曹来喜望着晚霞映红的天空，他不知道该浸多少黄豆，不知道明天豆腐生意怎么做，他认为金麻子一定也是黔驴技穷，没面子再回来。

老板娘看丈夫闷头想心事，给丈夫泡了一杯茶，问了一个问题："你说金麻子会回来吗？"

曹来喜看着新泡的茶，等着茶杯里的一片茶叶慢慢沉下后，才开口："金麻子想出计策才会回来。"

老板娘又问："他为啥要帮我们？"

曹来喜端起茶杯，喝了一口，说："表面看他在帮我，实际上他为了自己。"

老板娘不解："我看不出金麻子哪一点为自己。"

曹来喜的眼睛仍然看着杯中的茶叶慢慢下沉："他与毛家结怨，利用我报复毛家；利用毛、曹两家降价，到我手里拿四折豆腐菜，贩到别处，赚差价。"

老板娘"啊"了一声："看不出来，年纪轻轻，蛮有心计。来喜，你要当心，别上当。"

曹来喜的眼睛很自信地从沉入杯底的茶叶移向老婆："放心，我知道他在利用我，他却不知道我也在利用他。你说，谁棋高一着？"

老板娘知道丈夫曹来喜从来不做蚀本生意，问："金麻子不回来怎么办？"

曹来喜说："那就打道回老家。"

夫妻俩正说着话，白弟回来了。曹来喜不等白弟走门，抬头就问："金鲲兄弟呢？"

白弟一脚踏进门槛，说："沙老大留金哥过夜。金哥关照'千做万做蚀本生意不做'，只要毛家豆腐菜卖两折，曹家就不做豆腐菜，但店门照开，让老顾客晓得曹家菽乳店不会关门。"

曹老板一头雾水："开扇空门，老顾客上门买啥？"

白弟挠了挠头皮："那我就不知道了。"

曹来喜明白，白弟和自己一样不知道金麻子又要做啥，问白弟等于白问，便端起茶杯喝了一口，问："金兄弟啥时回来？"

白弟说："明天一早。"

这一夜特别长，曹来喜整夜都在半梦半醒之间。

天亮醒来，老板娘说："我想不明白，没豆腐卖，还开店门做啥？"

曹来喜一边穿衣，一边吩咐："快点起床，店门照开。"接着又补了一句："回老家的准备照做。"

吃过早饭，店门打开，曹来喜看见金麻子和一艘木船正停在店门前的河埠边，船上除了白弟，还有两个年轻人，船舱里放着好几筐装满各色豆腐菜的箩筐。一瞬间，曹老板以为自己在做梦，拿起豆腐板朝作台上"嘭、嘭、嘭"猛敲三下，才发现不是做梦，难道这个金麻子会变戏法？船上的年轻人和金麻子、白弟一起把十二筐豆腐菜搬进店里，年轻人摇船走了。

曹来喜傻乎乎地问："金兄弟，这些豆腐菜哪里来的？"

金麻子一脸兴奋："是从毛家豆腐店买来的。"

曹来喜望着金麻子，脑子一时转不过弯来。

昨天金麻子把变质的豆腐菜送到淀山庄后，把毛家为了独霸市场下血本销售，企图逼走曹家的过程详详细细讲给沙海听。金麻子说："师父，开头我帮曹老板是想赚差价，后来想到不能让毛一尘独霸市场，就一心一意帮曹老板。"

沙老大认为徒弟做得对，路见不平拔刀相助是习武人的秉性，关键是曹家没有实力与毛家耗下去。金麻子说自己在路上想到了一个法子，就是没法儿做。沙老大让徒弟说来听听。

金麻子说："我想一口气买下毛家两折销售的豆腐菜，然后悄悄运到曹家菽乳店。顾客上毛家买不到豆腐菜，自然就会去曹家买，曹家不做豆腐，把悄悄买来的豆腐菜加两成价卖给顾客……"

没等金麻子说完，沙老大一拍大腿："好主意。"

金麻子为难地摇起了头："师父，毛一尘不可能将甩本卖的豆腐菜卖给我，我没法子在毛一尘察觉不到的情况下买下毛家全部的豆腐菜。"

沙老大哈哈大笑："这简单，明天天不亮，我带弟子到毛家豆腐店门口排队，等他一开门，每人买个二三十斤，不信买不完。"

金麻子大喜过望："师父，好法子！"说完话，金麻子跑出门口，一个后空翻，跃上梅花桩，练起了武功……

曹老板听完这船豆腐菜的来历，对金麻子竖起了大拇指。但静下心来，曹来喜开始纠结，先是担心卖不掉，后又想着利润算谁的，嘴上不说，眼睛时不时朝金麻子瞟一眼。曹老板的心思只有老板娘能看出来，老板娘觉得只要店里不亏本，怎么做都行。

金麻子没在意曹老板的心思，他让老板和老板娘守在店里，自己拉着白弟来到城隍庙菜场，告诉买菜人："毛家无豆腐，要买豆腐菜，曹家菽乳店大量供应。"

消息传开，曹家菽乳店门前顷刻之间顾客盈门，当最后一斤豆腐菜售罄，金麻子像得胜的将军，一手托举一大叠竹笾，喊了一声"成啦！"

老板娘像往日一样清点营业额，清点完毕，才想起这钱曹家没分，就将纸币、大洋堆在账台上，让金麻子来处理。

金麻子将桌上的钱分成两份，一份推到老板娘面前："这是利润，归曹家菽乳店；剩下的是成本，我师父买曹家豆腐菜垫的，我去还给师父。"

金麻子话音落下，曹老板脸红了："这，这这，你想的办法，你师父花的钞票，你做的生意，利润怎么能全归菽乳店呢？金老弟，你，你你，多少拿点，啊，拿点……"

金麻子"空手套白狼"帮曹家豆腐店扳回一局的消息，很快在镇上传开。

毛老太爷在天下第一茶楼听到茶客把"毛家的豆腐菜放在曹家菽乳店里卖"当作笑话在传。毛老爷子赶紧离开茶楼，路过城隍庙菜场，听到有人说："毛家没货，曹家大量供应。"

毛老爷子气得转身回到自家店里，对着毛一尘开口就骂："你已输得体无完肤了，还以为是得胜将军！明日起恢复原价，不得降价。"

毛一尘不服："我输在哪里？再坚持一下，曹家就得滚蛋，亏了这么多，恢复原价功亏一篑呀！"

毛老爷子见儿子冥顽不化，重重地连拍两下作台："你真混蛋呀，输在哪里都不知道，你哪里配当老板？！"接着把听到的、看到的说了一遍。

毛一尘这才想起开门半个多时辰，五百多斤豆腐菜一售而空，大太太梅花问顾客为啥买这么多，顾客都说是为邻居或是乡亲带的，自己还为此沾沾自喜呢。这个曹老板是外镇来的，时间不长，不可能有这么多人帮他，金麻子哪来这么大能耐？

毛老爷子看出儿子的疑问，说了句："对伙计太刻薄，变成了对手，失策。"又转对站立一旁的大太太梅花说："你去曹家菽乳店，告诉金麻子，明天毛、曹两家一起恢复原价，再斗对谁都没好处。"毛老爷子说完，看到门外五太太探了一下头没有进来，也随着五太太的身影出了店门。

毛、曹两家打了二十多天的豆腐战就此落幕。

《朱溪报》为此刊登了一篇题为《祖先发明豆腐，后代不惧挑战》的文章。文章说曹家菽乳店老板娘的"祖先"发明了豆腐；乾隆皇帝爱吃曹家豆腐干，授予曹家"万担风高"黄绫一幅。在毛、曹两家的价格战中，新开的曹家菽乳店扛住了财大气粗的毛家豆腐店的打压，以"空手套白狼"的手法，大胜毛家……

曹家菽乳店名气日渐响亮。曹老板没有食言，特聘金麻子和白弟两兄弟当豆腐师傅，金麻子月薪三十块大洋，白弟二十块。豆腐店开出这样的高薪，在豆腐行业绝无仅有。兄弟俩高兴得在店门前的空场上发火跳，金麻子索性拿出枣木棍，在空场上打了一套小红拳"醉棍"，只见他将枣木棍朝地上一戳，双脚离地，"啪啪啪"旋风般在空中连踢三脚，身体刚落地，一个鹞子翻身，抽出身下棍子使出"横扫千军"绝招……一时间，行人驻足、邻居出门，看金麻子打拳，一套拳路打完，周边响起热烈的掌声。

金麻子双手抱拳说："献丑、献丑。"

打完拳，金麻子心想：吹喇叭的活计要荒废了。

白弟比金麻子少十块大洋，开始没觉得什么，等到发薪这天，白弟看着金麻子多了十块大洋，脸上的表情就有些失落，低着头一言不发。

金麻子当场分给白弟五块大洋，并对曹老板说："我们兄弟俩一起做事，一起干活，工钿得一样拿，今后发工钿都是二十五块大洋。"

曹老板不言，对着金麻子再一次竖起大拇指："行！"

第 六 章

一

　　白弟请金麻子到镇上最有名气的茂林馆饭店喝酒。茂林馆饭店把门面漆成绿色，在清一色以木头本色为主的店铺中显得格外醒目。白弟拣了一张临街的餐桌落座，点了炒鳝糊、油爆虾、咕咾肉、炒腰子四只菜，要了一瓶绍兴花雕，他喜欢一边喝酒一边看人流如潮的街景。

　　白弟端着酒杯说："金哥，我在梦中常来茂林馆，常点这四只菜，人醒着是第一次。"白弟想说得幽默，金麻子听了只觉心酸。

　　三杯酒下肚，白弟问了一个问题："你帮曹老板打败毛家，为啥不帮曹家菽乳店做素鸡？"

　　金麻子吐出一只虾壳，不假思索道："曹家有豆腐干，毛家有素鸡，各有特色。两种特色让一家都占，不好。"

　　白弟"噢"了一声，又问："不好在哪里呢？"

　　金麻子喝了一口酒，才说："会一家独大。"

　　白弟又"噢"了一声，端起酒壶给金麻子斟酒："金哥，你现在最想做的是啥事？"

　　金麻子不假思索："我想给人'吹喜''吹丧'，像我爹一样成为远近闻名的

'金喇叭'；我还想做生意，当掌柜，开一家镇上最大的豆腐店；还想开米行、开钱庄，成为大老板。我时常在进入梦乡前想好多不可能的事……"

几杯酒下肚，白弟开始兴奋："将来，我想娶一个像生煎店阿萍、毛家五太太那样漂亮的女人，每年都生一个儿子。"

金麻子笑了："如果娶不到呢？"

白弟喝了一口腰子汤，咂了咂嘴："那就吃顿花酒，尝尝女人的滋味。"

金麻子放下筷子，一本正经说："等将来有钱了，让梅姨早点给你张罗个媳妇，免得你一天到晚像个花痴。"

白弟笑了，笑得很开心："金哥，你碰过女人吗？你想不想女人？"

金麻子没有回答，他在想救新娘子时在水里碰到了新娘子的胸脯，这算不算碰过女人？夏雪在的时候，他曾经想过，长大了夏雪会不会做自己的女人，自从夏雪和夏雨哥一样去了上海读书，便再也没了这个想法。后来见到了新娘子宋惠明，每次看到她就会心跳，但他知道新娘子已经改名王宋氏，书中说过"只恨相见未嫁时"。此刻，金麻子心中有了一个想法：不当掌柜，绝不娶亲！

白弟过上了吃穿不愁的日子。一日，他走进工场间，喝了碗豆浆，见磨杆吊起，一边吃着东家准备的大饼，一边解下磨杆推磨。老板娘长得矮胖，把磨时胸部在磨盘前晃荡，屁股在身后撅起，左手抓磨杆，右手朝磨盘洞里放黄豆，前凸后翘，样子滑稽。白弟看着老板娘把磨的模样就想笑，后来就盯着老板娘的胸部看，看着看着磨盘不动了。

老板娘抬眼发现白弟的眼神不对劲，就说："小眼睛看在哪里，看你老娘的胸脯，推不动磨啦……"老板娘嘴上这么说，脸上也腾起了红晕。

白弟急忙推动磨杆："没有，老板娘，你的胸太那个了，我想不看，可是眼睛不听话……"

老板娘舀起一瓢豆浆朝白弟裤裆里泼去："小骚公鸡，干活也不老实，老娘给你下下火！"

白弟只觉裤子贴住了腿根，赶紧讨饶："老板娘，从今天起，我闭着眼睛推磨……"

老板娘把磨累了，挺了挺身子，又叹起了苦经："豆腐好吃，活难做；半夜起床，梦难做；忙里忙外，人难做……唉，年轻人哪，听老板娘一句话，做豆腐没出息，还是去别处学门手艺，不然你们一辈子讨不到老婆。正所谓娶妻莫娶豆腐女，嫁郎莫嫁豆腐郎……"

自从白弟的眼珠溜进老板娘敞开的领子后，老板娘决定买两件小领口衬衫，避免走光。一天收工，老板娘拖着丈夫上街。一路上，老板娘发现街道傍着河道，河水碧清，河埠滩涂形态各异，光滑的石级留着岁月痕迹，上河滩的女人聊着家常，不耽误淘米汰菜洗衣服。

曹老板指着河埠滩涂，告诉老板娘："有钱人家出钱造滩涂，求人缘，让邻居借光。滩涂大小，能看出东家身价。"

老板娘问："等我们有钱了，你会造滩涂吗？"

曹老板说："我想造，你答应吗？"

▲ 石滩涂

老板娘转过头："只要有滩涂借光，我就不会造——你在看啥？"

曹老板指着对面石滩涂边上一只雕琢漂亮的石花瓶："你看，每只石滩涂边上都有一只拴船缆绳的石雕，对面是花瓶，再前面是牛鼻子，再往前是老虎嘴……"

老板娘沿着河岸仔细端详滩涂和滩涂边拴缆绳的各式石雕，发现朱溪古镇的每一个细节都有讲究。来到北大街，街上人流如潮，商店鳞次栉比，有百货店钟表店酱油店、茶叶铺杂货铺点心铺、布庄衣庄肉庄、腌腊号蜡烛号中药号、米行鱼行竹行、黑作圆作方作、饭馆旅馆茶馆……逛街的，东张西望，悠闲自得；购物的，精挑细选，讨价还价；赶路的，急急匆匆，旁若无人；跑单帮的，肩扛手提，一路吆喝……偶尔传来一声清脆的声音，"修——棕绷——棕绷藤绷修哇"；后面磨剪刀的跟着喊了起来，"削刀磨剪刀，拆水（撒尿）割卵泡"——老板娘举目望去，长街三里，店铺千家，热闹非凡。

老板娘问丈夫："你说这条街上真有一千家店吗？"

曹老板指着街上的房屋说："你看看，这条街上，不分上滩下滩，家家是商店，户户是铺子，店铺千家，应该是形容店多，不是实数，但也差不了多少。"

夫妇俩说着走着，走过桥梓湾，来到朱记布店，店内的裁缝，按老板娘身材定做了两件斜襟小圆领短衫，说定两天后交货。

走出裁缝铺，老板娘说："再逛逛。"

曹来喜夫妇来自镇西四十里地的小集镇金泽。金泽市面小，夫妇俩将一双儿女放在家中让父母带，来到人称江南第一大镇的朱溪镇闯一番豆腐事业。谁料脚跟未站稳，就遇到毛家豆腐店打压，幸亏金麻子上门相助，一战成名。曹老板在庆幸的同时，开始后悔一激动将曹家豆腐干的制作方法当作故事说给金麻子听；后悔答应两个小年轻当豆腐师傅给那么高的工钿……曹老板想着逛着，来到北大街三阳湾，看到三阳湾下滩"叮当"作响的白铁铺隔壁新开了一家豆腐店，店面不大，一开间门面；品种不多，几板豆腐，两只竹笾分别堆着油泡、油豆腐。镇上水警队的疤队长靠在作台边，满脸堆笑与店里年轻漂亮的老板娘攀谈。曹老板隐约听到疤队长让漂亮老板娘每天送豆腐菜去水警队，说是照顾她生意。曹老板心里想：美女碰着警察，不知是福还是祸……

曹老板走进隔壁的白铁铺，请白铁师傅用铅皮敲一只能上锁的钱箱。老板娘跟在身后问："做钱箱派啥用场？"

曹老板说："生意好，流水多，店里两个伙计，我去进货，你去厨房，钱箱不上锁你能放心？"

白铁铺里总共三人，沿墙放着三座铁砧，师傅兼老板的眼睛一只黑一只白，让人过目不忘。曹家老板娘指着白铁师傅发白的眼睛问："受伤了？"

白铁师傅说："常年焊锡熏的，长了一层翳，看人模糊。另一只眼睛好，不误事。"

白铁师傅拿出一只给别人做的铅皮盒子，问："尺寸比这大点还是小点？"

曹老板看了一眼："差不多一样，明天我来拿。"

曹老板走出白铁铺，路过一个用红砖砌就的圆洞门，洞门上方挂着一块"天下第一茶楼"的横匾，店门别致，招牌霸气，曹老板拉着老板娘上了茶楼。茶楼里闹哄哄的，闲聊的、谈生意的、传播消息的、消磨时间的，各种声音混杂在一起。靠窗一桌的茶客正在谈论新开豆腐店的事。曹老板便在他们边上的空桌坐下，要了一壶茶，听茶客闲聊。

一位茶客说："三阳湾豆腐店，店老板是个憨大，娶了老婆，不会行房事，急坏老娘。老娘教儿子夜里睏觉（睡觉）要把自己拆水（撒尿）的东西放进媳妇拆水的东西里，才能生出小囡来。憨大老板半夜醒来，想起母亲的话，起床把自己用的痰盂放进了媳妇用的马桶里。第二天，母亲倒马桶，倒出一只痰盂，气得母亲责问媳妇'男人不会弄，难道你也不懂吗？'"

一桌人听了哈哈大笑起来。

有茶客说："韩老板，你把一个民间笑话硬套在豆腐西施身上吧。"

这位韩老板是镇上百年老店朱溪酱园的老板，生性幽默，平时喜欢开玩笑。他说："据说豆腐西施的男人确实是来镇上看病的。"

有茶客调侃："莫不是韩老板喜欢上人家豆腐西施了吧？"

韩老板对那茶客说："来茶馆，听个新鲜，轧个闹猛，开个玩笑，不要当真。"

曹老板喝着茶，听着闲话，甚觉无聊，坐了一会儿就拉着老婆回了家。

第二天上工，曹老板把听到的笑话讲给大家听，边笑边说："三阳湾豆腐店老板娘，人长得真漂亮，茶客都叫她豆腐西施。"

老板娘赵刘氏见男人夸别的女人，眼睛一横："有人讲豆腐西施明里到镇上来开店，暗里想轧姘头，你们这些男人见到漂亮女人眼睛就贼，心头就活，弄不到手就胡说八道！"

金麻子对镇上新开一家豆腐店一无所知，听着大家议论、说笑，也只当是调节气氛，跟着笑笑，不当一回事。

三阳湾与桥梓湾一样，也是呈"Z"字形连转两个弯，湾角宽敞，都是古代为停轿子留的空地，不至于停了轿子而影响行人通行。这是水乡古镇长街上特有的街景。三阳湾豆腐店出名不是出在豆腐菜有特色上，更不是因为店在宽敞的"湾"上，而是出在老板娘漂亮的脸蛋上，一时间豆腐西施的名字传遍全镇。说豆腐西施的丈夫是憨大，却无人见过豆腐西施的丈夫；说豆腐西施至今还是黄花大闺女，又无人能证明。尽管是传说，镇上不少男人都争着到三阳湾豆腐店去买豆腐，无论男女顾客买多少豆腐，大家的目光总是先朝豆腐西施脸上瞄一瞄，然后才看豆腐菜，最后大家一致认为：这么漂亮的老板娘，老板肯定不是憨大。一日，钱庄钱老板路过三阳湾豆腐店，看到老板娘给顾客切豆腐的样子，竟然停住脚步打量起来：豆腐西施，秀目含笑，柳眉蕴情，玉腮透着青春，挺直鼻梁下是线条分明的小嘴，不施粉黛，楚楚动人；布衣布衫，质朴美丽，劳作练就的身段，少了大家闺秀的娇气，没了市井小姐的俗气……西装革履的钱老板，用手在小分头上撸了一下，叹息一声："可惜名花有主了。"

白弟想去看看三阳湾新开豆腐店的老板娘，问金麻子去不去。金麻子从不关心镇上的新开店，过去囊中羞涩，不敢进店；现在要养活自己，与新店无缘，对老板娘长得美不美更不放在心上，他早已下定决心，不当掌柜不娶亲。

金麻子说："要去你去，我没兴趣。"

金麻子扫了白弟的兴，白弟也没去。几天后，金麻子路过城隍庙，看到新出版的《朱溪报》，报上一个醒目标题吸引了他——《豆腐西施开店只为治丈夫怪病！》。

金麻子心想报纸真会抓新闻，便买了份报纸细读起来："已被全镇人称作豆腐西施的三阳湾新开豆腐店老板娘，在公公去世后，为了继续给身患怪病的丈夫治病，毅然挑起生活重担，从渔村来到人生地不熟的镇上，专为瘫痪在床的丈夫能得到陆先生的治疗，而开店赚钱……"金麻子看到这里心中"咯噔"一下，这不是在说渔村的新娘子宋惠明吗！他拔腿朝三阳湾跑去，报上说的如果是渔村新娘子宋惠明家的事，那么王老板他……他不敢想下去，一口气跑到三阳湾，看到新娘子宋惠明身上围着蓝印花布作裙端坐在店堂里，旁边站着婆婆和长生，却没看见王老板。镇上的豆腐店都收摊关门了，而他们还开着店门，生意清淡。

宋惠明看到金麻子，像见到久违的亲人，亲切地站起身说："你来啦！"

金麻子表情沉重地问："报上说王老板真的……"

宋惠明点头，强忍着不让泪水流出来。站在旁边的婆婆用眼睛恨恨地瞥了宋惠明一眼，嘴唇翕动一下，当着金麻子的面没有说话。

长生告诉金麻子："王老板为了给儿子看病方便，到镇上借门面房开店，门面借到了，那天摇船到镇上付定金，碰到大风，船翻在急水港，最后……和你爹一样是用滚吊吊起来的。"

金麻子站在店堂里愣了好一会儿才缓过神来，问宋惠明："到了镇上有啥难处吗？"

宋惠明眼眶盈泪，摇了摇头。

长生说："金鲲兄弟，放心吧，这里生意比渔村好多了，再说还有我，还有青面孔阿妹，没啥事，你回吧。"

长生和老夫人一样，好像并不欢迎金麻子的到来。金麻子就把自家的住址和曹家菽乳店的地址告诉长生，离开了三阳湾。

回家的路上，在一家杂货店门前，碰到买石膏的青面孔阿妹从店里出来，金麻子问阿妹："惠明和婆婆好像有啥矛盾？"

阿妹便将惠明的遭遇说了出来："惠明命苦，婆婆把王老板的死全怪在惠明身上，借着哭丧骂惠明，'你要冲喜呀，结果喜没冲来，倒把自己冲进河里当了丧门星的替死鬼！你讨来的不是媳妇，是害人精呀……'惠明听着骂，心苦，但不恼。她想自己不幸，婆婆也不幸，不幸的人不能互相伤害，只是在一旁默默流泪。过了一会儿，她给婆婆倒了杯水，让婆婆润润嗓子。婆婆一扬手把茶杯打落，碎了。惠明还是不恼，扫净地上的玻璃屑，轻轻坐到婆婆身边，低头抽泣。看到媳妇坐到身边，婆婆再骂，'掉河里就该淹死你，救了你，救你的金喇叭死了，你公公死了，落水鬼让两个要紧人来换你一个无用人，镇上去不了，你还会害死你男人！'最后这句话像针一样扎在惠明心上，惠明再也忍不住了，大哭不止。哭毕，惠明决定进镇开店，挑起养家、为水根治病的重担。"

金麻子说："幸亏有你和长生一起来镇上，靠惠明和她婆婆，怎能撑起一爿豆腐店……店里生意怎么样？"

阿妹说："生意比村里好，就是隔壁白铁铺铅皮放在铁砧上敲，'叮咚乒乓'特别响，让人头痛。还有镇上开销大，主要是给水根看病花钱多，卖不掉的豆腐菜多，我们到镇上每天都吃卖剩的豆腐菜……"

金麻子带着阿妹来到桥梓湾生煎店，买了一斤生煎，再到隔壁糖果店买了四只镇上特产杏仁饼让阿妹带回去，又把自己的住址和曹家豆腐店的店址告诉了阿妹。临别，金麻子说："遇到难事，一定来找我。"

金麻子心中多了一份牵挂。

白弟发现一件怪事，曹家菽乳店老板娘总会在豆腐店落市后，拿着一只柳条筐上街，回来时，柳条框里装的不是做豆腐菜的原料，而是市场上扔掉的"菜垃圾"。

白弟问金麻子："老板娘为啥捡菜垃圾回来？会不会给我们吃的菜都是老板娘捡回来的？"

金麻子说："不会。"

金麻子想知道老板娘捡来的"菜垃圾"到底派啥用场。一日，金麻子去倒垃圾，发现倒出来的都是煮过的菜皮笋头、野菜萝卜根，还有丁香、八角茴香。金麻子想起有一次跟父亲去"吹喜"，东家请来的大厨烧菜不用味之素，客人都说菜好吃。金麻子父亲问大厨不用味之素如何提鲜，厨师说，"菜皮果皮萝卜根、笋头笋衣河虾壳都是上好的膏汤料，把这些东西放在锅里煮，吊出的鲜，才是最美味的"。

金麻子估计老板娘此举一定与熬制曹家豆腐干汤水有关。金麻子曾与毛一尘一样，很想得到曹家豆腐干的秘方，自从曹老板高薪聘请后，金麻子珍惜这份工作，只想做好每一样豆腐菜，让全镇顾客感到曹家豆腐菜的质量不比毛家差，不再探寻曹家豆腐干的秘密。曹来喜自从无意中将曹家豆腐干的入味方法泄露后，在制作豆腐干的汤汁配料时格外小心，每天都要等到金麻子和白弟收工回家后，才熬制豆腐干汤水。金麻子记住了菜垃圾的用场，他让白弟再也不要提这件事。

二

镇上出现伤寒。第一个染病者竟然是穿戴时髦、身段婀娜的钱记钱庄钱老板的太太。钱老板带着太太来到童天春药房请陆先生治病。谁承想陆先生去了上海，说是陆先生写成的一部长篇小说在上海报纸上连载，需要他每天整理两千字的篇章送报社刊登，一时间回不来。钱老板只得另请郎中。

钱老板对郎中说："不管花多少钱，一定要治好我太太的病。"

郎中说："钱多无用，对症下药才是最要紧。"

此话让钱老板觉得郎中挺有本事。郎中一边给钱太太把脉，一边翻开陆先生编撰的《陆氏医话》，按照医话上所写对伤寒病辨证施治的方略，开了方子，说："钱太太怀有身孕，先吃四帖试试。"

钱太太回家，吃了四帖中药，寒热（体温）有所下降。钱老板甚为高兴，专门到郎中诊所问要不要加大剂量。

郎中说："太太有孕在身，还是保守一点为好。"

数日后，钱太太头痛加剧，寒热升高，面容苍白。钱老板请郎中出诊，郎中来到钱家，发现病人出现了玫瑰疹，开了一帖麻黄汤，过数日，仍不见好转，又开了一帖败毒散，奇怪的是钱太太每吃一剂汤药，总是先好转后加重。半个月后，钱太太终因腹泻不止、腹部剧痛，带着身孕不治身亡。钱老板是镇上有头有脸的人物，钱太太又是镇上小姐太太学时髦的偶像，丧事必须办得隆重，钱老板就想请一个殓师给钱太太洗澡穿衣化妆，再请一个吹鼓手"吹丧"。

朱溪镇圣堂街上有一家名气最响的"天堂"寿衣店，店名响亮，口彩好，迎合镇上百姓死后升入天堂的愿望；丧葬品多，男女老少全套寿衣、纸人纸马纸房纸船、锡箔元宝冥钞冥币等一应俱全；还有专业的殓师。钱老板在"天堂"

寿衣店给太太置办了从里到外的全套寿衣和全套丧葬用品，请殓师到家中给钱太太洗澡穿衣、化妆入殓。殓师要求钱老板派一名女眷当助手，一来洗澡穿衣可以搭把手，二来现场监督入殓时贵重陪葬品的放置。可是钱家女眷除了从苏州和甪直前来奔丧的母亲和弟媳外，再无合适的人选，而母亲和弟媳都怕死人，钱老板便在毛家豆腐店订购三天豆腐菜时，提出请毛家派一位女眷帮忙当殓师的助手。毛一尘为了生意一口答应，他让五太太去，五太太说怕死人，极力推荐大太太去。

五太太说："派大太太去，证明毛家重视与钱家的关系，将来借贷也方便。"

毛一尘就让五太太去通知大太太梅花，并叮嘱："告诉梅花，千万要做好防护，防止传染。"

五太太说："放心吧。"

夏老板到钱公馆吊唁，钱老板就将请吹鼓手"吹丧"的事托付给夏老板。夏老板想到了金麻子，在把钱公馆坐落高低桥的地址给金麻子的时候，专门关照："钱太太染的是伤寒，会传染，到了钱家，在门口吹，等棺材埋了，马上回家洗澡换衣。"

金麻子记下了夏伯伯的话，他来到白弟家，请白弟帮忙敲锣。

白弟说："有钱花了，还吹啥丧、敲啥锣，我现在连河虾都不钓了。"

金麻子将锣和锣槌递到白弟手中，说："常言道，有钱常想无钱日，莫待无钱思有钱。"

白弟听了，嘀咕一句："孔夫子卵泡文绉绉，说话让人听不懂。"

金麻子不与白弟闲扯，告诉他："'吹丧'比'吹喜'讲究多，先用三吹三打，意为人生的三起三落，我吹一节，你敲一下锣，三节过后换曲。送葬调简单，就是咪里嘛啦，哐……咪里嘛啦，哐……"

第二天太阳升起的时候，兄弟俩来到钱公馆。钱公馆地处镇东南，坐北朝南，门前一片空场，两条小河在此交汇。河道上有一高一低两座小石桥，高桥边垂着杨柳，低桥旁开着桃花，每当春暖花开，高低桥畔碧水环绕，桃红柳绿，一座淡粉色石库门洋房倒映水中，站在桥上闻芳香、观倒影，仿佛来到了世外桃源，让人陶醉。金麻子心想：钱老板穿衣讲究，住房考究，生意谙究，唯伤寒不究，让身怀六甲的漂亮太太患病身亡……金麻子想到此，再无心境感受世外桃源的风景，举起喇叭吹起了缓慢、低沉的丧曲。

一曲终了，写小说的郎中陆先生寻声走来，朝金麻子点点头，说："接你爹的班了。"

金麻子说："陆先生，你早点回来，钱太太不会死。"

陆先生双手合十："罪过，罪过。"

钱公馆大门敞开着，吊唁人出出进进络绎不绝，白弟忽然看到梅姨在灵堂里帮忙，忙问金麻子："梅姨怎么来了，要不要去提醒梅姨当心传染。"

金麻子说："好，快去快回。"但心里想梅姨那么能干，一定会注意的。

钱家出殡，金麻子"吹丧"，白弟敲锣，"咪里嘛啦，喤……咪里嘛啦，喤……"一路浩浩荡荡，哭声阵阵，从高低桥向魂荡浜出发。中间，丧调换成丧曲，金麻子将丧曲吹得悲悲切切凄凄惨惨戚戚，东家钱老板是个性情中人，听了丧曲泪流不止，镇上人都说钱老板夫妻情深。事后，钱老板给了金麻子三块大洋。

金麻子双手抱拳，说："钱老板，给钱就俗了，来日方长，再见。"金麻子潇洒地一挥手，走了。

白弟跟在金麻子屁股后问："金哥你傻呀，为啥不要大洋？"

金麻子说："钱老板只给三块大洋，太抠，让他欠着人情。"

白弟想不明白放着大洋不要，让钱老板欠着人情干吗，人情值几个钱？

伤寒病让朱溪镇人心惶惶，人们担心河水里有病毒，家家水缸里放进比平时多得多的漂白粉，淘米汰菜都不敢直接用河水。豆腐水做，谁能保证做豆腐的水没有被污染？镇上人不敢吃豆腐菜，豆腐店生意变得清淡。曹老板在月底算账时，发现利润直线下降，比农忙时的淡季还要淡。

老板娘说："生意清淡，伙计工钿太高了。"

曹老板自从高薪聘请金麻子和白弟后，一直后悔，他总结出一个人生经验：人在激动时，对任何事物都不能表态，人在这个时候最不理智，就如在爱情面前脑筋不转弯一样。如今伤寒病给了曹来喜一个辞退金麻子兄弟的借口。

发薪这天，曹老板对金麻子说："生意不好，店里养不起伙计了，等生意好了，再请你和白弟来上工，你看如何？"曹老板把五十块大洋一分为二给了金麻子和白弟。

白弟伸手就要拿大洋，被金麻子拦住："曹老板，生意清淡，我俩每月十块大洋工钱，等生意好了再恢复，这样行吗？"

曹老板面有难色："你们还是另谋高就吧。"

金麻子明白"另谋高就"的话中之意，他不再说话，和白弟拿了大洋，告辞出门。

白弟用手捂着口袋里叮当作响的大洋，问金麻子："等生意好了，我们还会来上工吗？"

金麻子说："我俩被辞退了。"

白弟不信："我们帮了曹家这么大忙，说辞退就辞退啦？"

金麻子说："对，辞退伙计，老板说了算。"

白弟想到一个办法："和曹老板再商量商量，我们帮他干活，不要工钿，只拿半价豆腐菜，我们去县城或者乡下卖。怎样？"

金麻子摇了一下头："曹老板不会答应。"

白弟不死心："我去问，万一答应，我们哥俩就有活干了，你在这等着。"说完，白弟飞快地跑回曹家菽乳店。不一会儿，白弟垂头丧气回来了。

金麻子知道曹老板不会答应，问白弟："曹老板怎么说？"

白弟"哼"了一声："曹老板不讲情分，他说现在不会再发生半价销售的事了。金哥，你怎么知道曹老板不会答应？"

金麻子说："因为老板是'有事有神，无事无神'的老板。"

伤寒笼罩朱溪镇，热闹的古镇一时间冷清下来，唯有陆先生诊所人头攒动，伤寒病人排成长队，童天春药房出现了排队赎药的情景。陆先生要求所有伤寒病人，每天必须用漂白粉对家中的马桶、痰盂进行消毒，绝对不能将马桶未经消毒拿去河里洗涮；要求病人家属在接触病人后马上洗手。童天春药房储备的专治伤寒的药材告罄，专门派人到周边大城市中药房调剂。一个月后，伤寒病被控制。一面面写着妙手回春、华佗再世、杏林高手、悬壶济世等赞誉之词的锦旗被送到陆先生诊所。陆先生一一收下，一面面叠好，放进柜子。有人问陆先生为啥不挂墙上，陆先生说"评价太高，不挂为好"。

恰巧在这一天，毛家派人来请陆先生出诊，说："大太太梅花患伤寒，请了个'白化郎中'上门，吃药不管用，躺在床上快断气了。"

陆先生听了不相信自己的耳朵，但凡毛家人生病都会第一时间来童天春，大太太梅花患上这么严重的传染病，不可能不来就诊在家等死。陆先生赶紧背上药箱，赶去毛家。

大太太梅花是在给钱庄钱太太穿寿衣半个月后发的病。

五太太在告诉梅花去给殓师当助手时，只说给死人穿衣，不说钱太太是患伤寒死的。大太太梅花埋头工场做豆腐，两耳不闻窗外事，她连钱太太怎么死的都不知道，就这样在不做一点防护的情况下，亲手帮着殓师给钱太太洗澡、穿衣、化妆，她看到殓师戴着口罩和手套，还说她太形容（太讲究了）。等到表外甥白弟在灵堂告诉她小心传染伤寒时，梅花才意识到自己大意了，但她坚信自己身体好，不会传染，结果回家半月发病了。一开始高烧不退，腹泻不止，等到想去童天春陆先生诊所看病时，却已无力行走。五太太自告奋勇去请陆先生，结果带回来的郎中就是曾对金麻子烫伤的手背束手无策，给钱太太看病越看越重的"白化郎中"。五太太在大太太梅花耳旁轻声说："梅花姐，陆先生又去上海写小说了，人不在。"

信息闭塞的梅花信以为真，说："谢谢你，劳烦你了。"

五太太赶紧避开梅花感激的目光，她害怕梅花的真情会软化、动摇她除掉梅花的决心。

"白化郎中"开了药，五太太亲自开着大门给大太太煎中药，早晚两次亲自端着汤药到床前喂大太太喝药，最后把药渣倒在门口大街上。毛一尘每天回家，看到门口的药渣，听到街坊邻居说"五太太待大太太真好"的话，就不再过问梅花的病，直到梅花病入膏肓，才重视起来。

陆先生来到毛家，看了大太太梅花的面相，搭了脉搏，听到梅花说了一句："陆先生，你来晚了。"

陆先生歉意地点点头，起身来到客堂对毛一尘说："耽误了，大太太的命给耽误了，准备后事吧。"

毛一尘吃惊地问："梅花的病不是你看的？"

陆先生一言不发，他隐约感到毛家有人故意不让他给梅花治病，临走对毛一尘说："深究无益，时间不多了，多陪陪大太太吧……"

毛一尘送走陆先生，来到梅花病榻前，看着梅花奄奄一息的样子，想起梅花的好来：梅花聪慧勤劳，嫁到毛家就把毛家豆腐店当作自己一生的归宿，推磨、点浆、氽油泡、烧火、扯浆、榨豆干，一应手艺样样拿得起；对待每个新进门的太太，梅花总以大姐的气量包容，对待下人伙计就像对待家人一样。梅花是他毛一尘事业上的好帮手，梅花要有个三长两短，加上母亲不再插手豆腐店，毛家豆腐的品质谁来保证？如何在生意场与人争个高下？

想到这里，毛一尘附在梅花耳朵旁问："为啥不早点到陆先生诊所看病？"

梅花摇头，断断续续说："不要……再，追究……已无，意义……"说罢，嘴角露出一丝笑容，断了气。

毛一尘记着梅花的话，没有当场发作，毛家不能在这个时候再出变故。他在客堂设置灵堂，向亲朋好友发出讣告，亲自到"天堂"寿衣店给梅花置办一应丧葬用品，还到圆津禅院请来一班和尚给大太太梅花念经超度……

大太太梅花去世，五太太哭得伤心："姐呀、姐呀，你怎么说走就走了呀，我们姐妹还没有做够呀……"

街坊邻居听见五太太的哭声个个称赞："两房太太真像亲姐妹。""亲姐妹不一定哭得这般伤心呢。"……

毛老爷拍着五太太的肩膀说："节哀顺变，别哭坏了身子。"

毛老太太看着五太太的假慈悲，觉得这个女人就是《聊斋志异》里的狐狸精，这个狐狸精要霸占毛家财产，而毛家的两个男人都被她迷得五荤六素、七窍不通、神魂颠倒！现在大太太梅花走了，支撑毛家豆腐店的"柱子"倒了一根，毛老太太在心里说：毛家辉煌的日子快到头了。

失业已是家常便饭，金麻子每日到魂荡浜练拳、打棍、吹喇叭，这成了他失业后唯一的追求。他尝够了被辞退的滋味，希望有朝一日用手中的喇叭养活自己。白弟再次到廊桥下钓河虾，钓腻了就去魂荡浜听金麻子吹喇叭。

这天，金麻子正在练习喜曲《百鸟朝凤》，他要像父亲那样吹出喜鹊叫、云雀鸣、莺莺唱、杜鹃啼，百鸟齐鸣、凤凰归巢的婉转与气势。正当金麻子一口气将乐曲推入高潮之时，身后传来白弟哀鸣般的声音："金哥，不好了，梅姨去世了……"

乐曲戛然而止，金麻子怔怔地看着白弟，不敢相信这是真的："怎么死的？"

白弟说："伤寒。"

金麻子把喇叭朝背后一插，拔腿向毛家奔去。金麻子走下放生桥往右一转身，远远就看见毛家门口的花圈，听见隐隐传出的哭声、和尚的念经声。走进灵堂，大太太梅花的遗像醒目地挂在灵前白布上，慈祥的笑容、熟悉的长脸……梅姨真的死了！金麻子环顾四周：灵堂左右悬挂白布云头幔帐，阿伙等梅姨娘家人和毛一尘、五太太等夫家人分左右坐在幔帐后守灵；一班和尚在一旁念经；灵柩前的灵桌上挂着素底绣花桌帏，桌上一个香炉、一对蜡烛飘着袅袅青烟，亲友送的祭幛悬于两边墙上……金麻子看着，一幕幕往事在眼前浮现：大太太抱起他的病体、洗刷他的脏衣、为他求情……金麻子的眼睛模糊了，他走到灵前，拿起三炷香，点燃插进香炉，跪倒在地，向阴阳两隔的梅姨磕头。白弟跟着磕头。

做完这一切，兄弟俩走到白布云头幔帐后面，白弟坐到娘家这一边，金麻子走到毛家人这边。金麻子对毛一尘说："毛老板，大太太出殡，让我'吹丧'，送她最后一程。"

毛一尘横了金麻子一眼，没好气地说："你是曹家的伙计，毛家的事用不着你瞎起劲！"

毛一尘与初出茅庐的金麻子较量两次，输了两次，特别是那天父亲骂他"输在哪里都不知道，不配当老板"这句话，气得毛一尘连晚饭都没吃，心里对金麻子恨得咬牙切齿。是五太太在房里的小方桌上备好了酒菜，与毛一尘推杯换盏，把输掉豆腐战的责任都怪在大太太梅花身上，还说她给白弟通风报信，让金麻子有时间采取对策。最后五太太说："家有内贼，不输才怪！"五太太的话，让毛一尘宽慰了许多。毛一尘认为自己每一步棋都是高招，怎么会被金麻子这个小赤佬破解，按照金麻子的年纪和阅历，不可能斗得过精于算计的自己。那么五太太的分析就是唯一能解释失败的理由，也是唯一能让自己内心得到宽慰的说辞。酒喝到最后，他开始相信五太太的谎话，怀疑大太太多年的为人。

金麻子不知道梅姨是被五太太算计的，梅姨对他有恩，现在离开了人世，他唯一能做的就是给梅姨"吹丧"。他不在乎毛一尘的仇恨，不计较毛一尘的态度，固执地双拳抱胸，说："让我吹吧，不要分文，只为送梅姨最后一程。"

毛一尘骂了一句："贱骨头！"

毛老太太说："难得金鲲一片孝心，让他'吹丧'吧，后天辰时三刻出丧，你准时来。"

出丧这天，金麻子和白弟以晚辈身份披麻戴孝，一个吹喇叭，一个敲铜锣，排在出殡队伍最前面。悲凉凄楚的丧调吹得送葬人无不心酸落泪，一路上五太太的哭声最响："梅花姐呀，我和你姐妹还没做够呀，你是替我死的呀，要知道你会传染上伤寒病，说什么也不会让你去的呀……"

不知为什么，五太太哭得越伤心，金麻子越感觉五太太虚伪。当送葬队伍走过童天春药房的时候，金麻子想起，梅姨患伤寒时陆先生已回镇上，只要不是病入膏肓，陆先生都能治愈，最多治疗时间长一点，不至于去世呀！白弟看着梅姨的棺材放进坟墓，跪地痛哭，他没想到梅姨的死会有蹊跷。

三

水根的怪病无论火疗、针灸、按摩、吃药，不再有任何起色。

陆先生让宋惠明不要再花冤枉钱了。宋惠明哪里肯听，给丈夫治病是她到镇上开店的唯一目的，她央求陆先生："再治治，没有奇迹，也有盼头。"

陆先生被宋惠明的真情和执着感动了，每次来，火疗、针灸、按摩、开方，一个步骤不少。直到有一天，水根和宋惠明没在约定时间出现在诊所，陆先生等了近一个时辰，等来了一个不看病的金麻子。陆先生对金麻子已有很深的印象，他带着玩笑的口吻说："有病的不来，没病的来了。小兄弟，上次来问刘安发明豆腐，这次来问啥？"

金麻子抱拳作揖："先生，谁不来？谁又来了？"

陆先生感慨："世上自有真情在，丈夫怪病难医，妻子情深硬治，今日是约定的治疗日，病人失约，我担心病人……"

金麻子急问："先生说的病人可是三阳湾豆腐店的老板？"

陆先生点头："真是。而你无病却来了，你来做啥？"

金麻子说："我来问毛家大太太患伤寒，来这里就过诊吗？"

陆先生摇头："此是毛家家事，外人插不上手。"

金麻子说："先生说的是——先生，我有事要办，改日拜访。"

陆先生望着金麻子远去的身影，若有所思。全镇人都知道大太太梅花死于伤寒，没人会相信有人害她，仅凭不到陆氏诊所就诊就要证明有人害她，那是笑话！金麻子清楚这一点，他把怀疑藏在心中。他牵挂着水根的病，一路狂奔，来到三阳湾豆腐店门口，只见店门口站着赌场老板"白面书生"和一名彪形大汉，门内人声嘈杂，还有嘤嘤哭声……金麻子预感到王家发生大事了。

水根走得平静。

开店以来，宋惠明操持着公公留下的这份家业。半夜上工，不敢惊动丈夫，生怕丈夫睡不好会影响康复，吃不好会影响长肌肉；每日忙过早市，就去伺候丈夫起床用餐，两天一次陪丈夫去陆先生诊所接受理疗，风雨无阻。今天是理疗日，早市刚过，宋惠明上楼来到床边，叫水根起床，喊了几声，没有反应；伸手摸了一下水根额头，冰凉；试鼻子，没气。水根已平静地离开人世，脸上的表情很温和，似乎在告慰妻子不要为他的离开伤心悲痛。夫妻一场，朝夕相处，尽管有名无实，但对宋惠明来说那就是她心中的希望、生活的念想。俗话讲，开店容易守店难，毛、曹两家豆腐店都有看家产品，王家靠什么招徕顾客？宋惠明能做的就是给每一位顾客买一送二（买一斤送二两），靠变相降价，争取回头客。富人讲品质，穷人图便宜，到三阳湾豆腐店买菜的大多是镇上穷人。水警队队长看着豆腐西施长得漂亮，说是关照店里生意，让店里每天送五斤豆腐菜给水警队，其实是为了接近豆腐西施老板娘，送去的豆腐菜照单全收，却分文不付……宋惠明不敢问疤队长要账，尽管每月入不敷出，可为了能让水根得到治疗，宋惠明不惜借贷。生活越绝望，越珍惜生活中碰到的希望，哪怕这希望很渺茫。好在长生、阿妹都不要工钿，也不计较每天都吃卖剩的豆腐菜。

如今水根走了，她心中的念想没了，希望落空了，开店以来所有郁结在胸的苦楚、委屈、担忧，随着"哇"的一声哭泣，泄出胸膛："水根啊——你我的命好苦啊……"哭声，让店堂里所有人的心一下子吊了起来。

婆婆知道儿子早晚有一天会离开人世，待到离开这一刻，一口气堵在胸口，憋红了脸，出不来。长生朝婶娘后背猛拍三下，婶娘吐出一口鲜血，才缓过气来。长生扶婶娘上楼，让阿妹在楼下看店。一时间，婆媳俩趴在水根身上哭得死去活来。宋惠明哭着哭着渐渐平静下来，她知道，公公没了，家里发生大事，要靠自己料理一切。

宋惠明擦干眼泪，扶婆婆坐下，问："水根丧事在哪里办？"

婆婆身子无力，说话干脆："回家。"

宋惠明又问："镇上豆腐店关几天？"

婆婆闭着眼睛说："关了就不开了，把店里的一应家什统统搬回渔村。"

宋惠明告诉婆婆为了给水根治病已经借债欠房租，店关不了。

婆婆突然睁开眼睛，指着儿媳骂了起来："你是害人精，害死我男人，害死我儿子，不如把我也害死，让我去那边与亲人团聚。我要回渔村，叶落归根，你借的债你去还，与我无关……"婆婆骂着骂着倒在楼板上不省人事。

宋惠明给婆婆掐了几下人中，婆婆睁开眼睛，再无气力骂媳妇。宋惠明吩咐长生赶快回渔村，摇一艘大船到镇上。她扶婆婆躺在床上休息，自己下楼和阿妹一起收拾店堂和工场间。

三阳湾豆腐店老板去世，豆腐店关门的消息不胫而走。房东第一个找上门来讨房租。

宋惠明拿出五块大洋说："还有十五块大洋等下个月还。"

房东说："你们走了，我上哪里要房租去？既然要走，把房租付清了再走，不然别想搬走房里一件家什。"

屋漏偏逢连夜雨，放高利贷的赌场老板"白面书生"听到风声，带着一位彪形大汉，也来到三阳湾豆腐店门口，阴阳怪气地说："听说老板死了，剩下的想脚底抹油，那哪行啊，借的债是跑不掉的。"

宋惠明对房东和"白面书生"说："欠的房租、借的债，我们王家不会赖掉。等我们回渔村，赚了钞票立马归还，你们相信我。"

房东说："我信真金白银，不信红口白牙！人，回去；东西，留下；付清房租，原物奉还。"

"白面书生"更横："人，不能回去！东西归房东，人归我，当初借钞票给你，做担保的不是你的豆腐店，是你这个人，是豆腐西施这张漂亮的面孔。无钱还债，就得以人抵债！""白面书生"拉住宋惠明的手朝门外拽。

阿妹见状一把抱住宋惠明，大叫："救人呀，救人呀。"

婆婆在楼上听到阿妹的叫声，硬撑着走下楼梯，看到儿媳被高利贷人拖走，急得说不出话来……

宋惠明此刻才明白高利贷借不得，但为时已晚，她把心一横说："若不让我给男人落葬，你们给我收尸！"说着，挣脱"白面书生"的手，朝门柱子撞去，被站在一旁的彪形大汉一巴掌打倒在地。阿妹赶紧用身体挡在惠明身前，彪形大汉一把拉开阿妹，抡起巴掌再打……

金麻子正巧赶到门口，一个箭步冲上前，抓住彪形大汉的手，大喝一声："住手！"

彪形大汉哪里把金麻子放在眼里，转身一拳朝金麻子打来，被金麻子另一只手捏住。彪形大汉用头向金麻子撞去，金麻子侧身让过，借力打力将彪形大汉往外一拽，甩出门外，彪形大汉直接撞在上滩的排门板上。

彪形大汉转回身再次挥拳，被金麻子一拳挡开。金麻子抓住彪形大汉另一只手，用力一扭，把彪形大汉的手扭到身后："光天化日之下，想强抢民女吗！"

就像当年新娘子落水，金麻子奋不顾身将其救起一样，今日在关键时刻，金麻子再次挺身而出。望着金麻子挺拔的身形，宋惠明顿时感到有了依靠，她不知这是命，还是缘，但有一点是肯定的，金麻子是她的救命恩人！

被人称为"白面书生"的赌场老板是镇上的地头蛇，他还没有碰到单身一人敢与他叫板的人！但见彪形大汉都打不过金麻子，知道来者不善，他阴沉着脸走到金麻子面前，整了整香云纱罩衫说："你替她出头，你就得替她还债！"

金麻子放开彪形大汉的手，问："她借了你多少？"

"白面书生"伸出拇指和食指："连本带利八十块大洋。"

宋惠明从地上爬起来："你们太黑心，借三十块大洋，怎么一下子变成八十块啦？"

"白面书生"甩了一下头发："这就叫高利贷。今天不还，明天就是九十块大洋了。"

"再穷再饿，不能借高利贷"是沙老大对徒弟们的教导。金麻子不想与放高利贷的赌场老板理论，欠债还钱、天经地义，他让"白面书生"等着，快速跑回家，从床铺底下的地洞里，将半年来在曹家豆腐店打工积攒的一百二十块大洋全部拿出，还拿了"吹丧"用的喇叭和铜锣，回到三阳湾。一百块大洋还了高利贷和房租，十五块大洋为水根买了一口现成的杉木棺材。棺材送到，金麻子从楼上背着水根下楼、入殓，等长生的船到了，水根灵柩被抬上渔船，一路驶向渔村。金麻子站在船头吹起了丧曲。这是金麻子一年中第四次给死者"吹丧"，每次"吹丧"都是义不容辞的"帮忙"。为生存，金麻子在乎钱，想尽办法赚钱；为朋友，他慷慨解囊，又不在乎钱。白弟说金麻子是"聪明的憨大"。

妻子扶灵，丧曲招魂，一路哭声。灵船进村，渔村人都说水根死了比活着福气大，丧事办得比父亲排场大。渔村办丧事与镇上不一样，镇上吊唁吊钱，渔村吊物；村邻们吊唁吊来的大米蔬菜、鸡鸭鱼肉放了王家半屋子。镇上吃丧饭只吃一顿；渔村三天守灵，连吃三天丧饭。丧事过后，米菜吃完，大洋花尽，力气用光。金麻子帮了三天忙才回家。婆婆看着丈夫和儿子的遗像，整日以泪洗面。

宋惠明不知如何安慰，问她三阳湾豆腐店还开不开，婆婆说："水根走了，开店做啥？"

问她日后有啥打算，婆婆说："打算去阴间和丈夫儿子团圆。"

长生每日来挑水劈柴，惠明请长生劝劝婆婆。长生嘴笨，说了几句"婶娘想开点""身体要紧"之类的话，就无话可劝了。无奈，惠明让阿妹到镇上请金麻子来劝说婆婆。

在金麻子的印象中，宋惠明的婆婆不像毛家豆腐店的毛老夫人见多识广，没有曹家菽乳店老板娘那种直来直去的粗犷，是那种小富即安，占点便宜就满足，出了问题怪别人的妇人。如今丈夫儿子先后亡故，对惠明婆婆来说是天大的打击，她所有的怨气都会撒在儿媳宋惠明身上。宋惠明一定是没了办法，才会派阿妹来镇上讨救兵的。

这一次，金麻子叫上了白弟，白弟问："金哥，你打算怎么劝？"

金麻子没有想过如何劝说，他觉得当务之急是要解决惠明婆婆未来生活的依靠，再让她从丧夫失子之痛的阴霾中慢慢走出来。金麻子把自己的想法告诉白弟，白弟认为金麻子想的办法一定是对的。

从镇西出镇，穿田野阡陌走乡村小道，来到淀山湖边的急水港，过独木桥，走一段河堤泥路，再拐过关帝庙便到了渔村。渔民都摇着渔船去了淀山湖捕鱼，渔村显得空寂。兄弟俩走进王家客堂的时候，婆婆正呆呆地望着门外，好似盼着儿子归来，见到金麻子也无反应，五十多岁的人看上去像六十多岁的老太。宋惠明扎着蓝印花布作裙在擦桌子，阿妹在给婆婆捶背。

金麻子进门，不说一句话，直接来到惠明婆婆面前，双膝跪地，磕了三个响头，然后抬起头说："王老板对我有恩，王老板和水根哥都走了，从今日起让我代水根哥给你尽孝，我要做你的干儿子！"

自金麻子进门，宋惠明的眼睛就一直随着他的身影移动，见他跪地磕头，先是一惊，听到这番情真意切的话，内心感动，金麻子在她心里就是一个重情重义的男人，是这辈子她生命中的贵人！金麻子的举动也让一辈子围着灶台转的惠明婆婆深感意外，丧夫失子让她痛不欲生，儿媳毕竟是外人，早晚要嫁人，自己已是一个无依无靠的寡妇，她不相信金麻子的举动是真的。村里那么多堂亲表亲，哪怕有一人说一句这样的话，都会给她莫大的安慰，现在一个无亲无眷的外人来向她尽孝，让她如何相信，又如何接受？

婆婆泪眼婆娑地对金麻子说："起来，孩子，你给王家还了债，救了王家的急。王家欠着你，等有了钱就还你。"

金麻子没有起来，他让白弟一起跪下，说："我是孤儿，白弟也是孤儿，关心他的梅姨前不久也去世了。我们没有亲人，如您不嫌弃，就让我们做您的干儿子……"

宋惠明见此情景，拉着阿妹也跪倒在婆婆面前，说："从今往后，我一定像亲生女儿一样孝敬您！"

阿妹跟着说："我也一样。"

不知啥时来到门口的长生，此时忍不住走进门，跪在宋惠明身后，说："婶娘，您把我当儿子当女婿都成。"

看着五位小辈跟着金麻子齐刷刷跪倒在跟前，婆婆抹了一把泪，说："起来吧，起来吧……"

金麻子从宋惠明手中接过毛巾，仰着头亲手给婆婆擦泪："王老板和水根哥绝对不愿意看到你有个三长两短，他们在天上希望看到你过上好日子。从今往后，我们就是一家人，有福同享，有难同当，您就认我和白弟做干儿子，您若不认我们就不起来了。"

婆婆这一次相信了，也被感动了："好，我认，我认！"

金麻子和大家站起身，一起叫了一声："干妈。"

婆婆已成为五个小辈的干妈，她相信，眼前的五个小辈不再是为了安慰她说说而已，特别是金麻子，数年前就奋不顾身救新娘子，又毫不犹豫拿出自己积攒的一百二十块大洋帮三阳湾豆腐店还债、买棺材让水根入殓，正所谓义薄云天！她的心终于宽了。

大家开始商议下一步怎么办，是继续去镇上开店，还是搬回渔村做豆腐。

宋惠明说："镇上开销大，店里赚的也就是大家的工钱，这点钱连给水根看病都不够，到了农忙就是淡季，弄不好会亏本。"

长生第一个赞成不去镇上开店，他说："在渔村做生意，不开工钿，不会亏，稳当。"

阿妹认为镇上开店机会多，待在渔村永远"烟出火不着"。

白弟的目光落在遮住阿妹小半个颧骨的青色胎记上，他认可阿妹的观点，却不喜欢那块胎记，说："店一定要开，不开店，吃啥？开在哪里，我听金哥的。"

婆婆心宽了，脸色也好看不少，说："镇上开店需要一笔现金，库存、房租、开销、备用金加在一起，二百来块大洋，眼下去哪里借这么多钱？"

婆婆话音落下，大家的目光不约而同集中在金麻子脸上，看到金麻子一脸沉思的样子，客堂内顿时鸦雀无声。金麻子此刻想的不是要不要去镇上开店的问题，他在想怎么开才能比毛、曹两家生意更好。他曾卖力地给毛、曹两家当伙计，最终却被两家老板无情地辞退：毛老板唯利是图，待人刻薄；曹老板见利忘义，过河拆桥，金麻子主动要求降薪都不行。人心难测，世事艰辛，让金麻子深深体会到"靠人不如靠己"这句话的深意……

突然的安静把金麻子从沉思中拉回来，他看了大家一眼，说："我想把三阳湾豆腐店，改名王家豆腐店，将来我们要和曹家、毛家一样，成为镇上三足鼎立的三家豆腐店。干妈是王家豆腐店的老板，对内叫干妈或者叫婆婆，对外一律叫王老夫人；惠明仍是老板娘；我们都是伙计。至于开店的资金，我去想办法，我们要有信心，通过大家的努力把王家豆腐店做成镇上规模最大、名气最响的豆腐店！"

金麻子充满自信、激情的一番话，让宋惠明、白弟、阿妹跃跃欲试。惠明婆婆不在乎老夫人的称呼，而在乎店名，王家人不在了，王家的名号在，这对她是最大的安慰。她不再反对去镇上开店，但不相信金麻子能把豆腐店开成镇上名气最响、规模最大的豆腐店。

长生等金麻子离开后，对宋惠明说："金麻子吹牛，啥也没有就想把豆腐店开成镇上规模最大、名气最响的豆腐店，可能吗？"

宋惠明虽然也认为不太可能，但她愿意相信金麻子说的话，即使不成功，她也觉得金麻子是为了给大家鼓气才说大话的。

长生隐隐感到宋惠明心里装着金麻子而不是他。这天回家，父亲见长生垂头丧气的样子，问他怎么回事，长生说出了自己的担心。

长生父亲说："没出息，等惠明守寡满一年，我立马托人上门提亲。"

父亲的话让长生心中又燃起了希望。

第 七 章

一

　　白弟觉得金麻子在宋惠明面前吹牛，启动资金二百块大洋，到哪里去借？那可是真金白银，拿不出来是要穿帮的。至于能不能把豆腐店做成镇上规模最大、名气最响的店，白弟认为那倒是可能的，因为金麻子做事常会出人意料。

　　白弟问金麻子："去哪里借钱？"

　　金麻子说："钱庄。"

　　白弟不信："钱庄怎么肯借钱给你？！"

　　金麻子说："不去怎么知道。"

　　金麻子来到庙前街永丰桥斜对面的钱记钱庄。钱庄大门是普通的柚木双扇大门，没有童天春药房那么高大厚重，也没有一排排威严的铁钉装点门面，唯一不同的就是厚实的大门外还包了一层铁皮。大门敞开，门内是乌黑锃亮的高柜台，借钱人需踮起脚才能看清台面和柜台内的掌柜。店堂内四根乌漆廊柱，彰显着钱庄的厚实和严谨。

　　金麻子进门，不说借钱，而是踮起脚尖问："钱老板在吗？"

　　柜台上的人看到来人曾给过世的老板娘吹过丧，说话就客气几分："先生，老板不在。你是存钱还是借贷？"

金麻子见老板不在，便放平脚后跟说："钱老板不在，我等他。"

柜台上的人客气地请金麻子里边坐。金麻子第一次走进钱庄，只听得账台上算盘珠的嘀嗒声、银元的叮当声不绝于耳，里间交易处更是人声鼎沸、热闹非凡，与门外静悄悄的格局判若两处。

钱记钱庄的钱老板是苏州人，钱家在苏州开设银号，钱老板父亲生了一对双胞胎儿子，想再生一个儿子，却一连生了三个女儿。等到儿子长大，钱老爷分别在朱溪镇和甪直镇开了两家分号，大儿子钱守仁管理朱溪镇钱庄，二儿子钱守业经营甪直镇银号。钱守仁爱时髦，穿西装，梳小分头，二接头皮鞋擦得锃亮，每周周末都会坐小火轮去上海百乐门舞厅跳舞，在舞厅结识了一位名叫春霞的漂亮舞女。父母得知大儿子与舞小姐有染，知道儿子该讨媳妇了，便在苏州城里给他物色了一位时尚漂亮的苏州小姐，并在苏州办了婚宴。婚后，钱守仁携新婚妻子坐船从太湖顺流而下，来到朱溪镇已是黄昏，先到桥梓湾生煎店吃了一客生煎，权当晚饭。

新婚妻子吃完一客，呷着樱桃小嘴说："好吃，带一客回家。"

回到家，洗脸更衣，钱老板迫不及待要和新婚妻子圆房。

妻子说："慢，等我吃了生煎再上床。"

从此，钱老板收心不再去上海百乐门跳舞。钱老板虽然生性浪漫，但做生意却是行家。开业选址选在永丰桥，看中的是这里的风水，此桥为方孔石桥，"方孔兄"，铜钿也；永丰寓意永远丰衣足食！此桥坐落在镇中人字河三汊口，三江之水恰如三江财源滚滚而来。此桥接东湖、西湖两街，早上日出，桥下水光潋滟；晚上日落，桥边夕照无限。一位名叫邵堂的诗人专门写下《咏风桥诗》一首："十里莲湖水，吞流架晚虹。凉波三泖夕，斜阳一阑风。渔火炊残荻，人家带冷风。市声空际起，诗思入烟鸿。"于是永丰桥又被叫作咏风桥。

父亲给钱守仁的资本总额是四万八千块大洋。钱老板考察了朱溪镇上的存贷规模，发现米业、油业、腌腊业等行业一到旺季需要大量资金，单靠钱庄本金是远远不够借贷需求的。于是钱老板积极吸纳存款，可是在吸储过程中，碰到一位不肯把闲钱存入钱庄的布店老板。老板姓朱，朱老板认为钱庄本无钱，是存钱人多了才让钱庄有了钱，有了钱的钱庄老板再把存钱人的钱去投资赚钱，亏了是大家的钱，赚了是钱庄的钱。所以布店朱老板不会因为利息这种蝇头小

▲ 永丰桥

利，把店本存到钱庄，让钱庄用自己的钱发财。布店朱老板的理论也影响了部分小业主，这些小业主都把闲钱、流水放在家里不存钱庄，大家还认为布店朱老板精明。

钱庄钱老板暗下决心，一定要攻克朱老板这个难关，但一直苦于没有合适的机会。自从娶了年轻时髦的太太回来，钱老板发现身材曼妙、穿着时髦的太太无形之中引领着镇上时装的潮流。钱太太穿一件刚流行的小碎花旗袍，把韵味十足的身段勾勒得风情万种，引得女人羡慕、男人眼馋。于是"洛阳纸贵"，朱记布店里的小碎花布供不应求。布店朱老板见店中小碎花布售罄，感觉遇到了千载难逢的商机，即刻让在上海做生意的儿子想法子直接到布厂里进货。三天后，小火轮运来二十匹小碎花布。没过几天，钱老板让新婚妻子不要再穿小碎花短袖旗袍，改穿朝阳格修身旗袍，还陪着太太到桥梓湾生煎店吃了一客生煎，吃完生煎沿着北大街悠闲地兜了一圈。钱太太长波浪披肩，胸脯被朝阳格旗袍衬托得如朝阳般栩栩如生，一路走，留下一路羡慕的目光……古镇女人也做朝阳格旗袍，一时间布店朝阳格花布销售一空，古镇老街上随处可见朝阳格旗袍在移动。朱老板又打电话给儿子，让进朝阳格花布。两次进货朱老板都让布店襄理拿着现款到上海交易。朱老板自认为做生意很精明，但他不知道自己的精明有着太多的投机，只看到商机，看不到商机背后暗藏的危机。

钱老板时刻留意着布店生意，等到布店朱老板又进了二十四朝阳格花布，钱老板让太太穿淡天蓝旗袍……布店朱老板只觉得这个夏季各色花布流行时间短、变化快，布店吃进不少库存。等到深秋，钱太太穿起了紫绛红丝绒旗袍、淡咖啡格子呢旗袍；再等到冬天，钱太太不再穿旗袍，而是穿高腰短装外配呢绒大衣，弄得赶时髦的女人跟着翻行头。行头翻得快，布店生意好，朱老板不停地跟进，到年底盘店才发现账面上利润不少，但钱柜里空空如也，利润变成了库存。仓库里叠满小碎花布、朝阳格花布、淡天蓝士林布以及各色丝绒布，看得朱老板长叹一声："生意难做！"

一天早晨，布店朱老板来到镇上名气最响的天下第一茶楼喝茶，镇上老板都说布店生意好，朱老板一定赚了不少。

朱老板苦笑着说："一家不知一家事，利润都套在仓库里。"

老板们安慰："不急，来年可以再卖。"

朱老板摇头："陈年旧布，谁要！"

这时，钱老板端着一壶茶来到朱老板旁边，用手指点了点旁边的凳子，示意能否坐下。朱老板伸手做了个请坐的手势。

钱老板坐下，带着同情的口吻说："做生意最怕库存。朱老板，你得想法把库存变现，不然生意白做。"

朱老板哭丧着脸说："库存变现？口气轻飘，你来变现库存试试？"

钱老板微笑着说："不用试，你信不信，我能帮你把去年的库存变现。"

朱老板再次摇头："我只信你让我到钱庄开户头，我还信你看我笑话，谢谢你，钱老板。"

钱老板用手撸了一下油光可鉴的小分头，诚恳地告诉朱老板："我有一个朋友是苏州绸缎庄老板，我可以帮你把库存批发给他。"

朱老板深知商人无利不起早，便调侃一句："出门碰着喜鹊，真有这等好事？"

钱老板呷了一口茶："当然。不过帮你也不是白帮的，收回的钱你得全部存入钱记钱庄，你看如何？"

朱老板点着头说："我说嘛，世上没有毫不利己的商人，只有互利双赢的生意。你这么帮我，我还拧着你，不地道呀，你说说看，啥价？"

钱老板伸手捏住了朱老板的手指，不一会儿双方达成交易。

钱老板说的苏州绸缎庄老板，其实是钱老板的妹夫，妹夫托钱老板在上海帮他进一批今年上海流行的呢绒花布。时尚界都知道上海是国际大都市，上海时装引领着苏杭的时尚，上海的时髦起码比苏杭早半年。朱老板的库存、妹夫的请托成了钱老板梦寐以求的机会，钱老板不仅两边讨好，还将朱老板的现金流全部吸储，一举三得，互利三赢！

完成对企业的吸储后，钱老板把目光对准镇上的闲散资金。朱溪镇开埠早，不仅商人多，富人也多，那些富老爷、阔太太有的是闲钱，苦于没有钱生钱的路子。于是钱老板打出广告，"我帮你理财，你在家赚钞票"，以现有总资本入股分红的形式吸纳镇上有钱人的闲散资金。一年半时间，钱记钱庄全年贷款资金已达一百多万。在借贷上，钱记钱庄规定，只要借款人有足够的信誉，不用担保，不用抵押，放款迅速。钱记钱庄存贷业务量很快居全镇之冠。钱守仁凭着对金融业务的独到眼光，将钱记分号做成"执全镇金融之牛耳"的钱庄。年轻时髦漂亮的太太去世后，钱老板就想着续弦，自从三阳湾豆腐店开张后，豆腐西施宋惠明给钱老板留下深刻印象，可惜名花有主。不久传来老板去世，还听说那个男人活着也是个无用人，豆腐西施结婚多年没有开过苞，钱老板想这一定是老天给他这个风流倜傥的金融王子送来的尤物。这天，钱老板路过童天春药房，折进诊所，诊所病人多，便耐心地等陆先生看完病人，才坐到诊台前询问："肌无力是不是连房事都做不了？"

陆先生说："不要命，才会做。"

钱老板还是不放心，追问陆先生："三阳湾豆腐店老板的死会不会与不要命有关呢？"

陆先生瞟了他一眼："钱老板，你看上豆腐西施啦？"

钱老板承认："不瞒陆先生，我想娶垫房，豆腐西施漂亮，中我意。"

陆先生说："你娶垫房，还讲究是不是大姑娘？镇上数你最罗曼蒂克，还在乎这个？"

钱老板笑了，笑得很尴尬："听陆先生的，不在乎、不在乎。"

钱老板从陆先生诊所出来，特意到三阳湾走了一圈，发现豆腐店铁将军把门，豆腐西施不知去向。钱老板只好悻悻离去，回到钱庄，柜台上说："'吹丧'的金麻子找你。"

钱老板记得，这个金麻子年纪不大，做人义气，"吹丧"卖力，还不要分文。走进接待室，金麻子站起身，双手抱拳，说："钱老板，金鲲有事相求。"

钱老板摆摆手，示意金麻子坐下说话。金麻子开门见山把开豆腐店缺钱备货，缺钱添置设备，欲向钱庄借三百块大洋的事简要说了一遍。

钱老板听完来意，迅速衡量着借出这笔钱的风险：金麻子是个一无所有的孤儿，白手起家开豆腐店，镇上本来就有曹家、毛家和三阳湾三家豆腐店，还有市场上七八家小作坊，新开豆腐店很有可能被"老手们"挤出市场，血本无归。三五百块大洋虽然不是大数目，但只要存在较大风险，就必须止损，这是钱记钱庄的祖训！

于是，钱老板用手捋了一下油光光的小分头，说："按理说你帮过我，我理应帮你，可是金老弟，你一无资产抵押，二无信用记录，所以这笔钱要借的话得有人帮你担保。"

金麻子说："钱老板，你们钱庄不是号称不用抵押、不用担保的吗？"

钱老板说："对有资产、有信用的客户是这样，但你没有资产呀。"

金麻子说："乡下的算不算？"

钱老板说："算。难道你乡下还有房子？"

金麻子说："乡下的房子不是我的，但我可以拿来抵押。如果再不行，我请夏老板担保。"

钱老板怀疑金麻子不为自己借贷，便问："你在乡下一无财产、二无亲戚，你是帮人家贷款？"

金麻子佩服钱老板的分析："算是吧。"

钱老板盯着金麻子看了好一会儿，才说："你一个刚刚出道的毛头小伙子，凭什么帮人家借钞票，自己来承担风险？"

钱老板心里决定不能借贷给金麻子，这是一笔风险很大的借贷！可是钱老板对金麻子帮人借贷的原因很感兴趣，就问："这么说来，新开的豆腐店也不是你的？"

金麻子点头："我只是参与。"

钱老板来了兴趣："那你告诉我，这店是谁的？开在哪里？"

金麻子以为钱老板答应借钞票了，所以问得这么仔细，就老老实实回答："豆腐店是渔村王家的，就是原来的三阳湾豆腐店。王家男人死了，婆婆和儿媳不想来镇上继续开店，我积蓄的钞票都帮他们还了债，现在重新开店，连买原料的钞票都没有。备三个月料，需要一百块大洋，加上设备、备用金等需要三百块大洋……"

钱老板恍然大悟，金麻子是帮豆腐西施重新开店，这钱不要说借，就是送，钱老板也愿意。他用手又撸了一下油光光的小分头，笑眯眯地说："成、成、成，本钱庄说话算数，不用乡下房子抵押，不用夏老板担保，按照你说的数，贷款三百块大洋。"

金麻子没想到借钱这么容易："借一年行吗？"

"行！"钱老板对这笔贷款已没有任何制约，但他想了一下说，"先小人后君子，我拟一份借贷协议，你和豆腐西施一起签约。"

钱守仁亲自写下这样一份协议："三阳湾豆腐店向钱记钱庄借款三百块大洋，期限一年。到时不还，豆腐店归钱记钱庄，借款人金鲲和宋惠明必须永远担任豆腐店伙计，帮助钱记钱庄经营豆腐店，钱庄按照经营状况计发薪酬。"金麻子当场在合约上按上了手印。

钱老板说："你拿回去让豆腐西施也按上手印。"

当金麻子回到渔村，拿出红纸卷着的三封大洋放在桌上的时候，在场所有人都把金麻子看成无所不能的人物。白弟早已对金麻子佩服得五体投地。长生自愧不如，但他对金麻子在三阳湾上滩借两间门面房，扩大豆腐店规模有看法，生意一样做，多一份房租，不合算。

金麻子说："先借着，如果生意不好就退掉，一旦生意需要，借不到更麻烦。再说这么多人晚上睡觉不可能睡在一间房里，阿妹嫌隔壁白铁铺敲铁皮的声音讨厌，把店搬到上滩，声音就不会那么响；下滩门面为店面，后屋做仓库……"

大家认为金麻子考虑周全，没人再反对。金麻子让宋惠明在借款协议上按手印，宋惠明看也不看问也不问，伸手就按。

金麻子说："你该看看协议上的内容，再按。"

宋惠明说："我的命都是你救的，还怕你把我卖了？"

经过十来天筹备，新添置的压床、扯浆用具等，都放在上滩工场间；上、下滩门面同时为店，楼上皆为寝室。王家豆腐店终于在端午节这天隆重开业。

二

十六响爆竹、一千响鞭炮在三阳湾大街上炸响，腾起的烟雾弥漫在迎风舞动的招风旗四周。看热闹的人们等到爆竹声过，才伸长头颈看清，三阳湾上滩两开间门面上方挂着一面高一丈、宽三尺的招风旗。招风旗黄绫做底，红绸镶边，旗面用红丝线绣着"王家豆腐店"五个隶书大字，十分气派。端坐店堂的老板娘宋惠明一身素装，更显不俗气质。这一年，宋惠明芳龄十八，丈夫病死没有击垮这位从小受苦受难的农家女，反而让她更深地理解人生的意义。

爆竹烟雾过后，端坐店堂的老板娘宋惠明站起身，向金麻子请来的米行夏老板、儒医陆先生、钱庄钱老板、朱溪酱园韩老板、桥梓湾生煎店余老板等嘉宾表示欢迎。俗话说："若要俏，带三分孝。"清丽的气质，让宋惠明成为来宾眼里冷艳无比的豆腐西施。陆先生曾在一本小说中这样描写一位少女："颜若朝华，气若幽兰；桃腮含笑，美目传情；含辞未吐、意蕴流芳……"陆先生说自己是依样画葫芦，照着"豆腐西施"的相貌描写的。

钱庄钱老板看着宋惠明桃腮含笑、美目传情的样子，下定决心要娶宋惠明做垫房，对身旁的陆先生轻声说："若能娶到她，此生无憾。"

豆腐西施宋惠明是水警队疤队长在镇上看中的第二个美女。按说柏家在镇上也算得上是有钱人家，给小儿子柏永富娶个门当户对的漂亮姑娘不在话下，可疤队长每天在镇上凶神恶煞，再加上脸上有条刀疤，哪个有钱人家的小姐肯嫁给他？即使有，那一定是疤队长看不上的。疤队长娶的老婆，就是他看不上的，所以他才一心想娶一个自己相中的做二房。可是相中阿萍被阿萍退了"八字"；相中豆腐西施，豆腐西施不邀请他。疤队长就以维持社会治安的名义来到开张仪式现场，他的目光不去留意街上的治安，却一直溜在宋惠明的脸上。长生放完鞭炮，发现钱老板和疤队长，就像护花使者一样，站在宋惠明身边寸步不离。钱老板和疤队长上来搭讪，长生隔在中间不让靠近。

店堂作台上摆放着各种免费品尝的豆腐菜，有经过精心烹制的酱汁素鸡，有比曹家豆腐干味道更丰富的王家豆腐干。金麻子向来宾特意介绍："曹家豆腐干只有一种味道，我们王家豆腐干有鲜的、辣的、咸的、淡的四种味道。"来宾们尝了，都说味道比曹家豆腐干不差。

过路人见有免费品尝，个个前来"出外快"。消息传出，老老少少纷至沓来。毛家豆腐店伙计林三也拿了几块豆腐干，还叫了金麻子一声"师父"。曹家菽乳店的曹老板来到现场，尝了一口豆腐干，与自家的豆腐干不相上下，气得他在心里直骂金麻子是贼。他后悔不该说出曹家豆腐干入味的故事，不该辞退金麻子，如今多了一个竞争对手。

阿妹看着顾客、行人把免费品尝的豆腐菜吃得精光，有点不舍，气咻咻地说："镇上人比渔村人还要贪吃。"

白弟告诉阿妹："金哥说，吃的人越多越好。"

夏老板看到金麻子越来越有出息，非常欣慰，临走时塞给金麻子一个薄薄的红包。金麻子随手递给宋惠明，宋惠明以为是一份贺信，想拆开当众宣读，结果发现是一张五十块大洋的银票。她对金麻子说："这礼太重了。"

金麻子望着夏老板的背影说："夏伯伯待我如父，记住这份恩情！"

钱老板以专业的眼光发现，王家豆腐店借的三百块大洋会很快还清。现在的他，希望金麻子还不了，他将以救世主的面目帮助豆腐西施，最后抱得美人归。

……

开张仪式结束后，白弟贴在金麻子耳边说："老板娘比从前漂亮。"

金麻子看了宋惠明一眼，这一眼是从一个男人的角度审视这位苦命女子：水根走了，压抑的心情释放了，整个人比在渔村更加清丽、精神，也更加有女人味。在金麻子眼里，宋惠明端庄贤淑，命苦心强，人穷志长。金麻子又何尝不是这样的人呢？从这天起，金麻子每次与宋惠明双目对视，不仅会心跳加快，还会出现一种冲动。但他无暇顾及男女之事，他的心思时刻放在豆腐店生意上，每天上街"领市面"，了解毛、曹两家价格动向，时刻准备应付毛一尘的打压。他不能辜负大家的信任，不能因经营不善还不上钱庄的债，毁了信誉，真的成为钱庄钱老板的伙计。为了招徕生意，他亲手书写了十张告示，在全镇九条街的各个街口张贴，余下一张贴在城隍庙的石狮子身上。告示上这样写着："王家豆腐集天下之长，开朱溪之最；新店开张，买一送二，即买一斤豆腐菜，送二两豆腐干，优惠三天。"由于开张仪式上镇上人都尝过王家酱汁素鸡、多味豆腐干的味道，开张头三天，生意兴隆，每天做的豆腐菜销售一空。

第四天，长生问宋惠明："老板娘，生意这么好，今天多浸五斤黄豆，怎么样？"宋惠明点头同意。

这一天还是销售一空，宋惠明开心地问金麻子："你说，为啥镇上生意这么好做？"

金麻子不假思索地说："品种全，质量好，跑两家不如跑一家。"

就在全店人沾沾自喜，连金麻子也开始放松警惕的时候，第五天早上开出店门，门前不见一个顾客。宋惠明像往日一样端坐在店堂里，等待着顾客上门。阿妹觉得奇怪，跑到工场间，对着金麻子大喊："金哥，你来看看，今天怎么没有一个顾客上门？"

往日这个时候店门前早已人头攒动，排起了长队。金麻子也觉得奇怪，他叫上白弟朝毛家豆腐店走去。一路上没有发现一丝意外，毛家豆腐店没有降价销售，曹家菽乳店同样一切如常。金麻子回到店里百思不得其解，开店以来他第一次皱起了眉头。他吩咐白弟准备下乡，白弟赶紧拿来四只箩筐，准备装豆腐菜。

白弟干活卖力，却对生意从不上心。无论在哪家豆腐店当伙计，他始终认为自己是伙计，生意好坏与己无关，生意好，活多，他卖力做；生意清，活少，他坐在一旁等东家吩咐。白弟想吃桥梓湾生煎，想到茂林馆吃和菜，也想女人，就是没想过当老板，他觉得自己不是当老板的料。梅姨生前让他跟金麻子互相帮衬着搭伙干活，他就跟着金麻子干，没活干了，就去钓河虾。金麻子像亲哥一样义气，像老板一样会做生意，有金哥在，再大的问题都不是问题。白弟认为，当老板是金哥想的事，自己跟着当伙计，有饭吃有钞票赚就很不错了。他庆幸自己有一位赖以依靠的义兄，母亲与梅姨相继去世，因为有了金麻子这个义兄，他感觉不到孤独，他曾说"金哥指向哪里，我就冲向哪里"。这句话一直说到朱溪镇解放，才换成"党指向哪里，我就冲向哪里"。

宋惠明看到白弟往箩筐里装豆腐菜，问："这是干吗？"

金麻子说："我们下乡去卖。"说着招呼长生、阿妹把油泡、油豆腐、素鸡、豆腐皮、豆腐干等干货用油纸垫着，一层层放入箩筐中。

金麻子对宋惠明说："我和白弟去南边乡下卖豆腐菜，你和长生摇船，沿着山湾村、淀山庄、渔村一路去卖，干妈和阿妹留下看店，余下的豆腐菜估计门面上还能卖掉一点，如果卖不掉，等回来做素鸡。"

看着金麻子有条不紊安排好一切，宋惠明焦急的心有了安慰，脸上的表情复归平静，帮着白弟整理豆腐担子。

金麻子挑着豆腐担出了镇，白弟跟在身后问："长生看上老板娘，你为啥还派他跟老板娘一起下乡？"

金麻子说："长生和老板娘一起下乡，干起活来一定比你还要卖力。"

白弟"噢"了一声，不过白弟认为娶豆腐西施轮不到长生，镇上那么多有钱人看上了豆腐西施，再说还有金哥。白弟认为最配得上豆腐西施的只有金哥，为啥配得上，白弟说不上来，但他心里就是这么想的。他没把心里的想法说出来，是想观察观察金哥的心思到底有多少放在豆腐西施身上。

长生趁着下乡卖豆腐的机会，想劝说宋惠明回村开店，他一边摇船，一边说："回渔村开店吧，生意虽然做不大，但不会欠债，无人抢生意，乡里乡亲都会帮衬着。在镇上开店，抢生意的人多，万一败了，拿啥还债……"

宋惠明知道长生的心思，但她只把长生当兄长看待，她有责任给婆婆养老送终，但不愿意在渔村看着公公、丈夫的牌位生活一辈子。金麻子的出现让她重新燃起了生活的热情和希望，王家豆腐店就是架在渔村和新生活之间的一座桥，不管是难行的独木桥，还是坚实的大石桥，她都愿意跟着金麻子走过这座桥，迎接新生活。

宋惠明对长生说："你要是感到豆腐店没出路，就先回渔村捕你的鱼，等到豆腐店生意好了，再回来。"

长生知道宋惠明误会了自己的意思，想解释又解释不了，说话开始结巴："你不、不回，我就不、不回。"

一连三天，王家豆腐店的生意天天清淡得门可罗雀，只能靠挑担摇船下乡去卖来勉强维持门面。每个人的脸上愁云密布。

婆婆对金麻子说："干儿子，顾客不上门得知道原因，不然这店迟早要关。"

长生赶紧接过话头："我还是那句话，回渔村，生意稳当。"转脸对着金麻子说："你不是说要把王家豆腐店开成镇上规模最大、名气最响的豆腐店吗？金兄弟，你就是能吹牛，要我说晚关店不如早关店，损失会更少，不然连钱庄的债都还不了。"

阿妹责怪长生说话不留情面，长生说："做不出生意，留情面有用吗？"

没人再说话，大家心里明白，长生的话没错，生意不好，钱庄的钱已经还不了了。

找不到顾客不上门的原因，想不出解决的办法，金麻子第一次感到做生意难。他一言不发，转身出门，来到夏家米行，问夏伯伯："做生意遇到这种情况该怎么办？"

夏老板说："做生意切忌急躁，开店容易守店难，冷静！坚持！真相总有一天会暴露出来的。"

夏老板还告诉金麻子，听说有人去王家豆腐店买豆腐菜，路上看见狼狗，吓得只好回头到毛家豆腐店去买，不知这是不是没有顾客上门的原因。金麻子知道如果是真的，一定是有人使坏，真相也就暴露了。

第二天，金麻子让阿妹和白弟下乡，自己悄悄地沿着三阳湾周边巡查了一个早市，却没有发现狼狗的踪影。他又来到城隍庙菜市场，从买豆腐菜的顾客嘴里得知是狼狗吓走了顾客。

……

白弟和阿妹下乡，阿妹脸上的胎记让白弟看着多少有点"那个"。这天天气热，白弟挑担走了三里路已是满头大汗。阿妹换下他，挑起担子，步履轻盈，细腰一扭一扭，样子好看极了。走进一个村，放下担子，吆喝卖豆腐，卖掉一小半，没了顾客，阿妹又挑上担子往前走。走到第四个村庄，阿妹已汗流浃背浑身湿透，她脱下外衣，被汗水浸湿的衬衣像豆腐衣一样贴在身上，丰满的胸脯和结实的后背在汗水的作用下犹如雕塑般真实。白弟的眼睛被真实的形象吸引，他感觉自己"撑伞"了，怕露出"马脚"，整个人蹲在地上不敢站起来。

阿妹从箩筐里拿起一张油纸扇风，发现白弟蹲在地上一动不动，转过身问："怎么啦？哪里不舒服？"

白弟低着头说："你先走，我、我，肚子痛！"

阿妹焦急地问："啊，要不要紧？"

白弟说："你别管，你走了，就没事了……"

等到恢复正常，白弟赶上阿妹，问了一句没头没脑的话："你从村里出来，你爹妈不管吗？"

阿妹挑着担，头也不回地说："我家兄弟姐妹多，走我一个少一张嘴吃饭，有啥不好，爹妈巴不得我出来干活，即使挣不到钱，也省口粮不是。再说，我跟惠明姐出来，爹妈放心着哪。"

这一天，挑出去的豆腐菜卖掉了一大半。在回家的路上，白弟再看阿妹额头上的胎记时，就不再"那个"了，挑担也更加卖力。

在无顾客上门的第五天早上，金麻子带着长生和白弟终于揭开了"狼狗"的真相。

两条狼狗是在拂晓时分，在距三阳湾豆腐店一东一西不到百米的地方出现的。埋伏在三阳湾西侧河滩边的金麻子，发现狼狗出现时，没有马上出手，等狗主人露了头，才拿着枣木棍慢慢走出来，突然用棍子指着狗主人的额头，说："小辫子，是你在跟我作对，还是有人雇你来坏我生意？"

小辫子看着指到额头的枣木棍，知道这枣木棍能一棍子把狗打死，赶紧讨饶："麻子兄弟，让我走，从此不再坏你的事。放我一马，再被你抓住，随你处置。"

金麻子把枣木棍朝地上一戳："再碰见你，把狗打死、把你打残，信不信？"

小辫子牵起狗就想走，猛听得身后一声质问："站住。说，谁让你牵狗来吓走顾客的？"

小辫子嗫嚅着……

金麻子再次举起枣木棍，指着小辫子的额头："说不说？"

小辫子吓得一连声："说、说，是毛家豆腐店的林三出钱雇的我。"

金麻子闻言愤怒不已："把狗留下，滚！"小辫子乖乖地将牵狗绳送到金麻子手里。

赶走小辫子，金麻子牵着狼狗赶去街东。在放生桥脚下，长生已把狼狗打死在地，白弟指着牵狗人的鼻子气愤地说："林三，是不是毛一尘派你来的？"林三一个劲儿摇头。

长生举起扁担要朝林三脑袋上打，金麻子怕一扁担打出人命，赶紧喝住："长生，不要冲动。"

金麻子一把抓起林三的衣领："说不说随你，去毛家豆腐店，便知分晓。"

长生押着林三，白弟扛上死狗，直奔毛家豆腐店而去。

毛家豆腐店五太太为一己私利，气走毛老太太，害死大太太梅花，两位支撑毛家豆腐店的支柱没了，毛家与曹家菽乳店打的那场价格战，不仅没有赶走曹家，反而让曹家声名鹊起。王家豆腐店开张后，毛一尘确实想与新开张的王家豆腐店较量一番，但毛一尘清楚毛家的实力已今非昔比，他领教过金麻子的能耐，弄不好会自害自身。近几日，听说三阳湾周边出现狼狗，吓得顾客不敢上王家豆腐店，毛家豆腐生意由此好了起来，毛一尘心中窃喜。当然，毛一尘是精明人，不会盲目陶醉，他相信一定有人给新开豆腐店做手脚，是何人呢？他很快发现狼狗出现在早市，店里的林三恰好也在这个时候不见踪影，问林三干啥去了，林三支支吾吾说"是五太太派的活，事成后五太太会当面说明"。毛一尘听罢再不问林三。林三心想：再问一句我肯定露马脚，那样五太太面前就不好交代了。

当金麻子牵着狼狗出现在毛家豆腐店门前的时候，毛一尘站在作台边大声呵斥："金麻子，你把狼狗牵到我店门口，想干啥？"

狼狗双耳高耸，伸着血红的舌头，虎视眈眈盯着顾客，吓得顾客纷纷退避。

金麻子一把抓过林三："毛老板，林三你认识吧？"

金麻子又指着白弟扔在地上的死狗说："这是林三牵的狼狗，已被打死，我手中的这条狼狗是小辫子的，两条狼狗一东一西，从两头吓走所有上王家豆腐店的顾客。俗话说打狗看主人，我把狗牵来，就是看在你这个狗主人的面上，你说怎么办吧？"

毛一尘以一个完全局外人的姿态问林三："是谁让你干的？"

林三见问，只好坦白："是五太太让我干的。"

毛一尘回头找五太太，发现五太太早已不见人影。

金麻子双目怒睁："毛老板不要演戏了，你对五太太言听计从，谁不知道？我和你较量也不是头一回，用这种下三烂的手段，有失身价，现在我以其人之道还治其人之身。"说罢，将狼狗拴在毛家豆腐店门前的作台台脚上。

顾客见到狼狗，纷纷离开店门，有人说："就是这条狗，天天守在三阳湾西面，看到行人就朝身上扑，谁敢去三阳湾买豆腐菜呀。"

有讲苏北话的顾客叫了起来："哎哟喂，乖乖隆跌咚，毛家抢王家豆腐店生意用上狼狗了，做生意哪能这个样子做。不地道，不地道！"

毛一尘听到顾客的议论，知道已百口难辩，必须给顾客一个交代，不然毛家将在镇上名誉扫地。他努力睁大眯细眼，声嘶力竭对着店外说："各位顾客朋友，这狼狗的事是内人瞒着我干的，实在对不起大家。既然是内人出的歪主意，责任由我担，我当着所有人的面，向王家豆腐店赔礼道歉，我愿意关店五天，自罚！"说完，对着店内大喊一声："关店！"

金麻子举起手说："慢。为啥关店五天，不是七天、十天？"

毛一尘说："狼狗出现五天，影响你五天生意，我关店五天，对等惩罚。"

金麻子转对顾客说："大家听听，毛老板说不知道狼狗的事，却知道狼狗是哪一天出现的，惩罚能对等吗？惩罚必须加倍！"

人群中发出一连串"对、对、对"的声音。

毛一尘让伙计上行门、关店门，最后在大门上贴上告示："关店十天，自罚自省。"

回到家中，毛一尘想把一口"毒气"全部出在五太太身上，却发现五太太不见了。五太太从毛老太太手中夺取钱柜钥匙，毛一尘见识了五太太的手段；梅花的死让毛一尘感到了五太太的歹毒，也再次让他怀疑毛家香火的来历。梅花去世，豆腐工场人手不够，毛一尘让五太太顶替梅花。五太太不会扯浆、不会氽油泡，只能干些烧火、牵磨的杂活。五太太做了几天才意识到，害死大太太是她进入毛家实施"发家计策"干的最蠢的一件事，自己下工场不说，还引起毛一尘的不满。王家豆腐店开张后生意兴隆，她问毛一尘为啥不对付王家，毛一尘没好气地说，"你有本事，你去对付"。

五太太想出了用狼狗吓走顾客的办法，她想等事成后再向毛一尘表功，结果金麻子押着林三、牵着狼狗来到毛家豆腐店。她知道大事不妙，毛一尘定会怪罪于她，赶紧溜之大吉。

五太太在天下第一茶楼找到毛老爷子，把事情的前因后果告诉毛老爷子后，说："爹，我做这一切都是为毛家好，没想到弄巧成拙。一尘肯定会拿我出气，你说怎么办呀？"说完话，五太太亲手给毛老爷子的水烟筒里装上一锅烟丝，点上纸捻子，递给毛老爷子。

毛老爷子抽着媳妇亲自点上的水烟，吐出一个烟圈，看着烟圈在空中变了形，才说："没事，一尘还能把你吃了？"

一锅烟抽罢，毛老爷子附在五太太耳旁轻声说："走，我租了一个好地方，带你去看看。"

五太太心领神会，向老爷子抛了一个媚眼。

三

狼狗事件刚过，又遇石膏脱销。金麻子做生意似乎注定麻烦不断。

长生怀疑有人故意把镇上的石膏买断，让王家点不了豆腐。他再次表示渔村人不应在镇上开店，人生地不熟，受人欺负。狼狗事件后，婆婆更加相信金麻子，她希望王家豆腐店能在镇上立足，这是她唯一能为王家做的，她表示不回渔村。金麻子觉得石膏断货一定有原因，出门一打听才知道，是送石膏的船在淀山湖碰到风浪翻了，送货人和一船石膏全部沉在湖底。石膏厂按当地规矩，要等到淹死在淀山湖的送货伙计断七后，才能派船过淀山湖送货，七七四十九天内连县城也无货可供。毛、曹两家一早从天下第一茶楼得到消息，就让伙计把镇上的石膏全部买断。

金麻子问干妈渔村还有多少石膏，干妈说："渔村即使有石膏，也点不了几天豆腐。"

王老夫人生在渔村、长在渔村，一生没见过大世面，儿子生了怪病，全家从以捕鱼为生变成做豆腐谋生。王老板每隔一段时间就会摇船到淀山湖对面的洋湘泾小镇买盐卤，再摇船去昆山买食用石膏，回来常说哪里出产石膏，价钿比朱溪镇便宜。自从金麻子认王老夫人做干妈，借钱开店，取店名王家豆腐店，她的心结彻底解开，她觉得最对得起王家的是这个"王家豆腐店"的店名，人死了，姓还在，把店开在镇上，王家的名号就会更大，所以长生想回渔村的心思她不赞成。王老夫人不懂生意经，但她懂得看人，她看到身边五人中，唯有金麻子能当得掌柜，她要帮着金麻子，让所有人都听他的，因为只有金麻子的号令管用了，才能在镇上站稳脚跟。她告诉金麻子，只有到他干爹生前常去的地方买石膏，才能解决根本问题。

金麻子和长生摇了一条船，从早上出发，过淀山湖，一路西行，在太阳落山的时候找到了昆山石膏厂，可石膏厂已下班。两人只得在船上将就着过夜。船停在河边，河边的蚊虫像天上的星星一样多得数不清，即便点了蚊香，照样把人叮得无法入睡。

长生借着天黑，看不清脸上的表情，向金麻子说了心里话："金兄弟，我想娶惠明老板娘做媳妇，我知道，你也想娶她，是吗？"

金麻子说："你为啥说我也想娶她？"

长生说："因为你和我一样，能为惠明做所有事情。"

金麻子说："只要是朋友，我都愿意，你想多了。"

长生说："那就好。等过年，我就上门提亲，我爹也同意我娶惠明。"

金麻子说："提亲前，你最好先向老板娘表白，免得提亲时出现尴尬。"

长生说："表白没用，我能看出来，惠明老板娘心里装着你。金兄弟，你能把惠明老板娘让给我吗？"

一阵沉默，唯有蛙鸣声在四周唱响。

过了好长一段时间，金麻子才开口："我没想过要娶惠明，但我告诉你，娶一个人首先是娶一个人的感情。感情和爱情不是送人的物件，因为它在一个人的心里，看不见、摸不着，即便我想把惠明的感情让给你，但这感情在惠明心里，我让给你没用，你要想办法从惠明心里偷出来……"

长生听到能从惠明心里偷感情，来了兴趣："金兄弟，你教我怎么偷？"

金麻子在黑暗中笑了："你要想办法赢得惠明老板娘的芳心……"

黑暗中，长生不知道如何赢得心仪女人的芳心，但他听到了金麻子的鼾声……

第二天石膏厂开门，石膏出厂价是市场零售价的一半，但五百斤起卖。长生摇着头说："我们又不做石膏生意，要那么多干吗！"

金麻子说："为啥不做石膏生意？这么便宜，又必须五百斤起买，我们买它五百斤，回到镇上把下滩的门面开成豆腐原料专卖店。"

王家豆腐原料专卖店在买回石膏的第二天开张了。镇上三家石膏店老板齐聚曹家菽乳店门前，要求曹老板赔钱。理由是：曹老板一次买断三家店所有石膏库存，并让石膏店放出风声，说是送石膏的船在淀山湖翻船，淹死的伙计断七前无货供应。结果弄巧成拙，王家开起了豆腐原料店，还把石膏零售价下降三成，让三家经营石膏的零售商只能放弃经营石膏。

曹来喜板起圆脸说："赚钞票算你们的，赔钞票怪我，哪有这种生意！"

三家老板在曹家菽乳店大吵一场的消息很快传遍全镇。一日，曹来喜来到三阳湾，想看看王家豆腐原料店到底是怎么一回事，结果发现石膏零售价确实下降了三成。

金麻子见到曹来喜，主动打招呼："曹老板，谢谢你！"

曹来喜不解："啥事谢我？"

金麻子双拳一抱："你想断我原料，却成就了我一桩生意，我不得好好谢你吗？"

曹来喜堆起弥陀一样的笑脸问："你为何低价出售石膏？"

金麻子："你说呢？"

毛家豆腐店自罚关店十天后重新开张，却再也看不到顾客在店门前排起长队的兴旺景象，有顾客说毛家的豆腐菜已经不如曹家和王家了。毛一尘想不通，自己竟然斗不过初出茅庐的金麻子！一天收工后，他忽然想起皈依佛门的三太太荷花，便出了门，向镇东北的尼姑庵走去。三太太遁入空门后，他还是第一次来尼姑庵，那低矮的庵房、斑驳的庵墙，让毛一尘想起了荷花遁入空门时的情景。

庵门口有一尼姑打坐，毛一尘对尼姑说："我有事找静真师太。"

尼姑进内殿通报，不一会儿，静真师太来到毛一尘面前，双手合十，问道："施主何事找本尼？"

毛一尘仔细打量着曾经的三太太，罩在尼姑袍内的荷花，依然娇小玲珑、文静得体，只是传神的双目变得空灵、安详、沉静，看着这个眼神，毛一尘想起梅花去世后，母亲的眼神也变得这般空灵、安详、沉静。梅花死后，母亲每天都会在天井里摆上一只方凳，凳子上放菊花和梅花的牌位，就像当年三太太荷花祭拜菊花一样，给两位已故儿媳磕头念经。母亲的眼神再也没有往日的光泽和柔情，空灵、安详、沉静的眼神让毛一尘感到孤独，这是一种看破红尘、超凡脱俗的眼神，是一种人在眼前、心在天边的眼神。毛一尘明白，母亲身在家中，心已向佛！母亲为啥要看破红尘？

面对削发为尼的三太太荷花，毛一尘想说句体己话，还没开口，被静真师太沉静的眼神和静如止水的表情所制止，他只好学着和尚的样子双手合十，向静真师太行礼："请教师太，我为啥做事不顺，做人不快，生意越做越小，亲情越来越疏？"

静真师太颔首轻语："与人为善结善缘，与人为恶结恶果。今日之果，昨日之因；今日之因，明日之果。世事皆有因果，施主苦海无边，回头是岸，阿弥陀佛……"说完，转过身，飘然而去。

毛一尘望着静真师太飘然远去的背影，一阵酸楚袭来，眼前又浮现母亲吃斋念佛的样子——荷花遁入空门是受菊花自杀惨象的强烈刺激所致，母亲为了啥呢？是因五太太兰花拿了她的钱柜钥匙，是梅花的死刺激了她，还是另有隐情？母亲和梅花是做豆腐菜的好手，她们带出的徒弟个顶个手艺了得，眼下，毛家豆腐店除了老伙计，再没有做豆腐的行家，毛家豆腐店培养出来的金麻子、白弟，却成了自己的对手……这一切都是五太太嫁入毛家后发生的，是五太太从家乡带来伙计，先后辞退了阿伙、金麻子和白弟；是五太太夺了母亲的钱柜钥匙，气走母亲；是五太太借伤寒之病害死梅花；最近坊间传言父亲毛老爷子经常带着五太太去一个租屋……毛一尘心里一阵慌乱，毛家豆腐店怎么会走到这一步？人们都说毛一尘精明，此刻毛一尘觉得万分窝囊，一个五太太像美女蛇一样盘踞在身边，把自己迷得南北不辨神魂颠倒，任其祸害毛家，不然凭着自己的精明怎么可能输给金麻子？

其实，古镇商人没有一个不精明的，每一个成功老板背后都有着不为人知的"独家秘诀"。夏家米行处处为顾客着想的"赊售各半法"；桥梓湾生煎店余老板精打细算的生意经；毛、曹两家豆腐店唯利是图的小算盘；朱溪酱园认真做好每一笔小生意的执著；钱庄钱老板的吸储手段……可以说，古镇人的精明是在每分每厘的生意中算计出来的，古镇人的慷慨是古镇人在与南来北往的客商打交道中练就的……古镇生意人的各种气场浸润着金麻子，磨砺着这个无依无靠的年轻人。金麻子想当掌柜，成为像儒医陆先生一样受人尊敬的人，像儒商夏老板一样既能帮别人又能成全自己的人，一路走来，虽然步步艰辛，但他感觉不到艰难和辛苦，反而觉得这样活着才有意义。豆腐市场恢复了平静，王家豆腐店不仅卖豆腐，还卖做豆腐的原料，这让镇上人发现王家豆腐店经营有道。新开豆腐店顶住了毛、曹两家的挤压，经历了炎热盛夏的考验，到了这年秋天，镇上毛、曹、王三家豆腐店已呈三足鼎立之势……

秋天，农村进入秋收秋种大忙，农民到了青黄不接季节，镇上豆腐市场遇到了一年中的淡季。各家豆腐店降低了产量，豆腐店老板最怕滞销带来亏损。宋惠明问金麻子："要不要少浸些黄豆？"

金麻子说："不能少做。人多开销大，房租贵，还欠着债，我们唯一的优势是人手多，镇上生意少了，乡下生意补。我们只有比别人走的路更长、挑的担更重、吃的苦更多，方能在镇上立足，把王家豆腐店真正做大。"

长生说："吃苦不怕，就怕镇上淡季，乡下也是淡季，万一下乡也卖不掉，损失不是一点点。"长生说这话不是意气用事，是真担心。

金麻子拍了拍长生的肩膀，说："放心吧，农忙淡季是因为农民在田里忙，没有空闲进镇，我们送货下乡、送菜上门，一定受欢迎。"

生意有淡季，生意人不能有淡季。金麻子有意安排长生和宋惠明负责镇上豆腐店生意，干妈守原料店，白弟负责下乡，自己和阿妹轮流和白弟做伴。

金麻子在大家心目中已是当然的掌柜，特别是长生，他感激金麻子把他和老板娘宋惠明分派在一起，心里不再忌妒金麻子，在店里也不说怪话了。

干妈悄悄把金麻子叫到下滩原料店，问："你这样安排，想撮合他们两个？"

金麻子笑笑："阿妹说长生喜欢惠明，长生为了惠明才来豆腐店的；白弟和阿妹最近走得近。俗话说，男女同道干，劲道多一倍，干妈，你说这样安排行吗？"

干妈被金麻子的话逗笑了："当然行了，只不过你把自己的事给耽搁了。"

金麻子淡然一笑："我有啥事呀？"

干妈说："你对惠明的那份情谊，别人不了解，我能不明白吗？你成全别人，为啥不为自己考虑考虑。"

金麻子脸露真诚："干妈，我不是不想，而是不能想。这么多年，长生想着惠明，帮着惠明，无怨无悔跟着惠明来到镇上，不求分文回报，我想谁都没有资格和他抢这份真情。眼下店刚开张，生意才有起色，我更不能做糊涂事呀……"

干妈看着金麻子，发现眼前这个年轻男人，胸中装得下淀山湖，肩上扛得起小淀山，自己不知哪世修来的福，拥有这么个干儿子！

秋分早、立冬迟，霜降种麦正当时。阴历九月，正值长江中下游广大农村收割、耕种的大忙时节，"霜降一齐倒"，田野里一片金黄，一片忙碌，金灿灿的稻谷随风飘来阵阵清香。金麻子从小跟父亲"出活"，无论是"吹喜""吹寿"，还是"吹丧"，他看到的农村吃的都是大鱼大肉，穿的都是没有多少补丁的衣衫。在他幼年的印象中，农村不穷，下乡做生意绝对不会比镇上差。今日走到田头，金麻子才发现农民干的是重活，吃的是咸菜，看到豆腐担，问的是"能不能赊一点"。村里老人说："新谷没登场，旧粮快吃完，青黄不接啊。"这是一年中农民最穷最苦的季节，豆腐菜最便宜、最养人，村民最喜欢吃，可是再便宜，也要铜板买。金麻子这才意识到农忙下乡卖豆腐菜是一个担风险的买卖。第一天，他把两筐豆腐菜每家一斤，全部赊给山湾村的农民。

山湾村保长帮金麻子记下了赊欠豆腐菜的村民名字，说："等秋后，各家有了收成，一定用黄豆或者大米按市价偿还。"

白弟怕拿不到钱，劝金麻子不要再下乡了。

金麻子说："乡下生意能抵镇上淡季损失，赊给青黄不接的农民等于做善事，关键是这生意怎么做。"

金麻子担心，万一每个村都这么赊欠，一来需要资金垫付，二来到时真收不回来，这个损失自己担待不起。回到镇上，金麻子没有回店里，而是直接来到夏家米行，把村民赊欠、自己的担心，一五一十说给夏老板听，最后问："夏伯伯，这桩生意能做吗？"

夏老板听后，感觉与当年推行"赊售各半法"遇到的风险差不多，于是就把当年家人反对、自己担心，最后成功推行"赊售各半法"的过程说给金麻子听。

夏老板说："算计决定成败，心胸预示未来。古镇商业之所以繁荣，靠的就是一个'诚'字，相信农民兄弟都是讲信用的。大胆去做，万一收回的大米、黄豆吃不了、做不了，按市价给我，米行囤得起；如果收不回来，你把欠条给我，我付钱，让村民欠我的，我慢慢去收，夏家拖得起。"

夏老板的一席话给了金麻子巨大的信心。夏老板叮嘱："店是大家的，此事你先回店里征求大家意见，千万不要一个人说了算。"

夏老板说完，从账台抽屉里拿出两封大洋递给金麻子："赊欠需要垫资，这钱拿着。"

金麻子感激地向夏老板深深鞠了一躬。

回到店里，金麻子拿出山湾村赊欠村民的名单，向大家讲述了农村青黄不接的现状，问大家："这个赊欠生意要不要做下去？"

阿妹和白弟一致反对给农民赊欠，原因很简单：千做万做，蚀本生意不做。

宋惠明出生在农村，了解农民心思，她认为虽然农民爱打小算盘，想占小便宜，但并不等于农民会欠账不还，关键是到时候所有农民还你各种各样的农产品，吃不了，又卖不掉，怎么办？

长生见识过金麻子买石膏开豆腐原料店的魄力，他估计金麻子一定想好了对付农民赊欠的办法，所以没发表意见。

金麻子转向干妈："干妈，你说这赊欠的生意要不要做？"

干妈看到干儿子金麻子遇事征求大家意见，说明干儿子越来越成熟，也说明他想做成这桩生意，但怕大家反对，这桩生意会不会蚀本她不知道，但她清楚这是好事，便说："渔村卖豆腐简单，我能作主；镇上卖豆腐有很多讲究，那叫生意。我不会做生意，大家让我当老板那是给王家面子，大家叫惠明老板娘是看在水根的脸面上，鲲儿会做生意，开店靠他借钱、遇事靠他谋划，我提议让鲲儿当掌柜，大家看行不行？"

谁都没有料到王老夫人会突然宣布让金麻子当掌柜，其实每个人心里早就都把金麻子当掌柜了，所以王老夫人话音刚落，五只手一齐举了起来，唯有金麻子自己没举。

干妈看着，加重语气对金麻子说："鲲儿，你干爸在的时候，每做一个决定，前后左右都想好了，然后就做，做生意不能拖泥带水。农民赊欠这桩生意能不能做，你看着办，但是要记住，我们开的是豆腐店，不是施粥铺，我们还要还债！"

金麻子双拳一抱："干妈，你的话我记住了。在乡下，我拿不定主意，现在我想明白了，当年夏家米行实行'赊售各半法'，遭家人反对，但夏老板相信朱溪人的信用，押上全部家产到钱庄贷款，一年后夏家米行不但没有倒闭，反而重整昔日辉煌。今天，乡下农民过着青黄不接的日子，我们赊给他们，是帮他们，等到秋收大忙过去，我们让赊欠的农民按市价偿还黄豆、大米，黄豆是原料，每天需要；大米是饭食，每天要吃。镇上做的生意还债，乡下赚的钞票开销，大家看如何？"

金麻子见无人再反对，便将夏老板答应帮忙，还借二百块大洋的事告诉大家。

长生得意地说："我就知道金兄弟要做的事，一定'胸中有根竹头'。"

第二天，金麻子挑了五十斤豆腐菜和白弟两人专程来到淀山庄，问沙老大是不是每个村庄都青黄不接。

沙老大说："每年这个时候，陈粮吃得差不多，新粮还没登场，除了大户人家，多数村民家无余粮，更无余钱，就等着新粮登场。夏老板每年这个时候都会将粮食赊给揭不开锅的村民。"

金麻子不再说话，夏老板就是他的榜样，他将挑来的五十斤豆腐菜交给沙老大："请师父收下，多余的请师父分给庄上师兄弟，算我小师弟一点心意。"

在这青黄不接的时节，徒弟送来豆腐菜等于下了一场及时雨，沙老大收下了徒弟这份心意。

金麻子每次到淀山庄都不忘跃上梅花桩，站在高高的木桩上打一套小红拳，再跃下梅花桩，拿起枣木棍练习小红拳的"红棍飞腿""横扫千军"等招式，练完拳、棍，才离开淀山庄回家。白弟佩服金麻子的一身本事。

回家路上，金麻子向白弟借了五块大洋，白弟不知金麻子为啥借钱。

回到店里，金麻子将借的五块大洋给了宋惠明，说是淀山庄沙老大买下了所有的豆腐菜。白弟想说出真相，金麻子用眼色制止了他。

金麻子就像当年夏老板实地调查月底米店无生意一样，连续跑了十四个村庄，所到之处除了大户人家，大多数村民家青黄不接，赊欠的村民越来越多。金麻子干脆买了三十本记事本，每村一本，记下赊欠村民的名字。

长江中下游地区入秋后总会出现几天炎热的天气，俗称"秋老虎"。白弟和阿妹在顶着"秋老虎"送豆腐下乡的日子里，发生了一桩不愉快的事情。那天早上出门天气蛮凉爽，阿妹挑着豆腐担，沿着田埂一路朝南。太阳升起后，气温开始升高，挑担的阿妹感觉前胸后背汗湿潮潮，不多一会儿阿妹就脱去外套，又走了大概二里地。阿妹汗湿的衣衫贴在胸脯上，白弟看了几眼，突然蹲下身子说："我'撑伞'了，站不起来了。"

阿妹不解，停住脚问："怎么又说'撑伞'，哪来的什么伞！"

白弟说："没什么伞。"

阿妹又问："没伞，说啥伞？"

白弟低下头说："不是伞，是我肚子痛。"

阿妹不解："啊，肚子痛？那怎么说'撑伞'呢，要不要紧？"阿妹着急，放下担子，俯下身盯着白弟的肚子看。

白弟看到阿妹的胸脯在他眼前晃动，忍不住说："阿妹，你在我面前我更站不起来了，你前面先走，一会儿我肚子就好了。"

阿妹挑起豆腐担走了，青春期少年的生理反应也渐渐消失了，白弟站起身，顺手在堤岸边摘了几朵野蔷薇，快步追上阿妹，说："阿妹，把豆腐担放下，给你花……"

阿妹接过蔷薇花，朝白弟莞尔一笑。

白弟心里觉得甜滋滋的，他挑上担子快步向村庄走去。从此，每天下乡，白弟总会采一束蔷薇花送给阿妹。阿妹接过蔷薇花总是放在鼻子下闻了又闻。这个时候，白弟就会换下阿妹，挑上豆腐担，雄赳赳地向前走去。这天，当白弟将一束蔷薇花递到阿妹手上时，终于熬不住了，一把抱住阿妹就想亲嘴，一只手不自觉地摸到阿妹的胸脯上。

阿妹被这突如其来的动作惊呆了，她瞬间清醒后，一把推开白弟，气咻咻地骂："流氓，你要流氓！"

白弟忙辩解："这么多天我都熬着，今天没熬住……"白弟松了手，可是眼睛直勾勾地盯着阿妹的胸脯。

阿妹发飙了："我脸上长着胎记，我长得丑，但这不是你欺负我的理由！"

白弟说："我没有欺负你，我喜欢……"

阿妹说："你记着，你若碰了我，要么娶我，要么我死给你看！"

见到阿妹发飙，白弟像不认识阿妹了。眼前这个从来都是逆来顺受、低声下气的渔村姑娘，一下子变得刚强起来，变得陌生，变得换了一个人了，阿妹让白弟刮目相看。

此事过后，白弟不仅没有疏远阿妹，反而在心里对阿妹的念想更多了一点。女人的心最细，阿妹感觉到了白弟的心思，只是不说穿而已。

一日，轮到金麻子和白弟下乡卖豆腐菜，兄弟俩来到镇南的南港村，发觉这个村每户村民赊的豆腐菜都要比别的村多，百十来斤豆腐菜很快赊欠一空。金麻子问保长为啥村民赊的比别的村要多，保长说村民喜欢打船拳，练拳之人饭量大，吃的菜也多，所以一样赊菜就会多赊一点。

回家路上，金麻子问白弟是不是对阿妹有点意思。

白弟说："阿妹不让碰，还骂我要流氓。"

金麻子吃惊地说："八字还没有一撇，你就敢碰阿妹身子？"

白弟的脸腾起了红晕："我没熬住，阿妹的汗水湿透布衫，当着我的面脱了外衣，让我撑了好几次伞。最后我没熬住，抱了她，亲了她，还摸了她……"

金麻子问："你喜欢她吗？"

白弟点头。

金麻子笑了，说："你被阿妹骂，活该。喜欢她就应该让她知道，等到她也喜欢你了，你才能'那个'……"

兄弟俩说着话回到镇上，刚踏进店门，长生就迎上前来焦急地告诉金麻子："惠明被水警带走了。"

金麻子先是一惊，但很快镇静下来，问长生："无缘无故他们凭啥带走惠明？"

长生就把刚才发生的事说了一遍……半个时辰前，王家豆腐店来了两名水警，说是疤队长要和豆腐西施宋惠明谈谈。

长生用身体挡住老板娘，说："有啥事，让疤队长上门来说。"

水警用抢指着长生说："敢阻拦，一枪毙了你。"

宋惠明怕长生愣头青闹出大事，就让长生看店，自己跟着去了水警队。

长生的话让金麻子想起阿萍婚礼上疤队长摸新娘屁股的那一幕，金麻子不知为啥，心里紧张起来，他担心疤队长对惠明不轨，担心惠明反抗遭不测……反正疤队长一定不怀好意。想到这里，金麻子赶紧让长生找出给水警队送豆腐菜的记录，亲手包了三斤豆腐干，一口气跑到水警队驻地。水警队和镇公所合署办公，门岗认识金麻子，放他进了镇公所大门。

金麻子快步来到疤队长办公室门口，门内传出疤队长的说话声："豆腐西施老板娘，你长得漂亮，我要娶你。只要我娶了你，就能给你永远免税，能让王家豆腐店生意兴隆，能让你坐上全镇豆腐店的头把交椅……"疤队长一连说出三个"能"字，他认为宋惠明听了一定会答应他的求婚。

不料宋惠明学着说书先生的话说："谢君好意，不敢高攀；服丧期间，不谈婚嫁；女人本分，不能不守。"

三个"不"字说得疤队长一愣一愣，愣了一小会儿，问："你是说服丧期间不能嫁人，对吧？"

宋惠明一脸严肃："对呀，要是队长没有别的事，我就回店啦。"

疤队长将手一伸："不忙，我得把话说明。等你服丧期满，我就上门迎娶，你同不同意……"

金麻子就在这时敲响了办公室的门："疤队长，我来接老板娘回店，顺便给你送来辣味豆腐干。"

疤队长正等着豆腐西施说话，见金麻子亲自上门送豆腐菜，不耐烦地说："放在门口，在门外等着。"

金麻子隔着门提高嗓音说："队长，今天店里盘店，水警队的账无法入账，我来和队长商量……"

疤队长一听火了："怎么的，上门讨债？"

金麻子隔着门说："哪里哪里，兄弟们这么辛苦，吃点豆腐菜哪能要钱呢。我只是让队长在账本上签个字，店里好入账，年底扎账就平了。"

疤队长这才说："那好，进来吧。"

等金麻子进屋，疤队长又说："不要忘了，贵店开张以来，我还没来收过税呢。"

金麻子听夏老板说过"开店必须上税，税是交给政府"的话，但他对为啥交税，交多少税一点不懂，于是就问："队长，毛家豆腐店一月交多少税？"

疤队长伸出两根手指："毛家豆腐店是百年老店，又是镇上最大的豆腐店，所以在豆腐行业中纳税最多，每月二十块大洋。"

金麻子又问："那么曹家豆腐店每月交多少税？"

疤队长的手在空中划拉了半个圈："曹家是毛家的一半，十块大洋。"

金麻子意识到今日必须交税，绝对不能让"税"成为日后疤队长提板头（找碴儿）的把柄，便对疤队长说："我们新开店，生意也不好，我们每月该交多少税呢？"

疤队长觉得奇怪，人家开店能偷税漏税绝不主动交税，这个金麻子倒想主动交税，便说："我不收你税，是看在豆腐西施老板娘的面子上。我要等她服丧满一年，娶她为妻。"

金麻子心里在说"做梦吧"，但脸上笑着："那可是好事，有你队长照应着，王家豆腐店一定兴旺发达。不过队长有这个想法，我们更要交税了。你想呀，万一被外人知道王家豆腐店不交税是因为队长想娶老板娘为妻，那是假公济私，拿公家的钱做人情呀。还是先交税，再娶人合适。"

疤队长觉得金麻子说得有理，于是就按曹家店的一半收税，并在金麻子的账本上签上了自己的大名。

临别，疤队长拉着宋惠明的手说："我等你一年。还有，今年过年前县党部书记长照例要来镇上视察，到时候我会带书记长到三阳湾来视察，给你们店说上几句好话，也表表我的心意。"

金麻子在一旁说："那是大好事，我们等着您大驾光临！"说完，拉上宋惠明转身就走。

出了镇公所大门，金麻子还拉着宋惠明的手，宋惠明红着脸说："街上拉着手，让人看见会笑话的。"

金麻子赶紧放手，这才意识到自己放肆了，立马感到心跳加快。

三秋大忙结束，王家豆腐店共向十里八乡三十一个村，两千多户村民送去近三千六百斤豆腐菜，其中赊欠近三千斤。

四

天有不测风云，老天爷不知是成心给金麻子出难题，还是成心要帮他成就一番事业，这年毛豆地里出现一种蚜虫，蚜虫很小，钻进毛豆荚专吃嫩豆，造成大量毛豆未等枯黄已成坏豆。金麻子下乡收账，村民都用大米偿还赊欠的豆腐款。

金麻子问村民："为啥用大米，不用黄豆？"

村民实话实说："黄豆歉收，明年黄豆价格肯定看涨，抵欠款不合算。"

村民的话提醒了金麻子，黄豆歉收将导致市场缺货，市场缺货黄豆价格必然上涨，豆腐店生意会更加难做。金麻子走了几个村，情况都一样，他隐隐感到黄豆歉收对豆腐店肯定是一场危机，如何把危机转化为商机呢……金麻子琢磨着，最后决定大量收购黄豆。

金麻子对所有赊欠豆腐菜的村民说："如果拿大米偿还，按米价下浮两成；如果拿黄豆偿还，按豆价提高两成。"

金麻子的"一上一下"，让村民立刻改变主意，村民不仅拿黄豆偿还，还问金麻子多余的黄豆要不要。

金麻子当场决定：“要！”

金麻子回到店里，把准备大量收购黄豆的打算告诉宋惠明，征求宋惠明意见。

宋惠明惊得目瞪口呆，脱口说：“金鲲哥，不要说我们没有那么多大洋去收购，即便有钱，收购那么多黄豆店里用得了吗？”

金麻子说：“一旦市场上买不到黄豆，豆腐店只能关门。”

宋惠明摇头：“黄豆用不了会出芽、发霉，你想过吗？”

金麻子看着宋惠明的眼睛，认真地说：“如果我们将周边十里八乡的黄豆全部收购了，明年市场上还会有黄豆吗？光镇上三家豆腐店每天用掉的黄豆都要超过一百斤……”

宋惠明也盯着金麻子的眼睛，她发现对方的眼睛里充满着发现猎物的兴奋，她觉得金麻子疯了，自己也跟着疯了。

金麻子匡算了一下，如果收购三百石黄豆，按农村批发价上浮两成，得准备两千多块大洋。钱哪里来？借！

金麻子第二次来到庙前街永丰桥脚下的钱记钱庄，找到钱老板，双拳一抱，说：“我想做笔生意，缺钱，借两千块大洋，行吗？”

钱老板穿一身湖蓝色西装，伸手捋了一下油光可鉴的小分头，说：“你开店借的三百块大洋还没有还，现在又要借两千块大洋，做啥生意？”

金麻子含糊着说：“做啥生意我还没有盘算好，暂时不能说。钱老板你就说借不借吧？”

钱老板问：“你借的钱是不是用在王家豆腐店里？”

金麻子点头肯定：“那当然。”

金麻子充满自信的口气，让钱老板觉得小伙子这么卖力，一定有所企图，这个企图定与豆腐西施有关。钱老板隐隐感到眼前这个身板结实的金麻子，一定是自己追求豆腐西施最大的障碍，于是说：“既然是王家豆腐店借钱，凭啥你来出面，叫豆腐西施亲自来，由她出面，我一定借。”

金麻子说了一声“好”，立马回店拉上宋惠明出门。

宋惠明稀里糊涂问：“啥事这么急？”

金麻子说：“借钱。钱老板要求老板娘亲自出面，方肯借两千块大洋。”

　　说完，金麻子看了宋惠明一眼，只见宋惠明身穿士林蓝对襟衣裤，腰束蓝印花布作裙，脚穿黑面方口搭攀布鞋，活像农村小媳妇跟着丈夫上街，他的脸上露出一丝不易察觉的微笑。

　　宋惠明敬佩金麻子的侠义心肠，更喜欢金麻子敢说敢为的闯劲，跟着这样的男人闯世界，即便输了也值！宋惠明跟着金麻子走进钱庄，第一次看到与她齐眉的高柜台，第一次听到"噼里啪啦"像炒黄豆一样的算盘声，她拘谨地跟在金麻子身后，不敢东张西望，生怕一不小心弄乱了这里的秩序。看到宋惠明的穿着打扮和一副拘谨的表情，这位罗曼蒂克的钱庄钱老板仿佛在欣赏一幅水墨"村姑"画。钱守仁见过进镇卖菜、闲来逛街的农村姑娘，那就是一个掉渣的"土"、无味的"乡"。而眼前的豆腐西施质朴如莹、清纯如水，这种温婉的清美让钱守仁目不转睛盯着宋惠明看了足有一分多钟。

　　钱守仁在收回目光的时候，脱口问道："如果做生意亏了，到时还不出，怎么办？"

　　宋惠明看了金麻子一眼，看到金麻子朝她点头，便说："还不出钱，就用我俩的命赔你。"

　　钱守仁连忙摇手："言重了，言重了。问我借钱是看得起我，我的钱庄就是你们豆腐店的坚强后盾，到时还不出，还是那句话，我当豆腐店老板，你还是老板娘，金麻子当掌柜，如何？"

　　金麻子听出钱老板的画外音，但他相信自己的判断，绝不会血本无归。他双手抱拳，说："好，一言为定！"

　　回店的路上，宋惠明并不担心还不出两千块大洋而成为钱老板的老板娘，她担心的是路上碰着强盗。她的眼睛一直盯着金麻子手中拎着的钱箱，这是她这辈子第一次看到这么多钱，这钱关系着她和豆腐店的未来！

　　新年来临之前，金麻子带着长生和白弟，将十里八乡几十个村庄的黄豆收了个遍，共收到三百多石。黄豆运到渔村，几个人将王家的厢房、豆腐作坊改作仓库，每间屋子地上垫三层油纸隔潮，每层油纸之间还撒上石灰吸潮；墙壁、窗户全部贴上油纸，屋内用栈条（竹制的芺子）围起三个大米囤，黄豆在米囤中堆起一人多高。

　　婆婆看着几屋子黄豆，不免担起心来，问金麻子："鲲儿，冒这个险值吗？"

金麻子说："值!"

新米上市，秋粮入库。五百里水路之内的稻农，纷纷涌向朱溪镇粜谷粜米，一时间漕港滩两岸停满粮船，镇上四大米行每日收进大米一万五千石。"乡脚"远的粜粮船，当天赶不回去，米行送灯笼一盏，供农民逛街照明；给红烛一支，用来点亮船舱；雨天还备雨具供稻农免费借用。朱溪米市吸引稻农的除了服务，还有这里的米价与大上海的米市行情直接挂钩，价格公道，童叟无欺。这是朱溪米市兴旺不衰的最大亮点。朱溪镇在嘉庆年间成立了"米业公会"，每日派一人从朱溪镇出发，另一人从上海出城，到泗泾吃午饭，交换两地行情；一天两次，信息带到城隍庙米业公会，公会再派人到天下第一茶楼公布米市行情。十年前，江苏督军齐燮元与浙江督军卢永祥为争夺上海这块宝地，爆发了"齐卢大战"，由于战火蔓延，黄浦江、吴淞口水路受阻，导致"常锡厚粳"大米运不进上海。信息传到镇上，夏老板意识到"烽火连三月，粮食贵如金"的商机，立刻组织一万石"青角薄稻"，日夜兼程，从漕港河进苏州河运抵上海，粮船不够，借农船进城。夏家米行又一次做成大生意。

夏老板回到镇上，米行老板纷纷打听："大米进城会不会当军粮充公？"

夏老板说："仗在城外打，城里缺粮。"

镇上其他米行打听清楚后，纷纷进城卖粮。

夏家米行的"看白"先生不解夏老板为啥将上海的行情告诉其他米行，不然可以独做生意。

夏老板大气地说："大家一起做，才能撑起朱溪米市的天下。"

从此，朱溪"青角薄稻"在上海米市站稳了脚跟。

秋粮上市，夏老板大量收购，米行仓库不够，就到镇上最大的米厂借露天粮库囤米，最多时囤米二十余万石。秋收旺季，夏老板收进大米，除供应本镇米店日常销售外，从不急于趸卖外地粮商。

外地粮商问夏老板："为何不卖？"

夏老板说："我的米价贵，你们不会要。"

外地粮商说："为何价贵？"

夏老板说："米质好，收购价高，自然售价高。"

外地粮商说："何不收些普通大米，一样做生意，何必放弃眼下的？"

夏老板说："谷贱伤农。要种出质量稳定的稻谷，稻农下的力更大，流的汗更多，价低不了，也低不得。"

等到旺季过去，春耕开始，外地粮商又来镇上趸购大米，粮行都提高了米价，而夏家米行的米价始终如一。

外地粮商又看不懂了，问："人家都涨价了，你为何不涨？"

夏老板说："这米本来就是这个价，为何要涨？"

商人趋利，旺季不买夏家米行的大米是因为价高，到了淡季，却因物美价廉而趋之若鹜。夏老板以不变应万变的销售策略，赢得了大半年的市场。金麻子是在做完黄豆生意后，才真正理解夏老板的生意经。据说，朱溪镇的"青角薄稻"在民国时期远销天津、广东。一位文人有感朱溪兴旺的米业，赋诗一首："鱼米庄行闹六时，南桥人避小巡司。三泾（泗泾镇、枫泾镇、朱泾镇）不及珠街阁（朱溪镇），看尽图经总未知。"

县党部书记长在新春佳节来临之际，在镇公所章镇长和镇水警队疤队长陪同下视察朱溪镇。

疤队长带着书记长和本镇镇长一行人朝北大街三阳湾缓缓走来，一名水警队队员背着汉阳造，一路小跑来到王家豆腐店门前报信："老板娘赶快准备迎接县党部书记长。"

金麻子和宋惠明双双出门，长生紧跟在宋惠明身后。路上行人都站立街边驻足观望。

书记长一行人走近三阳湾的时候，疤队长向书记长介绍："这条街是本镇最繁华的商业街，这个地方叫三阳湾，据说是因为每天早中晚有三次晒到太阳的机会……"

疤队长正在侃侃而谈，忽然，王家豆腐店的金麻子走到街中央，双手抱拳，单膝跪地，大声说："草民迎接县党部书记长大驾光临！"

金麻子的举动让所有人感到意外。身穿铁灰中山装的县党部书记长每年下乡视察，从没有碰到过百姓跪地迎接，转脸问疤队长："此人何意？"

疤队长虽感莫明其妙，但他认为金麻子肯定不会乱来，便问："金麻子，你干啥呀？"

金麻子站起身，说："我要向书记长提一点小小的意见。"

县党部书记长听说有人要提意见，感到新鲜，就说："政府提倡民主，有意见请说吧。"

疤队长不知金麻子葫芦里卖的啥药，怕金麻子说他曾经摸阿萍新娘子的屁股，怕他说水警队吃豆腐菜不花钱，因此瞪起眼睛问："你有啥意见？不要乱说话。"

一旁的书记长马上制止疤队长："我来视察，就是要看社情、知民意，广开言路、广纳箴言，别害怕，说吧。"

金麻子再次抱起双拳，抬起头说："我要提的意见是县党部给水警队的经费太少了，柏队长带着全体水警队队员维持镇上的秩序，很辛苦，但是水警队连买豆腐的钱也没有。我们开豆腐店的愿意免费给水警队提供豆腐菜，但是柏队长说了，不能白吃百姓的豆腐，你看这不是……"说着，金麻子拿出一沓疤队长签过字的送货单，继续说："书记长您看，每次送货，疤队长一定要在送货单上签字，说是等有了经费，全部结清。今天我冒着得罪书记长的风险，斗胆建议县党部褒奖柏队长、提高水警队福利、增加水警队经费，决不能让水警队连吃豆腐的钱都没有。"金麻子说罢，站起身向书记长深深地鞠了一躬。

县党部书记长听完金麻子的意见，转对身边的秘书说："小李，记下所提意见。"又转对金麻子说："意见提得很好，你的账单我让水警队马上给你结清。至于对柏永富队长的褒奖，今天我先口头给予表扬，回去研究后再予以通报。"书记长说完向秘书使了一个眼色。

当得县太爷秘书的人个个见貌辨色，他从金麻子手中接过账单，粗略看了一下，说："明天，你到水警队拿钱。"

金麻子发现书记长秘书小李的脸上挂着笑容，但这笑容让人感觉到是假笑。

金麻子摇着手说："不急不急，一定等县党部给水警队增加经费后，再结清，不然我不能拿这个钱。"

金麻子转过身，对着疤队长："永富队长，我绝对不是要讨豆腐钱，我是要让书记长知道，你带着水警队维持一方平安不容易，镇上百姓心知肚明。大家说对不对？"

街道两边看热闹的百姓都拍着手说："对对对，我们心知肚明。"

疤队长当然知道金麻子"心知肚明"的意思，只是当着县党部书记长的面不好发作。等到书记长离开，回到镇公所，他对镇长说："这个金麻子明里说好话，暗里讨豆腐铀，看我日后如何收拾他。"

年轻的章镇长和书记长一样穿一身中山装，国字脸，斯文中透着英武之气，听了疤队长的话，呵呵一笑："俗话说光脚的不怕穿鞋的，与一个孤儿过不去，你不是自找没趣！"

疤队长想想也对。

镇长姓章，名元之。章元之自幼聪慧，念完私塾（夏家私塾）进县中，后在夏先生（夏伯生）鼓励下考入上海的复旦大学。在学期间，他发现家乡的放生桥历经五百年风雨侵蚀，石级纹路已磨损得十分光滑，经常有人在过桥时滑倒，他学成归来做的第一件事，就是自掏腰包请石匠将放生桥所有石级全部雕琢了一遍。他发现家中藏着十几支步枪，便在自家开的油车厂里成立了一支油车护厂队。

县党部书记长一直在物色朱溪镇镇长的人选，虽然疤队长是书记长的心腹，但疤队长打打杀杀可以，城府不深。在号称江南商业巨镇的朱溪镇上，三教九流、四海客商、八方游人、文人墨客、帮会武士，应有尽有，可谓鱼龙混杂、良莠不齐，疤队长镇不住。当疤队长向县党部书记长汇报镇上出现一支私人武装后，书记长立即派秘书小李来镇上调查，发现章元之不仅拥有一支武装，还是一名书香门第的大学生，学成归来广施善缘。于是书记长亲自上门，邀请章元之出任镇长一职，同时希望将章家的私人武装并入水警队……年轻的章元之就这样当上了朱溪镇的镇长。

第二天，疤队长亲自送来了豆腐款，还对豆腐西施老板娘说："以后就不用送豆腐菜了，我想吃你的'豆腐'，就上门来吃。我还要给你一个忠告，让金麻子离你远点，这个人迟早会给你惹麻烦。"

宋惠明一言不发，她知道金麻子得罪了疤队长，自己必须谨慎对待。

凛冽的寒风吹尽，和煦的春风登场，蛰伏了一个冬天的大地唤醒了所有生命。一只螳螂在草丛中跳跃，是看到了猎物；一簇无名小花在路边盛开，在展示自己的美丽；一群鸟儿飞过，叽喳和鸣，留下一路叫声；万花丛中，蝴蝶款款而飞，忙着采食花蜜、繁衍后代……万物皆以自己的方式存在于世，也以自己的方式展现自己。开春时节，风是暖的，吹开了封冻的河面；风是香的，招来蜜蜂彩蝶花中飞舞；踏青的人们走出家门，呼吸着空气中甜甜的芬芳。勤劳的稻农早已伸出袖管里的双手，穿上春装，将冬藏的粮食、农产品拿到镇上销售，换得零钱，再从镇上购买种田的家什和各种生活用品回家，为春耕大忙做准备。新黄豆也就在这个时节登场。但是今年黄豆歉收，最先发现没有新黄豆的是镇上的豆腐摊贩。这些摊贩小本经营，十天半月就会购买黄豆，对市场最敏感，开春买不到黄豆，就像无头苍蝇一样四处打听。

消息传到毛家豆腐店，毛老板亲自到市场上问摆摊的农民："为何市面上不见新黄豆？"

摆摊农民说："黄豆歉收。"

毛老板又问："黄豆歉收，不等于颗粒无收，为何市场上不见新黄豆踪影？"

摆摊农民回忆了一下："年前王家豆腐店的人就在乡下收购，估计王家豆腐店有不少黄豆。"

毛一尘立即反剪双手朝三阳湾王家豆腐店走去……

曹老板在看到店里还剩最后一栲栳黄豆的第二天一早，到城隍庙市场等农民的新黄豆上市。天还没开亮，城隍庙市场上蔬菜摊、粮食摊、豆腐摊、水产摊已绕着方形的场地摆开。当红霞穿透云层，染红天际，渐渐喷洒大地的时候，城隍庙市场的热闹也达到了顶峰，买菜人络绎不绝，绕着菜摊边问边挑，吆喝声、叫卖声、讨价声此起彼伏。曹老板等了一个早晨，不见黄豆上市。熙熙攘攘的市民买完菜兴冲冲地回家，街道上大妈嫂子碰面免不了"东家长，西家短"说上一阵闲话。曹老板最不爱听女人闲聊，但女人的几句话让他停住了脚步。

"听说王家豆腐店的老板娘还是个处女，你信不信？"

"金麻子这么卖力替王家豆腐店做生意，肯定跟豆腐西施老板娘有一腿，不信你打煞我。"

"这个金麻子有一套，镇上就王家豆腐店有黄豆卖，他帮王家既做豆腐生意，又做黄豆、石膏生意，生意做活了。"

最后这句话不仅进入了曹老板的耳朵，还钻进了曹老板的心里。曹老板信步朝三阳湾走去，路过桥梓湾点心店，闻到一股生煎的葱油香，顿感肚中空空，不知不觉走进店里，叫了两客生煎。曹老板想即使买不到黄豆，先填饱肚子再说。就在曹老板吃到第五只生煎时，他看到瘦骨伶仃的毛一尘身穿灰布长衫，急匆匆走过桥梓湾，就像一件衣架上的长衫在街上移动。毛老板没有急事从不走急步，这样的脚步肯定是遇到大事了。曹老板没有心思再吃第六只生煎，拔腿跟在毛老板身后。毛老板止步在王家豆腐原料店柜台前。曹老板也收住脚步，走进身边一家糖果店，观察王家豆腐原料店的动静。王家豆腐原料店柜台上放着三种商品：黄豆、石膏、盐卤。盐卤的价格与市场价一样；石膏价原先比市场低三成，现在低两成；黄豆的价格比平时贵六成。

毛一尘指着黄豆问守在店里的王老夫人："黄豆卖这么贵，你们抢钱呀？"

王老夫人扫了毛一尘一眼："嫌贵别买！我还想再卖贵点呢，我家金掌柜说了，县城卖这个价，我们不能比县城市场贵，没办法，只好卖这个价。"

毛一尘有点诧异："金掌柜？金麻子做掌柜了？"

王老夫人板着脸，眼睛乜着毛一尘："你能做老板，人家就不能做掌柜？"

毛一尘见老大妈说话不饶人，嘀咕了一句："做生意有你这样说话的吗？"

婆婆早就听金麻子说过这位毛老板的为人，没好气地说："对你这种老板只能这样说话，要买就买，不买走开！"

毛一尘这人不仅心胸狭窄，而且自尊心极强，他瘦脸一拉，说："哼！我不信天底下就你家有黄豆，我毛家就是关店也不会到你店里买一粒黄豆！"说完，转身离开三阳湾，准备亲自去县城了解黄豆行情。

毛一尘走后不久，好几个摆豆腐摊的小贩到王家豆腐原料店买黄豆。

曹老板走出糖果店问一个小贩："别的地方真没有黄豆卖？"

小贩说："乡下有是有，不过你跑十家，难得一家有，还不多，不划算；乡镇市场有一点，价钱都一样，还不如镇上买省时省力……"

了解到黄豆行情后，曹老板决定找金麻子商量，趸批趸卖，争取打个折扣。曹来喜做生意绝对不会意气用事，更不会与大洋过不去，他现在非常后悔辞退金麻子。

曹老板来到王家豆腐原料店问："大妈，金掌柜在吗？"

王老夫人朝对面喊了一声："鲲儿，来一下，有人找。"

刚才金麻子看到毛一尘，不想理睬他，就到工场间做豆腐干去了。听到干妈喊，来到店堂，见是曹老板，笑着打招呼："啥风把曹老板吹来啦？"

曹老板拱拱手："惭愧，惭愧。金鲲老弟，是你的黄豆风把我吹来了。"

金麻子说："怎么讲？"

曹老板说："能否借一步说话？"

金麻子说："这里没外人，但说无妨。"

曹老板说："那好，我直话直说，豆腐店买黄豆数量大，金掌柜能否按趸批价卖给我？"

真是无利不起早，金麻子再次领教曹老板的为人，不过金麻子没有拒绝曹老板，而是让他明天来买，说自己要征求一下老板娘的意见。

曹老板焦急地说："金掌柜，你帮帮忙，今天店里的黄豆还剩最后一栲栳。"

金麻子看着曹老板焦急的样子，说："那好，一千斤起卖，七五折优惠。"

曹老板的圆脸上赶紧堆起笑容："好，好，你对我的照顾，心里有数，我马上回去拿钱过来……"

自从曹老板七五折趸批趸卖后，金麻子对所有做豆腐的商贩不管买多少，全部按七五折供应。长生和白弟反对金麻子这么做，认为千斤起买才叫趸批，才能打折，给几十斤一买的豆腐摊贩打折，等于送钱给他们，现在啥行情，黄豆金贵着哪！

金麻子说："三百六十行，打铁撑船做豆腐最苦！这些摊贩和我们一样，都在苦水里讨生活，帮他们等于帮我们自己。"

白弟说："帮他们怎么等于帮我们自己呢？便宜了他们，损失了我们。"

金麻子不做解释，随他们理解，总有一天大家会明白的。

不到半年，三百石黄豆所剩无几。金麻子带着长生和白弟再次摇船出了一趟远门，回来时竟然是一个满载黄豆的船队。十艘运输船停在渔村王家门前的河滩上，气势非凡。

村里的小伙子帮着起运，等到黄豆入库，空船队出发，长生父亲问儿子："你们在镇上开的是豆腐店，还是黄豆店？"

长生说："爹，金兄弟有魄力，卖黄豆比卖豆腐还要赚钞票。"

长生父亲当着金麻子的面说："水根去世一年多了，等过年惠明婆媳回村，我就上门提亲。"

长生听了心里美滋滋的。

长生父亲转对金麻子和白弟说："两位兄弟，帮我儿子在惠明面前多说几句好话，等长生和惠明的亲事成了，请你们喝喜酒。"

金麻子点着头说："那是一定的。"

白弟朝金麻子眨了几下眼睛，金麻子只当没看见。

临别，长生叮嘱父亲："爹，彩礼你一定要准备好。"

回到店里，婆婆让金麻子说说这次出远门的经过。没等金麻子开口，长生先说开了："这次跟金掌柜出门，我算是知道了啥叫做生意……"长生开始讲述这次出远门买黄豆的经过。

金麻子一行一路打听哪里有黄豆卖，船过昆山、苏州都见不着黄豆的影子。船过太湖，在宜兴市场看到了黄豆，一位商贩见到金麻子就问："是来收购黄豆的？"

金麻子反问："你怎么知道我们是来收购黄豆的？"

商贩说："听口音你们是朱溪一带人吧。你们那里黄豆歉收，我们这里丰收，你若想要……"商贩伸出手捏住金麻子的手指，两人用"指交"谈了价钱，金麻子摇了摇头。

走出市场，金麻子告诉长生和白弟："这里的商贩知道我们急于收购黄豆，不肯让价。"

于是他们继续摇船往西，走了一天水路，在溧阳的粮食市场上，看到一家商铺里囤满黄豆。金麻子进门，随意抓了几颗黄豆送到嘴里嚼着，品着黄豆的含浆量。

长生学着金麻子的腔调问："这黄豆怎么卖？"

商铺老板说："零卖十四个铜板一斤，趸批七块大洋一石。"

白弟算了一下，价格与乡下收购的差不离，正要问金麻子买多少斤的时候，金麻子用眼神不让白弟开口。

金麻子走到商铺老板面前，把手中的黄豆放到账台上，这才开口："老板，黄豆是去年的新黄豆，半年已过，你怎么还剩这么多？"

商铺老板双手一摊："去年听说有的地方黄豆歉收，就多收购了一些，不料附近地区黄豆丰收，收进的黄豆全砸手里了。"

金麻子不露声色："那还卖这么贵？"

商铺老板说："市场都是这个价。"

金麻子说："老板，你该灵活点降价出手，不然再过几个月，等到新黄豆上市，谁还要你的陈豆（隔年黄豆）。"

商铺老板说："行情我知道，——先生你来店里不是教我做生意的吧？"

金麻子摇了一下手："当然不是，我就是来买黄豆的，你能让价，我就多买点。"

商铺老板问："你买多少？"

金麻子说："你让多少？"

两人又开始"指交"谈价，几个来回，金麻子抽出手来，干脆地说："囤里的黄豆我包了，这个价！"金麻子伸出张开五指的右手。

商铺老板哭丧着脸，讨饶："再加一块大洋，不然我亏大了。"

金麻子说："加一块大洋可以，不过你得帮我送到淀山湖边上的渔村。"

黄豆歉收不仅让王家豆腐店赚到了丰厚的利润，还赚到了名声。有人说金麻子能未卜先知，所以敢将豆腐菜赊给十里八乡的乡下穷人；也有人说，好人有好报，因为帮助贫困农民，所以他最早得到黄豆歉收这个信息。更有豆腐摊贩说："谁说同行相忌？王家豆腐店是同行的楷模，没有王家豆腐店，我这一年要喝西北风了。"

每当这时，金麻子总会客气地对同行老板说："客气、客气，有钱大家赚。"

但金麻子心里已然体会到了既帮人又赚钱的快感！他给自己算了一笔账，收购黄豆时市场上还没对黄豆歉收做出反应，按高于农村批发价两成的收购价收进。过了新年，市场上见不到黄豆，黄豆零售价翻了一番，他按七五折销售给豆腐作坊老板，其利润还能在收购价上翻番。每天收摊前，金麻子坐在豆腐店作台上，用细麻绳将叠齐的纸币扎紧，再拿起捆扎结实的纸币在豆腐板上重重地撞三下，"嘭！嘭！嘭！"纸币撞击豆腐板的声音传到街上，似乎在向大家证明王家豆腐店生意不错。街坊邻居、过路人听到"嘭嘭"之声，就会投来羡慕的目光，金麻子便在众目睽睽之下，一手拎着放大洋的小银箱，一手提着一捆纸币，大摇大摆沿着北大街向庙前街永丰桥脚下的钱记钱庄走去……

一日，金麻子走过城隍庙市场，两眼直瞪瞪地盯着石狮子前农民手中的一篮子新黄豆，快步上前，脱口就问："新黄豆哪里来的？"

农民说："新黄豆有啥大惊小怪的，家里种的，地里长的。"

金麻子觉得自己有点失态，赶紧用平和的语气问："大叔，为啥今年新黄豆这么早上市？"

农民说："去年地里有虫，黄豆歉收，今年洒了药、施了肥，黄豆丰收。村民知道市场上黄豆少，都种了早毛豆……"

对市场极其敏感的金麻子立马回到豆腐店，在店门口贴出告示："即日起黄豆降价四成。"同时调整人手：干妈和惠明留守豆腐店；白弟和阿妹一路，专门跑镇上的豆腐店和豆腐作坊推销黄豆；自己和长生去县城卖黄豆。

金麻子如运筹帷幄的指挥官，一切安排定当，便和长生摇着船去了县城。到了县城才知，县城市场也有了新黄豆，即便是降价售卖，也只有少量居民买一点便宜货。

金麻子不甘心，挑了一担黄豆一家家豆腐店上门推销，一家豆腐店老板脸带笑容，幽默地婉拒："新豆如少女，特香；陈豆如老太，浆少。豆腐特别喜新厌旧，抱歉抱歉，上别家看看吧。"

有一家豆腐店老板说话气人："新豆上市，陈豆送给我都嫌占地方。"气得金麻子转身就走。

县城没有销路，就跑乡镇市场，跑了十天，看到的是新黄豆越来越多。更让金麻子心焦的是，自家店里陈黄豆做的豆腐菜销量大降，每天回家看着一大堆卖剩的豆腐菜，除了自己吃，只能当垃圾倒掉。主业不能毁，金麻子决定买新豆做原料。

白弟和阿妹几乎跑遍朱溪镇上大小豆腐作坊，只有几家看在当初王家豆腐店七五折供应黄豆的面子上，购买了几百斤，再无人问津。

金麻子去了一次曹家豆腐店，他想当初曹老板求自己七五折供应，现在求他帮忙，应该没有问题，结果曹老板说："陈黄豆，喂猪吧。"

金麻子听到"陈黄豆喂猪"几个字，真正感到剩下的八船黄豆要砸在手上了。

消息传到毛家豆腐店，毛一尘一下子高兴起来，专门来到三阳湾，对着一脸愁容的金麻子说："金老弟哦，恭喜你，黄豆生意发了大财，不愧是镇上的商业奇才，豆腐行业的后起之秀。怎么啦？一声不吭，怕我抢你生意？放心，你只管发财，我保证不眼红，王家豆腐即便用陈豆做豆腐，也比天下所有豆腐都香、都嫩、都水灵，哈哈！"

说完，毛一尘一边走，一边哼起了小曲。被毛一尘一番奚落，金麻子内心更加郁闷，一个人喝起了闷酒。想当初买黄豆还价，自己就说，新豆上市老豆就不值钱了，不料自己反倒栽在这句话上。金麻子越想越窝囊，竖起酒瓶就往嘴里灌。

干妈宽慰他："鲲儿，做生意有赚有赔，不要急出病来。"

宋惠明拿了个酒杯，走到金麻子身边："我陪你喝……"

大家的关心，让金麻子心里更不好受。他现在最担心投资收不回，还不了钱庄的债。按约定，截至大年三十下午三点，王家豆腐店还不上债，豆腐店归钱老板，金麻子和豆腐西施宋惠明将给钱老板打工，其他人散伙回家。金麻子让干妈算一下存在钱庄的钱和店里的所有资金，够不够还钱庄的债。

干妈说："早算过了，借钱庄两千大洋收购乡下黄豆，净赚两千；买回五百石黄豆，投入三千大洋，还余一千大洋；近来做生意所得近五百大洋，不算利息加上开店借的三百大洋，还差八百大洋。"

金麻子想如果剩下的八船黄豆能收回一半成本，还债肯定没有问题，但谁能一口气买下这么多陈黄豆？八船黄豆压在金麻子心上，压得他喘不过气来。金麻子无计可施，一连三天，闷头干活，天天一身臭汗。第四天，金麻子茶饭不思，病倒了。

宋惠明问他："想吃啥，我给你做。"

金麻子说："我想把八船黄豆一口吃掉……"

宋惠明第一次见金麻子生病，第一次发现遇山开路、逢水架桥的金麻子也有无奈的时候。这位从农村来的贤惠女人不愿看到心中男人被生意失败所击倒，她像拯救第一任丈夫水根一样，亲自上门请陆先生出诊。

陆先生问明病因，笑了："金鲲老弟的病是八船黄豆压的，此病得叫夏老板治，一定比我还灵。"

宋惠明望着陆先生，不解其意。

陆先生也不明说，背起药箱来到三阳湾王家豆腐店，见金麻子躺在床上，叫"陆先生"的声音有气无力，脸色灰暗，双眼无神；一搭脉，脉象急促，舌苔裙边形，知其急火攻心，加上风寒入侵，一边开药一边："金鲲老弟，夏家米行不仅卖人吃的粮食，还经营猪吃的饲料，你不知道吗？"

金麻子说："难道八船黄豆真的要喂猪吗？"

夏老板得知金麻子生病，上门来看望。

陆先生告诉夏老板："金麻子的病是八船黄豆压出来的。"

夏老板怪金麻子碰到困难没有早一点告诉，说："卖不掉就降价卖给章镇长家的油车榨豆油呀。"

一句话让金麻子茅塞顿开，他一骨碌从床上爬起身："夏伯伯，我怎么没有想到呢！你现在就带我去。"

陆先生哈哈大笑："看到了吧，我说了，金鲲此病，夏老板治比我管用！"

王家豆腐店所有人都看到了希望。在夏老板的引荐下，金麻子雇了八条农船，把八船黄豆运进油车。油车章老板派检验员上船检验，发现黄豆有了蛀虫，还闻到了"霉蒸气"（霉变）。

章老板两手一摊："夏老板，不是我不帮忙，有蛀虫、有霉蒸气的黄豆再便宜也不能榨油，这关系着豆油的质量、油车的信誉。"

最后，金麻子不得不忍痛割爱，在夏老板的帮助下，将八船黄豆贱卖给了十里八乡的养猪户。

到大年三十钱庄关门前，金麻子还不了钱庄所有的债，七拼八凑带了一千八百块大洋来到钱庄，把钱箱朝钱老板账台上一放，说："不算利息还缺五百块大洋，你要钱，明年还你；你要豆腐店，现在去拿。"

钱老板正期待着金麻子还不了债，见金麻子如是说，高兴得从椅子上跳起来，大声说："认赌服输，我不要钱，我要店，更要人！"

……

寄托着金麻子人生梦想，凝聚着干妈、惠明、白弟、长生和阿妹所有人希望的王家豆腐店，在大年三十的黄昏，扯下了巨大的招风旗，门头上挂上了一块写着"钱家豆腐店"的小匾。宋惠明把扯下的招风旗叠齐后，放在自己睡觉的床底下。

金麻子把带回店里准备还债的一千八百块大洋，分成六份，说："钱一人一份，明天起我和惠明给钱老板干活，你们想留想走都行。"

听着金麻子沉重的语气，干妈心酸地说："王家豆腐店的姓都没了，我还留在镇上做啥。"

长生当着外人的面不好发作，现在婶娘打算回渔村，长生原指望过年时上门提亲，只因金麻子还不上债，惠明将成为钱老板的老板娘，一时间他怒火中烧，指着金麻子大声呵斥："你要赌就赌你一个人，哪怕赌上你的命，不怪别人事，你拉上惠明算啥？你让惠明去当钱老板的老板娘，你是人吗？你连自己喜欢的女人都保护不了，你不配当男人！"

长生一顿痛骂，骂得金麻子抬不起头。宋惠明没有阻止长生痛骂金麻子，这是金鲲哥贪大冒进造成的后果，他得承担。干妈和阿妹把准备的年夜饭端上桌，谁都没心思吃。

大年初一，金麻子起床，发现长生、干妈和阿妹已不辞而别，店堂里只有宋惠明和白弟。

金麻子问白弟："你愿意留下？"

白弟说："金哥到哪里，我就到哪里。"

金麻子把手扶在白弟肩上，动情地说了三个字："好兄弟！"

钱家豆腐店开张，钱老板让账房在店堂和工场间里贴出一张让人匪夷所思的规定："豆腐西施老板娘坐镇店堂，不准进工场间；伙计在工场间做豆腐菜，不准进店堂间；店内只留豆腐西施老板娘寝室，其他人回家睡觉，且不得进豆腐西施房间。"金麻子和宋惠明看完规矩，都知道钱老板用意何在。

金麻子问："前后不能走动，豆腐菜如何拿到店堂？"

钱老板指着同来的账房说："他坐镇豆腐店，由他拿。"

宋惠明问："早上牵磨、烧火、点浆、氽油泡、榨豆腐干，最少要三人，我不去工场间，难道你去？"

钱老板兴奋地说："好，我去。"

宋惠明说："半夜两点干活，五点开门，你可不要迟到！"

钱老板立刻做出决定："四点干活，七点开门。"

第二天，钱老板固然穿着西装、皮鞋，天不亮就来到工场间，烧火、牵磨、榨豆腐干等粗活，钱老板竟然一学就会。金麻子看着钱老板为了赢得宋惠明芳心如此执着，心中怅然若失。宋惠明上工，开门尚早，工场间又不能进，就倚着门框看钱老板穿着西装皮鞋干活，觉得滑稽可爱，表情上出现一丝感动。金麻子见了心中又酸又痛。

等到店门打开，有老顾客问："为何开门这么晚？"

宋惠明说："店卖了，东家怕早起。"

几天后，镇上人知道新东家钱老板不在乎钱，在乎豆腐西施这个人。于是，镇上有人走过豆腐店会调侃一句："老板娘，好福气呀，大老板看上你啦。"

金麻子听到这句话，就像自己的脸在被人扇耳光。最让金麻子日子不好过的是，豆腐店关门后他没地方去。人在失败、失意、失态的时候，最怕见到熟人。金麻子为之奋斗的事业夭折了，心爱的女人快要被别人的真情打动了，他无脸向人诉说自己的失败。如果没有协议的约束，他一定会离开朱溪镇，另谋生路……眼下，金麻子唯一能做的就是到白弟家中消磨时光，胡乱打发一顿晚饭，在天黑之后才回到夏家米行的小屋睡觉，但睡又睡不着，失意带来的失眠，让金麻子常在梦中被干妈和长生骂醒："你是败家子，你是败家子！"有时梦见栈条塌了，无数黄豆压在身上，压得喘不过气来……

有一天，金麻子回到小屋，点亮油灯，夏老板走了进来，看到金麻子垂头丧气的样子，就说："你的事我听说了，这是你命中的坎。既然事情发生了，就要勇敢面对，不可消沉。"

金麻子问："夏伯伯，这辈子我还有翻身的机会吗？"

夏老板坚定地说："你这么年轻，有的是机会。但你要记住，做生意失败不可怕，可怕的是失了志气、败了大丈夫精神；做生意就是做人，'危'中见'机'是你的本事，'机'中见'危'却是一个人的修炼，修炼比本事更重要！"

金麻子第一次听到"危、机"两字的讲究，而且一辈子都记着夏伯伯这句话。

钱老板突然一周没来豆腐店，早上做豆腐也让账房帮忙，白弟问账房："钱老板为啥不来做豆腐，怕啦？"

账房说："钱老板累病了。"

金麻子在心里说："活该。"

钱老板人不来，却每天让账房给宋惠明送一件礼物：先是翡翠发卡、珍珠项链，接着是金戒指、金手镯、金项链……

宋惠明不收，账房说："不要就扔到大街上去。"

金麻子发现宋惠明舍不得扔，就两眼直勾勾地望着街道屋檐上的一线天出神，他第一次觉得屋檐遮住了天，露出的一线天太窄，窄得让人发闷。

白弟发现金麻子目光呆滞，便一把将他拉回到里间，安慰道："金哥，眼不见心不烦，天下到处是女人，还怕找不到一个？"

金麻子无法做到眼不见心不烦，他要知道宋惠明对钱老板的真实态度，这是他目前唯一的精神寄托。

一周后，钱老板病愈，手捧一束鲜花来到豆腐店，向宋惠明求爱："我想让你成为钱家豆腐店真正的老板娘。"

金麻子在工场间听到这句话，一下子紧张起来，他走到门框边，看到宋惠明拿出一包礼物，放在钱老板手中的鲜花上："这是你让账房拿来的，我不要，扔了可惜，现在还你。"

钱老板把鲜花朝作台上一放，充满深情地说："我对你用情之深、用钱之多，你没有感觉吗？"

宋惠明表情平和："谢谢你对我的好，你的情，用错了人；你的钱，用错了地方。你把钱当成王母娘娘的发卡，规定我和金鲲哥之间不得走动，就像王母娘娘用发卡在七仙女和董永之间画了一条银河，活生生拆散一对恩爱夫妻。可是天地真情感动了喜鹊，喜鹊搭起鹊桥，让恩爱夫妻鹊桥相会……"宋惠明说到这里，已是满眼泪光。

钱老板说："难道在你眼里，我还不如金掌柜吗？"

宋惠明用手擦掉溢出眼眶的泪水："欠你钱，只能把豆腐店出卖给你，却不会出卖感情！"说完，平静地看着钱老板。

钱老板第一次在喜欢的女人面前显得口拙，他从心底仰视豆腐西施。这位美丽的乡下女人成了他心中的女神，他喃喃自语："我没你富有。"

宋惠明听不懂这句话："反话，你笑我穷？"

钱老板表情很严肃："你有亲情、爱情和友情，我没有，不过我不会放弃。"说完这句话，起身离开了豆腐店。

倚在门框上的金麻子，早已热泪盈眶。

钱老板离开豆腐店又是一周不见人影，连账房也不再来监督看店。每天早上，宋惠明只能不守店规，到豆腐作坊帮着干活。三位熟手搭班，豆腐菜做得又多又好。金麻子在做好豆腐菜的时候，就让白弟去桥梓湾买生煎。

宋惠明喝着豆浆、吃着生煎，问金麻子："为啥天天买生煎？"

金麻子认真地说："我想给你买一辈子生煎！"

宋惠明听了嫣然一笑："豆浆、生煎当早点，绝配。"

"绝配"两字让金麻子听着激动。

白弟在一旁变得多余，这个电灯泡还走不了，白弟就说："你们俩自己认，谁是豆浆，谁又是生煎？"

宋惠明脸一红，转过身，只顾喝豆浆。近半年来，金麻子第一次露出笑容，让宋惠明和白弟宽了心。

宋惠明问金麻子："下一步有啥打算？"

金麻子说："我们不能永远给钱庄当伙计，等钱老板来了，我想和他谈时间，一年或者两年，等结束了，我们另找房子，重新再来！"

此刻有人敲门，白弟开门一看，见是钱老板，很诧异，问："老板七天不来，是不是又生病啦？"

钱老板西装革履，进了门伸手撸一下油光可鉴的小分头，一副风流倜傥的派头："听说生煎、豆浆是绝配，我也想吃。"

白弟抢着回答："抱歉，没了。"

金麻子从话中听出钱老板在门外站很久了，但猜不出为啥站很久。

钱老板从金麻子手中拿过一只生煎，咬了一口，才说："我想和你赌一把，若你赢了，我就把豆腐店还给你。"

金麻子不解，问："若我输了呢？"

钱老板两手一摊："很简单，放弃豆腐西施，离开朱溪镇。"

白弟在一旁怕金麻子输掉，再无回头机会，就说："钱老板像花痴，明知老板娘是金哥的，偏要横插一杠。"

钱老板指着白弟："你别说话，这是我和金掌柜之间的'决斗'，金掌柜敢不敢应？"

金麻子豁出去了，赌输就不活了！

金麻子问："赌啥？"

钱老板一脸严肃："你在二十四小时内，把离开豆腐店的三个渔村人找回来当伙计，就算你赢。"

金麻子想这哪是赌博，分明是借个由头把豆腐店还回来。

金麻子双拳一抱，问："钱老板为何这么做？"

钱老板又从宋惠明手中拿过一只生煎，咬了一口，舀一碗豆浆喝了一口，这才说："夏老板说我以店抵债为富不仁，陆先生骂我夺人所爱小人所为，我要和你公平竞争。你把伙计叫来，我把豆腐店还你，叫不来，你不配回来……"

第 八 章

一

　　天下第一茶楼有着百年历史，茶楼上下两层，三开间门面，楼上喝茶讲究，茶壶分三档，紫砂壶泡红茶，薄胆瓷壶沏绿茶，还有老板专用茶壶；茶客进门，服务生送上一盆洗脸水，让茶客洗洗脸，定定心，再选择座位。底楼茶馆在老虎灶和楼梯间后边，没有楼上讲究，普通居民和周边农民喜欢在这里喝茶，茶资便宜。茶馆，又叫"百口衙门"，除了米行老板天天来茶楼听行情外，其他老板隔三岔五来茶楼泡上一壶茶，喝上一个时辰，小道消息、生意行情、街谈巷议都会在不知不觉中传到茶客耳中。米市、布市、油市、南北杂货各种行情在此汇集、交流，好多交易在喝茶聊天的"不经意"中谈成。倘若你听烦了大家的议论，可以从茶楼后窗放眼漕港河，蓝天下点点白帆向你飘来，一艘艘航船从眼前缓缓驶过，有的靠岸，有的驶向远方，让你的心随着靠岸的船有了着落，也随着白帆去向远方……

　　毛一尘就是在这里听到父亲常带五太太去租屋的消息，还在这里听到茶客对毛老爷子"扒灰"的"口诛笔伐"。毛一尘曾怀着侥幸心理，相信自己不可能"卵里无虫"，但残酷的现实告诉他，五太太怀的一定是……毛一尘不愿再想下去，他望着茶楼后窗长流不息的漕港河水，看着靠岸的船，自己的心却没有着

▲ 北大街天下第一茶楼

落；看着远去的帆，心却去不了远方，纠结在父亲和五太太这件事情上不能自拔。他猜想母亲一定是听到父亲"扒灰"的风声，才让他有空来茶楼和父亲一起喝茶。母亲是让他监视父亲？是想借"百口衙门"告诉他真相？如今知道了真相，该如何面对父亲，如何处置五太太？家丑已成茶楼谈资，毛家在人们心中早已名誉扫地，豆腐生意做不过外来的曹家、后起的王家，毛家香火也与他这个单传独子没有一毛钱关系，毛一尘越想越窝囊，只感到心力交瘁、无颜见人！他迈着沉重的脚步离开茶馆，他不想回豆腐店，更不想回家面对父亲和不守妇道的五太太，踽踽独行在街上，不知不觉走到圆津禅院门口。此刻，他心中有一个强烈的念头：出家为僧，离开这个让他羞辱、让他无望、让他万念俱灰的红尘。他迈进了禅院高高的门槛，听着大殿里传来的诵经声，感到从未有过的亲切感，甚至觉得内心纷乱的思绪有了片刻的平静。走过大雄宝殿，挨着门寻找，终于找到了方丈室，见了方丈，毛一尘双手合十道："大师，我想出家做和尚。"

方丈亦双手合十："阿弥陀佛，施主为何出家？"

毛一尘喃喃地说："在家无以治家，在店无以立信，在世无以面人，不如出家，六根清净，烦恼全无。"

方丈颔首："阿弥陀佛，施主六根不净，不宜出家。"说完，转身欲走。

毛一尘抓住方丈袈裟，恳求："大师留步，凡人毛一尘心意已决，求大师剃度。"

方丈目光慈祥："既然施主心意已决，老僧为你剃度。"

一番准备，当方丈的剃刀推向毛一尘发根时，门外传来轻轻的一声喊："大师，且慢。"方丈和毛一尘不约而同看向门外。

毛老太太站在门口，双手合十："大师，且慢剃度，等我和儿子说上几句，再剃不迟。"

方丈念了一句"阿弥陀佛"，便退出方丈室。

毛一尘十分惊讶："妈，你怎么会在这里？"

毛老太太一脸沉静："尘儿，今日巧遇，是你命中离不了尘世，告诉妈为何想不开要出家？"

毛一尘目光茫然："妈，你日日烧香，又是为何？"

毛老太太说："尘儿，在这清净之地，不妨把心中苦楚说给妈听，或许妈能告诉你怎么做。"

毛一尘把在茶楼听到的和盘托出："妈，儿无能为毛家续香火，无能让毛家豆腐店一镇独大，如今父媳苟蝇，儿无颜面世，唯有出家，才能活得清净……"毛一尘跪倒在母亲跟前，痛苦不堪。

毛老太太抚摸着儿子的头顶，眼眶里掉下浑浊的眼泪："尘儿，你若出家，毛家真的完了。你爹为了毛家香火出此下策，处处依着五太太，五太太正是利用这一点，赶走梅花请的伙计，从我手里拿走钱柜钥匙，利用伤寒害死梅花。我暗地里查过，这一年多来，五太太私吞了上千大洋，都拿回娘家去了……"

毛一尘听了，恨得咬牙切齿："妈，我回去休了兰花这个妖精！"

毛老太太双手捧住儿子的双颊："不！她毕竟给毛家续了香火，是小少爷的母亲，毛家没理由休她。你想让五太太再怀一个来证明自己，你爹也想让五太太再怀一个，打破毛家单传宿命，而我每天在家，五太太没有机会，你爹才在外边租屋……"

毛一尘仰起脸："妈，你早已知道爹和五太太的事了？"

毛老太太点点头："我想通了，这几日我天天来庙里烧香，给他们机会，与其在外出丑，不如家丑不外扬。听妈一句话，我们母子联手，重整毛家。明日起我去豆腐工场上工，你把钱柜锁换了，再不能让这个狐狸精掌管钱柜。"

毛一尘听完母亲的话，方知母亲为何吃斋念佛，也知母亲为此事已深思熟虑。从他走进圆津禅院，母亲就一直注视着他，他决心跟母亲回去，可心里又觉得异常憋屈。

毛老太太告诫儿子："忍辱负重才是男人本色！你要像没事人一样，照旧和你爹一起去茶楼喝茶，用你的行动堵住'闲话'。"

毛一尘记住了母亲的话，忍下了续不了香火带来的一切痛苦和憋屈，可这也扭曲了他的性格。

豆腐店归还，钱老板意在豆腐西施，但金麻子还是把钱老板的这份情谊藏在心底；把从渔村叫回来的干妈、长生、阿妹当作自己的家人，做生意再也不敢有半点的随意和冒险；能多做一块豆腐绝不做半块，能节约一粒黄豆绝不浪费半颗，不到半年，他用店里的利润和大家还回来的一千八百块大洋，还清了钱庄的本息欠款。金麻子真正体会到了在朱溪镇上"只要有梦，就会有奇迹"这句话的滋味，它能让你一夜暴富，也能叫你顷刻破产，这就是商业巨镇的魅力和残酷。

宋惠明从小喜欢听舅舅说书，虽目不识丁，肚子里却装着不少故事和诗文。她知道钱老板富有，但也知道商人重利轻别离的古训；她心里装着出嫁新娘落水被救以来金麻子所有的好，而钱老板用一纸协议抢去豆腐店，让她看到了有钱人为富不仁的本性，即便后来钱老板把豆腐店还给了金麻子，她对钱老板还是没有一丁点的好感，更谈不上感情。豆腐店走上了正轨，宋惠明发现镇上老板喜欢上茶楼喝茶，她就想起"喝一壶茶，知天下事"的典故，让金麻子也去茶楼喝茶。

金麻子搓着两手说："我一个伙计，年轻轻的像老板一样上茶楼喝茶，不像样子。"

宋惠明说："茶楼是百口衙门，各种消息都在那里交流，大凡要做大事的人没有不去茶馆的。"

金麻子朝干妈看了一眼，干妈朝他点头，这才把身上的短衫换成长衫，胶鞋换成皮鞋，还用木梳将头发梳理整齐，才出门。

天没放亮，茶楼楼梯上一盏电灯照着楼梯正上方的匾额，上书"清水泡香茗　茶壶论春秋"十个苍劲大字，显得气派。茶楼内左右两盏大灯，照得大堂通亮，十几台八仙桌错落有致。茶味、烟味，四向飘散；说话声、喝茶声，嘈杂不堪。茶房端来洗脸水，金麻子擦了把脸，挑了靠窗的桌子坐下。

茶房问："老板，泡啥茶？"

金麻子不懂茶叶，叫不出茶名，灵机一动，说："介绍一下，这里有哪些茶？"

茶房报出一大串茶名，金麻子听到"碧螺春"三字，觉得茶名好听，就点了一壶碧螺春。

不多时，跑堂端来茶壶，倒出茶汤，一股清香随着一缕水汽袅袅飘来，宛若晨雾中洗衣姑娘甜甜的歌声，让人陶醉。金麻子喝着茶，静静地听着茶客们的闲话。

左边一张桌子正在说毛一尘出家又回家的传言，看到毛一尘走进茶楼，立马刹车转移话题。

右边一张桌子正在议论大姑娘"卖身救母"的事，说是镇上来了一对母女，母亲病重无钱治病，女儿上街卖身救母，镇上居然没人敢买。有茶客问："为啥不敢？"那人答："万一姑娘母亲的病看不好又死不了，这不成了无底洞，谁愿意？"

前面一张桌子的茶客讲述着桥梓湾生煎店女掌柜结婚两年，还未与丈夫圆过房，丈夫瞌眈索性不管生煎生意，日日夜不归宿……那人说得起劲时，还将一条腿踏在凳子上。

男女之事最能激起闲话的热情，闲话出了茶馆就成了传言，传言是小镇平淡日子里的"味之素"，有人说是小镇陋习，也有人说是一种社会自律。

金麻子对小道传言不感兴趣，正想离开，朱溪酱园的韩老板沏了一壶龙井，坐到桌子对面。金麻子赶紧拱手致意。

韩老板点头还礼道："士别三日当刮目相看，老弟的生意风声四起，胜不骄、败不馁，全镇人都在议论你呀。"

金麻子双手抱拳："哪里哪里，我当谢谢韩老板前些年让我做工，使我一个孤儿不至于饿肚皮。"

韩老板竖起大拇指："大丈夫，能屈能伸。敢问金掌柜今年贵庚？"

金麻子伸出两根手指："虚龄二十。"

韩老板问："还没有婚娶吧？"

金麻子点头："我一个孤儿，上无片瓦下无立锥之地，哪有资格谈婚论嫁。"

韩老板站起身，凑到金麻子耳旁，轻声道："到我家当上门女婿，过门后帮我打理生意，如何？"

金麻子知道韩老板生了七个女儿，人称"七仙女"，个个漂亮，让一个孤儿当上门女婿应是求之不得。但不知为啥，金麻子望着韩老板的一番美意却摇头婉谢："金鲲不才，辜负韩老板了。"

韩老板知道金麻子不愿屈居人下，便不勉强，坐下和金麻子一起喝茶，说了些有关豆腐、酱菜行情之类的话，后一起离开。

金麻子走出茶楼，看到街道上围着一大群人，人群中一位蓬头垢面的女子跪在地上，摊在面前的白纸上写着"卖身契"三个醒目大字，下面写着："民女随母逃荒来镇，不料母亲身患重病，无钱医治，哪位出钱救母，我愿终身侍奉……"

水警队疤队长挤进人群，闻到女子身上一股臭味，再看那女子邋遢的样子，拿出警棍驱赶："快走快走，此地闹市中心，再不走我把你抓起来！"

见邋遢女一动不动，疤队长举起警棍朝女子身上打去，金麻子见状高喊一声："队长息怒，队长息怒。"

疤队长手举半空，愣了一下，见是金麻子，嘻嘻一笑："你想英雄救美？"

金麻子说："你打她，让人看了以为你欺负一个弱女子，多难看。不如劝劝她，让她自己走。"

疤队长说："要劝，你去劝。"众人都在想警棍都没能赶走邋遢女，你金麻子能劝走？

金麻子俯下身，在邋遢女耳边说了一句话，那女子便乖乖地拿起地上的纸，转身朝茶楼走去。

疤队长晃着手中的警棍说："你让那女子上茶楼？"

金麻子双手抱拳，对着众人说："朱溪人不会见死不救，在大街上有损观瞻，妨碍秩序，茶楼上老板多，每人捐一点，或许就能救下她的母亲。大家说对不对呀！"

众人觉得金麻子此举有点道理，人群就此散去，也有人跟着上了茶楼。金麻子刚想回豆腐店，却见卖身救母的邋遢女被茶房从茶楼上赶了下来。金麻子看着女子的不幸遭遇，想到自己父母双亡，如果没有夏老板、大太太梅花、陆先生这些好心人相助，哪有他金麻子的今天。

他拉起女子的手再次走上茶楼，到了楼上，举起女子手中的卖身契大声念了一遍，念毕，对着楼内喝茶的士绅、老板双手抱拳，说："各位老板、各位先生，女子卖身救母，孝心可嘉，求大家伸出援手，救她母亲。"

茶楼里顿时鸦雀无声……

有人开毛一尘玩笑："毛老板，你娶过五个老婆，不如再娶一个回去，既做了善事，又多个老婆，何乐而不为呢？"

毛一尘见有人拿他开涮，赶紧站起身说："花钱救人没问题，关键是我这个身架子经不起女人折腾。要我说，金麻子光棍一人，不如请金麻子救人娶姑娘，两全其美，大家说我的建议如何？"

"好！"茶楼里响起一阵掌声。

金麻子再次双手抱拳："各位老板、各位先生，卖身救母是姑娘的无奈之举。在座各位都是镇上士绅、贤达，朱溪人对遇难之人不会袖手旁观，我带个头，捐两块大洋，求各位老板伸出援手，救人一命胜造七级浮屠，谢谢大家！"

金麻子带着姑娘来到各张茶桌求助。老板们在金麻子的感召下，不再开玩笑，纷纷慷慨解囊。

姑娘捧着大家捐助的钱款，正要下跪，被金麻子一把拉起："快去童天春药房找陆先生，给你娘看病要紧。"

姑娘欲走，却被毛一尘喊住："别忙走呀，你们母女逃荒到此，病看好了，找不到活干，还得饿肚子不是？"

说到此，毛一尘再次将矛头指向金麻子："金掌柜，你出两块大洋，就出尽风头，'好人做到底，送佛送到西'，就让姑娘到你王家豆腐店做工，你答不答应？"

茶楼里顿时响起附和声："对对对，金麻子应该好人做到底……"

金麻子双手抱拳，说："各位老板、先生，店是王家的，容我回去禀告老板，征得同意，明日给大家答复。"

回到店里，金麻子将喝茶经过一一告诉大家，最后问："大家说那姑娘能否来店里做工？"

宋惠明听了，看着金麻子的眼睛，没说一句话。

阿妹没好气地说："金大哥，你要做朱溪酱园的上门女婿，还是要娶卖身救母的姑娘，我没听明白。"

白弟的眼睛笑成一条线："金哥交桃花运了。"

长生和婆婆知道金麻子的心思，不就是多张嘴吃饭吗，王家豆腐店已今非昔比，养得起。婆婆和长生还发现金麻子和老板娘的眼睛一眨不眨看着对方，就悄悄地离开工场间，去了前店。阿妹赶紧拉着白弟跟着离开。

金麻子问宋惠明："让那姑娘来店里做工，行吗？"

宋惠明说："你说了算。"

金麻子说："过年回渔村，长生爹上门提过亲吗？"

宋惠明说："长生跟他爹说，我心中有人了，就没来提亲。"

金麻子闻言一惊："长生知道你心中有人了，是谁？我怎么不知道。"

宋惠明瞋了金麻子一眼："你急啥，你不是要做韩老板家的上门女婿吗，还说我。"

金麻子真急了："那是韩老板的意思，我没同意。"

宋惠明调侃一句："这样看来你是看上卖身救母的姑娘喽……"

金麻子早已听出宋惠明话中的酸味，不容分说一把抱住宋惠明，在她耳边说："除了你，谁也进不了我心里。"

宋惠明挣扎了一下，就倒在金麻子怀里……

第二天，金麻子来到天下第一茶楼门口，门前一位眉清目秀的姑娘向他鞠了一躬，递上一袋大洋，说："大哥，我妈死了，这钱用不着了，麻烦你帮我还给茶楼里的好心人。"说完，又向金麻子鞠了一躬。金麻子这才恍然大悟。

昨天卖身救母的女子回家后，发现母亲已咽气，姑娘大哭一场，埋了母亲，想着母亲再也用不着茶楼里这些好心人捐的大洋了，就洗净身子，换上干净衣衫，一早在茶楼门口等金麻子还钱。金麻子看着梳洗干净的姑娘，长辫子，衣衫虽旧满是补丁，但浆洗干净，真是换了一个人了。

金麻子领着姑娘走上茶楼，茶房端上洗脸水，金麻子用毛巾擦了擦手，双手抱拳说道："各位老板、先生，我家老板答应让卖身救母的姑娘到店里做工，只可惜，昨日姑娘回家，母亲已去世，今日姑娘将大家募捐的大洋还给大家。"

金麻子来到钱庄钱老板面前，拿出五块大洋："钱老板，你捐得最多，第一个还给你。"

钱老板手端茶壶，伸手撸了一下油光可鉴的小分头，说："捐出去的钱，哪有收回的道理。你老弟收留她，我的钱就让她留着，遇事应个急。"

茶楼里的老板见钱老板慷慨表态，谁也不好意思收回。

金麻子把钱袋还给姑娘，姑娘不收："大哥留我做工，生活有了着落，这钱我不能拿。"

金麻子举着钱袋，想了想说："各位老板、各位先生，大家不想收回，姑娘也不肯拿，我建议将这笔钱放在茶楼，日后若有人遇到急事需要帮助，就用这钱救急，大家看行吗？"

钱老板第一个说："我赞同。"

于是，在场老板一致同意设立"茶楼救急基金"。

一

清官难断家务事，章镇长最近碰到一件棘手的事：桥梓湾生煎店老板瞌眈赌博输钱，把生煎店抵押了，可是老婆不从，说生煎店抵掉了，全家人只能喝西北风，谁欠的赌债谁去还。

瞌眈把老婆的话告知赌友小辫子，小辫子奸笑着说："不用生煎店还赌债也可以，用老板娘阿萍白嫩的身子还！"

瞌睏回家不敢和老婆说小辫子的意思，是阿萍逼他说的，瞌睏说："我不答应的，但得还钱。"

阿萍抡起右手给瞌睏左右两个大耳光，浑身哆嗦着说："有你这种男人吗？连老婆都愿意输给人家，不活了！"说完冲出店门，冲进下滩小弄堂。

瞌睏暗叫："不好！"拔腿追去，来不及了，阿萍已冲进弄堂河滩，跳进河里……

邻居把湿淋淋的阿萍从河里救起，不敢让她回家，直接送到镇公所，请章镇长主持公道。章镇长没有碰到过这种事，欠债还钱，天经地义；用店还债，无以为生；用身子还赌债，有伤风化……章镇长不知道该怎么判？

这是金麻子在天下第一茶楼第二次听到关于阿萍的消息，是真是假不知道，金麻子再无心思喝茶，放下茶壶，赶到桥梓湾，想问问阿萍有无此事。按照往常，此刻该是生煎店最热闹的时候，来到桥梓湾，但见生煎店排门板挡道，铁将军把门。金麻子预感事态严重，就直接来到镇公所，向章镇长了解此事。金麻子曾在县党部书记长视察三阳湾时见过章镇长，章镇长举止斯文，却透着英武之气，也听说过章镇长大学毕业回到镇上就做了一件善事。白弟曾说章镇长不像官老爷，文质彬彬像个教书匠。

在镇长办公室见到章镇长的时候，章镇长刚吃过早饭，正在用一根牙签剔牙。金麻子说明来意，问："瞌睏赌输生煎店有无此事？"

章镇长点头说："有。麻烦！"

金麻子问："有啥麻烦？"

章镇长摇头："此事涉及党国机密。"

金麻子被"党国机密"四个沉甸甸的字搞糊涂了，问："瞌睏赌钱输掉生煎店，大不了还钱就是，怎么会涉及党国机密？"

章镇长很神秘地告诉金麻子："此事牵涉夏雨，上峰已秘密下发通知，只要夏雨回家立即逮捕。你说，都在一个镇上住着，低头不见抬头见，夏老板又是我的启蒙老师，抓了夏雨，日后如何面对恩师？你回去告诉夏老板，让他劝夏雨早日回来自首，我一定向县党部书记长求情。夏雨还是学生，不懂事，只要今后不与共产党沾边，我保证没事。"

金麻子听章镇长说政府要抓夏雨，急了，但他还是不明白瞎眈赌钱与夏雨有啥关系。

章镇长说："当然有关系。瞎眈说阿萍人嫁给他，心还在夏雨身上。阿萍很过分，为了夏雨至今未与夫君圆房，瞎眈才夜夜赌钱，结果钻进小辫子给他设的局，输光家产。阿萍心中爱着夏雨，她就可能是夏雨的同党，或是联系人。抓不住夏雨，疤队长想把阿萍先抓起来，我拦住了疤队长，没证据，怎可乱抓人！我警告小辫子，不准用店抵债，不准拿女人的身体抵债，容瞎眈夫妇将经营所得按月归还。你说，本镇长断案如何？"

金麻子觉得章镇长这样断案不对："镇长，这样处理等于承认赌博坑人是合法的，将来会有更多小辫子之流用赌博来骗人钱财。"

章镇长本想听金麻子说几句好话，不料被金麻子全盘否定，心中生出几分不快，但又觉得此话听之不快、辩之有理，就说："那你说说，如何处理才好？小辫子背后还有他开赌场的大哥'白面书生'给他撑腰。"

金麻子挠了挠头皮："我还没有想好怎么做，等想好了再来向镇长讨教，我坚信邪不压正！"

金麻子担忧夏雨的安危，已无心思与章镇长浪费时间。他知道章镇长是夏伯伯的学生，政府要抓夏雨的消息是故意透露风声，让他转告先生。

离开镇公所，金麻子直奔夏家米行。当他把政府要抓夏雨的事告诉夏老板后，发现夏老板一点不紧张，还拉着金麻子来到上滩住宅，说："雨儿回家了，正找你有事商量。"

金麻子站在夏雨房间门口，看到脸上架着黑圆框眼镜、身穿长衫、一脸书卷气的夏雨，激动得一步朝前，兄弟俩紧紧抱在一起。

金麻子说："夏雨哥，想死我了！"

几年不见，夏雨发现当年的小屁孩，已是人高马大的小伙子了："听说你当上豆腐店掌柜了，不容易啊！"

兄弟俩站着凝视着对方，金麻子腼腆地笑笑，突然想到章镇长的话，焦急地说："夏雨哥，水警队想抓你，怎么办？"

夏雨很镇定："我知道，他们抓不到我。说说，这些日子是怎么过来的。"

金麻子刚想说话，看到放在书桌上夏雨和文静姑娘的结婚照，立马改变话题："夏雨哥，我的事不重要，阿萍的事难办。你真的结婚啦？"

夏雨一脸严肃："兄弟，我就为这件事找你。眼下我不能出面，拜托你拿这张照片给阿萍看，照片上的姑娘阿萍见过，告诉她我心有所属，把我忘掉，好好和克忠过日脚（日子）。"

金麻子望着夏雨，有些语无伦次："你和文静姑娘真的结婚了？"

夏雨也有些激动："她永远在我心中！"

夏雨严峻的表情让金麻子感到他和文静姑娘的关系比夫妻更深，但深在哪里说不上来。

夏雨临走时握住金麻子的手，说："如果需要帮克忠还赌债，你就问我多要钱。拜托了！"

夏雨交代完所托之事，跳上停在米行后水港的一艘乌篷船，朝淀山湖摇去。

金麻子是在赌场门口找到小辫子的，他对小辫子说："瞌睒欠你的赌债想不想要？"

小辫子眨着眼睛说："当然要，他不敢不还。"

金麻子上前一步，捏着他的肩胛说："瞌睒的赌债转给我了，从今天起，你要赌债问我要，敢去生煎店讨，我保证你一块大洋都拿不到。"

小辫子自知打不过金麻子，但痞子的本性不到最后不罢休："那你还钱，我保证不去桥梓湾生煎店。"

金麻子说："好，我给你两个选择。一是和我打一架，打赢我，给你钱。二是和我赌一把'骰宝'，我不懂'骰宝'的细节，所以不设赔率，没有围骰，光买大买小，我用五万大洋赌你两千大洋赌债，你赢了，五万大洋归你；输了，两千大洋归零。二选一！"

小辫子说："我打不过你，我选二，到赌场开赌。"

金麻子用力捏了一下小辫子的肩胛："等我筹到五万大洋，再开赌。"

小辫子不答应："你筹不到，我就一直等你？你当我傻呀。"

金麻子说："放心，三天之内等我回音。"

金麻子用五万大洋赌瞌睒欠小辫子两千大洋赌债的消息传开，人人不解。有人说金麻子大钱博小钱，脑子坏了；也有人说金麻子哗众取宠，想出名……

消息传到王家豆腐店，长生问："金掌柜为啥要这么做？"

白弟说："金哥，豆腐店开店才几年，根本拿不出五万大洋。"

宋惠明担心："万一输了怎么办？"

金麻子说："万一输了，用我的命再赌一次！"

宋惠明知道金麻子已铁了心，不再说话。

干妈不担心，也不说话，她心想这么精明能干的干儿子不可能这么傻，再说店里连五千大洋也没有，哪来五万大洋？此事很可能是干儿子故弄玄虚扩大影响的招数……

金麻子不管大家如何说话，都不为所动。

对赌博一窍不通的豆腐店掌柜，想"以赌制赌"，面对的却是赌场老板的表弟，巨大的落差使得镇上的贤达、耆宿、大老板等头面人物都关注起这场赌局来。

小辫子得到赌讯："三天后，在天下第一茶楼当众开赌。"

小辫子对表哥说："赢金麻子那是'三个指头捏田螺'稳拿的事，唯一担心的是金麻子学过武术，万一赌输赖账，奈何不了他。"

表哥"白面书生"说："怕什么，不就是买大买小吗，金麻子连围骰、赔率都不懂，两千博五万，傻瓜才不干。再说在天下第一茶楼赌，大庭广众之下，他敢赖账，我剁了他的手！"

开赌这天，天下第一茶楼用两张八仙桌拼出一张赌桌，桌上铺着白色台布，放着代表五万大洋的筹码，赌桌中央分别写着"大""小"两字；赌桌两头各放一把赌客坐的太师椅，两侧放靠背凳。金麻子专门请章镇长主持赌局，章镇长为树良俗，亲自摇骰，还向镇上贤达、耆宿、大老板发出观赌邀请。于是乎，出资办学的贤达蔡先生、写小说的儒医陆先生、马家花园庄主马先生、儒商夏老板等朱溪名流坐右排靠背椅；油车、电灯厂、米厂等大老板坐左排；钱老板、韩老板、毛老板、曹老板等茶楼常客在靠后的茶桌落座。阿萍在听说金麻子拿五万大洋"以赌制赌"的话后，专门到王家豆腐店，让他收回成命。

金麻子说："此事已定，不容改变，等赌局结束后再向你说明一切。"

于是，当事人瞎晓、阿萍和王家豆腐店的长生、白弟坐在靠窗的茶桌边，紧张地等待着赌局和结局。"白面书生"带着彪形大汉等一帮手下，簇拥着小辫子走进茶楼，在小辫子落座的太师椅后选了一张茶桌坐下，监视着赌桌上发生的一切。水警队疤队长带来四名水警，两名水警守在楼下入口，两名水警守在二楼楼梯口，维持秩序。疤队长受章镇长之命，站在赌桌旁边，做公证。平时热热闹闹、人声鼎沸的茶室，变得严肃、安静。

章镇长的面前压着一张五万大洋的钱庄银票，镇长在金麻子、小辫子落座后，说了一段话："各位贤达、各位先生，余克忠欠史永昌赌债两千大洋，王家豆腐店金掌柜决心'以赌制赌'，用五万大洋（章镇长扬了扬手中的银票）赌两千赌债，无论输赢，史永昌从此不得再与余克忠赌钱。侠义之士行侠义之举，本人深感佩服。金掌柜邀我担任坐骰（摇骰之人）以示公正，我无可推却。根据金掌柜要求，本次骰宝不设赔率，没有围骰，只有大小点数，因以大博小，每次摇骰后，由金掌柜投注，史永昌跟注，本场赌局以设局者五万大洋赌本输光为终局，或以应局者输完两千大洋赌债为终局。"

章镇长话音一落，观战人的眼光都投向金麻子，有敬佩的，有担忧的，有怀疑的，也有不怀好意的……

开赌，摇骰，场内只听到骰子的撞击声，骰盅摇停，金麻子把二百筹码推向"小"。章镇长揭开盅盖，结果买小开大，运气不好。疤队长拿一根竹制的"不求人"（长柄，一头刻成手掌形，专门用于挠后背之用），权当赌场耙子，将二百大洋筹码扒拉给小辫子。第二次摇骰，金麻子投注四百筹码，继续买小，结果再次买小开大，运气不佳。如此一连六次，金麻子均以翻倍筹码买小，结果都是买小开大，连输一万二千六百大洋。

毛一尘看到金麻子输钱，心想：聪明人也会变成"戆浮尸"，输光五万大洋，看你如何与我争高下！

曹家菽乳店的曹来喜看到金麻子输钱，白花花的大洋顷刻之间变成他人钱财，心痛万分，一个劲儿摇头："金兄弟犯不着啊！"

那些贤达、名流、耆宿、老板都在心里嘀咕："不懂赌术，只知买小，不输才怪！""不是金刚钻，为啥要揽瓷器活？"……

阿萍知道金麻子是豁出命来帮她，看着金麻子输钱，急得快要坐不住了……

章镇长第七次摇骰，骰子撞击声更加清晰，停摇骰盅，金麻子将一万二千八百元筹码继续推向"小"字的时候，脸上的表情开始严肃起来。小辫子的眼睛盯着"小"字上的筹码，脸上挂满了贪婪的笑容，他算了一下，这些筹码进账，那就赢了超过一半的银票，再翻一番就终局了，五万大洋即将收入囊中，不由得跷起了二郎腿。所有人的眼睛都集中在章镇长右手上，章镇长揭开骰盅盅盖，三颗骰子，两颗二点，一颗三点，小！金麻子赢！

章镇长第一次报："设局者平掉应局者二百大洋。"

小辫子眼看着一堆筹码，被一根短短的"不求人"扒拉到金麻子面前，一拳砸在赌桌上："再赌！"

摇骰，骰盅停摇。金麻子把二百大洋筹码推向"大"。开骰，结果是"小"，筹码被扒拉到小辫子面前。金麻子连续六次翻倍买大，均买大开小，运气糟糕，一万二千六百大洋的筹码被扒拉到小辫子面前。小辫子看着失而复得的筹码，没有高兴，赌台瞬息万变，说不定下一次揭开盅盖就被金麻子买中，到手的大洋一扒拉就没了。他朝表哥"白面书生"看了一眼，表哥向他伸出大拇指，六个手下始终虎视眈眈盯着赌桌。第七次买大，金麻子投注一万二千八百元筹码。大家的眼睛都盯着骰盅盅盖，章镇长揭开盅盖的那一瞬间，空气似凝固一般，章镇长叫了一声："三四五，还是小！应局者赢——"

"大"字上的筹码全部扒拉到小辫子面前。小辫子赢了两万五千四百大洋的筹码，如果翻倍，只要一次就能结束赌局。小辫子看着眼前越来越多的筹码，脸上的肌肉跳了好几下。这次赌局对小辫子来说是只赢不输的买卖，即便输，最多平掉瞒晚的赌债，而那些赌债本来就是抽老千骗来的；要是赢，就是五万大洋！"白面书生"开一年赌场不过赚上万大洋，小辫子伸手把面前的筹码一个个叠得整整齐齐……金麻子第八次把筹码全部推向"大"，翻倍还缺八百大洋筹码，金麻子就从身上拿出一张一千大洋的银票放在筹码上……这是最后一搏，输了再无出头之日！连章镇长摇骰的双手也在微微颤抖，章镇长想自己几年来的薪酬只不过几千大洋，摇摇骰盅五万大洋就快没啦……

章镇长不敢再想下去，停住了摇骰，抖豁豁的手缓慢地揭开盅盖，小辫子眼尖，大叫一声："豹子！"

今天的赌局"怪"，连开六个"大"，第七次才开"小"；接着连开七个"小"，第八次开骰全是五。行话说：开出"豹子"，庄家通吃，赔率可达一百五十倍。

章镇长说："本次赌局没有庄家，所以不设围骰，'豹子'无效，只有大小，十五点为大，设局者赢。"

疤队长将小辫子面前的筹码全部扒拉给金麻子。章镇长第二次报："设局者又平掉应局者二百大洋。"

此时，金麻子举手说："我要解个手。"

白弟跟着金麻子走进厕所，说："金哥，赌钱的时候不能撒尿拉屎的，那样不吉利，好运气会掉头的。"

金麻子昂起头，畅快淋漓地撒着尿，说："我一紧张，就想尿尿……"

出资办学的蔡先生已看出金麻子投注的规律，每次翻倍投注，连续买小或买大，八次之内总有一次赢面，赢一次不仅能赢回所有投注，还能平掉二百赌债（第一次投注的筹码数）。金麻子经历了连开六次"大"、七次"小"的经历后，脸上的表情开始放松，再后来的几个回合，有一次、三次就买中，八个轮回后，共平掉小辫子一千六百大洋赌债。赌场老板"白面书生"早已看出端倪，但他知道，澳门赌场最长纪录连开十一次"小"。但是奇迹没有在天下第一茶楼出现，说明小辫子没有财运。但"白面书生"不明白，不懂赌术的金麻子怎么会知道用倍数赌大小的，还专门声明不设赔率、没有围骰（豹子）、只投大小的规定，只要奇迹不发生，输赢早已定下。

想到此，"白面书生"走到赌桌前，对着章镇长说："不赌了，小辫子输了。"

小辫子不知道赢了又输的奥妙在哪里，说："表哥，不到最后，不能认输。"

"白面书生"说："你傻呀，人家做好了圈套让你钻，你赢得了吗？"转对金麻子说："你小子有种，来日方长。"说完带着手下离开了茶馆。

小辫子见"白面书生"走了，又赌了两个轮回，两千赌债全部平掉，才悻悻离开茶馆。

金麻子双手抱拳向章镇长和疤队长施礼："全靠镇长主持公道，疤队长鼎力相助，晚辈谢过镇长，谢过疤队长。"又对茶楼里的各位前辈抱拳施礼："晚辈金鲲第一次赌钱，让大家见笑了，望多多包涵。晚辈告辞。"

三

桥梓湾和三阳湾是北大街上相距百丈的两个湾，长街有了湾，蜿蜒曲折的水乡古镇才韵味尽显。三阳湾在北大街东头，金麻子回到三阳湾的时候，阳光正好照在王家豆腐店门口，金麻子就有一种"鸿运高照"的感觉。回到店里，所有人的目光都集中在他身上。

干妈得悉干儿子真借了五万大洋去赌钱，心想完了：干儿子聪明反被聪明误！看到金麻子得胜回来，干妈当面责问："你不赌钱，不懂赌术，白弟说你在赌桌上像个赌王，豪气冲天，输掉几万大洋眼睛眨也不眨。拿五万大洋赌别人欠的两千赌债，你傻不傻？你不偷不抢，哪来五万银票？"

干妈的问话代表所有人的疑问。

金麻子看了一眼端坐在柜台一言不发的宋惠明，觉得有必要把事情的来龙去脉说清楚。他在账台前坐下，喝了一口白弟端来的豆浆，便从阿萍无钱上学，在课堂外"树枝当笔，大地当纸"说起，将夏雨和阿萍的恋情，夏家对自己的照顾，夏雨与上海文静姑娘结婚，阿萍以为夏雨变心而匆忙出嫁，后听了金麻子分析夏雨可能是"革命党"假结婚的话后又不愿和瞎晄圆房，导致瞎晄夜夜赌钱等前后经过一五一十告诉大家，最后说："夏雨哥希望阿萍和瞎晄好好过日子，眼下政府怀疑夏雨是'共产党'，要抓他，他不便出面，便托付于我。"

宋惠明听金麻子讲述从小和夏雨、阿萍一起长大，以及夏雨和阿萍青梅竹马的故事，好像在听舅舅说书，情节生动、故事感人，对金麻子的态度也从埋怨转为钦佩，问："那五万银票是夏家米行给你的？"

金麻子说："不是。夏雨哥只托我说服阿萍，忘掉旧情，和瞎晄好好生活。我想，不平掉赌债，阿萍姐不可能与瞎晄和好；不整服帖小辫子，这小子还会骗瞎晄钱财。我问夏伯伯有无'以赌制赌'的办法，夏伯伯也不懂赌术，让我去请教陆先生，他说陆先生写小说，书中三教九流、吃喝嫖赌、坑蒙拐骗啥都有。我去找陆先生，说明来意，陆先生就教了我一招'翻倍赌大小'的赌术，长生和白弟都见过，每次投注翻一倍。陆先生说，只要没有赔率、不出奇迹，按照概率学，包赢，但必须有一笔巨大的资金作为赌本。"

干妈自言自语："赌本五万，哪里来？输了拿啥还！"

长生说："婶娘，刚才惠明比你还担忧，她说如果输了，就回渔村，再也不踏进朱溪镇半步。"

金麻子听了，双手抱拳向大家施礼："让大家担心了，我很抱歉。不过大家放心，如果输了，绝不连累大家，这五万大洋银票是向钱记钱庄借的，是夏伯伯做的担保。钱掌柜说，陆先生教的方法，包赢不输，夏老板即使不担保，他也会出借。我向钱老板保证，如果赌输，我将当场撕毁银票，拿我的命抵债，绝不给痞子一文钱！"

宋惠明心想：你的命在我心里何止五万！

阿萍回到生煎店，等着金麻子上门解释。五万赌两千，金麻子为啥这么做？五万大洋是谁出的？金麻子虽做了王家豆腐店的掌柜，但不可能有这么多钱，这场赌局背后定有文章。

正想着，金麻子推开生煎店大门，前脚刚踏进店门，阿萍开口便问："是夏雨让你这么做的？"

金麻子点头，回转身关上大门，拿出夏雨与文静姑娘的结婚照，放到阿萍面前："夏雨哥回来了。"

阿萍像弹簧一样跳起来："我要见他！"

金麻子按住阿萍的肩膀："夏雨哥心有所属，已放下了儿时的这段恋情，他希望你忘掉他。"

阿萍看着结婚照上的文静姑娘，勃然大怒："既然结了婚，还来管我的事？狗拿耗子，多管闲事！"说完气咻咻地重新坐下。

金麻子收起照片，坐在阿萍对面，耐着性子说："阿萍姐，就算夏雨哥辜负了你，你也不要再辜负瞎晚，毁了这个家。瞎晚是个老实人，真心喜欢你。为了你，他放下少爷架子，不再懒惰；为了你，他能和小辫子拼命！为了你，他可以放弃一切……是你让他绝望，他才上了小辫子的当。阿萍姐，忘了夏雨，好好和瞎晚哥生活，让余成山老板放心……"

金麻子的话说在阿萍最柔软的地方，阿萍深感对不起师父余成山，擦了一把眼泪，站起身说："走，去夏家米行，我要问夏雨，为啥背叛我？"

金麻子坐着不动，他想起夏雨说的"文静姑娘永远在我心里"那句话，联想到政府要抓捕夏雨，说服阿萍就成了一种使命："他昨天离开了，说要去很远很远的地方，等到革命成功再回家乡。阿萍姐，如果你真爱夏雨，就一定要按夏雨哥的嘱托去做；如果你不爱夏雨，就回到正常的生活中，与瞌睏哥好好过……"

阿萍坐回凳子，陷入沉思。

金麻子临走时说："明天生煎店必须开门，我来生炉子……"

就在这时，楼上传来瞌睏的声音："金鲲兄弟慢走！"

瞌睏从楼梯上冲下来，跨进店堂，跪倒在地，一边抽打自己耳光，一边说："我是混蛋，当初赶你走，今日你舍命相救；阿萍对爱情忠贞不渝，而我得不到阿萍就心生怨恨，破碗破摔，差点酿成大祸！我不配做阿萍丈夫，阿萍恨我、休我，我毫无怨言，是我活该……"

金麻子扶起瞌睏，说了一句很重的话："你若再混账，阿萍姐将离开生煎店，永不回来！"

金麻子一赌成名，王家豆腐店生意日日红火，镇上开食堂的油车、电灯厂、米厂等大老板指定食堂管事，豆腐菜都到王家豆腐店采购。王家豆腐店销量大增，成为朱溪镇名气最响、生意最好的豆腐店。

一个食堂管事对宋惠明说："你家金掌柜真会做生意，设一次赌局，让豆腐店名气响遍全镇。"

宋惠明朝管事笑笑，说："我家掌柜设赌局，不为赌钱，更不为名气，为做善事。"

管事的忙说："对对对，好人有好报。"

因"卖身救母"被金麻子招进店里的凤娟，穿上新衣，扎上小辫，出落成一个亭亭玉立的大姑娘，每日跟着宋惠明在店堂卖豆腐，手脚勤快，很少说话，深得大家喜欢。

一日，店堂里只有她和宋惠明两人，凤娟小心翼翼地问："老板娘，让金掌柜收我做偏房，行吗？"

宋惠明闻言一惊："为何要做偏房，要做就做正室。"

凤娟以为老板娘不同意，拘谨地说："老板娘是正室，我哪能篡老板娘的位，我只是想报答掌柜。"

宋惠明哭笑不得，告诉凤娟："金掌柜从没娶过亲，我和他八字没一撇，哪来正室？"

凤娟"啊"了一声，没再吱声。

这个时候，金麻子端着一竹笸豆腐皮从工场间出来，宋惠明开玩笑说："金鲲哥，凤娟妹子想做你的偏房，你就收了她吧……"

金麻子放下竹笸，看着惠明的眼睛，那眼睛里分明藏着酸酸的醋意，开心地笑了："惠明，我们结婚吧……"

宋惠明原本想开一下玩笑，结果换来金麻子当场求婚，又高兴又尴尬，一下子觉得脸上烫得厉害，赶紧说："我说的是凤娟，怎么说到我身上了？"说完，红着脸、低了头，不敢正眼看金麻子。

金麻子说："对呀，我们结婚了，我才有正室，有了正室，才能考虑要不要娶偏房。"

宋惠明嗔怒道："你想娶偏房，我才不嫁给你呢。"

金麻子马上对凤娟说："听到了吗，我不能收你做偏房，不然，我连正室都娶不到。"

金掌柜和老板娘一唱一和、情投意合的样子，让凤娟既羡慕又失落，她不知将来如何报答金掌柜的恩情。

金麻子在桥梓湾生煎店帮了三天忙，剁馅、和面、掌锅样样做在前头。阿萍过意不去，让他回豆腐店。

金麻子捋下粘在手上的面粉，抬头说："你与瞎晼哥和好，我就回去。"

阿萍将正在打扫店堂的瞎晼叫到面前，当着所有人的面问："还赌不赌？"

瞎晼对天发誓："再赌断手！"

阿萍告诫瞎晼："这店不是金鲲兄弟的，但他样样拿得起；这店是你的，可你学到今天还是半吊子。你何时学会掌锅，何时回房睡觉。"

这话耳熟，瞎晼记得母亲也曾说过，觉得自己真是混蛋，赶紧说："好，我今天就掌锅……"

看着阿萍和瞌睡讲和，金麻子告辞回店。

刚进店里，长生附在金麻子耳边说："兄弟，快去茶楼，钱庄钱老板约了惠明喝茶去了，说要向惠明求婚。"

金麻子不急，像没事人一样整理起豆腐板来。

白弟急了："金哥，钱老板有钱，万一老板娘答应了，你后悔就来不及了。"

金麻子不言，搬起一叠豆腐板端进工场间，出来时，干妈问："鲲儿，你真不急？"

金麻子这才说了一句话："如果老板娘想做有钱人的太太，我们不该拦她。"

没人再说话，每个人都不希望王家豆腐店的实际当家人和名誉当家人之间的感情出现问题，大家又揣摩不透金麻子的心思，只好闷头干活。

半个时辰后，宋惠明从茶楼回来，见金麻子在擦压床，手中抹布总擦在一个地方，便走到他身边说："钱老板向我求婚了。"

金麻子机械地擦着木墩子说："你交桃花运了。"

宋惠明嗔了他一眼："你才交桃花运呢，我又没答应他。"

金麻子两眼望着木墩子，揶揄一句："嫁进钱庄一生富贵，过了这个村，就没这个店啦。"

宋惠明一把从金麻子手中夺过抹布，扔在木墩子上："我不进这个村，不要这个店。"

金麻子调侃："原来钱老板借钱不要抵押、不要担保，是看上你，才这么慷慨的，你真的不领情？以后借钱就难了。"

宋惠明反击："为了借钱，你想拿我当作礼物？"

金麻子看到了宋惠明委屈的眼神，那眼神似乎在向他抗议，赶紧说："我哪里舍得，你怎么回答钱老板求婚的？"

宋惠明擦了一下泪眼："我对钱老板说，评书里有句话叫'恨不相逢未嫁时'，钱老板一听就懂了。"

金麻子一听激动了，迅速在宋惠明脸上亲了一下，宋惠明赶紧回头张望，发现大家都在背后鼓起了掌。宋惠明涨红着脸，嗔怪金麻子不检点。

金麻子干脆说："惠明，今年春节我们成亲吧，省得镇上有钱人一直惦记你。"

此刻，路过三阳湾的人，都听到王家豆腐店里传出阵阵掌声，不知为何事高兴。

几天后，求婚不成的钱老板又找上门来，见到金麻子，开口就说："你小子，会捉老鼠的猫不叫，早已将老板娘拥入怀中，还假装做伙计，弄得钱某我'鸭吃砻糠空欢喜'一场。"

金麻子赶紧双手抱拳："承蒙钱老板一直以来慷慨相助，金某感激不尽。姻缘姻缘，讲的是缘，连的是姻，强求不得，多有得罪，望钱兄包涵。"

钱老板摇着手说："不碍不碍，是我自作多情，有缘的不娶，无缘的瞎起劲。我今日来有一事相求。"

金麻子拍了一下胸脯："只要我金某办得到，定当尽力。"

钱老板用手撸了一下小分头："我准备去上海，娶旧相好春霞，成亲那天想请金掌柜帮我'吹喜'。不知金鲲兄弟当了掌柜，成了镇上名人，能否屈驾?"

金麻子欣喜万分，再次双手抱拳："啥掌柜、名人，我是金喇叭儿子，吹!"

钱老板娶亲这天，租了一艘小火轮，一早开船，从漕港河进苏州河，在北四川路横浜桥边的石滩涂上接了新娘子，再从苏州河开出。金麻子一路"吹喜"，长生打鼓，白弟敲锣，凤娟、阿妹做伴娘，欢天喜地来到镇上。新娘子在城隍庙滩涂上岸，一顶四人小轿等在岸上，新娘上轿，金麻子再次吹响喜曲《百鸟朝凤》。

长生、白弟在前头敲锣打鼓走向最热闹的北大街，路经桥梓湾，新娘子闻到一股葱油香，撩开轿帘吩咐停轿，探出头来嗲声嗲气对钱老板说："老公，我想吃生煎!"于是，新娘子从轿子中走出。

镇上人见了，以为钱太太复活了：一样的长波浪头发，同款的绛红色旗袍，一领披肩搭在肩上，婉约中透着古意，一脸娇羞，一袖暗香，一路风情……新娘子跟在钱老板身后进店落座。老板娘阿萍亲自给新婚夫妇端上生煎。

新娘子问阿萍："侬还认得我哇?"

阿萍觉得眼熟，一瞬间仿佛也出现了钱太太复活的幻觉，但很快镇静下来，只听钱老板说："你成亲那天，春霞小姐正巧来镇上玩，我带她来赴的婚宴。"

阿萍"噢"了一声，说："那我今天可要向钱老板讨喜糖吃了，恭贺钱老板、钱太太新婚之喜。"

当伴娘的阿妹赶紧从包袱里拿出喜糖，分给店里所有伙计。

新娘春霞张开樱桃小嘴吃了起来，她忘不了咬皮皮甜香、吃馅馅肥鲜，轻轻一啜，鲜汤入口的桥梓湾生煎。新娘子吃完一客，让钱老板再买一客带回家吃。当年苏州老婆新婚来镇上，不就是这样吃的生煎吗？

钱老板望着新娘子的脸变成了苏州老婆的脸，顿时心生怪异，说："回家，回家吧。"

于是金麻子吹起喜曲《步步高》，敲锣打鼓把新郎新娘送到高低桥钱公馆。此刻，钱公馆热闹非凡，账房接待着前来赴喜宴的亲朋好友。似曾相识的一切，让金麻子想起前些年钱公馆办丧事的情景，一样的热闹，一样的宾客，红白颠倒，物是人非，真是人生无常啊！

喜宴结束，宾客散去，兴奋了一天的钱老板想早点进入洞房，毕竟苏州太太死了两年多，钱老板已经迫不及待，可新娘子贾春霞说："亲爱的，我想吃了生煎再上床，保证让你……"

春霞的话再次让钱老板心生怪异，苏州老婆也是吃了生煎才肯圆房，是不祥预兆吗？

疤队长心血来潮想吃王家豆腐店的辣味豆腐干，给了门口站岗的水警队队员一块大洋，让他去王家豆腐店买。队员领命欲走，又被叫住："回来。"

疤队长想起一年多前曾向豆腐西施老板娘提过要娶她做二房的事，便从抽屉里拿出当年给过阿萍家的"八字"名帖递给队员："你把这个东西亲手交给老板娘，问一声老板娘，我何时可以娶她。"

很快水警队队员买了辣味豆腐干回来，递上豆腐干和"八字"名帖说："队长，豆腐西施说，她已与金掌柜订婚，你晚了。"

疤队长立刻板起脸："我一年前就向豆腐西施提过亲，她说要等到服丧满一年再考虑，现在已快两年了。她定的亲不算！"

水警队队员说："队长，此事硬来不得。"

疤队长说："此事就得硬来。"

疤队长带着两名手下，以巡路的名义来到三阳湾王家豆腐店，看到宋惠明正在店里忙碌，走到豆腐作台前打了声招呼："豆腐西施老板娘，你说的话不算数吗？"

宋惠明听出是疤队长的声音，头也不抬，说："我说过啥话不算数？"

疤队长用手指敲着豆腐板，提高嗓门："你说服丧满一年再考虑和我的婚事，现在一年半都过去了，今天可以嫁给我了吧。"

宋惠明放下正在整理的豆腐笸，隔着柜台严肃地说："我说过服丧一年后才考虑婚事，可没说要嫁给你。疤队长，谢谢你的好意，我和金掌柜订婚了，请你不要再来了。"

疤队长蛮横地说："你们订的婚不算，我先提的亲，就应该我先和你订婚。"

金麻子实在忍不住疤队长纠缠宋惠明，从工场间出来，对疤队长毫不客气地说："你是警察，不是恶霸，你该维持镇上秩序，不该上门强抢民女。"

金麻子的话激怒了疤队长："啥？你说我是恶霸？说我强抢民女？"说着话，抽出挂在身上的盒子炮，对着金麻子的脑袋："不要以为身上有点功夫就了不得，你的功夫有我枪子厉害吗？你若不把豆腐西施让给我，我一枪打死你！"

孤儿出身的金麻子谁也不怕，伸手抓住枪口，对准自己额头："有种就开枪。告诉你，就是打死我了，你也休想娶到老板娘！"

金麻子的话让疤队长骑虎难下，开枪不是，不开枪也不是，拿枪的手开始微微发抖。就在僵持不下之时，凤娟从工场间冲上前来，面对枪口挡在金麻子身前，大声说："要开枪先打死我！"

本来手就在发抖的疤队长，见到一个年轻美女挡在枪口前，大吃一惊，趁机收回盒子炮，说："你、你你，干啥呢，我怎么会开枪呢？我是在考验金麻子，看来金麻子宁愿不要命，也要豆腐西施。行，我退出。"

凤娟一句话不说，伸出的双手一动不动拦着，直到疤队长把盒子炮放回枪套，她才收回双手。

疤队长脸上堆着笑对金麻子说："金掌柜不要生气，开个玩笑而已，你出来一下，我有话说。"

金麻子不知疤队长说一出做一出，发啥神经，就出了店门。

宋惠明一把抱住凤娟，喃喃地说："你能用命护着金掌柜，金掌柜该娶你。"

凤娟一个劲儿摇头："不，老板娘，金掌柜救过我，我要报答金掌柜。打死我没关系，打死金掌柜，豆腐店怎么办？这么多人跟着金掌柜做生意，他不能有意外……"

金麻子走出店门，被疤队长拉到下滩王家豆腐原料店门前，疤队长说自己看上了刚才挡抢的姑娘，央求金麻子保媒。

金麻子听了气不打一处来："你疤队长就像个花痴，一会儿与我争豆腐西施，枪都拔出来了，一会儿又看上我家凤娟姑娘，你啥意思？成心跟我过不去？"

疤队长堆起一副笑脸："抱歉抱歉，说老实话我早就看上豆腐西施了，拔枪是想吓唬你，可你吓不住，我只好退而求其次。你店里的凤娟姑娘确实年轻漂亮，做我垫房，我保证让她过上好日子。求你帮我说说好话，只是不知道她是哪家的姑娘。"

金麻子告诉疤队长："你刚才的做派就像土匪，谁敢嫁给你？你有种，当面去问凤娟姑娘。"

疤队长以为自己是水警队队长，穷人家的姑娘巴结他都来不及，见金麻子不肯为他说媒，转身回到豆腐店门前，开口便说："凤娟姑娘，我想娶你，你可愿意？"

凤娟确实长得水灵，疤队长见到亭亭玉立的姑娘，觉得与其争一个不属于自己的豆腐西施，还不如娶一个漂亮的大姑娘更实惠。

凤娟听了疤队长的话，迎着疤队长贪婪的目光，说："队长，你想娶我？"

疤队长连连点头。

凤娟走出店堂，一步踏上街边石级，故意提高嗓门说："疤队长，当初我'卖身救母'，你若出手相救，不管母亲是死是活，你就是我的恩人，做妻做妾都随你。可你不但不救，还用警棍打我赶我……"

疤队长瞪大眼珠子："啥？你就是那个'卖身救母'的叫花子？"

疤队长不敢相信凤娟的话，眼前亭亭玉立、凤眼含怒的姑娘，怎么可能是蓬头垢面的叫花子？早知"卖身救母"的叫花子长得如花似玉，他怎会舍得用警棍？

疤队长讪笑着："那天你要是像今天这般打扮，我早就出手相救了。可你蓬头垢面，又丑又臭，谁敢要你？"

凤娟甩了一下辫子："金掌柜不嫌丑，不嫌臭，第一个捐钱，还帮我募捐，还让我到他店里当伙计，不再流浪要饭。小女子一辈子没人要，也不会嫁给你，你若来硬的，就开枪打死我！"一顿数落，说得疤队长灰头土脸。

凤娟似乎还不解恨，又说："队长，你若真想娶我，等我下次落难再说。"

一句调侃话，说得疤队长一愣一愣，有火发不出，有威使不上，只好朝围观人群喊："看啥看，散了散了。"

四

朱溪无镇，原是汪洋一片，是长江夹着泥沙不断冲积，地壳运动将河床抬高，这才形成了水乡泽国。千年以来，闯天下的男人无论是水路来还是陆路过，途经此地必定落脚，成就了朱溪"江南第一古镇"的称号。朱溪成市，南来北往的商人、文人、艺人，掮客、贩子、货郎，辐辏云集，各地文化在此汇聚、碰撞、糅合。每年闹元宵的"行街"，就有北方狮子、南方团龙、中原腰鼓、西域舞蹈的影子，民间荡湖船把北方的"跑旱船"与本地的"采莲船"相融合，既模仿船在水中"波浪荡步""矮步划桨"的形态，也表演船在旱地"十字荡步""跑圆场"的走法，成了南北民间艺术相互交融的典型代表。"行街"时，舞龙队配合默契，舞狮者身影矫健，舞蚌人身段柔软有力，村姑们手持三尺莲湘竹"打莲湘"，还有荡湖船、踩高跷、扎肉提香……这是几百年来蕴积在朱溪人生活里从不忘记的"乐趣"，元宵"行街"的各种绝活历久弥新、代代传承，半个多世纪后都成为"非遗"，这是后话。每年春节前夕，章镇长都要亲自到天下第一茶楼与士绅们商议闹元宵的诸多事宜，特别是"行街"，需要老板们热心捐助、周边村庄踊跃参与。金麻子觉得既然王家豆腐店已成为镇上名气最响、生意最好的名店，理所当然要参加闹元宵的"行街"。金麻子知道蚌舞是渔村的绝活，长生曾学过，就当着茶楼里众多士绅、老板的面报了蚌舞。

自从金麻子在茶楼帮了"卖身救母"的姑娘，"以赌制赌"平了桥梓湾生煎店的赌债，贤达、士绅对金麻子早已刮目相看，现在金麻子承担蚌舞参与元宵"行街"，贤达、士绅都报以掌声。

当掌声落下时，坐在角落里的毛一尘站起身，向贤达、士绅点头施礼后，说："'行街'分为陆路和水路两种，自曹家菽乳店、王家豆腐店开张以来，镇上豆腐行业已成气候，我提议，今年水上行街我们三家豆腐店包了。金麻子是后起之秀，他出蚌舞参加陆路行街显然不够，再包一条船参加水上行街，如何？"

茶楼里的老板们齐声说好，贤达、士绅的目光都落在金麻子身上。

金麻子看过摇快船比赛，但从没参与过，毛一尘让他参加就是想看他输掉比赛出洋相。金麻子心想输又何妨，闹元宵喜庆热闹一番而已，出洋相无伤大雅，就当场答应了。

毛一尘见金麻子上了套，接着说："我和曹老板也包一条船，为了增加比赛趣味，两条快船打个赌如何？"

金麻子看着毛一尘的眯细眼不停地打转，知道他又在出歪主意，不过既已答应比赛，打赌就打赌，问："毛老板想赌啥？"

毛一尘和坐在身边的曹老板交换了一下眼色，说："如果你输了，关店一个月，让出豆腐市场；如果我们输了，同样关店一个月。你敢吗？"

金麻子知道关店一个月，老客户就会改换门庭成为毛、曹两家的客户，毛一尘在生意场上斗不过金麻子，就想通过摇快船把生意抢回来。茶室里氤氲着白色雾气，夹杂着呛人的水烟味，每张面孔似乎都蒙上了一层薄纱。镇上人知道毛一尘每年都参加摇快船比赛，有经验丰富的船老大和摇船功夫了得的船工，曹老板了解到这一点才答应与毛一尘撑一条船的。金麻子不仅没有经验，连比赛船只都没有，何谈输赢！但当着全镇头面人物的面，要么认输退出比赛，要么硬着头皮上，哪怕输了，认栽。曾被小辫子打得脑震荡都没有退却的金麻子，此刻哪肯服输，宁输生意，不输志气，他再次点头同意。茶楼里又响起热烈的掌声。

掌声落下，担任维持闹元宵秩序的水警队疤队长站起身来，人们以为他要说几句关于安全的话，不料他也要和金麻子打赌："金掌柜，我也与你赌一把。"

茶客们来了兴趣，都想听听疤队长要和金麻子赌啥。

疤队长说："据说金掌柜过了元宵，就办婚礼，娶豆腐西施做新娘……"

疤队长话还没说完，茶楼里响起一片"恭喜声"，湮没了疤队长的声音，夏老板、陆先生、韩老板、余老板等熟悉的老板当面讨喜酒喝。

金麻子站起身，双手抱拳向大家作揖，当场答应结婚那天请在座各位到茂林馆喝喜酒，然后到天下第一茶楼喝喜茶、听评弹。又是一阵叫好声。

金麻子说完，刚想落座，听得疤队长说："如果金掌柜输了，这辈子不娶豆腐西施为妻。大家说好不好？"

疤队长说完，等着大家鼓掌，不料遭到贤达、士绅的一致反对。

夏老板第一个站起身说："疤队长想拆散一对姻缘？"

陆先生说："疤队长是否也想娶豆腐西施？"

章镇长训斥道："狗嘴里吐不出象牙！"

疤队长立马改口："我错了，错了，这样吧，金掌柜输了，推迟一年婚期，等到明年赢了摇快船再举办婚礼。此赌可行？"

金麻子心想等一年又何妨，便说："要是我赢了，又怎么说？"

这一下疤队长被问住了，想了想说："你若赢了，从此我不再找你麻烦，怎么样？"

章镇长听得疤队长说出此等话来，气得大骂："你给我滚出去！"

金麻子面向章镇长："镇长，我和柏队长赌了，请大家见证。如我输了，关店一个月，推迟婚期一年；如我赢了，毛、曹两家关店一个月，疤队长从此不找我麻烦。也请章镇长担保！"

金麻子不懂摇快船，请教章镇长船从哪里来。章镇长说自己买、乡下借均可。

金麻子又问："船有多大，如何装饰，摇船人该多少？"

章镇长说这个事要问毛家豆腐店的毛老板。

于是，金麻子来到毛家豆腐店，没见着毛一尘，倒是见着了五太太在豆腐工场干活。这让他感到意外，为毛家续香火的太太该是"只管养小囡，不用做事体"的，为何五太太干伙计的粗活？以前白嫩的五太太，如今面黄肌瘦，正吃力地端着一大叠豆腐布上滩涂洗刷。

金麻子仍像从前一样，走到五太太面前说："五太太，我帮你端过去。"

五太太朝金麻子看了一眼，低下头，一言不发从金麻子前面走过。金麻子不知道毛家发生了怎样的变故，不可一世的五太太竟然变得如此不堪。

自从毛老太太察觉五太太兰花借管钱柜的便利，偷拿上千大洋后，不再忍让、迁就，联手儿子，收回钱柜钥匙，当面揭穿五太太贪污、害死大太太的事实。毛一尘一怒之下，问五太太是去工场间做豆腐，还是去镇公所吃官司。

五太太知道婆婆没有把与公公偷情的事说出来，已经给足了面子。从此，五太太老老实实地每天像大太太梅花活着时一样，准时出工，再苦再累不敢在毛老爷面前告一句状。毛一尘不再把五太太当成自己的女人，只把她当成泄欲的工具，常在醉意蒙眬时去五太太房里住一晚，喝了酒的毛一尘又常常见花不举。五太太不再像以前那样用嘴安抚、用怀温暖，看着喝醉酒的毛一尘，就当死猪睡在身边。第二天一早，自顾自起床去豆腐工场上工。毛一尘到了工场间，就会像指使二太太菊花那样指使五太太搬滚烫的豆浆。好在五太太年轻时做过重活，不至于像菊花那样累倒。

五太太与两年前判若两人，让金麻子吃惊不小，他在心里说："好有好报，恶有恶报，梅姨地下有知。"

毛一尘在茂林馆宴请摇快船的船工吃饭，回到家见到金麻子上门，很得意："我知道你会来。"

金麻子双手抱拳："章镇长说，摇快船诸事得请教毛老板，因我不懂，届时摇一条船，不合规格，赛也白赛，恐辜负镇上百姓一腔热情。"

毛一尘打了一个饱嗝，告诉金麻子刚才他请摇快船的船工在茂林馆吃了一顿饭，他们不仅是摇快船的高手，还是方圆百里最好的船拳拳手，还说金麻子只有请到高手，才能和他一比。

金麻子说："看来毛老板是算计好了要让我关门一个月，让出市场喽。"

毛一尘说："当年，夏家米行因夏老板推出'赊售各半法'重振家业，米业就推举夏老板参加摇快船，当然，他的黄船输给了毛家的红船；今日，你金麻子是豆腐业的后起之秀，当然得像夏老板一样，与毛家比一比，我只不过加了点'彩头'。"

毛一尘在宴请摇快船船工时就放出话："必须让最好的船工上船比赛，比赢了，每人赏两块大洋。"

毛一尘胜券在握，他要让金麻子关店一个月，趁机抢回毛家老客户；让金麻子推迟一年婚期，出出心头之气。但毛一尘又觉得应该把快船的规则告诉金麻子，不然到时候金麻子摇出来的船不像快船，而是农船、渔船，贤达、士绅定会说他小气保守、心胸狭窄，甚至比赛不算，赢也白赢。

于是，毛一尘开始介绍："朱溪快船，江南有名，船长两丈有余，宽近六尺，船质讲究，装饰华丽。船棚搭成花棚，头棚悬彩灯，头浆当舵；中棚顶设狮子抢天球，棚下有锣鼓手；艄棚插彩旗，为摇橹、扯绷手遮阳。船上两支大橹，两支矮橹，五人摇大橹、四人摇矮橹，分两组替换，中棚锣鼓手四人，头浆当舵手一人，共二十三人。两艘快船一红一黄，在鼓点声中比快慢，这就是水上行街摇快船。"

毛一尘如数家珍，令金麻子佩服。离开毛家豆腐店，金麻子来到坐落在西井街的裕隆船厂，想定做一条快船，船厂老板说造一条船最快也得月余，过春节开工，元宵节根本来不及。金麻子回到店里，把情况一说，大家都着急起来。白弟最担心万一输了，必须关店一个月，该损失多少大洋。阿妹与白弟想的不一样，她希望金掌柜与惠明尽早结婚，推迟一年，其间不知要生出多少事来，镇上那么多男人惦记着老板娘，还给她取了个"豆腐西施"名号，分明是不怀好意。

长生说："会打船拳的船工，船上功夫个个了得，就是把渔村最好的船老大找来，也比不过那些会船拳的船工。"

干妈看着大家着急，第一次责怪干儿子："鲲儿，你不该答应毛老板，这个人尖嘴猴腮，阴狠毒辣，我们放弃摇快船，不比了。"

金麻子听了大家的议论，最后把目光落在老板娘宋惠明脸上。

宋惠明说："听说夏伯伯曾参加过摇快船，不过输掉了比赛。你快去找夏伯伯，他肯定知道到哪里找船，输在哪里。"

金麻子听了心里畅快："知我者，惠明也！"转身出门直奔夏家米行。

春节来临，伙计等老板发红包，小孩等大人发压岁钱，老板们忙着收账付账，家家户户牵磨庄糕杀鸡崭羊买鱼买肉，等到年夜饭开吃，才算忙完一年的杂事。长生已经连续三年拿到一百块大洋的过年大红包，每月还有十块大洋月规，他再也不想回渔村摇船捉鱼。

大年初一，长生摇船，阿妹扯绷，回了一趟渔村。路上，阿妹婉转地告诉长生白弟想娶她。

长生说："好啊，白弟勤劳，嫁给他，你娘也放心。"

阿妹听了，瞪了长生一眼，不再说话。

其实阿妹心里喜欢的是长生，告诉他白弟求婚是在试探他的反应，可长生没反应，自己嫁人与长生没有一文钱关系。阿妹不免心中有些失落，她决定，闹过元宵，等金掌柜和惠明结了婚，就答应白弟的求婚。

长生知道阿妹喜欢他，阿妹勤劳善良，是个好姑娘，但是每次看到阿妹脸上一大块青黑色的胎记，他就喜欢不起来。也许是他心里装着宋惠明，当宋惠明明白告诉他心里只有救命救难的金麻子后，长生仍没把心思放到阿妹身上，这是缘分，是有缘无分的缘分。长生回渔村与舞蚌师傅排练了一个叫"鹬蚌相争、渔翁得利"的对手戏。

阿妹看着长生舞蚌的身影，噘着嘴巴嘀咕："不要我拉倒，白弟是镇上人，比你黑不溜秋的长生长得白！"

白弟的红包也是一百块大洋，他学金麻子，在床底下挖了一个小坑，将油纸包的大洋藏到地底下，盖上砖，覆上土，这才放心地从床底下钻了出来。他估摸床底下藏的近五百大洋足够办一次婚礼了。白弟自从亲了阿妹，记着阿妹说的狠话："你若碰了我，要么娶我，要么我死给你看！"他亲了阿妹，自认为就是"碰"了，就准备娶阿妹，其实阿妹说的"碰"不是亲嘴的"碰"，而是更深层次的那个"碰"。白弟把阿妹当成自己的女人，床底下的大洋就是准备娶阿妹用的。过新年，白弟舍不得买一件新衣裳，初一到初十豆腐店不开门，白弟照样每日按时来吃饭。白弟把王家豆腐店当成自己的"家"。

凤娟有生以来第一次拿红包，看到属于自己的十块大洋，泪流不止，越哭越伤心。

老板娘宋惠明见了忍不住也跟着掉眼泪："凤娟，大过年的哭啥，金掌柜发红包，让大家过好日子，该高兴呀。"

凤娟擦了一把泪，说："钱能救命，命却不值钱。老板娘，我想娘了……"

第二天，宋惠明陪凤娟逛街，给她买了一件对襟士林蓝罩衫、一双蚌壳棉鞋、一条围巾、两只发卡，凤娟要自己付钱，宋惠明说这是新年送给她的礼物。回到豆腐店，凤娟没有马上换新衣、戴发卡，而是撸起袖子洗菜烧饭，把心里的感激体现在了行动上。

最无心思过年的是金麻子，他整天想着如何在摇快船比赛中取胜。那天去了夏家米行，夏老板告诉他，当年摇快船比赛输就输在船上，毛家豆腐店的船是专门定做的快船，到了比赛那天，才发现他们的快船"船头翘、船身轻、船底平"，使一样的劲，他们的船"嗖嗖"往前蹿。当年，沙老大的船就是一般的农用船，论实力沙老大手下的弟子不比船拳差，就是输在了船上。大年初二，金麻子挑着两坛绍兴黄酒、一板猪肉、一条大鲤鱼，来到淀山庄看望沙老大。

沙老大说："人来就好，还带这么多礼物干啥。"

金麻子抱拳施礼："师父在上，受徒弟一拜。"

拜过，金麻子说："今日拜年，还想请师父出山参加摇快船比赛。"

沙老大听了徒弟答应参加摇快船的经过，即刻领着金麻子来到村中打谷场，指着场上翻转船身的一条大船，说："夏老板已经传信，让我想办法将农用船改装成快船，助你一臂之力。你看，一般农用船讲究吨位和舱位，船底厚重，前后舱几乎一样大，现在我请木匠将船底刨去一层，让船底平滑，减少阻力；前舱减小，增加船底弧度，比赛时让船头翘起。到时，再挑选二十三名耐力强的年轻人，不过能否取胜我无把握。"

此刻，金麻子感到，每当自己遇到难以解决的困难时，夏伯伯、沙老大、陆先生等长辈就是自己最大的靠山。

金麻子说："师父，我只要十七名体重轻、耐力强的年轻人，鼓手、头桨全部换成会敲锣打鼓的小孩和姑娘，再拿走前、中舱坪基板，这样就能给船身减少四五百斤重量……"

没等金麻子说完，沙老大一拍巴掌说："好主意，过十天我们试航。"

金麻子没想到试航这天，在改造一新的快船中舱，意外地见到了夏雨。金麻子吃惊地问："夏雨哥，你也会摇快船？啥时来的？噢，你一定在跟沙海师父学武功。"

一连串的问话，逗笑了夏雨："都让你说着了。"

金麻子不解："夏雨哥，你是做学问的，怎么也想着学武功？"

夏雨一下子变得语气沉重："日本强盗对我中华虎视眈眈，光靠做学问救不了中国。共产党领导的红军经过长征正在北上抗日，我们不仅要有学问，还要拿起枪，才能保家卫国……"

金麻子充满生意经的脑袋再次从夏雨的嘴里听到关于家国情怀的新名词，他突然问："夏雨哥，你是共产党吗？"

沙海告诉金麻子："夏雨的身份是保密的，这次来淀山庄是专门给小红拳弟子当夜校老师的。如果你有空，也来听听。"

金麻子高兴地点头："我一定来。"

……

正月十五上午十时，朱溪镇闹元宵在水陆两路展开。陆上"行街"从银杏树广场出发，舞狮开道，丝竹乐队、腰鼓队、"打莲湘"、荡湖船、踩高跷、扎肉提香、蚌舞等民间舞乐居中，团龙收尾，一路上丝竹声声、锣鼓阵阵，浩浩荡荡行进在全镇九条街上，所到之处万人空巷。水上"行街"便是摇快船比赛，随着章镇长"咚咚"两声号令，毛、曹两家豆腐店的红船和王家豆腐店的黄船像离弦之箭，从淀山湖三官堂庙出发，沿漕港河向朱溪镇疾驶。湖面上，"金鼓阗沸，拔桨如飞"，红、黄两船劈波斩浪，你追我赶，难分伯仲，真有"力拔山兮气盖世"之势；湖岸边，人山人海，呐喊助威，热闹非凡，似有"大风起兮云飞扬"之气。黄船船头，阿妹蹬马步聚精会神掌头桨、领航向。

金掌柜选阿妹挡舵，阿妹先激动后担心，最后偷偷问白弟："我能做好吗？"

白弟说："你若让我亲一下，定会做得最好。"

阿妹嗔了他一眼："想得美！"

阿妹记着金掌柜的话："你是渔家姑娘，你掌头桨，比任何人都理想。"

凭借多年在渔船上的经验，阿妹轻拨水面，快船直行、转弯，如家常便饭。红船鼓声响亮，摇船的船拳手身穿红拳衣，奋力摇橹，嗨嗨有声，看到黄船掌头桨的是个姑娘，大笑不止："请不到男人，叫个姑娘上船，认输吧！"

中舱敲鼓的凤娟听了，鼓动敲锣的男孩："使劲敲！"于是，黄船的锣鼓也响亮起来。

红、黄快船出了淀山湖，沿着漕港河行驶了一半路程，红船的人发现往年船行至此能甩黄船一丈远，如今两船紧咬，不分秋色，任你如何使劲，黄船就是不让你越过船头。红船"头桨"见黄船"头桨"是个姑娘，觉得好欺负，拔起头桨对准阿妹的船头戳来。阿妹见状说一声"小意思"，迅速划桨，偏过船头，朝红船侧面疾驶而去。红船"头桨"暗叫"不好"，赶紧用桨抵住疾速驶来的船头。阿妹再次拨桨，动作不大，十分内行，将船领直。惹事的红船头桨偏了两次直线，黄船偏了一次，黄船在没有发力的情况下，轻松超过红船半个船头。两船"头桨"你来我往的小动作、此起彼伏的震天锣鼓、飘扬河面的红旗黄旗、铿锵有力的"嗨嗨"之声，闹得冰凉的河水也沸腾了起来，两岸不时传来加油声和叫好声。

镇上的士绅、贤达、各店老板，以及打赌的毛一尘、金麻子、疤队长等都坐在天下第一茶楼后窗，边喝茶，边等红、黄快船的到来。大家时不时顺着漕港河朝西凝望，等到水天相接处出现一红一黄两点快船影子时，有人站起身说：

▲ 摇快船场景

"快到了。"

毛一尘迫不及待推开窗户，迎着西北风，探头张望。陆先生说："与其让我等吃西北风，不如请三位打赌人去放生桥上等快船，看看哪艘船头先过桥洞，也好做个见证。"

于是，毛一尘、金麻子、疤队长三人踩着积雪，走上放生桥，在寒风中站立桥顶，等待输赢结果。放生桥是摇快船终点，先过桥洞者赢。等待让人心焦，金麻子心里盘算，如果输了，关店一个月，可以下乡卖豆腐，推迟婚期也无妨，反正自己年轻……这么想着，就显得心神笃定。看着金麻子定笃笃的样子，原本稳操胜券的毛一尘开始心虚，难道这个金麻子连摇快船也能出其不意？远处红、黄两点很快变成快速移动的"水上亭台""河中彩轿"，只见把橹的气宇轩昂，时而猫腰，时而挺胸，一推一扳，尽显风采；出跳扯绷的奋力拉绷，时而臂碰水面如蜻蜓点水，时而翻身弹起如蛟龙出水；掌头桨的屹立船头，拨桨调向引航自如。红船拼足全力，追平黄船，两船奋勇争先，各不相让。看热闹的市民，随着鼓点呐喊助威，放生桥上早已站满人群。当两船离桥三丈距离时，黄船头桨阿妹突然抽起头桨，左右划水，左一桨，右一桨，风吹散了阿妹的辫子，飘起的长发显得阿妹英姿飒爽、身段矫健。岸上的白弟恨不能跳上船去把阿妹抱起来……黄船增加了动力，在进入放生桥桥洞时，再次超出红船小半个船头……

毛一尘走进茶楼就嚷嚷："赖皮，头桨是舵，怎可划船？比赛不算，黄船胜也白胜。"

疤队长帮腔："黄船头桨犯规，应该判罚。"

金麻子等着裁判章镇长开口。章镇长从淀山湖三官堂庙门前发出比赛号令后，骑上镇公所的脚踏车气喘吁吁赶到放生桥，亲眼看到了黄船头桨划水。章镇长翻了一下比赛规则，其中没有头桨不可划水的规定，如判黄船犯规，无依据；判毛一尘输，红船肯定不服，他决定先听后判。

金麻子见章镇长没有当场裁定，知道章镇长一定想了解整个比赛过程，便开口问毛一尘："如果头桨不可划水，那么头桨是否可以用来攻击对手的船头？"

毛一尘理直气壮地说："当然不可。"

金麻子说："那好，请把两位头桨手叫上来。"

　　阿妹一上岸就把红船头桨在途中攻击黄船船头的事告诉了金麻子。红船头桨当然不会把此事告诉毛一尘，所以两位头桨走上茶楼后，一个承认用头桨攻击了对手船头，让黄船慢下来；一个承认用头桨划水，为赢对手，加了把力。

　　章镇长听完双方头桨叙述，当场裁定："黄船胜出。"

　　曹老板赶紧从茶桌上站起身，圆脸似笑非笑，一脸尴尬地走到金麻子身边说："金掌柜，关店一个月与我无关，是毛一尘的主意。让毛家豆腐店关店一个月，我不关，一个月不开张喝西北风啊！"

　　茶楼里的老板听了曹老板的话，群起而攻之："曹老板滑头，赢占市场，输也占市场，你是网船娘子落水，两头进水呀！"

　　曹老板赶紧离开茶楼，边走边说："抱歉，抱歉，我以后不再掺和毛老板的事。"

　　毛一尘当着贤达、士绅和各位老板的面"认赌服输"，并当场表示："从明天起，关店一个月，请诸位监督。"

　　金麻子双手抱拳向大家施礼："各位前辈，摇快船比的是热闹，不是输赢，重要的是闹元宵。既然输赢不重要，我和毛老板的赌注就一笔勾销，市场是大家的，生意大家做，明天毛家豆腐店和曹家菽乳店照常营业。但，疤队长的赌注必须兑现，从今日起，疤队长决不可找王家豆腐店麻烦！疤队长，你表个态。"

　　疤队长站起身，话没出口，却放了一个响亮的臭屁，弄得茶楼里本就浑浊的空气更加污浊。

第 九 章

一

一九三七年农历九月初四（公历十月七日），金麻子乔迁、新婚，双喜临门。

清晨，淀山庄小红拳掌门沙海带着徒儿，亲自摇着披红挂彩的快船，护送徒弟金麻子到渔村接新娘子。当金麻子抱住新娘宋惠明的那一刻，他闻到了宋惠明身上的体香，踏上跳板，更紧地抱紧新娘，唯恐新娘从自己手中掉进水里。快船从渔村出发，拐进急水港，这是七年前送亲船撞桥翻船、新娘宋惠明落水的地方，金麻子守在宋惠明身边，唯恐翻船事件再次发生。船过急水港，驶进淀山湖，浩渺湖面风平浪静、霞光朗照、碧水跃金、白帆点点，一路上《行街四合》《步步高》等悦耳喜庆的丝竹乐飘扬在碧水湖面，丝竹之音似江南烟雨委婉多情，如小桥流水情深意长。看着温柔的妻子，听着美妙的音乐，金麻子的心醉了。沙海手拿竹篙站立船头，警惕地关注着周边情况。传说淀山湖上有湖匪出没，接亲船披红挂绿十分醒目，沙海担心其成为湖匪目标，所以一路护航。望着碧波荡漾的淀山湖，看着船舱里一对恩爱的新人，沙老大扯开嗓门，即兴唱起了田山歌：

淀山的土哟淀山的湖

天上太阳哟照田头

清清湖水身边流哟

不见妹妹唱情歌

哎呀嗨

不见妹妹唱情歌

哥哥唱歌哟妹妹应和

黑黝黝的稻田有头大水牛

耕田的哥哥莫心急哟

妹妹在田头等哥哥

哎哟嗨

妹妹在田头等哥哥

　　田山歌是本地农村独具个性的稻作民歌，抒发着劳动者炽热的情感。沙老大高亢悠长的歌声在浩淼的淀山湖上回荡，摇船的徒弟们顺着师父的音调接唱：

妹妹的歌是醉人的酒

醉倒田里的大水牛

哥哥我无心再耕田哟

只盼妹妹有醒酒的歌

哎哟嗨

只盼妹妹有醒酒的歌

哥哥种田哟我浇水

妹妹纺纱哟我挑水

春天的花儿实在美呀

比不上妹妹红红的嘴

哎哟嗨

比不上妹妹红红的嘴

……

金麻子第一次听师父和师兄们唱田山歌，歌声中朴实而浓烈的爱情，正好抒发着金麻子此刻的心情。其实师父是在用独特的歌声祝福他。金麻子不会唱田山歌，不然他一定会对上一首感恩师父的歌。接亲船从淀山湖拐进支流，从西栅桥进镇，船上丝竹、锣鼓响起，引得两岸居民纷纷从后水港探头张望，竖耳聆听。船停在放生桥北岸井亭街滩涂，金麻子再次抱起新娘子上岸，走进上滩新买的三埭二天井宅第。

为了买到这座称心的宅第，金麻子的婚事一拖再拖。他嫌弄堂房子太暗，街面房子太吵，平房太潮，两楼两底太小，石库门房子太贵，直到看了放生桥北岸这座三埭二天井的明清建筑，才感合适。虽然放生桥北岸归江苏昆山县管辖，南岸属青溪县域，但在朱溪人心中从来不分彼此。房东开价一千八百块大洋，金麻子还价到一千六百块大洋，房东嫌价低不肯出手。

干妈说："贵点就贵点，结婚要紧。"

金麻子心想二百大洋要做多少豆腐生意才能赚来，当年做黄豆生意亏本，第二年还债，是钱老板免去二百大洋利息才发的红包，因此不降二百坚决不买。直到两个月前，全民族抗战爆发，"一寸山河一寸血""誓死不当亡国奴"的口号传到朱溪镇，房东才愿意便宜一百大洋出售。金麻子坚持不降二百不买。又过了一个月，日本飞机对青溪县城实施轰炸，这下急坏了房东，虽然炸弹没有落在朱溪镇上，但急于逃难的房东再次找到金麻子答应降价二百。

金麻子说："现在买房子，一颗炸弹掉下来把房子夷为平地，人财两空啊。"

东家说："你出个价，多少大洋愿意买？"

金麻子伸出一根手指头。

东家哭丧着脸说："再加二百。"

其实，金麻子说不买是放噱头，以他商人的目光，此时杀价最便宜，最后以一千二百块大洋买下宅第。

白弟竖起大拇指："金哥就是金哥，等了六个月，便宜六百块大洋，一个月一百，值了。"

双喜临门，喜事合办。金麻子在茂林馆摆了二十桌酒席，大宴宾客，邀请所有闹元宵在场的贤达、耆宿、老板，以及包括毛一尘在内的全体红船船员赴宴。疤队长按时赴约，走到放生桥桥顶，挺直身板，眼望天边，抽出二十响盒子炮，朝天打了一梭子子弹，"哒哒哒……"清脆响亮的枪声代替爆竹，也向人们展示着疤队长手握的权力。人们第一次看到疤队长打枪的威风，疤队长也正是为了这份威风才当的差。午宴结束，金麻子请宾客上天下第一茶楼喝喜茶、听评弹《庵堂相会》。到了下午，阿萍亲自送来桥梓湾生煎当点心。

有老板说："金掌柜排场大、派头大，福气也大。"

毛一尘在一旁说："孤儿乘风凉，穷出风头。"

老板们觉得这句话贴切、幽默，符合孤儿金麻子今天的排场，都会心地笑了。

洞房花烛夜，一对历经生活磨难的新人相拥无言。金麻子的眼前出现了被小辫子打得头破血流、被毛一尘浇冷豆浆而发高烧、汆油泡满手血泡的一幅幅画面，那时吃饱肚子已很满足，当掌柜娶太太是盖着被子做美梦，如今梦想成真，却又感觉不到梦想实现时的轰轰烈烈，一切来得那么合情合理。宋惠明尝到了做女人的滋味，她抚摸着金麻子强壮的肌肉，想起了骨瘦如柴的水根。水根走了，宋惠明尽到了妻子所能做的一切，尽管这个妻子有名无实。金麻子在十五岁那年救了宋惠明的命，是命中注定的缘分！而水根的生命无意中成了这段缘分的媒介。春宵一刻值千金，金麻子怀抱娇妻，进入甜美的梦乡……

突然，三声啸叫从窗外传来，紧接着两声巨大的爆炸声让整个朱溪镇地动屋摇。金麻子从梦中惊醒，翻身起床，朝窗外张望，看到一架飞机在古镇上空盘旋一圈，呼啸着掠过天空，飞走了，远处升腾起浓浓的烟柱。金麻子预感到出大事了！他首先想知道自家豆腐店有没有出事，穿好衣服，直奔三阳湾。跑到放生桥桥顶，他看清了，镇上一共升起两股浓烟，一股在朱溪酱园方向，一股在镇西。金麻子见自家豆腐店安然无恙，急步走向朱溪酱园。

一九三七年农历九月初五（金麻子新婚第二天早上），日本飞机飞过朱溪镇，扔下三颗炸弹。一颗炸弹扔在朱溪酱园酱菜工棚里，爆炸的气浪把整个工棚炸塌，把几十缸没有开封的酱菜炸飞，腌菜师傅当场被炸得手脚分离。第二颗炸弹掉在永丰桥上，震断桥上石板，弹进桥边厕所粪坑，幸未爆炸，不然周边居民将死伤一片。尽管是哑弹，却把正在厕所里蹲坑的钱庄钱老板给震傻了。第三颗炸弹在镇公所后门外爆炸，当场炸死站岗的水警队队员……

金麻子赶到朱溪酱园黑漆大门前，听到门内悲凉的叫声："作孽啊，作孽；作孽啊，作孽……"

韩老板见金麻子进门，摊着两只手，一个劲儿说："那怎么办，那怎么办……"

金麻子脑子清醒，告诉韩老板先叫人，让大家来帮忙。早已六神无主的韩老板，恳请金麻子帮忙去高低桥十间头草棚棚，叫腌菜师傅家人来收尸。

金麻子一口答应，出了朱溪酱园店门，直奔高低桥。路上，碰见水警队队员抬着被炸死的警员尸体回家，疤队长一边走，一边指着天上骂："小鬼子，你敢到地上来，就撩你一梭子，不打得你满地找牙，老子不当队长！"

镇上女人听到疤队长这么一骂，觉得疤队长很像英雄。镇上男人听到疤队长的骂声，就在背地里顶了一句："日本人真来了，你敢打那才是真英雄。"

金麻子看到血肉模糊的水警队队员，浑身打了个激灵，一路小跑来到高低桥。他先看到钱公馆气派的粉红色石库门房子，离石库门房子不远，有一排用稻草和泥坯搭就的草屋，居住着十户穷人，人称十间头。

金麻子见到腌菜师傅的家人，婉转地说出腌菜师傅遇害的大致经过。腌菜师傅的老婆听了，张着大嘴回不进气。

金麻子赶紧劝说："阿姨，不要太着急，料理后事要紧。"

腌菜师傅的儿子一边安慰母亲，一边跟着金麻子出门。

中秋时节，秋桂馥郁，香气袭人。金麻子带着腌菜师傅家人奔丧，哪有心思赏桂闻香，走出门来，快步朝酱园走去。半道上，传来钱庄钱老板奇怪的叫声："老娘快来啊，老娘快来啊，吓死宝宝了，吓死宝宝了。"

金麻子朝钱老板喊叫的方向望去，只见钱老板蓬头垢面、脸色凄惶，白色西装布满灰尘，双手提着裤子，惊慌失措地在路上叫着、跑着。金麻子不知钱老板出了啥事，赶紧让腌菜师傅家人去朱溪酱园，自己迎着钱老板走去，走到跟前才发现钱老板已经不认识自己了……

桥是水乡古镇的标配。朱溪镇的桥不仅形态各异、个性鲜明，还有一个共性：桥桥有厕。钱庄钱老板喝完早茶、吃过早点来钱庄上班，走到永丰桥，感到内急，走进桥边厕所出恭，刚蹲下，一颗炸弹掉在了粪坑里，虽是哑弹，但对周边产生的震动无法用语言描述。这么说吧，当时钱庄钱老板正在坑位上"呼风唤雨"，忽然一声巨响，地动厕摇，厕顶、厕墙塌了一角。

钱老板从倒塌的厕所里提着裤子钻出来时，满脸是灰，耳鼻出血，额头被砖墙砸出的血顺着脸颊往下淌，脑子嗡嗡作响，边跑边叫："老娘快来啊，老娘快来啊，吓死宝宝了，吓死宝宝了……"

金麻子一把抓住钱老板："你怎么了？"

钱老板还是那句话："老娘快来啊，吓死宝宝了！"

金麻子猜测钱老板一定遇到了大事。

钱太太春霞见到自己的男人几乎没认出来，眼前的邋遢鬼还是那个风流倜傥的钱庄老板吗？紧接着一股刺鼻的熏臭味灌进春霞鼻子——钱老板来不及拉出来的全部屙在裤裆里了。春霞拉下钱老板裤子时，连连打恶心。金麻子见状，出手相助，给钱老板洗刷干净，扶他躺到床上。

刚要离开，钱老板突然清醒过来，一把拉住金麻子的手，说："金麻子，金掌柜，我不行了，你得帮我撑住门面……"话没说完，又不省人事。

金麻子握着钱老板的手，言辞凿凿："安心养伤，有事让春霞来找我。"

可是这几句话钱老板已经听不到了。

春霞看着钱老板又不省人事，问金麻子："钱老板还会不会醒？"

金麻子肯定地说："刚才醒了，一定会醒的。我帮你去请陆先生来，陆先生一搭脉便知分晓。"

淞沪战事爆发，章镇长每日提心吊胆，生怕哪一天早晨醒来，侵略者已闯进家乡。他每日都要与县党部书记长通电话，了解淞沪战事。开始书记长都以高亢的语气告诉章镇长："我军将士浴血奋战，顽强阻敌于沪市北郊，我等要为前方将士筹措好军粮，绝不能让保家卫国的将士饿着肚子打仗。"

章镇长将这个消息在天下第一茶楼公布后，老板们都觉得有了国军抵抗，战火定然不会烧到家门口。夏老板当场向驻防青溪县的六十七军捐献军粮五十石。吴军长特派军需官来朱溪镇，举行隆重的答谢仪式，感谢夏老板慷慨捐粮的拳拳之心。夏老板在答谢仪式上说："国军将士用血肉之躯阻挡倭寇铁蹄，吾当竭尽全力支援国军！"

一时间，群情激昂，全镇百姓纷纷认购军粮，仅三天时间，就给前线部队运去军粮五百石。不久，日本飞机扔下三颗炸弹炸了朱溪镇，炸得人心惶惶，不少有钱人携细软开始外出逃难。章镇长又打电话给县党部书记长，询问淞沪战事进展。书记长语气不再高亢，在电话里说："我军与侵华日军正呈胶着态势，前方吃紧，我等做好后方保障、地方治安，责无旁贷。"

章镇长命疤队长派出水警队分水陆两路巡逻。全体水警出动，水上一路摇着小型快船，队员个个荷枪实弹；陆上三人一队，背着长枪沿九条街来回巡路。一日天亮时分，数万名从淞沪战场上撤下来的国军路过朱溪镇，镇上人觉得奇怪，军人应该朝战场方向去，怎么反方向走呢？

正在巡路的疤队长问一名肩上挂着两杠一星的军官："仗打得怎样？"

两杠一星的军官说："仗，难打！"说完，带着队伍一路向西，头也不回。

"仗，难打！"这句话和钱记钱庄老板被炸弹炸得不省人事的消息在镇上不胫而走，不安情绪开始蔓延，此刻只要一有风吹草动就会演化为全镇行动。朱记布庄的朱老板得知钱老板被炸晕、淞沪战事吃紧，立马想到必须把存在钱庄的钱取出来，他怕钱老板脑子糊涂了，钱庄的钱成为一笔糊涂账；他怕日本人打进来，钱庄的钱被洗劫一空，一生心血会付诸东流。

朱老板一大早来到永丰桥钱记钱庄大门前等开门，过路人见到朱老板就问："为啥这么早来钱庄取钱？"

朱老板把心中的担忧告诉大家。

朱老板的担忧像瘟疫一样迅速传播开来，不到一个时辰，手持银票前来取钱的人挤满钱庄大门。朱溪镇成市七百多年来，第一次出现挤兑风潮。钱庄账房一早上班，看到如此多储户排队取钱，哪敢开门，踅身上桥，赶去钱公馆请示老板。

钱老板虽经陆先生多穴位针灸、用药，仍不见起色，至今昏迷不醒。账房来到钱公馆，见钱老板还没有醒来，只好把钱庄大门口出现的情况告诉春霞老板娘，并说："万一出现挤兑，钱庄就完了。"

老板娘贾春霞哪有能力处置挤兑风潮。她出生无锡农村，从小喜欢唱歌跳舞，不想在农村过一辈子，父母要她早点嫁人以换取彩礼，春霞不等提亲人上门，只身离家来到大上海想当金嗓子周璇一样的女明星，结果演员没当成，做了一名舞女。自从和舞厅常客钱老板搭上关系后，春霞一心想嫁给这位风流不下流、有钱不抠钱的钱庄老板，结果终因舞女身份，没有得到钱家父母同意。直到钱太太患上伤寒去世，钱老板不忘旧情，才让贾春霞得偿所愿，做了垫房。春霞自从嫁给钱老板，一改舞女做派，除了穿着讲究，再不浓妆艳抹，一心想做个好太太。她跟着保姆做家务，跟着丈夫学业务，虽然一知半解，但能听懂钱庄里的生意经。春霞知道钱庄的钱都贷出去了，没有那么多现大洋可以兑现，一旦出现挤兑，会让钱庄倒闭。

刚过上有钱人生活的贾春霞，绝对不愿意再回到从前，她记着丈夫昏迷前对金麻子说过"你得帮我撑住门面"的话，就对账房说："你去王家豆腐店把金掌柜请来。"

账房问："此事与金麻子有啥关系？"

春霞说："这是钱老板昏迷前最后说的话。"

账房听到是老板的意思，不再多话，趄身出门，却发现金麻子正朝钱公馆走来。

朱溪酱园腌菜师傅出丧，金麻子自告奋勇"吹丧"。他看着腌菜师傅四肢不全的惨状，看着朱溪酱园腌菜工场被炸出三丈直径的大坑，深深感受到战争的恐怖。丧调凄惨，哭声震天，朱溪镇正在遭遇从未有过的劫难！"吹丧"回来，金麻子劝韩老板继续开店，将没有炸坏的酱菜缸收集起来，说镇上居民吃惯了酱菜，在这个节骨眼上千万不能关店。

韩老板哭丧着脸说："金掌柜，我哪敢开店呀，'轰隆'一声，炸光店木，赔光'流水'，仅剩的棺材本，赔不起呀！"

金麻子理解韩老板的想法："那剩下的酱菜如何处理？"

韩老板两手一摊："你有兴趣，我把酱菜趸给你，随你给多少钱。"

金麻子在想镇上居民一旦外出逃难，这么多酱菜卖给谁呀？金麻子曾在这里翻过七天酱缸，每一缸酱菜都是韩老板的心血，看着韩老板遭难，不忍心袖手旁观，他答应按照朱溪酱园平时的趸卖价，吃进剩下的八大缸普通酱菜和十二甏特色酱菜。韩老板双手作揖，感谢金麻子患难见真情的帮助。豆腐店面积小，放不下这么多缸甏，一次只能拿两缸四甏。宋惠明看着缸甏皱起了眉头，心想：时局这么乱，这么多酱菜又像黄豆一样砸在手里怎么办？但她知道金麻子义字当头，就没把话说出来。

白弟在放下大缸时，喘着粗气说："劳民伤财。"

长生调侃一句："这么多酱菜，够吃十年。"

金麻子不接嘴，他明白动用店里的钱，还让大家受累，该让人发发牢骚。从这天起，王家豆腐店开门营业既卖豆腐，也卖酱菜。白弟编了一句顺口溜："朱溪酱园挨炸弹，豆腐店里卖酱菜，豆腐淡、酱菜咸，拌在一起好吃来。"

宋惠明听了顺口溜，笑着说："酱菜拌豆腐是白弟发明的一道新菜。"

朱溪镇自轰炸以来，店铺关门，豆腐停灶，生意越来越难做，来买酱菜的顾客更是寥寥无几。直到有一天，大批国军从淞沪战场上退下来，"仗，难打！"的传言在镇上传开后的第二天中午，来王家豆腐店买酱菜的顾客突然多了起来，两个时辰卖掉了三缸五甏酱菜。大家还发现来买酱菜的都是当家女人。长生、白弟、阿妹、凤娟看不懂是怎么回事。

宋惠明问顾客："阿姨，为啥买这么多酱菜？"

女顾客说："国军都退下来了，我们得做好逃难的准备呀。酱菜最实惠，便宜、下饭，还可以久放……"

宋惠明发现镇上女人对生活最敏感，也最会操持家务。其实，千百年来，小镇的日子就是在男人的算计和女人的操持下代代相继的。当家女人操劳一生、奉献一生，在感知战争危险临近的时刻，她们第一个想到的就是在逃难途中如何生活，大家不约而同想到了朱溪酱园的酱菜。至傍晚王家豆腐店关店门，半天时间竟然卖掉了五缸九甏酱菜。

金麻子在朱溪镇沦陷前做了三件事。

他做的第一件事是改装快船。金麻子去淀山庄沙老大那里买下了摇快船的大木船，并把快船改成能吃饭睡觉的客船。

在买船时金麻子没见到夏雨，问沙老大："夏雨哥去哪里了？"

沙老大说了两个字："前线。"

金麻子听到这两个字，心里"咯噔"了一下。前线意味着生死危险，他知道夏雨哥在"前线"，自己帮不上忙。

回到家，干妈问他："买船干啥？"

金麻子说："备而不用。万一要逃难，一大家子坐船最稳当。"

长生把"客船"停在井亭港新房下滩的滩涂上。阿妹、凤娟走进船舱，觉得好漂亮。船的外壳用油毛毡换掉醒目的黄色篷布，船窗挂上了厚实的窗帘，前后舱搁上船板能撑篙摇船烧饭，揭去船板就能睡觉；中舱最大，是女眷们休息、睡觉的地方，舱底隔层铺上稻草以保暖，舱内放上矮桌、靠垫、小椅子，以及小马桶等设施，坐在舱内犹如坐在小"客厅"，快船变成了温馨的"水上寓所"。阿妹看着这一切，做梦也想不到，自己告别少女时代的第一次，竟然发生在这艘船的中舱。

金麻子做的第二件事，就是把存在钱庄的钱取出来，以备不时之需。这天金麻子来到钱庄，却发现钱庄大门紧闭，门口挤满取钱的储户。金麻子对钱庄业务一窍不通，根本不知道即将发生的挤兑风潮，他想居民取钱与抢购酱菜是一样的，但钱庄不开门是不是钱老板出事了？就直接来到钱公馆，看见钱庄账房正在门口迎着，就问出啥事了？

账房说："储户都来取钱，钱庄的钱都贷出去了，拿不出现大洋兑现，将有破产危险。"

金麻子觉得事态很严重，万一钱庄倒闭，存在钱庄的三千五百块大洋就拿不回来了，这可是大家几年来的心血！再说多年来没有钱庄钱老板帮忙，就没有王家豆腐店的今天。

看着春霞老板娘焦急、期待的目光，金麻子说："我不懂钱庄生意，但有一点，就是不能出现挤兑，眼下唯一的办法就是暂时让钱庄关门。"

账房不同意："没理由关门，这样钱庄会出现信用危机。钱庄没了信用，谁还会将钱存进钱庄？"

金麻子说："那就找一个理由。"

金麻子就像当年给曹家菽乳店写告示一样，写了一张"老板伤重外出治病，钱庄停业三天"的告示贴在钱庄大门口。

朱记布店的朱老板见了牌子，担心钱庄老板娘带着储户的钱溜之大吉，拍着钱庄大门说："钱庄不能关门，让我们取钱！"涌在门口的储户情绪开始激动。

金麻子举起双手招呼大家安静："钱老板被炸弹震得七窍流血，大小便失禁，是我送回家的，回到家昏迷不醒。钱庄的钱都在金库里，金库的密码只有钱老板晓得，必须把他救醒，打开密码锁，才能让大家取钱。所以大家不要紧张，三天后如果钱老板醒不过来，就去上海请保险柜专家来开金库，希望大家给老板娘三天时间，救人要紧啊！"

金麻子的话合情合理，储户们觉得应该先救人，便渐渐散了。

朱老板临走时对金麻子说："三天后我们来取钱，到时不开门找你算账。"

金麻子笑着说："行行行，拿不到钱，到我店里来拿豆腐。"

金麻子解了第一次挤兑风潮。他知道三天后如果没有好的对策，挤兑将更加厉害。他让春霞分派钱庄伙计分头向贷款到期的商家要钱，回笼资金，为三天后做准备。临走时，提取了自己存在钱庄的三千五百块大洋。

账房说："金掌柜，你这是釜底抽薪。"

金麻子笑笑："我有大用场。"

账房还在背后骂金麻子："金麻子帮忙是假，提款是真！"

春霞听了，心存疑虑。春霞想人心隔肚皮，表面看金麻子仗义、热心，关键时刻只顾自己，真是知人知面不知心。

三天后，钱庄开门。储户"一窝蜂"涌进钱庄，账房在柜台上慢条斯理给储户兑钱，看到储户涌进柜台，立马将现大洋全部锁进抽屉，让护庄安保把涌入的人群赶出去。

护庄安保赶不走，账房站起身对大家说："秩序混乱，停止兑付。"

储户开始骚动。躲在经理办公室的老板娘看到这一切，心惊肉跳，六神无主，心里念着："钱守仁呀，你快点醒来呀，再乱下去叫我如何收场……"

钱庄的混乱场面持续了一个多时辰，直到金麻子双手拎着两箱大洋，高喊着"让一让，让一让，我要存钱，我要存钱"，人群才慢慢安静下来。大家想看看，这个时候，谁还愿意把钱存进钱庄。

金麻子挤进人群，将两箱大洋朝柜台上一放，豪爽地说："存五千大洋。"

两只小钱箱当众打开，白花花的大洋全部倒在柜台上。柜台内外的储户看得清清楚楚。

金麻子对着账房说："存钱。"

朱记布店的朱老板问金麻子："我们都来取钱，你为啥来存钱？"

金麻子当着众人的面大声说："钱放在家里不安全，一旦朱溪镇沦陷，不要说日本军队，就是强盗小偷都会光顾你的家，抢走你的钱财。如果把钱放在钱庄的金库，就是军队来了，除非用炸弹炸，否则谁能打开钢板做的金库？我们的钱在钱庄存着，既安全又有利息可赚，何必带在身上自找麻烦。"

朱老板听了金麻子的话觉得有道理，一大笔钱放在身上到哪里都不安全，更不要说逃难的路上，一旦遇到强盗小偷就惨了……想到这里，朱老板一句话不说，撩一下长衫，转头就走。储户们见朱老板都走了，挤兑人群一下子散了，刚拿回存款的储户，有的又把钱存到钱庄里来。老板娘春霞终于松了一口气，绷紧的脸露出了笑容，心中内疚，错怪金麻子了。

准备逃难是金麻子做的第三件事。

金麻子问夏老板："万一县城失守，要不要逃难？"

夏老板点头："兵锋所指，枪炮无情，倭寇凶残，见人就杀，最好避过兵锋，等局势缓和了再回来。"

金麻子又说："夏伯伯，逃难我有船，夏雨哥和夏雪妹妹都不在家，到时我来接你和夏伯母一起去逃难。如何？"

夏老板摇头："我走了，万一夏雨、夏雪回家怎么办？你只管去逃难，不用管我们。"

金麻子没有把夏雨哥去前线的事说出来，他怕夏伯伯担心。

金麻子来到童天春药房陆先生诊所，看到药房主人都走了，只留下一个抓药的伙计和诊所的陆先生。金麻子问陆先生："先生想逃难吗？"

陆先生一脸严峻："普天之下，莫非王土，王土沦陷，何处避难？"

金麻子说："我有一船，吃住两便，届时来接先生，先生权作踏青（旅游）。可否？"

陆先生笑了："文人放屁，一股酸气，行！"

金麻子回家，发现钱庄账房已在家中等候，便问："钱庄又有事吗？"

账房说："春霞老板娘让我来请金掌柜和金夫人一起去钱公馆，有要事商量。"

金麻子疑惑："有啥要事？"

账房两手一摊："我也不知道，老板娘让我务必等你和夫人去了才能回家。"

账房个子不高，对主人忠心，金麻子不忍心拒绝，用眼神征求老婆意见，宋惠明笑着说："要么你去，我就不去了。"

账房马上说："金夫人一定要去，老板娘特地关照的。"

盛情难却，金麻子和宋惠明应邀赴约。

宋惠明见到一高一低两座桥呈"八"字分跨两条小河之上，河边景色迷人。粉红色的石库门房子让她开了眼界，宋惠明走进大厅，就像第一次走进钱庄时一样，小心翼翼，生怕弄坏富丽堂皇的摆设。

春霞从客厅迎出来，就像见到老熟人一样，拉起宋惠明的手说："这位一定是金夫人了，里边请，里边请。"

春霞的热情多少消除了宋惠明心中的拘谨。宋惠明将扎在一起的酥糖、八珍糕和桂花糖放在桌上。春霞见了礼物，倒是不客气，就像姐妹之间送礼一样："这个我喜欢，在上海吃不到。金掌柜、金太太，快坐呀——李妈，泡茶。"

佣人李妈给金麻子和宋惠明端来了茶水。宋惠明看着春霞穿着考究、发型时髦、身材婀娜、脸蛋漂亮的样子，心想怪不得钱老板会看中她，原来是个美人坯子。

春霞热情招待着，不说要商量啥事，金麻子就问："账房说你有事商量，遇到啥事啦？"

春霞见问，表情变得严肃起来："陆先生给守仁诊过病了，说守仁可能醒不过来了。钱庄的挤兑风潮幸亏金掌柜帮忙，才渡过难关，今后不晓得要遇到啥事。我想请金掌柜入股钱庄，今日你存在钱庄的五千大洋，当作股本，你看怎样？"

宋惠明不知这股入得入不得，就闭口不言。

金麻子说："谢谢春霞老板娘的好意，我不能乘人之危占钱庄便宜。钱我不会提走，有事尽管找我。"

春霞见金麻子决意推辞，也不强求，她从茶几抽屉里拿出一只翡翠手镯，走到宋惠明面前，将手镯套进宋惠明的手腕："好看，这个最配金夫人了。"

宋惠明见过手镯，却从来没有摸过，如今钱庄老板娘将这么贵重的宝贝套在她的手上，哪能接受，赶紧捋下来，还给春霞。

春霞一把捏住宋惠明的手："这个礼物是我自己的，不是啥稀罕物。我在这镇上无亲无眷，是金掌柜带着你店里的伙计吹着喇叭、敲锣打鼓把我从上海接来的，除了我丈夫，你们是我在镇上最亲近的朋友。我想认你做姐姐，行吗？"

宋惠明觉得大上海来的美小姐阔太太要认自己做姐妹，自己一个乡下小女人哪里般配呀。可是春霞那么诚恳，不接受又过意不去，就把目光转向金麻子。金麻子微笑着点了点头。

宋惠明得到丈夫的首肯后，腼腆地说："钱太太，我不懂场面上的事，做你姐妹怕给你出洋相。"

春霞把手镯再次套进宋惠明手腕："哪里话，能交上你这样的好姐妹是我的福分。"

这天，金麻子夫妇在钱公馆吃了晚饭，看望了昏迷不醒的钱老板。春霞说："陆先生建议去上海大医院用 X 光检查脑子，万一脑子出血，压迫脑神经，人就不醒了。"

金麻子不懂医术，但他认为去上海是最好的安排，一来可以给钱老板检查脑子，二来可以避开日本人的兵锋。

春霞担心地问："去了上海，钱庄怎么办？"

金麻子建议："贴告示，说去上海避难，关店一个月；钱庄的现金不要全部放在保险柜，要找一个最安全的地方。万一日本人打进来，真用炸弹炸开保险柜，把钱抢光了，如何向储户交代？"

春霞觉得金麻子想得周到，在这举目无亲、兵荒马乱的他乡，春霞的心中已把金麻子当作唯一的依靠，她用企求的目光看着金麻子说："能否烦劳金掌柜派店里信得过的伙计，在今天晚上帮我将钱庄的现金全部搬入地下金库？"

金麻子双拳一抱："义不容辞。"

二

国军像潮水般从大上海退下来，车队、马队、部队一起挤在马路上，汽车声、马蹄声、喊叫声混乱不堪，长官找不到部下，士兵找不到连队，乱哄哄一路朝西溃退。队伍经过朱溪镇也不停留，据说部队将退到第二道和第三道防线去保卫南京。

一直守在镇公所的章镇长打电话给县党部书记长询问淞沪战事，电话里县党部书记长的声音变得急促："驻守县城的吴军长接到命令已开赴松江。"

章镇长问："仗打到松江了吗？"

书记长没好气地说："你问我，我问谁去？"电话挂断。

三天后，章镇长在城隍庙戏楼上向市民喊话："同胞们，市民们，告诉大家一个不幸的消息，三天前开赴松江城阻击南下日军的六十七军将士全军阵亡，吴军长殉国，松江城沦陷。日军兵锋正向青溪县城进发，危难之际，保持镇定，一旦听到枪声，待在家中，不要外出，以防不测。"

有人问："章镇长，你是去逃难，还是留在镇上？"

章镇长话语铿锵："我将听从上峰命令，如果留在镇上，誓与朱溪镇同存亡！"

章镇长说完这句话，就离开了城隍庙戏台，从此镇上居民再也没有见到过章镇长。据说章镇长被上峰调到西安去任职了。章镇长再次出现在镇上是在全民族抗战胜利后，上峰委派他作为县党部书记长的助手回县城，专司清理日伪资产，县党部书记长还把金麻子作为汉奸抓了起来。这是八年后的事，按下不表。

且说章镇长喊话后的第二天，就传来青溪县城连续遭到日军飞机轰炸，无数难民正向朱溪镇涌来的消息。有人站在放生桥顶上，远远地看见爆炸腾起的烟雾。镇上居民开始外出逃难。富豪们早已去了上海租界避难；老板们大都买好船只，一有风吹草动，坐船逃难；平民百姓肩扛手提拿着生活必需品，沿漕港河两岸向西逃难。

金麻子未雨绸缪，客船上装了足够吃一个月的大米、酱菜、腊肉、咸鱼。他对大家说："逃难艰苦，大家一起熬一熬，等时局太平了再回来。"

来自七个不同家庭的"一家人"，摇着改建的"客船"朝镇西驶去。路上碰到毛家的快船，毛一尘对金麻子说："你家生意好不该去逃难。"

金麻子不睬毛一尘酸溜溜的话。

白弟扯着绷，顶了一句："毛老板，这回不用降价，你留下，镇上的生意都是你的。"

一问一答，船已驶过。

朱溪美景在河上，河中倒影在眼中，桥洞宛如月宫，小楼漂在水中，小船咿呀摇过，扯碎河底白云，河中之景时而清晰时而模糊，船行其中，如在画中……好一幅水乡美景，船上人却无心赏景。船在童天春药房下滩滩涂停靠，金麻子去接陆先生上船。

白弟嘟哝着说："自身不保，还去关心别人。"

船上无人答话，也无人看景。陆先生上船，宋惠明将陆先生请到中舱落座，告诉婆婆，陆先生就是给水根看病的郎中。

陆先生歉意地拱拱手："在下才疏学浅，没能把水根的病治好，抱歉、抱歉。"

王老夫人想起儿子，泪眼汪汪："先生本事大，是我儿毛病患真（患有难治的大病、绝症）。"

河上，逃难船只一艘接一艘，绵延不断；岸上，逃难人群一茬接一茬，络绎不绝。船流、人流一路向西。长生手拿竹篙，站立船头，以防与别的船相撞。王老夫人坐在中舱，发现前舱的凤娟一直望着身姿挺拔站立船头的长生。长生一篙插进河里，篙顶肩胛，反向走上几步，再用力一撑，从水中拔出竹篙，水顺竹篙流在手腕上，打湿了袖口。

凤娟拿出手绢让长生擦水，长生笑了："凤娟妹子，撑船人沾水不擦，擦也没用。"凤娟脸一红，马上收回手绢。

白弟把逃难看成是出门游玩，一点没有战争迫近的忐忑，他最近考虑最多的是金哥结婚了，自己也该成个家了。白弟扯着绷，脑子里胡乱想着，扯绷的右手换成了左手，脸就斜对着把橹的金麻子，此时他小声说出了心里话："金哥，我想娶女人。"

金麻子听了一愣："你想娶谁？"

白弟用嘴朝船舱里的阿妹努了一努。

金麻子知道白弟和阿妹平时走得近，但没想到白弟真看上了阿妹，便一本正经对白弟说："婚姻非儿戏，不能凭一时冲动。"

　　白弟把下乡卖豆腐想亲阿妹，结果没亲到，反被阿妹数落一番的过程说了出来。金麻子说："阿妹是个好姑娘，去阿妹家给你提亲。"

　　为了给白弟提亲，逃难第一站，金麻子带着大家来到了渔村。战争的阴影并没有笼罩渔村，渔村人像往日一样织网捕鱼，摇船度日。吃住安排定当，金麻子按照干妈关照的渔村提亲规矩，包了五十大洋礼金，写上白弟生辰八字名帖，在干妈的带领下来到阿妹家提亲。

　　阿妹父母接过聘礼，看了八字，问："小伙子长得怎样？"

　　金麻子指着白弟："就是他。"

　　白弟第一次上门，有些拘谨，不知如何称呼阿妹父母，干脆不开口，向阿妹父母鞠了一躬。阿妹父母见未来女婿细皮嫩肉懂礼貌，满心喜欢，当场应下了这门亲事。

　　陆先生在王家客堂开了临时诊所，免费给村里渔民看病。常年在水上生活的渔民，都不同程度患上了关节炎、腰椎间盘突出等常见病，陆先生的推拿、艾灸让前来就诊的渔民纷纷称赞医术高超。王家里里外外被熏得全是艾草烧焦的气味，所有人非但没有怨言，反而觉得这味道祥和、慈爱。

　　宋惠明和金麻子收拾好豆腐作坊，每天做豆腐，一半自己吃，一半拿到村里卖。平静的生活刚开始，朱溪镇方向就传来了枪声，日本军队开始清乡扫荡。当日本人杀人强奸抢粮的消息传到渔村后，渔村人就把急水港独木桥上的桥板拆掉，渔民们认为这样就能让鬼子兵进不了渔村。各家都把渔网、日用品搬上渔船，万一情况紧急，跳上船就能立马逃跑。在金麻子落脚渔村的第七天中午，一小队日本兵来到渔村村口，发现急水港上只有桥桩，没有桥板，对着渔村叽里呱啦乱叫一通，不见有人出来，带队的小队长命令机枪手对着渔村射击。子弹像蝗虫一样朝村里钻，射在泥墙上发出"噗噗噗"的声响。渔民们立即从村子北面摇着渔船，进入茫茫淀山湖中。

　　离开渔村，长生怅然若失，他后悔没早点让父亲向凤娟提亲，日本人来了，再想提亲，人都走散了，谁来作主？

　　白弟看出了长生的心思，趁长生把橹的时候，边扯绷边问他："你看上凤娟了？"

长生不善言语，点了点头。

白弟说："我帮你提亲。"

长生摇头。

白弟问："为啥不行？"

长生这才开口："长辈不在，礼金、八字都没准备。"

白弟笑说："不在渔村，不讲规矩。"

一句话，让长生顿悟。

太阳西斜的时候，快船驶进一片白荡，阳光照在水面上，折射出金灿灿的波光，好似给水面铺上一层金箔。白荡深处有一片芦苇荡，隐蔽、安全，金麻子决定船就停在芦苇荡过夜。白弟在船头看着阿妹生火、凤娟做饭，心里美滋滋的，心想这哪是逃难，分明是浪漫的野餐。

白弟想起长生的心思，问凤娟："长生喜欢你，向你提亲，成吗？"

凤娟听了脸一红："哪有这样问的。"

白弟钻进船舱，大声说："告诉大家一个好消息，长生和凤娟，王八看绿豆，对上眼了。"

王老夫人笑说："我早就看出来了。"

吃晚饭时，金麻子点上马灯，从船舱里拿出一髭绍兴黄酒，请陆先生做见证人，请干妈代表双方长辈，在船上给长生和凤娟举办了简单而隆重的订婚仪式。大家围坐船舱，举杯相庆。每个人都说了一句祝福话，陆先生的祝福话像歇后语："逃难路上定亲，患难之交！"

入夜，湖面上刮来一阵劲风，风从水上来，寒气袭人。金麻子半夜醒来替换长生值夜，看着密密丛丛的芦苇荡，想到一个问题：为啥这么隐蔽的地方没有逃难的船只来躲避？

第二天醒来，王老夫人头疼鼻塞，患上了感冒。陆先生拿出药箱给王老夫人熬药、针灸。王老夫人说："幸亏陆先生一起逃难，一路上不怕生病了。"

船在芦苇荡停了三天，吃喝拉撒都在方寸之地的生活让过惯陆地生活的一船人苦不堪言。最难受的是"方便"，尽管中舱和后舱放了两只马桶，但"方便"的尿声、屁声、叮咚声会惊醒一船人。特别是晚上睡觉，水面寒气彻骨，透过船板袭来，连梦境都是在冰天雪地里行走。

第四天凌晨，一船人还在睡梦中，五条小船悄无声息地围了上来。当值夜的长生看清小船不怀好意时，已经来不及逃跑了。五条船上二十来个湖匪手执大刀、长矛，把客船团团围住。长生叫醒金麻子的时候，船上所有人都已醒来。金麻子清楚绝对不能因为自己的鲁莽害了船上的"家人"，这些人是他在这个世界上最亲的人。

金麻子站在船头，双手抱拳对小船上的蒙面人说："在家靠父母，出门靠朋友，日本鬼子来了，我们出来逃难，遇上各位，有何指教？"

小船上一位领头的见金麻子毫无惧色，还懂点江湖规矩，便也双手抱拳："我们是白荡侠客，只劫财，不劫色，不杀生。想活命的，把值钱的东西统统拿来。"

长生手里拿起了竹篙，准备随时与湖匪拼命。白弟站在金麻子身后，不知是冷的还是吓的，双腿在微微发抖。陆先生从船舱里出来，把身上的大洋放到金麻子手中，阿妹和凤娟也学样把身上的大洋给了金麻子。虽然大家一言不发，但所有人的行动都在告诉他：失财消灾，保命要紧。

于是，金麻子、白弟、长生都从口袋里拿出大洋，金麻子把大洋堆在船头，又让长生将船上的两袋大米、一块咸肉、三条咸鱼和两罱酱菜都放到船头。领头湖匪手一挥，一条小船靠近客船，将船头的粮食、大洋、咸肉、咸菜等悉数拿走。

领头湖匪绕着客船兜了一圈，兜到船头，对金麻子说："船上还有，把余下的金银财宝大洋粮食全部拿出来，不然休怪我不客气！"

金麻子见湖匪得寸进尺，已忍无可忍，从船舱里拿出枣木棍，横眉竖眼警告湖匪："钱粮已悉数拿出，船上余下的只有十来斤大米和半罱酱菜。俗话说盗亦有道，留下一口粮食，让我们能吃口饱饭，有力气摇船回家。你若想赶尽杀绝，我手中的枣木棍也不是吃素的！"说罢，金麻子将枣木棍朝船板上一杵。

湖匪哪肯理会金麻子的话，从船头、两侧三个方向同时向他杀来。说时迟、那时快，金麻子一个空中飞腿连着枣木棍横扫千军，左中右三个湖匪被金麻子同时打下船去。领头湖匪领教了小红拳"红棍飞腿"的厉害，再看船上的女眷，手、耳、头都未戴金银首饰，即使打赢了也抢不到多少财宝，于是大喊一声

"退潮！"五条小船快速脱离，消失在白荡深处。

金麻子望着远去的湖匪，这才明白芦苇荡没有避难船只的原因。陆先生望着远去的湖匪，仰望苍天，长叹一声："国破家何在……"

大家陷入逃难遭劫、有家回不得的窘境之中。陆先生提议，与其芦苇荡也不安全，不如先靠岸，寻个没有日本兵的落脚点，大家一致同意。长生拔起竹篙，将船撑出芦苇荡，金麻子摇船，白弟扯绷，船出白荡，朝着岸边驶去。阿妹、凤娟把剩下的几斤大米煮成米饭，将最后的一点咸肉、咸鱼都蒸了。到了午饭时间，大家看着吃了四天的咸肉、咸鱼、咸菜，都没了胃口。干妈从身上拿出五块大洋交给金麻子："我没把钱交出去，拿上或许能派上用场。"

船靠岸，金麻子让宋惠明和阿妹陪长辈们上岸走走，留下长生守在船上，自己则带着白弟到附近村庄去摸情况。

江南村落大同小异，村前一条土路连接村外，村口一个小竹园或是一棵大树，算是村口的标志，土路沿着村中小河穿村而过……金麻子和白弟走近村口，看到一个工人模样的人，一动不动坐在树下，身边放着一只氅，氅里溢出一股腌制的桂花香味。

金麻子指着氅里的酱菜问："卖吗？"

工人说："卖。"

金麻子尝了一口氅里的酱菜，香甜可口，又问："全买下多少钱？"

工人说："随便给。"

金麻子见工人似有沉重的心事，就和他攀谈了起来。工人叫陈金贵，是松江酿造厂的腌菜师傅。松江有铁路，日军对松江铁路站和松江城狂轰滥炸，陈金贵所在的酿造厂被炸毁，陈金贵老婆被炸死。那天陈师傅恰巧在地窖里腌制酱菜，幸免于难。陈金贵说，村庄叫蔡浜村，老婆每次跟他回老家，总会在村口卖自己亲手腌制的蜜汁桂花大头菜……

金麻子看出这位腌菜师傅重情义，拿出三块大洋给陈金贵："这氅大头菜我全买了。"

陈金贵退回一块大洋："两块足够。"

金麻子告诉陈金贵朱溪酱园也被日本飞机炸了，腌菜师傅当场被炸死。金麻子说等镇上太平了，想帮朱溪酱园重新开张，到时请陈师傅帮忙。

陈金贵叹了口气："沦陷了，哪里还有活路？"又问："你们是朱溪镇上的，怎么会到这里来？"

金麻子就把一家人出来逃难、遭湖匪抢劫、想找个落脚地等告诉了陈金贵。

同是沦落人，相逢就是缘，陈金贵说："我家地方破大，若不嫌弃，到我家落脚吧。"说完领着金麻子来到村中晒谷场，指着边上四间平房说："到了。"

陈金贵说家中妹妹出嫁，弟弟当兵，空着两间房，他睡父母房里，可腾出三间房间。

金麻子发现陈母的一条腿裹着布条，陈父直不起腰。金麻子拿出一块大洋给陈金贵，说："先弄一顿晚饭。三间房我们借了，包吃住，一天两块大洋行吗？"

陈金贵说："给多了，房租免了，给饭钱就行。"

回船的路上，白弟问金麻子："钱给湖匪抢光了，哪有钱给陈师傅？"

金麻子笑笑，回到船上，在船艄坪基板的暗层里，拿出了一封大洋。

一行人在陈家住了五天。陆先生给陈母的老烂脚敷上自制的药粉，给陈父的腰肌劳损针灸拔火罐。经过五天的治疗，陈金贵父母的症状明显好转。陈金贵看着逃难来的客人给父母治病，心中十分感激，从地底下挖出埋了多年的一瓮绍兴老酒犒劳陆先生。

陆先生举着酒杯说："出门半月有余，喝了这杯酒，该回家看看了。"

早就想回家的干妈说："金窝银窝不如家里的草窝。"

宋惠明担心："回去碰着日本兵怎么办？"

金麻子决定先回镇上摸摸情况再做决定。金麻子请陈金贵帮忙到村民家借了一条小船，与长生即刻出发，驶向吉凶未卜的家乡。

金麻子走后，白弟闲着没事，让阿妹教他摇船，说："金哥、长生都会摇船，一路上我只会扯绷，你教我摇船。"

阿妹信以为真，跟着白弟上了客船。从船头进头舱，刚迈进中舱，不料身子被白弟一把抱住，白弟的嘴一下子贴在阿妹嘴上。

阿妹忸怩着不让白弟亲："你不是说要学摇船吗，怎么耍流氓啊！"

白弟狠劲亲着阿妹的脸，一边亲一边说："我们定亲了，你是我的女人了。不让亲，我偏要亲……"

此刻，白弟眼前出现了山东大汉亲嗲哩哩女人的画面，对男女之事不再懵懂的白弟见阿妹不再顽强反抗，乘虚而入。他一手关舱门，一手撩起阿妹上衣，摸到了阿妹的胸部，听到了自己"嘭嘭嘭"急促的心跳，看到了从没见过的女人的身子，最后在阿妹半推半就中，提早完成了新婚洞房后才能完成的事。白弟紧紧抱着阿妹，喃喃地说："我有女人了，我有家了！"

阿妹蜷缩在白弟的怀里，既兴奋又害羞，因为脸上的胎记使阿妹从小缺乏自信，特别是在长生面前。她知道长生嫌她脸上长着一块大胎记，可胎记是娘胎里带来的印记，再难看也不能怪她呀，但男人都希望女人漂亮，能怪谁呢？如今镇上的小伙子白弟真心看上她，阿妹还是不敢相信这是真的，她问白弟为啥看上她。

白弟说："你挑担时最好看。"

阿妹嘴一噘说："我脸上有胎记，就不好看啦？"

白弟忙解释："不不不，不是的，你脸上的胎记是独一无二的，到哪里我都不会认错自己的老婆。"

听了这话，阿妹觉得白弟的话很真实，让她充满幸福感，但她还是担心白弟哪一天会看上其他漂亮的姑娘，休了她。阿妹时时刻刻叮嘱自己，不到结婚日，绝不让白弟碰自己。这次逃难，没有想到白弟竟然让金掌柜上门提亲，这让阿妹十分激动，她这才相信白弟对她是真心的。

金麻子和长生摇了将近一天的船才回到镇上。两人把船停在廊桥下，上得岸来，发现城隍庙里没了香火，街上空无一人，河里只有水声。长长的北大街上，店门紧闭，一溜长的排门板直直地立着，秋风吹来，门缝里传出"嘘嘘"的声音，让人毛骨悚然。长生跟在金麻子身后，感觉好似进了一座鬼镇。偶尔传来"踏踏踏"的脚步声，长生屏住呼吸，大气不敢出，金麻子拉着长生躲到一处弄堂里。不一会儿，两人看见水警队或是日本兵巡逻队走过。看到此，金麻子确认朱溪镇已沦陷。路过朱溪酱园，见大门虚掩，两人推门入内，看到韩老板坐在空空如也的柜台前出神。

金麻子问起镇上情况，韩老板说："朱溪镇被日本兵占了，没人抵抗，疤队长带着水警队不放一枪，就地缴械，受降，改编，继续维持镇上秩序。章镇长已不知去向，镇公所变成了日本占领军的司令部。日本兵在放生桥上设立岗哨，中国人走过必须鞠躬，以示尊敬。"

韩老板说到此处义愤填膺："一个农民进镇，不知道要鞠躬，挨了日本兵四个大耳光，两颗牙齿当场掉在桥顶上；一个孕妇弯不下身，无法鞠躬，鬼子当场一刺刀，剖开孕妇肚子，罪过呀，腹中胎儿还在血泊中抽动，孕妇的尸体还停在家中没有发丧。镇上人尽量不走放生桥……"

金麻子问："镇上太平吗？"

韩老板叹了口气："听疤队长说，镇上新来了一个日本军官，说是要在镇上建立啥'大东亚共荣示范镇'，不知示范镇是啥东西，镇上还算太平。"

听了韩老板的介绍，金麻子觉得可以回家了。金麻子和长生大胆地在街上走了一圈，看到桥梓湾生煎店的店门紧闭着，估计阿萍姐带着一家人逃难没回来；毛家豆腐店还没有开门；童天春药房的门也虚掩着，估计只有抓药伙计在看门；茂林馆饭店窗门紧闭，没有了烟火味；三阳湾白铁铺静悄悄没有了"叮咚乒乓"的击打声……长街三里、店铺千家的北大街，空荡荡、冷飕飕，一片萧条，连空气都充满着肃杀的气息。金麻子打开豆腐店门窗透潮气，回到放生桥北岸的三埭二天井新房过了一晚，第二天一早，摇着小船驶离放生桥，回头朝桥顶站岗的日本兵瞥了一眼，内心产生了一种难言的压抑。

三

逃难人尝到了逃难生活的艰辛，在得知镇上还算太平后，陆续回家。小业主们不敢轻易开店，居民们不敢轻易走动，千年古镇小心翼翼地生活在战争的阴霾下。坐落在镇西市梢头的夏家米行是全镇第一家开门营业的店铺。夏老板的一双儿女在家乡沦陷的时候，回到了家乡。夏雨对父亲说，"战火连天，估计家家米缸都空了，开店吧"。镇上人听说夏家米行开张了，镇东人都来镇西籴米。更有饥肠辘辘的外乡逃难人，路过此地，闻到香喷喷的大米，纷纷停下脚步讨饭吃。夏老板和夏雨见此情形，便在门前的空场上搭棚施粥，救济逃难人。越来越多的逃难人，甚至镇上的穷人得知夏家米行在施粥，也纷纷前来……镇上不少米行老板得知夏家义举，也在自家门前搭棚施粥，逃难人中就传出一句话："朱溪多善人……"

金麻子逃难回家后才知道老婆宋惠明有喜了，这是古镇沦陷后，王家最高兴的一件事。金麻子规定：全家人到镇上坐船摆渡，不准走放生桥，以防桥顶站岗的日本兵无礼；上街遇到日本兵躲着走，以防万一；王家绝不第一个开店，以防"枪打出头鸟"。可是，几天后干妈在饭桌上说了一句"坐吃山空"的话，让金麻子坐不住了，他问大家开门做生意怕不怕。

长生说："我不怕，谁怕谁在家待着。"

凤娟表态愿意跟着大家做生意。

白弟建议："为防万一，我们重操旧业。"

金麻子觉得白弟这个主意好。

阿妹问白弟："重操旧业是啥意思？"

白弟说："就是去乡下卖豆腐菜。"

第二天，王家豆腐店磨了二十斤黄豆，做了上百斤豆腐菜，干妈留在店里，六个年轻人摇船下乡，在三个村庄设摊，卖了一个上午，只卖掉一半。船回镇上，金麻子在西栅桥滩涂停船，吩咐白弟拿上一篮子豆腐菜，跟他去夏家米行。

一进门看到久违的夏雨、夏雪兄妹，金麻子惊喜万分，盯着夏雨从头看到脚，确认夏雨"完好无损"，这才说："夏雨哥，你去了前线，好让人担心呀！"

金麻子发现夏雨不再是以前那个书卷气十足的书生，肤色深了，眼神深了，手臂有力了，身上还透着一股淡定、一种从容、一丝刚毅。再看夏雪，矜持、含蓄，落落大方地向金麻子伸出白嫩嫩的小手，金麻子不由自主地将手在衣服上擦了擦，才轻轻握住夏雪的手，心想要是自己没遇着惠明，而且有着今天的身份，一定会向夏雪求婚。心里想着，却摇了摇头，怪自己胡思乱想，赶紧放开夏雪的手。见到夏伯母从门外的施粥棚回来，金麻子赶紧从白弟手中拿过豆腐菜递给夏伯母。

夏母见到豆腐菜就说："好久没有吃到豆腐菜了，鲲儿，你又去乡下做生意了？"

金麻子就将镇上不敢开门、乡下生意不好做的前后过程说给大家听。此刻，夏老板在门外听到金麻子的说话声，也从施粥棚回来，他让金麻子把船摇到米行后门，把卖剩的豆腐菜放到施粥棚上卖。

夏老板断定："眼下的生意最好做，全镇居民一定见啥买啥。"

金麻子说："那不行，卖剩的豆腐菜哪能占施粥棚，不如把卖剩的豆腐菜一起施给逃难人吧。"

夏老板说："这几天逃难人少了，大都回家去了，明天施粥棚就拆了。"金麻子这才答应把施粥棚改成豆腐摊。

果然，邻居们听说夏家米行门前有豆腐菜卖，一下子围了上来，三下五除二，剩下的豆腐菜就卖光了。从此，金麻子每天先下乡跑两三个村庄，然后再到夏家米行门前摆豆腐摊，周边几条街道的居民听说这里有豆腐菜卖，都来西栅桥买豆腐。再后来，王家豆腐店的豆腐摊生意一天比一天好。

毛一尘逃难回家，带回来一个名叫海棠的姑娘，据说这是毛老太太在娘家给儿子物色的新太太。毛老太太这一招是针对五太太与毛老爷子不清不楚，弄得儿子差一点遁入空门，而特意给儿子物色的姑娘。

娘家人说："乡下穷，镇上少爷看上乡下姑娘，花上一笔彩礼，就成。"

毛老太太看海棠姑娘穿着破烂，但长得还算周正，就花了二百大洋彩礼，给海棠做了一身新衣，将海棠带回了家。想不到逃难回家，毛一尘不急着与海棠圆房。

毛老太太说："既然相中了，就早点拜堂成亲，海棠姑娘也好名正言顺成为你的六太太。"

毛一尘告诉母亲，他要等到镇上店铺全部开张，邀请有头有脸的老板，大摆宴席，排场要压过金麻子，派头要大过当年迎娶五太太，再抻抻毛家的威风。

毛老太太理解儿子内心的苦楚，这几年毛一尘在外斗不过金麻子，在家压不住五太太，儿子要释放心中的压抑，这个排场要摆、派头要摆。毛老爷子对儿子的婚事从一开始就十分赞同，虽然又得花大洋，但儿子有了新太太，就不会把心思放在五太太身上，不仅父子矛盾会缓和，而且五太太将独属于自己，给毛家添丁续脉更方便。五太太清楚，自己在这个家中再无地位可言，自己只是毛家传宗接代的工具和老爷子的玩偶，她必须为自己的将来谋划出最理想的结局。毛一尘得知夏家米行开张，心里痒痒的，也想磨浆开店，但又怕日本兵上门把店抢了，就吩咐林三一早去三阳湾看看王家豆腐店有啥动静。

林三回来说："王家豆腐店豆腐照磨，店门不开。"毛一尘便不敢轻举妄动。

第二天，毛一尘亲自到三阳湾探虚实，从门缝中他看到有七人在做豆腐菜，凭多年经验，金麻子至少磨豆三十斤，一百五十斤豆腐菜可供一百五十户人家吃。毛一尘在三阳湾徘徊了一个多小时，最后发现，王家豆腐店的豆腐菜是从后水港出的货。

日本巡路兵见毛一尘鼠头贼脑，形迹可疑，将他抓回司令部。一路上，毛一尘一个劲儿向日本兵说自己是豆腐店老板，从不干坏事，更不敢与日本人对着干，求日本兵放了他。可是日本兵叽里呱啦说的话，毛一尘一句也听不懂。其实毛一尘说的话，日本兵也一句听不懂。毛一尘深深感到"秀才遇到兵，有理说不清"的无奈。当日本兵将他抓进司令部（原镇公所）交给驻军司令的时候，毛一尘想这回怕是小命不保了。

就在毛一尘惴惴不安的时候，一位身着少佐军服的司令官来到他面前，用日本腔调的中国话问道："你的，什么的干活？"

毛一尘头上冒着虚汗，恭恭敬敬回答："我的想看看王家豆腐店有没有开张。"

少佐司令官打量着毛一尘："你的也是老板，开的什么店？"

毛一尘发现这个司令官眼光好凶，一眼就看出自己是老板："我也是开豆腐店的。"

少佐司令官拍了拍毛一尘的肩胛："回去开店吧，都不开店的，市民的吃什么？"

毛一尘被司令官拍了一下，吓得两腿发软，听到"回去开店吧"五个字，以为听错了："真的让我回去？"

少佐司令官点头："对，回去的开店。"

毛一尘走出日军司令部，只觉得冷汗直冒。回到家，心有余悸地把刚才的遭遇向父母说了一遍，问父亲："要不要开店？"

毛老太爷吸了一口水烟，才挤出一句话："看看再说。"

战争把千年商业巨镇的整个商业链破坏了，朱溪米市从此一蹶不振，商业凋敝，百业萧条，居民生活苦不堪言。在这冷落的背后，熟悉的老板与熟悉的顾客总会在暗地里偷偷做些小生意。鱼行老板听说金麻子在西栅桥夏家米行门前卖豆腐，就去问肉庄老板知不知道这件事。两人悄悄来到西栅桥看了一眼，第二天鱼行的鱼担、肉庄的肉摊都在这里出现。镇上居民也是先试探着来，后来就成了常客。夏家米行门前自发形成的市场很快传遍全镇，连周边农民都把种的粮食、蔬菜拿到这里来卖。不到十天，鱼行、肉庄、腌腊坊、蔬菜担、酱菜毡、豆腐摊……自发形成的菜市场在夏家米行门前空场上，出现了空前的繁荣。金麻子还把在蔡浜村陈金贵家买的蜜汁大头菜和剩下的朱溪酱园酱菜一起拿来卖，镇上居民见到久违的朱溪酱菜，很快抢购一空。

阿萍听说夏家米行门前啥都能买到，不信，还对瞦晥说："兵荒马乱的，谁敢抛头露面摆摊做生意！"后来看到不少居民手里拿着鱼肉、豆腐、新鲜蔬菜走过，出门一问，才知是金麻子摆了个豆腐摊，如今成了市场了。

阿萍让瞦晥陪着，挺着个大肚子，来到西栅桥夏家米行门前，想买点野菜。阿萍有喜后特别想吃小时候常吃的野菜粥。当她走近熟悉的夏家米行，想起与夏雨一起吃野菜粥的情景时，不由得涌起一阵酸楚，但她很快扭转头，走到金麻子的豆腐摊边，对金麻子说："金鲲兄弟，你胆子够大的，不怕日本人杀过来？"

金麻子看到阿萍的大肚子，知道阿萍姐的新生活开始了，高兴地从豆腐板上切了四块豆腐，又拿了一斤油泡，放进瞦晥的竹篮子里："阿萍姐，这些是送给未来外甥吃的，还要啥我来办。"

瞦晥说阿萍特别想吃野菜粥。

野菜粥是儿时的回忆，金麻子记得吃野菜粥的情景，他怕阿萍碰见夏雨，那会很尴尬，就说："日本兵喜欢用刺刀挑'有喜'女人的大肚子，快点回家，万一日本兵来了，大肚子跑不快。你们要买的野菜、鱼肉，等我收摊后，给你们送去。"

瞦晥闻言赶紧拉着阿萍回家。

放生桥桥顶站岗日本兵捅死孕妇的阴影一直笼罩着全镇，孕妇不敢出门，女人不敢露面，商人不敢开店，没有人愿意引"鬼"上门。金麻子在夏老板指点下形成的市场，给阴影下的苦难生活带来了一丝活力。毛一尘来市场转了一圈，看到金麻子的豆腐摊，决定回家开店，既然日本司令官让他开店，何必摆个豆腐摊呢，万一日本人不允许摆摊，那就是找死！

毛一尘的话很快应验。

那天金麻子出摊不到一个时辰，水警队疤队长陪着一位身穿西装的陌生人，直接来到金麻子的豆腐摊前。穿西装的人问金麻子："为何不开店的，要在这里的摆摊？"

金麻子见穿西装的人还算和善，就说："怕日本兵上门，死啦死啦的。"

穿西装的人又问："这里的做生意，不怕日本人的过来，死啦死啦的？"

金麻子细细打量着穿西装的人，此人长方脸，大眼睛，表情和蔼，皮肤白皙，就是说话腔调怪怪的，每说一句话都带个"的"字，口音不像本地人，觉得此人不是日本人就是和日本兵有关的人，内心不由警觉起来。

旁边的白弟见金哥不吱声，就说："日本兵到了店里没地方逃，这里四通八达，见日本兵来，拔腿就逃，最多东西不要。"

穿西装的问白弟："你的什么的干活？"

白弟见问，拿起一块豆腐干："干豆腐的活。"

这时，疤队长向金麻子介绍，穿西装的是朱溪镇日本驻军司令官袁渡太郎少佐。袁渡少佐向大家摆摆手，提高了嗓音："大家的不要怕，我的知道，朱溪镇的商业的重镇，皇军的来了，大家的不敢开店。我向大家的保证，皇军的不抢货、不杀人，要让商业的繁荣，我们共同的建设'大东亚共荣示范镇'……"

袁渡司令官走后，商户们一致认为日本人的话不能信，日本司令官的保证是骗人的，准备明天继续摆摊。没想到日本人贴出告示，要求商家必须在一周之内开店，逾期不开，从此不准开店。古镇商人在日本人的一纸命令下，战战兢兢地打开店门，古镇商业也在日本铁蹄下重新启动。夏老板和金麻子在全民族抗战初期为生存带头形成的西栅桥菜市场就此结束，虽然昙花一现，但却让人难忘。

人们发现曾对着天上飞机大骂，要撩日本兵一梭子子弹的疤队长，像变了一个人，不但不敢和日本人干仗，反而给日本人干活，盛气凌人、威风八面的腔调没了，凶巴巴的目光变得平和了，纷纷叹息"人在屋檐下，不得不低头"这句话何其经典！

金麻子问疤队长："司令官真让我们开店？"

疤队长说："放心开吧，明天不要来这里摆摊了。"

收摊后，金麻子来到夏家米行账房问夏雨："为啥日本司令官要求大家开店？"

夏雨告诉金麻子："日本人要在朱溪镇实施一个'金融计划'。计划的第一步就是稳定市场，最后将朱溪镇变成日军物资供应基地。"

夏雨没有告诉金麻子的是，他正是受共产党秘密组织委派来家乡开展地下斗争的。上级党组织已经了解到，驻朱溪镇的日军司令官叫袁渡，毕业于东京帝国大学金融专业，应征入伍后担任轰炸机投弹员，据说镇上投下的三颗炸弹就是袁渡按下的投弹按钮；这次他被派来朱溪镇有两个任务，一是验证炸弹对小镇人心理产生的影响，二是实施"金融计划"。

金麻子佩服夏雨连日本人的计划都晓得，夏雨一定肩负着与家国情怀有联系的某种使命，他问夏雨要不要开店。

夏雨肯定地说："开！镇上近一个月买不到商品，百姓吃啥？用啥？老板需要做生意挣钱，百姓离不开柴米油盐，这是任何时候都少不了的。我们要防止日本人下一步的'金融计划'。"

夏雨哥心系家国社稷，令金麻子敬佩，他要为夏雨哥的使命献上自己的一份力，但他担心已经投靠日本人的疤队长曾经奉命要抓捕共产党员夏雨，一旦知道夏雨回家，会出卖夏雨。

金麻子把自己的担心告诉了夏雨，夏雨说："我会注意的。"

临别，夏雨叮嘱金麻子要时刻留意日本人的动向，发现任何怪事，马上来米行商量。

毛一尘迎娶六太太的婚礼是在一个良辰吉日举办的。毛一尘看着北大街上开门的店铺超过了一半，与金麻子迎娶豆腐西施一样，向所有闹元宵在场的贤达、耆宿、老板，以及包括金麻子在内的全体红、黄快船船员发出邀请，也在茂林馆摆了二十桌宴席。令毛一尘意外的是，等到开席，只来了六桌人，其中三桌还是毛家的亲戚。

茂林馆师傅说："毛老板，四大米行、油车、电灯厂这些大老板都跑得没影了，摇船的船工都参加了义勇军，你选的日子不是时候。"

毛一尘开始自我安慰，不是他毛一尘面子薄，而是选的日子不是时候。毛一尘脸上堆起了尴尬的笑容，举起杯子感谢大家光临。

话音刚落，门外传来日本兵的声音："花姑娘的，米西米西；花姑娘的，米西米西……"六名日本兵嬉皮笑脸闯进茂林馆餐厅，径直向一身红衣的新娘子海棠走去。

代表黄船赴宴的金麻了听不懂日本话，问跑堂"米西米西"是啥意思。

跑堂说："好像是'吃饭，尝味道'的日本话。"

日本兵一步步走近，毛一尘站起身不知如何应对。

金麻子担心日本兵对新娘子不轨，赶紧上前，挡在日本兵面前说："楼上的米西米西。"

领头的日本兵用手指指着金麻子的胸膛："我的，花姑娘的米西米西。"

金麻子大着胆子，拉住日本兵的手，指着茂林馆的楼上包间："楼上米西米西，楼上米西米西……"六个日本兵都跟着上了楼。金麻子赶紧吩咐饭店跑堂给楼上的日本兵端上酒菜……

毛老太太看着金麻子关键时刻挺身而出的义举，知道儿子一定斗不过金麻子：心地、心胸、心思决定了做人的高低和成败！

由于日本兵的掺和，婚宴草草结束，来宾在毛一尘的邀请下来到天下第一茶楼喝礼茶。茶楼也刚开张没几天，茶客寥寥，今天算是生意最好的一天。茶楼上没有日本兵，来宾们开始热闹起来，有祝毛一尘新婚之喜的，毛一尘开心地应诺；有说早添贵子的，毛一尘尴尬地点头。有人就在私底下说"哪壶不开提哪壶"。

坐在金麻子一桌的几位老板，看到王家豆腐店开门时，门口挂着试营业的牌子，就问金麻子："为啥挂这个牌子？"

金麻子说："那是给日本人看的。我想告诉那位司令官，如果日本兵上门抢劫，就随时关门。"

毛一尘听到金麻子的话，觉得金麻子这种小伎俩对日本人没用，说："人家手中有枪，随时能要你的命，他叫你开店，你敢不听？"

朱老板认为虽然没用，但总比啥都不做强。就在来宾们兴高采烈喝茶聊天的时候，楼梯上传来沉重的脚步声，驻军司令官袁渡少佐在疤队长陪同下走上茶楼。来宾们见到身佩军刀的日军司令官，一下子鸦雀无声。

袁渡微笑着向大家招手致意，走到画着一只大茶壶的墙壁前，对大家说："街上店铺的开张，很好很好的，商业的繁荣要靠在座的各位，建设'大东亚共荣示范镇'的要靠在座的各位。今天是毛桑的婚宴，我的表示祝贺。我的想请毛桑的担任朱溪镇的商会的会长。"

毛一尘没想到自己办婚宴办出祸殃根来。精明的毛一尘知道做日本人的商会会长，那是猪八戒照镜子的差事：帮日本人做事，就是汉奸；不帮日本人做事，日本人杀你。

毛一尘战战兢兢站起身，用手指着金麻子："我的不行，金掌柜的行，他当会长最合适。"

袁渡循着毛一尘的手指看向金麻子，他记得这个年轻人曾在西栅桥那个市场卖豆腐，而且周围人跟他关系很好。于是走到金麻子面前，客气地对金麻子说："金桑，我的见过你，很好，你的做会长。"

金麻子对毛一尘恨得咬牙切齿，他在日本兵面前帮毛一尘，毛一尘却在日本人面前害他。金麻子站起身，不慌不忙地向袁渡司令官双手抱拳："司令官阁下，本人只是豆腐店的小掌柜，连自家店里的伙计都管不好，哪里管得了镇上那么多商店的老板？谢谢好意，请司令官另请高明。"说完坐下喝起茶来，不再理睬袁渡。

袁渡用目光征询疤队长的意见，疤队长不想做"凶人"，转向大家，问："各位老板说，是金掌柜行？还是毛老板行？"

老板们一致推荐金麻子当会长。

袁渡说："吆西！金桑的，不要的推辞，你是大家公认的会长。"

金麻子站起身，他怕再推辞会惹出麻烦来，只好双手抱拳对大家说："各位，容我回店里请示老板，老板不反对，我就当这个会长。"

自从毛一尘想遁入空门被母亲发现劝回家以来，心中的忧郁、苦闷无法排解，今天意外给金麻子摆了一道，让他心花怒放：金麻子若当上会长，汉奸就做定了，这辈子别想在镇上抬头；若不当会长，日本人会放过金麻子和王家豆腐店吗？强权之下，哪得安生，要么当汉奸，要么滚蛋，而王家豆腐店一旦离开，毛家豆腐店又将在镇上一家独大！

毛一尘得意地对毛老太太说："妈，我给金麻子下的是死棋，镇上没有他生路。"

毛老太太叹了一口气，老话说"害人之心不可有，防人之心不可无"，儿子却反过来做，难成大器。但她看到儿子刚有点自信心，就没把话说出口。

毛一尘派林三到王家豆腐店去看金麻子的动静，不久林三回来报告："豆腐船撑回家了，金麻子去了夏家米行……"

四

金麻子不愿当会长做汉奸，准备再次逃难。

王老夫人、凤娟、长生摇船回家，准备逃难用品。宋惠明和阿妹不露声色坐镇豆腐店，麻痹日本人和疤队长。金麻子拿了一篮豆腐菜直奔夏家米行，他要把自己的事告诉夏雨，再与夏伯伯道个别。他在路过一家新开的西药房时，发现柜台上的伙计竟然是头戴鸭舌帽、身穿男西装的夏雪。

金麻子很惊讶，走进西药房问夏雪："怎么女扮男装当西药房的伙计？"

夏雪告诉金麻子，女扮男装是怕日本兵上门骚扰；她是西药房伙计，也是老板，因为她在上海读的是医科大学，镇上只有中医，就想开一家西医药房补这个缺。

夏雪压低声音说："听说日本人让你当商会会长？"

金麻子很吃惊："消息传得这么快？"

夏雪说："日本人的举动是镇上热点，传得当然快。快去我家，我哥有话对你说。"

金麻子离开西药房，一路来到夏家米行，见到夏雨就把自己被毛一尘出卖，不想当日本人的商会会长，准备再次逃难的前后经过说了一遍。

夏雨听后，沉思良久，说："你能当这个会长，是好事。"

金麻子不解："夏雨哥，这个会长不能当，给日本人办事，就是汉奸；不给日本人办事，日本人会要你的命。里外不是人哪！"

夏雨按着金麻子的肩头，让他坐下："你听我说，这个会长如果让小辫子当，他一定会死心塌地给日本人办事，还会仗着日本人的势力对镇上商铺敲诈勒索、巧取豪夺；如果让胆小怕事的人当，他一定会听日本人的话，把朱溪镇变成日军军需物资的供应基地。你当会长就不一样了，你能为镇上的百姓着想，你能把日本人的情报及时告诉我们，我们就会制订出破坏日本人'金融计划'的行动。你说是不是好事？"

金麻子陷入了深思，他不再是孤儿，而是王家豆腐店的当家人，他怕连累豆腐店，更怕害了家人……可是陆先生说"国破家何在？"《朱溪报》上登载："宁为战死鬼，不作亡国奴！"还有沙海带着小红拳的弟兄们人人抗日；夏雨哥身为米行小开，为抗日不顾生死……难道他们没有家人吗？同为七尺男儿，你金麻子是孬种吗？

夏雨看着金麻子："如果你害怕，我不勉强。"

"不！"金麻子扬起了头，对着夏雨双拳一抱，"夏雨哥，我不怕死，我当。"

夏雨握住金麻子的双拳："金鲲兄弟，你这个会长，表面为日本人做事，暗里为百姓、为抗日做事，不能在日本人面前露出半点破绽，不然真的会招来杀身之祸。"兄弟俩双手紧握，久久不放。

金麻子激动地说："夏雨哥，我一个孤儿，是朱溪镇养育了我，现在她有难，我岂能袖手旁观！"

金麻子是抱着"伸头一刀，缩头一刀"的决心去参加商会成立大会的。成立大会设在天下第一茶楼，金麻子上楼梯的时候，瞥了一眼楼梯口日本兵肩上明晃晃的刺刀，他觉得从此将在刀尖上与狼共舞。日军司令长官袁渡讲话后，轮到金麻子讲话，金麻子整了整衣服，双手抱拳向大家致意。

金麻子环顾四周，发现老板们都很紧张，就摆出一副泰然的样子说："袁渡司令官要我当商会会长，这个会长是风箱里的老鼠、镜子里的八戒，两头受气，里外不是人。让我当会长，我有三个条件，如果司令官阁下答应，我就当这个会长；如果不答应，我就回家。"金麻子说完这句话，看着袁渡，他想如果袁渡不让他提条件，这个会长就是个屁，绝对不能当。

袁渡很绅士地伸出手："吆西。"

金麻子这才大着胆子说："一是百姓过放生桥不用向哨兵鞠躬，二是士兵不准随便闯进店铺白吃白拿，三是镇上没有开张的店铺不管啥时都能开店。司令官阁下，你答应吗？"

袁渡手中的指挥刀"哗嚓"响了一下，金麻子以为袁渡要拔出指挥刀杀他，心里一惊。结果指挥刀没有出鞘，袁渡很严肃地问："为何的要提三个的条件？"

金麻子说："商会要维护市场、保护商店，如果做不到这些，还要这个商会干吗？！"

其实，金麻子提出的条件是所有老板的心声，只不过没人敢说，大家对金麻子敢对日军司令官提条件，既佩服又担心。鬼子清乡见粮就抢、见女人就奸、见反抗者就杀的传闻不绝于耳，金麻子敢提这样的条件与反抗者有啥两样？特别是毛一尘，他猜测司令官一定会发怒，把金麻子抓进大牢，或者抽出军刀让金麻子死啦死啦的。

司令官袁渡是日本帝国大学金融学学士，入伍前专门对汉语进行了突击学习。这次派遣军为实施攫取战争资源的对华金融计划，把许多金融专业的大学生士兵从部队抽调出来，集中训练后分派到各个试验地，名为建设'大东亚共荣圈'，实为掠夺财富、以战养战。

袁渡听完金麻子提条件的理由，当场表示："吆西吆西，保护市场、保护商店的大大的好，金桑的已在履行商会的职责，你当会长的大大的好！我的宣布，朱溪镇商会的成立！"

茶楼内响起了掌声。毛一尘知道大家的掌声不是给商会的，而是给金麻子的。金麻子不怕死，敢对占领军提条件，论胆量，毛一尘自叹不如。毛一尘在心里说："日子还长着，撑船看风景，走着瞧。"

金麻子确实没有想到，只因当上这个商会会长，给他日后的牢狱之灾埋下了祸根。

钱记钱庄的钱老板在上海法租界圣玛丽亚医院去世了。

钱老板被送进医院后，做了开颅手术，一直没有醒来，一个多月后的一天深夜，没了呼吸。一年前，钱老板租小火轮把春霞从上海热热闹闹娶回朱溪镇；一年后，春霞租小火轮凄凄切切把钱老板的尸体运回朱溪镇，犹如生命轮回，击碎了春霞美丽的憧憬。一年前，春霞来到镇上，好多人以为钱太太复活了，连钱老板也在春霞身上看到了已故太太的影子，这是预感，还是宿命？一来一去，阴阳两隔，生命无常，就像这座远东第一大都市，来时还是中国人的天下，回时已被日本人占领，城市如此，更何况人呢？春霞一路上胡思乱想……回到镇上，她让佣人叫来账房和钱庄伙计，在客厅里给钱老板搭起了灵堂。金麻子来吊唁，发现灵堂与前任钱太太的一模一样。守灵三日，第四天出殡，春霞请金麻子"吹丧"。

春霞手扶灵柩，百感交集，对金麻子说："去年，守仁请你吹喜曲到上海娶我，今天我请你吹丧调给守仁送葬。我和守仁已经过完了一辈子，这短暂的一辈子，是你开的头，必须由你来结这个尾。我俩这辈子虽然平淡，却相亲相爱；虽然短暂，却刻骨铭心。请你给我做个见证！"

春霞转过头又对着灵柩说："守仁，你我情分浅，我想与你相伴一生，你却不守信用，半途而废，抛下我独自去了天国，让我在尘世中举目无亲……"

伴着哀曲和春霞的独白，出殡队伍一路将钱老板送进魂荡浜一座考究的墓穴。落葬结束，来宾都到茂林馆吃丧饭。春霞一身素服，向来宾敬酒致谢。身穿素服的春霞犹如当年守孝的宋惠明一样，如无瑕美玉、傲雪白梅。敬完酒，春霞回到座位，想自己出嫁不到一年就守寡，感叹命苦，拿起酒瓶一个劲儿往嘴里灌。

金麻子见状立即上前拿住酒瓶子说："人死不能复生，挤兑风潮已过，钱庄还要你独撑门面哪！"

春霞手中的酒瓶被金麻子拿下了，可是春霞的眼泪却潸然而下……

朱溪酱园有着百年历史，"认真做事，踏实经营"是酱园几代老板的传承，无论一甏乳腐、一缸乳瓜，还是一池酱菜，都有不同的腌制时间；每种酱菜的盐度、甜度、温度，乃至湿度，都有讲究，金麻子亲眼看到用白糖腌制的一斤乳瓜必须控制在二十六至二十七条；每缸酱菜必须定期翻缸；韩老板每次用手指蘸一下酱卤，就知道酱菜的成色，决定何时启封开售，以确保每缸酱菜出缸后"脆、甜、爽"的品质。酱菜腌制工场遭轰炸，韩老板目睹惨状，心灵受到极大的刺激，一个多月回不过神来，连整理废墟的勇气都没有。等到情绪稍有缓和，又见国军如潮水般溃退，韩老板赶紧把没有出嫁的女儿全部送回绍兴老家避难，自己和夫人守店看家，每日看着一堆瓦砾发呆。

朱溪酱园遭轰炸后剩下的八大缸、十二髦酱菜在王家豆腐店卖完后，每天都有顾客问金麻子还有没有朱溪酱园的酱菜。顾客说酱菜泡饭是镇上百姓过日子的习惯，没有酱菜，泡饭就没有滋味。其实，金麻子向袁渡提出让没有开店的随时都能开店，就是想让桥梓湾生煎店、朱溪酱园也开张，让镇上居民的早点吃出滋味来。

金麻子到桥梓湾让阿萍放心开店，阿萍却说金麻子："你糊涂呀，日本人的差事你也敢做？"

金麻子不能把夏雨的嘱托说出来，只好含糊其词："让别人当还不如我当，阿萍姐放心，我有分寸。"

阿萍叮嘱金麻子："凡事小心，两边都不能得罪。"

金麻子点头："我会小心的。"

从生煎店出来，金麻子直接来到朱溪酱园，看到韩老板望着一堆废墟出神，就劝韩老板把废墟整理出来，重新开业。

韩老板哭丧着脸说："只剩棺材本了，再炸一下，老命都没了。"

金麻子想了想说："钱，我来想办法，你只管生产酱菜、销售酱菜，赚了钱二一添作五、三人三十一，都可以。你看行吗？"

韩老板还是摇头："腌菜师傅被炸死了，谁来腌菜？"

金麻子想起了逃难蔡浜村遇见的腌菜师傅陈金贵，便问韩老板："松江酿造厂有一位叫陈金贵的腌菜师傅，你认识吗？"

韩老板听到陈金贵的名字，很意外："此人腌制的蜜汁大头菜，上海滩有名。你认识这个人？"

金麻子就把逃难到蔡浜村遇见陈师傅的经过告诉韩老板："如你答应，我去请陈师傅来当腌菜师傅。"

韩老板见金麻子这么有心，不用自己花钱，不用自己请人，不用自己操心，已安排好了一切，要再拒绝真不知好歹了。

金麻子准备让钱记钱庄投资朱溪酱园，算是给去世的钱老板一个回报，顺便自己也想提取一千大洋，以便不时之需。

金麻子来到钱庄，向账房递上一千大洋存单，账房说："金掌柜，你不能提钱，你的五千大洋存款已买了钱庄股份，你现在是钱庄股东。"

金麻子记得逃难前春霞就想让自己入股，现在钱老板已过世，就更不能入股了。金麻子刚要说话，账房示意金麻子不要说话，从随身带着的皮包里拿出两份入股协议，小声说："新老板来了，正在理账。春霞老板娘说，让你入股，不是她帮你，是你帮她，她让你把协议放好，因为钱记钱庄只有你一个占一成的股东，所以新老板一定会见你。新老板不问，就不要在新老板面前拿出来，日后春霞老板娘会向你说明一切的。"

金麻子不知春霞为何要这么做，但她先斩后奏，一定有原因，于是按照账房的要求在股份协议上按了手印，一份给账房，一份放进装大洋的钱箱，然后在账房的陪同下来到钱庄经理室。金麻子跨进门槛，大吃一惊——钱老板死而复活，坐在经理位置上！金麻子揉了揉眼睛，睁开再看，还是活生生的钱老板，唯一不同的是眼前的钱老板穿的是长衫。

见鬼了，金麻子问："你是钱老板？"

钱老板点点头，反问："你是谁？"

春霞见了金麻子的表情，赶紧向新老板介绍："守业，这位就是你哥生前最要好的朋友，钱庄唯一入股的股东，金掌柜、金会长。"

新老板赶紧站起身，礼貌地伸出手来。

春霞对着金麻子介绍："这位是我丈夫的孪生弟弟，钱守业，钱老板。"

怪不得两张面孔一模一样，金麻子伸手握住新老板的手："幸会，幸会。"

此刻，金麻子脑子里琢磨着春霞这般草率、匆忙让他入股的原因。

寒暄几句后，金麻子开门见山地说出让钱庄投资并入股朱溪酱园的想法，对钱守业和春霞说："这是门赚钱的生意，镇上居民喜欢朱溪酱园的酱菜，吃惯了酱菜泡饭。"

新老板钱守业和哥哥钱守仁一样从小跟着父亲学钱庄业务，对投资理财非常专业。钱守仁去世后，父亲指派小儿子钱守业来朱溪镇接管钱庄，也就是说钱家并没有把贾春霞当作明媒正娶的媳妇看待，在钱家人的心目中，春霞只是大儿子在外养的"妾"，钱家绝对不会把自家的钱庄让"外妾"继承。钱守业听了金麻子的介绍，凭直觉就知道是值得投资的好项目，守业与守仁最大的区别就是哥哥风流倜傥，而弟弟内敛，有城府。

钱守业说："金会长看上的那绝对是一本万利的项目，再说你也是钱记钱庄的股东，你决定便是。顺便问一下，总投资需要多少？"

金麻子伸出一根手指："粗算一下需要一千大洋，一半用于翻造朱溪酱园腌菜工场，一半用于购买萝卜、地瓜、乳瓜、食盐、酱油等腌制酱菜的原料。钱老板有时间的话，一起去朱溪酱园实地看看？"

钱守业正盘算着如何全面接管钱庄，又不让春霞很难看，没想到金会长送来个顺水人情："这样，春霞嫂子对钱庄业务不熟，今后朱溪酱园的业务让春霞嫂子负责，她去看就行。"此话表面上是在关心春霞，言下之意就是不让春霞插手钱庄的事。

金麻子想这是钱家的家务事，与己无关，便说："行，那你忙，我和春霞老板娘去朱溪酱园看看。"说完起身告辞。

钱守业也起身，伸出手说："金掌柜是商会会长，日本司令官的红人，今后钱庄的安危就拜托金会长多费心了。"

钱守业的话分明将金麻子看成是为日本人卖命的汉奸，金麻子心里很不舒服，但他还是伸出手与钱守业握了一下才告辞。

在去朱溪酱园的路上，春霞告诉金麻子她出身农村，一心想当电影明星，可命运不济，只当了一名舞女；钱家人瞧不起舞女，不让钱老板娶她，后来做了钱老板垫房，钱家人还是不认她这个媳妇。钱老板去世后，春霞知道钱家一定会派人来收回钱庄，把她架空，甚至让她离开钱庄，所以她让金麻子入股，就是为了牵制钱家，了解钱庄的一切生意盈亏，不让钱家一脚把她踢开……

春霞说："入股日期我让账房写在守仁去世前三个月，这样钱家人就没有理由不承认。守业突然来到，来不及和你打招呼，就把你的钱都卖了股份，很抱歉。"

金麻子知道这股的含金量，他不想入这股就是怕世人说他乘人之危，现在答应入这个股，是春霞求他帮忙，那是名利双收的事，所以金麻子双手抱拳谢春霞："你挑我发财，何歉之有，倒是我要谢你给我机会。"

春霞朝金麻子甜甜地一笑："如果你急用钱，我可以把首饰当掉，凑足一千大洋给你应急。"

在女人眼里，钱庄老板娘春霞漂亮、富有，要啥有啥，令人羡慕；镇上男人见了春霞都会产生一种可望而不可即的自卑。可是谁又知道在这光彩照人的生活背后，春霞有着太多的心酸和不堪。

金麻子对春霞充满着同情："这股份名义上是我的，私下里我们一人一半！"

春霞突然停下了脚步，转过脸，目光对着金麻子，那目光透着无奈和真诚："金掌柜，你放心入股钱庄，包赚不赔的。"

金麻子看春霞误会了自己的意思，急忙解释："正因为包赚不赔，所以才与你一人一半。只要钱庄在，你的保障就在，即使钱家人不管你的死活，你也将永远生活无忧。"

春霞的目光依然盯着金麻子："我没钱，拿不出两千五百大洋。"

金麻子说："没钱不要紧，算我借你的，等你有了再还我。"

金麻子的话让春霞感动不已。来到这个世上，父母亲要她早点嫁人以换取彩礼；舞场里抱她亲她的男人个个都是君子之表、狎奸之心；好不容易遇到风流不下流、有钱不抠钱的钱守仁，可造化弄人，一年夫妻，阴阳两隔，换来的是钱家人的蔑视。昨天，钱守业当面对她说："钱庄是钱家的，从今天起由我接管钱庄，你若不嫁人，钱庄每月发你生活费，直到你嫁人为止。"春霞庆幸自己早做打算，才给自己留了一条后路。亲人如此、家人如此，没想到金掌柜这位素昧平生的外人，却如此慷慨、厚道、仗义，犹如大哥般帮她、护她，真正为她着想。如果不是在街上，春霞会毫不犹豫扑进金麻子怀里痛哭一场，她含着泪，说了一句金麻子听不懂的洋话。

第 十 章

一

　　日本人在朱溪镇开了一家名叫日比野的洋行，洋行开在美周弄。美周弄不是弄，是一条连接城隍庙的街。美周弄宽敞，店少宅多，闹中取静；两边围墙围住民宅，走在代街石路上，只见斑驳的围墙，不见"排街头"的居民，街面清净，出脚方便。日比野洋行开在美周弄北端靠近城隍庙的路口，开张第一天推出一项交易：香烟换铜板。不同牌子的卷烟，对应不同数量的铜板。镇上百姓吸水烟，有钱人才吸卷烟，听说铜板能换卷烟，烟民们都拿着铜板去换。袁渡少佐在现场看到换烟者在日比野洋行门前排起长队，连说"吆西、吆西"。一连三天，日比野洋行门庭若市，但洋行经理发现换烟者人数不少，换烟数量却不多。袁渡得到报告后，立即派疤队长通知金麻子到司令部开会，研究"香烟换铜板"事宜。

　　金麻子当上商会会长后，说话、办事明显比以前管用，不仅入股了钱庄，还成了朱溪酱园的合伙老板，他想开好多好多店的愿望正在一点点实现。但金麻子清楚，绝对不能用会长这个头衔去霸占别人产业，那会被人戳脊梁骨骂祖宗的，所以他让钱庄老板娘春霞出面与韩老板合伙。

韩老板当即回绝："如你不入伙，酱园不重开。"

金麻子一脸疑惑："这是为啥呀？我保证帮忙帮到底。"

韩老板双手拢在袖管里说："我怕日本人上门捣乱，更怕日本人的炸弹，有你商会会长合伙，我才放心。"

不管金麻子是否入伙，韩老板已把金麻子看成是日本鬼子的人了，即使不是汉奸，也不是啥好人。金麻子真想放弃这次合伙，但想到朱溪人这么喜欢朱溪酱园的酱菜，想到这么好的生意放弃不做太可惜，那种与生俱来的商人本性让他舍不得放弃，他只好回过头来对钱庄老板娘春霞说："看来只好由我出面签约，而实际合伙老板是你贾春霞。"

春霞朝金麻子甜甜一笑，说："那就和钱庄股份一样，我们私下里一人一半。"

合约签订时，韩老板在条款上加了一条："战争结束，合约自然终止。"韩老板加的这一条让金麻子从心里佩服韩老板的"算盘"！

韩老板微笑着解释："朱溪酱园乃祖业，不能永久与人合伙，除非你金会长做我上门女婿，我才能将酱园永远托付给你。"

金麻子笑笑说："承蒙抬爱，金鲲无缘。"

春霞瞥了金麻子一眼，心想：真是个人见人爱的"大众情人"。

日军驻朱溪镇司令官袁渡少佐对战争有他独到的认识，他认为世界上无论哪场战争，都没有把金融当作战争的一部分，也没有一个军事家把金融作为军事理论来研究。袁渡认为，金钱不仅是政治的润滑剂，还是战争的催化剂，在占领国要赢得民心，金融是最好的工具，通过金融收买人心、控制市场，为战争提供紧缺的军用物资。因此，无论是战争过程，还是让占领国民众臣服，都离不开金融控制。日比野洋行是袁渡实践金融战专门开设的特务金融机构，第一场战役便是"香烟换铜板"。

袁渡让金麻子以商会的名义发动各家店铺参加"香烟换铜板"交易，并说："这是皇军给全镇老板的发财机会，整箱的交换，降价的四成，老板赚钱大大的。"

金麻子不懂日本人为啥要"香烟换铜板"，问袁渡："法币和大洋换香烟行不行？"

身穿军服的袁渡站得笔挺，摇了摇手中的白手套说："这不是买卖，是游戏，你的明白？"

金麻子不明白，站在一旁的疤队长也不明白，两人都在心里说："日本洋行吃饱了撑的，不做买卖做游戏！"

金麻子知道在袁渡面前，不明白也得表示明白，点了下头说："明白了，洋行的不做生意做游戏。"

袁渡望着眼前两位对金融战一无所知的小镇青年，想到了"劳心者治人"这句中国名言，便得意地挥挥手，示意金麻子和疤队长可以离开了。

金麻子离开日军司令部，直接来到夏家米行，把日本人让他发动全镇老板参加"香烟换铜板"的事告诉夏雨，并问："日本洋行为啥这么做？"

夏雨说："一个铜板能造一颗子弹，日本弹丸之地缺少资源，用香烟换取铜板，然后造子弹来打中国人！"

金麻子大吃一惊，这个袁渡表面斯文，实则心藏杀机，他心想决不能通知全镇老板参加"香烟换铜板"的"游戏"，那样等于帮日本人杀中国人；可是拒绝通知一定会得罪日本人，说不准日本人就让自己死啦死啦的。金麻子感到左右为难，他把担心告诉了夏雨。

夏雨说："只要想办法把日本人的活动和淀山湖抗日义勇军的警告巧妙地让老板们知道，不引起日本人怀疑，你的任务就算完成了。"说着，拿出一张油印小报："这是淀山湖抗日义勇军的报纸，上面刊登着对参与'香烟换铜板'人的警告。还有，如果日本人当你面说日本话，你要记住日本话的每一个发音，回头说给夏雪听，她懂日语。"

金麻子告别夏雨，心情有点激动，人也变得有点神秘兮兮。

朱溪沦陷，天下第一茶楼随之失去了往日的气氛，没有了米业行情，听不到市场信息，无人议论家长里短男女之事，老板们个个谨慎，连说话都压低了声音。

染坊老板说："日本人扫荡淀山庄，烧了十八间民房，杀了二十七人，小红拳掌门沙海带着徒弟高举淀山湖抗日义勇军大旗揭竿而起……"

桥梓湾生煎店余老板听到紧张处，一声咳嗽，吓得染坊老板立刻闭嘴。

毛一尘用嘴轻轻啜一口茶，低声询问烟纸店老板："'香烟换铜板'对烟纸店有无影响？"

烟纸店老板哭丧着脸说："'香烟换铜板'抢光了烟纸店生意，唉，哪天是个头啊！"

说到激动处，声音放大，毛一尘马上说："轻点、轻点，当心脑袋不保。"

布店朱老板手捧茶壶，信奉一条真理，"祸从口出，沉默是金"，坐在茶楼一角，只带耳朵不带嘴巴……

楼梯上传来脚步声，袁渡司令官带着疤队长、金麻子，以及六名日本士兵依次走进茶楼，茶楼上顷刻寂静无声。

金麻子紧跟着袁渡走到茶壶墙下，袁渡对他挥了一下手，金麻子清了一下嗓子，开口说："袁渡司令官让我告诉大家，希望各位能把手中的铜板去换成香烟，这是日本人给大家赚钞票的机会。"

有老板问："大洋、法币能换吗？"

金麻子解释："袁渡司令官说了，这不是买卖，是游戏，只有铜板能换香烟。"

又有老板问："不参加行不行？"

金麻子说："当然行啦，不过袁渡司令官说了，整箱交换，便宜四成。"话音一落，茶楼里有了议论声。

布店朱老板小声问："赚日本人的钞票，有没有危险？"

鱼行老板调侃："这是难得的赚钞票机会，难不成让我改行？"

烟纸店老板一脸无奈："看来烟纸店只好关门……"

金麻子看出老板们既想赚钞票，又怕"赚日本人的钞票没有好下场"的心思，觉得警告大家的时机到了，但他不敢当着袁渡司令官的面拿出口袋里的"烽火"报，怕日本人怀疑，灵机一动说："各位老板，容我上一下厕所。"

金麻子从厕所出来时，手里举着"烽火"小报，边走边说："我在厕所里捡到一张小报……"

话没说完，茶楼里的跑堂也拿着一张"烽火"报送过来："金掌柜，我早上在楼梯上也捡到一张小报，报上也在说'香烟换铜板'的事，你看看。"

这样的"巧合"让金麻子放心了，他接过报纸一看，和自己的报纸一模一样，稍做浏览，便吃惊地向袁渡报告："司令官阁下，报上说一枚铜板可以造一颗子弹，谁将铜板换卷烟，就是给日本人子弹，就是资敌，就是汉奸行为，抗日义勇军将严惩不贷！"金麻子说完话，将手中的报纸递给袁渡。

袁渡接过报纸，微笑着对大家说："淀山湖的抗日义勇军，已被皇军统统的消灭，大家的不要害怕，皇军给你们撑腰大大的！"

袁渡转向金麻子："金桑，你的要带头交换！"

金麻子一边点头，一边说："司令官阁下，我很愿意去交换，可惜现如今买东西都不用铜板，家中只有大洋和法币，等有了铜板一定交换。"

袁渡连说两句："吆西，吆西。"然后对中尉队长叽里呱啦说了一通日本话。

中尉队长一个立正，说了两个字："哈衣！"

金麻子记着夏雨"要记住日本话"的叮嘱，又觉得日本话前言不搭后语，什么"秋诺狗狗、油豆亚麻索、蛇毒说掠"*让人听不懂。其实，这是袁渡下达今日下午扫荡淀山庄的命令，是重要军事情报，可惜没人能听懂。

疤队长跟着日本人走了，金麻子按照事先约定，来到夏雪的西药店，把发生在茶楼的经过告诉夏雪："有一个事情弄不懂，就是袁渡说完淀山湖抗日义勇军已经被消灭这句话后，就向身边的军官叽里呱啦说了一通日本话，军官一个劲儿'哈衣'。"

金麻子的话引起了夏雪的重视："金鲲哥，你还记得袁渡的日本话是怎么说的吗？"

金麻子说："声音有点记得，好像说'秋诺狗狗、油豆亚麻索、蛇毒说掠'。"

夏雪在医科大学读书时曾想去日本留学，所以选修了日语，后来中日战争爆发，从此打消了留学日本的念头，没想到选修的日语现在派上了用场。

夏雪听完金麻子的话，大吃一惊："金鲲哥，日本人要袭击淀山庄，你帮我看一下店，我去告诉夏雨。"说完，出了店门，快步朝家里走去……

上次淀山庄遭到鬼子扫荡，小红拳掌门沙海逃难回来，望着被毁的村舍、被杀的乡亲，双手握紧拳头；此刻，小燕暴动总指挥的话在他耳边响起："你们

———————————————

* 日语：今日の午後、淀山荘を掃討する。

是革命的火种，只要时机成熟，定会燃起熊熊烈火！"沙海一声号令，带领徒弟们成立了淀山湖抗日义勇军。夏雨受党委派担任义勇军政委。义勇军成立以来，还没和日本鬼子面对面干过一仗，夏雨带来了鬼子要扫荡淀山庄的消息，队员们个个摩拳擦掌，欲报上次扫荡之仇。

沙海决定在村口袭击来敌，夏雨不同意，说："义勇军只有三支破枪，两支鸟铳，其余皆为大刀长矛，不能与日军正面打。"

沙海心想不正面打，难道还能用其他方法打？

夏雨说："我来的时候观察了一下日本驻军的动静，发现日军正在给武装机器船加油。上次日军陆路扫荡，让你们从水路逃跑了，今天下午日军一定会水陆并进，两路夹击，我们就在水上下手。"

水乡的儿子在水里长大，水给了水乡人灵性，也成了掩护抗日义勇军抗击强敌的屏障。沙海亲自在淀山庄必经河道上撒了一张渔网，带着五名弟子，每人嘴里衔一根芦苇，潜伏在芦苇丛中。夏雨带领其他队员在岸上接应。鬼子机器船船头架着机枪，十名全副武装的士兵分坐船舷两旁，一路上开足马力，气势汹汹向淀山庄扑来，把水警队的人工快船远远甩在身后。突然，鬼子机器船"噗噗噗"发出一阵怪叫，停在河心不动了。掌舵的和坐在船尾的四名鬼子发现螺旋桨缠上渔网，刚探出头来张望，嘴衔芦苇从水中潜来的五名队员从船底突然冒了出来，把脑袋伸出船舷的五名鬼子连人带枪拖进河里。鬼子在水里挣扎着，除了喝水，毫无还手之力……船上的鬼子端起枪准备射击，发现同伴在水面，游击队员在水下，怕误伤同伴不敢开枪，眼睁睁看着同伴被拖进芦苇丛，等到后面的水警队快船赶到，沙海带着弟子已经撤出战斗。淀山湖抗日义勇军成立以来第一次出手就打了一个漂亮的伏击战，缴获五支三八大盖、二百多发子弹……

一

蔡浜村腌菜师傅陈金贵在家除了侍奉患病的双亲，对生活再无盼头。金麻子上门请他出山重操旧业，使他看到了希望，特别是春霞的加入，让他这颗孤寂的心再次燃起热情。每天春霞一身贵妇人打扮来到朱溪酱园，进门后脱去豪华外套，穿上粗布衣衫，和他一起清理废墟，与进门前判若两人。一开始陈师傅觉得奇怪，有钱太太何必干这种粗活，后来得悉春霞的遭遇，十分同情。看到春霞干重活，陈金贵就捏住春霞的手说："这是男人干的活，我来。"一次春霞的手被碎玻璃划破，陈金贵捏住春霞的手指放进嘴里，吸出脏血，撕下布衫上的布条给春霞包了起来……陈师傅的关心，让春霞感到温馨。金麻子知道春霞喜欢吃桥梓湾生煎，就隔三岔五送来桥梓湾生煎当早点，春霞真切感受到知冷知暖的温暖……

焕然一新的朱溪酱园酿造工棚建成了，陈金贵指着新建的三只圆形窖池告诉三位老板："一只窖池腌菜，两只窖池酿制酱油。"从此，朱溪酱园除了腌制酱菜，还自制酱油。一连三天，萝卜船、黄豆船、大头菜、地瓜船络绎不绝停靠在酱园门前的滩涂上，酱菜、酱油原料从各地运来，三十多名切菜工忙活了半个多月，腌制了萝卜干、什锦菜、大头菜等普通酱菜三十大缸，用白糖和玫瑰花花瓣腌制了玫瑰大头菜、蜜汁大头菜、蜜汁乳瓜等高档酱菜六十甏。金麻子看着场地上排列整齐的大小缸甏，看着窖池里正在酿制的酱油，一种从未有过的成就感油然而生。就在金麻子自我陶醉的时候，钱庄老板娘春霞被小叔钱守业赶出家门，一个人提着两只大箱子，走进酱园便放声大哭。

韩老板见春霞伤心哭泣，问："出了啥事？"

春霞说："守业无情，赶我出门！"

韩老板觉得这是钱家家事，不便多问。

陈金贵充满同情。

金麻子一言不发，转身出了酱园，直奔永丰桥钱庄……

钱守业接管钱庄后，总觉得金麻子入股钱庄有蹊跷，他拿着入股协议书看了半天，终于看出了一丝端倪：他拿出王家豆腐店的存款记录，发现在他来到钱庄的同一天，王家豆腐店账上的五千大洋突然取走了，也恰好是入股的股本。

钱守业找来账房，说："金会长入股一事，请你告诉我真相！"声音不大，却字字重音。

账房望着钱守业犀利的目光，不敢隐瞒，就把春霞怕被钱家扫地出门，为给自己留一条后路而让金掌柜入股的前后经过说了出来。

钱守业咬着牙说："她在给自己找绝路！"

这天晚上，钱守业客气地对春霞说："嫂子，从明天起，你别再回家住了，叔嫂同住一个屋檐下，诸多不便，我老婆特别会吃醋。你在外边借房子的钱由钱庄出。"

春霞知道，小叔在下逐客令，自己被钱家赶出家门了。她想着已故丈夫钱守仁对她的好，想着钱家的冷酷，不由得伤心至极。

金麻子估计钱守业一定是知道了春霞让他入股的秘密，但困于自己是商会会长，不好撕毁协议，所以借个说辞将她赶出家门，一来惩罚春霞，二来暗示金麻子。金麻子决定当面和钱守业说清楚，退回股份，让春霞回家。

金麻子见到钱老板，开门见山地说："如果春霞嫂子是因为我入股而被赶出公馆，那我现在就把股份退给你，请你善待春霞嫂子。"

金麻子拿出账房让他盖过手印的入股协议，放到钱守业写字台上。

钱守业没想到金麻子会退股，钱庄的股份是一本万利的买卖，只有傻瓜才会退！难道这个金麻子与钱过不去？还是为了春霞，与他这位钱庄新老板过不去？经验告诉他，为钱得罪人是要遭报应的，想到此，钱守业将入股协议推回到金麻子面前，脸上堆着尴尬的笑容："金会长误会了，既然入了股，就是一家人。我也实话实说，春霞为了一己私利出卖钱庄，我很生气。但入股人是谁？是你金会长呀，春霞嫂子眼光比我远，有你当钱庄的股东，还有谁敢为难我钱庄？我之所以让春霞嫂子搬出钱公馆，是因为我老婆知道我和年轻、漂亮、大上海舞厅出来的嫂子住一个屋檐下不放心，所以才让春霞嫂子搬出去住的。春霞嫂子租房的一应费用全部由钱庄承担，并请金会长转告春霞嫂子，不要有想法，我们是一家人。"

金麻子拿起入股协议，在手中扬了扬，说："既然钱老板这么说，我也实话实说。你哥临终前托我照顾好你嫂子，尽管只有一成钱庄股份，但我会将一半给你嫂子，保证她生活无忧。"

钱守业目睹金麻子离开经理室，庆幸自己没有把事做绝，要不然不仅对不起死去的兄长，还将被镇上人骂自己见利忘义。

陈金贵知道春霞被小叔赶出公馆，先是义愤填膺，后又转怒为喜，低着头说："住在店里，我来照顾你。"还主动将店堂间楼上的房间让给春霞住，自己搬到工棚间搭铺。

身边两个男人给春霞的温暖驱散了夫家人带来的寒意，正是这种关怀，使得春霞在走出粉红色公馆的时候，头也不回。但她委屈、伤心，怀念着死去的丈夫，她才二十多岁，却已尝够了生活磨难、人间白眼。她多么希望遇到一个能让她依靠的坚强而温暖的胸膛，她想改嫁，即使钱家一文钱不给也在所不惜，只要这个人值得托付终身。她看上了重情重义的金麻子，她觉得金掌柜是值得托付终身的男人，即便做二房她也愿意，嫁给钱老板是垫房，垫房和二房又有啥区别呢？可是，春霞又非常清楚，越是重情重义的男人，对爱情越是忠贞不贰，金掌柜对妻子爱得深，决不会接受二房。春霞也感受到了陈金贵对她的好，但她始终认为那是哥哥对妹妹的好，她把陈金贵当成兄长，从来没有朝这方面想过。她觉得自己和陈金贵生活在不同层次，无法睡进一床被子，尽管一个舞女和一个腌菜工同是农村出生，同在底层挣扎，但春霞就是觉得陈金贵只能当哥，不能当夫……直到朱溪镇解放后，春霞最终嫁给了陈金贵，还是说"金贵不贵"。

袁渡司令官的顶头上司长岛田大佐得知朱溪驻军扫荡淀山庄反遭埋伏，五名帝国士兵被活活摁死在河中的战报后，决定用重兵扫荡青西反抗势力。这次扫荡日军出动了一个联队的兵力，加上伪保安团共四千余人，一路上见人就杀，见粮就抢。沙海在黎明时听到枪声，立即派人转移淀山庄的乡亲们，自己带着队伍在靠近淀山土路边的竹林里设下埋伏。当日伪军先头部队进入包围圈后，沙海一声令下，五支三八大盖、三支汉阳造，以及土制炸弹、燃烧瓶、鸟铳等武器一齐射向敌人。日伪军先头部队当场死一人、伤三人。就在沙海下令准备冲锋时，日伪军大队人马赶到，沙海一看不好，赶紧命令队员把头上草帽挂在竹枝上，蹲下身撤退。长岛田大佐从望远镜里看到小竹园里有无数草帽在动，一声令下，子弹、炮弹一齐射向小竹林，不到半个时辰，小竹林被炸成一片焦土，三名来不及撤退的队员当场中弹牺牲。长岛田踏进已成焦土的小竹林，只看到三具尸体，抽出指挥刀向西一挥，日伪军大队人马立即扑向淀山庄。

沙海带着队伍从小路撤退到淀山半山腰的墓地，回头一看，淀山庄已成一片火海，来不及出逃的四十多位村民被屠杀……看着烧毁的村庄，沙海强忍着剜肉剔骨之痛，眼泪夺眶而出……

报复性扫荡历时九天，从淀山庄到金泽地区，共烧毁民房一千多间，杀害村民四百多人。据说回到老家开豆腐店的曹老板在日本人扫荡中，差一点没命，是曹家豆腐干和做豆腐的黄豆救了他的命。那天三名日本兵端着三八大盖冲进金泽镇下塘街曹家菽乳店，明晃晃的刺刀对准曹老板的胸腔，吓得曹老板拿起竹笾里的曹家豆腐干一个劲儿说："米西米西、米西米西……"

一股特有的香味飘进日本兵的鼻翼，勾起了日本兵的食欲和乡情，听到"米西米西"，日本兵收起刺刀，拿过曹家豆腐干塞进嘴里吃了起来，边吃边说"吆西、吆西"。

一个日本兵嚼着曹家豆腐干，还哼起了家乡的歌谣……临走，日本兵让曹老板带上所有豆腐干和做豆腐的黄豆，去县城当伙夫，专门给部队做豆腐干吃。豆腐干让曹老板捡了一条命，但他不得不在刺刀的淫威下跟日本兵走。他让老婆回娘家躲躲，自己挑着一担黄豆，口袋里装着剩下的曹家豆腐干，一路跟着日本兵扫荡。曹老板想伺机逃跑，但看到明晃晃的刺刀，吓得不敢乱说乱动。日本兵来到一座村庄，三名日本兵在村后看见一名年轻的媳妇正在找地方躲藏，高兴地狂叫着"花姑娘、花姑娘"。曹老板发现日本兵的注意力全在"花姑娘"身上，赶紧甩掉肩上的一担黄豆，转身大喊着"姑娘快跑"，朝身后的一片竹林狂奔而去，一担黄豆撒了一地。日本兵见状，拔腿就追，不料满地黄豆，踩一脚，摔一跤，三名鬼子东倒西歪，等到站稳脚跟端枪射击，不要说曹老板，连"花姑娘"的人影都不见了。曹老板在竹林里整整待了两天两夜，饿了吃几块豆腐干，渴了舔竹叶上的露水，一直等到日本兵扫荡结束，才提心吊胆回到丈母娘家，三个月不敢回自家豆腐店，生怕鬼子兵上门要他的命。

镇上百业萧条，生存维艰，赌场生意大不如从前，小赌场关门歇业，唯有"白面书生"的赌场还维持着场面。一天，袁渡带着两名学过柔道和剑道的士兵身穿便服来到赌场，向"白面书生"提出合伙开大烟馆的事。"白面书生"见袁渡举止文雅、说话客气，认为此人不是开赌场做鸦片生意的料，当场拒绝袁渡的合作意向，还调侃说："你做教书先生更合适。"

袁渡双手一拱："请老板的考虑考虑，我明日的再来。"

第二天，袁渡身穿军服，腰佩战刀，身后跟着疤队长和四名荷枪实弹的士兵，出现在赌场。疤队长对袁渡的身份做了介绍，"白面书生"大吃一惊，文雅先生竟然是驻军司令，来者不善！"白面书生"一改昨日傲慢的态度，弯下腰请袁渡多多包涵，吩咐小辫子泡茶接待。

袁渡手一挥："茶的不要，我的要你的答案。"

"白面书生"心里清楚，对方的口气不是商量，而是命令，不答应是过不去的，于是说："司令官阁下，合伙没问题，得让我有利可图。"

袁渡听了这句话，才用文雅的语气说："皇军的要在镇上建立'大东亚共荣示范镇'，你我的合作就是共荣的典范，我的给你大烟，让你赚钱大大的。"

"白面书生"提出，赌场收益与日方无关，大烟利润对半分。

"吆西！"袁渡一口答应。

大烟的加入让日渐清淡的赌场生意渐渐好了起来。"白面书生"得意地说："财运来了推不开。"可是好景不长，一天半夜，一群蒙面人冲进赌场，把赌场里的人五花大绑，套上头套，现金被席卷一空。赌场的彪形大汉想顽抗，结果被蒙面人三拳两脚踢翻在地，哪里还动弹得了。

赌场人员全部被押到一艘船上，一路上"白面书生"大喊："你们抢的是皇军的钱，绑的是皇军的人，你们想死吗？"

"白面书生"希望日本人听到他的喊声来救他，但夜深人静，行人绝迹，连日本人的影子都不见。上了船，走了好长一段水路，蒙面人自始至终没有说话。船靠岸，"白面书生"被蒙面人带上岸，沿着田埂走了一段泥路，拐了一个弯，好似走进一个村庄，最后进了一间草棚，有人报告："沙队长，投靠日本人的汉奸带到。"

沙队长大喊一声："打！"一帮人立刻将"白面书生"一顿毒打。

打完后，又有人报告："沙队长，赌场的人怎么处理？"

沙队长说："就地正法！"

就在这个时候，远处响起了枪声，沙队长问："啥情况？"

有人说："好像日军赶来救人了。"

沙队长说："把这间草棚烧了，连同这些汉奸一起烧死，快撤！"

一群人退出草棚，不一会儿草棚在枪声中燃烧起来。小辫子哭着大叫："我不想死呀，快来救人哪。"

"白面书生"在感到死亡逼近的时候发誓："活着出去定报此仇！"

日本兵及时赶到，从大火中把"白面书生"一帮人救出。"白面书生"已成黑面李鬼，他哭丧着脸问袁渡："是谁想杀我？"

袁渡说："你的回赌场就知道的。"

说完，袁渡带着"白面书生"坐上机器船，回到放生桥东井亭杀牛弄后面的赌场。灯光下，"白面书生"看到一张字条："投靠鬼子杀无赦！"落款是"淀山湖抗日义勇军"。"白面书生"想起来了，绑架他的人叫为首的沙队长，那一定是小红拳门主沙海。"白面书生"对袁渡司令官说："我要报仇！"

袁渡司令官让"白面书生"参加皇军正在组建的特工队。第二天，"白面书生"把赌场交给彪形大汉和小辫子打理，自己拿着袁渡的亲笔信去了县城参加特工队。"白面书生"走后，袁渡派出四名日军士兵守卫赌场和烟馆，还让日本洋行派来一名会计，每天对赌场烟馆的收入做账并存入日本洋行。赌场和烟馆全部落入袁渡之手。

袁渡略施小计，便在镇上一家独大经营起鸦片生意。

三

袁渡准备在镇上发行军票，作为大洋、法币之外的第三种货币。为了军票的顺利发行，朱溪镇进驻了一支神秘部队，个个黑衣黑裤，人手一支快慢机短枪，由本地人和日本武士组成，为首者竟然是开赌场的"白面书生"，老百姓叫这支神秘部队为"黑衣队"。这位精于计谋善用手段的赌场老板，到现在也不知道半夜袭击他的是袁渡从县城请来的黑衣队特务。如今"白面书生"带着这帮黑衣队特务回到镇上，得知赌场烟馆完全被日本人控制，就去问袁渡为啥要这么做。袁渡告诉"白面书生"，为了赌场的安全，存入日本洋行的钱可以随时支取，但须按照洋行的规定。"白面书生"听了袁渡的解释，才放了心。

军票发行仪式在镇上的银杏广场进行。金麻子手拿铁皮卷成的喇叭，大声宣读军票发行事项："一元军票等于一块大洋，日本洋行向每家商铺赠送等值一百大洋的百元军票，向每位市民赠送等值十块大洋的十元军票，军票与大洋等值流通。"

金麻子宣读完毕，袁渡带头鼓掌，不明真相的老百姓听说送钱给大家，都跟着鼓掌。

金麻子捏着发行计划书的手在微微发抖，他问袁渡："出了镇还能使用军票吗？"

袁渡说："军票的镇上试点，将来的全国发行，你的明白？"

金麻子明白了，外面进货用大洋，回到镇上收军票，这样循环下去，最后每家商铺手中只有军票，没有大洋，拿啥去进货？表面看是送你军票给你钱，其实是釜底抽薪、吸血抽髓！想到这里，金麻子不寒而栗。发行会结束，疤队长带着水警队分别在三条街上摆摊向市民赠送军票；"白面书生"带着黑衣队向每家商铺派发军票；袁渡给了金麻子三十张百元面值的军票，让他一家一千送给三家钱庄。金麻子将军票送到钱记钱庄的时候，告诉钱守业赶紧把柜面上的流水减少到最低限度，防止日军大批量用军票来置换大洋。钱守业望着军票，想起"行得春风有夏雨"这句俗语，庆幸让金麻子继续持股。送完军票，金麻子来到西栅桥夏家米行，告诉夏雨日本人发行军票和自己心里的担忧。

夏雨说："从'香烟换铜板'、控制赌场推销鸦片到发行军票，日本鬼子都是为了攫取战争资源，服务侵华战争。金鲲兄弟，你要把自己的担忧想办法告诉喝茶的老板，我们会利用'烽火'报向全镇百姓揭露军票的真相，绝不让鬼子的阴谋得逞。"

没过几天，朱溪镇上满大街张贴着漫画：一个吸血鬼，伸出血红的舌头，舌头上写着"军票"两字，舌头伸进人们的胸腔大口吸血……漫画下有一行小字："军票镇上用，买走商家货，商家欲趸货，军票不可用，此等吸血鬼，吸尽商家血！"

茶楼上，老板们见到金麻子，责问他："你帮日本人发行军票，那是断子绝孙的勾当，你怎么能帮日本人干这种事！"

金麻子双手抱拳，一脸凝重，向大家作揖致歉："各位老板，我宣读军票计划，愧对大家信任，但我不读，会有其他人来宣读。重要的是漫画已经告诉我们，如果军票成为镇上流通货币，全镇的财富必将被吸干，没人能置身事外。我写了一份请愿书，希望日本人停止发行军票，恢复市场秩序，如果大家不怕日本人找麻烦，请在上面签字。"

金麻子说完，从口袋里拿出一张用小楷工工整整写就的请愿书。金麻子让茶楼跑堂拿来砚台、毛笔，自己第一个在上面签上金鲲的名字。

布店朱老板胆小，不敢签，问："金掌柜，你不怕日本人杀头？"

金麻子笑笑说："当然怕，毛老板挑我当商会会长，就是想让我踩这个雷、出这个头，但我既然当了，就要维护全镇商铺的利益，即便杀头，我也认了。"

话不多，勇气可嘉。

桥梓湾生煎店余老板拿过请愿书仔细看了一遍，在请愿书上签下余成山的大名。接着，肉庄、鱼行、烟纸店、百货店、绸缎庄等老板一个接一个签上了自己的大名。

毛一尘看大家都签了，叫上胆小怕事的布店朱老板："一起签吧，法不责众。"

金麻子拿着大家签名的请愿书，并没有马上交给袁渡司令官，而是来到夏家米行问夏雨："这样做行吗？"

夏雨发展金麻子当共产党秘密外围情报员专门请示过上级党组织，党组织要求夏雨必须保护金麻子的安全。夏雨认为现在送请愿书，袁渡一定会感觉到这是有计划的破坏，进而怀疑金麻子，太危险了。夏雨决定让金麻子继续找商铺老板签字，等时机成熟再做打算。

在外人看来，金麻子当上会长，官运亨通，财源广进，可以说春风得意、意气风发。可谁也不知道，金麻子每天都如履薄冰，度日如年。表面与日本人称兄道弟，暗里与日本人唱反调，他必须每时每刻做到"不失色于人、不失言于人、不失行于人"，他最害怕一不小心给自己和身边人招来杀身之祸。外面的危险不能与家人说，家中的难言之隐同样不能与外人道。金麻子的难言之隐，对男人来说是件大事：儿子出生后，每次行房事妻子都会疼得大汗淋漓。这让金麻子有苦难言。宋惠明告诉丈夫，儿子出生时，接生婆看着婴儿身后跟着出来一团血肉，以为是双胞胎，用手一摸原来是肚子里的肉，赶紧将血肉团塞进肚子里，可能就是这块肉带来的疼痛。

金麻子害怕经常同衾会增加宋惠明的痛苦，就想在北房间搭只床铺，宋惠明不让："没事，哪有夫妻分床睡的。"从此，金麻子尽量晚睡早起，克制着自己的青春躁动。

儿子周岁，宋惠明让金麻子给孩子取大名，金麻子说："孩子属虎，就叫金虎吧。"

金虎周岁，一早上金麻子抱着儿子，带着妻子坐着自家的客船来到魂荡浜父母坟上祭拜。金麻子自豪地对着父亲的墓碑说："爹，金家的香火续上了！"说罢，抱着儿子和宋惠明一起向父亲的墓碑磕头。

此刻，金麻子才感到全身心放松，一股自豪感油然而生。他想起七年前发高烧躺在毛家柴仓间做过的梦，那梦境与当下秋高气爽、艳阳朗照坟墓的情景何其相似，只不过一个是患病孤儿的梦境，一个是当了掌柜还当爹的现实。此刻他想，如果父亲活着该有多好，不用为了一顿肉饭、几块大洋而四处飘零，甚至为了一只铜喇叭而扑进急水港的漩涡中搭上性命……

金虎的周岁生日宴原本是打算在茂林馆办的，但在这兵荒马乱的年代，金麻子只求太平，不讲排场，决定在家里办。他专门请来了茂林馆大厨上门烧菜；专门派长生和白弟摇船去接宾客：夏老板一家、韩老板夫妇、春霞、陈金贵、钱守业、陆先生。金麻子原本想请阿萍姐一家，后来想到万一阿萍碰见夏雨生出啥事来，会很难堪，也就作罢。来宾贺礼堆在三埭客堂的写字台上。头埭、二埭客堂各放一张八仙桌，大厨在三埭后面的披屋里掌勺。两桌满月酒在傍晚时分热热闹闹开吃。夏雨、夏雪有事未来赴宴。

金麻子满心欢喜频频向来宾敬酒，第一杯敬夏老板夫妇："夏伯伯、夏伯母，是你们让我孤儿不孤，你们的恩情，金鲲永世不忘！"说完，一干而尽。

夏老板赶紧说："言重了，言重了。"

第二杯敬陆先生："先生学富五车，不吝赐教，先生教诲金鲲谨记！"说完，又是一口闷。

宋惠明担心金麻子喝醉，扯了扯他的衣角，陆先生笑着说："今天高兴，让他一醉方休……"

酒席上，金麻子突然想起师父沙海，每当金麻子碰到困难，沙老大都有求必应。沙海武艺高强，为人谦逊，在日本强盗侵占家乡的那一刻，毅然举起义旗，拿着原始的冷兵器对抗手握现代枪炮的强敌。金麻子举着酒杯，来到天井，对着天空大声说："师父，徒儿敬你，你保重！"

金麻子的举动让在场人都想起了正在抗击日寇的沙老大，如果没有战争，这位金虎的师爷爷一定在场开怀畅饮。夏老板、陆先生跟着站起身，在场所有人都站起身，一起对着天空向沙老大敬酒。钱守业、春霞、陈金贵跟着敬了酒，却不知金麻子的师父是谁，又为何要这般庄重地隔空敬酒？当三人得知沙海就是淀山湖抗日义勇军队长的时候，都肃然起敬。特别是钱守业，他一直认为金麻子是汉奸会长，看到刚才金麻子敬酒时的真情流露，他敢肯定金麻子一定是"红心白萝卜"，也因此对金麻子刮目相看。酒过三巡，宋惠明抱着已满周岁的金虎来到客人面前，替儿子挨个叫着"公公""奶奶""伯伯""阿姨"，长辈们拿出早已准备的见面红包塞在金虎的襁褓里，嘴里称赞着金虎长得虎头虎脑，将来一定是个有出息的男子汉。

满月酒结束，金麻子醉了。半夜醒来，看到妻子在换裤子，问怎么了，宋惠明说："那团肉又掉下来了。"

金麻子问宋惠明要紧不要紧，宋惠明说："不要紧的，掉下来塞进去就没事了，接生婆就是这样塞进去的。"

金麻子有点担心，问要不要去看郎中，宋惠明害羞地说："哪能去看郎中，我的身子是你的，只能给你看，不会给任何人看！"

金麻子听了宋惠明的话，就有点激动，一把将娇妻搂进怀里……

商人精明，百姓聪明。看到漫画的商人得知军票流通到最后将吸尽镇上财物，全镇没有一家商铺使用军票。有贪小的市民拿着军票到店铺购物，店小二会当场撕毁军票，说："拿票购物，与抢无异！"脸皮厚的顾客只当没听见，拿了商品就走。多数顾客会红着脸说"不要了，不要了……"

后来，市民把军票给孩子当纸帕玩。疤队长摆摊送军票没人要，见小孩拿军票织成纸帕在地上翻，就吓唬小孩："当心日本人把你抓起来。"小孩听了撒腿就跑。

袁渡看着精心设计的军票计划要泡汤，连发三道命令："全镇宵禁！暗查秘密反抗组织！黑衣队队员、水警队队员用军票到各店铺消费，谁不接受军票以抗日分子论处！"

"白面书生"借机带着黑衣队四处购物。"白面书生"在朱老板布店给相好的买了好几匹花布，扔给朱老板一百元军票，朱老板收下军票哭笑不得，来到三阳湾王家豆腐店问金麻子："请愿书都签了字了，黑衣队买布还用军票？"

金麻子只好安慰说："先忍忍，总有办法解决的。"

黑衣队在百货店大买特买，店老板对着黑衣队说："我们都在请愿书上签了字了，你们为啥还上门用军票？"

黑衣队队员问："谁的请愿书？"

百货店老板说："是金会长写的请愿书，我们都签了名了。"

"白面书生"马上回司令部向袁渡报告金麻子写请愿书的事。袁渡听了，立即命令疤队长将金麻子叫到司令部问话。

金麻子正在陆先生诊所询问妻子的病如何治，陆先生问清病由，告诉金麻子："这是妇科病，先吃药试试，万一不行就去上海大医院治。"

金麻子赎药，被疤队长看见，不由分说，被带到日军司令部。袁渡还是一副温文尔雅的表情："金桑的要请愿？"

金麻子不清楚袁渡是怎么知道请愿书一事的，但他记着夏雨的话，不要让袁渡怀疑，于是说："司令官阁下，不是我要请愿，是那天茶楼上老板们看了漫画，知道这是釜底抽薪的事，就要到司令部来抗议请愿。我怕事情闹大，就把老板们想对司令官说的话写下来，当作请愿书，让老板们签上自己的名字。后来又一想，军票刚发行，街上又出了漫画，大家都反对，这不驳了司令官的面子吗，所以就压着，没给你看，怕你生气。"说着，从口袋里拿出那张签了名的请愿书。

袁渡觉得金麻子做得没错，如果老板们真的上门请愿的话，那影响更大，幸亏金麻子采取了变通措施。想到这里，他向金麻子微微一笑，接过请愿书，认真看了一遍，这才说，"你的办事的这个"，袁渡对金麻子竖起了大拇指，"我的想听听，你的对军票的想法"。

金麻子就说用大洋进货，换进军票，几个轮回下来商家手中只剩军票，没人再愿意做生意，朱溪镇的商业将不复存在。还说这就好比杀鸡取卵、竭泽而渔、釜底抽薪……

金麻子一连说了三个成语，袁渡听了直摇头："金桑，你的把杀鸡取卵的、竭泽而渔的、釜底抽薪的一个个的说说。"

会说中国话的日本人不一定懂中国的成语，于是，金麻子给袁渡讲了三个小故事。

袁渡听完故事，笑了起来，说："金桑的放心，现在的杀鸡取卵，等到'大东亚共荣圈'的建成，军票的、大洋的、法币的，统统被日元的取代，军票的升值，镇上老板的大大的发财。"

袁渡说完，拍了拍金麻子的肩胛："你的明白？"

金麻子知道不明白也得明白，就点着头说："明白，杀鸡的取卵，军票的升值。"

袁渡从心里看不起面前这位小镇上的小商人，但又有点佩服这个小商人的智慧，因为金麻子没学过金融学，却懂得金融的深意。袁渡很清楚如果朱溪镇没人做生意了，那就是一座死城，占领它就没有多少意义了。但袁渡更清楚倘若做不到以战养战，最后连小镇都占领不了，死城又有何妨！他必须将军票进行到底。

北大街倒粪工老姚遇到一件怪事：天下第一茶楼的跑堂要在大清早帮他收马桶，让他只管在厕所水池边洗刷。

老姚问茶楼跑堂："为啥要帮我收马桶？"

跑堂说："早上睡不着，出来早锻炼，日本人宵禁，就想着帮你收马桶，既帮了你，又能锻炼，日本人也不管。"

老姚这才心安理得让茶楼跑堂帮着收马桶。马桶挑子是老姚用竹片和铁丝做的，跑堂挑在肩上，还蛮有样子。北大街商铺每天晚上都把一天下来几乎"客满"的马桶放在店门边，第二天天不亮，倒粪工上门收走，洗净后放回原处。跑堂从放生桥脚下第一家商铺开始收马桶，每收一只马桶，就朝店铺门缝里塞一张传单。日军巡路兵经过用手电筒照了照跑堂的脸，见是收马桶的，手一挥，放了过去。天亮时分，跑堂已收完马桶，塞完传单。这天早上，店铺开门，老板们都看到了从门缝里塞进的传单，传单上写着："军票美女蛇，吸血又吃肉，关店不营业，神仙难下手！"

毛一尘看了传单，立即出门，逛到三阳湾王家豆腐店门口，发现金麻子店门紧闭，工场间空无一人。奇怪！难道金麻子有先见之明？转念又想：你不卖我卖，好久没独做生意了。毛一尘回到店里，吩咐脱行闩开店，奇怪的是，开了店门很少有顾客上门，上门来买豆腐菜的不是黑衣队队员，就是水警队家属，而且清一色使用军票，毛一尘不敢不收，最后只得关门打烊。镇上店铺老板都看到了传单，知道一定是淀山湖抗日义勇军或者中共秘密组织在给市民出主意，对抗军票发行，老板们趁机关门大吉。金麻子也看到了传单，而且知道这传单是谁印的，他认为夏雨是袁渡看不见的对手！金麻子看到传单的时间和毛一尘差不多，豆腐菜做了一半，等到豆腐菜做完，金麻子决定不开店门，摇船到乡下去卖。

豆腐菜刚装上船，金麻子眼皮一跳，感到苗头不对："先不下乡，轧轧苗头再说。"果然，从这天开始日本人封镇。陆路、水路，条条关口有人把守。货物只进不出，出去的货物全部没收。有人说金麻子运气好，其实光有运气是不够的。金麻子发现镇上居民家家大门紧闭，但居民家的后水港户户开着门，金麻子让白弟和长生沿着居民后水港慢慢摇，每到一家后水港，金麻子就喊一声："豆腐菜要哇？"

船摇到夏家米行后水港，金麻子拿上一篮子豆腐菜，打开栅栏门，跨进米行，把豆腐菜给夏伯母，把镇上老板们看了传单，集体罢市的情况告诉了夏雨。

夏雨感慨地说："镇上百姓好样的，谁也不愿当亡国奴。"接着叮嘱金麻子："鬼子的金融计划一旦破产，定会狗急跳墙，遇事要更加谨慎。"

金麻子记住了夏雨的话。

朱溪镇沦陷以来，镇上菜价一天比一天贵，豆腐菜营养好、价钿便宜，吃的人越来越多。看了传单的居民躲在家里不敢出门，听到后水港有豆腐菜卖，几乎每家都会拿一只碗，或是一只竹篮买豆腐。客船成了流动豆腐店，王家豆腐店店门不开，生意不断。毛一尘每次看见金麻子的豆腐船生意不断，就会胸口发闷，后悔没把快船买回家，与金麻子抢一回生意。

▲ 流动豆腐店

　　"香烟换铜板"流产、军票发行遇阻、漫画传单满街都是，即便宵禁，反抗组织照样如入无人之境。袁渡吩咐"白面书生"密查秘密反抗势力。"白面书生"经过调查，发现传单是在店铺关闭后塞进门缝的，说明反抗分子在宵禁后能照样活动。谁能在宵禁后自由活动？排查到最后发现，只有天不亮倒马桶的倒粪工能在镇上自由活动。于是倒粪工老姚被"请进"了黑衣队驻地马家花园。马家花园是一座地主庄园，分为课园和植园两部分，课园是庄园主家人的生活学习区，植园是娱乐耕作区。庄园内数不清的房屋间间相连、户户相通，亭台楼阁、回廊曲径、假山荷塘、花草树木，应有尽有，还有那高耸入云的冠云执月楼、中西合璧的书城、水晶宫、九曲桥……"白面书生"早就听说马家花园犹如仙境，但从没见过，心里觊觎着这里的一切，只苦于没有机会进入。当了黑衣队队长，借着日本人的势力，"白面书生"强行征用马家花园作为黑衣队驻地。马家虽有护院家丁，但在日本人面前哪敢"鸡蛋碰石头"，将植园一座单独的建筑给黑衣队使用。这座孤零零的建筑，因外墙由红砖砌成，家人就叫它小红楼。黑衣队进驻小红楼后，将整栋楼房分为办公区、生活区、审讯室三部分。"白面书生"带着老姚从边门走进马家花园，老姚一路看着园里仙界般的景色，宛若刘姥姥进了大观园，他心想被"请"一回真开了眼界，却不知厄运降临。

老姚进了审讯室，双手被反绑在柱子上，皮鞭接二连三抽在身上，一阵剧痛，不由大叫："为啥打我，哎哟，救命啊……"

一顿毒打后，"白面书生"拿出一张传单问老姚："这张传单是不是你在收马桶时，塞进店铺门缝的？"

老姚莫明其妙看着传单，忍着身上的疼痛说："我哪有这个空闲，有人帮我收马桶，我都忙不过来……"

"白面书生"听到有人帮着收马桶，立即打断老姚，问："谁帮你收马桶？"

老姚说："年轻人想早锻炼，日本人宵禁没法锻炼，就帮我收马桶当作锻炼。"

"白面书生"一把揪住老姚的衣领："说，这个人是谁？说了，我就放你回家。"

老姚听到"放你回家"四个字，毫不犹豫地说："是天下第一茶楼的跑堂。"

老姚认为茶楼跑堂帮助收马桶做的是好事，应该称赞才对，可他没有想到，说出这句话，已将一个抗日青年的生命放在了黑衣队的枪口上了。

茶楼跑堂是夏雨在镇上发展的秘密党员，跑堂发现"白面书生"押着老姚向天下第一茶楼走来，知道自己暴露了。跑堂想从后窗跳进漕港河潜水逃跑，却发现不远处一条武装机器船正朝茶楼开来，于是就从茶楼窗口翻身跃上屋顶，踏着瓦片朝放生桥方向飞奔而去，他知道只有从放生桥上跳进漕港河，躲到来往不断的航船船底，方能摆脱黑衣队的追捕。不料，跑堂想到的逃跑路线，"白面书生"也想到了，"白面书生"不仅派了一条武装机器船封锁茶楼后水港，还派了两名黑衣队队员在放生桥上等着。当跑堂从屋顶上飞身跃下时，黑衣队队员对着茶楼跑堂的腿脚连开两枪，跑堂双脚中枪，整个人横着落地，脑袋磕在石级上当场七窍流血，抽搐几下，再没动弹。"白面书生"带着老姚赶到，跑堂已断气。

老姚抱起跑堂的尸体，才意识到是自己害了他，跑堂年轻的生命躺在老姚怀中，老姚愤怒至极，指着"白面书生"大声说："为啥要他的命，他是好人哪，你也是喝漕港水长大的，为啥要害镇上人呀！"

"白面书生"挥手一枪打在老姚胸腔上，老姚怒睁双目，紧抱跑堂，慢慢闭上了眼睛……

四

老姚和茶楼跑堂的死让夏雨沉浸在痛苦和自责之中。镇上的一切抗日活动都是在夏雨的策划、指挥下开展的，每一次行动夏雨都会请示上级党组织，并做出周密的安排，唯有这次行动低估了"白面书生"和黑衣队的行动力，没有及时撤出跑堂和老姚。这位心狠手辣的赌场老板，经过日军专业特工训练后，变得更加狡猾和阴毒。夏雨轻视了对手，造成"跑堂"牺牲、老姚遇害的后果。自己的失误害得同志牺牲，让夏雨痛不欲生，他的眼前再一次出现文静姑娘为保护他而开枪示警的画面……

那是数年前，夏雨得知阿萍从他大学同学那里得到书店地址的情况后，知道联络点肯定暴露了，必须马上撤离。他带着文静姑娘刚离开书店，就发现身后有"尾巴"。多年的秘密斗争经验告诉他，特务早已发现了这个秘密联络站，只是在等待一个更有价值的收网机会。夏雨给文静姑娘叫了一辆三轮车，他想把特务引到自己身上，临别两人约定甩掉特务后在静安寺碰头。望着文静姑娘消失在人群中，夏雨才转身走进附近的厕所。盯梢的特务在离厕所不到五米的地方点了一支烟守着，亲眼看见在不到五分钟的时间里，从厕所里先后出来一个老人和一个小孩，再无其他人进出。后来，特务发觉苗头不对，走进厕所发现空无一人，这才知道上当。夏雨的化妆术是在大学话剧团学的，从事秘密工作后，化妆术还真派上了用场。摆脱特务盯梢，夏雨赶紧来到静安寺与文静姑娘会合。就在夏雨踏进静安寺大门的一刻，文静姑娘看到了化妆成老人的夏雨，赶紧拔枪示警，特务迅速包围了她。文静姑娘一边还击一边往大殿跑，当子弹打到最后一颗的时候，文静姑娘已身中数弹，她把勃朗宁手枪对准自己的太阳穴扣动了扳机……

文静姑娘不惜用生命保护他的壮举永远定格在他的心中，使他不敢随便将生命中的女人拉入危险境地，与他一起涉险。他喜欢阿萍对学习的执着，喜欢阿萍美丽的长相，喜欢阿萍敢爱敢恨的性格，他也知道阿萍喜欢他，但正因相爱，才使他宁愿放弃这段恋情，也不愿看到一个女人为了爱他而慷慨赴死！那样，他的心会更加不安，会一辈子背负抹不去的沉重心债。夏雨认为爱情和革命不是一个命题，前者是用生命呵护的浪漫责任，后者是可以为之献出生命的庄重信仰；爱情是两个人的情感碰撞，革命是一个人的理想追求。如果阿萍是一位革命者，那就另当别论，但阿萍只是一个追求爱情的纯洁姑娘，因此夏雨决定将错就错，把他和文静姑娘的假结婚照片委托金麻子拿给阿萍看，希望阿萍和瞎晚好好生活，这是他保护阿萍的最好方式。

文静姑娘牺牲后，夏雨因身份暴露，被上级党组织派往中共东路特委训练班学习。学习期满，夏雨在江苏芦墟开了一家文具店作掩护，开展秘密工作。一年后，上级党组织安排夏雨回家乡与蛰伏已久的老党员沙海取得联系，在淀山庄开设夜校，传播革命思想，开展对敌斗争。全民族抗战爆发，他奉命支援上海战场；淞沪抗战失败，他与妹妹夏雪一起回到故乡开展抗日斗争。"香烟换铜板"是夏雨第一次与袁渡较量，这次较量让夏雨领教了"金融侵略"的手段，看到了朱溪百姓内心深处的反抗意识和胆小怕事的矛盾心态。

在要不要拉金麻子进抗日队伍这个问题上，夏雨和沙海的态度是不同的。沙海认为，金麻子做生意是块料，但他重商轻政，不闻天下事，轻易拉进队伍，不合适。夏雨觉得金麻子从小义字当头，没有朱溪商人那种矛盾心理，却有着朱溪人的机智和担当。当日军司令官让金麻子担任商会会长时，夏雨下了一盘大棋，让金麻子当抗日义勇军安插在敌人内部的"密探"。为了保护金麻子，夏雨和沙海决定，金麻子的身份只限于他们两人和夏雪知道。当夏雪把金麻子听到的情报告诉夏雨后，夏雨立即赶去淀山庄，与沙海队长一起议定"扬长避短"的水上作战方案，首战告捷。在日军对淀山庄开展残酷扫荡后，为保存抗日力量，按照上级指示，夏雨让沙海队长带领淀山湖抗日义勇军加入青东抗日游击队。夏雨意识到，是"金融斗争"和"武装斗争"的胜利让自己轻敌了，只想着如何阻止军票发行，忽略了自我保护的措施，造成了中共党员同志和无辜百姓的牺牲。为了防止黑衣队和"白面书生"对抗日秘密组织的进一步破坏，上级党组织指示夏雨："地下组织暂时休眠，保存实力，等待时机。"

茶楼跑堂和倒粪工老姚的牺牲，让金麻子看到了敌人的狡猾和斗争的残酷。他拿着"吹丧"的喇叭，衣袋里装着五十块大洋，来到茶楼跑堂家中吊唁，他要为英雄"吹丧"，他要以个人名义抚恤英雄的家人。

金麻子怀着崇敬的心情踏进跑堂家的大门，不料，灵堂内传来一声大喊："滚出去，我儿被日本黑衣队打死，不要你这个汉奸假慈悲！"

金麻子第一次被人当面辱骂汉奸，脸一下子红到耳根。女人重名节，男人重名声，古镇人把名节、名声看得比生命还重，可是金麻子既要背负"汉奸"骂名，又要提着脑袋做抗日的事情，说不定哪天死了，别人还在骂他汉奸。他感到窝囊、郁闷，离开灵堂的步履十分沉重，他看到了跑堂家门口的黑衣队特务，黑衣队特务朝他笑笑，做了一个滑稽的手势说："你和我一样，都是汉奸。"

金麻子低着头，默默地回家。

朱溪镇遇到了有史以来最黑暗的时期，军票购物让商人蒙受巨大损失，全镇商铺家家关门、户户打烊。在倒粪工老姚和茶楼跑堂牺牲后的第二天，各条街道的倒粪工集体被抓。"白面书生"认为，倒粪工中肯定隐藏着反抗分子。倒粪工被抓进小红楼后，人人过堂，个个受刑，可是不管怎么用刑，却没人承认自己是抗日分子，也没人认识抗日义勇军的人。"白面书生"想不明白，难道这些倒粪工都是抗日的死硬分子？审讯三天一无所获，镇上的厕所、粪坑和家家户户的马桶，却已经"粪"满为患，再不释放倒粪工，朱溪镇将变成一座"臭镇"。"白面书生"放出风声，反抗分子如不站出来，就把倒粪工全部杀掉。夏雨清楚，没有一个倒粪工是中共秘密组织的成员，倒粪工是无辜的，如何解救倒粪工呢？夏雨一筹莫展，他最后想到的办法是：只有自己站出来，才能解救全镇倒粪工。他把这个想法通过秘密渠道传给了上级党组织。

窝囊和郁闷让金麻子怅然若失，他一个人躲在北房间喝闷酒。妻子宋惠明早已看出丈夫心情不好，自从丈夫当上会长后，外面的事从来不说给家人听，与朱溪酱园韩老板合伙，也只是说一句："我去酱园，有事到那里找我。"

有时白弟问他："金哥，最近在干些啥？"

金麻子回答："外面的事不知道为好。"

好事坏事金麻子一个人担着。

宋惠明坐到丈夫身边，问："有啥不开心的事，能告诉我吗？"

金麻子端起酒杯一干而尽，他在心里问自己："能把被人骂汉奸的事说吗？能把脑袋系在裤腰带上做抗日的事说吗？做了抗日的事还要被人误会成汉奸的事能说吗？"

金麻子端起酒杯又喝了一杯，见丈夫一杯接着一杯喝酒，宋惠明十分心疼，却又不知如何安慰，心想：会不会因为自己不能行房让丈夫窝囊、郁闷？想到此，就说："鲲哥，我喝了陆先生的中药，好多了。喝完酒，今天睡到南房来试试，我让金虎和婆婆睡……"

说着，宋惠明给金麻子倒了一杯酒，自己去安排睡觉的事。妻子的温柔、贤惠，抚慰着金麻子怅然的心境，他感激妻子，看到妻子将一块儿子用的尿垫子垫在床上时，问："你让金虎睡床上？"

宋惠明嫣然一笑："以防万一。"

也是久旱的禾苗逢甘霖，金麻子以为妻子喝了陆先生的药真好了，犹如新婚一样充满激情，忽然脑海中又出现"滚出去，不要你这个汉奸假慈悲""你和我一样，都是汉奸"的辱骂声，金麻子怒从心起，他要排解，他要发泄，他从云端一下子掉入深海……当他看到妻子大汗淋漓、咬紧牙关时，一把抱起妻子失声痛哭……

金麻子经过几天思考，最后决定与其让人误解，不如会长不干了，就在他去找夏雨说这件事的时候，全镇"粪"满为患，"白面书生"扬言要枪毙所有倒粪工，夏雨无计可施，准备牺牲自己拯救倒粪工。

金麻子在听完夏雨的决定后，坚决不同意："夏雨哥，办法总会有的，你让我想想……我先去上个厕所，回来或许就有办法了。"

金麻子在走向西栅桥桥边厕所的一小段路上，想起了跑堂和倒粪工老姚，想起了文静姑娘，想到了沙老大、夏雨……他们为了别人能不顾自己的性命，而自己被人误骂一句"汉奸"就耿耿于怀，还想当逃兵，心胸太小，意志太弱，人家连死都不怕，还怕人骂？想到这里，金麻子决心把会长干到底，他要豁出命来帮助夏雨解救倒粪工。但是要从日本人和"白面书生"手中救出这么多人，谈何容易？他走进厕所，厕槽里粪便堆积如山，臭气熏天，让人恶心。金麻子想到家中的马桶也快满了，突然，一个拯救倒粪工的大胆计策涌上心头：马桶？对，马桶能救倒粪工！

金麻子急忙转身，回到夏家，兴奋地说："夏雨哥，全镇的马桶一定都满了，如果家家户户的马桶都放到街上，甚至日军司令部门口都是马桶……"

夏雨先是一愣，接着一拍大腿："好主意！让朱溪镇变成'臭镇'。"

第二天一早，朱溪镇各条街道上摆满各种各样的马桶，倒粪工家属每人拎着两只马桶，几乎在同一时间来到日军司令部，抗议黑衣队乱抓无辜。哨兵出来驱赶，大家趁机把手中的马桶扔在地上，马桶里的大粪顷刻淌满一地，浓烈的臭味飘进袁渡的办公室，袁渡以为有人用毒气攻击司令部，一手捂着鼻子，一手拔出手枪，走出办公室。他看到司令部大门口全是粪便，倒粪工家属喊着抗议口号，要求释放被抓的倒粪工。袁渡正要下令镇压，发现金麻子挤出人群，朝司令部跑来。

袁渡等金麻子跑到面前，说："金桑，你的让他们快快离开，再不离开，统统死啦死啦的！"

金麻子说了一句让袁渡吃惊的话："司令官阁下，倒粪工杀不得！"

袁渡双眼露着凶光，盯着金麻子："你想救倒粪工？"

金麻子见袁渡对自己起了疑心，装出一副害怕的样子，说："杀不杀司令官决定，不关我的事。我在想，倒粪工如是抵抗组织的人，茶楼跑堂就不会亲自出马；倒粪工如果不是抵抗组织的人，杀了他们，不出三天，街道、河道马上会粪便横流，水不能喝、气不能闻，镇上人会像躲避瘟疫一样外出逃难。一个繁荣的大镇，由于错杀了倒马桶的倒粪工，变成一座臭镇、死镇，既可惜，又难听。本人代表全镇商铺老板，向袁渡司令官冒死谏言，倒粪工杀不得！"

金麻子的一席话是袁渡没有想到的。"白面书生"要深挖抗日分子，袁渡十分赞赏；"白面书生"放出风声要杀掉所有倒粪工，几天过去也挖不出人来。如果真把人都杀了，那朱溪镇一定会像金桑说的成为臭镇、死城，尽管倒粪工是最底层的群体，但是一镇、一城绝对离不开他们！袁渡叫来疤队长，让他即刻去马家花园，让"白面书生"释放倒粪工。

军票发行暂停，倒粪工全部被释放，反军票行动取得胜利。镇上店铺陆续开门营业。这天是朱溪酱园的发薪日，金麻子来到酱园，看到韩老板夫妇守着两边柜台，不见春霞和陈金贵师傅。

韩太太朝腌菜工棚指了指："两人在里头翻酱缸"。

金麻子说了句"我去帮忙"，就朝工棚走去。韩老板心里说："你去当电灯泡"。金麻子在腌菜工棚看到春霞双手分开捏住酱菜缸的边沿，金贵师傅用力将缸底酱菜与缸面酱菜翻调，酱菜汁水时不时溅到春霞身上，两颗脑袋几乎要碰到一起。金麻子想：一个寡妇，一个鳏夫，将两人撮合到一起，倒是件大好事！不过，此事得先问女方，春霞不同意，金贵师傅剃头挑子一头热，没戏。这么想着，金麻子就不想打扰两人携手翻酱缸的气氛，知趣地退回店堂。

韩老板见金麻子退了出来，会心地笑了笑，问："日本人来了，各家店铺生意难做，为啥酱园生意特别好？"

金麻子说："朱溪沦陷，失业人越来越多，日子越过越艰难，酱菜最便宜、最下饭，酱园生意好可不是好事呀！"

韩老板佩服金麻子问题看得深，生意做得好。

春霞听到金麻子的说话声，放下手中的活跑了出来："金掌柜，听顾客说'白面书生'要杀倒粪工，是你代表商会，说服日本人救了大家？"

金麻子说："我是日本人任命的商会会长，我不说谁说？"

春霞担心地咕哝："日本人翻脸比翻酱缸还快，弄不好就会杀人，你要小心呀……"

韩老板发现春霞对金麻子说话的口气里有敬佩，有担忧，还有点发嗲。他看不懂春霞到底是喜欢金贵师傅还是喜欢金麻子。韩老板想起了人们常说的一句话：戏子做戏，舞女多情，酒鬼瞎话。他摇了摇头，不再说话。韩太太给大家发工钱，陈金贵拿到工钱后，想请假回家看看爹妈，给他们送点钱。金麻子知道陈师傅的孝心，建议他把二老接来镇上住，方便照顾。陈金贵说镇上租房开销大，金麻子便答应把夏家米行的披屋无偿借给金贵父母住。陈金贵心怀感激，准备过段时间再说。

　　白弟自从在逃难时与阿妹在船舱里有了第一次，便一直念念不忘。这天金麻子回到店里，白弟贼忒嬉嬉迎了上来，附在金麻子耳朵边轻声说："金哥，我想和阿妹结婚，阿妹有喜了。"

　　金麻子指指干妈："去向干妈讨教渔村娶媳妇的规矩，再定一个黄道吉日。日子定下了，就办，你小子猴急!"

　　阿妹听到白弟向干妈讨教渔村婚礼的规矩，心里美滋滋的，找来一本皇历，翻看黄道吉日。干妈向白弟讲述渔村婚俗，一旁的凤娟听得比白弟还认真。豆腐店打烊，金麻子将钱柜里的大洋、法币倒在豆腐案板上，大洋放进钱箱，法币叠齐，用麻绳捆扎紧，一手提钱箱，一手拎法币，气定神闲出了门。自从豆腐店失而复得，金麻子再也不把捆扎好的纸币在豆腐案板上撞出声响，他深感张扬不吉。从钱庄出来，他想起撮合春霞和陈金贵的事，径直来到酱园。酱园打烊，厚重的黑漆大门紧闭，金麻子第一次注意到黑漆大门上整齐排列着上百颗一寸见方的铁钉，坚硬的铁钉透着一股倔强的阳刚之气。金麻子不明白，韩老板的胆小和铁钉的阳刚形成巨大的反差，两者又和谐地统一在用隶书写成的"朱溪酱园"四个大字上! 金麻子摇了摇头，伸手叩响了黑漆大门。

　　韩老板下班回家，陈金贵探望父母未归，春霞一个人在酱园厨房准备晚餐。听到敲门声，春霞赶紧开门，见是金掌柜，有点诧异，问："有事?"

　　金麻子点头进门，跟着春霞来到厨房，看到桌上的泡饭和酱瓜，说了一句："等我回来。"

　　春霞望着金麻子的背影，不知"等我回来"干吗，就在厨房等着金麻子。不一会儿，金麻子拎着一只六角篮回来了，从篮子里拿出茂林馆的炒鳝糊、咕咾肉、油爆虾和蓬花菜，篮子里还有一瓶绍兴黄酒。

　　诱人的菜看让春霞按捺不住喜悦："这么快，哪里弄来的菜?"

　　金麻子说："我让两位厨师一起掌勺，所以才快。"

　　春霞估计金掌柜一定有要事，否则不会有家不回来这里和她对饮："金掌柜，有啥事尽管说，不用这么大排场的。"说着话，拿起筷子尝了一口炒鳝糊："哇，味道真好!"

金麻子在两只碗里斟了酒:"这是茂林馆招牌菜……来,第一碗酒,敬钱守仁老板。"说着把酒洒在地上,春霞也把酒洒在地上。

金麻子又在两只碗里斟上酒,举起酒碗,说:"从上海来到乡镇,从阔太太变成腌菜工,可谓脱胎换骨,难能可贵。第二碗酒,我敬你!"

春霞拿碗的手有点颤抖,她不愿提起以前的生活,不愿回首坎坷的人生。她本是农家女,天生丽质才让人误认为是"金枝玉叶",从舞女到阔太太,再到腌菜女股东,一场美梦,梦醒了,回归了自我。她感激金麻子相助,感激陈金贵兄长般的照顾,感激韩老板夫妇的接纳,忙碌一天才感心中踏实,闻着酱味才觉生活充实。金麻子敬她酒,她眼眶红红地端着酒碗,喃喃地说:"该我敬你,该我敬你!"说完,一饮而尽。

几杯酒下肚,金麻子问:"春霞,你想不想嫁人?"

金麻子的话触动春霞最敏感的神经,这也是她内心所想而难以启齿的心声。春霞看着金麻子,欲言又止。

金麻子以为春霞不好意思开口,便试探着说:"你这么年轻,应该找一个像金贵师傅那样体贴的男人为你遮风挡雨。"

春霞喝了一大口酒,说:"男人好找,如意郎君难寻。"

金麻子给春霞舀了一匙炒鳝糊,问:"金贵师傅如何?"

春霞举着酒杯,醉意蒙眬一个劲儿摇头:"他是我哥,不是如意郎君……"

金麻子有点失望:"那好,你若看上谁告诉我,我帮你去说。"

春霞脸颊绯红,眼神迷离,伸出一根手指,指着金麻子:"告诉你,我看上的人就、就坐在我对面,不用你、你去说,你直接告、告诉我……"说完,趴在桌上,醉了。

第十一章

一

　　白弟的婚礼是民国二十八年六月在渔村举办的。半个世纪后，在朱溪镇镇志上能查到关于白弟婚礼的记载。镇志上是这么写的："驻扎县城的鬼子为了消灭青溪、朱溪地区的抗日武装，出动四千多名日伪军发动清乡大扫荡，企图一举消灭青东抗日游击队和淀山湖抗日义勇军……鬼子扫荡到渔村，渔村正在举行一场婚礼……全村三十余人被害，烧毁房屋一百多间。"

　　白弟与镇上许多多人一样，对日本鬼子既恨又怕，心里抱着井水不犯河水的处世哲学，白天吃饭干活，晚上就想着和阿妹亲热。白弟怕惹出麻烦，想等日本鬼子走了再结婚，无奈阿妹有喜了，再不办婚礼要露馅。白弟问金麻子婚礼该怎么办，大家认为镇上有日本人，还有黑衣队，万一像毛一尘婆六太太那样碰到日本兵骚扰就麻烦了，多一事不如少一事，金麻子最后决定将婚礼放在渔村举行。

　　这是朱溪镇沦陷后，王家豆腐店迎来的第二个大喜日子。王老夫人和宋惠明一起帮白弟选了一个宜婚娶、宜出行的黄道吉日，婆媳俩按照渔村风俗，给阿妹准备了八床被子、四对枕头、四只大小子孙桶、一整套脚桶浴桶，并在婚礼前将嫁妆提前送到渔村阿妹家。阿妹母亲不明白，姐妹四人中，数阿妹长得最不中意，但阿妹的命却最好，嫁了个镇上小伙子。阿妹母亲摇着头说："看来'命'不是长相决定的。"按渔村风俗，白弟准备了五封大洋，在封纸上分别写着：彩礼钱、尿布钱、丈母娘肚痛钱、代糖钱、酒水钱。干妈说："要在平时，五件事必须一件件做，现在日子不太平，五件事就一次办了，只要大洋到，心就到了，事就妥了。"金麻子吩咐凤娟和阿妹将二埭楼上房间布置成新房，二埭就成了白弟和阿妹的洞房。金麻子告诉凤娟，头埭楼上的房间是给她和长生留着的新房。凤娟脸一红，开心地点头。大家这才明白金麻子当初选房为啥这么挑剔，原来他把白弟和长生的婚房都考虑了。

举办婚礼的前一天，金麻子去了一次西药房，告诉夏雪自己去渔村给白弟办喜事，倘若镇上有事，可派人去渔村叫他。凤娟和阿妹把客船的三个客舱贴满了大红喜字和鸳鸯戏水图案，金麻子叮嘱阿妹客船外观不要披红挂彩太招摇，以免引起不必要的麻烦。第二天一大早，王家豆腐店全体人员坐客船向渔村出发。

驻扎县城的鬼子联队队长长岛田大佐亲率四千多名日伪军展开拉网式清剿，扫荡头三天，鬼子主力直扑青东地区。面对强敌，青东抗日游击队化整为零，分散隐蔽。日军所到之处，烧杀抢掠，无恶不作。鬼子惨无人道的暴行传到朱溪镇，镇上百姓无不义愤填膺，又暗自庆幸战火没有烧到自己头上。第四天，长岛田大佐的指挥刀向西一挥，兵锋直指青西地区。袁渡少佐电告大佐："朱溪镇为'大东亚共荣示范镇'样板，现已严控，不宜扫荡。"于是长岛田大佐带着主力从县城一路扫荡，经淀山湖至金泽元荡，企图将淀山湖抗日义勇军一举荡平。长岛田大佐在军用地图上发现，有一个村皇军从来没去扫过荡，抗日义勇军很有可能躲藏在这个四面环水的村庄中。

长岛田大佐问手下："为何这个村子不去扫荡？"

手下说："村庄四面环水，唯一一座独木桥被村民拆了，架桥或坐舟船才能进入。"

翌日，长岛田大佐派出日伪军各一个小队，分坐四艘机器船，从淀山湖直逼渔村。

渔村沉浸在喜事中。在客船进入急水港前，金麻子将红绸覆上船棚，挂上灯笼，客船变成了接亲船。长生摇着披红挂绿的接亲船，唱起了沙老大的那首田山歌："淀山的土哟淀山的湖，天上太阳哟照田头，清清湖水身边流哟，不见妹妹唱情歌，哎呀嗨，不见妹妹唱情歌……"金麻子站在船艄，起劲地吹起迎新曲。白弟身穿大红锦缎长袍马褂新郎服，头戴插羽新郎帽，精神抖擞地站在船头。白弟清楚地记得，自己做过喝酒的梦，在与阿妹亲过嘴后，就做亲嘴梦，从没做过新郎梦，如今当了新郎，却好像在梦中……金麻子看着急水港中戳起的四根独木桥桥桩，想起当年新娘子宋惠明船翻落水的情景，他朝怀抱儿子的宋惠明看了一眼，宋惠明会心地笑了一下。长生按照渔村"合船"婚俗，将船靠在阿妹家渔船旁边。两船合并靠拢后，早已等在女方船上的兄弟姐妹将一张巨大的渔网覆盖两船船棚，渔家姑娘们拿出早已准备的各种鲜花插在渔网上，渔船变为一个巨大的"花坛"。金麻子吹起喜曲《百鸟朝凤》，岸边锣鼓喧天，新娘阿妹身穿嫁衣，头盖红巾，在母亲的搀扶下从自家船舱跨上男方接亲船。新郎白弟用手接住新娘阿妹的那一刻，岸上点燃鞭炮、高升，一时间，鞭炮声、喇叭声、起哄声回荡在渔村上空。婚礼进行到了高潮，新郎新娘双双站立船头，在司仪的号令下拜天地、拜高堂，夫妻对拜后，白弟牵着阿妹的手钻进了身后的船舱。渔村的姑娘小伙欢天喜地在岸上叫着："上岸！上岸！上岸……"白弟再次牵着阿妹的手走出船舱，抱起阿妹艰难地走过跳板上岸。姑娘小伙簇拥着新郎新娘讨要喜糖，长生、凤娟早已等在岸上，抓起糖果撒向人群。白弟趁着姑娘小伙抢糖果的空当，放下阿妹，双双回家。

一家婚事，全村喜庆，家家送礼，三日喜酒，从开厨吃到搪厨。娶亲的前一天，阿妹家搭帐篷、请厨师，杀鸡宰羊，摆开排场，谓之开厨。开厨酒菜，既不将就，也不讲究，村里人从这一日开吃。娶亲当日，四大菜十二炒、一汤二点酒管饱，谓之正日，讲究全鸡、全鸭、全鱼、整蹄，意为十全十美。第三日叫搪厨，东家将剩余的菜招待亲友乡亲。这是渔村几百年来的规矩。金麻子感受着渔村婚礼的全过程，感到有意思，但好奇为啥宋惠明的两次婚礼都没有按照渔村的习俗、规矩做。

金麻子问干妈，干妈叹口气说："惠明出嫁来渔村，原本是要做的，可惜送亲船在急水港翻了船，'合船'做不了；你和惠明成亲，婚事不在渔村办，惠明和你也不是渔村人，渔村的习俗、规矩不用做。"

长生没等酒席散去，就拉着凤娟的手离开阿妹家，去村西淀山湖边看风景。订婚以来，长生还没有机会带凤娟好好看看渔村，两人来到淀山湖边，眼前垂柳依依，碧水潺潺，一艘艘渔船整齐地排列在一起；放眼远望，艳阳下的湖水仿佛被点燃了，热情地泛着金光；一群白鹭被湖水的热情激励着，上下翻飞，群鸟和鸣……凤娟深吸一口带点鱼腥味的空气，靠在长生的胸膛上，陶醉在渔村的美景中……忽然，在水天一色的湖面上，出现四条白线，慢慢地，"白线"在湖面上划出一个弧圈，向渔村冲来。长生眼尖，发现"白线"是机器船划出的水浪，四艘机器船上的膏药旗也让他明白：日本兵来了。长生说了声"不好"，赶紧拉着凤娟往回跑，边跑边喊："日本人来了，日本人来了。"

金麻子听到喊声，心中一惊，越是要避开日本鬼子，越是撞到了枪口上。他不知道遇到日本人该怎么办，但他知道渔村最有号召力的要数老渔公了，于是到阿妹家客堂找到正在喝茶的老渔公。老渔公知道日本人几次想进渔村扫荡没扫成，这次开着机器船定是有备而来，他站起身，一脸严峻地对大家说："带上渔网，回家上船！"

喝喜酒的乡亲们乱哄哄地各自回家拿东西上船——可是来不及了，鬼子架在机器船船头的四挺机关枪，在距渔村三百米的时候开始扫射，子弹像蝗虫一样在渔村乱飞。老渔公边跑边喊："女人回家把灶镬灰抹脸上，把花衣裳换了。"

金麻子佩服老渔公的镇定。机器船靠岸，六十多名日伪军跳下机器船成散兵队进村。一队日本兵发现有两兄弟躲在屋顶上，认为他们是在给淀山湖抗日义勇军望风，便将两兄弟抓住后严刑拷打，逼问义勇军的下落。母亲拿钱想赎儿子，被日军剥光衣服用刺刀刺死。兄弟俩欲救母亲，被数名日军按倒在地像劁猪一样割去睾丸惨死。一户渔民跑回家，正在给家里供奉的关公像上香、磕头，祈求保佑，日伪军进门，说他们白天拜关公，晚上都是抗日义勇军队员，两名日军不由分说用刺刀一刀一个将他们戳死在房内。一渔民回家，路上遇上日军，被鬼子一枪击毙，鬼子见人还在扭动，用刺刀刺穿肚皮，拉出肚肠挂在屋檐上，狂笑着扬长而去……狂笑声、淫笑声、哀叫声、惊叫声，还有凄厉的哭声、痛苦的呻吟……渔村顷刻之间成了人间地狱！

王家豆腐店所有人聚集在阿妹家。枪声、叫声，让人胆战心惊，大家不约而同将目光定格在金麻子和长生身上。金麻子心里思忖：逃跑是不可能的，渔民手中唯一的武器只有渔叉，用渔叉去对付机枪、钢炮，无疑鸡蛋碰石头，要想保命，只有在日本人来到村东之前藏起来，可是渔村没地方可藏！怎么办？性命攸关。

金麻子的目光落在"合船"上，对长生说："你带着会游水的人躲到船底，每人拔一根围子上的芦苇秆，含在嘴里呼吸，鬼子离开再上岸。"

长生问："你呢？"

金麻子让不会游水的留下："我负责保护留在岸上的人，大家快去。"

长生拉起凤娟就走，不料凤娟说："我不懂水性，下水会淹死的。"

长生凝视着凤娟说："那你和惠明老板娘待在一起，照顾好自己。"

说完，长生带着会游水的人们，快速从滩涂上跳进河里，钻到"合船"船底避难。白弟不会用芦苇秆呼吸，就躲在两船中间，脑蛋露出水面。金麻子让不会游水的宋惠明、凤娟戴上草帽，换上男人衣衫，把灶镬灰涂在脸上，宋惠明藏在灶间，凤娟躲进了杂作间，干妈抱着干孙子躺在阿妹的床上。

干妈说："我一个老婆子，鬼子能拿我怎么的。"

金麻子从接亲船上拿来枣木棍，搁在八仙桌横档上，又从裤袋里拿出一只商会的红臂章套上袖子，然后坐在桌边守护着身后的三个女人和儿子金虎。

大概两袋烟的工夫，两名鬼子和两名伪军闯进屋门，见堂屋坐着一位戴商会袖章的人。鬼子拿枪对准金麻子，叽里咕噜说了一通日本话。

金麻子笑嘻嘻听着，等日本兵说完，问伪军："太君刚才说的啥话？"

一名伪军问："你是什么人？是不是抗日义勇军的人在这里吃饭？"

金麻子赶紧从衣袋里拿出袁渡亲自签发的商会会长"派司"递给日本兵，学着袁渡的说话腔调解释："我的，朱溪镇的商会会长的干活，今天的来渔村喝喜酒的干活。"

日本兵接过"派司"看了一眼，大喊一声："搜着看！"日伪军即刻在屋里四处搜查。

日本兵的这句话金麻子听懂了，是搜着看看，既然是搜着看看，用不着这么大声。其实"搜着看"是一句日本话，就是"搜"的意思，袖章和派司暂时保护了金麻子，但日本兵对谁都不信。没多久，凤娟就被日本兵从杂作间搜了出来，两把明晃晃的刺刀正要刺向凤娟的胸膛，凤娟不由大叫："救命呀！"

日本兵听到女人的尖叫声，赶紧收回刺刀，狂叫着"花姑娘"，"花姑娘的米西米西"。一个鬼子放下三八大盖朝凤娟扑来，另一个鬼子端着枪在一旁狂笑……金麻子只感到脊背上蹿起阵阵凉意，他毫不犹豫从桌子横档上抽出枣木棍，飞也似的冲向日本兵，一个泰山压顶，枣木棍猛击狂笑的鬼子脑袋。鬼子毫无防备，枣木棍落下，"呜"的一声，脑袋开花，再也笑不出来。趴在凤娟身上的鬼子转过头，发现枣木棍正向自己袭来，一个翻滚躲过木棍，随手拿起三八大盖……两名伪军在阿妹多娘房里搜到了白弟送给丈母娘的五封大洋，撕开封纸，白花花的大洋散了一地，兴奋地说："发财了，发财了。"

伪军趁着鬼子在玩"花姑娘"，赶紧捡起大洋坐地分赃。伪军衣袋里装着沉甸甸的大洋，每走一步"铮铮"作响，听得屋后打斗，端着枪冲到门口，恰好见到金麻子收棍转身，从侧面打出第二棍。此时，鬼子的枪响了，子弹穿过金麻子手臂，击中冲在前头的伪军，伪军倒地，大洋从上衣口袋里哗啦啦滚了出来。后面的伪军赶紧卧倒，两口袋大洋撞在地上"砰嚓"作响，端枪瞄准金麻子。凤娟从惊慌中清醒过来，看到伪军正向金麻子瞄准，不顾一切用身体挡在金麻子前面，枪响了，凤娟中弹倒地。趴在地上的伪军"哗啦"推上子弹，准备开第二枪的时候，一把渔叉从后背刺中他的心脏。伪军还没来得及将口袋里的大洋拿回家，命就没了。金麻子手臂中枪，打出的第二棍擦着鬼子头顶飞过。鬼子兵举枪挑开枣木棍，一个劈刺，闪着寒光的刺刀向金麻子胸膛划来。在鬼子兵眼里，杀死一个村民犹如捏死一只蚂蚁，来到中国大地上，这个鬼子兵亲手杀死的中国人至少有一个排，而眼前这个拿木棍的中国人虽有两下子，但绝对不是天皇士兵的对手，他想一鼓作气杀死对手。

金麻子第一次面对训练有素的鬼子兵，他使出小红拳"洪棍飞腿""横扫千军"等各种招式，都被鬼子兵的刺刀撩开，鬼子兵乘势一个转身，用枪托向金麻子脑袋袭来……日本兵只顾使出拼刺刀的全套本领，却没有防备身后有一把渔叉正伺机袭击他。在鬼子兵的枪托击中金麻子脑袋的前一刻，渔叉从背后刺进了鬼子正在呼吸的肺腑，鬼子兵像泄了气的皮球，一个趔趄朝地上扑去。金麻子偏过脑袋，伺机补了一棍……杀人不眨眼的鬼子兵倒在地上不再动弹，背上的渔叉直直地竖着，浑身是水的长生手握拳头，喘着粗气……

长生躲在船底，心里始终不放心躲在家中的凤娟，如果日本兵真的冲进阿妹家中，金掌柜的木棍哪能与钢枪匹敌，更不要说"一拳难敌两手"了。金掌柜万一死了，三个女人哪有活路！凤娟姑娘一旦落入鬼子兵手中，哪还有一个好！从小搏击风浪的渔民儿子，刚从船底钻出水面，就听得凤娟大喊救命，长生从渔船上挑了一把叉刺最大最锋利的渔叉，不顾一切冲上岸，冲进阿妹家……

长生托起倒在血泊中的凤娟，大声喊着凤娟的名字，凤娟已没有一丝气息。长生大声责问："金掌柜，凤娟是怎么中枪的？"

金麻子用手揪着自己的头发："长生，凤娟是为我挡的子弹，我没保护好她，我对不住你……"

渔村响起炒豆般密集的枪声，还掺杂着震耳欲聋的爆炸声。长生发现金麻子的手臂已被鲜血染红，胸襟被刺刀划开，露出一道血印子——金麻子为保护凤娟把命都豁出去了……长生不说话了，放下凤娟遗体，从日本兵背上拔下渔叉，大步走到阿妹家门口，他要用渔叉守着大门，如果日本兵冲进来，他将用手中的渔叉与敌人同归于尽！房里的干妈早已听到动静，紧紧抱着怀里的金虎，靠在床头一动不动，等着厄运到来。躲在柴堆后的宋惠明在日伪军搜查的那一刻，大气不敢出，直到凤娟喊救命，然后又听到枣木棍的打击声，才知道丈夫为了保护凤娟正在与鬼子拼命，她想出去助丈夫一臂之力，又想起金麻子离开灶间时留下的那句话："不管外面发生啥事，绝对不要出来，出来反而碍手脚！"宋惠明竖起耳朵听着外面的动静，心里在想自己一生中的不幸都是在渔村遭遇的：新婚差点淹死，嫁了丈夫守活寡，如今给阿妹办喜酒都会遇上鬼子扫荡，是死是活只有天知道……她相信这就是"命"，命中的劫难！

村里的枪声越来越密，手榴弹的爆炸声不绝于耳……忽然一声清脆、嘹亮的喇叭声（冲锋号）在村中响起，紧接着传来"冲啊、冲啊"的喊杀声……金麻子不知村中发生了啥事，但从"冲啊、冲啊"的喊声中判断这是中国话，是一支中国人的武装在喊，会不会是伪军？金麻子迅速跑到大门口，长生将大门开出一条缝朝外窥探，金麻子从门缝中一眼看到沙老大双手各拿一支盒子炮，带着两个徒弟正在路上一边跑，一边告诉渔民赶快离开渔村。金麻子拉开门叫了一声"师父"……等到沙老大跑到面前，金麻子一把抱住沙老大，激动得说不出话来……

沙老大说："夏雨说你来渔村给白弟办喜事，伪军内线传来消息说日伪军各一个小队来渔村扫荡。这是围歼日伪军两个小队的绝佳机会，我和夏雨就带着队伍来了，青东抗日游击队派一个中队支援，等我们赶到，鬼子已在渔村大开杀戒……"

金麻子问："夏雨哥呢？"

沙老大指着村西说："夏政委正带着一个小队在村西组织渔民转移，来村里扫荡的日伪军已被消灭，日军一旦得到消息，马上会派来大队人马进行报复。"

沙老大叮嘱："鲲儿，回家不要走淀山湖，从急水港绕外江回家。"

沙老大带着队伍走了。金麻子从沙老大嘴里听到一个新名词"政委"，政委一定是抗日义勇军里的一个官职，夏雨哥当政委了，多大的官金麻子不知道。

长生抱着凤娟的遗体，对金麻子说："你们回吧，我要给凤娟落葬，还要带父母亲逃难，等过了这一阵，再回来……"

金麻子知道凤娟是为他死的，他想亲自给凤娟"吹丧"，但他必须带着大家马上离开，他向凤娟遗体深鞠一躬，转身走向接亲船。船离开了渔村，船上人看见长生抱着凤娟的遗体，跪在河边目送着客船远去……这一别，长生再也没有回来，有人说长生给凤娟落葬后，与一名拿指挥刀的鬼子同归于尽了；也有人说，长生葬了未婚妻跟着抗日队伍走了……长生是死是活，谁也不知道……

一

民国廿九年至民国三十二年，是青溪地区全民族抗战最艰难的日子。日军先后发动了二百七十余次"扫荡"，杀害百姓两千七百四十九人，抢劫财物不计其数。青东抗日游击队和淀山湖抗日义勇军经常化整为零隐藏在民众之中，一有机会就像从地底下冒出来一样，与鬼子干一仗，然后又消失得无影无踪。夏雨根据上级指示也从秘密斗争转为外线作战，先后参加了火烧公路桥、围歼日军小队、袭击运粮船等战斗。朱溪镇日军司令官袁渡少佐根据驻沪司令官的要求，放弃了金融控制策略，而是把朱溪镇建成军粮供应基地。上级下达给夏雨的主要任务是：领导淀山湖抗日义勇军，想方设法切断日军的粮食供应。

在全民族抗战最艰难的日子里，白弟和阿妹生下了一个白白胖胖的儿子，白弟觉得儿子像他，随口给儿子取名白小弟。阿妹听后笑着说："这个名字简单，叫起来上口。"过了半年，毛家豆腐店的五太太给毛家生下了一个千金，毛老爷为其取名毛云菲，意为像天上的云彩一样高贵美丽。要是没有日本鬼子侵占这座商业巨镇，王、毛两家的满月酒、周岁宴都会热热闹闹地大操大办，甚至会比一比谁家的排场更大。然而这是战争阴霾笼罩下的喜事，谁都不愿"引鬼入门"。毛家的满月酒和周岁宴，每次都勾起毛一尘的心病，娶了六太太海棠，毛一尘就没碰过五太太，五太太堂而皇之怀孕，这是明目张胆的挑衅！毛一尘的精明让他在这个山河破碎的多事之秋除了隐忍，别无他法。

五太太在生下千金后，有一天向毛老爷开口要一千大洋奖赏："老爷，我一切都依着你了，给毛家养了一双儿女，你得给我一千大洋。否则万一哪天他们赶我走，我拿啥去养活老家的儿子和老母亲？"说着就嘤嘤哭了起来。

毛老爷子早已觉察到老婆和儿子怀疑自己和五太太兰花有染，只不过不愿意撕开脸皮罢了，如今兰花说出了自己的担心，情有可原。但毛老爷子清楚，毛家在续香火这件事情上，不仅掏空了多年积蓄，还把这些年来赚的钱都花在了给儿子娶太太这件事上。

毛老爷子只给了五太太一张五百大洋的钱庄存单，从拇指上脱下了一只翡翠扳指，说："只能给你这么多，毛家空了。"

周岁宴过后，五太太就给女儿断了奶，婆婆说断奶太早，起码要吃过三周岁。五太太说："吃奶太久，脑子笨；早点断奶，懂事早。"

毛家人不知五太太从哪里听来的谬论，但她是母亲，谁也奈何不了。毛一尘借机大发雷霆："断奶的事你敢一个人作主？谁给你的权力？告诉你，哪一天断奶，哪一天去豆腐工场做工！"

毛一尘把去豆腐作坊做工当成是对五太太的惩罚。五太太望着毛一尘盛气凌人的样子，两行眼泪夺眶而出，咬着牙，没让自己哭出声来。

第二天，毛一尘没见到五太太，就派林三回家："你去叫五太太到豆腐工场干活，告诉她，毛家不养闲人。"

　　林三去了一个多时辰也没有回来，毛一尘不知家中发生了啥事，决定亲自回家看个究竟。毛一尘快步回到家中，发现五太太和林三都不知去向，楼上楼下找了一遍，最后在五太太卧室的床头柜上看到了五太太留下的一张纸条：

　　一尘：

　　　　不要怪我，我走了。嫁入毛家本来就是一桩生意，毛家要延续香火，我要改变穷困生活，如今生意做成了，我给毛家生养了一双儿女，延续了毛家香火。女儿值千金，儿子肯定比女儿更值钱，所以我从毛家先后拿了一千五百块大洋，知道你爱钱如命，我没有多拿，只拿我应得的。我知道你和婆婆视我为不守妇道的破鞋，我没资格争辩，更没资格讲夫妻情谊，但我有资格讲：我与你父亲做成了生意，我与你的缘分也到了头了。我和林三先行回老家筹备开店事宜，留在你那里的伙计林二再帮你一个月，望你在一个月里找到新伙计，届时林二也将回到老家，成为老家新开张的"兰兰豆腐店"的伙计。

　　　　另外，望你善待我留下的一双儿女，你把他们当作儿女也好，弟妹也罢，对我已经不重要了，但却关乎着毛家的香火血脉。

　　　　今世缘浅，不能一心一意；来世无缘，就此挥泪别过。

　　　　　　　　　　　　　　　　　　　　　　　　　　　兰花上

　　看完五太太的留言，望着曾经一起睡过的绣床，毛一尘心中蹿起的怒火顷刻间化成不可名状的失落，继而陷入深深的孤寂……回想一生，毛一尘先是与功名无缘，刚出生就碰到光绪皇帝下了"停科举，办学堂"的诏书，灭了毛家的功名梦；继而与女人无缘，为续香火，毛一尘先后娶了五位太太，结果死的死、走的走，无一人有缘，只有不为香火娶回家的乡下姑娘海棠，有缘有分却无感情；再是与儿女无缘，五太太的留言等于给毛一尘开了一张"卵里无虫"的证明，他名义上有一双儿女，实际上只有弟妹……毛一尘自言自语："难不成，豆腐店也会离我而去？"想到豆腐店，毛一尘心中的怒气、失落、孤寂、痛苦统统变成一股强烈的怨气，他怨金麻子处处与他作对，如果没有金麻子，毛家豆腐店在镇上将永远鹤立鸡群、一枝独秀。因为金麻子，毛家的生意越做越小，"既生亮何生瑜"，毛一尘把所有仇恨都集中在金麻子身上，他要找机会置金麻子于死地。

阿萍生了一个女儿，瞄晓给女儿取名余爱萍，说这个名字就是余克忠爱阿萍。阿萍觉得俗气，又想不出更好的，女儿的名字就一直没定，平时就叫小萍。

有一天女儿发高烧，阿萍去西药房买退烧药，见到女扮男装的夏雪，惊讶地叫起来："我天天看到你从生煎店门前经过，看着眼熟，就是想不到是你夏雪妹妹。"几年不见，夏雪从一个小姑娘变成了成熟老练、女扮男装的大姑娘，镇上许多人都认不出来。

阿萍问夏雪："你哥和你嫂子还好吗？"

夏雪吃惊地看着阿萍："我哪有嫂子呀？"她想说"如果有嫂子的话，应该是你呀"，话到嘴边又咽了回去。

阿萍说："上海书店的文静姑娘不是你嫂子吗？"

阿萍的话勾起了夏雪的回忆，夏雪也曾以为文静姑娘是哥哥的对象，她还问过夏雨："你这样三心二意，回家怎么向阿萍姐交代。"当时夏雨就说："我的工作随时有危险，不能连累阿萍。"直到文静姑娘为掩护夏雨牺牲，夏雨才告诉妹妹，文静姑娘是他开展秘密工作的搭档，是假夫妻。

眼下，工作纪律不允许夏雪把实情和盘托出，她只告诉阿萍："文静姑娘不是我嫂子，是我哥工作上的搭档，她为了救我哥，牺牲了。"

阿萍似乎明白了一切，脸上的表情一下子沉重起来，当着夏雪的面自言自语："我羡慕文静姑娘能为心上人赴死。"

阿萍回到生煎店，看到女儿才想起忘了拿药，好在夏雪跟着将退烧药送了过来。阿萍接过药，一把抓住夏雪的手问："你哥回来了吗？现在过得好吗？"

夏雪点点头，轻声说："放心，他很好。"

望着夏雪的背影，阿萍忽然感到女儿的名字有了，不叫爱萍，该取伊萍。瞄晓觉得这个名字有点别扭，伊，就是他，而不是我，于是问阿萍："为啥取伊萍，不喜欢爱萍？"

阿萍说："爱萍俗气，伊萍文气。"

朱溪镇往日熙来攘往的热闹长街，变得冷冷清清，看不到商人巨贾、贩子捎客、游人顾客的影子，取而代之的是全副武装的日军、荷枪实弹的水警，他们三人一组、六人一队在长街上来回巡逻。黑衣队特务会像老鼠一样突然出现在某个人面前，如果看到这个人手中拿着"烽火"报或者别的宣传抗日的东西，二话不说，抓进马家花园小红楼一顿毒打，好多人进去了再也没有出来。袁渡司令官放弃金融控制计划后，商会变得可有可无了，会长金麻子正好把精力都放在自家的生意上。

渔村一别，数年过去，长生是死是活杳无音讯。豆腐店少了长生和凤娟两个得力伙计，每个人都显得特别忙。金麻子忙完豆腐店就去酱园，白天忙忙碌碌，很快过去了；到了夜晚，明月照窗台，金麻子心里就空落落的，他不能为了满足自己的生理欲望而让妻子陷入痛苦之中，人的本能和人的理智在星星和月亮的朗照下纠缠着、撞击着，让他时常在半夜醒来陷入无名的烦恼中……陆先生说，"性是爱情的雨露，婚姻的基石，生命的接力棒"。金麻子觉得没了性爱的生命好似抽取了心肝的皮囊，有光鲜外表，无生命冲动，每天回家总觉得缺了啥。当体内那股力量膨胀的时候，金麻子就倒上一杯绍兴黄酒，慢慢喝着，慢慢消弭企图膨胀的这股力量。

这天，金麻子刚倒上一杯酒，妻子宋惠明走过来，端起金麻子的酒杯一口喝了："再给我来一杯。"

宋惠明见金麻子盯着自己的脸看，不动手，就自己伸手把酒杯满上，然后又是一饮而尽。她用手背擦了一下嘴角，说："睡觉吧，今天我陪你。"

金麻子知道"我陪你"的含义，一个劲儿摇头："惠明，我要让你幸福，绝不让你为了我受半点痛苦！"

宋惠明感激地点头，眼睛含泪，嘴巴微笑着："喝了感觉不到痛，今天试试……"说罢，牵起金麻子的手上楼去。

还没走到楼上，疤队长急匆匆找上门说："金会长，袁渡司令官有请。"

金麻子只好放下妻子的手下楼，跟着疤队长出门。放生桥上站着两名日本兵，三八大盖上的刺刀在月光中闪着寒光。走入北大街一路向西，长街空巷，市河孤寂。过廊桥时，金麻子看了一眼黑漆漆的河面，忽然想起当年白弟带他看"朱溪夜生活"的景象。那时候，夜幕下的河面上，一艘艘挂着灯笼的木船在悠然摇动，船上有喝酒的、弹琴的、唱戏的、说书的、吟诗的、卖笑的、聊天的、看景的，热闹非凡。自从朱溪镇沦陷后，再也没有桨声灯影琵琶语、吴侬软语评弹书了，更不见美女放歌、先生忘醉的情景，唯有巡逻队、黑衣队鬼一样的身影出没在古镇的街巷中。

金麻子问疤队长："袁渡司令官很久不召见了，这次夜里碰头，啥事？"

疤队长说："到了就知道了。"

袁渡接到军令，限期十天将十万斤军粮运往上海，再由上海驻屯军运往前线。军情紧急，袁渡连夜召开联席会议，安排征粮、运输等各项军务。金麻子领到的任务是：一周之内征粮一万斤，征船四十条，征集船工八十名。

金麻子不知道如何完成任务，大着胆子问："司令官阁下，到时凑不齐怎么办？"

袁渡脸一沉："凑不齐的，死啦死啦的！"

金麻子觉得自己肯定完不成任务，必须将此事赶快通过夏雪转告夏雨，让夏雨拿主意。只过了一天，夏雪就传来夏雨的三句话："米、船、人没有问题，但必须出钱，以防日本人起疑心；日本人一定会让商会出钱，要想好筹钱的办法；船队是以前给米业公会运粮的船队，后天上午十点在天下第一茶楼与船队联系人'兔子'谈价钱。"

夏雨的三句话让金麻子有底了，金麻子在路过城隍庙的时候远远望见大殿里的功德箱，便想到了让每家商铺交会费的筹钱办法。袁渡同意金麻子的筹钱办法，金麻子从每家商铺筹到了钱，但也被商铺老板们骂成大汉奸！

两天后的上午十点钟光景，天下第一茶楼的茶客已寥寥无几，几个跑堂在收拾茶桌。金麻子和水警队疤队长坐在面临漕港河窗边的茶桌，坐等着运输队联系人的到来。疤队长是袁渡派来考察运输队是否牢靠的。金麻子告诉疤队长，船队是镇上米业公会曾经长期合作的船队，对方要求先谈价钱，谈得拢就跑这趟生意。

疤队长问："对方要价多少？"

金麻子说："今天谈，你帮我压对方的价，摸对方的底，我们不能把钱全给对方，自己一点润脚费也不留。"

疤队长听到"润脚费"三字，正中下怀，于是学着金麻子的样子双拳一抱："金掌柜的好意，兄弟心领了，谈润脚费看我的。"

当夏雨派来的联系人"兔子"出现在茶楼的时候，金麻子一眼认出此人就是摇快船比赛时给毛家红船掌头桨的年轻船拳手。

船拳手"兔子"见了金麻子，径直走了过来，说："金掌柜，不，应该叫你金会长，老板派我来和你谈租船、买粮、雇人的事。"

疤队长打量着"兔子"，突然说："你是义勇军的人！"

"兔子"先是一惊，然后保持着镇静："队长，不敢开这样的玩笑，有啥要求尽管说。"

疤队长伸出两个手指："给日本人运军粮，你们敢吗？"

"兔子"嘿嘿笑了一声，捏住疤队长的两根手指："只要给钱多，脑袋系在裤腰带上也干！你的要求，一定满足。"

经过一番讨价还价，最后商定一船两人，运一般物资一船一天三块大洋，运危险物资一天四块大洋，大米一万斤按市价收购。"兔子"按照疤队长的两根手指，答应每次抽两成润脚费。"兔子"在心里愤愤地骂了一句："一对狗汉奸，帮日本人做事，还敢要义勇军的润脚费。"

四天后，按照约定，四十艘木船在放生桥驳岸一字排开，气势壮观。化装成船队老账房的夏雨手里拿着算盘，站在一艘船的船头上。金麻子从老账房脸上的圆框黑边眼镜认出了夏雨，小心地问："疤队长认出'兔子'了，怎么办？"

夏雨轻声说："他是国民政府的人，他会配合这次行动。"

怪不得疤队长好几次都帮着金麻子在袁渡面前说话，原来他是国民政府留在镇上的眼线。船队和船工经过日本人和黑衣队的严格检查后，开始将米厂仓库里的十万斤军粮装船。金麻子是当着袁渡、疤队长和"白面书生"的面，将租船费、运输费和一万斤大米的货款亲手交给"兔子"的。

袁渡把指挥刀搁在"兔子"脖子上，说："这是军粮的，安全送达，下次还有生意；中途出事的，船队所有人的统统死啦死啦的。你的明白？"

"兔子"点着头说："一定安全送到！"

军粮上船，船队起航。日军武装机器船开道，每艘运输船上都有两名日兵一前一后分别盯着摇船和撑篙的船工，每十艘粮船为一个分队，一个分队有一艘武装机器船押运。袁渡看着这么大的阵仗，觉得万无一失了。"白面书生"看着远去的船队，眼皮跳了一下，暗忖："这趟军粮会出事！"他立刻派手下盯住"兔子"和金麻子。

三

夏雨上船，定劫军粮，参与这等大事，金麻子感到自豪。可是，军粮一旦遭劫，船和人都是金麻子找来的，金麻子脱不了干系，日本人定会拿他问罪。这让金麻子感到害怕，一旦问罪，他会和茶楼跑堂、倒粪工老姚一样，被日本人或者"白面书生"当面一枪，成为"英雄"。白天在人前，他装作无事人一样，该招呼的招呼，该做啥做啥。晚上回到家中，金麻子记着"酒壮怂人胆"的话，拿了瓶酒和一包干妈亲手熏的熏青豆，来到北房，他要用酒壮胆。宋惠明看着丈夫心事重重的样子，便把儿子托给婆婆带，也拿了一瓶酒和一只酒杯上楼陪丈夫喝酒。宋惠明知道丈夫有好事一定会和大家分享，有坏事则总是一个人扛。上楼后，宋惠明陪着金麻子一杯一杯喝酒，夫妻俩不说一句话，却又好似说了好多话。

半瓶酒下肚，金麻子开口问："你为啥要喝酒？"

宋惠明端着酒杯，朝丈夫嫣然一笑，脸颊上泛起的红晕像涂了胭脂一样迷人："你为啥喝酒，我就为啥喝酒。"

金麻子又问："那你知道我为啥喝酒？"

宋惠明举起酒杯："你想让我知道为啥喝酒，就一定会告诉我。来，为你喝酒，干一杯。"

金麻子觉得应该把自己的担心告诉妻子，万一出事，家中也有人了解底细，可防万一。他喝了一口酒，向妻子和盘托出夏雨带队准备劫粮，"白面书生"已派人在家门口监视的事，并关照妻子："万一我被抓，你要镇定，不可去找夏雨哥和夏雪妹妹，也不要去找日本人，守住豆腐店，等我回家。"

宋惠明安慰丈夫："这是你的猜测，不会是真的。你担心夏雨哥，也怕夏雨哥牵连你，所以你有这个想法。没事的，明天一早你去茶楼，听听消息就能知道真相了。"

金麻子想想也是，一切都没发生，全是自己的猜测，自己瞎担心，分明是庸人自扰！妻子的安慰，让金麻子如释重负，他不由得举起酒杯，说："我敬你！"

见丈夫释怀，宋惠明深情地说："今晚我们一醉方休……"

金麻子不等妻子说完，拿过酒瓶一仰脖子将剩下的酒全部灌进嘴里，摇摇晃晃站起身去拥抱妻子。宋惠明也拿起另一只酒瓶，一口喝干，微笑着倒在金麻子怀里。夫妻俩相拥着，忘了时间，忘了自己……忽然，四周枪声大作，机器船上日本兵的机枪向着运输船的船工疯狂扫射，扮作老账房的夏雨拔出盒子炮还击，刚开了几枪，就身中数弹，"扑通"一声掉进漕港河里，河面上飘起一股股红的血水……

"金哥、金哥，醒醒、醒醒……"耳边传来白弟的喊声。金麻子睁开眼睛，发现自己抱着妻子，不脱衣也不盖被，在地板上睡了一夜，枪声大作原来是一场梦……是白弟来叫他上工了……

白弟在自己婚礼上目睹了凤娟的死，目睹了渔村的惨象，第一次感到生命的渺小和脆弱，命运的无常和无奈。井水不犯河水，曾经是白弟对待日本人的准则，然而凤娟的死、长生的失踪，彻底打破了白弟的准则，让他感受到了亡国奴的悲哀。白弟认为在日本人的统治下，人活着比啥都重要。他觉得自己所拥有的生活是多么的宝贵，特别是儿子出生后，他看到了生与死的轮回，看到了生与死是那么的简单、容易，却又是那么的重大无比。每当他看到干妈带着金虎和白小弟在店堂里玩耍的时候，那种温馨的氛围都让他满足。白弟感谢金麻子一直以来把他当亲兄弟，金麻子在给自己买新房的时候，把白弟和长生的都一起买了，有几个亲哥能做到？不是说"五子登科"吗，白弟已占四子，足矣。至于位子，白弟认为那是金哥的事，不是他想要的。

渔村出事后，豆腐店少了长生和凤娟两个伙计，白弟主动去请表叔阿伙到店里帮忙。阿伙说他已答应去毛家豆腐店当伙计了，白弟立马就生气："当年五太太设计赶你走，你还去，叔叔你有没有点自尊？"阿伙被白弟说得一愣一愣的，只好跟着白弟来到王家豆腐店做伙计。当知道毛家豆腐店被五太太釜底抽薪带走全部伙计的消息后，白弟开心得在店堂里拍手叫好。他不希望金哥去当日本人的商会会长，他认为这是金哥一生中做的最蠢的事，是聪明一世糊涂一时的表现。但他没法说服金哥，他知道金哥要做的事谁也拦不住。昨天，他见金哥一言不发，晚饭也不吃，拎了瓶酒上楼去喝酒，猜测金哥一定遇上大事了。白弟半夜起床，看到金麻子房里还亮着灯，到了凌晨该去豆腐店做豆腐了，而金麻子房里的灯还亮着，没有一点声音，他觉得很奇怪。白弟叫醒阿妹，两人迅速来到金麻子房里看个究竟，这一看不打紧，金麻子和宋惠明喝醉酒抱在一起睡在地板上……

金麻子醒来，赶紧推醒妻子。宋惠明醒来，看到自己和丈夫和衣躺在地板上，尴尬地望着金麻子笑了起来。一大早做完豆腐菜，金麻子去了茶楼。白弟想起金麻子和宋惠明抱在一起睡地板的情景，觉得好玩，对阿妹说："嗨，今晚我们俩也抱在一起睡地板怎样？"

阿妹睨了白弟一眼："你老是学样，就没有一点自己的主意？"

白弟想想也对，夫妻之间，不能学人家的样，得自己想花头。就在白弟一门心思想花头的时候，有人传来消息：金麻子被黑衣队抓走了。

金麻子是在茶楼上被"白面书生"率领的黑衣队抓走的。

金麻子去茶楼没有直接上二楼，而是先去了底楼茶室，因为所有关于日本人扫荡、义勇军游击队打仗的消息都是从底楼传到二楼的。走进茶室，当金麻子听到昨天日本人的运粮船队被义勇军游击队劫了的消息后，尽管有着心理准备，但还是心跳得厉害。一位茶客放低声音说："听说义勇军游击队埋伏在漕港河通向吴淞江和油墩港三江交汇的'三魂荡'，此地三条河流汇聚，江面宽阔，潮汛大。等到日本人的运粮船驶入包围圈时，岸上的青东游击队先向武装机器船开火；等到日本兵把全部火力集中到岸上时，练过拳脚的淀山湖抗日义勇军'船工'，趁鬼子注意力在岸上，有的拿竹篙，有的拿船板，很快解决掉了身边的鬼子，一艘艘粮船朝着不同的河道离开船队。武装机器船调转枪口向粮船开火，'船工'们拿起鬼子丢下的三八大盖边还击边撤退，粮船四散离去，激战一个多小时，终因日军增援部队赶到，义勇军和游击队在付出牺牲七人、伤十七人、被俘一人的代价后撤出战斗。日军押运的四十艘粮船，二十八艘被抗日义勇军劫走，七艘被击沉，只有五艘被日军抢了回去……这是一次影响巨大的武装劫粮，日军驻沪司令部下令严查。"

金麻子听到这个消息后，兴奋之余更多的是担忧，他觉得日本人不会善罢甘休。上了茶楼，他和老板们打了招呼，泡了一壶碧螺春，坐定喝茶。毛一尘主动坐到金麻子茶桌上，问金麻子知不知道这件事。

金麻子说："知道一点，不是很清楚。"

毛一尘显得很焦急的样子说："听说船队是你联系的，你不害怕？"话里明显带着幸灾乐祸的成分。

金麻子喝着茶，装作镇定："我当然怕，哪天我被日本人杀了，就是你害的……"

话未说完，楼梯上传来杂乱的脚步声，"白面书生"带着黑衣队冲进茶楼包围了金麻子，手一挥："把他带走！"

两名黑衣队队员不由分说，将金麻子反剪双手押走了。茶楼上的老板们个个目瞪口呆，大家不认为金麻子是义勇军的人，最多是个替罪羊。毛一尘看着金麻子真被黑衣队带走，心中的幸灾乐祸顿时消失得无影无踪，他害怕金麻子真的被杀……

金麻子被带到马家花园小红楼刑讯室，双手吊在两个并行的木柱上。"白面书生"手执皮鞭，戳着金麻子的胸膛问："说吧，夏雨在哪里，说出来免遭皮肉痛苦。"

金麻子的心"咯噔"一下，"白面书生"厉害，察觉到了夏雨的行踪？金麻子担心夏雨的安危，说："你要找夏雨自己找去，你问我，我问谁去？"

"白面书生"一下子恼怒起来，抡起鞭子朝金麻子身上抽过去："你嘴硬，我叫你嘴硬！"

鞭子抽在身上，钻心的疼痛，金麻子咬牙坚持着。抽了十几鞭子，"白面书生"停手问："说不说？"

金麻子看着"白面书生"阴毒的表情，索性闭口不言。"白面书生"左右开弓又抽了几十鞭，抽累了，擦了一把汗，见金麻子还是不开口，让一名手下继续用皮鞭抽，他则用话试探："让你说，是给你机会。夏雨是抗日义勇军的政委，夏雪的西药房是秘密组织在镇上的联络点，专门给义勇军、游击队提供药品；夏雨安排你当商会会长，将你安插在日本人身边获取情报，运粮船队就是你和夏雨一手策划的劫粮行动……"

金麻子没想到"白面书生"对夏雨、夏雪和自己的事知道得一清二楚，这下完了，连夏雪也要遭殃了，心里那个急呀，本来就被打得浑身痉挛，加上心里一急，顿时失去知觉，而在失去知觉的一刹那，他隐约看到刑讯室窗外袁渡和"兔子"的脸露了一下。抗日队员怎么可能与日本人在一起？是挨打后出现的错觉？直到金麻子被冷水浇醒，"兔子"再次在窗口晃了一下，金麻子才确定这就是夏雨手下的联系人"兔子"。怪不得"白面书生"啥都知道，原来是这个"兔崽子"告的密。

金麻子确定袁渡在门外，说明袁渡对自己产生了怀疑，既然如此，这个会长不能再干了，想到这里，他大叫一声："老子会长不干了……"话没说完，又晕了过去。

窗外确实是"兔子"。"兔子"被俘后，熬不住一夜严刑拷打，做了叛徒。此刻，袁渡带着"兔子"来到小红楼，让"兔子"辨认金麻子是不是游击队的人。为了保护金麻子，义勇军里除了夏雨和沙海，没人知道金麻子的真实身份。

"兔子"见了金麻子，告诉袁渡："金麻子不是义勇军的人，他和疤队长、'白面书生'一样，都是义勇军准备暗杀的汉奸。"

"吆西！"袁渡推开刑讯室的门，发现金麻子垂着头，已经昏死过去……

日落镇西，豆腐店打烊，不见金麻子回家。白弟着急，他要去日军司令部打听消息，宋惠明把金麻子"不能去找任何人"的叮嘱告诉了白弟。白弟料想金麻子凶多吉少，此生没有金麻子，就没有他今天拥有的生活，以前不知金麻子在心中的分量，如今金麻子出了事，这分量倍感沉重。

干妈看出白弟对金麻子的这份兄弟情义，就说："你去圆津禅院给鲲儿烧炷香，求菩萨保佑他。"

白弟从不求神拜佛，他认为一个人的命在出生时就定了，如今真到了性命攸关、命运无常的时候，白弟觉得求比不求好，就叫上宋惠明一起来到圆津禅院。走进禅院大殿，白弟发现毛一尘和毛老太太也在烧香拜佛，白弟不愿和毛一尘打招呼，站在毛一尘身后，等毛一尘拜完了再拜。让白弟没想到的是，毛一尘母子今天也是来求菩萨保佑金麻子的。

白弟听得毛老太太一边虔诚地叩拜，一边念念有词："求菩萨保佑金掌柜逢凶化吉，平安回家。"

毛一尘学着母亲的样子，在叩拜后，嘴里念着："求菩萨保佑，日本人不杀金麻子，最多把他脑子打坏，从此无人与我抢生意……"

白弟生气地推了毛一尘一把："毛老板，你是帮金哥，还是在咒金哥呀，哪有这样求菩萨保佑人的？"

毛一尘回头见是白弟，嘴一咧："我求菩萨关你啥事。"

毛老太太闻言，立马双手合十："阿弥陀佛，罪过罪过，虔诚礼佛，真心佑人，方成正果。"

毛老太太起身，对宋惠明和白弟施礼后，说："对不起你家掌柜，我会天天烧香求菩萨保佑……"

毛一尘是被毛老太太逼着来烧香的。毛老太太知道金麻子当日本人的商会会长是儿子毛一尘提议的，儿子是想弄松（使坏）金麻子。金麻子被抓，性命难保，一心向佛的毛老太太觉得儿子罪孽深重，她让儿子求菩萨保佑金麻子，以减轻罪孽，没想到儿子孽根不断、暗藏心思、亵渎净地。毛老太太拉起儿子回家，她在心里说："儿子呀儿子，祖上不积德，让你续不了香火，你若不积德，定会殃及子孙……"

三天后，金麻子在疤队长的搀扶下走进家门。白弟见到金麻子大叫一声，"金哥回来啦！"然后一把抱住金麻子。只听得"哎哟"一声，金麻子满脸痛苦，白弟赶紧放开手问："怎么啦？"

疤队长让白弟快去请陆先生给金麻子疗伤。陆先生自逃难回来，足不出户，每天在诊所为病人看病，偶尔会受夏雨之邀去游击队营地给负伤的义勇军队员疗伤。陆先生知道金麻子被抓了，他还知道夏雨也被抓了，这位学富五车、满腹经纶的儒医作家，面对铁蹄下的亡国奴生活，除了悲愤、痛苦、无奈，能做的就是为百姓看病，为抗日志士疗伤。昨天中午，一艘小船接陆先生来到淀山脚下，沙海队长亲自在河边迎接，并领着陆先生来到半山腰的一座寿穴里，给隐藏在这里的伤员治伤。沙海告诉陆先生，由于叛徒告密，营地被毁，夏雨被捕。沙海托陆先生带信给徒弟金麻子，让他摸清夏雨的关押地，抗日义勇军准备组织营救。陆先生告诉沙海金麻子也被抓了，沙海听后一脸严峻，默不作声。

陆先生临走时给沙海留下一句话："你是队长，遇事要冷静，千万不要为了一个人，搭上更多人的性命。"

沙海握住陆先生的手，感激地说："放心吧，我记着你的话。"

沙海明白，劫粮行动提振了民众的抗日信心，也让淀山湖抗日义勇军付出了巨大代价，他们正面临着前所未有的困境。

金麻子的内衣已和身上的皮肉黏在一起，陆先生只好用剪刀将衣衫剪开。王老夫人、宋惠明、阿妹三位女眷看着金麻子血肉模糊、遍体鳞伤的身子，个个心疼，人人流泪。陆先生安慰大家："不要紧的，都是皮外伤。"

陆先生先用酒精消毒，再将祖传药粉撒在伤口上，最后用纱布将前胸后背包缠起来。他对金麻子为何受伤、为何被释放只字不提，只说："明天我来帮你换药。"

陆先生走后，金麻子回忆着三天来地狱般的经历。第一天鞭打，皮开肉绽，血肉模糊；第二天灌水，灌得死去活来，浑身难受。每次醒来，"白面书生"都会问同样的话："夏雨在哪里？夏雪去了哪里？"

听了"白面书生"的拷问，金麻子反倒心宽了，说明夏雨兄妹是安全的。他一言不发，一次次昏死过去。"白面书生"怕一不小心把金麻子打死在刑讯室，不好向日本人交代，就把金麻子拖进隔壁牢房关了起来。第三天，金麻子醒来发现自己躺在一间没有刑具的房里，房内既无窗户，也无物件，猜想大概是牢房了。

过了一会儿，袁渡走进牢房对金麻子说："'白面书生'的说你的是抗日义勇军的干活，我的不信，你的说说，你是怎么联系到运粮船队的？"

金麻子想既然他们知道了夏雨，那就顺着他们说，他说得很慢，声音很轻："袁渡司令官，你让我找四十艘船，购买一万斤粮食，我没法完成。因我从小在夏家米行长大，就问夏老板买米，夏老板说没有这么多，这天恰巧夏雨哥回家拿换洗衣服，听说我要买米，还要租船队，就一口答应，让我三天后在茶楼谈价钱。三天后，一个叫'兔子'的人来了，这个人我认识，就是摇快船掌头桨的人。后来发生的事你们都知道了，其中我向你隐瞒了一件事。"

袁渡一下子来了精神。金麻子试图撑起身，结果还是趴在地上说："我和'兔子'谈了润脚费，'兔子'给我两成的润脚费，钱我拿了，如放我回家，我一定拿来上交给司令官。"

袁渡打量着躺在地上动弹不得的小商人，掂量着小商人话中的真假，突然问："抗日义勇军队长沙海，你的什么人？"

"是我、是我……"金麻子想抬头，却没有抬起来，"是我小时候学功夫拜的师父。"

袁渡："他的抗日队长，你的队员的干活？"

金麻子有气无力地回答："司令官阁下，我有口说不清呀，自从你们来了，我就没有见过沙海的面，沙海听说我做了镇上商会会长，已经传出话来与我断绝师徒关系，还要把我当汉奸除掉。我真不该当这个会长，猪八戒照镜子，里外不是人哪！"

袁渡临走，撂下一句话："你的继续当好这个猪八戒，我的放你回家。"

陆先生来换药，还是不忍心将夏雨被捕的消息告诉金麻子，好几次欲言又止，最后决定等金麻子伤好后再说。几天后，金麻子的伤已无大碍，陆先生正要将夏雨的事告诉金麻子，不料疤队长走进豆腐店，说袁渡司令官有请。

金麻子大着嗓门说："疤队长，请你转告日本人，说我不干了。我给日本人当会长，结果日本人要杀我，'白面书生'把我往死里打，我作死呀，不干了。"

疤队长看了一眼金麻子身上的鞭伤，咂了咂嘴："乖乖，下手够狠的。不干也成，省得吃力不讨好。"

陆先生在旁边插了一句话："日本人不知道金会长负伤吗？还叫他去干啥？"

疤队长恭敬地对陆先生说："淀山湖抗日义勇军的政委夏雨被抓了，袁渡让金会长去劝降。"

这句话犹如晴天霹雳，金麻子双眼瞪着疤队长："你骗我！"

疤队长盯着金麻子的眼睛说："'兔子'叛变了，是他领着日军大队人马抓的夏雨。"

"又是这个兔崽子！"金麻子想着救夏雨，就说："疤队长，我去！我要告诉袁渡，夏雨不是抗日义勇军，只要袁渡放了夏雨哥，叫我做啥都行。"

疤队长镇静地对金麻子说："金会长，日本人说你是会长，你才是会长；日本人说你是抗日的，你就是抗日的。袁渡想杀你不用理由，你千万不要在说话时说漏嘴，让人怀疑……"

自从手下被日本飞机扔的炸弹炸死，目睹了日本人惨无人道的屠杀，疤队长就答应县党部书记长和章镇长要他留在镇上当内线的安排，从此那个耀武扬威、仗势欺人的疤队长不见了，全民族抗战期间疤队长没有干过一件欺压百姓的事。大家觉得疤队长的话有道理。

陆先生一边给金麻子缠绷带，一边轻声说："你师父想救他，去看看，问问有啥需要，有啥托付……"

四

马家花园的水晶宫，三面高墙，用以拔风；一面临水，让风掠过水面，变成习习凉风。此处，原是园主人夏日纳凉之地，如今被黑衣队稍作改动，成了关押抗日志士的水牢。袁渡让"白面书生"当着金麻子、疤队长和叛徒'兔子'的面，把夏雨从水牢里提出来，押着夏雨走向小红楼。金麻子看见夏雨浑身是伤，面目全非，心疼不已。他看了一眼身边的疤队长，渐渐镇定下来。

袁渡对金麻子说："金桑，他是你的兄弟？"

金麻子点头："我和夏雨哥从小一起长大。"

袁渡的脸上露着杀气："他的抗日义勇军指挥官的干活，你的劝他的归顺皇军，不然死啦死啦的。"

金麻子学着袁渡的腔调说："哟西，我的劝他归顺。"但他在心里想，沙海一定会带着淀山湖抗日义勇军的徒弟们来救夏雨。

夏雨被带进刑讯室绑在木柱上，袁渡让金麻子去劝降夏雨："要救你的好兄弟，必须劝他的归顺皇军！"

金麻子走到夏雨面前，拿出手绢，一边给夏雨擦脸上的血水，一边轻声说："师父要救你。"然后大声说："夏雨哥，俗话说得好，识时务者为俊杰，乖人不吃眼前亏。我父亲生前告诉我，枪打出头鸟，出头椽子先烂，袁渡司令官说了，只要你归顺皇军，生命无忧，水警队全体归顺皇军，还是水警队；我归顺皇军，还当了会长这个官，你好好想想……"

夏雨说："我想给父母写封信。"

金麻子立即转过身，向站在一旁的袁渡请示："司令官阁下，夏雨哥想给父母亲写信，行吗？"

袁渡说："吆西。"

黑衣队的人给夏雨松绑，夏雨一下子倒在地上，金麻子上前扶住夏雨，夏雨艰难地走到审讯桌前，手颤抖着拿起钢笔写下了他的绝笔信：

父母亲大人，儿子叩拜！

儿不孝，不能侍奉双亲，不能为父分忧，不能为家续脉，反而散尽家财，债务缠身，儿求父亲卖掉米行，替儿归还钱庄借款，让儿走得无牵无挂。儿走后，家中一应事务拜托义弟金鲲照顾。

山河破碎、国土沦丧，强虏践踏、生灵涂炭，儿曾梦想"壮志饥餐胡虏肉，笑谈渴饮匈奴血。待从头、收拾旧山河，朝天阙"，如今壮志未酬、山河依旧，儿坚信收拾旧山河，自有后来人！

父母亲大人，儿走后，万望双亲照顾好自己，冷暖更衣，饥饱自知，有病早医，千万别让孩儿牵挂。

儿：夏雨拜别！

"白面书生"问袁渡："为啥要给夏雨写信的机会？"

袁渡捏着夏雨写的信，自信地说："夏雨的我的阶下囚，让他的写信，让他的亲友探监，让他们的说话，你的要从中找出反抗者的影子。""白面书生"佩服袁渡老谋深算。

袁渡又对金麻子说："金桑，信的不能拿回家的，你的让夏老板来这里的看信，让父亲劝儿子的归顺皇军。"

第二天上午，金麻子陪着夏老板走进马家花园的小红楼，夏老板见儿子戴着手铐脚镣，身上衣衫褴褛，血迹斑斑，顿时心如刀绞。夏雨动了一下嘴，艰难地吐出含混不清的"爹……爹"两字。夏老板上前一步，扶住夏雨双肩，浑身颤抖着说不出话来。

桌上放着夏雨的亲笔信，夏老板拿起信连看三遍，字里行间雨儿已抱必死决心，顷刻之间夏老板老泪纵横："儿啊，漕港河长流不息，吾儿情日月可鉴！为父不能替儿赎命，也无言可劝，儿啊，你珍重……"

夏老板抹了一把泪，转过身，扬了扬手中的信，对袁渡说："能让我带回家吗？"

看着父子情深的一场会面，袁渡对夏老板说："只要夏桑的归顺皇军，不要说一封信的，人都可以回家。"

夏老板放下信："让我回家，还是把我也抓起来？"袁渡做了一个请的手势。

夏老板回过身，深情地捧住儿子的脸颊，在夏雨额头上重重地吻了一下，转过身，离开了小红楼。金麻子陪着夏老板走出小红楼的时候，发现马家花园内到处是黑衣队的人，半道上碰见马家花园的管家，马管家向夏老板打了声招呼后赶紧离开，害怕引火烧身。走出马家花园大门的时候，金麻子发现河对岸的一间大屋子里埋伏着全副武装的日本兵……

金麻子把夏老板送回家，看到阿萍伺候着躺在床上的夏伯母，猜测阿萍是来打听夏雨消息的。夏太太见到金麻子就问："雨儿还能回家吗？"

金麻子嗫嚅着，不知该如何回答。

夏太太知道没有回答就是回答，便把目光投向丈夫，见丈夫在书桌前铺纸研墨、举笔写字，就问："写啥？"

夏老板说："他们不把雨儿的亲笔信给我，我要把雨儿的亲笔信写出来，让世人知道我儿不屈不降、以命抗倭之决心……"

夏老板默写着夏雨的亲笔信，写到最后一句"儿走后，万望双亲照顾好自己，冷暖更衣，饥饱自知，有病早医，千万别让孩儿牵挂"时，再也克制不住情绪，失声痛哭……

用柳体写下的夏雨绝笔信，字字苍劲、句句铿锵，夏雨对父母的深情、为理想献身的壮志跃然纸上。阿萍向金麻子提出要探监，见夏雨一面。

金麻子觉得阿萍的要求无法拒绝，又担心阿萍的安危，就说："万一日本人拿你当人质，逼夏雨哥投降，如不降，就杀你，怎么办？"

阿萍神情严肃："我会像上海书店的文静姑娘一样，为夏雨去死。"

阿萍情绪激动，金麻子更加不放心，再加上阿萍长得漂亮，日本人啥事都能干出来："不行，绝对不行，你不能去。"

夏老板也觉得阿萍去探监有害无益，阿萍只得作罢。

夏太太从大家的谈论中已经知道夏雨的处境，看了丈夫默写的信，反而不哭了："我儿好样的，希望沙队长能救雨儿。"

金麻子回到豆腐店已过了午饭时间，他在卞滩豆腐原料店后屋吃饭的时候闻到一股臭味，那是从后水港飘来的大粪臭味。金麻子朝后水港看了一眼，发现栅栏处透出一个戴草帽的脑袋，仔细一看，是师父沙海，赶紧隔着栅栏轻声问："师父，你怎么来了？"

沙海压低声音说："夏雨关在哪里？"

金麻子猜想师父要救夏雨了，就把夏雨的现状、马家花园的布局和园内布满黑衣队、园外暗藏日本兵的情况详详细细告诉沙海。

沙海临走，让金麻子转告夏雨："一定要坚持，上级正在设法营救。"

从这天开始，金麻子每天都期盼着马家花园方向能响起枪声，特别是夜幕降临后，一人对月独饮，他等待着炒豆子般的枪声和爆米花一样的爆炸声从马家花园传来。可是从黄昏到黎明，日日寂静无声，既无枪声，更无爆炸声传来。一天半夜，炒豆般的枪声真的响了起来，偶尔还有爆炸声。第二天一早，金麻子迫不及待去天下第一茶楼听消息。走进茶楼，传进耳朵的却是义勇军中了埋伏，队长沙海负伤的坏消息……

朱溪镇有两棵千年银杏，一雌一雄，相距咫尺，树冠相依，树根缠绕，枝干遒劲，原是镇上一座寺庙的庙树，千百年来，寺庙在战火中毁了又建、建了又毁，而庙中银杏历经战火，饱经沧桑，顽强地存活了下来。寺庙毁了，留下一片空场，两棵相依千年的银杏庙树就成了朱溪人烧香拜佛、祈求平安的灵树。袁渡司令官将杀害夏雨的地点就选在银杏树下。动手前三天，袁渡命令水警队必须到各条街道敲锣宣布："三日后，上午十时，日本人在银杏广场活杀义勇军政委夏雨。"

疤队长问："啥叫'活杀'？"

袁渡一脸杀气："我的要让夏雨的死得很难看、很痛苦的……"

行刑这天，夏雨身穿灰布长衫，戴一副圆形黑边眼镜，反剪双手，五花大绑，赤脚戴镣，由日本宪兵从马家花园押往银杏广场。沉重的镣铐使夏雨步履艰难，一路走来，留下一串血脚印，但他神情自若，昂首挺胸。他仰望一线蓝天，第一次发现那屋檐便是一线蓝天的花边；他俯视石皮长街，条石两头被屋檐水长年累月滴出来的凹凼，像碗一样深，让他想起"滴水穿石，业精于勤"的古训；他侧耳聆听市河里咿呀的橹声，觉得那是水乡古镇在低声吟唱……一路走着，一路记着古镇的一墙一瓦、一街一弄、一桥一水，这是他熟悉的朱溪，是生他养他的故乡，是他魂牵梦萦的地方，美如仙境的家乡岂容强盗践踏，七尺男儿虽死犹生！

日本人将夏雨绑在四人合抱都抱不住的雄银杏树上。一队日军士兵荷枪实弹排成一行拦在人群前面，一名日军曹长和一名日军士兵手里各牵着一条狼狗。两条狼狗竖起耳朵，吐出血红的舌头，虎视眈眈盯着绑在树上的夏雨。人群越聚越多，金麻子在人群中寻找着沙队长和他的徒弟，他希望师父以他的神勇和力量把夏雨哥从日本人的屠刀下救出来。可是，人群中不见沙队长的影子。

一个声音在身后说："别找了，你师父伤重，来不了了。"

金麻子回头，见是陆先生，旁边站着脸色苍白、神情严峻的夏伯伯。陆先生指了指周边的房顶，金麻子这才发现四周房顶上，日本兵架着机枪，每条小路上都有日本兵和黑衣队把守。人群中有人说，镇上集结了一个大队日本兵，专门等着义勇军来救人。袁渡用日本话叽里咕噜说了一通，又用中国话说了"大东亚共荣"之类的话，最后介绍了夏雨的身份。

袁渡对着人群大声说："夏雨的反抗分子政委的干活，大大的破坏"大东亚共荣示范镇"，皇军的在这里活杀夏雨，谁敢反抗的，统统的死啦死啦！"

袁渡说罢，手一挥，日本军曹和士兵手一放，两条狼狗狂吠着，闪电般扑向夏雨，围观的人群惊叫起来。人们看到狼狗每咬一下夏雨身上的肉，就会重新扑上去再咬，鲜血顺着夏雨裤腿往千年树根上流淌。忽然，一声低沉的歌声从银杏树传来："起来，不愿做奴隶的人们，把我们的血肉筑成我们新的长城……"

夏雨目光如炬，视死如归，高唱着《义勇军进行曲》，任凭狼狗撕咬，歌声不断，直至狼狗一口咬住夏雨的喉咙，咬断了主动脉，一股血柱从夏雨的脖子飙向天空……

夏伯伯见状，大喊一声："我的儿呀！"话音未落，当即昏了过去。陆先生一把扶住夏老板，让金麻子赶快背夏老板回家，以防出事。围观的人群自觉地让出一条通道……

袁渡面对人群，指着夏雨的尸体，大声叫嚣："反抗的下场，暴尸的三天，收尸的格杀勿论。"

第十二章

一

夏家米行第四代传人夏伯生亲眼看着儿子被日本狼狗活活咬死，巨大的精神打击使这位坚强的米行老板当场昏倒。回到米行，陆先生用拇指掐夏老板的人中，不一会儿，夏老板吐出一口气，醒了过来。夏老板眼前一片血色，他目光呆滞，浑身无力，嘴里念着："雨儿、雨儿……"

自从儿子被抓、女儿离别，夏太太一病不起，生煎店老板娘阿萍一有空就来夏家服侍夏太太。瞌睒知道阿萍心里装着夏雨，也知道夏雨怕连累阿萍而放弃了这段刻骨铭心的爱情，他敬佩夏雨、感谢夏雨，是夏雨的退出让他得到了心中的女神，有了一个完整的家。瞌睒让阿萍不要顾及店里的生意，只管照顾好夏雨父母。阿萍得悉夏雨的行刑时间后，一早等候在马家花园门前，身上背着一只包袱，包袱里放着自己当年亲手缝制的长衫、长裤和一双布鞋。从夏雨跨出马家花园的第一步，阿萍就一直跟着，脑海中回放着少年时期雨中送伞、放学补课、夜晚送灯、挑马兰头、捉毛毛虫、码头送别赠头发的一幕幕情景……阿萍一路跟到银杏广场，当两条狼狗扑向夏雨的时候，阿萍"啊——"的一声惊叫，一口气差点缓不过来，狼狗的每一口撕咬仿佛都咬在阿萍心上，她失声痛哭。当她听到"起来，不愿做奴隶的人们，把我们的血肉筑成……"

时，一下止住了眼泪，那低沉的歌声是夏雨用尚存的生命在呼唤……阿萍浑身战栗，眼前出现了上海书店的文静姑娘，出现了茶楼的跑堂，于是她不再哭泣，心中燃起了一团烈火。当她发现夏伯伯昏倒后，赶紧跟在金麻子身后，和陆先生一起来到夏家。

金麻子脑海里一直想着袁渡"暴尸三天，收尸的格杀勿论"这句话，他不能眼睁睁看着夏雨被暴尸三天，他要给夏雨收尸，他设想着收尸的每一个细节。见阿萍和陆先生一起来到夏家，金麻子便准备先行离开，对陆先生说："先生，我有要事，先走一步。"

陆先生发现金麻子的脸色不对，赶紧叫住："回来，你干吗去？"

金麻子双拳一抱："先生，让我去试试。"

陆先生知道金麻子血性已起，只得叮嘱一句："日本人正张着口袋等着义勇军上钩，你一个人不要硬来。"

金麻子点头："先生，我找机会，不硬来。"

阿萍不知就里，问："先生，金老弟去做啥？"

陆先生说："他要给夏雨收尸。"

阿萍没说话，心想这才是兄弟。

金麻子来到隔壁披屋，从墙旮旯里拿出父亲生前给丧事人家挖墓穴用的镐和锹，看了一眼自己从小到大居住的小屋，内心涌起阵阵酸楚。他哽咽着、思念着夏雨，回想着与夏雨一起读书、一起玩耍的所有细节……今晚他要冒死收尸。

鲜血染红了遒劲的老树根，恐怖震慑着朱溪的老百姓。胆小的朱老板回到布店，吩咐伙计关店打烊，他说"惹不起，躲得起；宁做缩头乌龟，不做伸头王八"，从此布店歇业。酱园韩老板从银杏广场回来，看见日本兵就心跳加快，双脚发软。

白弟回到店里，一言不发，连午饭也不吃，干妈问他："为啥不吃饭？"

白弟说："热血飙天，鲜血染地，惨，太惨了！"

毛一尘目睹夏雨被狼狗咬死的全过程，一连十天，每天做噩梦，一会儿梦见日本人杀他，一会儿梦见金麻子被狼狗活活咬死。夏雨的死让毛一尘再不敢当面挑战金麻子，他吃不准金麻子到底是汉奸还是抗日分子，他想如果金麻子是抗日的，由于自己的缘故让日本鬼子"活杀"了，沙海肯定不会饶了自己；如果金麻子是汉奸，惹怒了汉奸，哪一天自己被"活杀"了都不知道……

毛老太太日日烧香，她告诫儿子："与人为善，就是与己为善；防人之心不可无，害人之心不可有。"

毛一尘说："妈，害人不利己的事，我绝对不做！"

金麻子来到魂荡浜父亲墓地，跪在墓前向父亲诉说发生的一切："爹，今晚我要给夏雨哥收尸，你要保佑我不被日本兵发现，保佑我收回夏雨哥遗体……"说完，磕了三个头。

金麻子在父亲坟茔边一块地势较高又朝阳的毛地上，刨出一个浅浅的长方形墓坑，然后把镐和锹放在墓坑里。他回到豆腐店，让白弟和阿伙去棺材铺买一只木质坚固的广漆棺材送到墓地，并把墓坑挖深。

白弟问："那你呢？"

金麻子轻声说："我去探探日本人的暗哨。"

经过一个下午的细致观察，金麻子发现日军在银杏树周边设有八个哨位，谁敢靠近银杏树，必死无疑。东西南北有四个埋伏点，近的相距银杏树百米，远的百丈，正如陆先生所言，"日本人正张着口袋等着义勇军上钩"。银杏树西面有一排平房，一根粗实的银杏树枝横出在房顶上，一排八间平房一直延伸到美周弄中段……金麻子看到这里，一个半夜收尸的计划慢慢在脑海中形成。这时，天色阴暗，不久淅淅沥沥飘起了秋雨，雨水沿着屋檐飘落下来，在街上形成两条密密的屋檐水帘，以前见着檐头水很讨厌，今日觉得这雨水或许能帮大忙！

回到家，金麻子拿出一瓶绍兴酒对白弟说："酒壮怂人胆，陪我喝一杯。"

宋惠明把剩菜热了一遍，端上桌，坐在桌边看丈夫喝酒。她知道夏家对丈夫恩重如山，她也知道丈夫一定会给夏雨收尸，在她心里丈夫从来就是个顶天立地的汉子，绝对不是怂人！金麻子看着门外的秋雨，心想：雨是苍天的泪，英灵逝去，苍天悲恸……

金麻子举杯向天，大喊一声："夏雨哥，你等着，我一定让你入土为安！"

说完，一碗酒一口喝完。

白弟第一次看到金麻子像绿林好汉，陪在一旁，心生豪气。临近子时，秋雨更密，檐头滴水声不绝于耳。金麻子穿好蓑衣，肩背麻绳，头戴草帽，拿起枣木棍，回头对宋惠明说："你们只管睡觉，不用担心，白弟摇船送我就成。"

丈夫冒死收尸，此去危机重重，怎能不担心？宋惠明含泪点了一下头，没有劝阻，没有叮嘱，只说了一句："事办妥了，早点回来。"

宋惠明回转身，拉住白弟，在耳旁说："盯着金哥，关键时帮一把。"白弟点头。

夜黑雨密，木船冒着夜雨，冒着生与死的考验，"咿呀"着驶近城隍庙。金麻子在城隍庙上岸，关照白弟把船摇回去。

白弟说："船停在豆腐店后水港，我在那等你。"

雨，密密地下着，织成雨幕覆盖在屋顶街面，抬眼望去满世界烟雨迷蒙。金麻子从平房另一端爬上屋顶，感觉身上的蓑衣有点碍手碍脚，便脱下蓑衣想扔掉，忽然心生一计，用枣木棍挑着蓑衣，自己躲在蓑衣下，弯下腰慢慢靠近银杏树……金麻子设想的计划是：攀上银杏树，把两根麻绳系在树枝上，一根绑住自己，从树上倒挂下来，另一根绑住夏雨遗体，自己翻身上树，再把夏雨的遗体提溜到树上，然后背上遗体悄悄离去……

不料，"砰砰"两声枪响，彻底打破了金麻子的计划。日本哨兵的子弹打在蓑衣上，金麻子吃过枪子，知道三八大盖的厉害，赶紧匍匐在屋顶上不敢动弹。等了一会儿，不见动静，金麻子将蓑衣挑起，轻轻动了一下，又是"砰砰"两枪，子弹穿过蓑衣，黑衣队从美周弄东西两个方向朝平房冲来。日本人"张着的口袋"居然这么严实！金麻子决定放弃计划，他把蓑衣从屋顶扔向银杏树，日本哨兵看到一团黑乎乎的东西飞下平房，以为有人抢尸体，不同方向同时开火，"砰砰"的枪声划破夜空……金麻子趁机转身从屋顶上快速逃跑，他在淀山庄练的梅花桩这回派上了用场，走在屋顶如履平地。令他没有想到的是，不管他走到哪里，黑衣队都像苍蝇一样跟着他，时不时在屋檐下开枪，好在被雨帘挡住了视线，子弹不知飞向何方。

"白面书生"下令："不要开枪，抓活的！"

他想看看谁这么大胆，敢一个人独闯"虎穴"。

分布在各条街上的黑衣队队员渐渐向镇中心北大街聚拢，所有队员的枪口都指向屋脊上跳来跳去的黑影。黑影从美周弄跳到廊桥顶上，从北大街下滩屋顶跳到上滩屋脊，跑过桥梓湾，沿着染坊店门边的弄堂向南逃跑。黑衣队跑进弄堂，黑影突然消失，队员们失去了追击的目标，一个个像断了尾巴的草狗，到处乱窜。

"白面书生"下令："挨家挨户搜！"

春霞在睡梦中被枪声惊醒，听到有人从围墙上跳进腌菜工棚，紧接着店堂后门被敲响。春霞听听楼下没有动静，想起陈师傅因父亲病重又回蔡浜村了，只好自己拉亮电灯，披衣起床，壮着胆子下楼。

春霞发现腌菜工棚门外一个人像落汤鸡一样站着，贴着门缝问："谁？"

门外传来金麻子的声音："快开门！"

春霞赶紧打开工棚后门，吃惊地问："你怎么了？"

金麻子将枣木棍放在腌菜缸边上，上牙打着下牙说："快让我换身干衣服，黑衣队马上会找上门来。"

金麻子在黑衣队走进弄堂看不见他的时候转身跑向朱溪酱园，从围墙上跳进腌菜工棚。他一边脱湿衣服，一边告诉春霞自己给夏雨收尸不成，反被黑衣队追捕的简单过程。春霞听明一切，反倒镇定了下来。她拿来一只洗衣盆、一条干毛巾、一瓶绍兴黄酒，让金麻子擦干头发，换好衣服，喝口酒暖暖身。她又将湿衣服浸入水盆，到陈金贵床上找来一条短裤和一件挂肩，将就着让金麻子穿上："金掌柜，陈师傅又去蔡浜村看二老了，床上连件外套都没有……"话音未落，朱溪酱园的黑漆大门响起了敲门声。春霞一把拉住金麻子的手上楼，让金麻子躺进自己的被窝，而她则故意趿拉着鞋，披散着头发，撑了一把伞走过天井，打开酱园的黑漆大门。

"白面书生"走进大门问："有人来过吗？"

春霞回到店堂，指着窗外的雨："下这么大的雨，又是半夜，谁会上门？"

"白面书生"在腌菜工棚后门口发现一滩水、一只浸着衣服的洗衣盆，问："这是怎么回事？"

久经交际场所的春霞向"白面书生"抛了一个媚眼，"长官看不明白呀，黄昏辰光，掌柜翻酱缸，出了一身臭汗，我让掌柜的洗了个澡，我俩又喝了酒，然后……"春霞装作害羞的样子，"掌柜的还睡在我房里呢……"

"白面书生"不信春霞的话，带着黑衣队冲到楼上，掀开被子一看，见是鞭痕累累的金麻子，不由得疑心重重："怎么又是你？"

金麻子假装睡眼惺忪，一边揉着眼睛一边问："出啥事啦？"

"白面书生"冷笑着说："你刚才不是去给夏雨收尸吗，怎么跑到女人房里睡上啦？"

金麻子睁开眼睛，盯着"白面书生"说："大半夜的闯到我房里来，是不是存心和我过不去呀，你把我打得半死还不够？三不罢四不休，想整死我呀？"

"白面书生"听说过金麻子参股酱园的事，但没听说过金麻子和寡妇老板娘有一腿。此刻，他闻到了金麻子浑身的酒气，看到了金麻子躺在情妇被子里慵懒的样子，无法将眼前的金麻子与夜闯银杏广场的黑影联系起来。他怕耽搁久了，让真的收尸人逃跑，只得手一挥，带着黑衣队离开酱园。

春霞将酱园的黑漆大门关门上闩，回到厨房，拿了金麻子喜欢的熏毛豆、花生米，又拿了一瓶绍兴黄酒来到楼上，把过酒菜放在床头柜上："金掌柜，今夜你不能回家，我陪你喝酒。"

金麻子从春霞手里拿过酒瓶，一仰脖子，一口气喝了半瓶酒："我对不起夏雨哥，我没本事。夏雨哥，我在喝酒，你在淋雨，夏雨哥，对不起呀……"

金麻子又拿起酒瓶，把半瓶酒灌进了嘴里，慢慢地他感到房间在摇晃，眼前的春霞变成了夏雪："夏小姐，是你吗？你去哪里啦，你哥他……你不是夏雪……"

金麻子一把抓起春霞的手，眼前的春霞又变成了宋惠明："你是惠明，你是……不，你是妈妈……"

金麻子眼前出现了小时候出天花，母亲用嘴吮吸他脸上破水泡流出的毒水的情景，以及母亲的脸又幻变成妻子惠明，妻子生了儿子，坏了肚子，为了丈夫忍受疼痛的情景。他舌头僵硬地喃喃自语："女人、伟、伟大……"

金麻子放开春霞的手，想下楼去睡到陈金贵的床铺上，可是人一歪，倒在床上醉了。不知过了多久，金麻子梦见自己变成了一只凌空飞翔的鲲鹏，背负蓝天，朝着奔腾汹涌的大海奋力俯冲，天空中，彩霞朵朵拂面而过；大海里，浪花朵朵扑面而来，展翅的鲲鹏穿过飞溅的浪花，在浪花里自由飞舞，飞过高山、飞过平原、飞过草地……金麻子猛一睁眼，天亮了，春霞穿着睡衣从楼下端上来一碗荷包蛋面条。金麻子穿上昨夜春霞给他洗净熨干的衣衫，吃完面条，打开酱园的黑漆大门，大步朝日军司令部走去。

二

宋惠明望着窗外连绵不绝的秋雨，担心着丈夫的安危。她早已将自己的生命融合在了金麻子的生命中，她一夜未眠，等着金麻子回家，相信丈夫绝不会让她一个人孤零零活在这个世上。夜，静得除了雨声，再无一点声响。忽然，远处传来两声枪响，接着又是两声，再后来好几声枪响……宋惠明断定丈夫正冒着生死在龙潭虎穴里闯荡……

躺在床上的儿子金虎醒来，看见母亲流泪，叫了一声："姆妈。"

宋惠明回头看了儿子一眼，说："睡吧，我等你爹回来。"

过了不知多久，宋惠明隐约听到"吱呀"的开门声，接着二埭大门被打开，她赶紧走下楼梯来到二埭客堂，见是白弟，急问："你金哥呢?"

白弟喝了一口茶，告诉宋惠明是金麻子不让他跟着，金麻子在城隍庙上岸后，他把船摇到三阳湾豆腐店后水港等待。白弟说他听到枪响，想出门看个究竟，结果发现街道上到处是黑衣队的人，还大声叫喊着"黑影在屋顶上"，吓得他不敢出门。再后来枪声不响了，黑衣队在街上四处溜达，"白面书生"和一名手下说，"黑影就在酱园附近失踪的，就那么巧，金麻子家里不睡，就睡在姘头寡妇的床上，让人怀疑……"白弟说到这儿停了一下，喝口茶继续说："惠明嫂子，我想金哥已经没有危险了，应该是春霞老板娘救了他，所以我就回来了。"

宋惠明听了白弟的话，对丈夫的安危放心了，可"金麻子家里不睡，就睡在姘头寡妇的床上"这句话让宋惠明放心不下，她想了很多很多……

第二天，王老夫人来到豆腐工场发现金麻子一夜未归，儿媳惠明心事重重，就问昨夜发生了啥事。宋惠明低头不语，白弟把昨夜的事说了一遍。

婆婆听了，问儿媳惠明："你在为'金麻子家里不睡，就睡在姘头寡妇的床上’那句话心烦?”惠明点头。

婆婆宽慰惠明:“鲲儿是天底下最好的男人,他不会负你。”

宋惠明没有马上说话,她把婆婆拉到店堂间,才说:“有件事我一直瞒着婆婆,今天必须告诉你。”

婆婆问:“啥事瞒我?”

宋惠明红着脸,把自己行房疼痛,金麻子住到北房间的事说了出来。婆婆听了惠明的话,也开始担起心来,年轻寡妇和年轻活鲲同处一室、同眠一床,那就是一堆干柴烈火,一旦燃烧起来,要想扑灭就难了。

婆婆问:“你想成全,还是想阻止?”

宋惠明纠结:“婆婆,我想成全他,也想阻止他,我不知道该怎么做。”

婆婆想了想,说:“还是等鲲儿回来,看看再说。”

这一天,金麻子没有回家。

金麻子一早来到日军司令部,求袁渡司令官允许他去收尸。袁渡“哗啦”抽出指挥刀架在金麻子脖子上:“你的昨夜不在家睡觉,去偷尸的?”

金麻子看着脖子上寒光闪闪的东洋刀,知道袁渡在吓唬他,要是真怀疑,他早被抓起来上刑罚了。他小心翼翼地说:“偷尸的找死,我不敢,我只敢求司令官阁下同意我给夏雨哥收尸。”

袁渡收回指挥刀,严厉地说:“暴尸三天,收尸的格杀勿论。三天过了,你的收尸。”

金麻子见袁渡态度坚决,但目的达到,便退出司令部。他没有回豆腐店,而是去了夏家米行。米行已被黑衣队和日本宪兵队先后搜查了三次,每次都一无所获,并在第一次搜查后就关门打烊。金麻子发现米行周围有不少黑衣队密探在来回走动,走进夏家客堂,阿萍正在给夏伯伯夏伯母准备早餐,陆先生在给夏老板煎药。两人见金麻子进屋,都很吃惊。

陆先生说:“你小子命大。”

阿萍对着金麻子从头到脚打量了一遍,才说:“昨夜的枪声不是朝你打的?”

金麻子说:“都是朝我打的,陆先生说我命大。”

“啊!”阿萍吃惊,“那些枪都冲你打,都没打中?”

金麻子笑了："打中了还能站在这里？"

金麻子把昨夜的经过说了一遍："日本人枪法准，亏得我把蓑衣挑起来，还亏得雨下得密，不然我肯定没命了。"

阿萍说："幸亏春霞机灵，'白面书生'走后，你就回家啦？"

金麻子说："满大街都是黑衣队，我不敢回家，就在春霞房里喝酒喝到不省人事。等我醒来，天已大亮，我就去了日军司令部，袁渡拿指挥刀吓我，我可不是吓大的，当面求袁渡让我收回夏雨哥遗体，袁渡不让……"

陆先生觉得金麻子这步棋走得妙："哪个小偷偷不到东西，敢当面向主人要？"陆先生断定袁渡正是基于这一点，才打消"白面书生"对金麻子的怀疑。

夏老板把金麻子叫到床前，托付金麻子两件事："卖掉米行，还钱庄欠款。"

金麻子知道这是夏雨哥的临终托付，他捏住夏伯伯的手，说："米行是夏家几代人传下的祖业，卖不得。"

夏老板咬着牙说："覆巢之下安有完卵！何况米行？"

陆先生告诉金麻子："抗日义勇军的粮食都由夏家米行提供，米行早已亏空。如今夏雨为国捐躯，米行被监视，卖了也许是最好的选择，若有余款，留给夏老板夫妇养老。夏家犹如古代的杨家将、岳家军，为保家国，满门忠烈！"

金麻子站起身，双膝跪地，如当年被夏伯伯收留时跪谢一样："夏伯伯，夏雨哥走了，二老生活由我尽孝。"说完，向夏伯伯叩了三个头。

阿萍看到这一幕，好生激动："还有我，我也要替夏雨尽孝！"

一旁的陆先生看着两个年轻人，频频点头。

夏雨牺牲后的第四天，金麻子一大早带着白弟、阿萍和阿伙来到银杏树下给夏雨收尸。夏雨的皮肤已成古铜色，长衫和皮肉被狼狗撕咬得惨不忍睹，一场秋雨把树根上的血迹冲净，地上散落着被狼狗咬下的皮肉和碎布。金麻子和阿萍仔仔细细把狼狗撕咬在地上的所有皮肉、碎布全部捡起来，包在一起，金麻子背着夏雨走回夏家。广漆棺材在前一天就被金麻子、白弟、阿伙从墓穴中取出、擦净，放在夏家米行店堂中央。金麻子亲手给夏雨擦身、换衣，他在夏雨的长衫口袋里拿出了一条包着一绺头发的手绢，想起这是夏雨去上海读大学，阿萍送别时剪发明志、以表真情的那一绺头发，便把手绢和头发递给阿萍。阿萍见发心如刀绞，一把抱住夏雨的遗体失声痛哭……

阿萍慢慢地把肩上的包袱解下，交给金麻子："这是我当年去上海找夏雨时亲手缝制的长衫、长裤、布鞋，让他穿着我的衣服走……"

金麻子把包袱放在夏雨身旁，细心地把狼狗咬掉的皮肉一块块贴上，缺损的地方用棉花代替，尽一切努力让夏雨穿上阿萍亲手缝制的衣服后与活着时一样精神。夏老板夫妇经过陆先生几天来的精心调养，已基本恢复。按朱溪丧葬风俗，停灵三天，金麻子和阿萍守灵三日，周边邻居家家上门吊唁。出殡这天，金麻子吹起丧曲，想起儿时在夏家读书时的情景，眼泪哗哗直流。一路上送殡人越来越多，送殡队伍越走越长，凄厉的丧曲回荡在水乡古镇上空，有人说丧曲像夏雨在天空中吟唱，也有人说像一个魂灵在呼喊。一时间，整个镇子沉浸在悲愤之中，街道上除了送殡队伍，没有行人……

夏家米行以四千大洋在天下第一茶楼挂牌出售。金麻子天天到茶楼看动静，挂牌一个月无人问价。夏老板想降价出售，金麻子不同意。

金麻子双手抱拳，对各位老板说："难道大家都没意向购买？"

油车老板说："要是放在太平年月，夏家米行这么好的商号，不要说这个价，再高点都有人要，但眼下兵荒马乱的，谁有心思置地购房？"

米厂老板说："谁买谁倒霉，日本人会怀疑你是抗日分子，镇上人会说你乘人之危低价收进英雄产业，最可怕的是游击队肯定会记下这笔账。"

毛一尘说："金掌柜，你是夏家从小收养的孤儿义子，你可不能袖手旁观呀。"

茶楼里的老板们都赞同毛一尘的说法。

金麻子向大家拱手致意："既然大家都认为我买下最合适，那我就买下了。"

夏老板认为金麻子买下夏家产业最好，毕竟是夏家看着长大的孩子。他回家后把米行四栋店面的房契、地契，以及库存大米等一应账册整理好，等着金麻子前来交接。

其实，金麻子帮夏老板出售米行只是做做样子，他并不希望有人接盘。他想保住夏家产业，一时又想不出周全之策，答应买下夏家米行只是权宜之计。

金麻子来到钱庄经理室，问钱老板夏家米行欠钱庄多少钱，钱老板伸出两根手指："本金累计两千大洋。"

金麻子说："米行无人接盘，镇上老板们让我接，我表面上接了，但我不能真接。夏家对我有恩，我只能接夏家的债，保夏家的祖业，我想和你商量欠债怎么还。"

钱老板经过一番思量，说："米行不能再开，不说生意好坏，光日本人和黑衣队盯着，米行就成了枪靶子。"

金麻子觉得钱老板分析透彻："你是金融家，帮我拿个主意。"

钱老板谦虚地笑笑："你把米行的营业房改成住房出租，朱记布店已关门，你去租下布店门面，在街上开一家米店，先卖夏家米行的库存米，房租和米店收入用来还债，钱庄免去所有利息。你看这办法如何？"

金麻子一拍大腿，竖起了大拇指："行家，不愧是行家，随便一说，产业盘活，我替夏老板谢谢你！"

夏家米行四栋联排门面改建成四栋两楼两底、独门独户的住房。布店改建成米店，陆先生给米店取了一个好听的名字：稻米香晴馆。表面上米店是金麻子开的，米行房子也是金麻子出租的，但无人知道这一切都是金麻子替夏家做的。夏老板全权委托金麻子料理一切。米店开张，金麻子在店门前燃放十八只高升，两千响鞭炮，专门请了袁渡司令官、疤队长、"白面书生"，以及熟悉的几位老板出席开张仪式。金麻子要让袁渡相信，他和抗日分子夏雨是兄弟，他不是抗日分子，但他要尽兄弟之谊。袁渡发现这个小镇上的小商人很会做生意，在开张仪式上袁渡又说了一通"大东亚共荣示范镇"之类的话，还说金桑是"大东亚共荣"的典范：向金桑学习，赚钱大大的；向夏雨学习，死啦死啦的……

米店开张后，一连数日生意清淡，金麻子有点坐不住了。他走遍全镇九条街道所有米店，每到一店都会问店小二"卖的啥米"，店小二说"粳一"或者"粳二"，没有一家店小二能说出粳米的名称，也没有一家米店推行"赊售各半法"。金麻子心里有了主意，在街上买了十张大红纸，以及毛笔、砚台、徽墨等文房四宝，回到米店，在每张红纸上写了四句话：

稻米香晴新开店

赊售各半老办法

青角薄稻本地粳

大米软糯吃口香

　　红纸下方还写了一行小字："买十斤大米，送一斤黄豆，送完为止。"等到第三天，稻米香晴馆门口排起了长队。不到半月，夏家米行库存的十几石大米销售一空，金麻子就在夏老板的指点下到乡下收购大米。米店开张前后事多，金麻子有时不回家，也不回豆腐店知会一声，宋惠明暗生疑窦，夜幕降临后，会以让白弟送瓶酒或是拿件衣服之类的借口，去看丈夫睡在米店还是去了酱园。直到米店生意上了轨道，金麻子才正常回家。女人心细，宋惠明发现金麻子回家后不再喝酒，夫妻间亲昵少了，父子间亲情多了，吃过晚饭，金麻子会抱着儿子金虎到家门口的放生桥上看夕阳下的帆船。桥顶上有日本哨兵，父子俩就站在桥中看晚霞。霞光把天空烧得彤红彤红，远处红霞渐暗，水天一色，一艘艘扯帆的商船、一条条晚归的渔船，从晚霞中驶来，宛若天上来客，船上的帆仿佛要被晚霞点燃一般……渐渐地，晚霞落入西天，江面上失去了热烈的气氛，雾气渐浓，暮色苍茫，金麻子才拉起金虎的手走回家中。一路上，金麻子常教导儿子"讲实话，做实事"这类做人的道理。回到家中，金麻子会拿起豆腐店、酱园和米店的账本查看一天的经营状况，直到天黑上床熄灯。

　　女人一生中最敏感"情""钱"两字，金麻子情感上的细微变化没有逃过宋惠明的眼睛。金麻子和宋惠明的感情不可谓不深，作为妻子，宋惠明觉得金麻子情感上的变化一定和自己不能行房有关，丈夫不再像以前那样体贴、亲昵、无话不说，特别是夏雨殉难后，连开米店这样的大事也不和家中商量，也不到账上拿钱。为啥开米店？和谁合伙？米店和夏家有何关系？宋惠明担心金鲲哥的心已在春霞身上。婆婆看出了媳妇的心事，就走到媳妇房里，推心置腹与儿媳聊起了"金麻子家里不睡，睡在姅头寡妇的床上"这句话的真假。

　　宋惠明说："我担心是真的，金鲲哥在外面摘野花了。"

　　婆婆说："有身价的老板宁娶二房，不偷小娘。如若鲲儿偷摘野花，不如把外面的野花种到家里来，我们娘俩一起给野花浇水施肥，让野花变成家花！"

宋惠明领会婆婆的意思，但和别的女人分享金鲲哥，她怎么会心甘情愿！

婆婆又说："夫妻同房才能同心，没了房事，不管男女，都会到外面偷腥，再好的感情，时间长了就会变心。与其让鲲儿偷偷摸摸，不如光明正大给他娶二房，这样我们不仅没有失去掌柜，反而赚回一个姐妹。"

宋惠明听着婆婆的话，哭得更加伤心。她觉得自己命好苦啊，第一个丈夫肌无力，丈夫无能；嫁了一个好丈夫，偏偏生完孩子，自己无能。美满的家庭会毁吗？作为一个深爱着丈夫，又不能满足丈夫的妻子，她的内心越来越脆弱。

每年大年三十吃年夜饭时，王老夫人都以店老板身份给大家发年终奖，金麻子会从自己的年俸里给大人小孩每人包一个红包，说上一段感谢、勉励之类的话。今年老太太发完红包，伙计们敬完酒，该轮到金麻子发红包了，金麻子端起酒杯致歉："今年的红包我欠着，等我把该处理的事情都处理了，腾出钱来就给大家补上……"

后面的话宋惠明已经听不进了，没钱发红包，每月发的工钿哪里去了？她算了一下，豆腐店、酱园、钱庄、米店金麻子都有份，每家店的分红加起来有好几百大洋，怎么会弄得身无分文发不出红包呢？过去是一个"情"字让宋惠明心怀忐忑，如今加上一个"钱"字，情况就不妙了。宋惠明怀疑丈夫在外面养女人，不然怎么会把几百大洋都用光呢？吃完年夜饭，她坐在北房的床沿上等着金麻子。

望着天井里漫天飞舞的雪花，金麻子想到了在酱园一个人过年的春霞，虽然只是一闪而过，却浑身战栗了一下，"女人重名节，男人重名声"，作为老板，他娶二房名正言顺，若偷情，会被世人不齿，且娶二房对不起惠明。

金麻子回身进屋，走上楼梯，踏进北房间，听得惠明轻轻地问话："一年工钱都用光啦？"

问话虽轻，但很坚决。结婚以来妻子从不查账，今天要查自己花销，金麻子知道妻子一定怀疑什么了。他从衣橱里拿出白天刚从钱记钱庄赎回的一张五百大洋账单递到妻子面前。宋惠明看到账单，眼泪一下子流了出来，丈夫竟然还在钱记钱庄借了五百大洋！从前丈夫从不乱花一文钱，如今开个米店要花这么多大洋？豆腐店开张连备用金加备用黄豆一共才三百大洋。

金麻子看着妻子流泪，问："为啥哭？"

宋惠明哽咽着："一年花这么多钱，是不是春霞被赶出钱庄，你去接济她啦?"

金麻子第一次发觉女人在情感上最敏感,他必须消除妻子的担心,便把开米店、建租房,盘活夏家产业还夏雨两千大洋欠债的经过,一五一十告诉妻子,最后说:"几个月的米店盈利加上房租不到一百大洋,我就把身上的钱凑在一起,先还掉五百大洋,所以没钱发红包了。"

宋惠明不信:"夏家那么大的生意,怎么会亏空呢?"

金麻子说:"夏家米行的粮食全给了抗日义勇军当军粮,不收分文,掏空了米行,夏家忠烈啊!"

一席话让惠明心宽,也让惠明感动:"为啥不早说?"

金麻子压低声音说:"不能说的,万一传到日本人那里,就会把我也抓起来喂了狼狗。"

宋惠明感动之余又深感愧疚,沉默良久,说:"豆腐店账上还有两千多大洋,过完年,我和你一起去钱庄替夏雨哥还债。"

金麻子赶紧阻止:"不行,用王家豆腐店的钱还夏家米行的债,传出去会引起黑衣队和日本人怀疑。再说钱老板对夏家的债免息,再过几年,定能还上。"

宋惠明不再说话,她的贤惠让金麻子感动,也让金麻子感觉到向妻子隐瞒哪怕一点点私情,都是对真情的亵渎。

金麻子决心将睡在春霞床上一事向妻子讲明白,说:"那天夜里我淋了雨,春霞让我喝酒驱寒,黑衣队走后,我心里想着夏雨还淋着雨,可我无能为力,就在春霞房里连喝了两瓶酒,本想睡到楼下陈师傅床上,后来我喝醉了,醒来发现睡在春霞床上。春霞在楼下给我下了一碗面条,我吃完面条就去了日军司令部……"

听完丈夫叙述,宋惠明的心不再忐忑,不再猜疑,她要用自己的方式去证明丈夫的忠诚。

三

民国三十三年大年初三,朱溪镇上发生一件振奋人心的大事:出卖夏雨的叛徒"兔子"和杀害茶楼跑堂的黑衣队队长"白面书生"双双被杀。两人的尸体被摁在夏雨英勇就义的雄性银杏树前，祭奠夏雨英魂。一时间关于锄奸行动的各种传言漫天飞舞，越传越神，有人说"兔子"是被一把柳叶刀（手术刀）精确地割破喉管，连动脉血管都没有碰到，只出了一点血就一命呜呼了。有人说，英雄的妹妹夏雪，医生出身，柳叶刀是她身上的飞刀，是夏雪在替哥哥报仇。有人讲得更加玄乎，说是亲眼看到淀山湖抗日义勇军的沙海队长带着一名手拿渔叉的队员，在"白面书生"的相好家里拖出这名罪大恶极的汉奸，这名队员用渔叉直接插进"白面书生"的胸腔……传言在口耳相传中迅速发酵，到后来变成了夏雪腰插十八把柳叶飞刀，双手打枪百发百中，脚踩粪桶在淀山湖湖面上健步如飞……生活在铁蹄下的朱溪人，在传说中把心愿塑成偶像，把偶像变成了神话。日本驻军在事件发生后如临大敌，封锁现场，全镇戒严；疤队长带着水警队八艘快船，巡查河道，把守进出要道；黑衣队在街上慌慌张张，到处乱窜，生怕哪里出来一个神秘高手分分钟将自己给杀了；日本巡逻兵荷枪实弹在主要街道来回巡逻……

宋惠明出门，用一条方巾把脸裹得严严实实，走过放生桥桥顶，赶紧向日本兵鞠躬，一路上低着头，沿着屋檐下的排门板走，来到朱溪酱园，敲开了黑漆大门。

开门的春霞一脸惊讶："惠明姐，街上不太平，你怎么来啦？"

宋惠明递上手中的六角篮子："一个人过年，怪冷清的，给你送点年货。"

春霞有点激动："让惠明姐惦记了。"但她猜想惠明送年货是借口，一定还有要事，故而说："请里边坐，我们姐妹说说话。"

宋惠明跟着春霞来到楼上房间，看着房间里的床铺，字斟句酌说："春霞妹子，我有一事要问，你得对我说实话。不管做了啥，只要是实话，我们永远是好姐妹。"

春霞已猜出宋惠明上门的意图："姐，你问吧，我一定实话实说。"

宋惠明拉起春霞的手，问："金掌柜去偷夏雨遗体的那晚，是你救了他，没有你恐怕他也被狼狗活活咬死了，你是我家的救命恩人……"

春霞赶紧说："应该做的，你们是我在镇上唯一的好友，我能见死不救吗！"

宋惠明握紧春霞细腻的小手："春霞妹子，那晚你们有没有睡在一起？"说完盯着春霞的眼睛，一眨也不眨。

春霞迎着宋惠明的目光："那天金掌柜喝醉了，他先把我当成了夏雪，又把我当成了你，最后把我当成了他妈妈。他说出天花的人都会满脸麻子，他脸上的麻子少，是因为他妈妈每时每刻都用嘴巴吮吸他脸上水泡中流出的毒水，不断地用药粉给他止痒。他说女人最伟大，后来他就醉了，等他醒来，天已大亮，他吃了碗面就走了。"

宋惠明听完春霞的叙述，想着春霞不顾自己安危、自己名声，掩护金鲲，足见她对金鲲的情谊，说明春霞心里装着这个男人；又想到自己不能尽妻子义务，丈夫守着妻子，过着"鳏夫"生活，从心里觉得对不起丈夫，夫妻一场不就是要让对方幸福吗？金鲲哥为了她的幸福可以忍受"活鳏夫"的生活，而自己却怀疑金鲲哥……有人说爱情是自私的，不能分享；也有人说爱情是无私的，为了对方幸福可以奉献一切……宋惠明的内心斗争着、煎熬着，最后她选择了后一句话，为了金鲲哥的幸福，给丈夫娶二房。

宋惠明试探着问："春霞妹子，让你做金掌柜的二房你愿意吗？"

春霞在上海舞厅当舞小姐时，经常遇到舞伴太太上门闹事，早已见怪不怪，眼前这位和她一样农村出身的女人，却问她愿不愿意嫁给自己的丈夫做二房，世界上哪有这样的女人！

春霞诚恳地说："惠明姐，即便我愿意做二房，金掌柜也不会娶我，金掌柜曾当面给金贵师傅说媒，希望我嫁给陈金贵。"

宋惠明啜嚅了一会儿，缓缓将自己的难言之隐全盘托出："春霞妹子，我爱丈夫，却给不了丈夫；婆婆说得对，同心不同房，长不了。我不想失去丈夫，也不想让丈夫像活鳏夫一样活着，我不是把丈夫让给你，而是让你帮我拴住丈夫，这家不能没有金掌柜……"

春霞说："去上海红房子医院做个手术，保证你像从前一样和金掌柜过上正常的夫妻生活。"

宋惠明脸一红："我的身子只给金鲲哥一个人的，哪能给别人看。"

春霞望着眼前这位善良、贤惠，又愚昧、封建的女人，心生同情、感激、钦佩……春霞一把抱住宋惠明，动情地说："你是天底下最善良的女人！"

大年初五接财神。以往这个日子，从半夜子时起，鞭炮声不绝于耳，直至第二天上午；沦陷后的"接财神"，年年"闷声不响"，谁也不敢在半夜放鞭炮，让日本人听到以为是枪声，招来日本兵就麻烦了。金麻子早晨起来，想着叛徒、汉奸被杀，夏雨哥的仇报了，该借接财神庆祝一下，就让阿妹准备一桌酒菜，自己亲自上门请陆先生、夏伯伯夫妇、阿萍姐和阿伙到家里来，一起祭奠夏雨。夏雨牺牲、沙海负伤，再没有抗日秘密组织联系过金麻子，金麻子自知手中的枣木棍打不过三八大盖，心中仇恨日本人，表面上还得应付。当他陪着客人回到家中时，看到春霞撸起袖子在客堂圆台上准备碗筷，让他深感意外。春霞朝他嫣然一笑，然后见过夏老板夫妇。镇上老板都知道春霞被小叔子夺了钱庄的经营权，并赶出钱庄的遭遇，夏老板看到春霞从一个舞女、阔太太、转变成一个自食其力的劳动妇女，十分赞赏，见了面夸她说"自强自立，不容易"。

陆先生说了一句古诗，"如著官袍更潇洒，不应将作女人看"，认为春霞能屈能伸，有大丈夫气魄。

春霞听到夸奖，脸上的笑容更加灿烂了。

金麻子不请春霞是怕宋惠明误会，但春霞不可能不请自来，一定是惠明所请，惠明为啥请春霞？金麻子想不明白了。午宴放在二垱客堂，菜上桌，客落座，酒斟满，金麻子起身举杯，说："第一杯酒，敬夏雨哥，愿夏雨哥在天之灵保佑沙队长和所有队员们。"

说罢，金麻子把酒洒在地上。夏伯母听到夏雨两字，眼泪潸然而下。

陆先生起身举杯，面对夏老板说："我建议，第二杯酒敬夏老夫妇，二老为民族大义倾尽所有，儿子殉难，女儿从军，实乃乡梓楷模、华夏之幸！朱溪镇有这么多好儿女为她献身，赶走倭寇指日可待，接财神的鞭炮声一定会重新响起！"陆先生的话掷地有声。

有人说陆先生是预言家，一年半后，日本人果然投降了。可在当时，谁也没有注意到这句话，所有人站起身，一个个走到夏老板夫妇跟前敬酒。

夏老板手捧酒杯，激动不已："雨儿曾说'我以我血荐轩辕'，如今他用生命践行了这句誓言，夏雪为了给哥哥报仇向我发誓'不逐倭寇誓不还家'，我有这样的儿女，今生死而无憾！"说完，将杯中酒一干而尽。铿锵的话语，不屈的脊梁，人人肃然起敬。

酒过三巡，很少在酒席上说话的宋惠明端着酒杯站起身，笑盈盈地对大家说："今天我要请教各位长辈，我可否以大太太的身份替我丈夫做媒，娶二太太？"

宋惠明的话一下子打破了祭奠的庄严气氛，金麻子愣住了，看到春霞满脸绯红低下了头，这才恍然大悟惠明请春霞来的目的。众人诧异，席上三位长辈第一次碰到太太亲自给丈夫做媒的事，一时无言以对。

金麻子觉得妻子荒唐，不该当着长辈的面问这种问题，于是端起酒杯走到惠明身边说："不要拿我开玩笑，有你一个太太，今生足矣。"

宋惠明看了一眼坐在桌子对面的阿萍，然后抬起头盯着金麻子的眼睛说："你曾告诉我，夏雨哥爱阿萍姐，爱到深处，为了保护阿萍姐，宁愿忍痛割爱。夏雨哥用性命守住了心中的爱，这是大爱！"她的话让阿萍心潮起伏，眼含热泪。

宋惠明继续说："我很自私，不愿割爱，不想失去你，只想守住家，因此给你做媒娶二房，你愿意吗？"

酒席上除了干妈、陆先生和春霞，其他人都听不懂两人的对话，也不知这对恩爱夫妻出了啥状况。白弟怕两人吵架，拉着金麻子坐回自己的位子。

白弟落座后附在阿妹耳边问："你会为我做媒娶个二太太吗？"

阿妹用手捏住白弟大腿上的肉，扭了一把："做梦！"疼得白弟一个劲儿揉搓大腿。

陆先生打破沉默："清官难断家务事，我知道，惠明做出这个决定不容易，这是金鲲老弟的福分。如何打算，等我们走后，你们举家商议，如果决定娶二太太，得请我喝杯喜酒。"

陆先生的话表明了态度，金麻子站起身，对陆先生说："惠明酒喝多了，陆先生多多包涵，我不会娶二房的。"

白弟冒失地问了一句："为啥不娶二房呀？"

白弟的问话是在场所有人都想问的，俗话说"万恶淫为首，论迹不论心，论心世上无完人"，哪个男人不想三妻四妾？大家的目光都落在金麻子脸上。

金麻子端起酒杯，一口饮尽杯中酒，然后一字一顿说："小时候出天花，妈妈吮吸我脸上毒水的情景，让我记了一辈子；惠明为我生儿子，肚子里一块肉掉了出来，她为我付出的一切，让我一辈子无以回报，唯有执子之手、与子偕老，一生相守，方能心安。"金麻子的话让在场所有人为之感动。

春霞特别激动，她含着泪，端起酒杯说："今天我是来向大家辞行的，出门十多年还没回过家，想回家看看父母。这杯酒敬大家，感谢大家对我的照顾，祝愿金掌柜和惠明姐一生幸福，谢谢大家！"说完，举杯饮尽，随即退出酒席，告辞回家。

宋惠明知道，丈夫的话等于当面拒绝了春霞……

全民族抗战胜利的一天，朱溪镇上没有锣鼓，没有秧歌，没有舞龙舞狮的庆祝，镇上人毫无感觉，和往常一样，开门第一件事就是把积了一夜的马桶端出门外，盥洗用膳，然后出门做事。金麻子出门，惊奇地发现放生桥桥顶上的日本哨兵不见了，后来又发现街道上的黑衣队消失了。

金麻子不等做完豆腐菜，就对宋惠明说："我得去茶楼领领市面（听消息）。"

走上茶楼，金麻子看到了八年不见的章镇长在喝茶，身边坐着县党部书记长和疤队长。八年不见，章镇长还和八年前一样，文雅、干练，他正和县党部书记长说着话。

想起多年前茶楼赌局，还是请章镇长主的局，金麻子便主动走到章镇长茶桌前打招呼："章镇长，好久不见……"

章镇长见是金麻子，客气地问了一句："多年不见，近来可好？"

金麻子拱手作揖："托镇长福，好，好。"

疤队长附在县党部书记长耳边说了几句话，书记长就对金麻子说："听说你在日本人手里当商会会长，当得开心吗？"

金麻子实话实说："书记长，那是猪八戒照镜子的活，里外不是人哪！"

疤队长喝了一口茶，站起身向茶楼里的老板们大声说："今天上午十点，县党部书记长在城隍庙戏台向全镇百姓讲话，希望大家都能去听听。"说完，带着章镇长和县党部书记长离开了茶楼。

章镇长一走，老板们议论纷纷，说全民族抗战不见书记长、镇长人影，日本人投降了，书记长、镇长立马神气活现回来了。金麻子这才知道全民族抗战胜利了，怪不得日本兵、黑衣队都不见了。金麻子先回豆腐店，再去酱园，把日本人投降的消息告诉大家。自从金麻子当面拒绝春霞做二太太后，春霞离开了朱溪镇，说是回无锡老家去看望父母，住段时间再回来。

腌菜师傅陈金贵不知春霞为啥辞工回家，问："还回来吗？"

春霞说："你是我哥，只要你在这里当这个腌菜师傅，不管我回去多长时间，一定会回来。"

临走前，春霞租下夏家一套二上二下、独门独户的出租房，她把门钥匙交到金贵师傅手上时说："接你父母来镇上生活，相互有个照应。"

陈金贵接过钥匙，望着春霞，想说"既然给我借房子，就不该走"这句话，但终究没有说出来。

春霞把无锡娘家的地址给了金贵师傅，说："有急事写信、拍电报都行。"

春霞走了，陈金贵才对着缸鬏说："既然走了，就不该给我借房子、留地址，让我空欢喜一场。"

贾春霞走后，陈金贵在镇上落了脚，但他始终把酱园楼上的寝室留着。如今，鬼子投降了，陈金贵盼着春霞能回到镇上来……

疤队长站在城隍庙戏台上，手里拿着铁皮喇叭为县党部书记长讲话预热："市民们，日本人投降啦！今天，国民政府青溪县县党部书记长将亲自向大家宣读国民政府公告。"

城隍庙广场上人头攒动，越聚越多。十点整，县党部书记长身穿一身灰色中山装，在章镇长陪同下走上戏台，环视了一下戏台前的人们，把双手放在肚子前开始说话："市民们，国民政府经过艰苦抗战，打败了日本侵略者，我代表国民政府，对在抗战中为国捐躯的夏雨、茶楼跑堂、倒粪工老姚，以及所有青东抗日游击队、淀山湖抗日义勇军烈士表示沉痛哀悼，他们是党国栋梁、民族之魂，他们的功绩彪炳千秋，与日月同辉，他们的名字将永垂史册！柏队长受党国委派潜伏在日军身边，为党国提供大量情报，一样是英雄。当然，国民政府将清算汉奸卖国贼的罪行，没收日伪资产，镇压大汉奸，欢迎广大市民举报汉奸，维护和平……"

金麻子来城隍庙前专门回家拿了喇叭，他要吹一曲喜庆的曲子庆祝全民族抗战胜利，听着书记长的讲话，他觉得带劲，中国人扬眉吐气的一天终于到了。

金麻子从腰间抽出喇叭，还没放到嘴上，看到韩老板在人群中向他招手，还冲着他说："我先回，你听完书记长讲话，就来酱园。"说完，急匆匆走了。

人群中有人问书记长："听说夏雨是共产党，以前你命令章镇长、疤队长逮捕夏雨，如今夏雨为国捐躯了，就说夏雨是党国栋梁，此事如何解释呀？"

书记长脸上的肌肉抽了两下，咧嘴一笑，说："全民族抗战爆发，国共一家，地不分南北，人不分老幼，皆有抗敌守土之责，就连共产党领导的青东游击队、抗日义勇军也编入国民政府第三战区序列，成为淞沪纵队的第三支队。因此，夏雨代表的就是党国。"

疤队长带头鼓掌，金麻子把喇叭夹在胳肢窝里起劲地跟着鼓掌。

书记长演讲结束，章镇长安排人在米业公会门口放起了爆竹，街上有人扭起了秧歌，金麻子端起喇叭朝着戏台吹起了喜曲《百鸟朝凤》……和平、祥瑞的气氛充斥着大街小巷。吹完一曲，金麻子想起韩老板让他去酱园的事，收起喇叭，直奔酱园。

韩老板已在店堂柜台上等着金麻子，他拿出早年签订的合伙协议，说："按照协议，战争结束，协议终止，金掌柜你看怎么办？"

金麻子说："这事简单，按协议办。春霞不在，我替她作主。"

韩老板拿出算盘"噼里啪啦"一算："当初投资一千大洋，现在账上存款一千五百块大洋，一千退回投资，五百就二一添作五，一人一半，给你一千二百五十块大洋，酱园里的一切归我。金掌柜，这样妥当吗？"

金麻子伸出右手在算盘上一划拉："妥了！不过韩老板，陈金贵师傅你得留住，不要让人把他的手艺挖走了。"

韩老板说："放心，我给了他一成干股。"

金麻子心里说："姜，老的辣！"

四

黑衣队队员小辫子和彪形大汉被县党部书记长以汉奸罪逮捕归案，公开枪决。镇上最大的赌场作为日伪资产被充公没收。县党部书记长换了一身黑色中山装，既有官腔，又很绅士，他认为枪毙汉奸是政治，没收日伪资产更多的是经济。书记长对全县捋了一下，除了县城，江南商业巨镇朱溪镇的日伪资产应该是最多的，可是这次来镇上只抓到一条大鱼。

书记长不信，问章镇长："金麻子当过日本人的商会会长，他肯定是汉奸。"

章镇长说："疤队长说他是夏雨的人，我估计商会会长也是夏雨让他当的。"

县党部书记长一听来气："这种事怎么能估计，要有证据。即便是夏雨让干的，也是共产党让干的，金麻子就不是我们的人。据说他现在产业很大呀……"

站在一旁的疤队长正琢磨着县党部书记长的话，门外岗哨报告，毛家豆腐店的毛一尘求见。

章镇长手一挥："让他进来。"

毛一尘在听了县党部书记长的演讲后，觉得扳倒金麻子的机会来了，他先在脑子里给金麻子捋出三大罪状：为日本鬼子建立"大东亚共荣圈"奔走呼号；给鬼子购买、运输军粮；依仗商会会长权势霸占他人产业，特别是霸占抗日英雄夏雨家的祖产！毛一尘瞒着吃斋念佛的母亲来到镇公所告发金麻子，他希望没收金麻子所有财产，最好再关个一年半载。

章镇长对毛一尘说："口说无凭，录下字据。"

于是，毛一尘写下了"揭露金麻子汉奸罪行"的检举信。

县党部书记长拿着检举信对章镇长说："看看吧，百姓的眼睛是雪亮的！"

朝阳从一线天上斜照下来，洒在楼房窗户上，折射在街道上，古镇长街顷刻间在朝阳下生动起来：脱行门开店门的乒乓声、生煤炉扇扇子的哗哗声、买菜回家的脚步声、挑担卖早点的吆喝声组成了朱溪镇自沦陷以来久违的充满烟火气的晨曲。金麻子和镇上所有人一样享受着全民族抗战胜利后和平祥瑞的生活，他从桥梓湾生煎店买了一斤生煎兴冲冲回王家豆腐店，一路上心里想起关于豆浆和生煎绝配的那句话，不禁一脸笑容。

就在金麻子脸上的笑容绽开不久，疤队长和两名水警队队员出现在他面前，疤队长用枪指着金麻子，严肃且镇定地说："不要反抗，我以汉奸罪逮捕你。"

于是，两名水警队队员不由分说当场用手铐铐住金麻子双手，将金麻子押往镇公所。金麻子莫明其妙被国民政府以汉奸罪抓了起来，手中的一斤生煎撒了一地。消息很快传到王家豆腐店，干妈和惠明心里那个急呀，日本人抓他，说他私通淀山湖抗日义勇军，打了个半死；日本人投降了，国民政府抓他，说他是汉奸，这是谁跟谁呀……白弟总结说："这就是金哥'猪八戒照镜子'的结局。"

一大家子担心金麻子会不会像小辫子、彪形大汉一样被枪毙。

县党部书记长亲自在章镇长的办公室审问金麻子，章镇长陪审，疤队长做记录。

县党部书记长手里拿着毛一尘的检举信问："有人检举你在全民族抗战期间，担任日本人的商会会长，为日本鬼子建立'大东亚共荣圈'奔走呼号，你承认吗？"

金麻子如实回答："这个会长是毛一尘挑的，我不想当，后来夏雨让我当，夏雨说……"

县党部书记长打断金麻子："住口，不要拿烈士找借口，死无对证。别人让你当会长你就当会长，别人叫你上吊，你会上吊吗？"

金麻子说："沙队长、夏雪都能为我作证。"

县党部书记长说："他们随军打仗，是死是活都不知道，即使活着，也找不到人。你不要老是拿找不到的人来证明你的清白，没用。"

金麻子无言以对。

县党部书记长说："给鬼子购买、运输军粮，有没有这件事？"

金麻子说："有，一万斤军粮是夏雨帮我买的，船队也是夏雨帮我找的，目的只有一个，劫下日本人的军粮。不过这件事一样死无对证。"

县党部书记长无言。

金麻子说："书记长，全民族抗战期间，我金鲲天天冒着被日本人死啦死啦的危险，当这个'猪八戒照镜子'的会长，鬼子投降了，英雄得不到就算了，却得到汉奸的罪名……"

县党部书记长说："你放心，好人坏人，我书记长分得清，是好人不会冤枉你，是坏人你绝对逃不掉。"

县党部书记长不打算将毛一尘举报的第三条当面审问金麻子，他让守卫将金麻子带走，然后指示疤队长对"金麻子利用商会会长权势霸占他人产业"一条进行调查。

夏老板得悉金麻子以汉奸罪被抓捕后，来到镇公所，直接找当年的学生章元之，亲口向章镇长例举金麻子在全民族抗战时期给夏雨传递情报、参与全民族抗战的事实，要求释放金麻子。

章镇长面有难色："我相信先生说的一切，但人是县党部书记长亲自抓的，能证明金麻子无罪的当事人一个都不在。书记长说了，没人证明那就是证明。"

夏老板急了："你们一个书记长、一个镇长，总不能不问青红皂白乱杀无辜吧。元之，求你想想办法，一定要保住金麻子的性命！"

章镇长面对启蒙先生恳求的目光，点着头说："先生，我记着你的话了，一定想办法。"

夏老板前脚刚走，陆先生拿着一张亲笔书写的担保书后脚就到，他把担保书放到桌上，向章镇长拱了拱手，用很沉重的语气说："你们若冤杀金麻子，天理不容！"说完，放下担保书，转身离去。

担保书用颜体小楷写就：

> 夏雨运筹帷幄抗倭寇，金鲲忍辱负重当会长，传情报、护市场、劫军粮，兄弟联手，抗击日伪，有目共睹；夏英雄一腔热血洒银杏，金会长遍体鳞伤坐牢房，朱溪好儿子岂容冤枉！
>
> 陆郎中

章镇长拿着陆先生的担保书给县党部书记长看，并劝说："把金麻子放了吧，他和夏雨从小一起长大，当会长该是夏雨的主意。疤队长告诉我金麻子曾被'白面书生'当作抗日分子抓起来，打得那叫一个惨，可是金麻子抗住了，没有说出一个字。他和疤队长一样是'身在曹营心在汉'的潜伏人员，再说镇上的知名人士都在为金麻子说情、担保。"

县党部书记长一改绅士风度，说："没有证据，说情有用吗？放，都放了哪里去找日伪资产？"

章镇长发觉县党部书记长醉翁之意不在人，而在"日伪资产"，心中便有了主意。

疤队长对金麻子的调查结果让县党部书记长大失所望：酱园已散伙；稻米香晴馆是金麻子帮助打理的，一应收入全归夏家；钱庄是在朱溪镇沦陷前入的股……县党部书记长听了汇报，觉得金麻子一定事先得到风声，对自己的产业做了手脚，即便这些产业真如调查的一样，金麻子也当过日本人会长，那就是汉奸；即使帮过夏雨，那也是帮共产党，与党国何干，家里的财产就得没收。

章镇长说："杀了金麻子也拿不到多少日伪资产。"

县党部书记长已恢复绅士风度："元之兄，最起码他们还有存款、房产、店铺，没有一万，也有半万。"

章镇长一边点头，一边试探着问："书记长，金麻子家产不多，要是他想交钱保命，书记长能通融吗？"

县党部书记长发觉章镇长也一心想保金麻子，这位党国接收大员心里清楚，与其得罪所有人也得不到多少钱，不如做个顺水人情，还能多罚些钱，于是在办公桌前踱了两步才说："你去告诉金麻子，汉奸重罪，交一万大洋罚金，既可保命，还能保住豆腐店。"

……

镇公所后院有一间临时关押罪犯的小屋，四面无窗，墙上有孔，光线昏暗，金麻子靠墙坐在稻草上，他怎么也想不通，自己和疤队长一样都是潜伏在日军身边的"红心白萝卜"，结果疤队长是英雄，自己是汉奸。

疤队长走进牢房，金麻子情绪激动地对他说："你得帮我说说，我不是汉奸。"

疤队长婉转地告诉金麻子："你和夏雨的关系没人证明，有人举报你帮日本人做事，白纸黑字成了证据。夏老板、陆先生出面保你，但是他们不是抵抗组织的成员，做不了证人。章镇长一直在帮你说话，县党部书记长也不是无情之人，他同意保你性命，但得罚你一万大洋。"

金麻子闻言从地上跳起身来："啥？我把脑袋系在裤腰带上帮夏雨和义勇军抗日，差点被黑衣队打死，反倒成了汉奸，还要罚我一万大洋？"

疤队长摊开双手，无奈地说："我帮你说了，没用。"

金麻子隐隐感觉到县党部书记长不是要镇压他这个"汉奸"，而是要他的罚金，于是渐渐冷静下来，坐回墙角，低下头说："你去告诉县党部书记长，我要见他。"

金麻子像夏雨一样被戴上手铐脚镣押进镇长办公室，他在见到县党部书记长的时候，嘴角上露出轻蔑的一笑，说："书记长，你凭啥要罚我一万大洋？"

县党部书记长以居高临下的救世主姿态回答："汉奸是重罪，看在多人求情的面子上，饶你一命。但得罚你一万大洋，这是对汉奸会长的惩罚。"

金麻子叉开双脚，举起双手："我当这个汉奸会长是为抗日，是我和夏雨、沙海队长他们一起搅黄了日本人'香烟换铜板'的游戏；是茶楼跑堂、倒粪工老姚为阻止军票发行献出了生命；为劫鬼子十万斤军粮，夏雨被日本狼狗活活咬死，我被黑衣队打得死去活来。请问书记长，全民族抗战时你在干啥？你有啥资格说我是汉奸？告诉你，钱我没有，命有一条！"说完，再不开口。

县党部书记长听完金麻子一番责问，一时间无言以对，在办公室里来回踱了好几步，最后命令卫兵把金麻子押回牢房。

金麻子被押走后，书记长转对疤队长说："你去金麻子家，告诉他家人，如不拿出一万罚金，轻则押解南京，重则当场枪毙。你把这件事办妥了，我将拿出一成罚金奖励你，再提拔你当三县剿共联防总司令。"

疤队长没想到县党部书记长不仅手握生杀大权，还捏着分配日伪资产的尚方宝剑，他对金麻子的那点同情心顷刻荡然无存，"啪"一个立正："坚决完成任务！"

王家豆腐店为了保住掌柜金麻子的性命，每个人都把压箱底的钱拿了出来。宋惠明到钱记钱庄取回所有存款，连同酱园退回的合伙钱，加上店里的备用金，只凑了四千八百块大洋，离一万罚金还差一大截。对家里事情从来只听不说的阿妹，想到凤娟死了，长生失踪，要是再没了金掌柜，如何是好？

阿妹小声提议："要么把豆腐店卖了？"

白弟说："豆腐店连一千大洋也卖不了。"

宋惠明来到镇公所面见章镇长，要求罚金减半。

章镇长无奈地说："上面定的，我真改不了。想要救人，赶快筹钱，万一上面变卦了，我就无能为力了。"

章镇长的话让宋惠明心里着急，她要求见一面丈夫，问问丈夫哪里还可以筹到钱，章镇长一口答应。

疤队长带着豆腐西施朝镇公所后院的临时牢房走去。一路走着，疤队长时不时用眼梢瞟一眼豆腐西施，发现这个女人虽生过孩子，但还是脸似西施、身如婵娟，可惜嫁给了金麻子，命运多舛，眼看就要倾家荡产了，真是生意不着一遭，嫁人不着一世……

牢门打开，宋惠明见金麻子靠在墙角，不顾一切扑上去，从头到脚仔仔细细看了一遍，发现丈夫没受一点伤，惊奇地问："他们没打你？"

金麻子苦笑一下："他们想诈钱，要我拿一万大洋赎命，呸！要钱没有，要命一条！"

宋惠明害怕丈夫性子烈，害了自己性命，劝道："金鲲哥，我里里外外凑了四千八百块大洋，还缺一半，你想想，家里啥地方还可以凑出钱来？"

金麻子看着宋惠明，一字一顿说："我家没有一万大洋，就是有也不能交这个钱，交了就等于承认我是汉奸。我不是汉奸，我是抗日的，日本人都没杀我，难道国民政府会不分青红皂白杀我？不要为我着急，回家打理好豆腐店，这是一大家子吃饭的根本，放心回家吧。"

宋惠明回家哭着把金麻子的话告诉大家。白弟觉得这回金哥没救了，没钱不说，有钱也不让去救，急得他揪着头发，挥着拳头，愤怒至极："当这个死人会长，遭日本人打，被国民政府抓，不交罚金就要性命，这叫啥世道啊！"

宋惠明哭着说："大家帮我想想办法，如何能救金掌柜呀……"

就在这时，好几年没见面的春霞从门外走进来，将一只钱箱放到饭桌上，说："这里有五千二百块大洋，不知还缺多少？"说完，不等宋惠明问话，转身离去。

宋惠明拔脚追出门外，一把拖住春霞："妹子，你怎么突然出现？这两年你去了哪里？这么多钱哪里来的？"

一连串的问话，让春霞的耳朵来不及反应。春霞转过身，满眼都是泪："我在娘家收到酱园金贵师傅的信，说金掌柜被抓，可能会以汉奸罪枪毙，我一路赶来，就怕迟了见不到金掌柜……"

宋惠明催问："那钱呢？"

春霞擦了一把泪，说："我把钱庄的股份退了。"

一股突然从心底升起的感动、感激，让宋惠明情不自禁抓住春霞的手："妹子，金掌柜说了不能交赎金，交了等于承认自己是汉奸。"

春霞摇着头说："明天我去探监，我要说服他保命要紧。"

钱记钱庄的老板钱守业听说朱溪酱园韩老板已终止合伙协议，收回全部酱园产权，从心里佩服韩老板的商业智慧，他也在想着全民族抗战胜利了，金会长被抓了，如何才能名正言顺地收回卖给金麻子的股份。想了好几天，无论是赎回，还是退股，都存在落井下石的嫌疑。

正无计可施，却见春霞出现在经理室门口，钱老板问："你不是回无锡娘家了吗？怎么回来啦？"

春霞跨进门说："我来救人！"

钱老板诧异："啥人用得着你来救？"

春霞说："金掌柜。政府冤枉他，我要救他命。"

钱老板疑惑："你拿啥救金掌柜？"

春霞很坚决："拿钱。守业，我问清楚了，救金掌柜王家还缺五千二百块大洋，请你借给我。"

绞尽脑汁没主意，现成妙计送上门，钱守业一脸笑容："春霞嫂子，不用借，王家不缺钱。我把股份退给金掌柜，正好五千大洋，我再给他二百大洋作为今年的红利，从此两不相欠，这不两全其美吗！再说，钱庄的股份就是你春霞嫂子给金掌柜的，现在你替他赎回，顺理成章。"

春霞急着救人，不在乎钱守业"乘势踏沉船"，当场办妥退股手续……

春霞探监，告诉金麻子已把钱庄的股份退了，钱已筹齐，她打算救人。

金麻子大喊一声："死又何惧，与其背着汉奸罪名活着，不如一死了之。回去吧，好好生活，告诉大家不要惦记我，二十年后我又是一条好汉！"

春霞望着铮铮铁骨的金掌柜，她知道劝已没用，用手抚摸着冰凉的手铐，说了一句话："命在可以挣钱，钱在挣不来命。"

春霞的话情深意长，更让金麻子感到自己绝对不能为了活命，让所有亲人跟着他倾家荡产，来满足贪官的贪心。钱庄的股份，一半是店本，一半是春霞的活命钱，绝对不能动用。金麻子告诉春霞，若为他交赎金，他就撞死在牢里。春霞满含着热泪离开了镇公所临时牢房。疤队长把在牢房里听到的话向县党部书记长做了汇报。

书记长当场面授机宜："赶紧带人去抄金麻子的家，以防转移资产！"

王家豆腐店被国民政府抄了家，连同春霞从钱庄拿回来的五千二百块大洋，都被疤队长带领的水警队一分不剩拿走了。

疤队长临走，不忘说了一句讨好的话："豆腐店给你们留着，明天金麻子就能回家了，你们可以东山再起。"

白弟忍不住冲上前，想夺回大洋，结果被水警一枪托打在脑门上，当场倒地。阿妹一把抱住白弟，哭喊着："你们抢了钱，打人算啥呀！"

宋惠明、王老夫人眼睁睁看着强盗一样的水警队搜走刚筹集的一万大洋现钞，一时间说不出话来……

第二天，疤队长打开临时牢房的木门，给金麻子卸下脚镣手铐，说："你家被抄了，回家吧。"

金麻子勃然大怒："你们是强盗！我不走，有本事杀了我……"

疤队长刚要开口训斥金麻子，看到夏老板出现在牢房门口，赶紧刹住话头。

金麻子见到夏老板一惊："夏伯伯，你怎么来啦？"

夏老板一把拉住金麻子的手说："惠明怕你性子倔，知道家被抄，惹出事来，让我来接你回家。鲲儿，留得青山在，不愁没柴烧！走，回家。"

金麻子朝镇公所狠狠瞪了一眼，这才跟着夏老板走出镇公所。他抬头望天，白云一如既往在蓝天上飘着；低头看河，河水和从前一样潺潺流着。石皮街在脚下发出一下声响，他下意识摸了一下口袋，口袋空空，他知道家被抄了，他不仅成了穷光蛋，还欠着春霞半成钱庄股份的大洋。

这时，夏老板回过身来对金麻子说："人生的苦酒不会白喝，只要心中有梦，失去的总有一天还会回来，不要在意一时的得失、成败……"

金麻子历经坎坷，不想再做出头椽子，他在经受了日本人和国民政府两次牢狱之灾后，才深刻体会到父亲生前说过的"枪打出头鸟""出头椽子先烂"的深意，从此再不过问镇上杂事。疤队长当上三县剿共联防总司令，又开始神气活现出现在街上，金麻子不闻不问；繁荣了八百年的朱溪镇，被小日本祸害八年，辉煌不再，老板们议论纷纷，金麻子一言不发；共产党和国民党的军队在中原战场打得你死我活，金麻子漠不关心……他小心做人，谨慎做事，只想着恢复豆腐店元气，不敢对国民政府有半点怨言，但心中的家国情怀也所剩无几。

经过三年苦心经营，金麻子还掉了夏雨欠钱庄的债务，把夏家的出租房和稻米香晴馆物归原主，由夏老板接手经营。王家豆腐店在金麻子的苦心经营下，终于恢复了元气，他按照春霞留给陈金贵的地址，先后给春霞寄去了一千五百块大洋的银票。金虎和白小弟在光复后重新开学的朱溪学堂已上了三年级。平静的生活有了起色，金麻子就挂念起光复后杳无音讯的沙海、夏雪和长生来。他向不少人打听过沙海他们的下落，有人说日本人投降后义勇军就跟着新四军走了，也有人说被国民政府改编了……

在油菜花盛开的一天早晨，镇西淀山庄方向传来枪声，枪声响了两天两夜，伴有激烈的爆炸声，而且枪声离朱溪镇越来越近。到第三天上午，枪声在镇西像炒豆、爆米花一样响个不停。镇上人都在传，是疤队长带着三县剿共联防队的官兵在围剿一支从淀山湖登陆的共产党部队，说这支部队就是当年的抗日义勇军，疤队长人多势众，快要收兵了……向西去的各种船只停在镇中心以东的市河里，不敢西行。王家豆腐原料店后水港停的是一艘粪船，王老夫人闻到粪臭，一阵恶心，捂着鼻子让船家停远点。

船家说："掌柜的，行个方便，市河里都停满了船，等镇西枪声停了，马上离开。"

王老夫人看着船家无奈的样子，心想与人方便就是与己方便，就把后水港的门关了，飘来的臭气好了许多。到了上午十点钟光景，枪声渐渐稀了，却移到镇中心北大街上来了，并向三阳湾王家豆腐店移动。街上早已行人绝迹，人们最怕被流弹不明不白打死。金麻子听到枪声越来越近，赶紧让大家关店门，以防不测。关了豆腐店，金麻子让宋惠明和阿妹待在豆腐店清理工场间，不要出门，自己和白弟到下滩打烊豆腐原料店。就在金麻子上第三块排门板的时候，从街西跑来三个手拿盒子炮、满脸枪灰、满身血迹的身影，等人跑近，金麻子大吃一惊，是沙海、长生、夏雪……

　　长生在凤娟遭日本鬼子杀害的当天参加了义勇军。在夏雨被日本鬼子用狼狗活活咬死后，夏雪发誓"不逐倭寇，誓不还家"，也加入了沙海的抗日义勇军。惩处叛徒"兔子"和铁杆汉奸"白面书生"，就是沙海带着长生和夏雪假扮成黑衣队队员做的。为了摸准叛徒"兔子"和铁杆汉奸"白面书生"的行动规律，长生化装成渔民，摇了一条船棚外挂着渔网的渔船，在马家花园附近断断续续停了两个月，最后在这一年的大年初二半夜，敌人最松懈的时候动的手。全民族抗战胜利后，淀山湖抗日义勇军被编入新四军序列赴苏北革命根据地整训，后被编入华东野战军，转战中原大地。新年过后，华野改为第三野战军，沙海受上级委派，率领侦察分队，回江南侦察敌情，迎接上海解放。

　　近日，侦察分队得知朱溪镇镇长章元之看着国军兵败如山倒、国民政府越来越腐朽，主动联系地下党，要求投诚。沙海率领武工队回到淀山庄，准备就解放朱溪镇与章镇长接洽。不料，侦察分队刚落脚，就被疤队长的人发现。疤队长接报后，立即向县党部书记长汇报，同时调动临近三个县的保安团，以及周边各乡自卫队，封锁公路、河道，在朱溪镇镇公所设前敌指挥部。县党部书记长亲临朱溪镇，任前敌总指挥，章镇长和疤队长为副总指挥，疤队长亲自带队对刚刚进入淀山庄的侦察分队实施层层包围。侦察分队激战两昼夜，死伤过半，沙海命令所有淀山庄队员全部回家，分散隐蔽，自己带着长生、夏雪，以及其他非淀山庄队员，借着地形熟悉，准备突出重围。

　　疤队长在朱溪镇沦陷后装孙子装了整整八年，他目睹几十万拥有机枪大炮的国军在淞沪战场上输给了日本人，在日军冲进朱溪镇的那一刻，他按照县党部书记长和章镇长的指示带着水警队就地接受日军改编，潜伏在日本人身边收集情报。可惜八年间竟然无人向他要过情报，也无人向他布置过一桩任务，章镇长被调往外地，让他潜伏的县党部书记长更是水洞钻得深，不见踪影。他知道夏雨是共产党，金麻子也在帮共产党抗日，他觉得既然党国没有安排自己任务，那么不出卖共产党抗日就是最大的抗日。光复后，八年不见的县党部书记长回到县城，章镇长回到镇上，书记长成了一手遮天的接收大员，没收来的日伪资产一半上缴，一半进了书记长的腰包。书记长也不忘疤队长这位安插在朱溪镇的亲信，除了给他一点好处外，还推荐疤队长当上三县剿共联防总司令，与章镇长平起平坐。

自上任以来，疤队长还没抓到过一名真正的共产党，这次发现沙海带着整整半个连的共产党队伍出现在自己管辖的地界，不说建功立业，如果不消灭这股共军，将后患无穷。不敢与日本人对着干的疤队长，仗着自己人多势众，包围了不到五十人的侦察分队，第一天剿共联防队死伤一百多人，共产党没有攻进淀山庄；第二天死伤七十多人后，疤队长发现还击的枪声渐渐稀了，好像对方在节省子弹，于是命令手下抓活的。等到剿共队员冲进村口，一排手榴弹飞来，十多名剿共队员当场被炸死，然后村口一片死寂。疤队长再不敢轻易冲锋，而是围着村子拼消耗，直到村子里不再有还击，才带着队伍冲进淀山庄，结果发现沙海已带着活着的战士突围了。疤队长觉得沙海一定会逃去淀山，立马带着队伍追了过去。果然，疤队长在淀山脚下发现了沙海，追着屁股打。沙海带着队员边打边撤，等撤退到镇中心城隍庙的时候，带出的队员全部牺牲，只剩下队长沙海、政委夏雪和一小队队长长生。为了分散敌人，沙海、长生和夏雪分头从戚家桥、廊桥和何家桥三个方向逃跑，最后又集中到北大街，一起跑向三阳湾王家豆腐店……

亲人见面有多少话要说，可是后有追兵，近在咫尺，哪有时间寒暄问候，沙海示意夏雪和长生进门，说了一句"我去引开敌人"。沙海转过身朝街西连打两枪，吓得追赶的疤队长及其手下赶紧停住脚步寻找掩体，沙海趁机朝放生桥方向跑去。金麻子双手拿着排门板，看着沙海远去的背影，他想用手中的排门板拦住疤队长，可又担心刚进门的夏雪和长生。

正拿不定主意，疤队长带着一队人马已冲到金麻子眼前，问："金掌柜，过去几个人？"

金麻子紧张得语无伦次："没、没、没看清……"

疤队长拿枪的手一挥，又朝沙海逃跑的方向追去，不久传来一阵枪声……金麻子呆呆地望着放生桥方向，心中的忐忑无法用语言形容，他很想冲过去帮师父一把，但他手中只有一块门板，哪里挡得住子弹，他相信凭着沙海的本事一定能摆脱疤队长的追捕。

枪声停了，不一会儿，疤队长带着手下急匆匆折回来，金麻子冲着疤队长问："我师父呢？"

疤队长用枪指着金麻子："你师父被打死了，另外两个同伙在你这里晃了一下，不见了人影，肯定藏在你店里。弟兄们，进店里搜！"

金麻子听说沙海被打死，早就怒火中烧，哪里会让疤队长进门搜查夏雪和长生，他把排门板一横："没人来过我家，你打死我师父，我是不会让你进我家门的！"

疤队长用枪指着金麻子的脑袋："让不让？"

金麻子也不示弱："除非你开枪打死我！"

疤队长说："好，那我成全你！"

千钧一发之时，白弟急匆匆从里屋走出来："疤队长不要开枪，低头不见抬头见，何必呢，不就是想搜查吗，请进来搜吧。"白弟说着，接过金麻子手中的排门板，还朝金麻子眨了一下眼睛。

疤队长手一挥，剿共联防队员乱哄哄冲进豆腐原料店，里里外外、上上下下搜了一遍，不见一个生人。疤队长不信，自己进门从楼上到楼下又搜了一遍，确实没有可疑之处，拉开后水港门，只见市河里一艘艘停了好几天的船，在听不见枪声后，都解开缆绳向镇西摇去……疤队长这才命令手下撤离豆腐店，分散去周边各家店铺搜查。

等疤队长离开，金麻子赶紧上好门板，关闭店门，回身进屋，发现墙上的蓑衣和草帽不见了，问白弟："他们人呢？"

白弟拉开后水港门让金麻子朝西看，金麻子看到远处一艘粪船上，摇船的两人都穿着蓑衣，戴着草帽，粪船夹杂在向镇西驶去的船只中……

干妈站在金麻子身后，说了一句："幸亏没赶走停在后水港的粪船，真叫与人方便就是与己方便。"

夏雪和长生脱险，让金麻子松了一口气，但沙海的死活又揪住了金麻子的心。他叫上白弟急步跑向放生桥，发现桥堍上围着一群人。金麻子挤进人群，看到沙海倒在血泊中，身上中了八颗子弹……金麻子二话不说，背起沙海，步履沉重，一步步上桥。

白弟问："金哥，去哪里？"

金麻子没有回答，嘴里喊着："师父，师父……"

　　过了桥，白弟明白了，金哥是要把沙海的遗体运回淀山庄，他赶紧走上停在桥边的自家客船，搭上跳板让金麻子上船。上了船，金麻子把沙海的遗体平放在前舱，回家拿了"吹丧"的喇叭、一身练功服和一双练功穿的薄底快靴，回到船上给师父擦去身上的血迹，换上干净的衣服，这才和白弟一起把船摇到镇上的棺材铺，挑了一只上好的棺材放在船头。金麻子抱头，白弟端脚，给沙海入殓，盖上棺盖后，金麻子举起喇叭，一声丧调响起，装着灵柩的船徐徐离开岸边，如泣如诉的曲调沿着市河一路飘散，仿佛向世人诉说着沙海平凡而壮烈的一生。当葱郁的淀山山峰出现在视线中的那一刻，金麻子的耳旁忽然响起当年渔村接亲、沙海即兴唱响的田山歌，歌声高亢，情深意长。金麻子情不自禁放下喇叭，扯开嗓门，唱起了祭奠沙海的田山歌：

　　　　淀湖的水哟，淀山的泥

　　　　儿女英魂哟归故里

　　　　一路行来一路泪哟

　　　　湖水呜咽山战栗

　　　　哎哟嗨

　　　　湖水呜咽山战栗

　　　　淀湖的水哟，淀山的泥

　　　　驱逐强盗哟有儿女

　　　　儿女热血绘故里哟

　　　　湖水澎湃山屹立

　　　　哎哟嗨

　　　　湖水澎湃山屹立

　　　　淀湖的水哟，淀山的泥

　　　　埋葬忠魂哟化作泥

　　　　待到春来花开时哟

　　　　红的是血，白的是你

哎哟嗨

红的是血，白的是你

化作白鹭，飞向苍穹

……

船驶进淀山庄，金麻子发现沙海家门口的河滩上停着一艘粪船，白弟说："金哥，长生、夏雪好像就是摇这艘粪船脱身的，难道……"

话音未落，长生和夏雪警惕地从沙海家中出来，朝金麻子来的河道上仔细观察了一圈，确认没人也没有船跟踪后，才走上客船。揭开棺材盖，看着全民族抗战没有战死，却在疤队长围剿中牺牲的沙队长遗体，夏雪红了眼眶，但她没有落泪。自从哥哥夏雨被日本人的狼狗咬死后，夏雪再没有掉过眼泪。四人将沙海的灵柩抬到家中客堂，关上大门。

白弟好奇地摸着长生腰间别着的盒子炮，问："这粪船上摇船的人呢？"

长生告诉白弟，这艘粪船是沙海队长事先派到镇上侦察敌情的，并且约定，万一出事，粪船一定要停在三阳湾豆腐店后水港，以应万一。

白弟说："怪不得，粪船奇臭，赶也赶不走。"

久别重逢，金麻子发现夏雪再一次变了一个人，她不再是矜持、含蓄、落落大方的大学生共产党，而是一名坚毅、果敢、目光锐利的女军人。

夏雪对金麻子说："金鲲哥，解放军已渡江南下，我们侦察分队提前南下就是为了配合解放上海的战役。眼下，有三件大事需要你帮助。"

金麻子听到解放大上海有三件事要他帮忙，与当年夏雨让他当日本人的商会会长抗日一样，有点激动："啥事，你说吧。"

夏雪说："第一件事，有一份解放朱溪镇的重要情报，我担心自己会被捕，就把它塞在你家豆腐原料店放黄豆的栲栳底下了，你回去务必把情报亲自送到章镇长手中。第二件事，请金鲲哥想办法，在朱溪镇解放后，必须让全镇商铺照常开门营业，保证一个月内供应不缺货。第三件事是我个人托你办的，就是当解放大军到来的那一天，你和我爹每人捐献军粮一百石。"

听完三桩任务，白弟觉得第二件事最难办，一打仗谁还有心思做生意？

金麻子拍着胸脯说："夏小姐……"

▲ 油菜花地

夏雪打断金麻子："从现在起不准再叫我小姐，叫我名字。"

金麻子一愣，立即说："好好，叫你名字。夏雪妹妹，这三件事我一定想办法做到。"

夏雪手一挥："金鲲哥，你和白弟马上回去，情报要紧，千万不能让疤队长的人知道。沙队长的灵柩，将和我们牺牲的战友一起落葬，你们放心走吧。"

金麻子摇船，白弟扯绷。一路上金麻子看着河岸边一大片、一大片鹅黄色的油菜花铺展在田野，河里倒映着蓝天、堤岸，还有那金黄色的花海，真是"河有万湾多碧水，田无一垛不黄花"。金麻子想起了当年跟父亲"出活"吃肉饭的情景，今日的油菜花比那时的更生动更美丽，夏雨哥追求的理想就要在夏雪妹妹手中实现，他思考着完成夏雪交办的三件大事的办法。

白弟看着金麻子不说话，猜想金哥一定为三件事为难，便说："金哥，我觉得三件事中数第二件最难，你如何保证让全镇商铺开张，又如何保证货源不断？"

金麻子潇洒地摇着船说："明天，你和阿伙、阿妹做完豆腐菜就去乡下收购黄豆和大米，黄豆店里用，收购二百石大米捐军粮，我去茶楼和镇上老板商议保证开店供应的事。"

白弟用力扯绷："镇上那么多老板会听你的吗？"

金麻子自信地告诉白弟："大炮一响，货源必断；货源一断，物价就涨。这是生意人的危机，也是做生意的商机，仗开打前备足货源，就能化'危'为'机'。我只要把这几句话到茶楼上说出来，保证老板们个个回去备货。"

白弟看着金麻子说："你把商机告诉大家，我们就没有商机了呀！"

金麻子说："我们只做豆腐，包不下全镇商业，像电灯厂、米厂、油车都有喝油的机器，油都是上海进的货，一旦上海开战，一定断油。电灯厂断油，电灯不亮；油车断油，没有菜油；米厂断油，米店只能卖谷。柴米油盐酱醋茶，开门七件事，哪个老板做得了？大家都知道了商机，都备足货源，才能在解放后保证供应……"

船到转弯处，金麻子用力推梢，他眼望远方，心里盘算着迎接朱溪镇解放的三大任务，憧憬着解放后的新生活……

图书在版编目(CIP)数据

朱溪凡人三部曲. 第一部 / 支希钧著. -- 上海 ：
学林出版社，2024. -- ISBN 978-7-5486-2049-5

Ⅰ. I247.5

中国国家版本馆 CIP 数据核字第 2024BQ9495 号

责任编辑　王　慧
封面设计　王江峰　徐新安　张志凯
内文插图　夏培德

朱溪凡人三部曲(第一部)
支希钧 著

出　　版　学林出版社
　　　　　（201101　上海市闵行区号景路 159 弄 C 座）
发　　行　上海人民出版社发行中心
　　　　　（201101　上海市闵行区号景路 159 弄 C 座）
印　　刷　上海颛辉印刷厂有限公司
开　　本　720×1000　1/16
印　　张　23.5
字　　数　37 万
版　　次　2025 年 3 月第 1 版
印　　次　2025 年 3 月第 1 次印刷
ISBN 978 - 7 - 5486 - 2049 - 5/I·258
定　　价　88.00 元